ERNEST HEMINGWAY

WEM DIE STUNDE SCHLÄGT

ROMAN

Artemis & Winkler

Titel der Originalausgabe: *For Whom the Bell Tolls*
© 1940 Ernest Hemingway. Renewed © 1968 Mary Hemingway.
Mit Nachwort, Anmerkungen und Zeittafel von Willi Winkler.

ISBN Leinen 3-538-05389-8   Leder 3-538-05889-X

Die Deutsche Bibliothek-CIP-Einheitsaufnahme

Hemingway, Ernest:
Wem die Stunde schlägt: Roman / Ernest Hemingway.
[Aus dem Amerikan. von Paul Baudisch.
Mit Nachw., Anm. und Zeittaf. von Willi Winkler]. –
Düsseldorf; Zürich : Artemis und Winkler, 1997
(Winkler Weltliteratur : Dünndruck-Ausgabe)
Einheitssacht.: For whom the bell tolls ‹dt.›
Lizenz des S.-Fischer-Verl., Frankfurt a. M.
ISBN 3-538-05389-8
ISBN 3-538-05889-X

© der deutschen Übersetzung Bermann-Fischer, Stockholm 1941.
Lizenzausgabe mit freundlicher Genehmigung
der S. Fischer Verlag GmbH, Frankfurt a. M.
© des Nachworts, der Anmerkungen und der Zeittafel
1997 Artemis & Winkler Verlag, Düsseldorf/Zürich
Alle Rechte, einschließlich derjenigen des auszugsweisen Abdrucks
sowie der fotomechanischen und elektronischen Wiedergabe, vorbehalten.
Satz: Medienhaus Froitzheim AG
Druck und Bindung: Friedrich Pustet, Regensburg
Gedruckt auf Dünndruckpapier der Papierfabrik
Arjo Wiggins Gruppe, F Palalda
Printed in Germany

No man is an *Iland*, intire of it selfe; every man
is a peece of the *Continent*, a part of the *maine*; if
Clod bee washed away by the *Sea, Europe* is the lesse,
as well as if a *Promontorie* were, as well as if a *Mannor*
of thy *friends* or of *thine owne* were; any mans
death diminishes *me*, because I am
involved in *Mankinde*; and therefore
never send to know for
whom the *bell* tolls;
it tolls for *thee*.

John Donne

1

Er lag der Länge nach auf dem braunen, nadelbedeckten Boden des Waldes, das Kinn auf die verschränkten Arme gestützt, und hoch über ihm wehte der Wind durch die Wipfel der Kiefern. Dort, wo er lag, ging es sanft bergab, aber ein Stück weiter unten wurde der Berghang steil, und er sah die geölte Straße, wie sie sich in schwärzlichen Windungen durch die Paßenge schlängelte. Ein Fluß lief an der Straße entlang, und in der Tiefe des Passes sah er eine Mühle am Ufer und die stürzenden Wasser des Dammes, weiß im sommerlichen Sonnenschein.
»Ist das die Sägemühle?« fragte er.
»Ja.«
»Ich kann mich nicht an sie erinnern.«
»Sie wurde später gebaut. Die alte Mühle steht weiter unten, tief unten.«
Er entfaltete die Fotokarte auf dem Waldboden und betrachtete sie aufmerksam. Der alte Mann blickte ihm über die Schulter; ein alter Mann, untersetzt und stämmig, in schwarzem Bauernkittel und grauen, brettsteifen Hosen, an den Füßen die mit Hanfschnüren besohlten Schuhe. Er atmete schwer, erschöpft von dem Anstieg, und seine Hand ruhte auf einem der beiden gewichtigen Packen, die sie heraufgeschleppt hatten.
»Dann kann man von hier aus die Brücke nicht sehen.«
»Nein«, sagte der Alte. »Wir sind auf der ebenen Seite des Passes, wo der Fluß langsam fließt. Weiter unten, wo die Straße zwischen den Bäumen verschwindet, wird's plötzlich steil, und dort ist eine tiefe Schlucht . . .«
»Ich erinnere mich.«
»Über diese Schlucht führt die Brücke.«
»Und wo haben sie ihre Posten?«
»Ein Posten liegt in der Mühle, die du dort siehst.«
Der junge Mann, der die Gegend studierte, holte sein Fernglas aus der Tasche des verschossenen khakigelben Flanell-

hemdes hervor, wischte mit einem Taschentuch die Linsen ab, schraubte die Okulare zurecht, bis die Bretter der Mühle mit einemmal ganz deutlich wurden, und jetzt sah er die Holzbank neben der Tür, den riesigen Haufen von Sägespänen hinter dem offenen Schuppen, in dem die Kreissäge stand, und ein Stück der Rutsche, die am anderen Ufer des Flusses die Stämme den Berghang hinunterbeförderte. Der Fluß, ein glattes Band, trat deutlich im Rund der Gläser hervor, und unterhalb des Staudamms mit dem Gekräusel der fallenden Wasser stob der Gischt in den Wind.

»Ich sehe keinen Wachtposten.«

»Aus dem Mühlenhaus kommt Rauch«, sagte der Alte. »Und Wäsche hängt auf einer Leine.«

»Das sehe ich, aber ich sehe keinen Wachtposten.«

»Vielleicht steht er im Schatten«, sagte der Alte erklärend. »Es ist jetzt heiß dort unten. Er steht wohl im Schatten, am anderen Ende, das jetzt nicht zu sehen ist.«

»Wahrscheinlich. Wo liegt der nächste Posten?«

»Unterhalb der Brücke, in der Hütte des Chausseewärters, fünf Kilometer von der Paßhöhe.«

»Wieviel Mann liegen hier?« Er deutete auf die Mühle.

»Vielleicht vier und ein Korporal.«

»Und unten?«

»Mehr. Ich werde es herauskriegen.«

»Und an der Brücke?«

»Immer zwei. Einer an jedem Ende.«

»Wir werden etliche Leute brauchen«, sagte der junge Mann.

»Wieviel Leute kannst du schaffen?«

»Ich kann Leute schaffen, soviel du willst«, sagte der Alte. »Es sind jetzt viele Leute hier in den Bergen.«

»Wie viele?«

»Über hundert. Aber in kleinen Trupps. Wieviel brauchst du?«

»Das sage ich dir, wenn wir die Brücke besichtigt haben.«

»Willst du sie jetzt besichtigen?«

»Nein. Jetzt will ich den Platz sehen, wo wir den Sprengstoff verstecken, bis es soweit ist. Ich möchte ihn an einem durchaus sicheren Ort wissen, nicht mehr als eine halbe Stunde von der Brücke entfernt, wenn das möglich ist.«

»Das ist einfach«, sagte der Alte. »Wenn wir erst mal an Ort und Stelle sind, geht's bis zur Brücke immerzu bergab. Aber jetzt müssen wir erst noch ein bißchen klettern, um hinzukommen. Bist du hungrig?«

»Ja«, sagte der junge Mann. »Aber wir werden später essen. Wie heißt du? Ich habe es vergessen.« Daß er's vergessen hatte, hielt er für ein schlechtes Zeichen.

»Anselmo«, sagte der Alte. »Ich heiße Anselmo und bin aus Barco de Ávila. Komm, ich helfe dir mit dem Rucksack.«

Der junge Mann, der groß war und mager, mit blondem, sonngestreiftem Haar und wind- und sonnverbranntem Gesicht, der junge Mann, der das sonngebleichte Flanellhemd, eine Bauernhose und hanfbesohlte Schuhe trug, bückte sich zur Erde, schob den Arm unter einen der Riemen und warf den schweren Rucksack mit einem Schwung über die Schulter. Dann schob er den anderen Arm unter den zweiten Gurt und schüttelte die Last auf dem Rücken zurecht. Das Hemd war noch naß vom Schleppen der Last.

»Jetzt hab ich ihn oben«, sagte er. »Wie geht es weiter?«

»Klettern«, sagte Anselmo.

Gebeugt unter dem Gewicht der Packen, schwitzend stiegen sie mit steten Schritten durch den Kiefernwald, der den Berghang bedeckte. Es war kein Pfad zu sehen, aber sie arbeiteten sich empor, um die vordere Wand des Berges herum, und nun überquerten sie einen Bach, und der alte Mann stapfte unverdrossen weiter, am Rande der felsigen Rinne entlang. Immer schroffer und schwieriger wurde die Steigung, bis sie schließlich den Rand einer glatten, hochragenden Granitklippe erblickten, über den das Wasser jäh herabzustürzen schien, und am Fuß dieser Klippe wartete der Alte auf den jungen Mann.

»Wie schaffst du's?«

»Ganz gut«, sagte der junge Mann. Er schwitzte stark, und seine Schenkelmuskeln zuckten von der Mühe des steilen Anstiegs.

»Warte hier auf mich. Ich gehe voraus, um uns anzukündigen. Willst du, daß sie auf dich schießen — mit diesem Zeug auf dem Buckel?«

»Nicht mal im Scherz«, sagte der junge Mann. »Ist es weit?«

»Ganz nahe. Wie heißt du?«

»Roberto«, erwiderte der junge Mann. Er hatte den Packen abgestreift und legte ihn behutsam zwischen zwei Felsblöcke neben dem Flußbett.

»Dann warte also hier, Roberto; ich hole dich.«

»Gut«, sagte der junge Mann. »Aber soll das der Weg zur Brücke sein?«

»Nein. Wenn wir zur Brücke gehen, nehmen wir einen anderen Weg. Einen kürzeren und bequemeren.«

»Ich möchte nicht, daß der Lagerplatz weit von der Brücke entfernt ist.«

»Du wirst sehen. Wenn du nicht zufrieden bist, wählen wir einen anderen Platz.«

»Wir werden sehen«, sagte der junge Mann.

Er setzte sich neben die Rucksäcke und beobachtete, wie der Alte die Klippe erklomm. Es war keine allzu schwere Kletterei, und an der Art, wie er seine Griffe fand, ohne erst lange zu suchen, merkte der junge Mann, daß der Alte wohl schon mehr als einmal dort hinaufgeklettert war. Aber die, die dort oben saßen, hatten Sorge getragen, keine Spuren zu hinterlassen.

Der junge Mann namens Robert Jordan war sehr hungrig und voller Sorgen. Hungrig war er oft, aber nur selten machte er sich Sorgen, denn ihn kümmerte nicht, was mit ihm geschah, und er wußte aus Erfahrung, wie leicht es ist, in solchem Gelände sich hinter der feindlichen Front zu bewegen. Das ist ebenso einfach, wie es einfach ist, sich durch die Linien hindurchzuschleichen, sofern man nur einen guten Führer hat. Schwierig wird es erst, wenn du fragst, was dir passiert, falls sie dich erwischen. Das erstens. Und zweitens: — entscheiden, wem du vertrauen sollst. Den Leuten, mit denen man arbeitet, muß man ganz vertrauen oder gar nicht, und da heißt es, seine

Entscheidung treffen, ob ja oder nein. Das alles machte ihm keine Sorgen. Aber es gab andere Dinge.

Anselmo war ein guter Führer und ein ausgezeichneter Bergsteiger. Robert Jordan selbst konnte einiges leisten, und da er ihm seit Tagesanbruch gefolgt war, wußte er recht gut, daß es dem Alten nicht schwerfallen würde, ihn, Jordan, zu Tode zu hetzen. Vorläufig hatte er Vertrauen zu dem alten Anselmo, in allen Dingen, bis auf den Verstand. Er hatte noch keine Gelegenheit gehabt, seinen Verstand zu prüfen, und in dieser Beziehung hatte schließlich er selbst die volle Verantwortung zu tragen. Nein, Anselmo machte ihm keine Sorgen, und das Problem der Brücke war nicht schwieriger als so manches andere Problem. Er wußte, wie man Brücken sprengt, Brücken jeder erdenklichen Art, und er hatte ihrer eine Unzahl gesprengt, Brücken von jeglicher Konstruktion und Größe. Die beiden Packen enthielten genug Sprengstoff und das nötige Werkzeug, um diese Brücke kunstgerecht zu sprengen, auch wenn sie doppelt so groß gewesen wäre, wie Anselmo sie schilderte oder wie er selbst sie in Erinnerung hatte aus der Zeit, da er sie 1933 auf einer Fußtour nach La Granja passiert hatte, oder wie Golz sie ihm nach schriftlichen Angaben beschrieben hatte, vorgestern nacht, in jenem Zimmer im oberen Stockwerk des Hauses neben dem Escorial ...

»Die Brücke sprengen ist gar nichts«, hatte Golz gesagt, den zernarbten, glattrasierten Schädel im Lichtkreis der Lampe, mit einem Bleistift auf die große Karte zeigend. »Sie verstehen?«

»Ja, ich verstehe.«

»Absolut gar nichts. *Bloß* die Brücke sprengen, das ist eine Schlappe.«

»Ja, Genosse General.«

»Die Brücke zu einer bestimmten Stunde sprengen, entsprechend dem Zeitpunkt, der für den Angriff festgesetzt ist – so gehört es sich. Sie verstehen das natürlich. Das ist Ihr Recht, und so gehört es sich.«

Golz betrachtete den Bleistift, klopfte dann damit an seine Zähne.

Robert Jordan hatte geschwiegen.

»Sie verstehen, das ist Ihr Recht, und so gehört es sich«, fuhr Golz fort, blickte Jordan an und nickte. Jetzt klopfte er mit dem Bleistift auf die Karte. »So würde *ich* es machen. Und so läßt es sich nicht machen.«

»Warum nicht, Genosse General?«

»Warum?« fragte Golz ärgerlich. »Wie viele Angriffe haben Sie miterlebt – und Sie fragen mich: warum? Wer garantiert dafür, daß meine Befehle nicht geändert werden? Wer garantiert dafür, daß der Angriff nicht abgeblasen wird? Wer garantiert dafür, daß der Angriff nicht verschoben wird? Wer garantiert dafür, daß er nicht später als sechs Stunden nach dem festgelegten Zeitpunkt losgeht? Hat ein Angriff je so ausgesehen, wie er aussehen sollte?«

»Wenn es Ihr Angriff ist, wird er rechtzeitig beginnen«, sagte Robert Jordan.

»Es ist nie mein Angriff«, sagte Golz. »Ich mache ihn. Aber es ist nicht mein Angriff. Die Artillerie gehört nicht mir. Ich muß sie anfordern. Ich bekomme nie, was ich verlange, auch wenn ich es zu bekommen habe. Das ist noch das wenigste. Es gibt andere Dinge. Sie wissen, wie dieses Volk ist. Es ist nicht nötig, auf das alles einzugehen. Immer ist irgend etwas los. Immer mischt sich jemand ein. Sehen Sie also zu, daß Sie mich richtig verstehen.«

»Wann also soll die Brücke gesprengt werden?« fragte Robert Jordan.

»Nachdem der Angriff begonnen hat. Sobald der Angriff begonnen hat, und nicht früher. Damit keinerlei Verstärkungen auf dieser Straße herankommen.« Er deutete mit dem Bleistift auf die Karte. »Ich muß die Gewißheit haben, daß auf dieser Straße nichts herankommt.«

»Und wann beginnt der Angriff?«

»Das werde ich Ihnen sagen. Aber Sie haben Tag und Stunde nur als einen Anhaltspunkt für die Wahrscheinlichkeit zu betrachten. Um diese Zeit müssen Sie sich bereit halten. Sie sprengen die Brücke, nachdem der Angriff begonnen hat. Verstehen Sie mich?« Er deutete mit dem Bleistift auf die Karte. »Das ist die einzige Straße, auf der der Gegner Verstärkungen heranschaffen kann. Das ist die einzige Straße, auf der er Tanks heranschaffen kann oder Geschütze oder auch nur ein Transportauto – zu der Paßhöhe, die ich angreife. Ich muß die Gewißheit haben, daß die Brücke weg ist. Nicht zu früh, damit sie nicht repariert werden kann, falls der Angriff verschoben wird. Nein, sie muß in die Luft fliegen, sowie der Angriff beginnt, und ich muß wissen, daß sie weg ist. Es stehen nur zwei Posten an der Brücke. Der Mann, der Sie begleiten wird, ist eben von dort gekommen. Er gilt als sehr zuverlässig. Sie werden ja sehen. Er hat Leute in den Bergen. Nehmen Sie so viele Leute, wie Sie brauchen. Verwenden Sie möglichst wenig Leute, aber nehmen Sie eine genügende Anzahl. Ich brauche Ihnen das alles nicht zu sagen.«

»Und wie stelle ich fest, daß der Angriff begonnen hat?«

»Wir setzen eine ganze Division ein. Zur Vorbereitung erfolgt ein Luftbombardement. Sie sind doch nicht taub, oder wie?«

»Dann darf ich also annehmen, daß der Angriff begonnen hat, sobald die Flugzeuge ihre Bomben abwerfen?«

»Das dürfen Sie nicht immer annehmen«, sagte Golz und schüttelte den Kopf. »Aber in diesem Fall dürfen Sie es. Es ist mein Angriff.«

»Ich verstehe«, sagte Robert Jordan. »Ich kann nicht behaupten, daß mir die Sache gefällt.«

»Auch mir gefällt sie nicht sehr. Wenn Sie es nicht machen wollen, sagen Sie es gleich. Wenn Sie glauben, daß Sie es nicht machen können, sagen Sie es gleich.«

»Ich werde es machen«, sagte Robert Jordan. »Und ich werde es ordentlich machen.«

»Mehr will ich nicht wissen«, sagte Golz. »Daß nichts über diese Brücke gelangt! Das ist entscheidend.«

»Ich verstehe.«

»Ich verlange nicht gerne von einem Menschen, daß er so etwas macht, und auf solche Art«, fuhr Golz fort. »Ich könnte es Ihnen nicht befehlen. Ich verstehe genau, in welche Zwangslage Sie dadurch geraten können, daß ich solche Bedingungen stelle. Ich erkläre Ihnen alles sehr sorgfältig, damit Sie es verstehen und damit Sie alle eventuellen Schwierigkeiten verstehen und die Wichtigkeit der Sache!«

»Und wie wollen Sie nach La Granja weitermarschieren, wenn die Brücke gesprengt ist?«

»Nachdem wir den Paß gestürmt haben, halten wir uns bereit, sie zu reparieren. Es ist eine sehr komplizierte und schöne Operation. So kompliziert und schön wie immer. Den Plan hat man in Madrid fabriziert. Ein neues Meisterwerk des unglücklichen Professors Vicente Rojo. Ich führe den Angriff und, wie immer, mit unzulänglichen Kräften. Trotzdem hat die Sache ihre Chancen. Ich habe ein besseres Gefühl als sonst. Es *kann* gelingen, wenn die Brücke beseitigt ist. Wir können Segovia nehmen. Kommen Sie, ich zeige Ihnen, wie das geht. Sehen Sie? Wir greifen nicht die Paßhöhe an, die haben wir bereits. Sondern hier, ein ganzes Stück weit hinter dem Paß. Sehen Sie . . . hier . . . so . . .«

»Es ist mir lieber, wenn ich es nicht weiß«, sagte Robert Jordan.

»Gut«, sagte Golz. »Je weniger Gepäck man auf die andere Seite mitschleppt, desto besser, wie?«

»Mir ist es lieber, wenn *ich* gar nichts weiß. Was dann auch passieren mag – ich war es nicht, der geredet hat.«

»Es ist besser, wenn man nichts weiß.« Golz strich sich mit dem Bleistift über die Stirn. »Oft wünsche ich mir, daß auch ich nichts wüßte. Aber das, was Sie wissen müssen, das wissen Sie jetzt?«

»Ja. Das weiß ich.«

»Ich glaube es Ihnen«, sagte Golz. »Ich will darauf verzichten, eine kleine Rede zu halten. Trinken wir ein Gläschen. Das viele Sprechen macht mich sehr durstig, Genosse Hordan. Der Name klingt komisch auf spanisch. Genosse Hordan.«

»Wie klingt Golz auf spanisch, Genosse General?«

»Hotz«, sagte Golz grinsend, mit einem tiefen Kehllaut, als ob er vor Heiserkeit krächzte. »Genosse Heneral Hotz. Wenn ich gewußt hätte, wie man Golz auf spanisch ausspricht, hätte ich mir einen besseren Namen ausgesucht, bevor ich hierherging. Wenn ich bedenke, ich komme hierher, um eine Division zu kommandieren, und ich kann mir jeden Namen aussuchen, den ich will, und ich suche mir Hotz aus. Heneral Hotz. Jetzt ist es zu spät, zu wechseln. Wie gefällt Ihnen die *Partisanen-arbeit*?« Das ist der russische Ausdruck für den Guerillakrieg im Rücken des Feindes.

»Sehr«, sagte Jordan lächelnd. »In der frischen Luft bleibt man gesund.«

»Mir hat es recht gut gefallen, früher, als ich so jung war wie Sie«, sagte Golz. »Ich höre, daß Sie ein guter Sprengfachmann sind. Wissenschaftlich. Man sagt so. Ich selber habe Sie nie bei der Arbeit gesehen. Vielleicht kommt nichts dabei heraus. Fliegen die Dinger wirklich in die Luft?« Das war jetzt Scherz. »Trinken Sie!« Er reichte Robert Jordan das Glas spanischen Cognac. »Fliegen sie *wirklich* in die Luft?«

»Manchmal!«

»Aber kein manchmal bei *dieser* Brücke, wenn ich bitten darf! Nein, reden wir nicht mehr von der Brücke. Sie wissen nun Bescheid. Wir meinen es sehr ernst, da können wir uns Witze erlauben. Sagen Sie, gibt es viele Mädchen hinter der anderen Front?«

»Nein. Keine Zeit für Mädchen.«

»Bin nicht dieser Meinung. Je ungeregelter der Dienst, desto ungeregelter das Leben. Sie haben einen sehr ungeregelten Dienst. Außerdem müssen Sie sich die Haare schneiden lassen.«

»Ich lasse mir die Haare schneiden, wenn es unbedingt nötig ist«, sagte Jordan. (Der Teufel soll mich holen, wenn ich mir den Schädel rasieren lasse wie dieser Golz.) »Ich habe genug im Kopf – auch ohne Mädchen«, sagte er mürrisch. »Was für eine Uniform soll ich tragen?« fragte er.

»Gar keine«, sagte Golz. »Ihr Haarschnitt ist *all right*. Ich mache Spaß. Sie sind ganz anders als ich«, sagte Golz und füllte von neuem die Gläser.

»Sie denken niemals nur an Mädchen. Ich denke überhaupt nie. Warum auch? Ich bin *Général Sovietique*. Ich denke nie. Versuchen Sie ja nicht, mich zum Denken zu verleiten.«

Ein Stabsoffizier, der vor einem Zeichentisch saß und an einer Karte arbeitete, brummte ihm etwas in der Sprache zu, die Robert Jordan nicht verstand.

»Halt den Mund«, sagte Golz. »Ich scherze, wenn ich will. Ich bin so ernst, deshalb kann ich scherzen. Trinken Sie jetzt aus, und gehen Sie. Sie verstehen, ja?«

»Ja«, sagte Robert Jordan. »Ich verstehe.«

Sie hatten einander die Hände geschüttelt, und er hatte salutiert, und dann war er zu dem Dienstauto hinausgegangen, wo der alte Mann, in tiefen Schlummer versunken, auf ihn wartete, und in diesem Auto waren sie die Straße entlanggerollt, die an Guadarrama vorbeiführt, während der Alte weiterschlief, und dann die Navacerrada-Straße hinauf bis zur Hütte des Alpenklubs, wo er, Robert Jordan, drei Stunden lang schlief, bevor sie sich auf die Beine machten.

So hatte er Golz verlassen, Golz mit dem sonderbaren weißen Gesicht, das sich nie bräunen wollte, mit den Falkenaugen, der großen Nase, den dünnen Lippen und dem kreuz und quer von Runzeln und Narben zerfurchten glatten Schädel. Morgen nacht werden sie vor dem Escorial in der Finsternis aufmarschieren, die lange Kette der Lastautos, die die Infanterie transportieren, die schwerbepackten Mannschaften, wie sie in die Autos klettern, die Maschinengewehrabteilungen, wie sie ihre Maschinengewehre in die Autos wuchten, die Tanks, die über die Ladebalken auf die langgestreckten Tankautos hinaufrollen, die Division, die sich formiert, um im Schutze der Nacht zum Angriff auf den Paß vorzurücken. Daran will er nicht denken. Das ist nicht seine Sache. Das ist Golz' Sache. Er hat nur eines zu tun, und daran muß er denken, und er muß es klar durchdenken und alles so nehmen, wie es kommt, und nicht so viel grübeln. Grübeln ist ebenso schlimm wie Angst haben. Dadurch wird alles nur viel schwieriger.

Er saß am Ufer des Baches, sah das klare Wasser über die Steine gleiten, und am anderen Ufer wuchs ein dichtes Büschel Brunnenkresse. Er stieg über den Bach, rupfte zwei Handvoll aus dem Büschel, säuberte die schmutzigen Wurzeln in der Strömung, setzte sich dann wieder neben seinen Packen hin und aß die sauberen, kühlen grünen Blätter und die knirschenden, pfeffrigscharfen Stengel. Er kniete neben dem Bach nieder, schob seine Armeepistole am Gürtel entlang bis ins Kreuz, damit sie nicht naß wurde, beugte sich nieder, sich mit den Händen auf zwei Felsblöcke stützend, und trank aus dem Bach. Das Wasser war beißend kalt.

Als er sich wieder aufrichtete und den Kopf zur Seite wandte, sah er den Alten die Klippe herunterkommen. In seiner Begleitung befand sich ein zweiter Mann, gleichfalls mit einem schwarzen Bauernkittel und der dunkelgrauen Hose bekleidet, die in dieser Gegend fast wie eine Uniform waren. An den Füßen trug er die mit Hanfschnüren besohlten Schuhe und quer über dem Rücken einen Karabiner. Er war barhäuptig. Die beiden kamen wie die Ziegen über den Fels heruntergeklettert.

Sie näherten sich ihm, und Robert Jordan stand auf.

»*Salud, camarada*«, sagte er lächelnd zu dem Mann mit dem Karabiner.

»*Salud*«, erwiderte der Mann widerwillig. Robert Jordan betrachtete sein grobes, mit Bartstoppeln bedecktes Gesicht. Es war ein fast rundes Gesicht, auch der Kopf war ganz rund und saß dicht auf den Schultern. Die Augen waren klein und standen zu weit auseinander, und die Ohren waren klein und saßen dicht am Kopfe. Er war stämmig, etwa einsachtzig groß und hatte große Hände und Füße. Sein Nasenbein war gebrochen und der Mund an der einen Seite durch eine Narbe zerspalten, die quer über die Oberlippe und die Kinnbacke lief, deutlich sichtbar unter den Bartstoppeln.

Der Alte deutete mit einem Kopfnicken auf diesen Mann und lächelte.

»Er ist hier der Boß«, sagte er grinsend, dann beugte er die Arme, wie um die Muskeln zu straffen, und warf dem Mann mit dem Karabiner einen halb spöttischen, halb bewundernden Blick zu.

»Er ist sehr stark.«

»Das sehe ich«, sagte Robert Jordan und lächelte wieder. Ihm gefiel der Mann nicht, und in seinem Innern lächelte er ganz und gar nicht.

»Wie kannst du nachweisen, wer du bist?« sagte der Mann mit dem Karabiner.

Robert Jordan entfernte eine Sicherheitsnadel von seiner Taschenklappe, zog ein zusammengefaltetes Papier aus der linken Brusttasche des Flanellhemds und reichte es dem Mann, der es aufmachte, es mißtrauisch betrachtete und zwischen den Fingern hin- und herdrehte.

Er kann also nicht lesen, stellte Robert Jordan fest.

»Schau dir das Siegel an«, sagte er.

Der Alte zeigte auf das Siegel, und der Mann mit dem Karabiner betrachtete es aufmerksam, betastete es mit den Fingern.

»Was ist das für ein Siegel?«

»Hast du es noch nie gesehen?«

»Nein.«

»Es gibt zwei«, sagte Robert Jordan. »Das eine vom S.I.M., dem militärischen Nachrichtendienst. Das andere vom Generalstab.«

»Ja, ich habe dieses Siegel schon gesehen. Aber hier befiehlt niemand außer mir«, sagte der andere mürrisch. »Was habt ihr in den Packen?«

»Dynamit«, sagte der Alte stolz. »Gestern nacht haben wir uns in der Dunkelheit hinter die Front geschlichen, und den ganzen Tag lang haben wir dieses Dynamit den Berg heraufgeschleppt.«

»Dynamit kann ich brauchen«, sagte der Mann mit dem Karabiner. Er gab Robert Jordan das Papier zurück und musterte ihn.

»Ja. Ich habe Verwendung für Dynamit. Wieviel hast du mir gebracht?«

»Ich habe dir kein Dynamit gebracht«, sagte Robert Jordan gelassen. »Das Dynamit ist für andere Zwecke bestimmt. Wie heißt du?«

»Was geht dich das an?«

»Er heißt Pablo«, sagte der Alte. Der Mann mit dem Karabiner betrachtete verdrossen die beiden.

»Gut. Ich habe viel Gutes über dich gehört«, sagte Robert Jordan.

»Was hast du über mich gehört?« fragte Pablo.

»Ich habe gehört, daß du ein ausgezeichneter Guerilla-Chef bist, daß du treu zur Republik stehst und deine Treue durch deine Handlungen beweist und daß du ein ernster und tapferer Mensch bist. Ich bringe dir Grüße vom Generalstab.«

»Wo hast du das alles gehört?« fragte Pablo. Robert Jordan merkte, daß keine dieser Schmeicheleien auf den Mann Eindruck machte.

»Von Buitrago bis zum Escorial«, sagte er, das gesamte Gebiet jenseits der Front bezeichnend.

»Ich kenne niemand in Buitrago und im Escorial«, sagte Pablo.

»Es sind ihrer jetzt viele dort drüben, die früher nicht dort waren. Wo stammst du her?«

»Ávila. Was willst du mit dem Dynamit machen?«

»Eine Brücke sprengen.«

»Welche Brücke?«

»Das ist meine Sache.«

»Wenn die Brücke in dieser Gegend liegt, ist es meine Sache. Das geht nicht, daß man Brücken sprengt, wenn man in der Nähe lebt. Hier mußt du leben und anderswo arbeiten. Ich verstehe mein Geschäft. Wenn einer nach einem vollen Jahr noch am Leben ist, dann versteht er sein Geschäft.«

»Das ist meine Sache«, sagte Robert Jordan. »Wir können uns darüber unterhalten. Willst du uns die Packen tragen helfen?«

»Nein«, sagte Pablo und schüttelte den Kopf.

Da wandte sich plötzlich der Alte zu ihm und redete schnell und wütend auf ihn ein, in einem Dialekt, den Robert Jordan nur mit knapper Not verstehen konnte. Es war, als läse man Quevedo. Anselmo sprach altkastilianisch, und was er sagte, lautete ungefähr folgendermaßen: »Bist du ein Vieh? Ja. Bist du ein Klotz? Ja, ein siebenfacher. Hast du ein Hirn? Nein. Keines. Wir kommen hierher in einer überaus wichtigen Sache, und du, mit deiner Wohnung, die man in Frieden lassen soll, du stellst dein Fuchsloch über die Interessen der Menschheit. Über die Interessen deines Volkes. Ich – – – – in die – – – – deines Vaters. Ich – – – und – – – in dein – – –! *Nimm den Sack.*«

Pablo blickte zu Boden.

»Jeder tut, was er kann, je nachdem, wie es richtig ist«, sagte er. »Ich lebe hier, und ich arbeite in der Gegend um Segovia. Wenn ihr hier Wirbel macht, wird man uns aus den Bergen verjagen. Nur weil wir hier nichts machen, können wir uns in den Bergen halten. Das ist der Grundsatz des Fuchses.«

»Ja«, sagte Anselmo böse. »Der Grundsatz des Fuchses, wenn wir den Wolf brauchen.«

»Ich bin mehr Wolf als du«, sagte Pablo, und Robert Jordan wußte, daß er den Packen aufnehmen würde.

»Hi, ho . . .« Anselmo blickte ihn an. »Du bist mehr Wolf als ich, und ich bin 68 Jahre alt.«

Er spuckte aus und schüttelte den Kopf.

»So alt bis du?« fragte Robert Jordan. Er sah, daß für den Augenblick alles in Ordnung war, und versuchte, eine gemütlichere Stimmung zu schaffen.

»Achtundsechzig im Juli.«

»Wenn wir so lange leben«, sagte Pablo. Dann zu Robert Jordan: »Ich werde dir helfen. Laß den Alten den anderen Packen tragen.« Jetzt war sein Ton nicht mehr mürrisch, sondern fast melancholisch. »Er ist ein sehr kräftiger alter Mann.«

»Ich werde den Packen tragen«, sagte Robert Jordan.

»Nein«, sagte der Alte. »Überlaß das diesem anderen starken Mann.«

»Ich trage ihn«, sagte Pablo, und in seiner Verdrossenheit lag eine Trauer, die Robert Jordan beunruhigte. Er kannte diese Trauer, und ihr hier zu begegnen, bereitete ihm Unbehagen. »Dann gib mir den Karabiner«, sagte er, und als Pablo ihm das Gewehr reichte, hängte er es über den Rücken. Die beiden Männer kletterten voran, und sie arbeiteten sich mühsam die Felsklippe hinan, bis sie den oberen Rand erreichten. Und dort lag eine grüne Lichtung im Wald.

Sie gingen am Rande der kleinen Wiese entlang, und Robert Jordan, leicht ausschreitend ohne die schwere Last (angenehm hart ist der Karabiner über der Schulter nach der schweren, heißen Last), sah, daß das Gras an mehreren Stellen abgegrast war, und hier und dort war die Spur eines Pikettpfahles zu sehen, der in der Erde gesteckt hatte. Er sah die Fährte im Grase, wo die Pferde zum Bache gewandert waren, um zu trinken, und frischer Dung lag umher. Hier binden sie des Nachts die Pferde an und lassen sie grasen, dachte er, und am Tage verstecken sie sie im Wald. Wieviel Pferde mag dieser Pablo haben?

Jetzt erinnerte er sich: er hatte festgestellt, ohne es sich bewußt zu machen, daß Pablos Hose an den Knien und Schenkeln abgescheuert war und wie Seife glänzte. Ob er Reitstiefel hat, oder ob er in diesen *alpargatas* reitet? Er muß gut equipiert sein. Aber diese Traurigkeit gefällt mir nicht, dachte Jordan. Diese Traurigkeit ist schlecht. Das ist die Traurigkeit, der sie verfallen, bevor sie desertieren – oder verraten. Das ist die Traurigkeit, die vor dem Schlappmachen kommt.

Dicht vor ihnen wieherte ein Pferd, und dann erblickte er zwischen den braunen Stämmen der Kiefern – nur ganz wenig Sonnenlicht drang durch die dichten, fast ineinander verfilzten Wipfel – die Hürde, zwei Stricke, die um die Baumstämme gespannt waren. Die Pferde richteten ihre Köpfe den herankommenden Männern zu, und am Fuß eines Baumes außerhalb des Pferchs lagen die Sättel, mit einem Zelttuch zugedeckt.

Als sie angelangt waren, blieben die beiden Männer mit den Packen stehen, und Robert Jordan wußte, daß er jetzt die Pferde zu bewundern habe.

»Ja«, sagte er. »Sie sind schön.« Er wandte sich zu Pablo. »Du hast deine eigene Kavallerie.«

Fünf Pferde standen in der Seilhürde, drei Braune, ein Rotfuchs und ein Grauer. Nachdem Robert Jordan sie im ganzen betrachtet hatte, ließ er nun sorgsam seine Blicke von dem einen zum andern wandern. Pablo und Anselmo wußten, was für feine Tiere das waren, und während Pablo nun in stolzer Haltung dastand und etwas weniger traurig dreinsah, liebevoll die Pferde betrachtend, benahm sich der Alte, als handelte es sich hier um eine große Überraschung, die er selber ganz plötzlich produziert habe.

»Wie findest du sie?« fragte er.

»Alle fünf habe ich erbeutet«, sagte Pablo, und Robert Jordan freute sich über den stolzen Ton.

»Das da«, sagte Robert Jordan und zeigte auf einen der Braunen, einen großen Hengst mit einer weißen Blesse auf der Stirn und einem einzelnen weißen Vorderfuß, »das ist Pferdefleisch.«

Es war ein prachtiger Gaul, er sah aus wie aus einem Bilde von Velázquez entsprungen.

»Sie sind alle sehr fein«, sagte Pablo. »Verstehst du was von Pferden?«

»Ja.«

»Nicht übel«, sagte Pablo. »Siehst du irgendwo einen Fehler?«

Robert Jordan wußte, daß jetzt der Mann, der nicht lesen konnte, seine Papiere prüfte.

Die Pferde reckten die Köpfe empor und schauten den Mann an. Robert Jordan schlüpfte durch das Doppelseil des Pferchs und klatschte mit der flachen Hand auf die Hanke des Grauen. Er lehnte sich gegen die Seile und beobachtete die Pferde, wie sie rund um die Hürde trabten, betrachtete sie dann noch eine Minute länger, während sie still standen, bückte sich dann und verließ die Hürde.

»Der Rotfuchs lahmt an einem Hinterhuf«, sagte er zu Pablo, ohne ihn anzuschauen. »Der Huf ist gespalten. Beschlägt man ihn richtig, dann wird es sich vielleicht nicht so bald ver-

schlimmern, aber man muß damit rechnen, daß er zusammenbricht, wenn das Gelände hart ist.«
»Das war schon so, als wir ihn schnappten«, sagte Pablo.
»Das beste Pferd, das du hast, der braune Hengst mit der Blesse, hat am oberen Teil des Schienbeins eine Schwellung, die mir nicht gefällt!«
»Das ist nichts«, sagte Pablo. »Vor drei Tagen hat er sich angeschlagen. Wenn daraus was werden sollte, wär's schon geworden.«
Er zog das Segeltuch beiseite und zeigte die Sättel: zwei gewöhnliche Vaquero- oder Hirtensättel, ein sehr hübscher Vaquerosattel mit handgearbeitetem Leder und schweren, geschuhten Steigbügeln und zwei schwarzlederne Militärsättel.
»Wir haben zwei von der Guardia Civil erledigt«, sagte er, auf die Militärsättel deutend.
»Edelwild.«
»Sie waren abgesessen, auf der Straße zwischen Segovia und Santa María del Real. Sie waren abgesessen, um von einem Kutscher die Papiere zu verlangen. Wir konnten sie abschießen, ohne die Pferde zu beschädigen.«
»Habt ihr viele *civiles* erledigt?« fragte Robert Jordan.
»Etliche«, sagte Pablo. »Aber nur diese beiden ohne Schaden für die Gäule.«
»Er, Pablo, hat den Zug bei Arévalo gesprengt«, sagte Anselmo.
»Das war Pablo.«
»Wir hatten einen Fremden bei uns, der hat die Explosion gemacht«, sagte Pablo. »Kennst du ihn?«
»Wie heißt er?«
»Ich erinnere mich nicht. Es war ein sehr merkwürdiger Name.«
»Wie hat er ausgesehen?«
»Er war blond wie du, aber nicht so groß, und hatte große Hände und eine gebrochene Nase.«
»Kaschkin«, sagte Robert Jordan. »Das dürfte Kaschkin gewesen sein.«

»Ja«, sagte Pablo. »Es war ein sehr merkwürdiger Name. So ähnlich. Was ist aus ihm geworden?«

»Er ist tot, seit April.«

»So geht es jedem«, sagte Pablo finster. »So werden wir alle enden.«

»So enden alle Menschen«, sagte Anselmo. »So haben die Menschen schon immer geendet. Was ist mit dir los, Mensch? Was liegt dir im Magen?«

»*Sie* sind sehr stark«, sagte Pablo. Es war, als spreche er mit sich selbst. Er betrachtete mit düsterem Blick die Pferde. »Ihr wißt nicht, wie stark sie sind. Ich sehe, sie werden immer stärker, immer besser bewaffnet. Und haben immer mehr Material. Da stehe ich mit solchen Pferden. Und was habe ich zu erwarten? Gehetzt werden und sterben. Weiter nichts.«

»Du hetzt die anderen, so wie sie dich hetzen«, sagte Anselmo.

»Nein«, sagte Pablo. »Jetzt nicht mehr. Und wenn wir aus diesen Bergen weg müssen, wo sollen wir hin? Antworte mir! Wohin?«

»Es gibt viele Berge in Spanien. Es gibt die Sierra de Gredos, wenn man von hier weg muß.«

»Nicht für mich«, sagte Pablo. »Ich habe es satt, mich hetzen zu lassen. Hier geht es uns gut. Wenn ihr jetzt eine Brücke sprengt, wird man uns hetzen. Wenn sie wissen, daß wir hier sind, und Flugzeuge schicken, werden sie uns aufspüren. Wenn sie die Mauren auf uns hetzen, werden sie uns finden, und wir müssen weg. Ich habe das alles satt. Hörst du?« Er wandte sich zu Robert Jordan. »Mit welchem Recht kommst du Ausländer zu mir und sagst mir, was ich zu tun habe?«

»Ich habe dir keineswegs gesagt, was du zu tun hast«, erwiderte Robert Jordan.

»Aber das wird kommen«, sagte Pablo. »Da! Das ist das Übel!« Er zeigte auf die zwei schweren Packen, die sie abgelegt hatten, während sie die Pferde betrachteten. Der Anblick der Pferde hatte wohl dies alles in ihm aufgewühlt, und daß er sah, was für ein Pferdekenner Robert Jordan war, hatte ihm anscheinend die Zunge gelöst. Alle drei standen sie nun an der Seilhürde,

und die Flecken des Sonnenlichtes ruhten auf dem Fell des braunen Hengstes. Pablo schaute ihn an, stieß dann mit dem Fuß gegen den schweren Packen. »Das ist das Übel.«
»Ich bin hier, um meine Pflicht zu tun«, sagte Robert Jordan zu ihm. »Ich habe meine Befehle von der militärischen Leitung erhalten. Wenn ich dich bitte, mir zu helfen, kannst du es ablehnen, und ich werde andere finden, die mir helfen. Ich habe dich noch nicht einmal um deine Hilfe gebeten. Ich habe durchzuführen, was man mir aufgetragen hat, und ich kann dir versichern, daß es wichtig ist. Daß ich Ausländer bin, ist nicht meine Schuld. Ich möchte lieber hier geboren sein.«
»Für mich ist das wichtigste, daß wir hier nicht gestört werden«, sagte Pablo. »Für mich ist es die Pflicht gegen die Meinen und gegen mich selbst.«
»Gegen dich selbst, ja«, sagte Anselmo. »Du selbst, schon seit langem! Du selbst und deine Pferde. Solang du keine Pferde hattest, warst du mit uns. Jetzt bist du auch nur so ein Kapitalist.«
»Das ist ungerecht«, sagte Pablo. »Immer setze ich die Pferde aufs Spiel für die Sache.«
»Sehr selten«, sagte Anselmo verächtlich. »Sehr selten, meiner Meinung nach. Rauben, ja. Gut essen, ja. Morden, ja. Kämpfen, nein.«
»Du bist ein alter Mann, der sich den Mund verbrennen wird.«
»Ich bin ein alter Mann, der vor niemandem Angst hat«, erwiderte Anselmo. »Außerdem bin ich ein alter Mann, der keine Pferde hat.«
»Du bist ein alter Mann, der nicht sehr lange leben wird.«
»Ich bin ein alter Mann, der so lange leben wird, bis er stirbt«, sagte Anselmo. »Ich habe keine Angst vor Füchsen.«
Pablo schwieg, hob aber den Packen auf.
»Und auch vor Wölfen nicht«, sagte Anselmo, nach dem anderen Packen greifend. »Wenn du ein Wolf bist.«
»Halt's Maul«, sagte Pablo zu ihm. »Du bist ein alter Mann, der immer zuviel quatscht.«
»Und tut, was er sagt, daß er's tun will«, sagte Anselmo, gebeugt unter der schweren Last. »Und jetzt hungrig ist. Und

durstig. Los, du Guerillaführer mit der Trauermiene. Führe uns irgendwohin, wo wir was zu essen kriegen.«

Es fängt schlimm genug an, dachte Robert Jordan. Aber Anselmo ist ein Kerl. Wenn sie in Ordnung sind, dachte er, sind sie prächtig. Es gibt nicht ihresgleichen, wenn sie in Ordnung sind. Und wenn sie ins falsche Fahrwasser geraten, dann gibt es keine Schlimmeren als sie. Anselmo muß gewußt haben, was er tut, als er mich hierherschleppte. Aber mir gefällt das nicht. Mir gefällt das alles nicht.

Das einzige gute Zeichen war, daß Pablo den Packen trug und daß er ihm den Karabiner gegeben hatte. Vielleicht ist er immer so, dachte Robert Jordan, vielleicht gehört er ganz einfach zu der mürrischen Sorte.

Nein, sagte er zu sich selber, mach dir nichts vor. Du weißt nicht, wie er früher war, aber du weißt, daß er auf der schiefen Bahn ist, und er macht gar kein Hehl daraus. Wenn er anfängt, es zu verstecken, dann hat er seinen Entschluß gefaßt. Vergiß das nicht, sagte Jordan zu sich selber. Sowie er sich freundlich stellt, wird er seinen Entschluß gefaßt haben. Aber verdammt gute Pferde sind das, dachte er, schöne Pferde. Ich möchte wissen, was auf mich so wirken könnte, wie diese Gäule auf Pablo wirken. Der Alte hat recht. Die Pferde haben ihn reich gemacht, und als er reich war, wollte er das Leben genießen. Nicht lange, und er wird traurig sein, weil er nicht in den Jokkey-Klub eintreten kann. *Pauvre Pablo. Il a manqué son Jockey.*

Bei diesem Gedanken wurde ihm wohl. Grinsend betrachtete er die zwei gebeugten Rücken und die schweren Säcke, die sich vor ihm durch den Wald bewegten. Er hatte den ganzen Tag lang an nichts Lustiges gedacht, und jetzt fühlte er sich besser. Du wirst, sagte er zu sich, genauso werden wie alle die anderen. Auch du wirst trübsinnig. Ja, als er bei Golz saß, war er trübsinnig und feierlich. Der Auftrag hatte ihn ein bißchen überwältigt. Ein klein wenig überwältigt, dachte er. Sehr überwältigt. Golz war heiter und hatte sich bemüht, auch ihn aufzuheitern, bevor er wegging, aber er, Jordan, war gar nicht heiter gewesen.

Die Besten, wenn du es dir genau überlegst, sind immer heiter. Es ist viel besser, heiter zu sein, und hat auch seine Bedeutung, so als ob man noch bei Lebzeiten unsterblich wäre. Eine komplizierte Sache. Aber es sind nicht mehr viele von ihnen übrig. Nein, es sind nicht mehr viele von den Heiteren übrig. Verdammt wenige sind übriggeblieben. Und wenn du so weitergrübelst, mein Junge, wirst auch du nicht übrigbleiben. Stell jetzt das Denken ein, alter Knabe, alter Freund. Du bist jetzt ein Brückensprenger. Kein Denker. Junge, bin ich hungrig, dachte er. Hoffentlich ißt man gut bei Pablo.

2

Sie hatten nun, durch den dichten Wald stapfend, das napfförmige obere Ende des kleinen Tales erreicht, und dort mußte das Lager sein, unter der Schutthalde, die vor ihren Augen zwischen den Bäumen emporstieg.
Ja, das war das Lager, und es war ein gutes Lager. Man konnte es nicht eher sehen, als bis man ganz in der Nähe war, und Robert Jordan wußte, daß es von der Luft aus nicht zu erspähen war. Nichts würde man von oben sehen können. Es lag so gut geschützt wie eine Bärenhöhle. Aber es schien auch nicht viel besser bewacht zu sein. Sorgfältig schaute Jordan sich um, während sie näher kamen. Im felsigen Geröll öffnete sich eine große Höhle, und neben der Öffnung saß ein Mann, mit dem Rücken an den Fels gelehnt, die Beine vor sich hin gestreckt, den Karabiner neben sich. Er schnitzelte mit einem Messer an einem Stück Holz herum, starrte die Herankommenden an, schnitzelte dann weiter.
»*Hola!*« sagte der Sitzende. »Was kommt denn da?«
»Der Alte und ein Dynamiter«, sagte Pablo und setzte den Packen innerhalb des Höhleneingangs ab. Auch Anselmo legte seinen Packen ab, und Robert Jordan nahm die Flinte vom Rücken und lehnte sie gegen den Fels.

»Laß das Zeug nicht so dicht bei der Höhle liegen«, sagte der Holzschnitzer. Er hatte blaue Augen in einem dunklen, hübschen, trägen Zigeunergesicht von der Farbe geräucherten Leders. »Drin brennt das Feuer.«

»Steh auf und schaff's selber weg«, sagte Pablo. »Leg's unter den Baum dort.«

Der Zigeuner rührte sich nicht, dann sagte er etwas Nichtwiederzugebendes, und dann in trägem Ton: »Laß es liegen. Flieg in die Luft! Wirst deine Krankheiten los.«

»Was machst du da?« Robert Jordan setzte sich neben den Zigeuner. Der Zigeuner zeigte ihm, was er machte. Es war eine Falle, und er schnitzte gerade den Querbalken zurecht.

»Für Füchse«, sagte er, »mit einem Klotz, der sie tötet. Bricht ihnen das Kreuz.« Er grinste Jordan an. »So, siehst du?« Er deutete mit Gebärden an, wie das Gerüst in der Falle zusammenklappt und der Klotz herabfällt, dann schüttelte er den Kopf, zog die Hand zurück und breitete die Arme aus, um den Fuchs mit dem gebrochenen Rückgrat zu demonstrieren. »Sehr praktisch«, erklärte er.

»Er fängt Kaninchen«, sagte Anselmo. »Er ist ein Zigeuner. Deshalb sagt er, es sind Füchse. Wenn er einen Fuchs fängt, dann wird er sagen, es war ein Elefant.«

»Und wenn ich einen Elefanten fange?« fragte der Zigeuner und zeigte wieder die weißen Zähne und zwinkerte Robert Jordan zu.

»Dann wirst du sagen, es war ein Tank«, sagte Anselmo.

»Ich fange einen Tank«, sagte der Zigeuner. »Ich werde einen Tank fangen. Und du kannst sagen, es ist, was du willst.«

»Zigeuner reden viel und töten wenig«, sagte Anselmo.

Der Zigeuner zwinkerte Robert Jordan zu und schnitzelte weiter.

Pablo war in der Höhle verschwunden. Robert Jordan hoffte, er würde etwas zu essen holen. Er saß neben dem Zigeuner auf der Erde, die Nachmittagssonne schien durch die Baumwipfel und wärmte seine ausgestreckten Beine. Nun kam ein Essengeruch aus der Höhle, ein Geruch von Öl und Zwiebeln und

gebratenem Fleisch, und sein Magen krampfte sich vor Hunger zusammen.
»Wir können einen Tank fangen«, sagte er zu dem Zigeuner. »Es ist nicht allzu schwer.«
»Damit?« Der Zigeuner zeigte auf die beiden Säcke.
»Ja, ich werde es dir beibringen. Man baut eine Falle. Es ist nicht allzu schwierig.«
»Wir beide?«
»Gewiß«, sagte Robert Jordan. »Warum nicht?«
»He«, sagte der Zigeuner zu Anselmo. »Schaff die beiden Säcke an einen sicheren Ort, ja! Sie sind wertvoll.«
Anselmo brummte. »Ich hole Wein«, sagte er zu Robert Jordan.
Robert Jordan stand auf, schleppte die Säcke von dem Höhleneingang weg und lehnte sie gegen einen Baumstamm, aber nicht beide an dieselbe Seite. Er wußte, was sie beide enthielten, und er sah sie nicht gerne dicht beisammen.
»Bring eine Tasse für mich mit«, sagte der Zigeuner.
»Habt ihr Wein?« fragte Robert Jordan und setzte sich wieder neben den Zigeuner.
»Wein? Warum nicht? Einen ganzen Schlauch voll. Einen halben Schlauch auf jeden Fall.«
»Und was zu essen?«
»Alles, Mann«, sagte der Zigeuner. »Wir essen wie die Generale.«
»Was tun Zigeuner im Krieg?« fragte ihn Robert Jordan.
»Sie bleiben Zigeuner.«
»Das ist eine schöne Beschäftigung.«
»Die beste«, sagte der Zigeuner. »Wie heißt du?«
»Roberto. Und du?«
»Rafael. Und das mit dem Tank ist ernst gemeint?«
»Gewiß. Warum nicht?«
Anselmo kam aus der Höhle mit einem tiefen Steinnapf voller Rotwein, und an seinen Fingern baumelten drei Henkeltassen. »Schau!« sagte er. »Sie haben Tassen und alles.« Hinter ihm erschien Pablo.

»Es gibt bald was zu essen«, sagte er. »Hast du Tabak?«
Robert Jordan ging zu den Rucksäcken hinüber, öffnete den einen, tastete nach einer Innentasche und holte eine der flachen Schachteln mit russischen Zigaretten hervor, die er in Golz' Hauptquartier bekommen hatte. Er ritzte mit dem Daumennagel den Rand der Schachtel, öffnete den Deckel und reichte die Zigaretten Pablo hin, der sich ein halbes Dutzend nahm. Pablo, die Zigaretten in der riesigen Hand, hielt eine davon gegen das Licht. Es waren lange, schmale Zigaretten mit Pappmundstück.
»Viel Luft und wenig Tabak«, sagte er. »Ich kenne sie. Der andere mit dem sonderbaren Namen hat solche gehabt.«
»Kaschkin«, sagte Robert Jordan und bot die Zigaretten dem Zigeuner und Anselmo an, die jeder eine nahmen.
»Nehmt mehr«, sagte er, und sie nahmen jeder noch eine. Er gab jedem noch vier dazu, und sie dankten ihm mit einem zweimaligen Winken der Hand, die die Zigaretten hielt, so daß das Zigarettenende nach vorne wippte wie ein Degen, den man zum Gruß senkt.
»Ja«, sagte Pablo. »Es war ein sonderbarer Name.«
»Da ist der Wein.« Anselmo schöpfte eine Tasse voll aus dem Napf und reichte sie Robert Jordan, dann schöpfte er eine für sich und eine für den Zigeuner.
»Ist für mich kein Wein da?« fragte Pablo. Sie saßen alle beisammen neben dem Eingang der Höhle.
Anselmo reichte ihm eine Tasse und ging in die Höhle, um noch eine zu holen. Als er wieder herauskam, beugte er sich über den Napf, füllte die Tasse, und sie alle stießen mit ihren Tassen an.
Der Wein war gut, mit einem leichten Harzgeschmack von dem Schlauch, aber ausgezeichnet, leicht und angenehm auf der Zunge. Robert Jordan trank langsam, er fühlte, wie die Wärme seine Müdigkeit durchströmte.
»Gleich kommt das Essen«, sagte Pablo. »Und dieser Ausländer mit dem merkwürdigen Namen, wie ist er gestorben?«
»Er geriet in Gefangenschaft und beging Selbstmord.«

»Wie kam das?«
»Er war verwundet, und er wollte kein Kriegsgefangener sein.«
»Weißt du Näheres?«
»Nein«, log Jordan. Er kannte die Einzelheiten sehr genau, und er wußte, daß sie jetzt kein gutes Gesprächsthema abgeben würden.
»Wir mußten ihm versprechen, ihn zu erschießen«, sagte Pablo, »wenn er bei der Zuggeschichte verwundet wird und nicht mehr weg kann. Er hat sehr sonderbar dahergeredet.«
Er muß schon damals nervös gewesen sein, dachte Robert Jordan. Armer Kaschkin.
»Er hatte ein Vorurteil dagegen, sich selber umzubringen«, sagte Pablo. »Er hat es mir gesagt. Auch hatte er große Angst davor, gefoltert zu werden.«
»Hat er es auch dir gesagt?« fragte Robert Jordan.
»Ja«, sagte der Zigeuner. »So hat er mit uns allen geredet.«
»Warst du auch mit bei dem Zug?«
»Ja. Wir waren alle mit bei dem Zug.«
»Er hat sehr verwunderlich geredet«, sagte Pablo. »Aber er war sehr tapfer.«
Armer Kaschkin, dachte Robert Jordan. Er hat wohl mehr Schaden angerichtet als Nutzen. Wenn ich bloß gewußt hätte, daß er schon damals so nervös war. Man hätte ihn abberufen müssen. Es tut nicht gut, wenn Leute, die diese Arbeit machen, solches Zeug reden. So redet man nicht. Auch wenn sie ihren Auftrag durchführen, schaden sie mehr, als sie nützen, mit solchem Gerede.
»Er war ein wenig sonderbar«, sagte Robert Jordan. »Ich glaube, er war ein bißchen verrückt.«
»Aber sehr geschickt. Was für schöne Explosionen er gemacht hat«, sagte der Zigeuner. »Und sehr tapfer.«
»Aber verrückt«, sagte Robert Jordan. »Bei solchen Geschichten muß man sehr viel Kopf haben, und einen sehr kühlen Kopf. So redet man nicht.«
»Du«, sagte Pablo. »Wenn du bei einer solchen Sache wie der Brücke verwundet wirst, möchtest du dann, daß man dich zurückläßt?«

»Hör mal«, sagte Robert Jordan, beugte sich vor und füllte seine Tasse wieder mit Wein. »Hör genau zu. Wenn ich mal von jemandem eine kleine Gefälligkeit zu verlangen habe, dann werde ich ihn im entsprechenden Augenblick darum bitten.«

»Gut«, sagte der Zigeuner beifällig. »So reden die Richtigen. Ah, da kommt es.«

»Du hast schon gegessen«, sagte Pablo.

»Und ich kann noch zweimal soviel essen«, erwiderte der Zigeuner. »Schau mal, wer das Essen bringt.«

Das Mädchen bückte sich, als sie mit der großen, eisernen Kochpfanne aus der Höhle kam, und Robert Jordan sah ihr Gesicht von der Seite, und sah zugleich das Seltsame an ihr. Sie lächelte und sagte: *»Hola,* Genosse«, und Robert Jordan sagte: *»Salud«* und bemühte sich, sie nicht anzustarren und auch nicht wegzuschauen. Sie stellte die flache Pfanne vor ihn hin, und ihm fielen ihre schönen braunen Hände auf. Jetzt blickte sie ihm voll ins Gesicht und lächelte. Ihre Zähne waren weiß in dem braunen Gesicht, ihre Haut und ihre Augen waren von dem gleichen goldgelben Braun. Sie hatte hohe Backenknochen, lustige Augen und einen regelmäßigen Mund mit vollen Lippen. Ihr Haar hatte das goldene Gelb eines Kornfeldes, das die Sonne gebräunt hat, aber sie trug es sehr kurz geschnitten, so daß es nicht viel länger war als die Haare eines Biberpelzes. Sie lächelte Robert Jordan ins Gesicht und hob die braune Hand und strich sich über den Kopf, das Haar glättend, das, kaum geglättet, sich wieder aufrichtete. Sie hat ein schönes Gesicht, dachte Robert Jordan, sie würde schön sein, wenn man ihr nicht die Haare gestutzt hätte.

»So kämme ich mich«, sagte sie lachend zu Robert Jordan. »Los! Iß! Starr mich nicht an! So haben sie mir in Valladolid das Haar geschnitten. Es ist jetzt schon fast wieder nachgewachsen.«

Sie setzte sich ihm gegenüber hin und betrachtete ihn. Er erwiderte ihren Blick, und sie lächelte und faltete die Hände über den Knien. Ihre Beine ragten lang und schlank aus den

offenen Stulpen der Hose hervor, wie sie so dasaß, die Hände über den Knien, und er sah die Kontur ihrer kleinen, emporstehenden Brüste unter dem braunen Hemd. Sooft Robert Jordan sie ansah, wurde ihm das Atmen schwer.
»Teller sind keine da«, sagte Anselmo. »Du mußt dein eigenes Messer benützen.«
Das Mädchen hatte vier Gabeln mit den Zinken nach unten an den Rand der eisernen Pfanne gelehnt.
Nun aßen sie alle aus der Pfanne, wortlos, wie das spanische Sitte ist. Es war Kaninchenfleisch, mit Zwiebeln und grünem Pfeffer gekocht, und Kichererbsen schwammen in der Rotweinsoße. Das Essen war gut gekocht, das Kaninchenfleisch von den Knochen gelöst, und die Soße schmeckte ausgezeichnet. Robert Jordan trank während des Essens noch eine Tasse Wein. Das Mädchen beobachtete ihn unablässig. Die anderen kümmerten sich alle nur um ihr Essen. Mit einem Stück Brot tunkte Robert Jordan den letzten Rest Soße auf, schob die Knochen zur Seite, tunkte auch dort, wo sie gelegen hatten, die Soße mit Brot auf, wischte dann an dem Brot seine Gabel ab, wischte das Messer ab, steckte es weg und aß das Brot. Er beugte sich vor und tauchte seine Tasse in den Wein, und das Mädchen beobachtete ihn immer noch.
Robert Jordan trank die Tasse zur Hälfte leer, aber es verschlug ihm den Atem, wenn er das Mädchen ansah.
»Wie heißt du?« fragte er. Pablo warf ihm einen raschen Blick zu, als er den Ton seiner Stimme hörte. Dann stand er auf und ging weg.
»Maria. Und du?«
»Roberto. Bist du schon lange in den Bergen?«
»Drei Monate.«
»Drei Monate?« Er blickte nach ihrem Haar, das so dicht und kurz und gewellt war, jetzt da sie verlegen mit der Hand darüber wegstrich, wie ein Kornfeld im Winde an einem Hügelhang.
»Rasiert«, sagte sie. »Im Gefängnis von Valladolid hat man uns regelrecht rasiert. Drei Monate hat's gedauert, bis es so weit

nachgewachsen ist. Ich war im Zug. Ich sollte nach dem Süden kommen. Viele von den Gefangenen hat man wieder erwischt, nachdem der Zug in die Luft geflogen war, mich aber nicht. Ich bin mit den Leuten hier mitgegangen.«

»Ich habe sie gefunden, sie hatte sich in den Felsen versteckt«, sagte der Zigeuner. »Gerade als wir weg wollten. Junge, das war nicht schön. Wir nahmen sie mit. Aber ich dachte oft, wir müßten sie zurücklassen.«

»Der andere, der mit beim Zug war?« fragte Maria. »Der andere Blonde. Der Ausländer. Wo ist er?«

»Tot«, sagte Robert Jordan. »Seit April.«

»April? Im April war die Sache mit dem Zug.«

»Ja«, sagte Robert Jordan. »Zehn Tage nachher ist er gestorben.«

»Armer Kerl«, sagte sie, »er war sehr tapfer. Und du machst dasselbe wie er?«

»Ja.«

»Du hast auch schon Züge gesprengt?«

»Ja. Dreimal.«

»Hier?«

»In der Estremadura«, sagte er. »Bevor ich hierherkam, war ich in der Estremadura. Wir machen viel in der Estremadura. Viele von uns arbeiten in der Estremadura.«

»Und warum kommst du jetzt zu uns in die Berge?«

»Ich habe den Platz des anderen Blonden übernommen. Außerdem kenne ich die Gegend aus der Zeit vor der Bewegung.«

»Kennst du sie gut?«

»Nein, eigentlich nicht. Aber ich lerne schnell. Ich habe eine gute Karte und einen guten Führer.«

»Der Alte«, sagte sie und nickte. »Der Alte ist sehr gut.«

»Danke«, sagte Anselmo zu ihr, und Robert Jordan merkte plötzlich, daß er mit dem Mädchen nicht allein war, und er merkte auch, daß es ihm schwerfiel, sie anzuschauen, weil sich dann seine Stimme so sehr veränderte. Er war im Begriff, sich gegen die zweite der beiden Regeln zu versündigen, die man beachten muß, wenn man mit Spanisch sprechenden Menschen gut auskommen will: Gib den Männern Tabak und laß die Weiber in Frieden. Und er hatte ganz plötzlich das Gefühl, daß es ihm egal sei. Es gab so vieles, das ihm egal sein mußte, warum sollte ihm nicht auch das egal sein?

»Du hast ein sehr schönes Gesicht«, sagte er zu Maria. »Daß ich nicht das Glück hatte, dich zu sehen, bevor sie dir das Haar gestutzt haben!«

»Es wird nachwachsen. In sechs Monaten wird es genügend lang sein.«

»Du hättest sie sehen müssen, wie wir sie damals mitschleppten. Sie war so häßlich, daß einem schlecht wurde.«

»Wessen Frau bist du?« fragte Robert Jordan. Er versuchte jetzt, sich herauszuwinden. »Bist du Pablos Frau?«

Sie schaute ihn an und lachte, schlug ihm mit der Hand aufs Knie.

»Pablo? Hast du Pablo gesehen?«

»Gut, also dann Rafael. Rafael habe ich gesehen.«

»Auch nicht Rafael.«

»Niemand«, sagte der Zigeuner. »Sie ist ein sonderbares Ding und gehört niemandem. Aber sie kocht gut.«

»Wirklich niemandem?« fragte Jordan sie.

»Niemandem, keinem einzigen. Weder im Scherz noch im Ernst. Und auch dir nicht.«

»Nein?« sagte Robert Jordan, und wieder fühlte er, wie es ihm die Kehle zuschnürte. »Gut. Denn ich habe keine Zeit für Weiber. Wirklich nicht.«

»Keine fünfzehn Minuten?« fragte der Zigeuner spottend. »Nicht einmal eine Viertelstunde?« Robert Jordan antwortete nicht. Er sah das Mädchen Maria an, und es würgte ihn so sehr in der Kehle, daß er nicht zu sprechen wagte.

Maria betrachtete ihn lachend, dann errötete sie plötzlich, aber sie wandte den Blick nicht von ihm.

»Du wirst rot«, sagte Robert Jordan zu ihr. »Wirst du oft rot?«

»Nie.«

»Aber jetzt bist du rot geworden.«

»Dann werde ich in die Höhle gehen.«
»Bleib hier, Maria.«
»Nein«, sagte sie, ohne zu lächeln. »Ich werde jetzt in die Höhle gehen.« Sie griff nach der eisernen Pfanne, aus der sie gegessen hatten, und nach den vier Gabeln. Sie bewegte sich unbeholfen wie ein Füllen, aber mit der Anmut eines jungen Tieres.
»Braucht ihr die Tassen?« fragte sie.
Robert Jordan sah sie immer noch an, und sie errötete wieder.
»Mach mich nicht erröten. Ich will nicht rot werden.«
»Laß die Tassen hier«, sagte der Zigeuner zu ihr. »Da.« Er tauchte eine Tasse in den steinernen Napf und reichte sie Robert Jordan, der dem Mädchen nachblickte, wie sie sich bückte und mit der schweren Eisenpfanne in der Höhle verschwand.
»Danke«, sagte Robert Jordan. Jetzt, da das Mädchen weg war, klang seine Stimme wieder ruhig. »Das ist die letzte. Wir haben genug getrunken.«
»Wir trinken den Napf leer«, sagte der Zigeuner. »Der halbe Schlauch ist noch voll. Wir haben ihn mit einem der Gäule geschnappt.«
»Das war Pablos letzter Streifzug«, sagte Anselmo. »Seit damals hat er nichts mehr gemacht.«
»Wie viele seid ihr?« fragte Robert Jordan.
»Wir sind sieben, und dazu die zwei Weiber.«
»Zwei?«
»Ja, Pablos *mujer!*«
»Und sie?«
»In der Höhle. Das Mädchen kann ein bißchen kochen. Ich habe gesagt, sie kocht gut, damit sie sich freut. Aber meistens hilft sie der *mujer* von Pablo.«
»Und wie ist sie, die *mujer* von Pablo?«
»Etwas barbarisch«, sagte der Zigeuner grinsend. »Etwas sehr barbarisch. Wenn du Pablo häßlich findest, warte, bis du seine Frau siehst. Aber mutig. Hundertmal mutiger als Pablo. Aber etwas barbarisch.«

»Anfangs war Pablo sehr mutig«, sagte Anselmo. »Anfangs war Pablo sehr ernst zu nehmen.«
»Er hat mehr Menschen umgebracht als die Cholera«, sagte der Zigeuner. »Zu Beginn der Bewegung hat Pablo mehr Menschen umgebracht als der Typhus.«
»Aber jetzt ist er schon seit langem *muy flojo*«, sagte Anselmo. »Sehr schlapp. Er hat große Angst vor dem Sterben.«
»Vielleicht deshalb, weil er zu Anfang so viele umgebracht hat«, sagte der Zigeuner philosophierend. »Pablo hat mehr Menschen umgebracht als die Pest.«
»Das und der Reichtum«, sagte Anselmo. »Außerdem trinkt er sehr viel. Jetzt möchte er sich gern zur Ruhe setzen wie ein *matador de toros*. Wie ein Stierkämpfer. Aber er kann sich nicht zur Ruhe setzen.«
»Wenn er auf die andere Seite der Front geht, nehmen sie ihm seine Pferde weg und stecken ihn in die Armee«, sagte der Zigeuner. »Ich bin auch nicht darauf versessen, in die Armee zu kommen.«
»Wie alle Zigeuner«, sagte Anselmo.
»Warum auch?« fragte der Zigeuner. »Wer will schon zur Armee? Machen wir Revolution, um zur Armee zu kommen? Ich will gern kämpfen, aber nicht zur Armee kommen.«
»Wo sind die andern?« fragte Robert Jordan. Er fühlte sich wohl und schläfrig vom Wein, er legte sich rücklings auf den Waldboden und sah zwischen den Baumwipfeln die kleinen Abendwölkchen des Gebirges langsam über den hohen spanischen Himmel gleiten.
»Zwei schlafen in der Höhle«, sagte der Zigeuner. »Zwei stehen oben Wache bei unserer Kanone. Einer hält unten Wache. Wahrscheinlich schlafen sie alle.«
Robert Jordan wälzte sich auf die Seite.
»Was für eine Kanone ist das?«
»Es ist ein sonderbarer Name«, sagte der Zigeuner. »Er ist mir jetzt ganz entfallen. Es ist ein Maschinengewehr.«
Es muß ein leichtes MG sein, dachte Robert Jordan.
»Wie schwer ist es?« fragte er.

»Ein Mann kann es tragen, aber es ist schwer. Es hat drei Beine, die man zusammenklappt. Wir haben es bei dem letzten ernsthaften Streifzug erbeutet. Dem vor dem Wein.«

»Wieviel Munition habt ihr?«

»Unendlich viel«, sagte der Zigeuner. »Eine ganze Kiste, die unglaublich schwer ist.«

Das dürften etwa fünfhundert Magazine sein, dachte Robert Jordan.

»Wie wird es geladen? Aus einer Scheibe oder einem Gurt?«

»Oben drauf sind runde Blechdosen.«

Teufel noch mal, ein Lewis-Gewehr, dachte Robert Jordan.

»Verstehst du etwas von Maschinengewehren?« fragte er den Alten.

»*Nada*«, sagte Anselmo. »Nichts.«

»Und du?« zu dem Zigeuner.

»Daß sie sehr schnell schießen und so heiß werden, daß man sich die Hand verbrennt, wenn man den Lauf anfaßt«, sagte der Zigeuner stolz.

»Das weiß jeder«, sagte Anselmo voller Verachtung.

»Vielleicht«, sagte der Zigeuner, »aber er hat mich gefragt, was ich von einer *máquina* weiß, und ich habe es ihm gesagt.« Dann fügte er hinzu: »Und anders als ein gewöhnliches Gewehr schießen sie immerzu weiter, solange man auf den Abzug drückt.«

»Außer es gibt 'ne Ladehemmung oder die Munition ist zu Ende, oder das Ding wird so heiß, daß es schmilzt«, sagte Robert Jordan auf englisch.

»Was sagst du?« fragte Anselmo.

»Nichts«, sagte Robert Jordan. »Ich habe bloß auf englisch in die Zukunft geguckt.«

»Das ist wirklich etwas Seltenes«, sagte der Zigeuner. »Auf *inglés* in die Zukunft gucken. Kannst du aus der Hand lesen?«

»Nein«, sagte Robert Jordan und füllte seine Tasse abermals mit Wein. »Aber wenn du es kannst, solltest du mir aus der Hand lesen und mir sagen, was in den nächsten drei Tagen passieren wird.«

»Pablos *mujer* liest aus der Hand«, sagte der Zigeuner. »Aber sie ist so reizbar und so barbarisch, daß ich nicht weiß, ob sie es tun wird.«

Nun richtete Robert Jordan sich auf und nahm einen Schluck Wein.

»Gehen wir gleich zu Pablos *mujer*. Wenn es so schlimm ist, wollen wir's hinter uns haben.«

»Ich möchte sie nicht stören«, sagte Rafael. »Sie haßt mich sehr.«

»Warum?«

»Sie behandelt mich wie einen Tagedieb.«

»Wie ungerecht!« sagte Anselmo spottend.

»Sie kann Zigeuner nicht leiden.«

»Was für ein Fehler!« sagte Anselmo.

»Sie hat selber Zigeunerblut«, sagte Rafael. »Sie weiß, was sie redet.« Er grinste. »Aber sie hat eine Zunge, eine ätzende Zunge, die beißt wie eine Ochsenpeitsche. Mit ihrer Zunge schindet sie einem die Haut vom Leibe. In Streifen. Sie ist unglaublich barbarisch.«

»Wie verträgt sie sich mit Maria?« fragte Robert Jordan.

»Gut. Sie kann sie gut leiden. Aber wenn ihr einer ernsthaft in die Nähe kommt . . .« Er schüttelte den Kopf und schnalzte mit der Zunge.

»Sie ist sehr gut zu dem Mädchen«, sagte Anselmo. »Sie paßt sehr auf sie auf.«

»Als wir damals bei der Zuggeschichte«, sagte Rafael, »das Mädchen aufklaubten, war sie sonderbar. Sie redete kein Wort, und sie heulte die ganze Zeit, und wenn man sie anrührte, zitterte sie wie ein nasser Hund. Erst in der letzten Zeit ist es mit ihr besser geworden. In der letzten Zeit ist es viel besser mit ihr geworden. Heute war sie fein beisammen. Gerade vorhin, als sie mit dir sprach, war sie sehr gut beisammen. Wir hätten sie nach der Zuggeschichte zurücklassen sollen. Es hat sich bestimmt nicht gelohnt, daß man sich durch so was Trauriges und Häßliches und anscheinend Wertloses aufhalten ließ. Aber die Alte band sie an einen Strick, und wenn das

Mädchen glaubte, sie kann nicht mehr weiter, da prügelte die Alte sie mit dem Strick, damit sie weiterging. Und dann, als sie wirklich nicht mehr weiter konnte, nahm die Alte sie auf die Schultern. Und als die Alte sie nicht länger schleppen konnte, mußte ich sie schleppen. Wir gingen bergauf, bis an die Brust in Ginster und Heidekraut. Und als ich sie nicht länger schleppen konnte, mußte Pablo sie schleppen. Aber wie die Alte auf uns einreden mußte, um uns dazu zu kriegen!« Er schüttelte den Kopf in Erinnerung an dieses Erlebnis. »Freilich, sie hat lange Beine, aber sie ist nicht schwer. Sie hat leichte Knochen und wiegt wenig. Aber sie war schwer genug, als wir sie schleppen mußten, und dann haltmachen, um zu schießen, und sie dann weiterschleppen, während die Alte mit dem Strick auf Pablo losschlägt und sein Gewehr trägt, und wenn er das Mädchen fallen läßt, zwingt sie ihn, es wieder aufzuheben, und sie lädt ihm das Gewehr, während sie ihn beschimpft, nimmt die Patronen aus seinen Taschen und schiebt sie ins Magazin und schimpft auf ihn los. Es wurde schon reichlich dunkel, und als die Nacht kam, war alles gut. Aber es war ein Glück, daß sie keine Kavallerie hatten.«

»Es muß recht hart zugegangen sein«, sagte Anselmo. Und erklärend zu Robert Jordan: »Ich war nicht mit dabei. Pablos Bande, dann die Leute von El Sordo, den wir heute abend treffen werden, und noch zwei Trupps aus den Bergen. Ich war auf der anderen Seite der Front.«

»Außer dem Blonden mit dem merkwürdigen Namen«, sagte der Zigeuner.

»Kaschkin.«

»Ja. Das ist ein Name, den ich nie behalten kann. Wir hatten zwei Mann mit einem Maschinengewehr. Die hatte uns auch die Armee geschickt. Sie konnten das Maschinengewehr nicht wegschaffen, und es ging verloren. Es hat sicher nicht mehr gewogen als das Mädchen, und wenn die Alte ihnen auf den Leib gerückt wäre, hätten sie es mitgenommen.« Er schüttelte den Kopf und fuhr dann fort: »Nie in meinem Leben habe ich so was gesehen wie damals, als die Explosion losging. Der Zug kam langsam näher. Wir sahen ihn schon von weitem. Und ich war so aufgeregt, daß ich es gar nicht sagen kann. Wir sahen den Dampf, und dann hörten wir die Lokomotive pfeifen. Dann kam er heran, tsch-tsch-tsch-tsch-tsch, immer größer und größer, und dann, als die Explosion losging, bäumten die Vorderräder der Lokomotive sich auf, und die ganze Erde schien sich aufzubäumen in einer schwarzen Wolke und mit einem lauten Getöse, und die Lokomotive bäumte sich hoch empor in der Wolke von Dreck und Holzsplittern, bäumte sich in die Luft wie in einem Traum, und dann fiel sie auf die Seite wie ein großes, verwundetes Tier, und weißer Dampf explodierte, während noch die Erdklumpen von der ersten Explosion auf uns niederregneten, und die *máquina* begann zu sprechen, tack-tack-tack-tack-tack!« Der Zigeuner reckte die geballten Fäuste vor sich hin, mit dem Daumen nach oben, schüttelte sie, ein imaginäres Maschinengewehr bedienend. »Tack-tack-tack-tack-tack«, sagte er triumphierend. »Nie in meinem Leben habe ich so was gesehen, wie die Soldaten aus dem Zug rannten, und die *máquina* tackte in sie hinein, und die Leute fielen um. Gerade da legte ich in meiner Aufregung die Hand auf die *máquina* und merkte, daß der Lauf brennend heiß war, und da gab mir die Alte eine Ohrfeige und sagte: ›Schieß, du Idiot! Schieß, oder ich schlage dir den Schädel ein!‹ Dann fing ich zu schießen an, aber es war sehr schwer, das Gewehr ruhig zu halten, und auf der anderen Seite liefen Soldaten den Hügel hinauf. Später, als wir unten beim Zug waren, um zu sehen, was wir mitnehmen könnten, jagte ein Offizier ein paar seiner Leute mit gezogenem Revolver zurück. Er schwenkte den Revolver und schrie seine Leute an, und wir zielten alle auf ihn, aber keiner konnte ihn treffen. Dann legten sich ein paar Soldaten hin und fingen zu schießen an, und der Offizier ging hinter ihnen auf und ab mit seinem Revolver, und wir konnten ihn noch immer nicht treffen, und die *máquina* konnte nicht auf ihn schießen, weil der Zug dazwischen war. Dieser Offizier erschoß zwei von seinen Leuten, wie sie dort lagen, und sie wollten noch immer nicht aufstehen, und er beschimpfte sie, und schließlich standen sie auf, zwei und drei auf einmal, und kamen auf uns und den Zug zugelaufen. Dann warfen sie sich wieder flach auf den Boden und schossen. Dann zogen wir ab, und die *máquina* feuerte noch immer über unsere Köpfe weg. Und da fand ich das Mädchen, wie sie vom Zug weg zu den Felsen gelaufen war, und sie lief mit uns mit. Diese Soldaten waren es, die uns dann nachsetzten, bis in die Nacht hinein.«

»Es muß sehr schwer gewesen sein«, sagte Anselmo. »Sehr aufregend.«

»Es war die einzige gute Sache, die wir gemacht haben«, sagte eine tiefe Stimme. »Was machst du jetzt, du fauler, besoffener – – – Sohn einer unaussprechlichen ledigen Zigeunerhure? Was machst du?«

Robert Jordan sah eine ungefähr fünfzigjährige Frau vor sich, die fast so groß war wie Pablo und fast so breit wie groß, in schwarzem Bauernkittel und schwarzem Leibchen, schwere wollene Socken an den schweren Beinen, schwarze, hanfbesohlte Schuhe und ein braunes Gesicht wie das Modell eines Granitmonuments. Sie hatte große, aber sympathische Hände, und ihr dichtes, krauses schwarzes Haar war im Nacken zu einem Knoten geschlungen.

»Antworte«, sagte sie zu dem Zigeuner, ohne sich um die anderen zu kümmern.

»Ich habe mit diesem Genossen geredet. Er hat Dynamit mitgebracht.«

»Ich weiß das alles«, sagte Pablos *mujer.* »Jetzt raus mit dir und löse Andrés ab, der oben Wache steht.«

»*Me voy*«, sagte der Zigeuner. »Ich gehe.« Er wandte sich zu Robert Jordan. »Wir sehen uns beim Essen.«

»Nicht mal im Spaß!« sagte die Frau zu ihm. »Dreimal hast du heute gegessen, nach meiner Rechnung. Geh jetzt und schick Andrés zu mir.«

»*Hola*«, sagte sie zu Robert Jordan und reichte ihm lächelnd die Hand. »Wie geht es dir, und wie geht es der Republik?«

»Gut«, sagte er und erwiderte ihren kräftigen Händedruck. »Sowohl mir wie der Republik.«
»Das freut mich«, sagte sie. Sie schaute ihm lächelnd ins Gesicht, und er sah, daß sie schöne graue Augen hatte. »Sollen wir wieder einen Zug erledigen?«
»Nein«, sagte Robert Jordan, der sogleich Vertrauen zu ihr faßte. »Eine Brücke.«
»*No es nada*«, sagte sie. »Eine Brücke ist gar nichts. Wann erledigen wir wieder einen Zug, jetzt, wo wir Pferde haben?«
»Später. Diese Brücke ist sehr wichtig.«
»Das Mädchen sagt, dein Genosse, der mit uns bei dem Zug war, ist tot.«
»Ja.«
»Schade. Noch nie habe ich so eine Explosion gesehen. Er war ein begabter Mann. Er hat mir sehr gefallen. Ist es nicht doch möglich, wieder einen Zug zu erledigen? Wir haben jetzt viele Leute hier in den Bergen. Zu viele. Es ist schon schwer, sie zu füttern. Es wäre besser, von hier wegzugehen. Und wir haben Pferde.«
»Wir müssen die Brücke erledigen.«
»Wo ist sie?«
»Ganz in der Nähe.«
»Um so besser«, sagte Pablos *mujer*. »Sprengen wir alle Brücken in die Luft, die es nur gibt, und hauen wir ab! Ich habe dieses Loch satt. Viel zuviel Menschen sind hier beisammen. Das kann nicht gut ausgehen. Hier staut sich alles, und das ist widerlich.«
Sie erblickte Pablo zwischen den Bäumen.
»*Borracho!*« rief sie. »Säufer! Elender Säufer!« Dann wandte sie sich wieder mit fröhlicher Miene Robert Jordan zu. »Er ist mit einer Lederflasche Wein in den Wald gegangen, um allein zu saufen. Er säuft unaufhörlich. Dieses Leben richtet ihn zugrunde. Junger Mann, ich bin sehr zufrieden, daß du gekommen bist.« Sie klopfte ihm auf die Schulter. »Ha. Du bist kräftiger, als du aussiehst.« Sie strich mit der Hand über seine Schulter und betastete die Muskeln unter dem Flanellhemd.

»Gut. Ich bin sehr zufrieden, daß du gekommen bist.«
»Ich auch.«
»Wir werden einander verstehen«, sagte sie. »Trink eine Tasse Wein.«
»Wir haben schon etwas getrunken«, sagte Robert Jordan. »Aber vielleicht du?«
»Nicht vor dem Essen«, sagte sie. »Sonst kriege ich Sodbrennen.« Dann fiel ihr Blick wieder auf Pablo. »*Borracho!*« rief sie. »Säufer.« Sie wandte sich kopfschüttelnd zu Robert Jordan. »Er war ein sehr braver Mann«, sagte sie. »Aber jetzt ist es aus mit ihm. Und noch etwas will ich dir sagen. Sei sehr gut und vorsichtig zu dem Mädchen, der Maria. Sie hat Schlimmes durchgemacht. Verstehst du?«
»Ja. Warum sagst du mir das?«
»Ich habe gesehen, wie es mit ihr steht, nachdem sie dich gesehen hatte, als sie in die Höhle kam. Ich sah, wie sie dich anschaute, bevor sie hinausging.«
»Ich habe ein bißchen mit ihr geschertzt.«
»Sie war sehr schlimm dran«, sagte Pablos Weib. »Jetzt geht es ihr besser. Sie müßte weg von hier.«
»Man kann sie doch mit Anselmo auf die andere Seite hinüberschicken.«
»Ihr beide, du und der Anselmo, ihr könnt sie mitnehmen, wenn diese Sache vorbei ist.«
Robert Jordan fühlte den Krampf in seiner Kehle und das Stocken in seiner Stimme. »Das ließe sich machen«, sagte er. Pablos *mujer* betrachtete ihn kopfschüttelnd. »Ja, ja. Ja, ja«, sagte sie. »Sind alle Männer so?«
»Ich habe nichts gesagt. Sie ist schön, das weißt du.«
»Nein, sie ist nicht schön, aber du meinst, sie beginnt schön zu werden«, sagte Pablos Weib. »Männer. Eine Schande für uns Weiber, daß wir sie zur Welt bringen. Nein. Im Ernst. Gibt es unter der Republik keine Heime für solche wie sie?«
»Ja«, sagte Robert Jordan. »Gute Plätze. An der Küste bei Valencia. Und auch anderswo. Man wird sie dort gut behandeln, und sie kann Kinderarbeit machen. Es sind dort

Kinder aus den evakuierten Dörfern. Man wird sie anlernen.«

»Das will ich gerade«, sagte Pablos *mujer.* »Pablo ist schon krank nach ihr. Das ist auch eines der Dinge, die ihn umbringen. Es lastet auf ihm wie eine Krankheit, wenn er sie sieht. Am besten, sie geht jetzt.«

»Wir können sie mitnehmen, wenn diese Sache vorüber ist.«

»Du wirst jetzt sehr vorsichtig mit ihr umgehen, wenn ich dir vertraue? Ich spreche zu dir, als ob ich dich schon lange kennen würde.«

»So ist es immer, wenn Menschen einander verstehen.«

»Setz dich«, sagte Pablos Weib. »Ich verlange kein Versprechen. Was geschehen soll, wird geschehen. Nur wenn du sie nicht mitnehmen willst, fordere ich ein Versprechen.«

»Warum dann, wenn ich sie nicht mitnehme?«

»Weil ich keine Verrückte hier haben will, wenn du wieder weg bist. Sie war schon einmal verrückt, und ich habe auch ohnedies genug zu tun.«

»Wir nehmen sie mit«, sagte Robert Jordan. »Wenn wir nach der Brückengeschichte noch am Leben sind, nehmen wir sie mit.«

»Ich höre es nicht gern, wenn du so redest. So reden bringt kein Glück.«

»Ich habe nur so geredet, weil ich dir ein Versprechen geben will«, sagte Robert Jordan. »Ich gehöre nicht zu denen, die Trübsal blasen.«

»Zeig mir deine Hand«, sagte die Frau. Robert Jordan streckte die Hand aus, und die Frau öffnete seine Finger, nahm sie in ihre eigene große Hand, rieb mit dem Daumen die Handfläche, betrachtete sie sorgfältig, ließ sie dann fallen. Sie stand auf, und sie schaute ihn an, ohne zu lächeln.

»Was hast du in meiner Hand gesehen?« fragte Robert Jordan. »Ich glaube nicht daran, du wirst mich nicht erschrecken.«

»Nichts«, sagte sie. »Ich habe nichts gesehen.«

»Doch, du hast sicher was gesehen. Ich bin bloß neugierig, ich glaube nicht an solche Sachen.«

»Woran glaubst du?«
»An vieles, aber nicht daran.«
»Woran?«
»An meine Arbeit.«
»Ja, das habe ich gesehen.«
»Sag mir, was du noch gesehen hast.«
»Ich habe sonst nichts gesehen«, sagte sie schroff. »Die Brücke ist sehr schwierig, sagtest du?«
»Nein. Ich sagte, sie ist sehr wichtig.«
»Aber sie *kann* schwierig sein?«
»Ja. Und ich gehe jetzt hinunter, sie mir ansehen. Wie viele Leute habt ihr hier?«
»Fünf, die was taugen. Der Zigeuner ist wertlos, obwohl er es gut meint. Er hat ein gutes Herz. Pablo traue ich nicht mehr.«
»Wie viele Leute hat El Sordo, die etwas taugen?«
»Vielleicht acht. Das werden wir heute abend sehen. Er kommt hierher. Er ist ein sehr praktischer Mensch. Er hat auch ein wenig Dynamit. Aber nicht sehr viel. Du wirst mit ihm reden.«
»Hast du ihn verständigt?«
»Er kommt jeden Abend. Er ist unser Nachbar. Nicht nur ein Genosse, sondern auch ein Freund.«
»Was hältst du von ihm?«
»Er ist ein sehr tüchtiger Mann! Und auch sehr praktisch. Bei der Geschichte mit dem Zug war er fabelhaft.«
»Und die anderen Gruppen?«
»Wenn man sie rechtzeitig unterrichtet, müßte es möglich sein, fünfzig Gewehre von einer gewissen Verläßlichkeit zu sammeln.«
»Wie weit verläßlich?«
»Verläßlich je nach dem Ernst der Lage.«
»Und wieviel Patronen pro Gewehr?«
»Vielleicht zwanzig. Das hängt davon ab, wieviel sie bei dieser Geschichte mitnehmen. Falls sie überhaupt bei dieser Geschichte mitmachen. Vergiß nicht, daß dabei kein Geld zu holen ist und keine Beute, und wenn man dich reden hört, ist

die Sache gefährlich, und nachher muß man auch noch die Gegend verlassen. Viele werden gegen die Brückengeschichte sein.«
»Sicherlich.«
»Deshalb ist es besser, nicht unnütz darüber zu reden.«
»Einverstanden.«
»Wenn du deine Brücke studiert hast, werden wir heute abend mit El Sordo reden.«
»Ich gehe jetzt mit Anselmo hinunter.«
»Dann wecke ihn auf«, sagte sie. »Willst du einen Karabiner haben?«
»Danke. Es ist ganz angenehm, einen zu haben, aber ich werde ihn nicht benützen. Ich will mich nur umschauen und nicht Krach machen. Danke für alles, was du mir erzählt hast. Deine Art zu reden gefällt mir sehr.«
»Ich bemühe mich, offen zu reden.«
»Dann sage mir, was du in meiner Hand gesehen hast.«
»Nein«, sagte sie und schüttelte den Kopf. »Ich habe nichts gesehen. Geh jetzt zu deiner Brücke. Ich werde mich um dein Material kümmern.«
»Deck es gut zu, und daß niemand es anrührt! Hier liegt es besser als in der Höhle.«
»Ich werde es zudecken, und niemand wird es anrühren«, sagte Pablos Weib. »Geh jetzt zu deiner Brücke.«
»Anselmo«, sagte Robert Jordan und legte die Hand auf die Schulter des Alten, der schlummernd dalag, den Kopf auf die Arme gebettet.
Der Alte blickte auf. »Ja«, sagte er. »Gewiß. Gehen wir.«

3

Sie legten die letzten zweihundert Meter zurück, sich vorsichtig im Schatten von Baumstamm zu Baumstamm schleichend, und nun erblickten sie zwischen den letzten Kiefern auf dem steilen Bergeshang die Brücke, die nur noch fünfzig Meter entfernt war. Schwarz ragte sie in die steile Öde der Schlucht, im Licht der Spätnachmittagssonne, das immer noch über die braune Schulter des Berges fiel. Es war eine Stahlbrücke mit einem einzigen Boden, und an jedem Ende stand eine Wachthütte. Die Brücke war so breit, daß zwei Autos nebeneinander fahren konnten, und sie schwang sich mit präziser, metallener Eleganz über die tiefe Schlucht, auf deren Grund, tief unten, das weiße Wasser eines Baches über felsiges Gestein sprang, talwärts zu dem Hauptgewässer des Passes.

Die Sonne blendete Robert Jordans Augen, so daß er nur die Konturen der Brücke sah. Dann verblaßte das Licht und verschwand, und als er zwischen den Bäumen die braune, rundliche Kuppe betrachtete, hinter der die Sonne untergegangen war, sah er, nun da kein greller Schein ihn mehr blendete, daß der Berghang mit einem zarten, frischen Grün bedeckt war und daß dicht unter dem Kamm an einigen Stellen noch alter Schnee lag.

Dann betrachtete er wieder die Brücke, in der jähen kurzen Klarheit des letzten Lichts, das bald verschwinden würde, und studierte ihre Bauart. Sie zu zerstören war kein schwieriges Problem. Während er scharf hinsah, zog er ein Notizbuch aus der Brieftasche und fertigte mit schnellen Strichen ein paar Skizzen an. Die Ladungen würde er später berechnen. Jetzt notierte er nur die Punkte, an denen der Sprengstoff zu placieren war, um die Stützen des Bogens zu brechen und einen Teil der Brücke in die Schlucht zu schleudern. Man konnte das auf gemächliche Art machen, wissenschaftlich-korrekt, mit einem halben Dutzend Ladungen, die so gekoppelt werden, daß sie gleichzeitig explodieren – oder man konnte die Sache auf gröbere Art durchführen, mit zwei großen Ladungen. Es müssen das sehr große Ladungen sein, eine an jedem Ende, und sie müssen natürlich zu gleicher Zeit losgehen. Er zeichnete drauflos, rasch und vergnügt, froh, daß er endlich mit dem eigentlichen Problem zu tun hatte, froh, daß die Arbeit nun wirklich begann. Dann klappte er das Notizbuch zu, schob den Bleistift in die Ledertasche am Rande des Deckels, steckte das Notizbuch ein und knöpfte die Tasche zu.

Während er zeichnete, hatte Anselmo Straße, Brücke und Wachthütten betrachtet. Seiner Meinung nach war man zu nahe an der Brücke, und er atmete auf, als Jordan das Notizbuch zuklappte.

Während Jordan die Klappe an seiner Tasche zuknöpfte und sich dann hinter einer Kiefer flach auf den Boden legte, hinter dem Stamm hervorspähend, legte Anselmo die Hand auf seinen Ellbogen und deutete mit dem Finger.

In der Wachthütte, gerade gegenüber, am oberen Ende der Brücke, saß der Wachtposten, das Gewehr mit aufgepflanztem Bajonett zwischen den Knien. Er rauchte eine Zigarette und war mit einer gestrickten Haube und einem losen Filzüberwurf bekleidet. Auf diese Entfernung hin konnte man seine Züge nicht unterscheiden. Robert Jordan setzte das Glas an die Augen, sorgfältig mit der gewölbten Hand die Linsen beschattend, obgleich die Sonne nicht mehr schien und kein Glitzern ihn verraten konnte – und da war das Geländer der Brücke, so scharf umrissen, als hätte man hinlangen und es anrühren können, und da war das Gesicht des Wachtpostens, so deutlich, daß man die eingesunkenen Wangen sah, die Asche an der Zigarette und den fettigen Schimmer des Bajonetts. Es war ein Bauerngesicht, die Wangen ganz hohl unter den hervorstehenden Backenknochen, das Kinn von einem Stoppelbart bedeckt, die Augen von schweren Brauen überschattet, große Hände, die die Flinte hielten, schwere Stiefel, die unter den Falten der Filzpelerine hervorschauten. An der Wand der Hütte eine abgenutzte, geschwärzte, lederne Weinflasche, einige Zeitungen und kein Telefon. Es hätte ja freilich an der anderen Wand, die Jordan nicht sah, ein Telefon hängen können, aber es waren auch keinerlei Telefondrähte zu sehen, die zu dem Häuschen geführt hätten. Die Straße entlang lief eine Telefonleitung, und ihre Drähte führten über die Brücke. Vor der Wachthütte ruhte auf zwei Steinen ein Holzkohlenöfchen, aus einer alten Benzinkanne verfertigt, deren

Deckel man entfernt und in deren Boden man einige Löcher gebohrt hatte; aber es enthielt kein Feuer. In der Asche unter dem Blechding lagen einige rußgeschwärzte leere Konservendosen.

Robert Jordan reichte das Glas Anselmo, der neben ihm lag. Der Alte grinste und schüttelte den Kopf. Er klopfte mit dem Finger an seine Schläfe. »*Ya lo veo*«, sagte er. »Ich habe ihn gesehen.« Er sprach ganz vorne an den Zähnen, fast ohne die Lippen zu bewegen, in einer Manier, die leiser ist als jedes Geflüster. Während Robert Jordan ihm zulächelte, zeigte der Alte mit dem einen Finger auf den Wachtposten und fuhr sich mit dem anderen quer über die Gurgel. Robert Jordan nickte, aber er lächelte nicht mehr.

Die Wachthütte am anderen Ende der Brücke kehrte ihnen die Hinterseite zu, so daß sie nicht hineinschauen konnten. Die Straße, breit, geölt und gut gebaut, bog am anderen Ende der Brücke nach links ab und entschwand dann mit einer Rechtskurve den Blicken. An dieser Stelle hatte man einen Teil des festen Gesteins wegsprengen müssen, um die alte Straße zu ihrer jetzigen Breite zu erweitern, und der linke, westliche Rand – vom Paß und von der Brücke aus gesehen –, der jählings in die Schlucht hinabführte, war durch eine Reihe aufrecht stehender behauener Steinblöcke bezeichnet und geschützt. Fast wie ein Cañon war hier die Schlucht, hier, wo der Bach, über den die Brücke sich wölbte, in das Hauptgewässer des Passes mündete.

»Und der andere Posten?« fragte Robert Jordan.

»Fünfhundert Meter unterhalb dieser Biegung. In der Straßenwärterhütte, die in den Felsen hineingebaut ist.«

»Wieviel Leute?« fragte Robert Jordan.

Wieder beobachtete er durch sein Fernglas den Wachtposten. Der Mann drückte seine Zigarette an der Bretterwand des Häuschens aus, zog dann einen ledernen Tabaksbeutel aus der Tasche, öffnete das Papier der erloschenen Zigarette und schüttelte den Rest nichtverbrauchten Tabaks in den Beutel. Dann stand er auf, lehnte das Gewehr gegen die Wand und

rekelte sich, dann griff er nach dem Gewehr, hängte es über die Schulter und ging hinaus, auf die Brücke zu.
Anselmo preßte sich flach auf den Boden, Robert Jordan schob das Fernglas in die Hemdtasche und verbarg vorsichtig seinen Kopf hinter dem Kiefernstamm.
»Sieben Mann und ein Korporal«, sagte Anselmo dicht an Jordans Ohr. »Ich habe mich bei dem Zigeuner erkundigt.«
»Sobald er stillsteht, gehen wir«, sagte Robert Jordan. »Wir sind zu nahe dran.«
»Hast du alles gesehen, was du brauchst?«
»Ja. Alles, was ich brauche.«
Jetzt nach Sonnenuntergang wurde es sehr schnell kühl, und die Dunkelheit brach herein, da der letzte Schimmer des Sonnenlichts hinter den Bergen verblaßte.
»Wie sieht die Sache aus?« fragte Anselmo leise, während sie den Wachtposten beobachteten, wie er über die Brücke zu der anderen Hütte marschierte, das Bajonett hell schimmernd im Nachglanz des Abendlichts, seine Gestalt unförmig in der Filzpelerine.
»Sehr gut«, sagte Robert Jordan. »Sehr, sehr gut.«
»Das freut mich«, sagte Anselmo. »Wollen wir gehen? Jetzt besteht keine Gefahr, daß er uns sieht.«
Der Wachtposten stand mit dem Rücken zu ihnen am anderen Ende der Brücke. Aus der Tiefe der Schlucht kam das Rauschen des Wassers. Dann mischte ein anderes Geräusch sich in diesen Lärm, ein gleichmäßiges lautes Surren, und sie sahen, wie der Wachtposten aufblickte und seine gestrickte Mütze nach hinten rutschte, und als sie sich umdrehten und aufblickten, da sahen sie hoch oben am Abendhimmel drei Eindecker in V-Formation, winzig und silbrig in jener Höhe, in der die Sonne noch schien, mit unglaublicher Schnelligkeit über den Himmel gleitend, während die Motoren gleichmäßig dröhnten.
»Unsere?« fragte Anselmo.
»Es scheint so«, sagte Robert Jordan, aber er wußte, daß man bei solcher Höhe nie ganz sicher sein konnte. Es konnte das

eine Abendpatrouille des einen wie des anderen Partners sein. Aber man behauptet immer, daß es die unseren seien, wenn es sich um Jagdflugzeuge handelt, weil dann die Leute sich ruhiger fühlen. Mit Bombern ist es anders.

Anselmo hatte anscheinend das gleiche Gefühl. »Es sind unsere«, sagte er. »Ich kann sie erkennen. Es sind Moscas.«

»Gut«, sagte Robert Jordan. »Ich glaube auch, daß es Moscas sind.«

»Es sind Moscas«, sagte Anselmo.

Robert Jordan hätte das Fernglas nehmen und sich sogleich Gewißheit verschaffen können, aber das wollte er vermeiden. Ihm war es heute abend gleichgültig, ob das eigene oder feindliche Flieger waren, und wenn es dem Alten Spaß machte, sie für eigene zu halten, wollte er ihm seine Illusion nicht rauben. Als sie jetzt in der Richtung gegen Segovia entschwanden, ähnelten sie keineswegs der grünen, an den Flügeln rot geränderten, nach Tiefdeckerart gebauten russischen Variante der Boeing P 32, die die Spanier Mosca nannten. Die Farben konnte man nicht unterscheiden, aber die Form stimmte nicht. Nein. Das war eine heimkehrende Fliegerpatrouille der Faschisten.

Der Wachtposten stand immer noch mit dem Rücken zu ihnen neben der anderen Hütte.

»Gehen wir«, sagte Robert Jordan. Er schritt den Berg hinan, sehr vorsichtig, jede Deckung ausnützend, bis sie außer Sichtweite waren. Anselmo folgte ihm in einem Abstand von hundert Metern. Dann, als man sie von der Brücke her nicht mehr sehen konnte, blieb er stehen, und der Alte kam heran, übernahm die Führung und stapfte mit gleichmäßigen Schritten im Dunkel den steilen Berghang hinan.

»Wir haben eine unheimlich starke Flugwaffe«, sagte der Alte fröhlich.

»Ja.«

»Und wir werden siegen.«

»Wir müssen siegen.«

»Ja. Und wenn wir gesiegt haben, mußt du mit uns auf die Jagd gehen.«

»Was für Wild?«
»Eber, Bären, Wölfe, Steinböcke –«
»Gehst du gern auf die Jagd?«
»Ja, Mann. Ich kenne nichts Schöneres. Bei mir zu Hause in meinem Dorf sind wir alle begeisterte Jäger. Du gehst nicht gerne jagen?«
»Nein«, sagte Robert Jordan. »Ich töte nicht gern ein Tier.«
»Bei mir ist das gerade umgekehrt«, sagte der Alte. »Ich töte nicht gern einen Menschen.«
»Niemand tut es gern, wenn er nicht gerade verrückt ist«, sagte Robert Jordan. »Aber ich habe nichts dagegen, wenn es sein *muß*. Wenn es für die Sache ist.«
»Aber es ist doch was anderes!« sagte Anselmo. »In meinem Haus, als ich noch ein Haus hatte, und jetzt habe ich kein Haus mehr, hingen die Hauer der Wildeber, die ich im Unterholz geschossen hatte. Und dazu die Felle der Wölfe, die ich geschossen hatte. Im Winter, im Schnee. Einen ganz großen erlegte ich in der Dämmerung, am Rand des Dorfes, eines Abends im November auf dem Nachhauseweg. Vier Wolfsfelle hatte ich auf dem Fußboden meines Hauses liegen. Sie waren schon ganz abgenutzt von dem vielen Drauftreten, aber es waren Wolfsfelle. Und dann hatte ich da das Gehörn eines Steinbocks, den ich in der hohen Sierra erlegt hatte, und einen Adler, den mir ein Präparator aus Ávila ausgestopft hatte, mit ausgebreiteten Flügeln und Augen so gelb und wirklich wie die Augen eines lebenden Adlers. Er war sehr schön anzuschauen, und ich hatte viel Freude an allen diesen Sachen.«
»Ja«, sagte Robert Jordan.
»An der Kirchentür in meinem Dorf war die Tatze eines Bären angenagelt, den hatte ich im Frühling geschossen, im Schnee, an einem Abhang, wie er gerade mit dieser selben Tatze einen Baumstamm auf die Seite wälzte.«
»Wann war das?«
»Vor sechs Jahren. Und immer, wenn ich diese Tatze sah, wie eine Menschenhand, aber mit langen Klauen, vertrocknet und

mit dem Nagel quer durch die Fläche an die Kirchentür genagelt, da freute ich mich.«
»Vor Stolz?«
»Vor Stolz in der Erinnerung an das Zusammentreffen mit dem Bären an jenem Abhang im Vorfrühling. Aber wenn man einen Menschen tötet, der ein Mensch ist wie wir, bleibt nichts Gutes zurück.«
»Du kannst doch wohl nicht seine Tatze an die Kirchentür nageln«, sagte Robert Jordan.
»Nein. Eine solche Barbarei ist undenkbar. Aber eine Menschenhand sieht genauso aus wie eine Bärentatze.«
»Und die Brust eines Menschen wie die Brust eines Bären«, sagte Robert Jordan. »Zieht man dem Bären die Haut ab, dann findet man auch viele Ähnlichkeiten in der Muskulatur.«
»Ja«, sagte Anselmo. »Die Zigeuner glauben, der Bär ist ein Bruder des Menschen.«
»Auch die Indianer in Amerika«, sagte Robert Jordan. »Und wenn sie einen Bären töten, dann entschuldigen sie sich bei ihm und bitten ihn um Verzeihung. Sie hängen seinen Schädel an einen Baum, und bevor sie weggehen, bitten sie ihn, ihnen zu verzeihen.«
»Die Zigeuner glauben, der Bär ist ein Bruder des Menschen, weil er unter seinem Fell denselben Körper hat, weil er Bier trinkt, weil er Musik liebt und weil er gerne tanzt.«
»Das glauben auch die Indianer.«
»Sind denn die Indianer Zigeuner?«
»Nein. Aber sie glauben dasselbe vom Bären.«
»Ja. Die Zigeuner glauben auch, er ist ein Bruder, weil er zum Vergnügen stiehlt.«
»Hast du Zigeunerblut?«
»Nein. Aber ich habe viel mit ihnen zu tun gehabt und jetzt, seit der Bewegung, noch mehr. Es gibt viele in den Bergen. Für sie ist es keine Sünde, außerhalb des Stammes zu töten. Sie leugnen das ab, aber es stimmt.«
»Wie die Mauren.«

»Ja. Aber die Zigeuner haben viele Gesetze, die sie nicht eingestehen. Im Krieg sind viele Zigeuner wieder so schlecht geworden, wie sie früher in alten Zeiten waren.«
»Sie verstehen nicht, worum es in diesem Krieg geht. Sie wissen nicht, wofür sie kämpfen.«
»Nein«, sagte Anselmo. »Sie wissen nur, daß jetzt Krieg ist und daß man wieder töten darf, wie in den alten Zeiten, ohne gleich bestraft zu werden.«
»Hast du schon einen Menschen getötet?« fragte Jordan in der Vertrautheit des Zwielichts und des gemeinsam verbrachten Tages.
»Ja. Mehrmals. Aber nicht mit Freude. Für mich ist es eine Sünde, einen Menschen zu töten. Selbst einen Faschisten, den wir töten müssen. Für mich ist ein großer Unterschied zwischen dem Bären und dem Menschen, und ich glaube nicht an das Zaubergerede der Zigeuner über die Bruderschaft mit den Tieren. Nein. Ich bin gegen jedes Menschentöten.«
»Und doch hast du getötet.«
»Ja. Und ich werde es wieder tun. Wenn ich am Leben bleibe, will ich versuchen, so zu leben, niemandem etwas anzutun, daß mir verziehen wird.«
»Von wem?«
»Wer weiß? Seit wir hier keinen Gott mehr haben und auch seinen Sohn nicht und nicht den Heiligen Geist, wer verzeiht jetzt? Das weiß ich nicht.«
»Du hast keinen Gott mehr?«
»Nein. Bestimmt nicht. Wenn es einen Gott gäbe, hätte er nie das zugelassen, was ich mit meinen Augen gesehen habe. Überlassen wir *ihnen* den Gott.«
»Sie erheben Anspruch auf ihn.«
»Natürlich geht er mir ab, denn ich bin fromm erzogen worden. Aber jetzt muß der Mensch vor sich selber verantwortlich sein.«
»Dann wirst du selbst dir das Morden verzeihen.«
»Wahrscheinlich«, sagte Anselmo. »Wenn du es so deutlich aussprichst, glaube ich, so muß es sein. Aber mit oder ohne

Gott, ich halte Töten für eine Sünde. Einem anderen das Leben nehmen ist für mich etwas sehr Ernstes. Ich tue es, wenn es sein muß, aber ich gehöre nicht zu Pablos Rasse.«
»Um einen Krieg zu gewinnen, müssen wir unsere Feinde töten. Das war schon immer so.«
»Sicherlich. Im Krieg müssen wir töten. Aber ich habe sehr eigene Ideen«, sagte Anselmo.
Sie gingen jetzt Seite an Seite durch das Dunkel, und Anselmo redete ganz leise, und manchmal wendete er den Kopf um, während er weiterstapfte. »Ich würde nicht einmal einen Bischof töten. Ich würde auch keinen Grundbesitzer töten. Ich würde sie jeden Tag arbeiten lassen, so wie wir auf den Feldern gearbeitet haben, und wie wir mit dem Holz auf den Bergen arbeiten – ihr ganzes Leben lang –, dann würden sie sehen, wozu der Mensch geboren ist. Daß sie so schlafen, wie wir schlafen. Daß sie so essen, wie wir essen. Aber vor allem, daß sie arbeiten. So würden sie es lernen.«
»Und sie würden so lange leben, bis sie dich wieder versklavt haben.«
»Sie töten ist keine Lehre«, sagte Anselmo. »Du kannst sie nicht ausrotten, weil aus ihrem Samen andere kommen mit noch viel mehr Haß. Das Gefängnis ist nichts. Das Gefängnis schafft nur Haß. Eine Lehre müßten alle unsere Feinde bekommen.«
»Und trotzdem hast du getötet.«
»Ja«, sagte Anselmo. »Viele Male, und ich werde es wieder tun. Aber nicht mit Freude, und ich werde es für eine Sünde halten.«
»Und der Wachtposten? Du hast einen Spaß gemacht, als ob du ihn umbringen wolltest.«
»Das war im Scherz. Ich würde ihn umbringen. Ja. Sicherlich. Und mit reinem Gewissen, weil wir eine Aufgabe haben. Aber nicht mit Freude.«
»Wir wollen sie denen überlassen, die Freude daran haben«, sagte Robert Jordan. »Es sind ihrer acht und fünf. Das macht dreizehn für die, die Freude dran haben.«

»Es gibt viele, die Freude dran haben«, sagte Anselmo im Dunkel des Waldes. »Wir haben viele von der Sorte. Mehr als wir Leute haben, die zum Kämpfen taugen.«
»Hast du schon einmal einen Kampf mitgemacht?«
»Nein«, sagte der Alte. »In Segovia haben wir am Beginn der Bewegung gekämpft, aber wir wurden geschlagen, und wir liefen davon. Ich lief mit den anderen mit. Wir wußten gar nicht richtig, was wir machten oder wie es zu machen wäre. Ich hatte auch nur eine Jagdflinte mit Schrotpatronen, und die Guardia Civil hatte Mausers. Ich konnte sie nicht auf hundert Meter mit Schrot treffen, und sie knallten uns auf dreihundert Meter ab, ganz nach Belieben, als ob wir Karnickel gewesen wären. Sie schossen viel und gut, und wir standen da wie die Schafe.« Er verstummte. Dann fragte er: »Glaubst du, es wird an der Brücke gekämpft werden?«
»Möglicherweise.«
»Ich habe noch nie einen Kampf miterlebt, ohne wegzulaufen«, sagte Anselmo. »Ich weiß nicht, wie ich mich aufführen würde. Ich bin ein alter Mann und weiß es wirklich nicht.«
»Ich bürge für dich«, sagte Robert Jordan.
»Hast du viele Kämpfe miterlebt?«
»Mehrere.«
»Und was hältst du von diesem Kampf an der Brücke?«
»Zuallererst denke ich an die Brücke. Das ist mein Geschäft. Die Brücke zerstören ist nicht schwer. Dann werden wir alles übrige regeln. Die Präliminarien. Es wird alles schriftlich niedergelegt.«
»Es sind nicht viele, die lesen können«, sagte Anselmo.
»Es wird schriftlich festgelegt, damit alle Bescheid wissen, aber es wird auch jedem einzelnen genau erklärt werden.«
»Was man mir zuweist, das werde ich machen«, sagte Anselmo. »Aber weil ich mich an die Schießerei in Segovia erinnere – falls es zum Kampf kommt, oder falls auch nur sehr viel geschossen wird, möchte ich genau wissen, was ich unter allen Umständen tun muß, damit ich nicht davonlaufe. Ich erinnere

mich, damals in Segovia hatte ich einen großen Hang zum Davonlaufen.«

»Wir bleiben beisammen«, sagte Robert Jordan. »Ich werde dir zu jedem Zeitpunkt sagen, was zu tun ist.«

»Dann ist es kein Problem«, sagte Anselmo. »Ich tue alles, was man mir befiehlt.«

»Unser die Brücke und der Kampf und die Schlacht, wenn es dazu kommt!« sagte Robert Jordan, und wie er das so in der Dunkelheit sagte, kam er sich ein wenig theatralisch vor, aber im Spanischen klang es gut.

»Es müßte eigentlich sehr interessant sein«, sagte Anselmo, und als Robert Jordan ihn das so ehrlich und klar und ohne jede Pose sagen hörte – ohne die englische Pose der Nüchternheit und ohne alle lateinische Prahlerei –, schätzte er sich glücklich, diesen alten Mann an seiner Seite zu haben, und da er nun die Brücke gesehen und seine Berechnungen angestellt und erkannt hatte, wie einfach es sein würde, die Posten zu überrumpeln und die Brücke auf normale Weise zu sprengen, ärgerte er sich über Golz' Befehle und darüber, daß sie notwendig waren. Sie mißfielen ihm, nicht nur seinetwegen, sondern auch des Alten wegen. Verdammt unangenehme Befehle für alle die, die sie durchzuführen hatten.

Und so soll man nicht denken, sagte er zu sich selber, und warum soll gerade dir nichts passieren oder diesem und jenem? Weder ein Robert Jordan noch dieser alte Mann bedeutet irgend etwas. Ihr seid Werkzeuge und habt eure Pflicht zu tun. Hier liegen notwendige Befehle vor, für die wir nichts können, und da ist eine Brücke, und diese Brücke kann ein Wendepunkt für das ganze Menschengeschlecht werden. Wie alles, was in diesem Krieg geschieht. Du hast nur eines zu tun, und das mußt du tun. Nur eines, verdammt noch mal, dachte er. Wenn es nur eines wäre, wär's leicht. Hör auf zu grübeln, du alberner Hohlkopf, sagte er zu sich selber. Denk an was anderes.

Und so dachte er an das Mädchen Maria, Haut, Haare und Augen von der gleichen goldbraunen Farbe, das Haar ein we-

nig dunkler, aber es wird heller werden, wenn die Haut sich tiefer bräunt, die glatte Haut, mit dem blaßgoldenen Schimmer über einem dunklen Schatten. Glatt wird ihre Haut sein, glatt am ganzen Körper, und sie bewegte sich unbeholfen, und ihre Bewegungen waren unbeholfen, als wäre etwas an ihr und um sie, das sie verlegen machte, als ob es sichtbar wäre, obgleich es nicht sichtbar war, sondern nur in ihren Gedanken existierte. Und sie errötete, wenn er sie ansah, und sie saß da, die Hände über den Knien gefaltet und das Hemd am Halse offen, die Hügel ihrer Brüste unter dem Hemd, und als er an sie dachte, würgte es ihn in der Kehle, und das Gehen wurde ihm schwer, und er und Anselmo redeten kein Wort mehr, bis der Alte sagte: »Jetzt gehen wir durch diese Felsen bis zum Lager.«
Als sie im Finstern durch die Felsen kamen, rief jemand sie an: »Halt! Wer da?« Sie hörten das Klicken des Gewehrverschlusses und dann das dumpfe Geräusch, wie der Bolzen gegen das Holz schlug und einschnappte.
»Genossen«, sagte Anselmo.
»Was für Genossen?«
»Genossen von Pablo«, sagte der Alte. »Kennst du uns nicht?«
»Ja«, sagte die Stimme. »Aber es ist Befehl. Wißt ihr das Losungswort?«
»Nein. Wir kommen von unten.«
»Ich weiß«, sagte der Mann im Finstern. »Ihr kommt von der Brücke. Ich weiß das alles. Es ist nicht mein Befehl. Ihr müßt die zweite Hälfte von einem Losungswort wissen.«
»Wie ist denn die erste Hälfte?« sagte Robert Jordan.
»Ich habe sie vergessen«, sagte der Mann im Finstern und lachte. »So geh schon, du Sch . . ., zum Lagerfeuer mit deinem besch . . . Dynamit.«
»Das nennt man Guerilladisziplin«, sagte Anselmo. »Entspann den Hahn.«
»Er ist entspannt«, sagte der Mann im Finstern. »Ich hab ihn mit Daumen und Zeigefinger runtergelassen.«
»Das wirst du mal mit einer Mauser machen, die keinen Haken am Hahn hat, und das Ding wird losgehen.«

»Das *ist* eine Mauser«, sagte der Mann. »Aber ich habe einen großartigen Griff mit Daumen und Zeigefinger. Ich mach's immer so.«

»Wohin zielt der Lauf?« fragte Anselmo im Finstern.

»Auf dich«, sagte der Mann, »die ganze Zeit, wie ich den Hahn runtergelassen habe, und wenn du zum Lager kommst, gib Befehl, daß mich jemand ablöst, weil ich einen unbeschreiblichen besch ... Hunger habe, und das Losungswort hab ich auch vergessen.«

»Wie heißt du?« fragte Robert Jordan.

»Agustín«, sagte der Mann. »Ich heiße Agustín, und ich verrecke hier vor Langeweile.«

»Wir werden alles ausrichten«, sagte Robert Jordan, und er überlegte, daß das Wort *aburrimiento,* das im Spanischen »Langeweile« bedeutet, ein Wort ist, welches kein Bauer in irgendeinem Land verwenden würde. Aber im Mund eines Spaniers, gleichgültig welcher Klasse, ist es eines der gebräuchlichsten Wörter.

»Hör mal«, sagte Agustín. Er kam dicht heran und legte die Hand auf Robert Jordans Schulter. Dann schlug er Feuer mit Stein und Stahl, blies auf den Schwamm und hielt ihn empor, das Gesicht des jungen Mannes im trüben Schein betrachtend. »Du siehst aus wie der andere«, sagte er. »Aber ein bißchen anders. Hör zu.« Er ließ das Feuerzeug sinken und stand da, die Flinte in der Hand. »Sag mir eines. Stimmt das mit der Brücke?«

»Was denn?«

»Daß wir die besch ... Brücke sprengen und dann wie die besch ... Hunde aus diesen besch ... Bergen abhauen müssen?«

»Ich weiß es nicht.«

»Du weißt es nicht«, sagte Agustín. »So eine Barbarei! Wem gehört denn das Dynamit?«

»Mir.«

»Und du weißt nicht, wofür es ist? Erzähl mir nichts!«

»Ich weiß, wofür es ist, und auch du wirst das rechtzeitig erfahren«, sagte Robert Jordan. »Aber jetzt gehen wir zum Lager.«

»Geh zum Teufel!« sagte Agustín. »Und – – – dich selber. Aber soll ich dir was sagen, was für dich von Nutzen sein kann?«
»Ja«, sagte Robert Jordan. »Wenn es nicht unaussprechlich ist. Wenn es nicht – – – ist«, und erwähnte hier das hervorstechendste der ordinären Wörter, mit denen Agustín das Gespräch gewürzt hatte. Agustín führte eine so ordinäre Sprache, jedes Hauptwort mit einem obszönen Adjektiv verknüpfend und die gleiche Schweinerei als Verbum benützend, daß Robert Jordan zweifelte, ob er überhaupt imstande wäre, einen geraden Satz hervorzubringen. Als Agustín das Wort hörte, lachte er im Finstern. »Das ist meine Art zu reden. Vielleicht klingt es häßlich. Wer weiß? Jeder redet nach seiner Art. Hör zu. Die Brücke ist mir gar nichts. Die Brücke ist mir ebenso gut wie was anderes. Außerdem langweile ich mich hier in den Bergen. Hauen wir ab, wenn es sein muß. Diese Berge sagen mir gar nichts. Gehen wir weg. Aber eines will ich dir sagen! Paß gut auf deinen Sprengstoff auf.«
»Danke«, sagte Robert Jordan. »Ich werde mich in acht nehmen. Vor dir?«
»Nein«, sagte Agustín. »Vor Leuten, die weniger besch... equipiert sind als ich.«
»So?« sagte Robert Jordan.
»Du verstehst Spanisch«, sagte Agustín in ernstem Ton. »Gib gut acht auf deinen besch... Sprengstoff.«
»Danke.«
»Nein, bedank dich nicht bei mir. Gib auf dein Zeug acht.«
»Ist etwas passiert?«
»Nein, sonst würde ich dir nicht mit solchem Gerede die Zeit stehlen.
»Ich danke dir trotzdem. Wir gehen jetzt zum Lager.«
»Gut«, sagte Agustín. »Und daß sie jemand herschicken, der das Losungswort kennt!«
»Treffen wir dich im Lager?«
»Ja, Mann. Und bald.«
»Komm«, sagte Robert Jordan zu Anselmo.

Sie gingen am Rande der Lichtung entlang, ein grauer Nebel bedeckte den Boden. Nun war das Gras unter den Füßen von einer üppigen Weichheit, anders als zuvor der harte Nadelboden des Waldes, und die Feuchte des Taus drang durch die leinenen Schuhe. Ein Stück weiter vorne zwischen den Stämmen sah Robert Jordan ein Licht schimmern, und er wußte, dort mußte der Eingang zur Höhle liegen.

»Agustín ist ein sehr braver Kerl«, sagte Anselmo. »Er redet sehr dreckig und macht immer Witze, aber er ist ein sehr ernster Mensch.«

»Kennst du ihn gut?«

»Ja. Seit langem. Ich habe großes Vertrauen zu ihm.«

»Und was er da erzählt?«

»Ja, Mann. Übel steht es jetzt mit Pablo, wie du selbst gesehen hast.«

»Und was geschieht am besten?«

»Wir müssen das Zeug immerfort bewachen.«

»Wer?«

»Du, ich, die Frau und Agustín. Da er die Gefahr kennt.«

»Hast du erwartet, daß es so schlimm ist, wie es jetzt aussieht?«

»Nein«, sagte Anselmo. »Es hat sich rasch verschlimmert. Aber es war nötig, Pablo aufzusuchen. Das ist das Gebiet Pablos und El Sordos. Da es ihr Gebiet ist, müssen wir uns mit ihnen abgeben, wenn es sich nicht um eine Sache handelt, die man allein erledigen kann.«

»Und El Sordo?«

»Brav«, sagte Anselmo. »So brav, wie der andere nichts taugt.«

»Du bist der Meinung, daß Pablo wirklich nichts mehr taugt?«

»Ich habe den ganzen Abend darüber nachgedacht, und wo wir jetzt gehört haben, was wir gehört haben, glaube ich: Ja! Wirklich!«

»Wäre es nicht besser, von einer anderen Brücke zu reden, wegzugehen und andere Leute zu holen?«

»Nein«, sagte Anselmo. »Das hier ist sein Gebiet. Du kannst dich hier nicht bewegen, ohne daß er es sofort erfährt. Aber wir müssen uns mit sehr viel Vorsicht bewegen.«

4

Sie kamen zu dem Eingang der Höhle. Unter dem Rand einer Decke, die vor der Öffnung hing, schimmerte ein Lichtschein hervor. Die beiden Packen lagen am Fuß eines Baumstammes, mit einem Stück Leinwand zugedeckt, und Robert Jordan kniete nieder und betastete die Leinwand, die steif war und naß. Im Finstern tastete er unter der Leinwand nach der äußeren Tasche des einen Rucksacks, holte eine lederumhüllte Flasche hervor und steckte sie ein. Dann sperrte er die länglichen Balkenschlösser auf, die an dem Metallring hingen, welcher die Öffnung der Säcke verschloß, löste die Zugschnur am oberen Teil der beiden Packen, griff hinein und überzeugte sich davon, daß der Inhalt in Ordnung war. Tief unten in dem einen Packen fühlte er die gebündelten Stangen in den Säckchen, die Säckchen in den Schlafsack gewickelt. Er zog die Schnur wieder zu, ließ das Schloß einschnappen, dann steckte er die Hände in den anderen Sack und fühlte die scharfe, hölzerne Kontur der Hülse des alten Zünders, die Zigarrenschachtel mit den Hütchen, jeder einzelne kleine Zylinder rund umwickelt mit seinen zwei Drähten (alle so sorgfältig verpackt, wie er als Junge seine Sammlung von Vogeleiern verpackt hatte), den Schaft des Schnellfeuergewehrs, vom Lauf gelöst und in die Lederjacke eingewickelt, die beiden Scheiben und fünf Klammern in einer der Innentaschen des großen Rucksacks und in der anderen Tasche die kleinen Knäuel von Kupferdraht und den großen Knäuel von leichtem Isolierdraht. In der Tasche mit den Drähten fühlte er die Zangen und die zwei hölzernen Ahlen zum Bohren der Löcher in den Blockenden, und dann holte er aus der letzten Innentasche eine große Schachtel russischer Zigaretten hervor, von dem Vorrat, den er in Golz' Hauptquartier bekommen hatte. Schließlich verschnürte er die Öffnung des Rucksacks, schob das Schloß zurecht, schnallte die Klappen fest und deckte beide Packen wieder mit der Leinwand zu. Anselmo war in die Höhle gegangen.

Robert Jordan richtete sich auf, um ihm zu folgen, dann besann er sich, schlug abermals die Leinwand zurück, hob die beiden Packen auf, mit jeder Hand einen, und steuerte, die schwere Last mit Mühe schleppend, auf den Eingang der Höhle zu. Dort legte er den einen Packen hin, schob die Decke zur Seite, und dann, den Kopf gebeugt, in jeder Hand einen der Rucksäcke an den Lederriemen haltend, betrat er die Höhle.

Drinnen war es warm und rauchig. An der einen Wand stand ein Tisch und darauf eine Talgkerze in einem Flaschenhals, und an dem Tisch saßen Pablo, drei Männer, die er nicht kannte, und der Zigeuner Rafael. Die Kerze warf Schatten auf die Wand hinter den Männern, und Anselmo stand rechts neben dem Tisch, so wie er eben hereingekommen war. In der einen Ecke beugte Pablos Weib sich über ein Holzkohlenfeuer auf dem offenen Herd. Neben ihr kniete das Mädchen und rührte in einem eisernen Topf. Sie hob den hölzernen Löffel in die Höhe und blickte zu Jordan hin, der im Eingang stand, und im Schein des Feuers, das die Frau mit einem Blasebalg schürte, sah er des Mädchens Gesicht, ihren Arm, und die Tropfen, die von dem Löffel tropften und in den eisernen Topf fielen.

»Was trägst du da?« fragte Pablo.

»Meine Sachen«, sagte Robert Jordan und stellte die beiden Packen nieder, ein wenig abseits, gleich neben dem Eingang an der von dem Tisch entfernteren Seite.

»Sind sie draußen nicht gut aufgehoben?« fragte Pablo.

»Es könnte jemand im Finstern über sie stolpern«, sagte Robert Jordan, ging zu den Männern hin und legte die Schachtel mit Zigaretten auf den Tisch.

»Ich habe nicht gern Dynamit in der Höhle«, sagte Pablo.

»Wenn es weit genug vom Feuer entfernt ist?« sagte Robert Jordan. »Nimm Zigaretten.« Er ritzte mit dem Daumennagel den Rand der Papierschachtel, auf deren Deckel ein großes buntes Kriegsschiff zu sehen war, und schob die Schachtel Pablo hin. Anselmo brachte ihm einen mit Rohleder bespannten Schemel, und er setzte sich an den Tisch. Pablo schaute ihn an, als wollte er wieder etwas sagen, griff dann nach den Zigaretten.

Robert Jordan schob die Schachtel zu den anderen hin. Noch blickte er keinen der Männer an, aber er merkte, daß der eine Zigaretten nahm und die beiden anderen nicht. Seine ganze Aufmerksamkeit war auf Pablo konzentriert.

»Wie geht's, Zigeuner?« sagte er zu Rafael.

»Gut«, erwiderte der Zigeuner.

Robert Jordan merkte genau, daß sie über ihn gesprochen hatten, gerade als er hereinkam. Sogar der Zigeuner war etwas verlegen.

»Läßt sie dich wieder mitessen?« fragte Robert Jordan den Zigeuner.

»Ja. Warum auch nicht?« erwiderte der Zigeuner. Und dabei hatten sie am Nachmittag so freundschaftlich miteinander gescherzt! Pablos Frau sagte gar nichts und schürte weiterhin das Kohlenfeuer.

»Einer dort oben namens Agustín sagt, er stirbt vor Langeweile«, sagte Robert Jordan.

»Davon stirbt man nicht«, sagte Pablo. »Laß ihn ein wenig sterben.«

»Habt ihr Wein?« Robert Jordan richtete diese Frage an die ganze Tischgesellschaft. Er beugte sich ein wenig vor, die Hände auf den Tisch gestützt.

»Es ist nur noch wenig da«, sagte Pablo mürrisch.

Robert Jordan hielt es für das beste, einen Blick auf die drei anderen zu werfen, um möglicherweise festzustellen, woran er sei.

»Dann möchte ich eine Tasse Wasser haben. Du!« rief er dem Mädchen zu. »Bring mir eine Tasse Wasser.«

Das Mädchen schaute die Frau an, die kein Wort sagte und sich nicht anmerken ließ, ob sie überhaupt etwas gehört habe, dann ging sie zu einem Kessel mit Wasser und füllte eine Tasse, die sie an den Tisch brachte und vor Robert Jordan hinstellte. Er lächelte ihr zu. Gleichzeitig aber zog er die Bauchmuskeln ein und machte eine kleine Wendung nach links, so daß die Pistole an seinem Gürtel näher dorthin rutschte, wo er sie haben wollte. Er langte mit der Hand in die Hüfttasche, und Pablo beobachtete ihn. Er wußte, daß auch die anderen ihn beobachteten, aber er selbst beobachtete nur Pablo. Er holte die lederbezogene Flasche aus der Tasche, schraubte den Deckel ab, nahm die Tasse, trank sie halb leer und goß dann sehr langsam etwas von dem Inhalt der Flasche in die Tasse.

»Für dich ist das zu stark, sonst würde ich dir etwas davon abgeben«, sagte er zu Maria und lächelte sie wieder an. Dann sagte er zu Pablo: »Es ist nur noch wenig da, sonst würde ich dir etwas davon anbieten.«"

»Ich mag Anis nicht«, sagte Pablo.

Der scharfe Geruch hatte sich über den ganzen Tisch verbreitet, und diese eine Ingredienz war Pablo bekannt.

»Gut«, sagte Robert Jordan. »Weil nur noch sehr wenig da ist.«

»Was ist das für ein Getränk?« fragte der Zigeuner.

»Eine Medizin«, sagte Robert Jordan. »Willst du kosten?«

»Wofür?«

»Für alles«, antwortete Robert Jordan. »Sie heilt alles. Wenn dir irgendwas fehlt, hilft dir diese Medizin.«

»Laß mich kosten«, sagte der Zigeuner.

Robert Jordan schob ihm die Tasse hin. Die Mischung war von einem milchigen Gelb. Er hoffte, der Zigeuner würde nicht mehr als einen Schluck nehmen. Es war nur noch sehr wenig davon übrig, und eine einzige Tasse ersetzte ihm die Abendzeitung, alle die schönen Abende im Café, alle die Kastanienbäume, die wohl jetzt schon in Blüte standen, die plumpen, schwerfälligen Gäule auf den äußeren Boulevards, die Bücherläden, die Kioske und Galerien, den Parc Montsouris, das Stade Buffalo, die Buttes Chaumont, die Guaranty Trust Company und die Ile de la Cité, Foyots altes Hotel, und daß man abends lesen kann und sich entspannen, alles, was ihm einmal Freude gemacht und was er vergessen hatte und was ihm wieder einfiel, wenn er von diesem trüben, bitteren, die

Zunge lähmenden, Hirn und Magen wärmenden, die Gedanken ablenkenden Alchimistentrunk kostete.
Der Zigeuner verzog das Gesicht und reichte die Tasse zurück.
»Es riecht nach Anis, aber es ist bitter wie Galle«, sagte er. »Lieber krank sein, als diese Medizin nehmen.«
»Das ist der Wermut«, sagte Robert Jordan. »Der echte Absinth enthält Wermut. Man sagt, er erzeugt Gehirnfäule, aber das glaube ich nicht. Man kommt bloß auf andere Gedanken. Eigentlich soll man ganz langsam das Wasser in den Absinth gießen, tropfenweise. Ich aber habe den Absinth ins Wasser gegossen.«
»Was sagst du da?« fragte Pablo ärgerlich. Er fühlte den Spott.
»Ich beschreibe die Medizin«, erwiderte Robert Jordan grinsend. »Ich habe sie in Madrid gekauft. Es war die letzte Flasche, und sie hat nun schon drei Wochen gereicht.« Er nahm einen großen Schluck und fühlte, wie die Flüssigkeit köstlich betäubend über seine Zunge rann. Er blickte Pablo an und grinste abermals.
»Wie stehen die Geschäfte?« fragte er.
Pablo gab keine Antwort, und Robert Jordan betrachtete aufmerksam die drei anderen Männer am Tisch. Der eine hatte ein breites, plattes Gesicht, platt und braun wie ein Serrano-Schinken, mit einer abgeplatteten und gebrochenen Nase, und die lange, dünne russische Zigarette, die schief in seinem Mundwinkel hing, ließ das Gesicht noch platter erscheinen. Dieser Mann hatte kurzgeschnittenes graues Haar und einen grauen Stoppelbart, und er trug den üblichen schwarzen, am Hals zugeknöpften Kittel. Als Robert Jordan ihn ansah, senkte er den Blick, aber sein Blick war fest, und er zuckte nicht mit den Wimpern. Die beiden anderen waren offenbar Brüder. Sie sahen einander sehr ähnlich und waren beide untersetzt, stämmig, schwarzhaarig, das Haar tief in die Stirn gewachsen, dunkeläugig und braungebrannt. Der eine hatte über dem linken Auge quer über die Stirn eine Narbe, und als Robert Jordan die beiden ansah, erwiderten sie ruhig seinen Blick. Den einen schätzte er auf etwa sechs- bis achtundzwanzig, der andere mochte zwei Jahre älter sein.

»Was schaust du so?« fragte der mit der Narbe.
»Ich schaue dich an«, sagte Robert Jordan.
»Siehst du was Besonderes an mir?«
»Nein«, sagte Robert Jordan. »Zigarette?«
»Warum nicht?« sagte der Mann. Er hatte zuvor keine Zigarette genommen. »Das sind solche, wie sie der andere hatte. Der am Zug.«
»Warst du mit dabei?«
»Wir waren alle mit dabei«, erwiderte der Mann gelassen. »Alle, bis auf den Alten.«
»Und so etwas sollten wir uns jetzt wieder vornehmen«, sagte Pablo. »Einen Zug!«
»Warum nicht?« sagte Robert Jordan. »Nach der Brücke.«
Er merkte jetzt, daß Pablos Weib sich vom Herdfeuer abgewendet hatte und zuhörte. Als das Wort »Brücke« fiel, schwiegen alle.
»Nach der Brücke«, wiederholte er absichtlich und nahm einen Schluck Absinth. Warum nicht gleich damit anfangen? dachte er. Es läßt sich doch nicht umgehen.
»Ich will mit der Brücke nichts zu tun haben«, sagte Pablo mit gesenktem Blick. »Weder ich noch meine Leute.«
Robert Jordan sagte nichts. Er sah Anselmo an und hob die Tasse. »Dann machen wir's alleine, Alter«, sagte er lächelnd.
»Ohne diesen Feigling«, sagte Anselmo.
»Was hast du gesagt?« sagte Pablo zu dem Alten.
»Zu dir gar nicht. Ich habe nicht mit dir geredet.«
Robert Jordans Blick wanderte nun am Tisch vorbei zu Pablos Frau, die neben dem Herd stand. Sie hatte bisher kein Wort geredet und auf nichts reagiert. Jetzt aber sagte sie zu dem Mädchen ein paar Worte, die er nicht hören konnte, und das Mädchen erhob sich vom Herdfeuer, glitt die Wand entlang, lüftete die Decke, die vor dem Eingang der Höhle hing, und ging hinaus. Ich glaube, jetzt geht's los, dachte Robert Jordan. Ich glaube, jetzt haben wir's. Ich wollte es so nicht haben, aber so scheint es nun mal zu sein.

»Dann werden wir die Brücke ohne deine Hilfe erledigen«, sagte Robert Jordan zu Pablo.
»Nein«, erwiderte Pablo, und Robert Jordan sah die Schweißtropfen auf seiner Stirn. »Du wirst mir hier keine Brücke sprengen.«
»Nein?«
»Du wirst mir keine Brücke sprengen«, wiederholte Pablo mit Nachdruck.
»Und du?« Robert Jordan sprach zu Pablos Weib, die still und mächtig neben dem Feuer stand. Sie wandte sich den Männern zu und sagte: »Ich bin für die Brücke!« Der Feuerschein beleuchtete ihr Gesicht, es war leicht gerötet, schimmerte warm und dunkel und hübsch im Feuerschein, wie es beabsichtigt war.
»Was sagst du?« sagte Pablo zu ihr, und als er den Kopf wandte, sah Robert Jordan seine enttäuschte Miene und den Schweiß auf seiner Stirn.
»Ich bin für die Brücke und gegen dich«, sagte Pablos Weib. »Weiter nichts.«
»Auch ich bin für die Brücke«, sagte der Mann mit dem platten Gesicht und der gebrochenen Nase und drückte den Stummel der Zigarette auf der Tischplatte aus.
»Mir ist die Brücke ganz egal«, sagte einer der Brüder. »Ich bin für die *mujer* von Pablo.«
»Ebenfalls«, sagte der andere Bruder.
»Ebenfalls«, sagte der Zigeuner.
Robert Jordan beobachtete Pablo, und seine rechte Hand tastete sich allmählich immer tiefer, um bereit zu sein, falls es nötig sein würde, halb in der Hoffnung, es *würde* nötig sein (in dem Gefühl vielleicht, daß das das Einfachste und Bequemste wäre, obwohl er nicht verderben wollte, was so gut begonnen hatte, denn er wußte, wie schnell eine Familie, ein Clan, eine Bande sich im Streit gegen den Fremden kehren kann, aber zugleich überlegend, daß das, was seine Hand ausrichten könnte, jetzt, da das alles passiert war, vielleicht das Einfachste und Beste und chirurgisch Gesündeste wäre), und er sah zu-

gleich Pablos Weib dastehen und erröten, stolz, brav, ehrlich, als sie hörte, wie die Männer sich zu ihr bekannten.
»Ich bin für die Republik«, sagte Pablos Frau zufrieden. »Und die Republik ist die Brücke. Nachher haben wir Zeit für andere Pläne.«
»Und du!« sagte Pablo erbittert. »Du mit dem Kopf eines Zuchtstiers und dem Herz einer Hure! Du glaubst, es wird ein Nachher geben, wenn die Brücke vorbei ist? Du hast eine Ahnung, was passieren wird.«
»Was passieren muß«, sagte Pablos Weib. »Was passieren muß, wird passieren.«
»Und es macht dir nichts aus, dich wie ein Vieh hetzen zu lassen, wegen dieser Geschichte, die uns gar nichts einbringt? Oder dabei zu krepieren?«
»Nichts«, sagte Pablos Weib. »Und versuch nicht, mich zu schrecken, du Feigling.«
»Feigling«, sagte Pablo bitter. »Für euch ist jeder ein Feigling, der etwas von Taktik versteht. Der im voraus kennt, wohin eine dumme Sache führt. Man ist nicht feige, wenn man weiß, was dumm ist.«
»Und man ist nicht dumm, wenn man weiß, was feige ist«, sagte Anselmo. Er konnte der Versuchung nicht widerstehen, diesen Satz zu formulieren.
»Willst du sterben?« fragte Pablo ernst, und Robert Jordan merkte, daß das keineswegs nur eine rhetorische Frage war.
»Nein.«
»Dann hüte deine Zunge. Du redest zuviel über Dinge, die du nicht verstehst. Begreifst du denn nicht, daß das ernst ist?« sagte er in fast jammerndem Ton. »Bin ich der einzige, der begreift, *wie* ernst das ist?«
Sehr wahrscheinlich, dachte Robert Jordan. Sehr wahrscheinlich, Pablo, alter Knabe. Außer mir. Du begreifst es, und ich begreife es, und die Frau hat es in meiner Hand gelesen, aber sie begreift es noch nicht. Noch begreift sie es nicht.
»Bin ich umsonst euer Führer?« fragte Pablo. »Ich weiß, was ich rede. Ihr wißt es nicht. Der Alte da schwatzt dummes

Zeug. Er ist ein alter Mann, weiter nichts als ein Botengänger und ein Führer für die Fremden. Dieser Fremde ist hierher gekommen, um etwas für die Fremden Nützliches zu tun. Zu seinem Nutzen sollen wir uns opfern. Ich bin für das, was *allen* nützt und Sicherheit bringt.«
»Sicherheit«, sagte Pablos Weib. »So etwas gibt es gar nicht. Hier laufen jetzt so viele herum, die Sicherheit suchen, daß sie schon eine große Gefahr sind. Wenn du jetzt Sicherheit suchst, wirst du alles verlieren.«
Sie stand am Tisch, einen großen Löffel in der Hand.
»Es *gibt* Sicherheit«, sagte Pablo. »In der Gefahr ist man sicher, wenn man die Chancen einzuschätzen weiß. Ein Stierkämpfer, der *weiß,* was er tut, riskiert gar nichts und ist in Sicherheit.«
»Bis er aufgespießt wird«, sagte die Frau bitter. »Wie oft habe ich die Matadore so reden hören, bevor sie aufgespießt wurden. Wie oft habe ich Finito sagen hören, nur die Klugheit macht's, und der Stier hat den Kerl gar nicht aufgespießt, sondern der Kerl hat sich selber auf dem Horn des Stiers aufgespießt. Immer reden sie so daher, in ihrem Hochmut, bevor sie aufgespießt werden. Nachher besuchen wir sie im Spital.«
Nun spielte sie den Besuch am Krankenlager. »Hallo, alter Freund, hallo!« rief sie mit ihrer dröhnenden Stimme. Dann imitierte sie das leise Geflüster des verwundeten Stierkämpfers: »*Buenas, compadre.* Wie geht's, Pilar?« Mit ihrer natürlichen Stimme: »Wie ist denn das passiert, Finito, Chico, wie ist dir denn dieser scheußliche Unfall passiert?« Dann mit leiser, schwacher Stimme: »Es ist weiter nichts, Weib. Pilar, es ist nichts. Es hätte nicht passieren dürfen. Ich habe ihn sehr schön getötet, verstehst du. Keiner hätte ihn schöner töten können. Dann, als ich ihn getötet hatte, genau wie sich's gehörte, und er war richtig tot, da wackelte er auf den Beinen und wäre gleich von seinem eigenen Gewicht hingefallen, da ging ich von ihm weg, mit einem bißchen Arroganz und viel Haltung, und da stößt er mir von hinten das Horn zwischen die Hinterbacken, daß es bei der Leber wieder rauskommt.« Sie begann zu lachen, hörte auf, die fast weichliche Stimme des

Stierkämpfers zu imitieren, und fuhr mit ihrer dröhnenden
Stimme fort: »Du mit deiner Sicherheit! Habe ich neun Jahre
lang mit drei von den schlechtest bezahlten Matadoren der
Welt gelebt, um nicht zu wissen, was Furcht ist und was Sicherheit? Sprich, wovon du willst, nur nicht von Sicherheit.
Und du! Was für Illusionen ich mir über dich gemacht habe,
und was aus ihnen geworden ist! Nach einem Jahr Krieg bist
du ein Faulenzer geworden, ein Säufer und ein Feigling.«
»Du hast kein Recht, so zu sprechen«, sagte Pablo. »Und schon
gar nicht vor den Leuten und einem Fremden.«
»Ich *will* so sprechen«, sagte Pablos Weib. »Hast du mich gehört? Glaubst du immer noch, daß *du* hier befiehlst?«
»Ja«, sagte Pablo. »Hier befehle ich.«
»Nicht mal im Scherz!« sagte die Frau. »Hier befehle *ich!* Hast
du nicht *la gente* gehört? Hier befiehlt keiner außer mir. Du
kannst bleiben, wenn du willst, und mitessen und mittrinken,
aber nicht so verdammt viel, du kannst mitarbeiten, wenn du
willst. Aber befehlen tue ich.«
»Ich sollte dich und den Fremden übern Haufen schießen,
euch alle beide«, sagte Pablo mürrisch.
»Versuch's«, sagte die Frau. »Du wirst ja sehen, was dann geschieht.«
»Kann ich eine Tasse Wasser haben?« sagte Robert Jordan. Er
wandte kein Auge von dem Mann mit dem finsteren, flei-
schigen Gesicht und von der Frau, die in stolzer Haltung dastand und den großen Löffel so gebieterisch in Händen hielt,
als wär's ein Marschallstab.
»Maria«, rief Pablos Weib, und als das Mädchen im Eingang
erschien, »Wasser für diesen Genossen.«
Robert Jordan griff nach der Hüfttasche, und indem er sie
hervorholte, lockerte er die Pistole im Futteral und schwenkte
das Futteral mit einem Ruck auf den linken Schenkel. Dann
goß er einen zweiten Absinth in seine Tasse, nahm die Tasse
mit Wasser, die das Mädchen ihm brachte, und träufelte das
Wasser in den Absinth, immer nur ganz wenig. Das Mädchen
stand neben ihm und schaute zu.

»Hinaus!« sagte Pablos Weib zu ihr, mit dem Löffel deutend.
»Es ist kalt draußen«, sagte das Mädchen. Ihre Wange war dicht an Robert Jordans Wange, sie beobachtete, was in der Tasse vorging, wie die Flüssigkeit sich trübte.
»Vielleicht« , sagte Pablos Weib. »Aber hier drin ist es zu heiß.« Dann fügte sie freundlich hinzu: »Es ist nicht für lange.«
Das Mädchen schüttelte den Kopf und ging hinaus.
Ich glaube nicht, daß er sich das noch lange gefallen läßt, dachte Robert Jordan. In der einen Hand hielt er die Tasse, die andere ruhte, gar nicht heimlich mehr, auf der Pistole. Er hatte die Waffe entsichert, und tröstlich war die altgewohnte Berührung mit dem fast glattgescheuerten, gerippten Griff, tröstlich die runde, kühle Kameradschaft des Abzugsbügels. Pablo starrte nur noch seine Frau an. Sie fuhr fort: »Schau mich an, du Säufer! Du weißt jetzt, wer hier befiehlt?«
»Ich befehle.«
»Nein. Hör zu. Nimm das Wachs aus deinen haarigen Ohren. Hör gut zu. Ich befehle.«
Pablo sah sie an, und seine Miene verriet nicht, was er dachte. Er sah sie sehr bedachtsam an, und dann wanderte sein Blick über den Tisch weg zu Robert Jordan. Lange betrachtete er ihn, sehr nachdenklich, und dann kehrte sein Blick wieder zu der Frau zurück.
»Gut. Du befiehlst«, sagte er. »Und wenn du willst, kann auch er befehlen. Und ihr könnt beide zum Teufel gehen.« Er schaute ihr voll ins Gesicht. Er schien sich weder ducken zu wollen noch schien er sonderlich berührt zu sein. »Möglich, daß ich faul bin und daß ich zuviel saufe. Du kannst mich auch für einen Feigling halten, aber da irrst du dich. Aber auf jeden Fall bin ich nicht dumm.« Er machte eine Pause. »Auf daß du befehlen sollst, und auf daß es dir Spaß machen soll! Und wenn du nicht nur Befehlshaber, sondern auch ein Weib bist, wollen wir was zu essen haben.«
»Maria!« rief Pablos Weib.
Das Mädchen steckte den Kopf zum Eingang der Höhle herein.

»Komm jetzt herein und stell das Essen auf den Tisch.«
Das Mädchen trat ein, ging zu dem niedrigen Tisch neben dem Herd, nahm die emaillierten Schüsseln und trug sie zum Tisch.
»Es ist Wein genug da für alle«, sagte Pablos Weib zu Robert Jordan. »Achte nicht auf das, was dieser Saufbold sagt. Wenn der hier alle ist, holen wir frischen. Trink das sonderbare Zeug aus, das du da trinkst, und nimm eine Tasse Wein.«
Robert Jordan goß den Rest des Absinths hinunter. Er fühlte, wie dieser hastige Schluck eine kleine, dampfende, feuchte, chemisch aktive Wärme in ihm erzeugte, und dann schob er die Tasse dem Mädchen hin, die sie lächelnd mit Wein füllte.
»Hast du nun die Brücke gesehen?« fragte der Zigeuner. Die anderen, die nach ihrem Frontwechsel den Mund nicht mehr aufgemacht hatten, beugten sich nun vor, um zuzuhören.
»Ja«, sagte Robert Jordan. »Es ist ganz leicht. Soll ich es euch zeigen?«
»Ja, Mann. Es interessiert uns sehr.«
Robert Jordan holte das Notizbuch aus der Hemdtasche und zeigte ihnen die Skizzen.
»Schau, wie das aussieht!« sagte der Plattgesichtige. Er hieß Primitivo. »Es ist die Brücke selbst.«
Robert Jordan demonstrierte nun mit der Spitze des Bleistifts, wie man es anzustellen habe, um die Brücke in die Luft zu sprengen, und warum die Ladungen so und nicht anders placiert werden müssen.
»Welche Einfachheit!« sagte der Bruder mit dem Narbengesicht. Er hieß Andrés. »Und wie bringst du sie zum Explodieren?«
Auch das erklärte ihnen Robert Jordan, und während er es ihnen zeigte, fühlte er des Mädchens Arm auf seiner Schulter ruhen. Auch Pablos Weib schaute aufmerksam zu. Nur Pablo selbst blieb völlig teilnahmslos. Er saß ganz allein da, vor einer Tasse Wein, die er von Zeit zu Zeit in den großen Napf tauchte, welchen Maria aus dem Weinschlauch gefüllt hatte, der links neben dem Eingang der Höhle hing.

»Hast du so etwas schon oft gemacht?« fragte das Mädchen Robert Jordan mit leiser Stimme.
»Ja.«
»Und können wir sehen, wie es gemacht wird?«
»Ja. Warum nicht?«
»Du wirst es schon sehen«, sagte Pablo vom anderen Ende des Tisches her. »Ich bin überzeugt, du wirst es sehen.«
»Halt's Maul!« sagte Pablos Weib, und da ihr plötzlich einfiel, was sie am Nachmittag in Jordans Hand gelesen hatte, überkam sie mit einemmal ein wilder, sinnloser Zorn.
»Halt's Maul, du Feigling! Halt's Maul, du Unglücksvogel! Halt's Maul, du Mörder!«
»Gut«, sagte Pablo. »Ich halt's Maul. Du bist es jetzt, die befiehlt. Schaut euch nur weiter die hübschen Bildchen an. Aber vergiß nicht, ich bin nicht dumm.«
Pablos Weib fühlte, wie ihr Zorn sich in Trauer verwandelte, in ein Gefühl enttäuschter Hoffnung, enttäuschter Versprechungen. Sie kannte dieses Gefühl aus ihrer Jugendzeit, und sie wußte, was das für Dinge waren, die ihr Leben lang, stets von neuem, dieses selbe Gefühl in ihr erzeugt hatten. Nun kam es plötzlich über sie, und sie schob es von sich weg und wollte nicht zulassen, daß es sie anrühre, weder sie noch die Republik, und sie sagte: »Jetzt wollen wir essen. Füll die Schüsseln aus dem Topf!«

5

Robert Jordan schob die Satteldecke beiseite, die vor dem Eingang der Höhle hing, er trat hinaus und atmete tief die kalte Nachtluft ein. Der Nebel hatte sich gelichtet, und die Sterne standen am Himmel. Es war windstill, und nun, entronnen der heißen Luft in der Höhle, die schwer war vom Rauch des Tabaks und der Holzkohlen, schwer vom Geruch des gekochten Fleisches und Reises, des Safrans, des Nelkenpfeffers und Öls, vom teerigen, weingetränkten Geruch des großen Schlauchs, der am Eingang hing, am Halse hängend und die vier Beine gespreizt, und Wein aus einem Spund gezapft, der in dem einen Bein steckt, Wein, ein wenig auf dem Erdboden verschüttet, den Staubgeruch verdrängend – entronnen jetzt den Düften der vielen Kräuter, deren Namen er nicht kannte, die in Büscheln von der Decke hingen, neben langen Schnüren Knoblauch, fern von dem Rotwein und Knoblauch, Pferdeschweiß und Menschenschweiß, der in die Kleider eingebeizt ist (scharf und grau der Menschenschweiß, süßlich und ekelerregend der getrocknete, abgestreifte Schaum des Pferdeschweißes), fern von den Männern am Tisch atmete Robert Jordan tief die reine Nachtluft der Berge, die nach Kiefern roch und nach dem Tau auf dem Gras der Wiesen neben dem Fluß. Viel Tau war gefallen, seit der Wind sich gelegt hatte, aber Robert Jordan dachte, morgen früh werde es Frost geben.

Wie er so dastand, tief atmend und in die Nacht hineinhorchend, hörte er zuerst in der Ferne einen Schuß und dann einen Eulenschrei im Wald zu seinen Füßen, aus der Richtung des Pferdepferchs.

Dann fing drinnen in der Höhle der Zigeuner zu singen an, zu den Klängen einer Gitarre.

»Ein Erbe hat mir mein Vater vererbt . . .«

Die gekünstelt harte Stimme stieg grell empor und hing in der Luft.

»Den ganzen Mond und die Sonne,
Und zieh ich auch durch die ganze Welt,
Ich kann es nicht vergeuden.«

Dumpfe Gitarrenakkorde applaudierten dem Sänger. »Gut«, hörte Robert Jordan eine Stimme sagen. »Sing uns den Katalanen, Zigeuner.«

»Nein.«

»Ja, den Katalanen.«

»Also gut«, sagte der Zigeuner und begann in trübseligem Ton zu singen:

»*Meine Nase ist platt,*
Mein Gesicht ist schwarz.
Und trotzdem bin ich ein Mann.«
»*Olé!*« sagte jemand. »Weiter, Zigeuner!«
Die Stimme des Zigeuners stieg tragisch und spottend empor.
»*Gott sei Dank, daß ich ein Neger bin,*
Und nicht ein Katalan!«
»So viel Lärm!« sagte Pablos Stimme. »Halt's Maul.«
»Ja«, ertönte die Stimme der Frau. »Viel zuviel Lärm. Mit dieser Stimme kannst du die Guardia Civil herbeilocken, und trotzdem taugt sie nichts.«
»Ich weiß noch eine Strophe«, sagte der Zigeuner, und die Gitarre setzte ein.
»Schenk sie dir!« sagte die Frau.
Die Gitarre verstummte.
»Ich bin heute nicht gut bei Stimme, also versäumt ihr nichts«, sagte der Zigeuner. Dann schob er die Decke beiseite und trat in die Nacht hinaus.
Robert Jordan sah, wie er zu einem Baum hinüberging und dann auf ihn zukam.
»Roberto«, sagte der Zigeuner leise.
»Ja.«
Robert Jordan merkte an der Stimme, daß der Mann nicht ganz nüchtern war. Er selbst hatte die beiden Absinthe getrunken und etwas Wein, aber sein Kopf war klar und kalt geblieben, dank dem harten Rencontre mit Pablo.
»Warum hast du Pablo nicht getötet?« fragte der Zigeuner ganz leise.
»Warum sollte ich ihn töten?«
»Früher oder später mußt du ihn töten. Warum hast du nicht die Gelegenheit benützt?«
»Meinst du das im Ernst?«
»Was glaubst du denn, worauf sie alle gewartet haben? Was glaubst du denn, warum das Weib die Kleine weggeschickt hat? Glaubst du, das kann alles jetzt so weitergehen wie vorher?«
»Tötet ihn doch selbst!«

»*Qué va!*« sagte der Zigeuner ruhig. »Das ist deine Sache. Drei- oder viermal erwarteten wir, daß du ihn umbringst. Pablo hat keine Freunde.«

»Ich habe daran gedacht«, sagte Robert Jordan. »Aber ich habe es sein lassen.«

»Ja, das haben wohl alle gesehen. Alle haben deine Vorbereitungen gesehen. Warum hast du es nicht gemacht?«

»Ich dachte, es könnte euch oder der Frau lästig sein.«

»*Qué va!* Und sie wartet, wie eine Hure wartet, bis der große Vogel geflogen kommt. Du bist jünger, als du aussiehst.«

»Möglich.«

»Töte ihn jetzt«, sagte der Zigeuner.

»Das wäre Mord.«

»Um so besser!« sagte der Zigeuner ganz leise. »Weniger gefährlich. Los. Töte ihn jetzt.«

»So etwas bringe ich nicht über mich. Das ist mir widerwärtig, und so handelt man nicht, wenn man der Sache dienen will.«

»Dann provoziere ihn. Aber du mußt ihn töten. Es läßt sich nicht vermeiden.«

Während sie redeten, flog die Eule auf ihrem Jagdflug zwischen den Stämmen umher, weich wie das Schweigen, segelte auf und nieder mit raschem Flügelschlag, lautlos das Gefieder bewegend.

»Schau sie dir an!« sagte der Zigeuner im Dunkeln. »So sollten die Menschen sich bewegen.«

»Und am Tag blind in einem Baum sitzen, von Krähen umzingelt«, sagte Robert Jordan.

»Das passiert selten«, sagte der Zigeuner. »Und dann ist es ein Zufall. Töte ihn!« fuhr er fort. »Warte nicht, bis es schwierig wird.«

»Der günstige Augenblick ist vorbei.«

»Provoziere«, sagte der Zigeuner. »Oder benütze die Stille der Nacht.«

Die Decke, die den Höhleneingang verschloß, wurde zurückgeschlagen, und ein heller Lichtschein fiel heraus. Jemand kam auf die beiden zu.

»Eine schöne Nacht«, sagte der Mann mit schwerer, dumpfer Stimme. »Wir bekommen gutes Wetter.«
Es war Pablo.
Er rauchte eine der russischen Zigaretten, und im Schimmer der aufglimmenden Zigarette war sein rundes Gesicht zu sehen. Sie sahen auch im Sternenlicht seinen schweren, langarmigen Körper.
»Achte nicht auf das Weib!« sagte er zu Robert Jordan.
Im Dunkeln glühte hell das Ende der Zigarette, dann sah man sie zwischen seinen Fingern, wie er sie aus dem Mund nahm.
»Manchmal ist sie schwer zu behandeln. Sie ist eine brave Frau. Hält treu zur Republik.« Das Glimmlicht der Zigarette schwankte leicht hin und her, während er sprach. Er hat wohl die Zigarette im Mundwinkel, dachte Robert Jordan. »Wozu Schwierigkeiten? Wir sind uns einig. Ich bin froh über dein Kommen.« Die Zigarette schimmerte hell. »Achte nicht auf Zänkereien!« sagte er. »Du bist hier sehr willkommen.« Dann sagte er: »Entschuldige mich jetzt. Ich will nachsehen, wie sie die Pferde angepflockt haben.«
Er entfernte sich zwischen den Bäumen nach dem Rand der Lichtung hin, und sie hörten aus der Tiefe ein Pferd wiehern.
»Siehst du?« sagte der Zigeuner. »Siehst du es jetzt? So ist die Gelegenheit wieder entschlüpft.«
Robert Jordan schwieg.
»Ich gehe hinunter«, sagte der Zigeuner zornig.
»Wozu?«
»*Qué va,* wozu? Um wenigstens zu verhindern, daß er durchbrennt.«
»Kann er von dort unten zu Pferd entwischen?«
»Nein.«
»Dann stell dich oben hin, wo es Zweck hat.«
»Dort steht Agustín.«
»Dann geh und sprich mit Agustín. Erzähle ihm, was geschehen ist.«
»Agustín wird ihn mit Vergnügen töten.«

»Nicht übel«, sagte Robert Jordan. »Dann geh hinauf und erzähle ihm alles.«
»Und dann?«
»Ich gehe zur Lichtung hinunter.«
»Gut, Mann, gut.« Er konnte Rafaels Gesicht im Finstern nicht sehen, aber er fühlte Rafaels Lächeln. »Jetzt hast du deine Lenden gegürtet«, sagte der Zigeuner beifällig.
»Geh zu Agustín«, wiederholte Robert Jordan.
»Ja, Roberto, ja«, sagte der Zigeuner.
Robert Jordan tastete sich von Baum zu Baum bis an den Rand der Wiese. Das Licht der Sterne ruhte über der Lichtung, und Robert Jordan sah die dunklen Umrisse der angepflockten Gäule. Er zählte sie, wie sie verstreut zwischen ihm und dem Bach grasten. Fünf. Dann setzte er sich an den Fuß einer Kiefer und behielt die Wiese im Auge.
Ich bin müde, dachte er, und vielleicht ist mein Urteil nicht richtig. Aber für mich gibt es nur *eine* Pflicht, die Brücke, und ich darf mich nicht unnütz in Gefahr bringen, bevor ich meine Pflicht erfüllt habe. Freilich ist es manchmal gefährlicher, einer Chance, die man eigentlich ausnützen müßte, aus dem Wege zu gehen, aber bisher habe ich es immer so gehalten und stets versucht, den Dingen ihren Lauf zu lassen. Wenn es stimmt, was der Zigeuner sagt, daß sie von mir erwarteten, ich würde Pablo töten, dann hätte ich es tun müssen. Aber das war mir nicht klar. Schlimm für einen Fremden, wenn er zur Waffe greifen muß, unter Menschen, mit denen er nachher arbeiten soll. Im Kampf selbst kann man so etwas tun, oder auch dann, wenn man genügend disziplinierte Leute hinter sich hat, aber in diesem Falle, glaube ich, wäre es falsch gewesen, obgleich die Versuchung groß war und die Prozedur anscheinend sehr kurz und einfach. Aber ich *glaube* nicht, daß irgend etwas in diesem Lande so kurz oder so einfach sein kann, und obwohl ich zu der Frau völliges Vertrauen habe, weiß ich nicht recht, wie sie auf eine so drastische Handlungsweise reagieren würde. Ein Sterbender an einem solchen Ort kann sehr häßlich, schmutzig und abstoßend wirken. Man weiß nicht, wie sie

reagieren würde. Ohne die Frau aber habe ich weder Organisation noch Disziplin, und habe ich die Frau auf meiner Seite, dann kann alles noch gutgehen. Es wäre ideal, wenn sie oder der Zigeuner (aber der wird es nicht tun) oder der Wachtposten Agustín ihn umbringen würde. Anselmo würde es tun, wenn ich es von ihm verlangte, obwohl er behauptet, daß er gegen jedes Töten ist. Ich glaube, er haßt ihn, und er hat bereits Vertrauen zu mir und sieht in mir den Vertreter dessen, woran er glaubt. Soviel ich sehen kann, glauben nur er und die Frau wirklich an die Republik, aber es ist noch zu früh, um das genau festzustellen.

Als seine Augen sich an das Sternenlicht gewöhnten, sah er Pablo neben einem der Pferde stehen. Das Pferd hob den Kopf, ließ ihn dann ungeduldig wieder sinken. Pablo stand neben dem Gaul, lehnte sich an ihn an, folgte seinen Bewegungen, die das lange Pflockseil regierte, und tätschelte ihn auf den Hals. Seine Zärtlichkeiten machten das grasende Tier ungeduldig. Robert Jordan konnte nicht sehen, was Pablo machte, und nicht hören, was er zu dem Pferd sagte, aber er sah, daß er das Pferd weder lospflockte noch sattelte. Er saß da und beobachtete ihn und bemühte sich, sein Problem gründlich zu durchdenken.

»Du mein großes, braves Pferdchen«, sagte Pablo zu dem Gaul in der Dunkelheit. Es war der große braune Hengst, zu dem er sprach. »Du reizende, weißstirnige, große Schönheit. Du mit dem langen Hals, der sich wölbt wie der Viadukt in meinem *pueblo* . . . aber viel schöner gewölbt ist und viel feiner.« Der Gaul rupfte Gras, der Kopf schwang zur Seite, während die Zähne das Gras rupften, der Mann und sein Gerede waren ihm lästig. »Du bist kein Weib und auch kein Dummkopf«, sagte Pablo zu dem Braunen. »Du, o du, du mein großes Pferdchen. Du bist kein Weib wie ein brennheißer Fels. Du bist nicht ein Fohlen von einem Mädchen mit geschorenem Kopf und dem Getue eines Fohlens, das noch feucht ist von der Mutter. Du beleidigst niemanden und lügst nicht und bist nicht unverständig. Du, o du, o mein braves, großes Pferdchen.«

Es wäre für Robert Jordan sehr interessant gewesen, Pablos Gespräch mit dem Braunen zu belauschen, aber er hörte seine Worte nicht, denn nun, da er überzeugt war, daß Pablo nur seine Pferde zähle und daß es nicht praktisch wäre, ihn jetzt zu töten, stand er auf und ging zu der Höhle zurück. Lange blieb Pablo auf der Wiese und redete mit dem Pferd. Das Pferd verstand nicht, was er zu ihm sagte, es merkte nur am Ton der Stimme, daß es Zärtlichkeiten waren, und es war den ganzen Tag im Pferch gewesen und war jetzt hungrig und graste ungeduldig am straff gespannten Seil, und der Mann war ihm lästig. Schließlich steckte Pablo den Pflock um und stand schweigend neben dem Pferd. Der Gaul graste weiter und war nun zufrieden, weil der Mann ihn nicht länger belästigte.

6

Drinnen in der Höhle saß Robert Jordan auf einem der Lederschemel in einer Ecke neben dem Herd und hörte der Frau zu. Sie wusch das Geschirr, und das Mädchen Maria trocknete das Geschirr und stellte es weg und mußte niederknien, um es in die Höhlung in der Wand zu legen, die als Schrank diente.

»Es ist sonderbar«, sagte sie, »daß El Sordo nicht gekommen ist. Er sollte schon seit einer Stunde hier sein.«

»Hast du ihm sagen lassen, er soll kommen?«

»Nein. Er kommt jeden Abend.«

»Vielleicht hat er etwas zu tun. Arbeit.«

»Möglich«, sagte sie. »Wenn er nicht kommt, müssen wir ihn morgen aufsuchen.«

»Ja. Ist es weit von hier?«

»Nein. Ein netter Spaziergang. Mir fehlt Bewegung.«

»Kann ich mitkommen?« fragte Maria. »Darf ich auch mitkommen, Pilar?«

»Ja, du Schöne«, sagte die Frau, wandte dann ihr breites Gesicht Robert Jordan zu. »Ist sie nicht hübsch? Wie findest du sie? Ein bißchen mager?«
»Ich finde sie ganz richtig«, sagte Robert Jordan.
Maria füllte seine Schale mit Wein. »Trink das. Dann werde ich noch besser aussehen. Man muß viel davon trinken, um mich schön zu finden.«
»Dann will ich lieber aufhören«, sagte Robert Jordan. »Ich finde dich jetzt schon mehr als schön!«
»Das höre ich gern!« sagte die Frau. »Du redest wie die Richtigen. Was gefällt dir noch an ihr?«
»Ihre Klugheit«, sagte Robert Jordan, aber es klang recht lahm.
Maria kicherte, und die Frau schüttelte betrübt den Kopf.
»Wie fein du begonnen hast, und wie es nun endet, Don Roberto!«
»Nenn mich nicht Don Roberto.«
»Nur im Scherz. Hier sagen wir im Scherz Don Pablo. So wie wir im Scherz Senorita Maria sagen.«
»Ich mag solche Scherze nicht«, sagte Robert Jordan. »*Camarada* – das ist für mich in diesem Krieg der Name aller ernsten Dinge. Solche Scherze wirken korrumpierend.«
»Du machst aus deiner Politik eine Religion«, spottete die Frau. »Kennst du keinen Spaß?«
»Ja. Ich liebe Späße, aber nicht solche Späße. *Camarada* – das ist wie eine Fahne.«
»Ich könnte auch über eine Fahne Witze machen, über jede Fahne«, sagte die Frau lachend. »Mir kann niemand etwas lächerlich machen. Zu der alten rot-gelben Fahne sagten wir ›Blut und Eiter‹ und zu der Fahne der Republik mit dem roten Streifen: ›Blut, Eiter und übermangansaures Kali.‹ Ein Witz!«
»Er ist Kommunist«, sagte Maria. »Das sind sehr ernste *gente.*«
»Bist du Kommunist?«
»Nein, ich bin Antifaschist.«
»Seit langem?«
»Seit ich weiß, was Faschismus ist.«
»Wie lange ist das her?«

»Fast zehn Jahre.«

»Das ist nicht lang«, sagte die Frau. »Ich bin seit zwanzig Jahren Republikanerin.«

»Mein Vater war sein Leben lang Republikaner«, sagte Maria. »Deshalb haben sie ihn erschossen.«

»Auch mein Vater war sein Leben lang Republikaner und ebenso mein Großvater«, sagte Robert Jordan.

»In welchem Land?«

»In den Vereinigten Staaten.«

»Hat man sie erschossen?«

»*Qué va!*« sagte Maria. »Die Vereinigten Staaten sind ein republikanisches Land, dort wird man nicht erschossen, weil man Republikaner ist.«

»Trotzdem ist es gut, einen Großvater zu haben, der Republikaner war«, sagte die Frau. »Das zeugt von gutem Blut.«

»Mein Großvater saß im Nationalausschuß der Republikaner«, sagte Robert Jordan. Das machte sogar auf Maria Eindruck.

»Und ist dein Vater noch immer in der Republik tätig?« fragte Pilar.

»Nein. Er ist tot.«

»Darf man fragen, wie er starb?«

»Er hat sich erschossen.«

»Um der Folter zu entgehen?« fragte die Frau.

»Ja«, sagte Robert Jordan. »Um der Folter zu entgehen.«

Maria hatte Tränen in den Augen. »Mein Vater«, sagte sie, »konnte keine Waffe finden. Oh, ich bin sehr froh, daß dein Vater das Glück hatte, eine Waffe zu finden.«

»Ja, es war ein ziemliches Glück«, sagte Robert Jordan. »Sollten wir nicht von etwas anderem reden?«

»Dann sind wir beide gleich«, sagte Maria. Sie legte die Hand auf seinen Arm und sah ihm ins Gesicht. Er betrachtete ihr braunes Gesicht und ihre Augen, die, seit er sie gesehen hatte, nie so jung gewesen waren wie das übrige Gesicht und die jetzt plötzlich voller Hunger waren und jung und verlangend.

»Nach dem Aussehen könntet ihr Geschwister sein«, sagte die Frau. »Aber es ist wohl ein Glück, daß ihr es *nicht* seid.«

»Jetzt weiß ich, warum ich so ein Gefühl hatte!« sagte Maria. »Jetzt ist es klar.«

»*Qué va!*« sagte Robert Jordan. Er streckte die Hand aus und strich ihr über den Kopf. Den ganzen Tag hatte er das tun wollen, und nun, da er es tat, fühlte er, wie seine Kehle sich zusammenzog. Sie bewegte den Kopf unter seiner Hand und blickte zu ihm empor, und er fühlte zwischen seinen Fingern das rauhe Gekräusel ihres dichten, aber seidigen Haars. Dann berührte seine Hand ihren Nacken, und dann ließ er die Hand sinken.

»Noch einmal«, sagte sie. »Den ganzen Tag habe ich mir das gewünscht.«

»Später«, sagte Robert Jordan, und seine Stimme war heiser.

»Und ich?« sagte Pablos Frau mit ihrer dröhnenden Stimme. »Ich soll einfach zuschaun? Mich soll das gar nicht rühren? Wie ist das möglich? Daß bloß Pablo zurückkäme – wenn schon nichts Besseres da ist!«

Maria kümmerte sich weder um sie noch um die anderen, die am Tisch saßen und beim Kerzenlicht Karten spielten.

»Willst du noch eine Tasse Wein, Roberto?« fragte sie.

»Ja«, sagte er. »Warum nicht?«

»Du wirst einen Säufer kriegen genauso wie ich«, sagte Pablos Weib zu Maria. »Schon dieses sonderbare Zeug, das er aus der Tasse getrunken hat! Hör mich an, Inglés.«

»Nicht Inglés. Amerikaner.«

»Dann hör zu, Amerikaner! Wo gedenkst du zu schlafen?«

»Draußen. Ich habe einen Schlafsack.«

»Gut«, sagte sie. »Die Nacht ist hell.«

»Und wird kalt werden.«

»Also draußen«, sagte sie. »Schlaf draußen. Deine Sachen können bei mir schlafen.«

»Gut«, sagte Robert Jordan.

»Laß uns einen Augenblick allein«, sagte er dann zu dem Mädchen und legte die Hand auf ihre Schulter.

»Warum?«

»Ich möchte mit Pilar sprechen.«

»Muß ich gehen?«
»Ja.«
»Was willst du?« fragte Pablos Weib, nachdem das Mädchen zu dem Eingang der Höhle hinübergegangen war. Dort stand sie nun neben dem großen Weinschlauch und sah den Kartenspielern zu.
»Der Zigeuner meint, ich hätte . . .«
»Nein«, unterbrach ihn die Frau. »Er irrt sich.«
»Wenn es sein *muß*, daß ich . . .« sagte Robert Jordan mit erzwungener Ruhe.
»Ich glaube, du hättest es getan«, sagte die Frau. »Nein, es ist nicht nötig. Ich habe dich beobachtet, aber dein Urteil war richtig.«
»Aber wenn es nötig ist –«
»Nein«, sagte die Frau. »Ich sage dir, es ist nicht nötig. Der Zigeuner hat ein verdorbenes Gemüt.«
»Aber ein Schwächling kann gefährlich werden.«
»Nein. Du verstehst das nicht. Dieser da ist ganz und gar nicht mehr imstande, gefährlich zu werden.«
»Ich verstehe das nicht.«
»Du bist noch sehr jung«, sagte sie. »Du wirst es verstehen.«
Dann zu dem Mädchen: »Komm, Maria. Wir sprechen nicht mehr.«
Das Mädchen kam, Robert Jordan streckte die Hand aus und tätschelte ihren Kopf. Sie schmiegte sich unter seine Hand wie ein Kätzchen. Dann dachte er, sie würde zu weinen beginnen. Aber ihre Lippen strafften sich wieder, und sie blickte ihn an und lächelte.
»Du tätest gut daran, jetzt schlafen zu gehen«, sagte die Frau zu Robert Jordan. »Du hast einen langen Weg hinter dir.«
»Gut«, sagte Robert Jordan. »Ich hole meine Sachen.«

7

Er lag schlafend im Schlafsack und hatte, wie ihm schien, schon lange geschlafen. Der Schlafsack war auf dem Waldboden ausgebreitet, an der geschützten Seite der Felsen hinter dem Höhleneingang, und im Schlafen wälzte Robert Jordan sich zur Seite, und dabei wälzte er sich auf seine Pistole, die mit einer Schnur am Handgelenk befestigt war und neben ihm unter der Hülle gelegen hatte, als er schlafen ging, Schultern und Rücken müde, die Beine ermattet, die Muskeln von Müdigkeit gespannt, so daß der harte Boden ihm weich erschien; und sich ausstrecken im Schlafsack unter dem Flanellfutter, das allein war voll köstlicher Trägheit. Als er nun aufwachte, wußte er nicht gleich, wo er sei, erinnerte sich, schob die Pistole zurecht und streckte sich behaglich aus, um wieder einzuschlafen, die Hand auf dem Kleiderbündel, das säuberlich um die Schuhe gewickelt war und als Kissen diente. Den einen Arm hatte er um das Kissen gelegt.

Dann fühlte er eine Hand an seiner Schulter und drehte sich rasch um. Die Finger seiner Rechten umklammerten den Griff der Pistole.

»Oh, du bist es!« sagte er. Er ließ die Pistole los, streckte beide Arme aus und zog sie zu sich herab. Er fühlte, wie sie zitterte.

»Komm herein«, sagte er leise. »Es ist kalt.«

»Nein. Ich darf nicht.«

»Komm herein«, sagte er. »Wir werden uns später darüber unterhalten.«

Sie zitterte, und er umklammerte nun mit der einen Hand ihr Handgelenk, und mit dem anderen Arm hielt er sie fest. Sie hatte den Kopf abgewandt.

»Komm herein, kleines Kaninchen«, sagte er und küßte sie auf den Nacken.

»Ich fürchte mich.«

»Nein. Fürchte dich nicht. Komm herein.«

»Wie?«

»Schlüpf einfach hier herein. Platz ist genug. Soll ich dir helfen?«

»Nein«, sagte sie, und dann war sie bei ihm im Schlafsack, und er drückte sie fest an sich und versuchte ihre Lippen zu küssen, und sie drückte ihr Gesicht in das Kleiderbündel, hatte aber beide Arme um seinen Hals gelegt. Dann fühlte er, wie ihre Arme erschlafften, und sie zitterte wieder in seiner Umarmung.

»Nein«, sagte er und lachte. »Fürchte dich nicht. Das ist die Pistole.« Er hob die Pistole auf und schob sie hinter sich.

»Ich schäme mich«, sagte sie mit abgewandtem Gesicht.

»Nein. Das darfst du nicht. Hier nicht. Jetzt nicht.«

»Nein, ich darf nicht. Ich schäme mich, und ich fürchte mich.«

»Nein, mein Kaninchen. Bitte.«

»Ich darf nicht. Wenn du mich nicht liebst.«

»Ich liebe dich.«

»Ich liebe dich. Oh, ich liebe dich. Leg deine Hand auf meinen Kopf.«

Sie hatte immer noch das Gesicht in das Kissen vergraben. Er legte die Hand auf ihren Kopf und streichelte sie, und dann löste sich plötzlich ihr Gesicht aus dem Kissen, und sie lag in seinen Armen, drückte sich fest an ihn an, und ihr Gesicht ruhte an dem seinen, und sie weinte.

Er hielt sie fest im Arm, er fühlte die Länge des jungen Körpers, er streichelte ihren Kopf, er küßte das salzige Naß ihrer Augen, und während sie weinte, fühlte er unter dem Hemd, das sie trug, die gerundeten, festen, spitzen Brüste.

»Ich kann nicht küssen«, sagte sie. »Ich verstehe es nicht.«

»Du brauchst mich nicht zu küssen.«

»Doch. Ich muß küssen. Ich muß alles tun.«

»Du brauchst gar nichts zu tun. Es ist alles gut so. Aber du hast viele Kleider an.«

»Was soll ich tun?«

»Ich werde dir helfen.«

»Ist das besser?«

»Ja. Viel besser. Ist es nicht besser für dich?«

»Ja. Viel besser. Und ich darf mit dir gehen, wie Pilar sagt?«
»Ja.«
»Aber nicht in ein Heim. Mit dir.«
»Nein. In ein Heim.«
»Nein. Nein. Nein. Mit dir, und ich will deine Frau sein.«
Nun, als sie so nebeneinander lagen, war alle Schutzwehr durchbrochen. Wo rauher Stoff gewesen war, da war alles nun glatt, mit einer Glätte und einem festen, runden Druck und einer langen warmen Kühle, äußerlich kühl und innerlich warm, lang und leicht und fest umfassend, fest umfaßt, einsam, festgesogen mit allen Konturen, beglückend, jung und liebevoll und nun ganz warm und glatt in aushöhlender, brustbeklemmender, fest umfaßter Einsamkeit, die so groß war, daß Robert Jordan das Gefühl hatte, er könne sie nicht länger ertragen, und er sagte: »Hast du schon andere geliebt?«
»Nie.«
Dann wurde sie plötzlich schlaff in seinen Armen. »Aber man hat mir was getan.«
»Wer?«
»Mehrere.«
Nun lag sie völlig still, als ob sie tot wäre, den Kopf von ihm abgewandt.
»Jetzt wirst du mich nicht mehr lieben.«
»Ich liebe dich«, sagte er.
Aber es war mit ihm etwas geschehen, und sie wußte es.
»Nein«, sagte sie, und ihre Stimme war matt und tonlos geworden. »Du wirst mich nicht lieben. Aber vielleicht wirst du mich in das Heim bringen. Und ich werde in das Heim gehen, und ich werde nie deine Frau sein und nichts.«
»Ich liebe dich, Maria.«
»Nein. Das ist nicht wahr«, sagte sie. Dann, zuletzt noch, kläglich und hoffend: »Aber ich habe nie einen Mann geküßt.«
»Dann küsse mich jetzt.«
»Und das wollte ich«, sagte sie. »Aber ich weiß nicht, wie. Als sie mir was antaten, da wehrte ich mich, bis ich nichts mehr sah. Ich wehrte mich, bis – bis – bis sich einer auf meinen Kopf

setzte – und ich habe ihn gebissen – und dann haben sie mir den Mund verbunden und mir die Arme unter dem Kopf festgehalten – und andere haben mir was getan.«

»Ich liebe dich, Maria«, sagte er. »Und niemand hat dir was angetan. Dich können sie nicht anrühren. Niemand hat dich angerührt, mein Häschen.«

»Glaubst du das wirklich?«

»Ich weiß es.«

»Du kannst mich lieben?« Nun wieder warm an ihn angeschmiegt.

»Ich kann dich noch mehr lieben.«

»Ich will versuchen, dich sehr gut zu küssen.«

»Küß mich ein wenig.«

»Ich weiß nicht, wie.«

»Küß mich einfach.«

Sie küßte ihn auf die Wange.

»Nein.«

»Wo kommen die Nasen hin? Ich habe mich immer gewundert, wo die Nasen hinkommen.«

»Schau, dreh den Kopf zu mir.« Und dann preßten seine Lippen sich auf ihren Mund, und sie drückte sich dicht an ihn an, und ihr Mund öffnete sich allmählich ein wenig, und dann, ganz plötzlich, sie fest umarmend, war er glücklicher denn je in seinem Leben, heiter, zärtlich, jubelnd, zuinnerst glücklich, ohne nachzudenken, ohne Müdigkeit zu fühlen, ohne sich Sorgen zu machen, nichts anderes empfindend als ein tiefes Entzücken, und er sagte: »Mein kleines Kaninchen. Mein Schatz. Mein Süßes. Mein langes Liebliches.«

»Was sagst du?« Ihre Stimme kam wie aus weiter Ferne.

»Mein Reizendes«, sagte er.

So lagen sie da, und er fühlte ihren Herzschlag an seiner Brust, und er streichelte mit der Seite seines Fußes ganz sanft die Seite ihres Fußes.

»Du bist barfuß gekommen«, sagte er.

»Ja.«

»Dann hast du gewußt, daß du zu mir ins Bett kommst.«

»Ja.«
»Und du hast dich nicht gefürchtet?«
»Ja. Sehr. Aber noch mehr habe ich mich davor gefürchtet, wie es sein würde, wenn ich mir die Schuhe ausziehen müßte.«
»Und wie spät ist es jetzt? *Lo sabes?*«
»Nein. Du hast keine Uhr?«
»Ja. Aber sie liegt hinter deinem Rücken.«
»Hol sie.«
»Nein.«
»Dann schau über meine Schulter.«
Es war ein Uhr. Das Zifferblatt schimmerte hell in der Finsternis unter der Hülle des Schlafsacks.
»Dein Kinn kratzt mich an der Schulter.«
»Verzeih ihm. Ich habe kein Rasierzeug.«
»Ich habe das gern. Ist dein Bart blond?«
»Ja.«
»Und wird er lang?«
»Nicht ehe die Brücke geschafft ist. Maria, hör zu.«
»Ja.«
»Willst du –?«
»Ja. Alles. Bitte. Und wenn wir alles zusammen machen, wird das andere vielleicht nie gewesen sein.«
»Hast du dir das gedacht?«
»Nein. Ich denke es im geheimen, aber Pilar hat es mir gesagt.«
»Sie ist sehr klug.«
»Und noch etwas«, sagte Maria leise. »Sie sagte, ich soll dir sagen, daß ich nicht krank bin. Sie versteht sich auf solche Dinge, und sie sagte, ich soll dir das sagen!«
»Sie sagte, du sollst es mir sagen?«
»Ja. Ich habe mit ihr gesprochen und ihr gesagt, daß ich dich liebe. Ich habe dich geliebt, als ich dich heute sah, und ich habe dich immer geliebt, aber ich habe dich vorher nie gesehen, und das erzählte ich Pilar, und sie sagte, wenn ich dir überhaupt etwas erzähle, dann soll ich dir sagen, daß ich nicht krank bin. Das andere hat sie mir schon vor langem gesagt. Gleich nach dem Zug.«

»Was sagte sie?«
»Sie sagte, daß man dir nichts antun kann, wenn du es nicht hinnimmst, und wenn ich jemand lieb hätte, würde alles weggewischt sein. Ich wollte sterben, weißt du.«
»Was sie sagt, ist wahr.«
»Und jetzt bin ich froh, daß ich nicht gestorben bin. Ich bin so froh, daß ich nicht gestorben bin. Und du kannst mich lieben?«
»Ja. Ich liebe dich jetzt.«
»Und ich kann deine Frau sein?«
»Ich kann keine Frau haben bei meiner Arbeit. Aber du bist jetzt meine Frau.«
»Wenn ich es *einmal* bin, dann werde ich es bleiben. Bin ich jetzt deine Frau?«
»Ja, Maria. Ja, mein kleines Kaninchen.«
Sie drückte sich eng an ihn an, und ihre Lippen suchten die seinen und fanden sie, und sie küßte ihn, und er fühlte ihren Körper, frisch, glatt, jung und reizend in warmer, sengender Kühle, und so unfaßbar, daß sie da neben ihm lag in dem Schlafsack, der ihm so vertraut war wie seine Kleider oder seine Schuhe oder seine Pflichten, und dann sagte sie in erschrecktem Ton: »Und machen wir es jetzt schnell, damit das andere ganz verschwindet.«
»Willst du?«
»Ja«, sagte sie fast ungestüm. »Ja. Ja. Ja.«

8

Es war kalt in der Nacht, und Robert Jordan schlief einen schweren Schlaf. Einmal wachte er auf, und als er sich ausstreckte, merkte er, daß das Mädchen neben ihm lag, tief in den Schlafsack verkrochen, leicht und regelmäßig atmend, und in der kalten Finsternis, der Himmel hart und scharf voller Sterne, die Luft kalt in seinen Nasenlöchern, schob er den Kopf in die Wärme des Schlafsacks und küßte des Mädchens glatte Schulter. Sie wachte nicht auf, und er wälzte sich auf seine Seite, weg von ihr, und streckte den Kopf wieder in die Kälte hinaus, lag einen Augenblick wach, fühlte die lang hinsickernde Wollust seiner Mattigkeit und dann die glatte, tastende Seligkeit ihrer Körper, die einander berührten, und dann, als er die Beine so tief wie nur möglich in den Schlafsack streckte, glitt er jählings in den Schlummer zurück.

Er erwachte im Morgengrauen, und das Mädchen war verschwunden. Er merkte es gleich beim Erwachen, und als er den Arm ausstreckte, fühlte er die warme Stelle, wo sie gelegen hatte. Er blickte nach dem Eingang der Höhle, reifbedeckt schimmerte der Vorhang, und er sah aus der Felsenspalte den dünnen grauen Rauch hervorquellen, und der Rauch sagte ihm, daß das Herdfeuer brannte.

Aus dem Wald kam ein Mann, eine Decke wie einen Poncho über den Kopf gebreitet. Robert Jordan sah, daß es Pablo war, der eine Zigarette rauchte. Er ist unten gewesen und hat die Pferde in den Pferch getrieben, dachte er.

Pablo verschwand in der Höhle, ohne Robert Jordan einen Blick zu gönnen.

Robert Jordan fühlte mit der Hand den leichten Reif, der auf der abgenutzten fleckiggrünen ballonseidenen Außenhülle des fünf Jahre alten, mit Daunen gefütterten Schlafsacks lag, legte sich dann wieder zurecht. *Bueno,* sagte er zu sich selber. Er fühlte die vertraute Liebkosung des Flanellfutters, er breitete die Beine aus, zog sie wieder zusammen und drehte sich dann auf die Seite, weg von der Richtung, in der, wie er wußte, die Sonne aufgehen würde. *Qué mas da,* warum soll ich nicht noch ein bißchen schlafen?

Er schlief, bis ein Motorgeräusch ihn weckte.

Auf dem Rücken liegend sah er die Flugzeuge, eine Faschistenpatrouille, drei Fiats, hell und winzig, schnell über den Berghimmel huschen und in die Richtung fliegen, aus der er und Anselmo gestern gekommen waren. Die drei verschwanden, und dann kamen weitere neun, in noch größerer Höhe, in Dreierformation, drei winzige Keile.

Pablo und der Zigeuner standen im Schatten neben der Höhle und beobachteten den Himmel. Robert Jordan lag ganz still. Und nun, da das hämmernde Geräusch der Motoren den Himmel erfüllte, hörte er plötzlich ein neues Geräusch, ein dumpfes Dröhnen, und drei weitere Flugzeuge kamen in kaum dreihundert Meter Höhe über die Lichtung geflogen. Diese drei waren Heinkel III, zweimotorige Bomber.

Robert Jordan, den Kopf im Schatten der Felsen, wußte, daß sie ihn nicht sehen konnten und daß es einerlei war, wenn sie ihn sahen. Wenn sie überhaupt etwas in den Bergen suchten, würden sie vielleicht die Pferde im Pferch erblicken können. Wenn sie nichts weiter suchten, würden sie sie vielleicht trotzdem sehen, aber sie natürlich für eigene Kavalleriegäule halten. Dann kam ein noch lauteres Dröhnen, und drei weitere Heinkel III tauchten auf, in steilem, präzisem Flug, noch tiefer als die anderen, flogen in starrer Formation über die Lichtung, das dampfende Getöse näherte sich crescendo dem Absolutum des Lärms, wurde schwächer und entschwand.

Robert Jordan wickelte das Kleiderbündel auf, das ihm als Kissen gedient hatte, und zog sein Hemd an. Er war gerade dabei, es über den Kopf zu ziehen, als er die nächsten Flugzeuge kommen hörte, und er zog im Schlafsack die Hose an und lag ganz still, während drei weitere zweimotorige Heinkel-Bomber über ihn hinwegflogen. Noch bevor sie hinter dem Berghang verschwunden waren, hatte er seine Pistole umgeschnallt, den Schlafsack zusammengerollt und zwischen die Felsen geschoben, und nun saß er da, dicht unter den Felsen, seine Schuhe zuknöpfend, als ein heranrollendes Dröhnen zu noch lauterem Getöse anwuchs als zuvor und neun weitere leichte Heinkel-Bomber in Staffeln heranrückten, den Himmel entzweihämmernd.

Robert Jordan schlich sich an der Felswand entlang zum Eingang der Höhle. Pablo, einer der Brüder, der Zigeuner, An-

selmo, Agustín und die Frau standen im Eingang und blickten zum Himmel.
»Sind schon mal solche Flugzeuge hier gewesen?« fragte er.
»Noch nie«, sagte Pablo. »Geh hinein. Sie werden dich sehen.«
Die Sonne hatte noch nicht den Eingang der Höhle erreicht. Sie schien jetzt gerade auf die Wiese neben dem Fluß, und Robert Jordan wußte, daß man ihn nicht sehen konnte, weder ihn noch die anderen, in dem dunklen, morgendlichen Schatten der Bäume und dem massigen Schatten des Gesteins; aber er ging in die Höhle, um die anderen nicht nervös zu machen.
»Es sind viele«, sagte die Frau.
»Es werden noch mehr werden«, sagte Robert Jordan.
»Woher weißt du das?« fragte Pablo argwöhnisch.
»Diese da, die wir eben gesehen haben, werden von Jagdflugzeugen begleitet sein.«
Gerade in diesem Augenblick hörten sie aus größerer Höhe ein winselndes Geräusch, und als die Flugzeuge in einer Höhe von etwa sechzehnhundert Metern vorbeiflogen, zählte Robert Jordan fünfzehn Fiats in einer Staffel von Staffeln, wie ein Zug von Wildgänsen in V-förmiger Formation.
Die Gesichter im Höhleneingang sahen alle ernst aus, und Robert Jordan sagte: »Ihr habt noch nie so viele Flugzeuge gesehen?«
»Noch nie«, erwiderte Pablo.
»In Segovia sind nicht sehr viele?«
»Es sind nie viele dort gewesen, wir haben fast immer nur drei gesehen. Manchmal sechs Jäger. Vielleicht drei Junkers, die großen mit den drei Motoren, und die Jäger dabei. Noch nie haben wir solche Flugzeuge gesehen.«
Das ist schlimm, dachte Robert Jordan. Das ist wirklich schlimm. Diese Anhäufung von Flugzeugen bedeutet nichts Gutes. Ich muß horchen, wann sie ihre Bomben abschmeißen. Aber nein, unsere Truppen können noch nicht zum Angriff aufmarschiert sein. Nicht vor heute nacht oder vor morgen nacht, sicherlich jetzt noch nicht. Sicherlich werden sie nicht zu dieser Tageszeit marschieren.

Immer noch hörte er das davoneilende Dröhnen. Er schaute auf seine Taschenuhr. Jetzt müßten sie über der Front sein, zumindest die ersten. Er drückte auf den Knopf, der den Sekundenzeiger auslöste, und er beobachtete, wie der Zeiger die Runde machte. Nein, vielleicht jetzt noch nicht. Aber jetzt. Ja. Jetzt müssen sie über der Front sein. Vierhundert Kilometer in der Stunde, zumindest die Hundertelfer. In fünf Minuten müssen sie dort sein. Jetzt sind sie schon ziemlich weit hinter dem Paß, und unter ihnen liegt Kastilien, gelblich, bräunlich im Morgenlicht, von weißen Straßen durchzogen, mit kleinen Dörfern übersät, und die Schatten der Heinkels gleiten über das Land, wie die Schatten der Haifische über den sandigen Meerboden gleiten.
Und noch immer nicht das bum-bum-bummernde Platzen der Bomben. Die Uhr tickte weiter.
Sie fliegen wohl nach Colmenar, zum Escorial, dachte er, oder zum Flugfeld von Manzanares el Real, mit dem alten Schloß über dem See, mit den Enten im Schilf und dem falschen Flugplatz gleich hinter dem richtigen, mit den Flugzeugattrappen, die nicht ganz versteckt sind und deren Propeller im Winde kreisen. Das muß ihr Ziel sein. Sie können nichts von dem Angriff wissen, sagte er zu sich selber, und dann sagte eine Stimme in ihm: Warum können sie nicht? Sie haben bisher noch jedesmal Bescheid gewußt.
»Glaubst du, sie haben die Pferde gesehen?« fragte Pablo.
»*Die* suchen nicht nach Pferden«, sagte Robert Jordan.
»Aber haben sie sie gesehen?«
»Nein, wenn sie nicht den Auftrag hatten, nach ihnen zu suchen.«
»Konnten sie sie sehen?«
»Wahrscheinlich nicht«, sagte Robert Jordan. »Wenn nicht die Sonne auf die Bäume schien.«
»Sie scheint sehr früh auf die Bäume«, sagte Pablo kläglich.
»Ich glaube, sie haben an anderes zu denken als an deine Gäule«, sagte Robert Jordan.

Acht Minuten waren vergangen, seit er den Zeiger der Stoppuhr ausgelöst hatte, und noch immer war kein Bombenlärm zu hören.
»Was machst du mit der Uhr?« fragte die Frau.
»Ich horche, wohin sie geflogen sind.«
»Oh«, sagte sie. Als zehn Minuten vergangen waren, steckte er die Uhr weg. Jetzt würde die Entfernung schon zu groß sein, um etwas zu hören, auch wenn man eine Minute für die Wanderung des Schalls einrechnete. Er sagte zu Anselmo: »Ich möchte mit dir sprechen.«
Anselmo trat aus dem Eingang der Höhle hervor, sie gingen ein Stück weit in den Wald hinein und blieben neben einer Kiefer stehen.
»*Qué tal?*« fragte Robert Jordan. »Wie geht's?«
»Gut.«
»Hast du gegessen?«
»Nein. Keiner hat gegessen.«
»Dann iß und nimm dir etwas zum Mittagessen mit. Du sollst die Straße beobachten. Notiere alles, was die Straße entlangkommt, in beiden Richtungen.«
»Ich kann nicht schreiben.«
»Das ist nicht nötig.« Robert Jordan riß zwei Blätter aus seinem Notizbuch und schnitt mit dem Taschenmesser ein kurzes Stück von seinem Bleistift ab. »Nimm das und mach ein Zeichen für Tanks – so.« Er zeichnete einen schiefen Tank. »Und dann ein Zeichen für jeden einzelnen, und wenn es vier sind, dann machst du einen Strich durch die vier, für den fünften.«
»So pflegen wir zu zählen.«
»Gut. Dann mach ein weiteres Zeichen, zwei Räder und eine Kiste, für die Lastwagen. Wenn sie leer sind, mach einen Kreis. Wenn sie mit Soldaten besetzt sind, mach einen geraden Strich. Ein Zeichen für Geschütze. Große so. Kleine so. Ein Zeichen für Autos. Ein Zeichen für Ambulanzen. So – zwei Räder und eine Kiste mit einem Kreuz darauf. Ein Zeichen für Infanterie nach Kompanien, so, siehst du? Ein kleines

Viereck und dann ein Strich daneben. Ein Zeichen für die Kavallerie, so, siehst du? Wie ein Pferd. Eine Schachtel mit vier Beinen. Das ist eine Abteilung von zwanzig Pferden. Du verstehst. Für jede Abteilung ein Strich.«
»Ja. Das ist sehr sinnreich.«
»Und nun!« Jordan zeichnete zwei große Räder, von Kreisen umgeben, und einen kurzen Strich, der ein Kanonenrohr darstellen sollte. »Das sind Tankabwehrgeschütze. Sie haben Gummireifen. Das ist das Zeichen für sie. Und das sind Flugzeugabwehrgeschütze.« Zwei Räder mit einem schräg nach oben gerichteten Geschützrohr. »Die sollst du auch verzeichnen. Verstehst du? Hast du solche Geschütze schon gesehen?«
»Ja«, sagte Anselmo. »Natürlich. Es ist alles klar.«
»Nimm den Zigeuner mit, damit er weiß, wohin du dich postierst, damit man dich ablösen kann. Such dir einen Platz aus, der sicher ist, nicht allzu nah, einen Platz, von dem aus du bequem und genau die Straße beobachten kannst. Bleib dort, bis du abgelöst wirst.«
»Ich verstehe.«
»Gut. Und daß ich, wenn du zurückkommst, *genau* weiß, was sich auf der Straße bewegt! Ein Blatt für die eine Richtung, das zweite für die andere.« Sie gingen zu der Höhle hinüber.
»Schick mir Rafael her«, sagte Robert Jordan. Er blickte Anselmo nach, wie er in der Höhle verschwand und die Decke wieder hinter ihm herabfiel. Dann kam der Zigeuner herausgeschlendert, sich mit der Hand den Mund abwischend. »*Qué tal?*« sagte der Zigeuner. »Hast du dich gestern nacht amüsiert?«
»Ich habe geschlafen.«
»Nicht übel«, sagte der Zigeuner grinsend. »Hast du eine Zigarette?«
»Hör zu«, sagte Robert Jordan und tastete in der Tasche nach den Zigaretten. »Du sollst Anselmo zu seinem Beobachtungsplatz begleiten. Dort wirst du ihn verlassen und dir den Platz genau merken, damit du mich oder den Mann, der ihn ablösen soll, hinführen kannst. Dann gehst du und beob-

achtest die Sägemühle und stellst fest, ob sich dort etwas verändert hat.«
»Was verändert?«
»Wieviel Mann liegen jetzt dort?«
»Acht. Das letzte, was ich weiß.«
»Sieh nach, wie viele *jetzt* dort sind. Und sieh nach, in welchen Abständen die Wachtposten an der Brücke abgelöst werden.«
»In welchen Abständen?«
»Wie viele Stunden es dauert, bis der Wachtposten abgelöst wird, und um welche Zeit die Ablösung erfolgt.«
»Ich habe keine Uhr.«
»Nimm meine.« Er machte sie von der Kette los.
»Was für eine Uhr!« sagte Rafael bewundernd. »Schau, wie kompliziert. So eine Uhr müßte eigentlich lesen und schreiben können. Schau, was für komplizierte Ziffern. Das ist die Uhr aller Uhren.«
»Mach keine Dummheiten damit«, sagte Robert Jordan. »Kannst du die Zeit unterscheiden?«
»Warum nicht? Zwölf Uhr Mittag – Hunger. Zwölf Uhr Mitternacht – Schlaf. Sechs Uhr morgens – Hunger. Sechs Uhr abends besoffen. Wenn man Glück hat. Zehn Uhr nachts –«
»Halt den Mund!« sagte Robert Jordan. »Du sollst nicht immer den Clown spielen. Du sollst auch den Wachtposten an der großen Brücke und den Posten an der Straße unterhalb der Brücke kontrollieren, genauso wie den Posten und die Wache an der Sägemühle und an der kleinen Brücke.«
»Das ist viel Arbeit«, sagte der Zigeuner lächelnd. »Bist du sicher, daß du nicht einen anderen lieber schicken würdest als mich?«
»Nein, Rafael. Es ist sehr wichtig. Du mußt es ordentlich machen und gut aufpassen, daß man dich nicht sieht.«
»Ich werde schon aufpassen, daß man mich nicht sieht!« sagte der Zigeuner. »Warum sagst du mir, ich soll aufpassen? Glaubst du, ich will mich abschießen lassen?«

»Nimm die Dinge ein wenig ernster«, sagte Robert Jordan. »Es handelt sich hier um ernste Dinge.«

»Du verlangst von mir, daß ich die Dinge ernst nehme? Wo du dich gestern abend so benommen hast? Wo du einen Menschen hättest töten sollen und statt dessen ganz was anderes gemacht hast? Du hättest einen töten sollen und nicht einen machen! Wo wir gerade den Himmel voller Flugzeuge gesehen haben, in einer Menge, die genügen müßte, um uns alle umzubringen, bis zurück zu unseren Großvätern und bis zu allen ungeborenen Enkeln, einschließlich der Katzen, Ziegen und Wanzen. Flugzeuge, die einen Lärm machen, daß die Milch in den Brüsten deiner Mutter gerinnt, wie sie den Himmel verdunkeln und wie die Löwen brüllen, und da verlangst du von mir, ich soll's ernst nehmen. Ich nehm's schon viel zu ernst.«

»Gut«, sagte Robert Jordan lachend und legte die Hand auf die Schulter des Zigeuners. »Dann nimm es also nicht zu ernst. Beende dein Frühstück und geh.«

»Und du?« fragte der Zigeuner. »Was machst du?«

»Ich werde El Sordo besuchen.«

»Sehr gut möglich, daß du in der ganzen Gegend keinen Menschen mehr antriffst«, sagte der Zigeuner. »Viele werden heute früh ordentlich und dick geschwitzt haben, als die Flugzeuge kamen.«

»Diese Flieger haben anderes vor, als Guerillas zu jagen.«

»Ja«, sagte der Zigeuner. Dann schüttelte er den Kopf. »Aber wenn sie erst einmal Lust kriegen!«

»Qué va!« sagte Robert Jordan. »Das sind die besten deutschen leichten Bomber, die schickt man nicht hinter Zigeunern her.«

»Vor den Bomben graut mir«, sagte Rafael. »Ja, vor so was fürchte ich mich.«

»Sie wollen einen der Flugplätze bombardieren«, sagte Robert Jordan, während sie in die Höhle gingen. »Das scheint mir ziemlich sicher.«

»Was sagst du?« fragte Pablos Weib. Sie schenkte ihm eine Tasse Kaffee ein und reichte ihm eine Dose kondensierte Milch.

»Milch? Was für ein Luxus!«
»Es ist alles vorhanden«, sagte sie. »Und neuerdings auch sehr viel Angst. Was, sagtest du, haben sie vor?«
Robert Jordan träufelte aus dem Schlitz in der Dose ein wenig von der dicken Milch in den Kaffee, streifte die Dose am Rand der Tasse ab und rührte den Kaffee um, bis er eine hellbraune Färbung bekam.
»Ich glaube, sie wollen einen unserer Flugplätze bombardieren. Escorial und Colmenar vielleicht. Oder alle drei.«
»Sie sollen nur recht weit fliegen und sich hier nicht mehr blicken lassen«, sagte Pablo.
»Und was haben sie hier zu suchen?« fragte die Frau. »Was führt sie hierher? Noch nie haben wir solche Flugzeuge gesehen. Oder in solcher Menge. Bereiten sie einen Angriff vor?«
»War gestern nacht viel Verkehr auf der Straße?« fragte Robert Jordan. Das Mädchen Maria stand dicht neben ihm, aber er blickte sie nicht an.
»Du«, sagte die Frau, »Fernando! Du warst gestern abend in La Granja. Hat sich dort was gerührt?«
»Nichts«, antwortete der Mann, den Robert Jordan bisher noch nicht gesehen hatte. Er war etwa 35 Jahre alt, untersetzt, hatte ein offenes Gesicht und schielte. »Ein paar Militärautos, wie gewöhnlich. Aber keine Truppenbewegungen, solange ich da war.«
»Gehst du jeden Abend nach La Granja?« fragte ihn Robert Jordan.
»Ich oder ein anderer«, sagte Fernando. »Einer geht immer.«
»Neuigkeiten hören, Tabak und Kleinigkeiten holen«, sagte die Frau.
»Haben wir Leute dort?«
»Ja. Warum nicht? Die Arbeiter im Elektrizitätswerk. Und noch ein paar andere.«
»Und was gibt es für Neuigkeiten?«
»*Pues nada*. Nichts. Im Norden geht es immer noch schlecht. Das ist aber keine Neuigkeit. Im Norden ist es von Anfang an schlecht gegangen.«

»Hast du etwas aus Segovia gehört?«
»Nein, *hombre*. Ich habe nicht gefragt.«
»Kommst du auch nach Segovia?«
»Manchmal«, sagte Fernando. »Aber das ist gefährlich. Dort gibt es Kontrollstellen, wo man seine Papiere vorzeigen muß.«
»Kennst du den Flugplatz?«
»Nein, *hombre*. Ich weiß, wo er liegt, aber ich bin nie an ihn herangekommen. Dort wird man immerzu nach Papieren gefragt.«
»Und hat gestern abend niemand von diesen Flugzeugen gesprochen?«
»In La Granja? Niemand. Aber heute wird man sicherlich darüber reden. Man hat über die Rundfunkrede von Queipo de Llano geredet. Weiter nichts. Oh, ja. Es scheint, daß die Republik eine Offensive vorbereitet.«
»Was?«
»Daß die Republik eine Offensive vorbereitet.«
»Wo?«
»Das ist nicht sicher. Vielleicht hier. Vielleicht in einem anderen Teil der Sierra. Hast du davon gehört?«
»Das sagt man in La Granja?«
»Ja, *hombre*. Ich hatte es vergessen. Aber es wird immer so viel von Offensiven geredet.«
»Woher kommt dieses Gerede?«
»Woher? Nun, von verschiedenen Leuten. Die Offiziere reden in den Cafés von Segovia und Ávila, und die Kellner hören zu. Schnell verbreiten sich die Gerüchte. Schon seit einiger Zeit ist davon die Rede, daß die Republik in dieser Gegend eine Offensive plant.«
»Die Republik und nicht die Faschisten?«
»Die Republik. Wenn es die Faschisten wären, dann würden alle davon wissen. Nein, das soll eine ziemlich umfangreiche Offensive werden. Manche sagen sogar, *zwei* Offensiven. Die eine hier und die andere über den Alto del León beim Escorial. Hast du was davon gehört?«
»Was hast du sonst noch gehört?«

»*Nada, hombre*. Nichts. Oh, doch. Es wurde davon geredet, daß die Republikaner versuchen werden, die Brücken zu sprengen, wenn sie eine Offensive machen. Aber die Brücken sind bewacht.«
»Ist das ein Scherz?« sagte Robert Jordan, seinen Kaffee schlürfend.
»Nein, *hombre*«, sagte Fernando.
»Fernando macht keine Scherze«, sagte die Frau. »Unser Pech, daß er's nicht tut.«
»So«, sagte Robert Jordan. »Ich danke dir für alle die Neuigkeiten. Sonst hast du weiter nichts gehört?«
»Nein. Es ist immer die Rede davon, daß sie Soldaten schicken wollen, um das Gebirge zu säubern. Es heißt sogar, sie sind schon unterwegs. Sie sind schon von Valladolid abmarschiert. Aber das ist das übliche Gerede. Das soll man gar nicht beachten.«
»Und du!« sagte Pablos Frau fast böse zu Pablo. »Du mit deinem Geschwätz über Sicherheit!«
Pablo musterte sie nachdenklich und kratzte sich das Kinn.
»Du«, sagte er, »du und deine Brücken.«
»Was für Brücken?« fragte Fernando heiter.
»Dumm«, sagte die Frau zu ihm. »Holzkopf. *Tonto*. Trink noch einen Kaffee und denk nach, ob dir noch eine Neuigkeit einfällt.«
»Sei nicht böse, Pilar«, sagte Fernando ruhig und heiter. »Man soll sich auch nicht durch Gerüchte erschrecken lassen. Ich habe dir und dem Genossen alles erzählt, was mir einfiel.«
»Sonst erinnerst du dich an nichts?« fragte darauf Robert Jordan.
»Nein«, sagte Fernando mit Würde. »Es ist ein Glück, daß ich mich an diese Dinge erinnert habe, weil es doch bloße Gerüchte sind, die ich sonst gar nicht beachte.«
»Es könnte also noch mehr Gerüchte geben?«
»Ja. Möglich. Aber ich habe nicht darauf geachtet. Seit einem Jahr höre ich nichts als Gerüchte.«
Robert Jordan hörte, wie dem Mädchen Maria, die hinter ihm stand, ein rasches, kurzes Lachen entschlüpfte.

»Erzähl uns doch noch ein Gerücht, Fernandito«, sagte sie, und dann zuckten wieder ihre Schultern.
»Und wenn ich noch eines wüßte, würde ich es nicht erzählen«, sagte Fernando. »Es ist unter der Würde eines Mannes, auf Gerüchte zu hören und sie zu beachten.«
»Damit werden wir die Republik retten!« sagte die Frau.
»Nein«, sagte Pablo. »*Du* wirst sie durch Brückensprengen retten.«
»Geht!« sagte Robert Jordan zu Anselmo und Rafael. »Wenn ihr gegessen habt.«
»Wir gehen jetzt«, sagte der Alte, und die beiden standen auf. Robert Jordan fühlte eine Hand auf seiner Schulter. Es war Maria. »Du solltest etwas essen«, sagte sie und ließ die Hand auf seiner Schulter ruhen. »Iß ordentlich, damit dein Magen noch mehr Gerüchte verdauen kann.«
»Die Gerüchte haben mir den Appetit verdorben.«
»Nein. Das darf nicht sein. Iß jetzt, bevor neue Gerüchte kommen.« Sie stellte die Schüssel vor ihn hin.
»Mach dich nicht über mich lustig!« sagte Fernando zu ihr. »Ich bin dein guter Freund, Maria.«
»Ich mache mich nicht über dich lustig, Fernando. Ich scherze nur mit ihm. Er soll essen, sonst wird er hungrig sein.«
»Wir wollen alle essen«, sagte Fernando. »Pilar, was ist geschehen, daß man uns nichts vorsetzt?«
»Nichts, Mann«, sagte Pablos Frau und füllte seine Schüssel mit dem Fleischragout. »Iß. Ja, essen kannst du. Iß jetzt!«
»Das ist lieb von dir, Pilar«, sagte Fernando mit unerschütterlicher Würde.
»Danke«, sagte die Frau. »Vielen Dank und nochmals vielen Dank.«
»Bist du böse auf mich?« fragte Fernando.
»Nein. Iß. Los, iß!«
»Ja«, sagte Fernando. »Danke.«
Robert Jordan sah Maria an, und wieder begannen ihre Schultern zu zittern, und er blickte weg. Fernando aß gemächlich, mit stolzer und würdiger Miene. Nicht einmal der

riesige Löffel, den er benützte, nicht einmal das Gesabber der Soße in seinen Mundwinkeln konnte seiner Würde Abbruch tun.

»Schmeckt dir das Essen?« fragte ihn Pablos Frau.

»Ja, Pilar«, sagte er mit vollem Munde. »Es ist dasselbe wie immer.«

Robert Jordan fühlte Marias Hand auf seinem Arm, und er fühlte, wie ihre Finger vor Vergnügen seinen Arm drückten.

»Und deshalb schmeckt es dir?« fragte die Frau Fernando. »Ja«, fuhr sie fort. »Ich verstehe. Das Ragout wie immer. *Como siempre.* Im Norden steht es schlimm wie immer. Eine Offensive hier – wie immer. Soldaten kommen, um uns zu jagen – wie immer. Dich könnte man als ein Monument benützen für das Wie immer.«

»Aber die beiden letzten Geschichten sind bloße Gerüchte, Pilar.«

»Spanien«, sagte Pablos Frau in erbittertem Ton. Dann wandte sie sich an Robert Jordan. »Gibt es auch in anderen Ländern solche Menschen?«

»Es gibt kein zweites Land wie Spanien«, sagte Robert Jordan höflich.

»Du hast recht«, sagte Fernando. »Auf der ganzen Welt gibt es kein zweites Land wie Spanien.«

»Hast du schon mal ein anderes Land gesehen?« fragte ihn die Frau.

»Nein«, sagte Fernando. »Und ich will auch gar nicht.«

»Siehst du!« sagte Pablos Frau zu Robert Jordan.

»Fernandito«, sagte Maria, »erzähl uns, wie du nach Valencia kamst.«

»Valencia hat mir nicht gefallen.«

»Warum?« fragte Maria und drückte wieder Robert Jordans Arm. »Warum hat es dir nicht gefallen?«

»Die Leute dort hatten keine Manieren, und ich konnte sie nicht verstehen. Immerzu schreien sie *ché*.«

»Haben sie dich verstanden?« fragte Maria.

»Sie haben so getan, als ob sie mich nicht verstünden.«
»Und was hast du in Valencia gemacht?«
»Ich bin wieder weggegangen und habe nicht einmal das Meer gesehen«, sagte Fernando. »Die Leute gefielen mir nicht.«
»Schau, daß du hier rauskommst«, sagte Pablos Frau. »Raus mit dir, bevor mir übel wird. Nie im Leben habe ich mich so gut amüsiert wie in Valencia. *Vamos!* Valencia. Rede mir nicht von Valencia!«
»Und was hast *du* dort gemacht?« fragte Maria.
Pablos Frau setzte sich zu Tisch mit einer Tasse Kaffee, einem Stück Brot und einer Schüssel Ragout.
»*Qué?* Was wir dort gemacht haben? Finito hatte einen Vertrag auf drei Stierkämpfe während der Feria. Noch nie habe ich so viele Menschen an einem Ort gesehen. Noch nie habe ich so volle Cafés gesehen. Stundenlang konnte man keinen Platz bekommen, und in die Straßenbahn reinzukommen war ganz unmöglich. In Valencia ist Tag und Nacht Betrieb.«
»Aber was hast du denn dort gemacht?« fragte Maria.
»Alles mögliche«, erwiderte die Frau. »Wir gingen an den Strand und lagen im Wasser, und da kamen Ochsen und schleppten Segelboote ans Ufer. Sie wurden ins Wasser getrieben, bis sie schwimmen mußten, und dann an die Boote geschirrt, und wenn sie dann wieder Grund unter die Hufe bekamen, stolperten sie den Sand hinauf. Zehn Ochsengespanne in der Morgensonne, wie sie ein Boot mit vielen Segeln aus dem Meer ziehen, und die kleinen Wellen brechen sich am Strand. Das ist Valencia.«
»Aber was hast du sonst noch gemacht außer den Ochsen zugesehen?«
»Wir haben gegessen, am Strand, in kleinen Pavillons. Pasteten aus gekochtem und kleingeschnittenem Fisch und rote und grüne Pfefferschoten und Nüsse, klein wie Reiskörner. Köstliche und flockige Pasteten und der Fisch von einer Würze, die unglaublich war. Steingarnelen, frisch aus dem Meer, mit Zitronensaft beträufelt. Sie waren rosig und süß, und vier Bissen waren eine Garnele. Davon haben wir eine Unmenge geges-

sen. Dann haben wir *paella* gegessen mit frischen Meertieren, Muscheln in der Schale, Krebsen und kleinen Aalen. Und dann aßen wir auch noch kleinere Aale, in Öl gekocht, so winzig wie Bohnenkeime und nach allen Richtungen gekräuselt, und so zart, daß sie im Mund zerflossen, ohne Kauen. Und die ganze Zeit tranken wir einen weißen Wein, kalt, leicht und gut, zu 30 Centimos die Flasche. Und zum Abschluß eine Melone. Dort ist die Heimat der Melonen.«
»In Kastilien sind die Melonen besser«, sagte Fernando.
»*Qué va!*« sagte Pablos Frau. »Die Melonen von Kastilien, die steckt man sich zwischen die Beine. Die Melonen von Valencia, die ißt man. Wenn ich an diese Melonen denke, lang wie ein Mannsarm, grün wie das Meer und frisch und saftig zu schneiden und süßer als ein früher Sommermorgen! Ach, wenn ich an die ganz kleinen Aale denke, winzig klein, zart und in Häufchen auf dem Teller! Und dann das Bier im Becher, den ganzen Nachmittag hindurch das Bier, schwitzend vor Kälte in den Bechern, groß wie Wasserkrüge . . .«
»Und was hast du gemacht, wenn du nicht gegessen und getrunken hast?«
»Liebe – im Zimmer mit den schrägen Holzrouleaus über dem Balkon, und ein kühler Luftzug durch die Öffnung über der Tür, die sich in den Angeln drehte. Dort haben wir uns geliebt, das Zimmer ganz dunkel am Tage, weil vor dem Fenster die Rouleaus hingen, und von der Straße kam der Duft des Blumenmarkts und ein Geruch nach verbranntem Pulver von den Knallfröschen der *traca,* die jeden Mittag während der Feria lärmend durch die Straßen lief. Eine einzige Kette von Feuerwerk durch die ganze Stadt, viele Knallfrösche an Schnüren aneinandergereiht, und das knallte an den Pfosten und Drähten der Straßenbahn entlang, mit lautem Lärm explodierend, und sprang von Mast zu Mast mit einem Krachen und Knattern, das man sich nicht vorstellen kann . . .
Ja, wir liebten uns, und dann bestellten wir noch einen Krug Bier, mit kalten Tropfen auf dem Glas, und als das Mädchen das Bier brachte, nahm ich's von ihr an der Tür und stellte das

kalte Glas auf Finitos Rücken, er lag da und schlief jetzt und war nicht aufgewacht, als das Bier kam, und er sagte: Nein, Pilar, nein, Weib, laß mich schlafen . . . Und ich sagte: Nein, wach auf und trink, damit du siehst, wie kalt es ist . . . und er trank, ohne die Augen aufzumachen, und schlief wieder ein, und ich legte mich ans Fußende des Bettes mit dem Rücken gegen ein Kissen und schaute zu, wie er schlief, braun und schwarzhaarig und jung und still im Schlaf, und ich trank den ganzen Krug leer und horchte nach der Musik einer Kapelle, die vorüberzog . . . Du«, sagte sie zu Pablo, »weißt *du* was von solchen Dingen?«

»Wir haben auch allerlei zusammen gemacht«, sagte Pablo.

»Ja«, sagte die Frau. »Warum nicht? Und du warst mehr von einem Mann zu deiner Zeit als Finito. Aber nie sind wir zusammen in Valencia gewesen. Nie haben wir in Valencia zusammen im Bett gelegen, und auf der Straße zog eine Kapelle vorüber . . .«

»Das war gar nicht möglich«, sagte Pablo. »Wir hatten gar keine Möglichkeit, nach Valencia zu gehen. Das weißt du sehr gut, wenn du vernünftig sein willst. Aber mit Finito hast du auch keinen Zug in die Luft gesprengt.«

»Nein«, sagte die Frau. »Das ist *uns* geblieben. Der Zug. Ja. Immer der Zug. Dagegen kann man nichts sagen. Das bleibt von aller Faulheit, von allem Dreck und allem Kaputtgehn zurück. Das bleibt von der Feigheit dieses Augenblicks zurück. Und es gab auch sonst noch allerlei – ich will nicht ungerecht sein. Aber auch gegen Valencia läßt sich nichts sagen. Hörst du?«

»Mir hat es nicht gefallen«, sagte Fernando gelassen. »Mir hat Valencia nicht gefallen.«

»Und da sagt man, daß der Maulesel eigensinnig ist!« sagte die Frau. »Räum ab, Maria, damit wir wegkommen!«

Gerade als sie das sagte, hörten sie das Geräusch der zurückkehrenden Flugzeuge.

9

Sie standen im Eingang der Höhle und blickten zum Himmel auf. Die Bomber flogen nun sehr hoch, in raschen, häßlichen Pfeilspitzen, den Himmel mit dem Lärm ihrer Motoren zerschmetternd. Sie sehen wirklich wie Haifische aus, dachte Robert Jordan, wie die breitflossigen, spitznäsigen Haifische des Golfstroms. Aber diese da, breitflossig und silbern, brüllend, mit dem feinen Dunst der Propeller im Sonnenlicht, sie bewegen sich nicht wie Haifische. So, wie *sie* sich bewegen, hat noch nie auf Erden ein Ding sich bewegt. Sie bewegen sich wie das mechanisierte Verhängnis.

Du solltest schreiben, sagte er zu sich selber. Vielleicht wirst du wieder einmal schreiben. Er fühlte, wie Maria seinen Arm festhielt. Sie blickte in die Höhe, und er sagte zu ihr: »Was meinst *du*, wie sie aussehen, *guapa?*«

»Ich weiß nicht«, erwiderte sie. »Wie der Tod, glaube ich.«

»Ich finde, sie sehen wie Flugzeuge aus«, sagte Pablos Frau. »Wo sind die kleinen?«

»Wahrscheinlich nehmen sie eine andere Route«, sagte Robert Jordan. »Die Bomber sind schnell, wollen nicht auf die Jäger warten und sind allein zurückgekehrt. Wir folgen ihnen niemals bis hinter die Front, wir haben nicht genug Flugzeuge, und das Risiko ist zu groß.«

In diesem Augenblick kamen drei Heinkel-Kampfflugzeuge in V-Formation ganz niedrig über die Lichtung geflogen, dicht über den Baumwipfeln, wie knatternde, flatternde, plattnäsige, häßliche Spielzeuge, wurden plötzlich ganz groß, erschreckend in ihrer wirklichen Größe, und strömten vorbei mit winselndem Getöse. Sie flogen so niedrig, daß man vom Eingang der Höhle aus die behelmten und bebrillten Piloten sehen konnte, und hinter dem Kopf des Patrouillenführers flatterte ein Schal im Wind.

»*Die* können aber die Pferde sehen«, sagte Pablo.

»Die können deinen Zigarettenstummel sehen«, sagte die Frau. »Laß die Decke runter.«

Es kamen keine Flieger mehr. Die übrigen hatten wohl an einer anderen Stelle das Gebirge überquert, und als das Gedröhne verklungen war, ging man wieder ins Freie hinaus. Der Himmel war nun leer, hoch, blau und klar.

»Es ist wie ein Traum, aus dem man erwacht«, sagte Maria zu Robert Jordan. Nicht einmal mehr das letzte, unendlich leise Summen war zu hören, das einen leise anrührt, wie ein Finger, und wieder weghuscht und einen abermals anrührt, wenn das Geräusch selber schon fast außer Hörweite ist.

»Es ist kein Traum, und du geh hinein und räume auf«, sagte Pilar zu Maria. Dann wandte sie sich an Robert Jordan. »Was meinst du? Sollen wir reiten oder zu Fuß gehen?«

Pablo sah sie an und brummte.

»Wie du willst«, sagte Robert Jordan.

»Dann gehen wir zu Fuß«, sagte sie. »Das ist gut für die Leber.«

»Reiten ist gut für die Leber.«

»Ja, aber schlecht für den Hintern. Wir gehen zu Fuß, und du –« Sie sprach zu Pablo: »Du geh hinunter und zähl deine Gäule und schau nach, ob nicht ein paar mit weggeflogen sind.«

»Willst du ein Pferd haben?« fragte Pablo.

»Nein«, sagte Robert Jordan. »Vielen Dank. Und das Mädchen?«

»Für sie ist es besser, wenn sie zu Fuß geht«, sagte Pilar. »Sonst werden ihre Glieder steif, und dann taugt sie zu nichts mehr.«

Robert Jordan fühlte, wie er rot wurde.

»Hast du gut geschlafen?« fragte Pilar. Dann sagte sie: »Sie ist wirklich nicht krank. Es hätte leicht sein können. Ich weiß nicht, warum sie nicht krank ist. Wahrscheinlich gibt es doch noch einen Gott, obwohl wir ihn abgeschafft haben. Geh!« sagte sie zu Pablo. »Das geht dich nichts an. Das gilt Menschen, die jünger sind als du. Und aus anderem Stoff. Vorwärts!«

Und dann zu Robert Jordan: »Agustín paßt auf deine Sachen auf. Wenn er kommt, gehen wir.«

Es war ein klarer, heller Tag, und warm schien die Sonne. Robert Jordan betrachtete die dicke, braunhäutige Frau mit den freundlichen, weit auseinanderstehenden Augen und dem

plumpen, kantigen Gesicht voller Falten, ein angenehm häßliches Gesicht, heiter die Augen, aber traurig das Gesicht, solange die Lippen sich nicht bewegten. Er betrachtete zuerst sie und dann den stämmigen, schwerfälligen Mann, der sich in der Richtung des Pferchs entfernte. Und auch die Frau blickte ihm nach.
»Habt ihr miteinander geschlafen?« fragte die Frau.
»Was hat sie erzählt?«
»Sie will mir nichts erzählen.«
»Ich auch nicht.«
»Dann habt ihr miteinander geschlafen«, sagte die Frau. »Sei nur recht vorsichtig mit ihr.«
»Und wenn sie ein Kind kriegt?«
»Das schadet nichts«, sagte die Frau. »Das ist nicht so schlimm.«
»Ist das hier der richtige Ort dafür?«
»Sie wird nicht hier bleiben. Du wirst sie mitnehmen.«
»Kann ich *dorthin* eine Frau mitnehmen?«
»Wer weiß? Dorthin kannst du vielleicht zwei mitnehmen.«
»Sprich nicht so!«
»Hör zu!« sagte die Frau. »Ich bin nicht feige. Aber ich sehe alles sehr klar am frühen Morgen, und ich glaube, es gibt viele, die wir kennen und die jetzt noch am Leben sind und die den nächsten Sonntag nicht erleben werden.«
»Was ist heute für ein Tag?«
»Sonntag.«
»*Qué va!*« sagte Robert Jordan. »Bis zum nächsten Sonntag ist es noch lange hin. Wenn wir den Donnerstag erleben, sind wir fein heraus. Aber ich höre dich nicht gerne so reden.«
»Jeder Mensch muß mit irgendeinem anderen Menschen reden«, sagte die Frau. »Früher hatten wir die Religion und noch sonst allerlei Unsinn. Jetzt muß jeder jemanden haben, mit dem er offen reden kann, denn ob man auch noch so tapfer ist, man wird mit der Zeit recht einsam.«
»Wir sind nicht einsam. Wir gehören alle zusammen.«
»Der Anblick dieser Maschinen nimmt einen mit«, sagte die Frau. »*Nichts* sind wir gegen solche Maschinen!«

»Und doch können wir sie besiegen.«
»Schau«, sagte die Frau, »ich gestehe dir meine Traurigkeit, aber du sollst nicht denken, daß es mir an Entschlossenheit mangelt. Meine Entschlossenheit ist nicht kleiner geworden.«
»Die Traurigkeit wird verschwinden, wenn die Sonne höher steigt. Wie ein Nebel.«
»Sicherlich«, sagte die Frau. »Wenn du meinst! Vielleicht kommt das davon, daß wir so viel dummes Zeug über Valencia geschwatzt haben. Und diese Niete von einem Mann, der jetzt zu seinen Gäulen gegangen ist! Meine Geschichte hat ihn sehr gekränkt. Ihn umbringen – ja. Ihn beschimpfen – ja. Aber ihn kränken – nein!«
»Wie bist du zu ihm gekommen?«
»Wie kommt ein Mensch zum andern? In den ersten Tagen der Bewegung, und auch vorher, da war er ein Kerl. Ein ernst zu nehmender Mensch. Aber jetzt ist er erledigt. Man hat den Zapfen entfernt, und der ganze Wein ist ausgelaufen.«
»Er gefällt mir nicht.«
»Und du gefällst *ihm* nicht, mit Recht. Gestern nacht habe ich mit ihm geschlafen.« Sie lächelte jetzt und schüttelte den Kopf. »*Vamos a ver*«, sagte sie. »Ich sagte zu ihm:,Pablo, warum hast du den Fremden nicht getötet?‹
›Er ist ein braver Junge, Pilar‹, sagte er, ›er ist ein braver Junge.‹
Und da sagte ich: ›Du verstehst jetzt, daß *ich* hier befehle?‹
›Ja, Pilar, ja‹, sagte er, und mitten in der Nacht höre ich ihn aufwachen und höre, wie er weint. Er weint auf eine kurze und häßliche Art, wie ein Mensch weint, wenn es so aussieht, als ob ein Tier in ihm säße und ihn schüttelte.
›Was geschieht mit dir, Pablo?‹ sagte ich zu ihm und packte ihn und hielt ihn fest.
›Nichts, Pilar, nichts.‹
›Doch, etwas geschieht mit dir.‹
›Die Leute‹, sagte er. ›Die Art, wie sie mich im Stich gelassen haben. Die *gente*.‹
›Ja, aber sie stehen zu *mir*‹, sagte ich, ›und ich bin deine Frau.‹

›Pilar‹, sagte er, ›denk an den Zug.‹ Dann sagte er: ›Gott steh dir bei, Pilar.‹

›Warum redest du von Gott?‹ sagte ich zu ihm. ›Was ist das für eine Art zu reden?‹

›Ja‹, sagte er. ›Gott und die *Virgen*.‹

›*Qué va,* Gott und die *Virgen!*‹ sagte ich zu ihm. ›Ist das eine Art zu reden?‹

›Ich habe Angst vor dem Sterben, Pilar‹, sagte er. › *Tengo miedo de morir!* Verstehst du das?‹

›Dann raus aus dem Bett!‹ sagte ich zu ihm. ›Es ist kein Platz in *einem* Bett für dich und mich und deine Furcht dazu.‹

Dann schämte er sich und war still, und ich schlief ein, aber, Mann, es ist vorbei mit ihm.«

Robert Jordan schwieg.

»Mein ganzes Leben lang hat mich ab und zu diese Traurigkeit überfallen«, sagte die Frau, »aber es ist nicht wie die Traurigkeit Pablos. Meine Entschlossenheit leidet nicht darunter.«

»Das glaube ich dir.«

»Vielleicht ist es wie die Monatszeiten der Frau«, sagte sie. »Vielleicht ist es gar nichts.« Sie hielt inne und fuhr dann fort: »Ich mache mir große Illusionen über die Republik. Ich glaube fest an die Republik, ich glaube an sie so eifrig, wie die frommen Leute an die Mysterien glauben.«

»Das glaube ich dir.«

»Und du hast denselben Glauben?«

»An die Republik?«

»Ja.«

»Ja«, sagte er und hoffte zuinnerst, es möge wahr sein.

»Das freut mich«, sagte die Frau. »Und du fürchtest dich nicht?«

»Nicht vor dem Sterben«, sagte er wahrheitsgemäß.

»Aber sonst?«

»Nur davor – daß ich meine Pflicht versäumen könnte.«

»Nicht vor der Gefangenschaft – wie der andere?«

»Nein«, sagte er wahrheitsgemäß. »Wenn man sich davor fürchtet, dann ist man so beschäftigt, daß man zu nichts mehr taugt.«

»Du bist ein sehr kalter Bursche.«
»Nein«, sagte er. »Das glaube ich nicht.«
»Nein. Du hast einen sehr kalten Kopf.«
»Weil mich meine Arbeit sehr beschäftigt.«
»Aber liebst du nicht die Dinge des Lebens?«
»Ja. Sehr. Aber sie dürfen mich nicht bei der Arbeit stören.«
»Ich weiß, daß du gerne trinkst. Ich habe es gesehen.«
»Ja. Sehr gern. Aber es darf mich nicht bei der Arbeit stören.«
»Und Frauen?«
»Ich habe die Frauen gern, aber ich habe sie bisher nicht sehr wichtig genommen.«
»Du liebst sie nicht?«
»Doch. Aber ich habe noch keine gefunden, die so auf mich gewirkt hätte, wie sich's gehört – nach dem, was die Leute behaupten!«
»Ich glaube, du lügst.«
»Vielleicht ein wenig.«
»Aber Maria hast du gern.«
»Ja. Ganz plötzlich – und *sehr* gern.«
»Ich auch. Ich habe sie sehr gern. Ja, sehr.«
»Ich auch«, sagte Robert Jordan, und er fühlte. wie es ihn in der Kehle zu würgen begann. »Ich auch, ja.« Es machte ihm Freude, es auszusprechen, und er sagte es in sehr feierlichem Spanisch: »Ich liebe sie sehr.«
»Nachdem wir mit El Sordo gesprochen haben, lasse ich dich mit ihr allein.«
Robert Jordan schwieg.
Dann sagte er: »Das ist nicht nötig.«
»Doch, Mann. Es *ist* nötig. Du hast nicht viel Zeit.«
»Hast du das in meiner Hand gelesen?« fragte er.
»Nein. Vergiß dieses dumme Zeug!«
Sie hatte das einfach beiseite geschoben wie alles, was der Republik schaden konnte.
Robert Jordan schwieg. Er sah Maria zu, wie sie drinnen in der Höhle das Geschirr wegräumte. Sie wischte sich die Hände ab und drehte sich um und lächelte ihm zu. Sie konnte

nicht hören, was Pilar sagte, aber während sie Robert Jordan zulächelte, errötete sie unter dem Braun ihrer Haut und lächelte dann abermals.

»Es gibt auch noch den Tag!« sagte die Frau. »Ihr habt die Nacht, aber es gibt auch noch den Tag. Freilich, so bequem ist es nicht wie zu meiner Zeit in Valencia. Aber ihr könnt wilde Erdbeeren pflücken oder dergleichen.« Sie lachte.

Robert Jordan legte den Arm um ihre breiten Schultern.

»Auch dich habe ich gern«, sagte er. »Ich habe dich sehr gern.«

»Du bist ein richtiger Don Juan Tenorio«, sagte die Frau, die nun vor Zärtlichkeit ganz verlegen wurde. »Du fängst schon an, *alle* zu lieben. Da kommt Agustín.«

Robert Jordan ging in die Höhle und näherte sich Maria. Sie sah ihn herankommen, ihre Augen schimmerten hell, und wieder glitt ein Erröten über ihre Wangen und ihren Hals.

»Hallo, kleines Kaninchen«, sagte er und küßte sie auf den Mund. Sie drückte ihn fest an sich, sah ihm ins Gesicht und sagte: »Hallo. Oh, hallo. Hallo!«

Fernando, der am Tisch saß und eine Zigarette rauchte, stand auf, schüttelte den Kopf und ging hinaus und griff nach seinem Karabiner, der an der Felswand lehnte.

»Das ist sehr würdelos«, sagte er zu Pilar. »Das gefällt mir nicht. Du solltest auf das Mädchen aufpassen.«

»Das tue ich«, sagte Pilar. »Dieser Genosse ist ihr *novio.*«

»Oh«, sagte Fernando. »In diesem Fall, da sie verlobt sind, finde ich ihr Verhalten völlig normal.«

»Das freut mich«, sagte die Frau.

»Ganz meinerseits«, sagte Fernando feierlich. »*Salud, Pilar!*«

»Wo willst du hin?«

»Zu dem oberen Posten, Primitivo ablösen.«

Agustín kam hinzu.

»Wo zum Teufel gehst du hin?« fragte Agustín den feierlichen kleinen Mann.

»Meine Pflicht tun«, sagte Fernando voller Würde.

»Deine Pflicht!« sagte Agustín höhnisch. »Ich spucke auf den Saft deiner Pflicht.« Dann zu der Frau: »Wo zum Teufel ist denn der Dreck, den ich bewachen soll?«
»In der Höhle«, sagte Pilar. »In zwei Säcken. Und ich habe deine Schweinereien satt.«
»Ich – – – auf den Saft deines Satthabens«, sagte Agustín.
»Dann geh und besudle dich selber«, erwiderte Pilar völlig ruhig.
»Deine Mutter!« erwiderte Agustín.
»Du hast nie eine gehabt!« sagte Pilar. Die Beleidigungen hatten nun jenes letzte Stadium spanischer Förmlichkeit erreicht, da die entsprechenden Handlungen nicht mehr ausgesprochen, sondern nur noch angedeutet werden.
»Was machen die zwei dort drin?« fragte nun Agustín in vertraulichem Ton.
»Nichts«, erwiderte Pilar. *»Nada.* Wir sind schließlich im Frühling, du Vieh.«
»Vieh«, sagte Agustín, das Wort auskostend. »Vieh. Und du. Du Tochter der großen Hure aller Huren. Ich bedrecke mich im Saft des Frühlings.«
Pilar schlug ihm auf die Schulter.
»Du!« sagte sie und lachte ihr dröhnendes Lachen. »Deinen Flüchen fehlt jede Abwechslung. Aber sie sind kräftig. Hast du die Flugzeuge gesehen?«
»Ich sch . . . in den Saft ihrer Motoren!« sagte Agustín, nickte heftig und biß sich auf die Unterlippe.
»Das läßt sich hören«, sagte Pilar. »Das läßt sich wirklich hören. Aber es ist schwer durchzuführen.«
»In dieser Höhe ja!« sagte Agustín grinsend. *»Desde luego.* Aber es ist besser, man macht Witze.«
»Ja«, sagte Pablos Frau. »Es ist viel besser, man macht Witze, und du bist ein braver Kerl, und deine Witze sind kräftig.«
»Hör mal, Pilar«, sagte Agustín ernst. »Irgend etwas geht vor. Meinst du nicht?«
»Was meinst *du?*«

»Scheußlich! Könnte nicht schlimmer sein. Es waren viele Flugzeuge, Weib. Viele Flugzeuge.«
»Und du hast Angst gekriegt wie alle?«
»*Qué va!*« sagte Agustín. »Was glaubst du, haben sie vor?«
»Sieh mal«, sagte Pilar. »Die Republik hat offenbar eine Offensive vor, deshalb hat man diesen Burschen hergeschickt. Die Faschisten bereiten einen Gegenschlag vor – deshalb die Flugzeuge. Aber warum *zeigen* sie ihre Flugzeuge?«
»In diesem Krieg geschehen viele Dummheiten«, sagte Agustín. »In diesem Krieg herrscht ein grenzenloser Blödsinn.«
»Sicher«, sagte Pilar. »Sonst säßen wir nicht hier.«
»Ja«, sagte Agustín. »Jetzt schwimmen wir schon seit einem Jahr in diesem Blödsinn. Aber Pablo ist ein sehr einsichtsvoller Mann, Pablo ist sehr schlau.«
»Warum sagst du das?«
»Ich sage es.«
»Aber du mußt eines verstehen!« sagte Pilar. »Jetzt ist es schon zu spät, um sich durch Schlauheit zu retten, und alles andere hat er längst eingebüßt.«
»Ich verstehe«, sagte Agustín. »Ich weiß, daß wir weg müssen. Und weil wir siegen müssen, um am Leben zu bleiben, ist es nötig, daß die Brücken gesprengt werden. Aber Pablo, mag er auch jetzt ein Feigling sein, ist sehr schlau.«
»Auch ich bin schlau.«
»Nein, Pilar«, sagte Agustín. »Du bist nicht schlau, du bist tapfer. Du bist treu. Du bist entschlossen. Du hast einen scharfen Blick. Viel Entschlossenheit und viel Herz. Aber du bist nicht schlau.«
»Meinst du?« fragte die Frau nachdenklich.
»Ja, Pilar.«
»Aber der Bursche ist schlau«, sagte die Frau. »Schlau und kalt. Er hat einen kühlen Kopf.«
»Ja«, sagte Agustín. »Er muß wohl sein Geschäft verstehen, sonst hätten sie ihm nicht diesen Auftrag gegeben. Aber ich weiß nicht, ob er schlau ist. Von Pablo *weiß* ich, daß er schlau ist.«

»Aber er taugt zu nichts, weil er Angst hat und nicht handeln will.«
»Trotzdem ist er schlau.«
»Und was meinst du?«
»Nichts. Ich bemühe mich, die Sache vernünftig zu überlegen. Wir müssen jetzt vernünftig handeln. Nach der Brückengeschichte müssen wir sofort verschwinden. Alles muß vorbereitet sein. Wir müssen wissen, *wohin* wir verschwinden und *wie*.«
»Selbstverständlich.«
»Dazu brauchen wir Pablo. Seine Schlauheit.«
»Ich habe kein Vertrauen zu Pablo.«
»In diesem Punkt ja.«
»Nein. Du weißt nicht, wie sehr es mit ihm aus ist.«
»*Pero es muy vivo.* Er ist sehr schlau. Und wenn wir jetzt nicht schlau vorgehen, sind wir besch . . . dran.«
»Ich werde darüber nachdenken«, sagte Pilar. »Ich habe den ganzen Tag vor mir, um nachzudenken.«
»Für die Brücke der Bursche!« sagte Agustín. »Das versteht er bestimmt. Schau nur, wie fein der andere den Zug organisiert hat!«
»Ja«, sagte Pilar. »Eigentlich hat er den ganzen Plan gemacht.«
»Energie und Entschlossenheit – dafür haben wir dich«, sagte Agustín. »Aber für den Abmarsch – Pablo. Für den Rückzug Pablo. Du mußt ihn zwingen, sich damit zu beschäftigen.«
»Du bist ein kluger Mensch.«
»Klug, ja«, sagte Agustín. »Aber *sin picardia*. Dafür haben wir Pablo.«
»Mit seiner Furcht und allem?«
»Mit seiner Furcht und allem.«
»Und wie denkst du über die Brücken?«
»Es ist nötig. Soviel ich weiß. Zweierlei ist nötig. Wir müssen von hier weg, und wir müssen siegen. Die Brücken sind nötig, wenn wir siegen wollen.«
»Wenn Pablo so schlau ist, warum sieht er das nicht ein?«
»Er möchte, daß alles so bleibt, wie es ist – das ist bequem für

seine Schwäche. Er möchte in dem Tümpel seiner eigenen Schlappheit bleiben. Aber der Fluß steigt. Wenn er *gezwungen* ist, eine Änderung vorzunehmen, dann wird seine Schlauheit wieder erwachen. *Es muy vivo.*«
»Es ist gut, daß der Junge ihn nicht getötet hat.«
»*Qué va.* Gestern nacht wollte der Zigeuner von *mir,* daß ich ihn töte. Der Zigeuner ist ein Tier.«
»Du bist auch ein Tier«, sagte sie. »Aber klug.«
»Wir sind beide klug«, sagte Agustín. »Aber das Talent hat Pablo!«
»Aber es ist schwer, mit ihm auszukommen. Du weißt nicht, *wie* schlimm es mit ihm steht.«
»Ja. Aber das Talent. Sieh mal, Pilar. Um Krieg zu führen, braucht man weiter nichts als Klugheit. Aber um zu siegen, braucht man Talent und Material.«
»Ich werde darüber nachdenken«, sagte sie. »Wir müssen jetzt aufbrechen. Es wird spät.« Dann rief sie mit erhobener Stimme: »Engländer! *Inglés!* Vorwärts! Gehen wir!«

10

»Wir wollen rasten«, sagte Pilar zu Robert Jordan. »Setz dich, Maria, wir wollen rasten.«
»Wir sollten lieber weitermarschieren«, sagte Robert Jordan, »und rasten, wenn wir angelangt sind. Ich *muß* mit diesem Mann sprechen.«
»Du wirst mit ihm sprechen«, sagte die Frau. »Es hat keine Eile. Setz dich hier hin, Maria!«
»Komm!« sagte Robert Jordan. »Rasten wir, wenn wir oben sind.«
»Ich will *jetzt* rasten«, sagte die Frau und setzte sich an das Ufer des Baches. Das Mädchen saß neben ihr im Heidekraut, die Sonne schien auf ihr Haar. Robert Jordan blieb stehen und ließ seine Blicke über die Bergwiese schweifen, durch die der Fo-

rellenbach lief. Heidekraut wuchs unter seinen Füßen, graue Steinblöcke ragten aus dem gelben Farnkraut hervor, das auf dem tiefer gelegenen Teil der Wiese das Heidekraut verdrängte, und ein Stück weiter unten war die dunkle Kontur des Waldes zu sehen.

»Wie weit ist es noch bis zu El Sordos Lager?« fragte er.

»Nicht weit«, erwiderte die Frau. »Quer durch dieses freie Gelände, dann hinunter in das nächste Tal und hinauf durch den Wald bis zur Quelle des Baches. Setz dich und vergiß deinen Ernst.«

»Ich will mit ihm reden und die Sache hinter mir haben.«

»Ich will meine Füße baden«, sagte die Frau. Sie zog die Schuhe und den einen dicken Wollstrumpf aus und steckte den rechten Fuß ins Wasser. »Mein Gott, ist das kalt!«

»Wir hätten doch Pferde nehmen sollen«, sagte Robert Jordan.

»Mir tut das gut«, sagte die Frau. »Mir hat das schon lange gefehlt. Was hast du bloß?«

»Nichts, aber ich habe es eilig.«

»Dann beruhige dich, wir haben Zeit genug. Wie schön der Tag ist, und wie froh ich bin, daß ich nicht zwischen den Kiefern stecke! Du kannst dir nicht vorstellen, wie man Kiefern satt kriegen kann. Hast *du* die Kiefern noch nicht satt, *guapa*?«

»Ich habe sie gern«, sagte das Mädchen.

»Was kannst du an ihnen gern haben?«

»Ich habe den Duft gern und die Nadeln unter den Füßen. Ich habe den Wind gern in den Wipfeln und das Knirschen, wenn die Stämme sich aneinander reiben.«

»Du hast alles gern«, sagte Pilar. »Du bist ein Geschenk für jeden Mann – wenn du bloß ein bißchen besser kochen könntest! Aber die Kiefer macht den Wald voller Langeweile. Du hast noch nie einen Buchenwald gesehen oder einen Eichenwald oder einen Kastanienwald. Das sind Wälder! In solchen Wäldern ist jeder Baum anders als der andere, da gibt es Charakter und Schönheit. Ein Kiefernwald ist die reine Langeweile. Was meinst du, *Inglés*?«

»Auch ich liebe die Kiefern.«
»*Pero, venga*«, sagte Pilar. »So seid ihr zu zweit. Auch ich habe die Kiefern ganz gern. Aber wir sitzen schon zu lange zwischen diesen Kiefern. Und außerdem habe ich die Berge satt. In den Bergen gibt es nur zwei Richtungen, hinunter und hinauf, und hinunterzu geht's zur Straße und zu den Städten der Faschisten.«
»Kommst du nie nach Segovia?«
»*Qué va*. Mit diesem Gesicht! Dieses Gesicht kennt man. Möchtest du gern häßlich sein, du Schöne?«
»Du bist nicht häßlich.«
»*Vamos*, ich bin nicht häßlich! Ich bin schon häßlich zur Welt gekommen. Mein Leben lang bin ich häßlich gewesen. Du, *Inglés*, der nichts von Frauen versteht! Weißt du, wie einer häßlichen Frau zumute ist? Weißt du, was es heißt, sein Leben lang häßlich zu sein und innen drin das Gefühl zu haben, daß man schön ist? Das ist sehr sonderbar.« Sie steckte nun auch den anderen Fuß ins Wasser und zog ihn wieder zurück. »Mein Gott, ist das kalt! Schau, die Bachstelze!« sagte sie und zeigte auf den grauen Federball, der auf einem Stein mitten im Bach auf und nieder wippte. »Die taugen zu gar nichts. Weder zum Singen noch zum Essen. Können bloß mit dem Schwanz auf und ab wippen. Gib mir eine Zigarette, *Inglés*!«
Sie nahm die Zigarette, holte aus der Tasche des Hemdes Stahl und Feuerstein hervor und zündete die Zigarette an. Paffend betrachtete sie Maria und Robert Jordan.
»Das Leben ist sehr kurios«, sagte sie und blies den Rauch aus der Nase. »Aus mir wäre ein tüchtiger Mann geworden, aber ich bin ganz Weib und ganz häßlich. Aber viele Männer haben mich geliebt, und ich habe viele Männer geliebt. Es ist kurios. Hör zu, *Inglés*! Das ist interessant. Schau mich an, so häßlich wie ich bin! Schau mich genau an, *Inglés*!«
»Du bist nicht häßlich.«
»*Qué no*? Lüg mich nicht an! Oder?« Sie lachte ihr tiefes Lachen. »Hat es bei dir schon zu wirken angefangen? Nein. Das

ist nur Spaß. Nein. Schau meine Häßlichkeit an. Aber man hat ein Gefühl in sich, das macht den Mann blind, solange er einen liebt. Mit diesem Gefühl macht man ihn und sich selber blind. Dann eines Tages, ohne jeden Grund, sieht er dich so häßlich, wie du wirklich bist, und er ist nicht mehr blind, und dann siehst du dich selber so häßlich, wie *er* dich sieht, und du verlierst den Mann und dein Gefühl. Verstehst du das, *guapa*?«
Sie klopfte dem Mädchen auf die Schulter.
»Nein«, sagte Maria. »Denn du bist nicht häßlich.«
»Versuche deinen Kopf zu gebrauchen und nicht dein Herz, und hör zu«, sagte Pilar. »Ich erzähle sehr interessante Dinge. Interessiert es dich nicht, *Inglés*?«
»Doch. Aber wir müssen gehen.«
»*Qué va,* geh! Ich sitze hier sehr gut. Also!« fuhr sie fort und wandte sich nun an Robert Jordan, als ob sie zu einer ganzen Schulklasse redete, fast als ob sie einen Vortrag hielte. »Nach einer Weile, wenn man so häßlich ist wie ich, so häßlich, wie eine Frau nur sein kann, dann, wie gesagt, nach einer Weile wächst wieder in einem das Gefühl heran, das idiotische Gefühl, daß man schön ist. Es wächst wie ein Kohlkopf. Und dann, wenn das Gefühl herangewachsen ist, dann sieht einen ein Mann und glaubt, daß man schön ist, und es fängt alles wieder von vorne an. Jetzt, glaube ich, bin ich darüber weg. Aber es kann immer wieder passieren. Du hast Glück, *guapa*, daß du nicht häßlich bist.«
»Aber ich *bin* häßlich«, behauptete Maria.
»Frag *ihn*«, sagte Pilar. »Steck nicht die Füße ins Wasser, du wirst sie dir erfrieren.«
»Wenn Roberto sagt, wir müssen gehen, dann, glaube ich, müssen wir gehen.«
»Hör dir das an!« sagte Pilar. »Für mich steht hier ebensoviel auf dem Spiel wie für deinen Roberto, und ich sage dir, daß wir hier sehr gut sitzen, hier am Bachufer, und daß wir genug Zeit haben. Außerdem rede ich gern. Es ist das einzige Zivilisierte, was wir hier haben. Wie sollen wir uns sonst amüsieren? Interessiert dich nicht, was ich sage, *Inglés*?«

»Du sprichst sehr gut. Aber es gibt Dinge, die mich mehr interessieren als ein Gespräch über Schönheit oder Mangel an Schönheit.«

»Dann wollen wir über das reden, was dich interessiert.«

»Wo warst du zu Beginn der Bewegung?«

»In meiner Heimatstadt.«

»*Ávila?*«

»*Qué va, Ávila.*«

»Pablo sagt, daß er aus *Ávila* stammt.«

»Er lügt. Er möchte gern aus einer großen Stadt stammen. Seine Heimatstadt ist –« Und sie nannte einen Namen.

»Und was hat sich dort abgespielt?«

»Vieles«, sagte die Frau. »Vieles. Und alles war häßlich. Auch das Ruhmvolle.«

»Erzähle!« sagte Robert Jordan.

»Es ist zu brutal. Ich möchte es nicht vor dem Mädchen erzählen.«

»Erzähle!« sagte Robert Jordan. »Und wenn es nicht für sie ist, soll sie nicht hinhören.«

»Ich kann es ruhig hören«, sagte Maria. »Es gibt nichts, das ich nicht hören könnte.«

»Es handelt sich nicht darum, ob du es hören kannst«, sagte Pilar, »sondern es handelt sich darum, ob ich es dir erzählen soll. Du wirst schlecht träumen.«

»Ich werde nicht schlecht träumen, wegen einer bloßen Geschichte«, erwiderte Maria. »Glaubst du, nach allem, was mit uns geschehen ist, werde ich wegen einer Geschichte schlecht träumen?«

»Vielleicht aber wird der *Inglés* schlecht träumen.«

»Versuch's.«

»Nein, *Inglés*, ich scherze nicht. Hast du den Anfang der Bewegung in irgendeiner kleinen Stadt miterlebt?«

»Nein«, sagte Robert Jordan.

»Dann hast du nichts erlebt. Du hast gesehen, was für ein Jammerlappen Pablo heute ist, aber du hättest ihn damals sehen müssen.«

»Erzähle!«

»Nein. Ich will nicht.«

»Erzähle!«

»Gut, also. Ich werde alles erzählen, genauso wie es war. Aber du, *guapa,* mußt mich unterbrechen, wenn es dir lästig wird.«

»Wenn es mir lästig wird, werde ich nicht hinhören«, sagte Maria. »Es kann nicht schlimmer sein als so vieles.«

»Ich glaube doch!« sagte die Frau. »Gib mir noch eine Zigarette, *Inglés,* und *vamonos.*«

Das Mädchen legte sich rücklings in das Heidekraut am Ufer des Baches, Robert Jordan streckte die Beine aus, die Schultern auf der Erde und den Kopf auf einem Büschel Heidekraut. Dann langte er nach Marias Hand und hielt sie fest und rieb ihrer beider Hände an dem Heidekraut, bis sie ihre Hand öffnete und sie flach auf die seine legte, während beide zuhörten.

»Es war am frühen Morgen, als die *civiles* in der Kaserne die Waffen streckten«, begann Pilar.

»Hattet ihr die Kaserne angegriffen?« fragte Robert Jordan.

»Pablo hatte sie im Dunkel der Nacht umzingeln lassen, die Telefondrähte durchschnitten, Dynamit unter die eine Mauer gelegt und die Guardias Civiles aufgefordert, sich zu ergeben. Sie weigerten sich. Und bei Tagesanbruch ließ er die Mauer in die Luft fliegen. Es kam zum Krach. Zwei *civiles* fielen, vier wurden verwundet und vier ergaben sich.

Wir lagen alle auf Dächern und auf der Erde und hinter Mauern und Häuserecken, im frühen Morgenlicht, und die Staubwolke von der Explosion hatte sich nicht verzogen, denn sie stieg hoch in die Luft empor, und es war kein Wind da, der sie weggeblasen hätte, und wir hielten die Bresche unter Feuer, luden und feuerten in den Rauch hinein, und immer noch blitzten die Schüsse des Gegners, und dann kam ein Schrei aus dem Rauch, daß wir nicht mehr schießen sollten, und die vier *civiles* kamen mit erhobenen Händen heraus. Ein großer Teil des Dachs war eingestürzt, und die Wand war weg, und sie kamen heraus, um sich zu ergeben.

›Sind noch mehr drinnen?‹ rief Pablo.
›Verwundete.‹
›Bewacht sie‹, sagte Pablo zu vier von unseren Leuten, die aus der Feuerstellung herangekommen waren. Und zu den *civiles:* ›Stellt euch dort gegen die Wand.‹ Die vier *civiles* standen an der Wand, schmutzig, staubig, rauchgeschwärzt, die vier Wächter hielten die Gewehre auf sie gerichtet, während Pablo und die anderen in die Kaserne gingen, um die Verwundeten zu erledigen.

Als das vorüber war und man nichts mehr von den Verwundeten hörte, kein Stöhnen, kein Aufschreien und auch keine Schüsse mehr, kam Pablo mit seinen Leuten heraus, und Pablo hatte sein Schrotgewehr über den Rücken gehängt und hielt eine Mauserpistole in der Hand.

›Schau, Pilar!‹ sagte er. ›Diese Pistole hatte der Offizier in der Hand, der sich erschossen hat. Ich habe noch nie eine Pistole abgefeuert. Du‹, sagte er zu einem der *civiles,* ›zeige mir, wie so was funktioniert. Nein. Zeige es mir nicht. Sag es mir.‹

Während in der Kaserne die Schüsse knallten, hatten die vier *civiles* schwitzend und stumm an der Wand gestanden. Es waren lauter hochgewachsene Kerle mit den richtigen Gesichtern der Guardias Civiles, die vom gleichen Modell sind wie mein Gesicht. Nur waren ihre Gesichter mit kleinen Stoppeln bedeckt, weil sie sich an diesem ihrem letzten Morgen noch nicht rasiert hatten, und sie standen da an der Wand und schwiegen.

›Du‹, sagte Pablo zu dem, der ihm am nächsten stand. ›Sag mir, wie das Ding funktioniert.‹

›Klapp den kleinen Hebel herunter‹, erwiderte der Mann mit ganz trockener Stimme. ›Zieh den Verschluß zurück und laß ihn nach vorne schnappen.‹

›Was ist das, der Verschluß?‹ fragte Pablo und sah die vier *civiles* an. ›Welches ist der Verschluß?‹

›Der obere bewegliche Teil.‹

Pablo zog den Verschluß zurück, aber er blieb stecken. ›Jetzt hat es sich verhakt‹, sagte er. ›Du hast mich angelogen.‹

›Zieh ihn noch weiter zurück und laß ihn dann leicht nach vorne schnappen‹, sagte der *civil,* und ich habe noch nie in meinem Leben einen Menschen in einem solchen Ton reden hören. Seine Stimme war grauer als ein Morgen ohne Sonnenaufgang.

Pablo zog an dem Verschluß und ließ dann los, wie der Mann es ihm gesagt hatte, und das Ding schnappte nach vorne, und jetzt war die Pistole gespannt. Eine häßliche Pistole mit einem runden kleinen Kolben, und der Lauf ist groß und flach, ein unhandliches Ding. Die ganze Zeit hatten die *civiles* Pablo beobachtet und kein Wort gesagt.

›Was wirst du mit uns machen?‹ fragte nun einer.

›Dich erschießen‹, sagte Pablo.

›Wann?‹ fragte der Mann mit derselben grauen Stimme.

›Jetzt‹, sagte Pablo.

›Wo?‹ fragte der Mann.

›Hier‹, sagte Pablo. ›Hier. Jetzt. Hier und jetzt. Hast du was dazu zu sagen?‹

›*Nada*‹, sagte der *civil.* ›Nichts. Aber es ist häßlich.‹

›Und du bist auch häßlich‹, sagte Pablo. ›Du Bauernmörder. Du, der du deine eigene Mutter erschießen würdest.‹

›Ich habe nie jemanden umgebracht‹, sagte der *civil.* ›Und sprich nicht von meiner Mutter.‹

›Zeig uns, wie man stirbt. Ihr, die ihr immer die anderen umgebracht habt.‹

›Es ist nicht nötig, daß du uns beschimpfst‹, sagte ein anderer *civil.* ›Und wir verstehen zu sterben.‹

›Kniet an der Wand nieder, mit dem Kopf gegen die Wand‹, sagte Pablo. Die *civiles* blickten einander an.

›Kniet nieder, sage ich‹, sagte Pablo. ›Kniet nieder.‹

›Wie findest du das, Paco?‹ sagte der eine *civil* zu dem größten, der mit Pablo über die Pistole geredet hatte. Er hatte Korporalsstreifen am Ärmel und schwitzte sehr, obwohl es am frühen Morgen noch sehr kühl war.

›Warum sollen wir nicht niederknien?‹ erwiderte er. ›Es ist unwichtig.‹

›Man hat es näher zur Erde‹, sagte der, der zuerst gesprochen hatte. Er wollte einen Witz machen, aber sie waren alle zu ernst, um Witze zu machen, und keiner lächelte.

›Dann wollen wir niederknien‹, sagte der erste *civil,* und die vier knieten nieder; sie sahen sehr linkisch aus mit den Köpfen gegen die Wand und die Hände an den Seiten, und Pablo ging hinter ihnen vorbei und schoß einem nach dem andern mit der Pistole in den Hinterkopf, ging von einem zum andern und setzte ihm den Lauf der Pistole an den Hinterkopf, und einer nach dem andern fiel hin, als der Schuß knallte.

Ich höre noch die Pistole knallen, scharf und doch gedämpft, und ich sehe den Lauf zucken und den Kopf nach vorne sinken. Der eine hielt den Kopf still, als der Pistolenlauf ihn berührte, der andere schob ihn nach vorne und preßte die Stirn gegen die Steine, und einer zitterte am ganzen Körper, und sein Kopf wackelte hin und her. Nur einer legte die Hände vor die Augen, und das war der letzte, und die vier Leichen lagen wie Lumpenbündel an der Mauer, als Pablo sich von ihnen abwandte und auf uns zukam, die Pistole noch in der Hand.

›Halt mir das Ding, Pilar!‹ sagte er. ›Ich weiß nicht, wie man den Hammer herunterläßt‹, und er gab mir die Pistole und stand da und schaute die vier *civiles* an, wie sie an der Kasernenwand lagen. Alle die, die mit uns waren, standen auch da und schauten hin, und keiner sagte ein Wort.

Wir hatten die Stadt erobert, und es war noch früh am Morgen, und keiner hatte etwas gegessen, und keiner hatte Kaffee getrunken, und wir schauten einander an, und wir waren alle mit Staub bedeckt von der Sprengung der Kaserne, so bestaubt wie die Menschen beim Dreschen, und ich hielt die Pistole, sie lag schwer in meiner Hand, und mir wurde flau im Magen, als ich die toten *civiles* dort an der Wand liegen sah, alle genauso grau und staubig wie wir, aber ihr Blut benäßte nun den trockenen Dreck an der Mauer, an der sie lagen. Und wie wir so dastanden, ging über den fernen Bergen die Sonne auf und schien jetzt auf die Straße, auf der wir standen, und auf die

weiße Kasernenwand, und der Staub in der Luft schimmerte golden im ersten Sonnenstrahl, und der Bauer, der neben mir stand, schaute die Kasernenwand an und das, was dort lag, und dann schaute er uns an und dann die Sonne, und dann sagte er: ›*Vaya,* ein neuer Tag fängt an.‹
›Gehen wir jetzt Kaffee trinken‹, sagte ich.
›Gut, Pilar, gut‹, sagte er. Und wir gingen in die Stadt zur Plaza, und das waren die letzten, die erschossen wurden.«
»Was ist aus den anderen geworden?« fragte Robert Jordan. »Gab es sonst keine Faschisten im Ort?«
»*Qué va,* gab es sonst keine Faschisten? Über zwanzig Stück. Aber von denen wurde keiner erschossen.«
»Was geschah mit ihnen?«
»Pablo ließ sie mit Dreschflegeln erschlagen und von der Klippe in den Fluß werfen.«
»Alle zwanzig?«
»Ich werde es dir erzählen. Es ist nicht so einfach. Und in meinem Leben möchte ich nie wieder so etwas mitansehen wie das Totprügeln auf der Plaza auf der Klippe über dem Fluß. Der Ort steht auf dem hohen Ufer, hoch über dem Fluß, und dort gibt es einen Platz mit einem Springbrunnen und Bänke und große Bäume, damit die Bänke Schatten haben. Die Balkone der Häuser schauen auf die Plaza. Sechs Straßen münden auf die Plaza, und vor den Häusern ist eine Arkade, die führt rund um die Plaza, so daß man im Schatten der Arkade gehen kann, wenn es sehr heiß ist. An drei Seiten der Plaza läuft die Arkade entlang, und an der vierten Seite stehen Bäume, die werfen ihre Schatten auf den Weg, am Rand der Klippe, hoch über dem Fluß. Hundert Meter sind es bis hinunter zum Fluß. Pablo hatte das alles organisiert, genauso wie den Angriff auf die Kaserne. Zuerst ließ er die Straßeneingänge mit Ochsenkarren verbarrikadieren, als ob auf dem Platz eine *capea* stattfinden sollte, ein Amateur-Stierkampf. Die Faschisten saßen alle im Ayuntamiento, im Rathaus, das war das größte Gebäude an der einen Seite der Plaza. Dort war die Wanduhr, und dort in den Häusern unter der Arkade hatten die Fa-

schisten ihren Klub gehabt. Und unter der Arkade auf dem Bürgersteig vor dem Klub hatten sie ihre Stühle stehen und ihre Tische. Dort tranken sie immer – vor der Bewegung – ihre Apéritifs. Es waren Rohrstühle und Rohrtische. Es sah aus wie ein Café, war aber viel eleganter.«

»Wurden sie ohne Kampf gefangengenommen?«

»Pablo ließ sie in der Nacht festnehmen, bevor er gegen die Kaserne losging. Aber die Kaserne war schon umzingelt. Sie wurden alle aus ihren Wohnungen geholt, gerade als der Angriff begann. Das war klug. Pablo ist ein Organisator. Sonst hätten sie ihn in der Flanke und im Rücken angegriffen, während er gegen die Kaserne der Guardia Civil losging. Pablo ist sehr klug, aber sehr brutal. Er hatte sich die ganze Sache gut ausgedacht und sie gut arrangiert. Hör zu. Als der Angriff geglückt war und die letzten vier *civiles* sich ergeben hatten und er sie an der Wand erschossen hatte und wir Kaffee getrunken hatten in dem Café, das immer zuerst in der Frühe aufmacht, an der Ecke, von welcher der Früh-Bus abgeht, da machte er sich daran, die Plaza zu organisieren. Eine Menge Ochsenkarren wurden herangeschoben, genau wie für eine *capea*, nur die eine Seite, die nach dem Fluß ging, die wurde nicht verbarrikadiert, die blieb offen. Dann befahl Pablo dem Pfarrer, den Faschisten die Beichte abzunehmen und ihnen die nötigen Sakramente zu erteilen.«

»Wo geschah das?«

»Im Ayuntamiento, wie ich schon sagte. Draußen standen eine Menge Menschen, und während sich drinnen die Sache mit dem Pfarrer abspielte, ging es draußen etwas heiter zu, und einige machten ordinäre Witze, aber die meisten waren sehr ernst und respektvoll. Die, die Witze machten, das waren die, die schon betrunken waren von der Feier des Sieges, und das waren Taugenichtse, die sich bei jeder Gelegenheit betrunken hätten. Während der Pfarrer mit seinen Pflichten beschäftigt war, stellte Pablo die Leute auf der Plaza in zwei Reihen auf. Er stellte sie in zwei Reihen auf, so wie man die Leute beim Tauziehen aufstellt, oder wie sie in den Straßen einer Stadt stehen, um einem Radrennen zuzuschauen, so daß gerade genug Platz zwischen ihnen ist, daß die Radfahrer durchkönnen, oder wie die Menschen dastehen, wenn ein Heiligenbild in einer Prozession vorübergetragen wird. Zwei Meter breit war der Abstand zwischen den beiden Reihen, und sie reichten von der Tür des Ayuntamiento quer über die Plaza bis zum Rand der Klippe, so daß einer, der aus der Tür des Ayuntamiento kam und über die Plaza blickte, zwei dichte Menschenreihen sah, die dastanden und warteten.

Sie waren mit Dreschflegeln bewaffnet, mit denen man das Korn ausdrischt, und sie standen eine gute Dreschflegellänge voneinander entfernt. Nicht alle hatten Dreschflegel, denn man hatte nicht genug Dreschflegel auftreiben können. Aber die meisten hatten welche aus dem Laden des Don Guillermo Martín, der ein Faschist war und alle möglichen landwirtschaftlichen Geräte verkaufte. Und die, die keine Dreschflegel hatten, hatten schwere Hirtenknüppel und Ochsenziemer, und einige hatten hölzerne Gabeln, die mit den hölzernen Zinken, mit denen man nach dem Dreschen die Spreu und das Stroh in die Luft wirft. Manche hatten Sicheln und Rübenmesser, aber die mit den Sicheln und Messern hatte Pablo an das andere Ende gestellt, wo die Reihen den Rand der Klippe erreichten.

Die Leute in den Reihen verhielten sich ganz still, und es war ein klarer Tag, so wie heute, und es waren Wolken hoch am Himmel, so wie heute, und die Plaza war noch nicht staubig, denn in der Nacht war viel Tau gefallen, und die Bäume warfen einen Schatten über die Leute in den Reihen, und man hörte das Wasser rinnen aus dem Messingrohr im Maul des Löwen und in das Becken des Springbrunnens fallen, wo die Weiber ihre Wasserkrüge zu füllen pflegen.

Nur in der Nähe des Ayuntamiento, wo der Priester seine Pflicht an den Faschisten erfüllte, ging es lärmender zu, und das waren diese Nichtsnutze, die, wie ich schon sagte, bereits betrunken waren, und sie drängten sich vor den Fenstern und riefen Schweinereien und schlechte Witze durch die Eisengitter in die Fenster hinein. Die meisten der Männer in den

Reihen warteten ganz ruhig, und ich hörte einen zu seinem Nachbarn sagen: ›Sind Frauen dabei?‹
Und der andere sagte: ›Ich hoffe zu Gott, nein.‹
Dann sagte einer: ›Da ist Pablos Weib. Hör mal, Pilar. Sind Weiber dabei?‹
Ich sah ihn an, es war ein Bauer im Sonntagsrock, er schwitzte heftig, und ich sagte: ›Nein, Joaquín. Es sind keine Weiber dabei. Die Weiber töten wir nicht. Warum sollten wir ihre Weiber töten?‹
Und er sagte: ›Gott sei Dank, es sind keine Weiber dabei, und wann fängt es an?‹
Und ich sagte: ›Sowie der Pfarrer fertig ist.‹
›Und der Pfarrer?‹
›Ich weiß es nicht‹, sagte ich, und ich sah, daß sein Gesicht zuckte, und der Schweiß lief ihm über die Stirn. ›Ich habe noch nie einen Menschen getötet‹, sagte er.
›Dann wirst du es lernen‹, sagte der Bauer neben ihm. ›Aber ich glaube nicht, daß ein Schlag mit dem da einen Menschen umbringt‹, und er packte den Dreschflegel mit beiden Händen und betrachtete ihn zweifelnd.
›Das ist das Schöne daran‹, sagte ein anderer Bauer. ›Es müssen viele Hiebe sein.‹
›*Sie* haben Valladolid genommen. *Sie* haben Ávila genommen‹, sagte einer. ›Ich habe es gehört, bevor wir ins Dorf kamen.‹
›Diesen Ort werden *sie* niemals nehmen. Dieser Ort gehört uns. Wir sind ihnen zuvorgekommen‹, sagte ich. ›Pablo ist nicht der Mann, der wartet, bis sie zuschlagen.‹
›Pablo ist tüchtig‹, sagte ein anderer. ›Aber daß er die *civiles* so erledigt hat, das war egoistisch von ihm. Findest du nicht, Pilar?«
›Ja‹, sagte ich. ›Aber hier sind nun alle mit dabei.‹
›Ja‹, sagte er, ›es ist gut organisiert, aber warum hören wir nichts mehr von der Bewegung?‹
›Pablo hat vor dem Angriff auf die Kaserne die Telefondrähte durchschnitten. Sie sind noch nicht repariert.‹

›Aha‹, sagte er. ›Deshalb hören wir nichts. Ich habe meine Neuigkeiten heute früh von der Station des Straßenwärters bekommen.‹
›Warum wird das nun so gemacht, Pilar?‹ fragte er mich.
›Um Munition zu sparen‹, sagte ich. ›Und damit jeder an der Verantwortung teilhat.‹
›Dann soll es schon beginnen. Dann soll es schon beginnen.‹
Und ich schaute ihn an und sah, daß er weinte.
›Warum weinst du, Joaquín?‹ fragte ich ihn. ›Das ist doch nicht zum Weinen.‹
›Ich kann nichts dafür, Pilar‹, sagte er. ›Ich habe noch nie einen Menschen getötet.‹
Wenn du nicht den Tag der Revolution in einem kleinen Städtchen miterlebt hast, wo jeder jeden im Ort kennt und seit jeher gekannt hat, dann hast du *nichts* erlebt. Und die meisten in der Doppelreihe auf der Plaza trugen an diesem Tag die Kleidung, in der sie auf dem Felde arbeiteten, denn sie waren eilig in das Städtchen gekommen, aber einige, die nicht wußten, wie man sich am ersten Tag einer Bewegung anziehen soll, trugen ihre Sonntags- oder Feiertagskleidung, und als diese sahen, daß die anderen, auch die, welche die Kaserne angegriffen hatten, ihre älteste Kleidung trugen, schämten sie sich, daß sie falsch gekleidet waren. Aber sie wollten nicht ihre Röcke ausziehen, weil sie Angst hatten, sie zu verlieren, oder daß die Taugenichtse sie ihnen stehlen könnten, und so standen sie da und schwitzten in der Sonne und warteten, daß es losgehen würde.
Dann wurde es windig, und der Staub auf der Plaza war nun trocken geworden, denn die Männer, die da herumstanden und herumgingen und herumscharrten, hatten ihn aufgewühlt, und es fing zu stauben an, und ein Mann in einem dunkelblauen Sonntagsrock rief: ›*Agua! Agua!*‹, und der Aufseher der Plaza, dessen Pflicht es war, jeden Morgen die Plaza aus einem Schlauch zu besprengen, kam und drehte den Schlauch an und fing an, den Staub niederzuschlagen, zuerst am Rande der Plaza und dann mehr gegen die Mitte

hin. Dann wichen die beiden Reihen zurück, damit er die ganze Plaza besprengen konnte, der Schlauch schwang hin und her in weitem Bogen, das Wasser glitzerte in der Sonne, und die Männer stützten sich auf ihre Dreschflegel, auf die Knüppel oder weißen Holzgabeln und beobachteten den Schwung des strömenden Wassers. Und dann, als die Plaza hübsch bewässert war und der Staub sich gelegt hatte, schlossen sich wieder die Reihen, und ein Bauer rief: ›Wann kriegen wir den ersten Faschisten? Wann kommt der erste aus dem Stall?‹
›Bald‹, rief Pablo aus der Tür des Ayuntamiento. ›Bald kommt der erste heraus.‹ Seine Stimme war heiser von dem vielen Schreien beim Angriff und von dem Rauch der Kaserne.
›Warum dauert es so lange?‹ fragte einer.
›Sie sind noch mit ihren Sünden beschäftigt‹, rief Pablo.
›Natürlich! Es sind ja zwanzig Stück‹, sagte einer.
›Noch mehr‹, sagte ein anderer.
›Bei zwanzig Mann, da gibt's viele Sünden zu beichten.‹
›Ja, aber ich glaube, es ist nur ein Kniff, um Zeit zu gewinnen. In so einer Lage erinnert man sich bestimmt nur an seine größten Sünden.‹
›Da mußt du Geduld haben. Wenn es mehr als zwanzig sind, gibt es auch genug große Sünden, die ihre Zeit brauchen.‹
›Ich habe Geduld‹, sagte der andere. ›Aber es ist besser, man hat die Sache hinter sich. Besser für sie und besser für uns. Es ist Juli, und wir haben viel zu tun. Wir haben geerntet, aber noch nicht gedroschen. Wir sind noch nicht in der Zeit der Jahrmärkte und Festlichkeiten.‹
›Das wird heute ein Jahrmarkt und eine Festlichkeit‹, sagte ein anderer. ›Der Jahrmarkt der Freiheit, und von heute an, wenn diese weggeputzt sind, gehört uns die Stadt und der Boden.‹
›Wir dreschen heute Faschisten‹, sagte einer, ›und aus der Spreu kommt die Freiheit dieses *pueblo*.‹
›Wir müssen sie gut anwenden, um sie zu verdienen‹, sagte ein anderer. ›Pilar‹, sagte er zu mir, ›wann machen wir eine Versammlung, um alles zu organisieren?‹

›Gleich, nachdem das da vorbei ist‹, sagte ich. ›Im selben Haus, im Ayuntamiento.‹

Ich trug zum Spaß einen der glanzledernen Dreispitze der Guardia Civil, und ich hatte den Hammer an der Pistole heruntergelassen, ich hielt ihn mit dem Daumen fest, während ich auf den Abzug drückte, denn so hielt ich's für richtig, und die Pistole hing an einer Schnur, die hatte ich um das Handgelenk geschlungen, und der lange Lauf steckte unter der Schnur. Und als ich den Dreispitz aufsetzte, kam es mir sehr spaßig vor, aber hinterher dachte ich mir, ich hätte lieber das Pistolenfutteral nehmen sollen. Einer der Leute in der Reihe sagte zu mir: ›Pilar, Tochter. Ich finde es geschmacklos von dir, diesen Hut zu tragen. Jetzt, wo wir mit solchem Zeug wie der Guardia Civil Schluß gemacht haben.‹

›Dann‹, sagte ich, ›will ich ihn abnehmen.‹ Und ich nahm ihn ab.

›Gib ihn mir‹, sagte er. ›Wir wollen ihn vernichten.‹

Und da wir am anderen Ende der Reihe standen, wo der Weg am Rande der Klippen entlangführt, hoch über dem Fluß, nahm er den Hut in die Hand und schleuderte ihn über die Klippe mit der Gebärde eines Hirten, der, mit der Hand nach unten, einen Stein nach den Bullen wirft, um sie zusammenzutreiben. Der Hut segelte ins Leere hinaus, wir sahen ihn immer kleiner werden, das Glanzleder schimmerte in der klaren Luft, und er schwebte zu dem Fluß hinunter. Ich schaute zurück über den Platz, und an allen Fenstern und auf allen Balkonen drängten sich die Menschen, und quer über den Platz bis zur Tür des Ayuntamiento stand die Doppelreihe der Männer, und vor den Fenstern dieses Gebäudes wimmelte es von Menschen, man hörte viele Stimmen durcheinanderreden, und dann hörte ich einen lauten Ruf, und einer sagte: ›Hier kommt der erste‹, und es war Don Benito García, der Bürgermeister, er kam barhäuptig aus der Tür, ging langsam die Stufen hinunter, und nichts geschah; und er ging zwischen den Reihen der Männer mit den Dreschflegeln hindurch, und nichts geschah. Er kam an zwei Männern vorbei, an vier

Männern, an acht Männern, an zehn Männern, und nichts geschah, und er ging zwischen den Reihen hindurch, den Kopf erhoben, das fette Gesicht ganz grau, den Blick starr nach vorn gerichtet, er blickte geradeaus, und dann flackerte sein Blick nach links und nach rechts, und er ging mit festen Schritten weiter. Und nichts geschah.
Jemand schrie von einem der Balkone: ›*Qué pasa, cobardes?* Was ist los, Feiglinge?‹ und immer noch ging Don Benito durch die Reihen der Männer, und nichts geschah. Dann sah ich einen Mann, drei Männer von mir entfernt, und sein Gesicht zuckte, und er biß sich auf die Lippen, und seine Hände, die den Dreschflegel hielten, waren ganz weiß. Ich sah, wie er zu Don Benito hinschaute und ihn herankommen sah. Und immer noch geschah nichts. Dann, kurz bevor Don Benito bei diesem Mann angelangt war, riß der Mann seinen Dreschflegel in die Höhe, so daß er den Nebenmann traf, und versetzte Don Benito einen Schlag, der ihn an der Schläfe traf, und Don Benito sah ihn an, und der Mann schlug wieder zu und schrie: ›Das ist für dich, *cabron*‹, und der Schlag traf Don Benito ins Gesicht, und er hielt die Hände vors Gesicht, und sie schlugen auf ihn los, bis er hinfiel, und der Mann, der als erster zugeschlagen hatte, rief den anderen zu, sie sollten helfen, und er packte Don Benitos Hemdkragen, und die anderen packten seine Arme, und sein Gesicht schleifte durch den Staub der Plaza, und so zerrten sie ihn über den Weg bis an den Rand der Klippe und warfen ihn in den Fluß hinunter. Und der Mann, der als erster zugeschlagen hatte, kniete am Rand der Klippe nieder, blickte ihm nach und sagte: ›Der *cabron*! Der *cabron*! Oh, der *cabron*!‹ Er war ein Pächter Don Benitos, und sie hatten sich nie miteinander vertragen. Sie hatten sich um ein Stück Land am Fluß gestritten, das Don Benito diesem Mann weggenommen und an einen anderen verpachtet hatte, und dieser Mann haßte Don Benito seit langem. Er stellte sich nicht wieder in die Reihe, sondern blieb am Rand der Klippe sitzen und starrte zu der Stelle hinunter, wo Don Benito verschwunden war.

Nach Don Benito kam erst mal keiner heraus. Auf dem Platz war es jetzt ganz still, denn alle warteten, wer als nächster herauskommen würde. Dann rief ein Betrunkener mit lauter Stimme: ›*Qué salga el toro!* Laßt den Stier heraus!‹
Und dann schrie einer, der vor den Fenstern des Ayuntamiento stand: ›Sie rühren sich nicht! Sie beten!‹
Ein anderer Betrunkener rief: ›Schleppt sie heraus! Vorwärts, schleppt sie heraus! Jetzt ist es aus mit dem Beten!‹
Aber es kam keiner heraus, und dann sah ich einen Mann aus der Tür kommen.
Es war Don Federico González, dem die Mühle gehörte und die Futtermittelhandlung, er war ein Faschist ersten Ranges. Er war groß und mager, und sein Haar war seitwärts über den Kopf gekämmt, um die Glatze zuzudecken, und er trug ein Nachthemd, das er in die Hose hineingestopft hatte. Er war barfuß, so wie man ihn aus der Wohnung weggeholt hatte, und er ging mit hocherhobenen Händen vor Pablo her, und Pablo preßte ihm die Läufe seiner Schrotflinte in den Rücken, bis Don Federico an der Doppelreihe angelangt war. Aber als Pablo von ihm wegging und zu der Tür des Ayuntamiento zurückkehrte, konnte Don Federico nicht weitergehen und stand da, die Augen zum Himmel verdreht und die Hände in die Höhe gereckt, als wollte er den Himmel packen.
›Er hat keine Beine zum Gehen‹, sagte einer.
›Was ist los, Don Federico? Kannst du nicht gehen?‹ rief ihm einer zu. Aber Don Federico stand mit erhobenen Händen da, und nur seine Lippen bewegten sich.
›Vorwärts!‹ schrie Pablo von den Stufen her. ›Geh!‹
Don Federico stand da und konnte sich nicht rühren. Einer der Betrunkenen stieß ihn mit dem Stiel eines Dreschflegels in den Rücken, und Don Federico machte einen raschen Satz wie ein scheuender Gaul, aber dann blieb er wieder an derselben Stelle stehen, die Hände erhoben und den Blick zum Himmel gerichtet.
Dann sagte der Bauer, der neben mir stand: ›Das ist schändlich. Ich habe nichts gegen ihn, aber dieses Schauspiel muß aufhö-

ren.‹ So ging er also die Reihe entlang und drängte sich bis zu Don Federico durch, sagte: ›Mit deiner Erlaubnis‹ und versetzte ihm mit einem Knüppel einen heftigen Schlag auf die Schläfe. Dann ließ Don Federico die Hände sinken und legte sie auf den Scheitel seines Kopfes, dort, wo die Glatze war, und so, den Kopf tief gebeugt und ihn mit beiden Händen schützend, rannte er los, die dünnen langen Haare, die die Glatze bedeckt hatten, flatterten nun zwischen seinen Fingern, schnell lief er durch die Doppelreihe, die Dreschflegel sausten auf seinen Rücken und seine Schultern nieder, bis er hinfiel und die Männer am Ende der Reihe ihn aufhoben und ihn über die Klippe warfen. Nicht ein einziges Mal machte er den Mund auf, von dem Augenblick an, da er aus der Tür kam, Pablos Schrotflinte im Rücken. Nur sich vorwärts zu bewegen fiel ihm schwer. Es war, als ob seine Beine ihm nicht gehorchten. Nachher sah ich, daß an dem Ende der Reihen, am Rande der Klippe, die härtesten Burschen sich zusammenfanden, und ich ging von dort weg und ging zu der Arkade des Ayuntamiento, schob zwei Betrunkene beiseite und schaute zum Fenster hinein. In dem großen Saal des Ayuntamiento knieten sie alle im Halbkreis und beteten, und auch der Pfarrer kniete dort und betete mit ihnen. Pablo und einer namens Cuatro Dedos, der Vierfingrige, ein Flickschuster, der damals viel mit Pablo zusammen war, und noch zwei andere standen mit Schrotflinten dabei, und Pablo sagte zu dem Pfarrer: ›Wer geht jetzt?‹ Und der Pfarrer betete weiter und gab keine Antwort. ›Hör zu, du?‹ sagte Pablo mit heiserer Stimme. ›Wer geht jetzt? Wer ist jetzt bereit?‹
Der Pfarrer wollte nicht mit Pablo reden und tat so, als ob Pablo gar nicht da wäre, und ich sah, daß Pablo wütend wurde. ›Laß uns alle zusammen gehen‹, sagte Don Ricardo Montalvo, ein Grundbesitzer. Er hob den Kopf und hörte zu beten auf.
›*Qué va!*‹ sagte Pablo. › Immer nur einer, wer gerade bereit ist.‹
›Dann gehe *ich* jetzt‹, sagte Don Ricardo. ›Später werde ich auch nicht mehr bereit sein.‹ Während er sprach, segnete ihn der Pfarrer, und als er aufstand, segnete er ihn noch einmal,

ohne sein Beten zu unterbrechen, und dann reichte er Don Ricardo ein Kruzifix zum Kuß, und Don Ricardo küßte es, und dann wandte er sich zu Pablo und sagte: ›Und auch nie so bereit wie jetzt. Du *cabron* vom schlechten Saft. Vorwärts!‹
Don Ricardo war ein kleiner Mann mit grauem Haar und einem dicken Nacken, und er hatte ein Hemd ohne Kragen an. Er war krummbeinig vom vielen Reiten. ›Lebt wohl‹, sagte er zu den Knienden. ›Seid nicht traurig. Sterben ist nichts. Das einzige Schlimme ist, daß man von den Händen dieser *canalla* stirbt. Rühr mich nicht an!‹ sagte er zu Pablo. ›Rühr mich ja nicht mit deiner Flinte an!‹
Er kam aus der Tür des Ayuntamiento, mit seinem grauen Haar und seinen kleinen grauen Äuglein, und sein Nacken sah sehr kurz und zornig aus. Er sah die Doppelreihe der Bauern und spuckte auf die Erde. Er konnte wirklich spucken, und das ist, wie du wissen müßtest, *Inglés,* unter solchen Umständen sehr selten, und er sagte: ›*Arriba Espana!* Nieder mit der sogenannten Republik, und ich sch . . . in den Saft eurer Väter!‹
Und weil er sie beleidigt hatte, schlugen sie ihn sehr schnell tot, schlugen auf ihn ein, sowie er die ersten Männer in den Reihen erreicht hatte, schlugen auf ihn ein, während er versuchte, mit erhobenem Kopf durch die Reihen zu gehen, schlugen auf ihn ein, bis er hinfiel, und hackten auf ihn los mit Messern und Sicheln, und viele Hände schleppten ihn an den Rand der Klippe, um ihn hinunterzuwerfen, und nun hatten sie Blut an den Händen und Kleidern, und nun fing das Gefühl an, daß die, die da herauskamen, wirklich *Feinde* waren, die man umbringen muß.
Bis dahin, wo Don Ricardo so böse herauskam und die Leute beleidigte, hätte mancher aus den Reihen viel darum gegeben, wenn er nicht hätte dabei sein müssen. Und wenn irgendeiner gerufen hätte: ›Kommt, wir wollen die übrigen begnadigen. Sie haben jetzt ihre Lehre erhalten‹ – ich bin überzeugt, die meisten hätten zugestimmt.
Aber Don Ricardo hatte bei all seinem Mut den anderen einen sehr schlechten Dienst erwiesen. Er hatte die Männer wütend

gemacht, und während sie vorher nur eine Pflicht erfüllt hatten, die ihnen wenig Spaß machte, wurden sie jetzt wütend, und man merkte gleich den Unterschied.

›Laßt den Pfarrer heraus, dann wird es schneller gehen!‹ rief einer.

›Laßt den Pfarrer heraus!‹

›Wir haben jetzt drei Diebe gehabt, jetzt wollen wir den Pfarrer haben.‹

›Zwei Diebe‹, sagte einer der Bauern, ein kleiner, untersetzter Mann, zu dem andern, der eben gerufen hatte. ›Zwei Diebe waren es, und der Herr.‹

›Wessen Herr?‹ sagte der andere mit zornigem und rotem Gesicht.

›In der üblichen Redeweise heißt es der Herr.‹

›Mein Herr ist er nicht, nicht mal im Spaß‹, sagte der andere.

›Und du solltest achtgeben, was du redest, wenn du nicht auch Spießruten laufen willst.‹

›Ich bin ein ebenso guter freiheitlicher Republikaner wie du‹, sagte der Kleine. ›Ich habe Don Ricardo auf den Mund gehauen. Ich habe Don Federico auf den Rücken gehauen. Don Benito habe ich verfehlt. Aber ich sage, Herr ist die ordentliche Redeweise, wenn man von dem Betreffenden redet, und es waren zwei Diebe.‹

›Ich – – – in den Saft deines Republikanismus! Wie du redest. *Don* hinten und *Don* vorn.‹

›Hier heißen sie so.‹

›Nicht bei mir, die *cabrones*. Und dein Don . . . Hi! Hier kommt ein Neuer!‹

Und das war nun ein schändlicher Anblick, denn der Mann, der jetzt aus der Tür des Ayuntamiento kam, das war Don Faustino Rivero, der älteste Sohn seines Vaters Don Celestino Rivero, eines Großgrundbesitzers. Er war groß und hatte blonde Haare, und das Haar war aus der Stirn gekämmt, denn er hatte immer einen Kamm in der Tasche, und bevor er herauskam, hatte er sich das Haar aus der Stirn gekämmt. Er war ein großer Frauenjäger und ein Feigling, und er wollte immer

Stierkämpfer werden – nicht berufsmäßig, sondern aus Liebhaberei. Er trieb sich viel mit Zigeunern herum und mit Stierkämpfern und Stierzüchtern, und es machte ihm Spaß, sich wie ein Andalusier anzuziehen, aber er hatte keinen Mut, und alle machten sich über ihn lustig. Einmal sollte er in einem Amateur-Stierkampf auftreten, zugunsten des Altersheims in Ávila, und zu Pferd einen Stier töten, nach andalusischem Stil, den er lange geübt hatte, und als er sah, was für ein großer Stier das war, den sie ihm untergeschoben hatten an Stelle des kleinen, schwachbeinigen, den er sich selber ausgesucht hatte, da sagte er, ihm sei übel, und manche Leute behaupteten, er hätte sich drei Finger in den Hals gesteckt, um sich zu übergeben.

Als die Männer in den beiden Reihen ihn erblickten, fingen sie zu schreien an: ›*Hola,* Don Faustino! Gib acht, daß du dich nicht übergibst.‹

›Hör zu, Don Faustino! Unten am Fluß warten hübsche Mädchen auf dich.‹

›Einen Augenblick, Don Faustino! Wir bringen dir einen Stier, der noch größer ist, als der andere war.‹

Und einer rief: ›Hör zu, Don Faustino! Hast du schon einmal gehört, was Sterben heißt?‹

Er hielt sich immer noch recht tapfer. Er war immer noch in der Stimmung, die ihn veranlaßt hatte, den anderen zu erklären, daß *er* jetzt hinausgehe. Es war dieselbe Stimmung, die ihn damals veranlaßt hatte, sich für den Stierkampf zu melden, und die ihn glauben und hoffen ließ, aus ihm würde ein Matador werden. Jetzt begeisterte ihn das Beispiel Don Ricardos, und er sah schön und tapfer aus, wie er so dastand, und er verzog das Gesicht zu einer verächtlichen Miene. Aber er brachte kein Wort über die Lippen.

›Komm, Don Faustino!‹ rief einer der Bauern. ›Don Faustino, hier ist ein Stier, so groß, wie du noch keinen gesehen hast.‹

Don Faustino stand da und starrte die Männer an, und ich glaube, es war keiner in den Reihen, der mit ihm Mitleid hatte. Aber er sah immer noch schön und stolz aus. Aber die Zeit verging, und nur ein einziger Weg lag vor ihm.

›Don Faustino!‹ rief einer der Bauern. ›Worauf wartest du, Don Faustino?‹

›Er wird sich gleich übergeben‹, sagte ein anderer, und alle lachten.

›Don Faustino!‹ rief ein Bauer. ›Übergib dich, wenn es dir Spaß macht. Mir ist es egal.‹

Und während wir ihn beobachteten, wanderte sein Blick über die Reihen der Männer und über den Platz bis zur Klippe, und dann, als er die Klippe sah und dahinter das Nichts, drehte er sich plötzlich um und flüchtete zum Ayuntamiento zurück.

Alle die Männer in den Reihen brüllten vor Lachen, und einer rief mit schriller Stimme: ›Wo läufst du hin, Don Faustino? Wo läufst du hin?‹

›Er geht kotzen‹, schrie ein anderer, und wieder lachten sie alle.

Dann sahen wir Don Faustino wieder herauskommen, und hinter ihm kam Pablo mit der Schrotflinte. Seine ganze Vornehmheit war weg. Der Anblick der Reihen hatte seine ganze Vornehmheit und seinen ganzen Typ zerstört, und jetzt ging er vor Pablo her, als ob Pablo eine Straße fegte und Don Faustino wäre der Kehricht, den er vor sich her fegt. Don Faustino kam heraus, und er bekreuzigte sich und betete, und dann schlug er die Hände vor die Augen und ging die Stufen hinunter auf die Reihen zu.

›Tut ihm nichts!‹ rief einer. ›Rührt ihn nicht an!‹

Die Männer in den Reihen verstanden, und keiner erhob die Hand gegen Don Faustino, und er ging zwischen den Reihen hindurch, die zitternden Hände vor die Augen gepreßt, und seine Lippen zuckten.

Niemand sagte ein Wort, und niemand rührte ihn an, und als er den halben Weg zurückgelegt hatte, konnte er nicht weiter und fiel in die Knie.

Niemand schlug ihn. Ich ging außen an den Reihen entlang, um zu sehen, was mit ihm geschehen würde, und einer der

Bauern bückte sich und half ihm auf und sagte: ›Steh auf, Don Faustino, und geh weiter. Der Stier ist noch nicht losgelassen.‹
Don Faustino konnte nicht allein gehen, und der Bauer, der einen schwarzen Kittel anhatte, stützte ihn von links, und ein zweiter Bauer in schwarzem Kittel und Hirtenstiefeln stützte ihn von rechts, sie hielten ihn an den Armen, und Don Faustino schritt zwischen den Reihen entlang, die Hände vor den Augen, und seine Lippen zuckten unaufhörlich, und sein blondes Haar klebte am Schädel und schimmerte in der Sonne, und wie er an den Bauern vorbeikam, sagten sie: ›Don Faustino, *buen provecho*! Don Faustino, wir wünschen dir einen guten Appetit‹, und andere sagten: ›Don Faustino, *a sus ordenes,* Don Faustino, zu Ihren Diensten!‹, und einer, der selbst bei einem Stierkampf versagt hatte, sagte: ›Don Faustino, Matador, *a sus ordenes*‹, und ein anderer sagte: ›Don Faustino, im Himmel gibt es hübsche Mädchen, Don Faustino.‹ Und sie führten Don Faustino durch die Reihen, hielten ihn an beiden Armen fest, hielten ihn aufrecht im Gehen, und er hatte die Hände vor den Augen. Aber er muß zwischen den Fingern hindurchgeschielt haben, denn als sie mit ihm an den Rand der Klippe kamen, sank er wieder in die Knie, warf sich hin, wühlte die Finger in die Erde und umkrampfte das Gras und sagte: ›Nein. Nein. Bitte. Nein. Bitte. Bitte. Nein. Nein.‹
Die Bauern, die bei ihm waren, und die anderen, die harten Burschen am Ende der Reihen, hockten sich schnell hinter ihn, wie er so dakniete, und versetzten ihm einen heftigen Stoß, und er schoß über den Rand des Felsens, ohne daß sie ihn auch nur ein einziges Mal geschlagen hatten, und man hörte ihn im Fallen laut schreien, mit gellender Stimme.
Und jetzt wußte ich, daß die Männer in den Reihen grausam geworden waren. Die Beleidigungen Don Ricardos und dann die Feigheit Don Faustinos hatten sie grausam gemacht.
›Den nächsten!‹ rief ein Bauer, und ein anderer schlug ihm auf den Rücken und sagte: ›Don Faustino! Nein, so was! Don Faustino!‹

›Jetzt hat er den großen Stier gesehen‹, sagte ein anderer. ›Jetzt hilft es ihm nichts mehr, wenn er sich übergibt.‹
›In meinem Leben‹, sagte ein anderer Bauer, ›in meinem Leben hab ich so was nicht gesehen wie diesen Don Faustino.‹
›Es gibt noch andere‹, sagte ein anderer Bauer. ›Nur Geduld. Wer weiß, was wir noch erleben.‹
›Es mag Riesen geben und Zwerge‹, sagte der erste Bauer. ›Es mag Neger geben und seltene Tiere aus Afrika. Aber für mich wird es nie etwas geben, was an Don Faustino heranreicht. Aber jetzt wollen wir einen neuen haben! Vorwärts! Wir wollen einen neuen haben!‹
Die Säufer reichten Flaschen mit Anisschnaps und Cognac herum, sie hatten die Bar des Faschistenklubs geplündert, sie tranken den Schnaps wie Wein, und viele in den Reihen waren jetzt auch schon ein wenig betrunken, denn die Geschichte mit Don Benito, mit Don Federico, mit Don Ricardo und besonders mit Don Faustino hatte sie sehr aufgeregt, und dann hatten sie auf die Aufregung hin getrunken. Die, die nicht aus den Schnapsflaschen tranken, tranken Wein aus ledernen Schläuchen, die umhergereicht wurden, und einer reichte mir einen Weinschlauch, und ich nahm einen kräftigen Schluck und ließ den Wein aus der ledernen *bota* kühl in meine Kehle rinnen, denn auch ich war sehr durstig.
›Töten macht sehr durstig‹, sagte der Mann mit dem Weinschlauch zu mir.
›*Qué va!*‹ sagte ich. ›Warst du mit dabei?‹
›Vier haben wir umgebracht‹, sagte er stolz. ›Die *civiles* nicht eingerechnet. Ist es wahr, daß du einen der *civiles* erschossen hast, Pilar?‹
›Nicht einen einzigen‹, sagte ich. ›Als die Wand einfiel, habe ich genau wie die anderen in den Rauch hineingeschossen. Das ist alles.‹
›Wo hast du die Pistole her, Pilar?‹
›Von Pablo. Pablo hat sie mir gegeben, nachdem er die *civiles* erschossen hatte.‹

›Hat er sie mit dieser Pistole erschossen?‹
›Mit keiner anderen‹, sagte ich. ›Und jetzt ist es meine Waffe.‹
›Darf ich sie mal sehen, Pilar? Darf ich sie in die Hand nehmen?‹
›Warum nicht, Mann?‹ sagte ich, und ich zog sie unter der Schnur hervor und reichte sie ihm. Aber ich wunderte mich, warum noch keiner aus der Tür gekommen war, und gerade da, wer kommt heraus, wenn nicht Don Guillermo Martín, aus dessen Laden die Dreschflegel, die Hirtenknüppel und die hölzernen Gabeln stammten. Don Guillermo war ein Faschist, aber sonst war nichts gegen ihn zu sagen.
Freilich bezahlte er die Leute schlecht, die ihm Dreschflegel machten, aber er verkaufte sie auch billig, und wenn man keine Dreschflegel bei Don Guillermo kaufen wollte, konnte man sie sich selber machen, und das kostete nur das Holz und das Leder. Er hatte ein grobes Mundwerk, und er war zweifellos ein Faschist und Mitglied des Faschistenklubs, und mittags und abends saß er auf den Rohrstühlen des Klubs, las *El Debate*, ließ sich die Schuhe putzen, trank Wermut mit Soda, aß geröstete Mandeln, getrocknete Krabben und Anchovis. Aber deshalb bringt man nicht einen Menschen um, und ich bin sicher, wenn nicht die Beleidigungen des Don Ricardo Montalvo gewesen wären und der jämmerliche Anblick Don Faustinos und dann das Trinken auf die ganze Aufregung hin, würde einer gerufen haben: ›Don Guillermo soll in Frieden gehen! Wir haben seine Dreschflegel. Laßt ihn gehen!‹
Denn die Leute in dieser Stadt sind so gutmütig, wie sie grausam sein können, und sie haben ein natürliches Gefühl für Gerechtigkeit und den Wunsch, das Rechte zu tun. Aber jetzt war Grausamkeit über sie gekommen und auch Betrunkenheit oder der Anfang von Betrunkenheit, und die Menschen in den Reihen waren nicht mehr so wie zu Anfang, als Don Benito herausgekommen war. Ich weiß nicht, wie es in anderen Ländern ist, und niemandem macht das Trinken mehr Freude als mir, aber in Spanien ist das Betrunkensein, wenn es nicht nur vom Wein kommt, eine sehr häßliche Sache, und dann tun

die Menschen Dinge, die sie sonst nicht getan hätten. Ist es in deinem Land anders?«
»Genauso«, sagte Robert Jordan. »Als ich sieben Jahre alt war und mit meiner Mutter zu einer Hochzeit ging, im Staate Ohio, ich sollte der Junge sein in einem Paar, zusammen mit einem kleinen Mädchen, und Blumen tragen —«
»Hast du Blumen getragen?« fragte Maria. »Wie nett!«
»Und dort in der Stadt wurde ein Neger an einem Laternenmast aufgehängt und nachher verbrannt. Es war eine Bogenlampe, die man von dem Mast auf das Pflaster herunterlassen konnte, und er wurde zuerst mit der Vorrichtung hochgezogen, mit der man die Bogenlampe hochzieht, aber das Ding zerriß —«
»Ein Neger«, sagte Maria. »Wie barbarisch!«
»Waren die Leute betrunken?« fragte Pilar. »Waren sie betrunken, einen Neger so zu verbrennen?«
»Ich weiß es nicht«, sagte Robert Jordan. »Ich war in dem Haus, das an der Ecke stand, neben der Bogenlampe, ich stand am Fenster und guckte durch die Jalousie hinaus. Die Straße war voller Menschen, und als sie den Neger zum zweitenmal hochzogen —«
»Wenn du erst sieben Jahre alt und drinnen in einem Haus warst, konntest du nicht wissen, ob sie betrunken waren oder nicht«, sagte Pilar.
»Wie gesagt, als sie den Neger zum zweitenmal hochzogen, zerrte meine Mutter mich vom Fenster weg, und da konnte ich nichts mehr sehen«, sagte Robert Jordan. »Aber seither habe ich vieles erlebt, und ich weiß, daß in meiner Heimat die Menschen genauso schlimm sind, wenn sie betrunken sind. Häßlich und brutal.«
»Mit sieben Jahren warst du viel zu jung«, sagte Maria, »viel zu jung für solche Dinge. Ich habe noch nie einen Neger gesehen, außer im Zirkus. Wenn nicht die Mauren Neger sind.«
»Manche sind Neger und manche nicht«, sagte Pilar. »Ich kann dir was von den Mauren erzählen.«
»Nicht so gut wie ich«, sagte Maria. »Nicht so gut wie ich.«

»Sprich nicht von solchen Dingen!« sagte Pilar. »Das ist ungesund. Wo waren wir?«
»Du hast von der Betrunkenheit erzählt«, sagte Robert Jordan. »Erzähl weiter!«
»Es ist nicht richtig, hier von Betrunkenheit zu sprechen«, sagte Pilar. »Denn sie waren noch bei weitem nicht betrunken. Aber sie waren anders geworden, und als Don Guillermo herauskam, in aufrechter Haltung, kurzsichtig, grauhaarig, ein Mann von mittlerer Größe, am Hemd einen Kragenknopf, aber keinen Kragen, wie er so dastand und sich einmal bekreuzigte und vor sich hin blickte, aber ohne seine Brille nur wenig sehen konnte, und wie er dann ruhig und mit gemessenen Schritten vorwärtsging, konnte man bei seinem Anblick Mitleid bekommen.
Aber einer der Bauern rief: ›Hier, Don Guillermo! Hierher, Don Guillermo! Hierher zu uns! Das sind alles deine Waren, die wir da haben.‹
Es war ihnen so gut geglückt, Don Faustino zu verspotten, daß sie jetzt gar nicht begreifen konnten, daß sie in Don Guillermo einen anderen Menschen vor sich hatten, und wenn es schon nicht anders ging, als ihn umzubringen, dann hätten sie ihn schnell und mit etwas Würde umbringen müssen.
›Don Guillermo!‹ rief ein anderer. ›Sollen wir jemanden in dein Haus schicken und deine Brille holen?‹
Don Guillermos Haus war gar kein richtiges Haus, denn er hatte nicht viel Geld, und er war auch nur deshalb Faschist, weil er vornehm tun und sich darüber trösten wollte, daß er für wenig Geld arbeiten mußte in seinem kleinen Laden, in dem er allerlei Holzwaren verkaufte. Und auch wegen der Frömmigkeit seiner Frau, die sehr fromm war, und er duldete ihre Frömmigkeit, weil er glaubte, daß er das seiner Liebe zu ihr schuldig sei. Er wohnte in einer Wohnung in dem Gebäude, das das vierte von oben war, und als Don Guillermo dastand und mit seinen kurzsichtigen Augen zu den beiden Reihen hinblinzelte, von denen er wußte, daß sie auf ihn warteten, fing auf dem Balkon der Wohnung, in der er

wohnte, eine Frau zu schreien an. Sie konnte ihn vom Balkon aus sehen, und es war seine Frau.

›Guillermo‹, schrie sie. ›Guillermo! Warte, ich komme zu dir.‹ Don Guillermo drehte den Kopf in die Richtung, aus der die Rufe kamen. Er konnte seine Frau nicht sehen. Er versuchte etwas zu sagen, aber es ging nicht. Dann winkte er mit der Hand zu dem Balkon hin und betrat die Gasse der Männer. ›Guillermo!‹ rief die Frau. ›Guillermo! O Guillermo!‹ Sie umklammerte das Geländer des Balkons, und ihr ganzer Körper schwankte, wie vom Winde geschüttelt. ›Guillermo!‹ Don Guillermo winkte noch einmal zu dem Balkon hin und schritt dann durch die Reihen, den Kopf emporgereckt, und wenn nicht die Farbe seines Gesichts gewesen wäre, hätte man nicht gewußt, was in ihm vorging.

Dann schrie irgendein Betrunkener aus den Reihen: ›Guillermo!‹ und ahmte dabei die hohe, schrille Stimme der Frau nach, und Don Guillermo stürzte sich blindlings auf diesen Mann, während ihm jetzt die Tränen über die Wangen liefen, und der Mann schlug ihm mit dem Dreschflegel ins Gesicht, und Don Guillermo setzte sich hin unter der Wucht des Schlages und saß weinend auf der Erde, aber er weinte nicht aus Angst, während die Betrunkenen ihn prügelten, und einer der Betrunkenen sprang auf ihn hinauf, setzte sich rittlings auf seine Schultern und schlug mit einer Flasche auf ihn los. Daraufhin verließen viele der Männer die Reihen, und ihre Plätze wurden von den Säufern eingenommen, die vor den Fenstern des Ayuntamiento Witze gerissen und geschmacklose Dinge hineingeschrien hatten.

Mich selbst hat es sehr mitgenommen, als Pablo die Guardias Civiles erschoß«, sagte Pilar. »Es war sehr häßlich gewesen, aber ich dachte mir, wenn es so sein muß, dann muß es so sein, und schließlich ging es nicht grausam zu, sondern sie wurden einfach ums Leben gebracht, und wir haben in all diesen Jahren gelernt, daß das zwar häßlich ist, aber notwendig, wenn wir siegen wollen und die Republik schützen.

Als sie den Platz absperrten und die Reihen sich aufstellten, da

hatte ich Pablos Plan bewundert und verstanden, obschon er
mir ein bißchen phantastisch vorkam; und daß es nötig sein
würde, daß alles, was geschehen mußte, auf geschmackvolle
Weise geschah, wenn es nicht widerwärtig sein sollte. Gewiß,
wenn das Volk die Faschisten hinrichten sollte, dann war es
besser, wenn das *ganze* Volk daran teilnahm, und auch ich
wollte an der Schuld teilhaben, genauso wie ich hoffte, an den
Vorteilen teilzuhaben, wenn erst einmal die Stadt uns gehören
würde.

Aber nach der Geschichte mit Don Guillermo hatte ich ein
Gefühl der Beschämung und des Ekels, und als nun die Säufer
und Taugenichtse sich in die Reihen drängten und etliche
andere aus Protest die Reihen verließen, da wollte ich gar
nichts mehr mit der Sache zu tun haben, und ich ging weg,
ging über den Platz und setzte mich auf eine Bank unter einem
der großen Bäume, die dort ihre Schatten warfen.

Zwei Bauern aus den Reihen kamen herangeschlendert, sie
redeten miteinander, und einer von ihnen rief mir zu: ›Was ist
mit dir geschehen, Pilar?‹

›Nichts, Mann‹, sagte ich.

›Ja‹, sagte er. ›Sprich. Was ist los?‹

›Ich glaube, mir ist schon übel davon‹, sagte ich.

›Uns auch‹, sagte er, und sie setzten sich beide auf die Bank.
Einer von ihnen hatte einen ledernen Weinschlauch, den er
mir reichte.

›Spül dir den Mund aus‹, sagte er, und der andere setzte das
Gespräch fort, das sie miteinander geführt hatten: ›Das
Schlimmste dabei ist, daß es uns Unglück bringen wird.
Niemand kann mir erzählen, daß das kein Unglück bringt,
wenn man einen Menschen so totschlägt wie den Don
Guillermo.‹

Dann sagte der andere: ›Wenn es nötig ist, sie alle umzubringen – und ich bin nicht überzeugt, daß es nötig ist –, dann
soll man sie anständig umbringen und ohne Spott.‹

›Diesen Don Faustino, den durfte man schon verspotten!‹
sagte der andere. ›Denn er war immer ein Hanswurst gewesen

und nie ein ernster Mensch. Aber einen so ernsten Menschen wie Don Guillermo verspotten, das ist ganz und gar nicht recht.‹

›Mir ist schon übel davon‹, sagte ich, und das war buchstäblich wahr, denn mir war innerlich wirklich ganz übel, und ich hatte ein Gefühl des Schwitzens und einen Ekel im Magen, als ob ich verdorbene Fische gegessen hätte.

›Dann Schluß!‹ sagte der eine Bauer. ›Wir wollen uns nicht mehr daran beteiligen. Aber ich möchte wissen, was in den anderen Städten vorgeht.‹

›Die Telefondrähte sind noch nicht repariert‹, sagte ich. ›Das ist unangenehm, und man müßte sie reparieren.‹

›Gewiß‹, sagte der Bauer. ›Wer weiß, ob wir nicht besser dran täten, die Stadt in Verteidigungszustand zu versetzen, als mit solcher Langsamkeit und Brutalität Menschen zu massakrieren.‹

›Ich werde zu Pablo gehen und mit ihm sprechen‹, sagte ich und stand von der Bank auf und ging auf die Arkade zu, die zu der Tür des Ayuntamiento führte, von der aus die Reihen sich über den Platz erstreckten. Es herrschte jetzt viel Unordnung auf dem Platz, die Reihen waren durcheinandergeraten, und viele waren ernstlich betrunken. Mitten auf dem Platz waren zwei Kerle hingefallen und lagen nun auf dem Rücken, und eine Flasche wanderte zwischen ihnen hin und her. Der eine nahm einen Schluck, und dann schrie er: *Viva la anarquía!*‹, lag auf dem Rücken und schrie wie ein Besessener. Er hatte um den Hals ein schwarz-rotes Taschentuch. Der andere schrie: ›*Viva la libertad!*‹ und strampelte mit den Füßen in der Luft und brüllte dann wieder: ›*Viva la libertad!*‹ Auch er hatte ein schwarz-rotes Taschentuch, das schwenkte er in der einen Hand, und in der anderen Hand schwenkte er die Flasche.

Ein Bauer, der die Reihen verlassen hatte und jetzt im Schatten der Arkade stand, sah sie voller Ekel an und sagte: ›Sie sollten lieber schreien: Lang lebe der Suff! Das ist alles, woran sie glauben.‹

›Nicht einmal daran glauben sie‹, sagte ein anderer Bauer. ›Die verstehen nichts und glauben an nichts.‹

Und nun stand einer von den Besoffenen auf und streckte die geballten Fäuste zum Himmel und schrie: ›Lang lebe die Anarchie und die Freiheit, und ich sch . . . auf den Saft der Republik!‹

Der andere Säufer, der noch auf dem Rücken lag, packte den schreienden Säufer am Fußgelenk und wälzte sich zur Seite, so daß der Schreihals mit ihm hinfiel, und sie purzelten übereinander, und dann setzten sie sich auf, und der, der den anderen heruntergezerrt hatte, legte ihm den Arm um die Schultern, und dann reichte er dem Schreihals eine Flasche und küßte das schwarz-rote Tuch, das er um den Hals trug, und beide tranken zusammen.

Und in diesem Augenblick brach ein Geschrei los, ich blickte die Arkade entlang, aber ich konnte nicht sehen, wer da aus der Tür kam, denn sein Kopf ragte nicht über die Köpfe der Menge empor, die sich vor der Tür des Ayuntamiento drängte. Ich sah nur, daß Pablo und Cuatro Dedos mit ihren Schrotflinten jemanden zur Tür herausstießen, aber ich konnte nicht sehen, wer es war, und ich näherte mich den Leuten, die sich vor der Tür drängten, um zu sehen, wer es sei.

Es herrschte nun ein großes Stoßen und Drängen, und die Stühle und Tische vor dem Faschistencafé waren umgefallen, bis auf einen Tisch, auf dem ein Betrunkener lag, sein Kopf baumelte herunter und sein Mund stand offen, und ich hob einen Stuhl auf, stellte ihn gegen einen der Pfeiler und stieg hinauf, so daß ich über die Köpfe der Menge hinwegschauen konnte.

Der Mann, den Pablo und Cuatro Dedos nun herausstießen, war Don Anastasio Rivas, ein notorischer Faschist, der dickste Mann in der Stadt. Er war Getreidehändler und Agent einiger Versicherungsgesellschaften, und er lieh auch Geld aus zu hohen Zinsen. Ich stand auf dem Stuhl und sah ihn die Stufen herunterkommen und auf die Reihen zugehen, sein feister Nacken quoll hinten über den Hemdkragen, und sein kahler

Kopf schimmerte in der Sonne, aber er kam nicht bis zu den Reihen, denn ein Schrei brach los, nicht so, wie wenn einige Leute schreien, sondern alle schrien auf einmal. Es war ein häßlicher Lärm, es war der Aufschrei der Betrunkenen, die wie aus einer Kehle losbrüllten, und die Reihen lösten sich auf, und alle stürmten auf Don Anastasio zu, und ich sah, wie er sich hinwarf, seinen Kopf mit den Händen schützend, und dann war er nicht mehr zu sehen, denn der Haufen der Männer warf sich auf ihn. Und als sie wieder aufstanden, da war Don Anastasio tot, sie hatten seinen Kopf gegen die Steinfliesen der Arkade geschlagen, und nun gab es überhaupt keine geordneten Reihen mehr, sondern nur noch einen wüsten Pöbelhaufen.
›Jetzt gehen wir hinein‹, fingen sie zu schreien an. ›Jetzt gehen wir hinein und holen sie uns.‹
›Er ist zu schwer zu tragen.‹ Einer der Leute versetzte dem toten Don Anastasio, der mit dem Gesicht nach unten dalag, einen Fußtritt. ›Soll er hier liegenbleiben!‹
›Warum sollen wir dieses Kuttelfaß bis zum Felsen schleppen? Lassen wir ihn hier liegen!‹
›Jetzt gehen wir hinein und machen sie drinnen fertig!‹ schrie einer. ›Jetzt gehen wir hinein!‹
›Warum sollen wir den ganzen Tag in der Sonne warten?‹ schrie ein anderer. ›Vorwärts! Gehen wir!‹
Die Menge drängte sich nun in die Arkade. Sie schrien und stießen und gaben tierische Laute von sich, und alle schrien jetzt: ›Aufmachen! Aufmachen! Aufmachen!‹, denn als die Linien sich auflösten, hatten die Wachtposten die Türen des Ayuntamiento geschlossen.
Von meinem Stuhl aus konnte ich durch das vergitterte Fenster in den Saal des Ayuntamiento schauen, und dort drinnen hatte sich gar nichts verändert. Der Pfarrer stand da, und die, die noch übriggeblieben waren, knieten im Halbkreis um ihn herum, und alle beteten. Pablo saß auf dem großen Tisch vor dem Stuhl des Bürgermeisters, die Flinte auf dem Rücken. Seine Beine baumelten über den Tischrand, und er drehte sich

eine Zigarette. Cuatro Dedos saß auf dem Stuhl des Bürgermeisters, hatte die Füße auf den Tisch gelegt und rauchte eine Zigarette. Die übrigen Wachtposten saßen auf verschiedenen Amtsstühlen, die Flinten in den Händen. Der Schlüssel zu dem großen Tor lag neben Pablo auf dem Tisch.
Die Menge schrie: ›Aufmachen! Aufmachen! Aufmachen!‹, als ob es ein Chor gewesen wäre, und Pablo saß da, als ob er nichts hörte. Er sagte etwas zu dem Pfarrer, aber ich konnte nicht hören, was er sagte, weil die Leute so viel Lärm machten. Der Pfarrer gab ihm, genau wie vorhin, gar keine Antwort, sondern betete weiter. Weil so viele Leute mich stießen, schob ich den Stuhl dicht an die Wand, stieß ihn vor mir her, so wie sie mich von hinten stießen. Dann stellte ich mich wieder auf den Stuhl, das Gesicht dicht am Fenstergitter, und hielt mich an den Stäben fest. Ein Kerl kletterte neben mir auf den Stuhl und hatte seine Arme um meine Arme gelegt und hielt sich an den breiteren Stäben fest.
›Der Stuhl wird zerbrechen‹, sagte ich zu ihm.
›Was ist dabei?‹ sagte er. ›Schau sie dir an! Schau, wie sie beten!‹
Sein Atem in meinem Nacken stank wie der Gestank der Menge, sauer, wie Ausgekotztes auf dem Pflaster und der Gestank der Besoffenen, und dann schob er den Kopf über meine Schulter, legte den Mund ans Gitter und schrie: ›Aufmachen! Aufmachen!‹, und es war, als reite mich das tobende Gesindel, wie einen im Traum der Teufel reitet.
Jetzt preßte sich die Menge so fest gegen das Tor, daß die, die vorne waren, von den Nachdrängenden fast erdrückt wurden, und vom Platz her kam ein großer, besoffener Kerl im schwarzen Kittel mit einem schwarz-roten Tuch um den Hals, nahm einen Anlauf und warf sich in die dichtgedrängte Menschenmasse und fiel auf sie drauf, stand dann auf und lief rücklings zurück und dann wieder vorwärts und warf sich abermals in die Rücken der Leute, die sich vor dem Tor drängten, und schrie: ›Hoch soll ich leben und hoch die Anarchie!‹
Während ich ihm noch zuschaute, drehte er sich um und ging weg und setzte sich hin und trank aus einer Flasche, und dann,

als er dort saß, erblickte er Don Anastasio, der immer noch mit dem Gesicht nach unten auf den Steinen lag, aber sie hatten schon viel auf ihm herumgetrampelt, und der Besoffene stand auf und ging zu Don Anastasio hinüber und bückte sich und goß etwas aus der Flasche auf den Kopf Don Anastasios und auf seine Kleider, und dann holte er eine Streichholzschachtel aus der Tasche und zündete ein Streichholz nach dem anderen an und versuchte, Don Anastasio in Brand zu stecken. Aber es wehte jetzt ein ziemlich starker Wind, und der blies die Streichhölzer aus, und nach einer Weile setzte der dicke Besoffene sich neben Don Anastasio hin, schüttelte den Kopf, trank aus der Flasche, und ab und zu beugte er sich vor und klopfte dem toten Don Anastasio auf die Schulter.

Inzwischen schrie die Menge unaufhörlich, man solle aufmachen, und der Mann neben mir auf dem Stuhl hielt sich an dem Gitter fest und schrie, sie sollen aufmachen, bis ich schon ganz taub war von dem Gebrüll seiner Stimme an meinem Ohr, und sein Atem stank mir in die Nase, und ich schaute von dem Besoffenen weg, der den toten Don Anastasio hatte anzünden wollen, und schaute wieder in den Saal des Ayuntamiento hinein, und es hatte sich nichts verändert. Sie beteten immer noch, kniend, die Hemden offen, einige hielten den Kopf gesenkt, andere hielten ihn hoch und schauten den Priester an und das Kruzifix in seinen Händen. Und der Pfarrer betete schnell und eifrig und blickte über ihre Köpfe hinweg, und hinter ihnen saß Pablo mit der brennenden Zigarette im Mund, seine Beine baumelten über den Tischrand, die Flinte hing auf seinem Rücken, und er spielte mit dem Schlüssel.

Ich sah, wie Pablo wieder etwas zu dem Pfarrer sagte, wobei er sich vorbeugte, und ich konnte nicht hören, was er sagte, wegen des Geschreis. Aber der Pfarrer gab keine Antwort, sondern betete weiter. Dann stand einer auf aus dem Halbkreis der Betenden, und ich sah, daß er hinauswollte. Es war Don José Castro, den sie alle Don Pepe nannten, ein überzeugter Faschist, ein Pferdehändler, und jetzt stand er da, ziemlich klein, sah nett aus, obwohl er unrasiert war, hatte eine graugestreifte Hose an und eine Pyjamajacke, die er in die Hose gestopft hatte. Er küßte das Kruzifix, und der Pfarrer segnete ihn, und er stand auf und sah Pablo an und deutete mit dem Kopf nach der Tür.

Pablo schüttelte den Kopf und rauchte weiter.

Ich konnte sehen, wie Don Pepe etwas zu Pablo sagte, aber ich konnte ihn nicht hören. Pablo gab keine Antwort, er schüttelte bloß abermals den Kopf und deutete mit einem Nicken nach der Tür.

Dann sah ich, wie Don Pepe jetzt erst richtig zur Tür hinsah, und da merkte ich, daß er nicht gewußt hatte, daß sie versperrt war. Pablo zeigte ihm den Schlüssel, und er stand einen Augenblick lang da und sah den Schlüssel an, und dann drehte er sich um und kniete wieder hin. Ich sah, wie der Pfarrer sich zu Pablo umdrehte und Pablo ihn angrinste und ihm den Schlüssel zeigte, und der Pfarrer schien jetzt erst zu merken, daß die Tür versperrt war, und es sah aus, als wollte er den Kopf schütteln, aber er neigte ihn bloß ein wenig und machte sich wieder ans Beten.

Ich weiß nicht, warum sie nicht gemerkt hatten, daß die Tür versperrt war, aber sie waren wohl viel zu sehr mit ihrem Beten und ihren eigenen Gedanken beschäftigt. Jetzt hatten sie es gemerkt, und sie wußten jetzt, was das Geschrei bedeutete, und sie müssen gewußt haben, daß jetzt alles anders geworden war. Aber sie benahmen sich nicht anders als vorher.

Das Geschrei war jetzt schon so laut, daß man gar nichts mehr hören konnte, und der Besoffene, der neben mir auf dem Stuhl stand, rüttelte an dem Gitter und schrie: ›Aufmachen! Aufmachen!‹, bis er heiser wurde.

Ich sah, wie Pablo wieder etwas zu dem Pfarrer sagte und der Pfarrer keine Antwort gab. Dann sah ich, wie Pablo die Flinte vom Rücken nahm und mit dem Lauf dem Pfarrer auf die Schulter klopfte. Der Pfarrer kümmerte sich gar nicht um ihn, und ich sah Pablo den Kopf schütteln. Dann sagte er etwas über die Achsel zu Cuatro Dedos, und Cuatro Dedos sagte etwas zu den übrigen Wachtposten, und sie standen alle auf, zogen sich an das Ende des Saals zurück und blieben dort mit ihren Schrotflinten stehen.

Ich sah, wie Pablo etwas zu Cuatro Dedos sagte, und er schob zwei Tische und zwei Bänke an das Ende des Saals, und das war wie eine Barrikade, hinter der die Wachtposten sich mit ihren Schrotflinten aufstellten. Pablo beugte sich wieder vor und klopfte dem Pfarrer mit dem Flintenlauf auf die Schulter, und der Pfarrer kümmerte sich nicht darum, aber ich sah, daß Don Pepe Pablo beobachtete, während die anderen sich um nichts kümmerten, sondern weiter beteten.

Pablo schüttelte den Kopf, und als er sah, daß Don Pepe ihn anschaute, schüttelte er den Kopf zu Don Pepe hin, hob den Schlüssel in die Höhe und zeigte ihn Don Pepe. Und Don Pepe verstand ihn und ließ den Kopf sinken und fing schnell zu beten an.

Pablo schwang sich vom Tisch herunter und ging zu dem großen Bürgermeisterstuhl auf der erhöhten Plattform hinter dem langen Beratungstisch. Dort setzte er sich hin und drehte sich eine Zigarette, und immerzu beobachtete er die Faschisten, wie sie mit dem Pfarrer beteten. Sein Gesicht war ganz und gar ausdruckslos. Der Schlüssel lag vor ihm auf dem Tisch. Es war ein großer, eiserner Schlüssel, über einen Viertelmeter lang. Dann sagte Pablo etwas zu den Wachtposten, was ich nicht hören konnte, und einer von ihnen ging zur Tür hin. Ich sah, wie sie jetzt alle noch schneller beteten, und ich wußte, daß sie jetzt alle Bescheid wußten.

Pablo sagte etwas zu dem Pfarrer, aber der Pfarrer antwortete nicht. Dann beugte Pablo sich vor, nahm den Schlüssel und warf ihn, die Handfläche nach unten, dem Wachtposten an der Tür zu. Der Wachtposten fing ihn gut auf, und Pablo lächelte. Dann steckte der Wachtposten den Schlüssel in das Schlüsselloch, schloß auf, zog die Tür an sich heran und duckte sich hinter sie, während die Menge hineinstürmte.

Ich sah sie hineinstürmen, und gerade da fing der Besoffene

auf dem Stuhl neben mir zu schreien an. ›*Aj! Aj! Aj!*‹ und schob den Kopf vor, so daß ich nichts sehen konnte, und dann schrie er: ›Bringt sie um! Bringt sie um! Schlagt sie tot! Bringt sie um!‹, und er stieß mich mit beiden Armen weg, und ich konnte gar nichts mehr sehen.

Ich stieß ihn mit dem Ellbogen in den Bauch und sagte: ›Du besoffenes Schwein, wem gehört dieser Stuhl? Das möchte ich wissen!‹

Aber er schüttelte nur immerzu die Fäuste vor dem Gitter und schrie: ›Bringt sie um! Schlagt sie tot! Schlagt sie tot! So ist's richtig! Schlagt sie tot! *Cabrones! Cabrones! Cabrones!*‹

Ich versetzte ihm einen heftigen Rückenstoß und sagte ›*Cabron!* Besoffenes Schwein! Laß mich hineinschauen.‹

Dann legte er beide Hände auf meinen Kopf, um mich hinunterzustoßen, damit er besser sehen konnte, und lehnte sich mit seinem ganzen Gewicht auf meinen Kopf und schrie immerzu: ›Schlagt sie tot! So ist's recht! Schlagt sie tot!‹

›Schlag dich selber tot!‹ sagte ich und puffte ihn an einer Stelle, wo es ihm weh tun mußte, und es tat ihm auch weh, und er ließ meinen Kopf los und faßte sich an die Stelle und sagte: ›*No hay derecho, mujer.* Dazu hast du kein Recht, Weib.‹ Und da blickte ich durch das Gitter, und da sah ich den Saal voller Menschen, die mit Knüppeln und Dreschflegeln drauflosschlugen und stachen und prügelten und stießen und die weißen, hölzernen Gabeln schwangen, die jetzt rot waren, und die Zinken waren abgebrochen, und so ging's im ganzen Saal zu, während Pablo auf dem großen Stuhl saß, die Schrotflinte auf den Knien, und zusah, und sie schrien und knüppelten und stachen drauflos, und Menschen schrien wie Pferde im Feuer. Und ich sah den Pfarrer mit aufgehobenen Röcken über eine Bank klettern, und die Verfolger hackten mit Sicheln und Rübenmessern auf ihn ein, und dann packte jemand sein Gewand, und ich hörte einen Schrei und noch einen Schrei, und ich sah, wie zwei Männer ihm die Sicheln in den Rücken schlugen, während ein dritter ihn am Gewand festhielt, und der Pfarrer warf die Arme hoch und klammerte sich an einer

Stuhllehne fest, und dann zerbrach der Stuhl, auf dem ich stand, und wir beide, der Besoffene und ich, fielen aufs Pflaster, das nach verschüttetem Wein stank und nach Kotze, und der Besoffene drohte mir mit dem Finger und sagte: ›*No hay derecho, mujer, no hay derecho.* Du hättest mir einen Schaden zufügen können‹, und die Menschen trampelten über uns weg, um in den Saal des Ayuntamiento zu kommen, und ich sah nichts als die Beine der Menschen, wie sie sich durch die Tür drängten, und den Besoffenen, wie er vor mir saß und sich die Stelle hielt, wo ich hingeschlagen hatte.

Damit ging das Totschlagen der Faschisten in unserer Stadt zu Ende, und ich war froh, daß ich nicht mehr alles mitansehen mußte, und ohne diesen Besoffenen hätte ich alles gesehen. So war er doch zu etwas gut, denn das, was sich im Ayuntamiento abspielte, das will man lieber nicht gesehen haben.

Aber der andere Besoffene war noch viel komischer. Als wir aufstanden, nachdem der Stuhl zusammengebrochen war, und die Leute strömten immer noch ins Ayuntamiento, da sah ich den Besoffenen auf dem Platz mit seinem schwarz-roten Halstuch, wie er wieder etwas auf Don Anastasio goß. Sein Kopf wackelte hin und her, und es fiel ihm schwer, aufrecht zu sitzen, aber er goß und zündete Streichhölzer an und goß und zündete Streichhölzer an, und ich ging zu ihm hin und sagte: ›Was machst du, du schamloses Schwein?‹

›*Nada, mujer, nada*‹, sagte er. ›Laß mich in Ruhe.‹

Und vielleicht, weil ich so dastand, daß meine Beine einen Schutz boten gegen den Wind, ging das Streichholz an, und eine blaue Flamme lief am Rock des Don Anastasio entlang bis in seinen Nacken, und der Besoffene hob den Kopf und schrie mit lauter Stimme: ›Man verbrennt die Toten! Man verbrennt die Toten!‹

›Wer?‹ fragte jemand.

›Wo?‹ schrie ein anderer.

›Hier!‹ brüllte der Besoffene. ›Gerade hier!‹

Dann versetzte jemand dem Besoffenen einen heftigen Hieb mit dem Dreschflegel auf den Kopf, und er fiel um und schaute

zu dem Mann auf, der ihn geschlagen hatte, und dann machte er die Augen zu und verschränkte die Arme über der Brust und lag neben Don Anastasio, als ob er schliefe. Es blieb bei dem einen Hieb, und er lag da, und er blieb liegen und lag auch dann noch da, als sie Don Anastasio aufhoben und ihn mit den übrigen auf den Karren warfen, der sie alle zu der Klippe beförderte, wo sie in den Fluß geworfen wurden, abends, nachdem man im Ayuntamiento aufgeräumt hatte. Es wäre für die Stadt besser gewesen, wenn man zwanzig oder dreißig von den Besoffenen mit hinuntergeschmissen hätte, besonders die mit den schwarz-roten Halstüchern, und wenn wir jemals wieder eine Revolution machen, dann bin ich dafür, daß man sie gleich zu Anfang vertilgt. Aber damals wußte ich das nicht. Erst ein paar Tage später sollten wir's begreifen.
Aber an diesem Abend wußten wir nicht, was uns bevorstand. Nach der Schlächterei im Ayuntamiento war das Morden zu Ende, aber wir konnten keine Versammlung abhalten, weil zu viel Leute besoffen waren. Es war unmöglich, Ordnung zu schaffen, und deshalb wurde die Versammlung auf den nächsten Tag verschoben.
In der Nacht schlief ich bei Pablo. Ich sollte dir das gar nicht erzählen, *guapa,* aber andererseits ist es gut für dich, wenn du alles weißt, und was ich erzähle, ist wenigstens wahr. Hör zu, *Inglés.* Es ist sehr sonderbar.
Wie gesagt, nachts aßen wir, und es war sehr sonderbar. Es war wie nach einem Gewitter oder einer Überschwemmung oder wie nach einer Schlacht, und alle waren müde, und keiner redete viel.
Ich selbst kam mir wie ausgehöhlt vor und fühlte mich nicht wohl, ich schämte mich, ich hatte ein schlechtes Gewissen, ich war bedrückt und hatte ein schlimmes Vorgefühl von nahem Unheil, so wie heute morgen, als die Flugzeuge vorüberflogen, und richtig, binnen drei Tagen war das Unheil da.
Beim Essen sprach Pablo sehr wenig.
›Hat es dir gefallen, Pilar?‹ fragte er schließlich, den Mund voller Lammbraten. Wir saßen in dem Wirtshaus, von dem die

Busse abgehen, das Wirtshaus war überfüllt, und die Leute sangen, und die Kellner hatten es gar nicht leicht.

›Nein‹, sagte ich. ›Bis auf Don Faustino hat es mir nicht gefallen.‹

›Mir hat es gefallen‹, sagte er.

›Alles?‹ fragte ich ihn.

›Alles‹, sagte er, schnitt sich mit seinem Messer ein großes Stück Brot ab und begann den Bratensaft aufzutunken, ›alles bis auf den Pfarrer.‹

›Bis auf den Pfarrer?‹ Ich wußte doch, daß ihm die Pfaffen verhaßter waren als die Faschisten.

›Es war für mich enttäuschend‹, sagte Pablo melancholisch.

So viele Leute sangen im Wirtshaus, daß wir fast schreien mußten, um einander zu verstehen.

›Warum?‹

›Er ist nicht schön gestorben‹, sagte Pablo. ›Er hatte sehr wenig Würde.‹

›Verlangst du von ihm Würde, wenn der Pöbel hinter ihm herjagt?‹ sagte ich. ›Ich finde, die ganze Zeit vorher hat er sich sehr würdig benommen. So würdig, wie man sich nur benehmen kann.‹

›Ja‹, sagte Pablo. ›Aber im letzten Augenblick bekam er Angst.‹

›Wer hätte nicht Angst bekommen?‹ sagte ich. ›Hast du gesehen, womit sie ihn jagten?‹

›Wieso soll ich es nicht gesehen haben?‹ fragte Pablo. ›Aber ich finde, er ist nicht schön gestorben.‹

›Unter solchen Umständen stirbt keiner schön‹, sagte ich. ›Was verlangst du für dein Geld? Alles, was im Ayuntamiento geschah, war abscheulich roh.‹

›Ja‹, sagte Pablo. ›Es war schlecht organisiert. Aber ein Pfarrer! Ein Pfarrer muß ein Beispiel geben.‹

›Ich dachte, du kannst die Pfaffen nicht ausstehen.‹

›Ja‹, sagte Pablo und schnitt sich noch ein Stück Brot ab. ›Aber ein *spanischer* Pfarrer! Ein *spanischer* Pfarrer sollte schön sterben.‹

›Ich finde, er ist schön genug gestorben‹, sagte ich. ›Wo es so ganz ohne Formalitäten zuging!‹

›Nein‹, sagte Pablo. ›Für mich war er eine große Enttäuschung. Den ganzen Tag hatte ich auf den Tod des Pfarrers gewartet. Ich hatte geglaubt, er wird als letzter durch die Reihen gehen. Ich habe große Erwartungen gehabt. Ich habe erwartet, es wird ein Höhepunkt werden. Ich hatte noch nie einen Pfaffen sterben sehen.‹

›Zeit genug‹, sagte ich höhnisch. ›Die Bewegung hat gerade erst begonnen.‹

›Nein‹, sagte er. ›Ich bin enttäuscht.‹

›Na, na‹, sagte ich. ›Du wirst noch deinen Glauben verlieren!‹

›Du verstehst mich nicht, Pilar‹, sagte er. ›Er war ein *spanischer* Pfaffe.‹

›Was für ein Volk die Spanier sind!‹ sagte ich zu ihm . . . Und was für ein Volk sie sind mit ihrem Stolz, wie, *Inglés*? Was für ein Volk!«

Robert Jordan sagte: »Wir müssen weiter.« Er blickte nach der Sonne. »Es ist fast schon Mittag.«

»Ja«, sagte Pilar. »Wir wollen jetzt gehen. Aber laß mich erst zu Ende erzählen. In dieser Nacht sagte Pablo zu mir: ›Pilar, heute nacht wollen wir nichts machen.‹

›Gut‹, sagte ich. ›Das ist mir recht.‹

›Ich finde, es wäre geschmacklos, nachdem wir so viele Menschen getötet haben.‹

›Qué va!‹ sagte ich. ›Was für ein Heiliger du bist. Du, glaubst du, ich habe umsonst jahrelang mit Stierkämpfern gelebt, daß ich nicht weiß, wie es mit ihnen ist nach der Corrida?‹

›Ist das wahr, Pilar?‹ fragte er mich.

›Habe ich dich schon einmal belogen?‹ sagte ich.

›Es ist wahr, Pilar. Ich bin heute nacht ein erledigter Mensch. Du machst mir deshalb keine Vorwürfe?‹

›Nein, *hombre*‹, sagte ich. ›Aber bring nicht jeden Tag Menschen um, Pablo.‹

Und er schlief in dieser Nacht wie ein kleines Kind, und im Morgengrauen weckte ich ihn auf, aber ich konnte die ganze Nacht nicht schlafen, und ich stand auf und setzte mich auf einen Stuhl und sah zum Fenster hinaus, und ich sah im

Mondlicht den Platz, wo die Reihen gestanden hatten, und hinter dem Platz schimmerten die Bäume im Mondschein, und ich sah ihre dunklen Schatten und die Bänke gleichfalls, ganz hell im Mondschein, und die herumliegenden Flaschen glitzerten, und ich sah den Rand der Klippe, wo sie alle hinuntergeschmissen hatten. Und nichts war zu hören als das Plätschern des Springbrunnens, und ich saß da und dachte mir: schlecht haben wir begonnen.

Das Fenster war offen, und drüben auf dem Platz in der Fonda hörte ich eine Frau weinen. Ich ging auf den Balkon hinaus, stand barfuß auf dem Eisen, und der Mond schien auf die Fassaden der Häuser rings um den Platz, und das Weinen kam von dem Balkon vor der Wohnung Don Guillermos. Es war seine Frau, die weinte, sie kniete auf dem Balkon und weinte.

Dann ging ich wieder in das Zimmer zurück und saß da und wollte nicht mehr denken, denn das war der schlimmste Tag meines Lebens, bis auf den einen anderen Tag.«

»Was war das für ein anderer Tag?« fragte Maria.

»Drei Tage später, als die Faschisten die Stadt nahmen.«

»Erzähle mir davon nichts«, sagte Maria. »Ich will es nicht hören. Das hat mir schon genügt. Das war schon zuviel.«

»Ich sagte dir doch, du sollst nicht zuhören«, sagte Pilar. »Siehst du! Ich wollte nicht, daß du's hörst. Jetzt wirst du schlecht träumen.«

»Nein«, sagte Maria. »Aber mehr will ich nicht hören.«

»Ich möchte, daß du es mir bei Gelegenheit erzählst«, sagte Robert Jordan.

»Ja«, sagte Pilar. »Aber für Maria ist es schlecht!«

»Ich will es nicht hören«, sagte Maria in klagendem Ton. »Bitte, Pilar. Und erzähle es nicht, wenn ich dabei bin, denn ich würde vielleicht hinhören, ohne es zu wollen.«

Ihre Lippen zuckten, und Robert Jordan glaubte, sie würde zu weinen beginnen.

»Bitte, Pilar, erzähle es nicht.«

»Sei unbesorgt, du geschorenes Köpfchen«, sagte Pilar. »Sei

unbesorgt. Aber ich werde es bei Gelegenheit dem *Inglés* erzählen.«

»Aber ich will immer bei ihm sein, wenn er da ist«, sagte Maria. »O Pilar, erzähl es überhaupt nicht.«

»Ich werde es erzählen, wenn du gerade zu tun hast.«

»Nein. Nein. Bitte nicht. Du sollst es gar nicht erzählen.«

»Es gehört sich, daß ich auch das erzähle, nachdem ich erzählt habe, was wir gemacht haben«, sagte Pilar. »Aber du wirst es nicht hören.«

»Gibt es keine angenehmen Dinge, über die man reden kann?« sagte Maria. »Müssen wir immer über scheußliche Dinge reden?«

»Heute nachmittag!« sagte Pilar. »Du und der *Inglés*! Ihr beide könnt reden, worüber ihr wollt.«

»Dann soll der Nachmittag schnell kommen!« sagte Maria. »Dann soll er geflogen kommen!«

»Er wird kommen«, sagte Pilar. »Er wird geflogen kommen und wird verfliegen, und auch der morgige Tag wird verfliegen.«

»Dieser Nachmittag!« sagte Maria. »Dieser Nachmittag! Dieser Nachmittag soll kommen!«

11

Als sie hinaufkamen, noch tief im Schatten der Kiefern, nachdem sie von der hochgelegenen Wiese in das bewaldete Tal hinuntergestiegen und auf einem Pfad, der den Bach entlanglief, bergan gewandert waren und dann den Pfad verlassen hatten, um im steilen Anstieg die Höhe einer scharfkantigen Felsterrasse zu erklimmen, trat hinter einem Baum ein Mann mit einem Karabiner hervor.

»Halt!« sagte er. Und dann: »*Hola, Pilar.* Wen hast du da?«

»Einen *Inglés*«, sagte Pilar. »Aber er hat einen christlichen Vornamen – Roberto. Und was für eine Sauerei das ist, hier hinaufzuklettern!«

»*Salud, camarada*«, sagte der Posten zu Robert Jordan und hielt ihm die Hand hin. »Geht es dir gut?«
»Ja«, sagte Robert Jordan. »Und dir?«
»Ebenfalls«, erwiderte der Wachtposten. Er war noch sehr jung, schmächtig gebaut, mager, eine Hakennase im Gesicht, hohe Backenknochen und graue Augen. Er trug keinen Hut, sein Haar war schwarz und zottig und sein Händedruck kräftig und freundlich. Auch seine Augen blickten freundlich.
»Hallo, Maria!« sagte er zu dem Mädchen. »Bist du nicht zu müde geworden?«
»*Qué va, Joaquín!*« erwiderte das Mädchen. »Wir haben die meiste Zeit gerastet und geschwatzt.«
»Bist du der Dynamiter?« fragte Joaquín. »Wir haben von dir gehört.«
»Wir haben die Nacht in Pablos Lager verbracht«, sagte Robert Jordan. »Ja, ich bin der Dynamiter.«
»Wir freuen uns, dich kennenzulernen. Ist dein Dynamit für einen Zug bestimmt?«
»Warst du bei der letzten Zuggeschichte mit dabei?« fragte Robert Jordan lächelnd.
»Ob ich dabei war?« fragte Joaquín. »Dort haben wir das da aufgeklaubt«, und er zeigte mit einem breiten Grinsen auf Maria. »Jetzt bist du hübsch«, sagte er zu Maria. »Hat man dir nicht gesagt, wie hübsch du bist?«
»Halt den Mund, Joaquín, und vielen Dank«, sagte Maria. »Du würdest auch ganz hübsch sein, wenn du dir das Haar schneiden ließest.«
»Ich habe dich getragen«, sagte Joaquín zu ihr. »Ich habe dich auf der Schulter getragen.«
»Wie so viele andere auch«, sagte Pilar mit ihrer tiefen Stimme. »Wer hat sie *nicht* getragen? Wo ist der Alte?«
»Im Lager.«
»Wo war er gestern nacht?«
»In Segovia.«
»Hat er Nachrichten mitgebracht?«
»Ja«, sagte Joaquín. »Wir haben Nachrichten.«

»Gute oder schlechte?«
»Ich glaube schlechte.«
»Habt ihr die Flugzeuge gesehen?«
»Ja«, sagte Joaquín und schüttelte dann den Kopf. »Rede mir nicht von den Flugzeugen. Genosse Dynamiter, was sind das für Flugzeuge gewesen?«
»Heinkel-Bomber III. Heinkel und Fiat-Jagdflugzeuge«, sagte Robert Jordan.
»Welche waren die großen mit den niedrigen Flügeln?«
»Heinkel III.«
»Scheußliche Dinger, wie sie auch heißen!« sagte Joaquín. »Aber ich halte euch auf. Ich werde euch zu dem Kommandanten führen.«
»Zum Kommandanten?« fragte Pilar.
Joaquín nickte mit ernster Miene. »Das gefällt mir besser als ›Chef‹«, sagte er. »Es klingt militärischer.«
»Du militarisierst dich ja ganz ordentlich«, sagte Pilar lachend.
»Nein«, sagte Joaquín. »Aber ich liebe militärische Ausdrücke, sie machen die Befehle deutlicher, und es ist besser für die Disziplin.«
»Das ist ein Junge nach deinem Geschmack, *Inglés*«, sagte Pilar.
»Ein sehr ernster Mensch.«
»Soll ich dich tragen?« fragte Joaquín das Mädchen, legte den Arm um ihre Schultern und lächelte ihr ins Gesicht.
»Einmal hat genügt«, sagte Maria. »Schönen Dank auf alle Fälle.«
»Kannst du dich noch erinnern?« fragte Joaquín.
»Ich kann mich erinnern, daß ich getragen wurde, aber nicht, daß du mich getragen hast. Ich erinnere mich an den Zigeuner, weil er mich so oft hat fallenlassen. Aber ich danke dir, Joaquín, und bei Gelegenheit werde *ich* dich tragen.«
»Ich erinnere mich noch recht gut«, sagte Joaquín. »Ich erinnere mich, wie ich deine Beine gehalten habe, und dein Bauch lag auf meiner Schulter, und dein Kopf hing über meinem Rücken, und deine Arme baumelten an meinem Rücken herab.«

»Du hast ein gutes Gedächtnis«, sagte Maria lächelnd. »Ich kann mich an das alles nicht mehr erinnern. Weder an deine Arme noch an deine Schulter noch an deinen Rücken.«
»Soll ich dir etwas sagen?« fragte Joaquín.
»Was denn?«
»Als hinter uns die Schüsse knallten, war ich froh, daß du auf meinem Rücken hingst.«
»So ein Schwein!« sagte Maria. »Und deshalb hat mich auch der Zigeuner so lange getragen?«
»Deshalb, und auch, um dich an die Beine zu fassen.«
»Meine Helden!« sagte Maria. »Meine Retter!«
»Hör zu, *guapa*«, sagte Pilar zu ihr. »Der Junge da hat dich lange getragen, und wie es damals war, hat keiner sich um deine Beine gekümmert. Da hörten alle nur die Kugeln pfeifen. Und wenn er dich hätte liegenlassen, dann wäre er schneller aus dem Bereich der Kugeln gekommen.«
»Ich habe mich schon bei ihm bedankt«, sagte Maria. »Und bei Gelegenheit werde *ich* ihn tragen. Laß uns doch ein bißchen scherzen! Ich muß doch nicht weinen, weil er mich getragen hat?«
»Ich hätte dich hingeschmissen«, fuhr Joaquín spottend fort.
»Aber ich hatte Angst, daß Pilar mich erschießt.«
»Ich erschieße niemanden«, sagte Pilar.
»*No hace falta*«, sagte Joaquín. »Das hast du gar nicht nötig. Du erschreckst sie mit deinem Mundwerk zu Tode. Du redest sie tot!«
»Wie sprichst du mit mir?« sagte Pilar. »Und du warst früher ein so höflicher kleiner Junge. Was hast du denn vor der Bewegung gemacht, Bürschchen?«
»Sehr wenig«, erwiderte Joaquín. »Ich war sechzehn.«
»Was denn also?«
»Ein Paar Schuhe von Zeit zu Zeit.«
»Hast du Schuhe gemacht?«
»Nein. Geputzt.«
»*Qué va!*« sagte Pilar. »Das kann nicht alles gewesen sein.« Sie betrachtete prüfend sein braunes Gesicht, seinen geschmeidi-

gen Körper, seinen Haarschopf und seinen schnellen, wiegenden Gang. »Warum ist es dir nicht geglückt?«
»Was denn?«
»Was? Du weißt schon, was. Du läßt dir ja wieder den Zopf wachsen.«
»Ich glaube, es war Angst«, sagte der Bursche.
»Du hast eine hübsche Gestalt«, sagte Pilar. »Aber das Gesicht taugt nicht viel. Also Furcht war es, ja? Bei der Zuggeschichte hast du dich gut gehalten.«
»Jetzt fürchte ich mich nicht mehr vor ihnen. Gar nicht mehr. Und wir haben viel schlimmere und gefährlichere Dinge erlebt als die Stiere. Natürlich: kein Stier ist so gefährlich wie ein Maschinengewehr. Aber wenn ich jetzt mit einem Stier im Ring wäre, wüßte ich doch nicht, ob ich meine Beine beherrschen könnte.«
»Er wollte Stierkämpfer werden«, sagte Pilar erklärend zu Robert Jordan. »Aber er hatte Angst.«
»Liebst du die Stiere, Genosse Dynamiter?« Joaquín grinste und zeigte seine weißen Zähne.
»Sehr«, erwiderte Robert Jordan. »Ja, sehr.«
»Hast du sie in Valladolid gesehen?« fragte Joaquín.
»Ja. Im September auf der Feria.«
»Das ist meine Heimatstadt«, sagte Joaquín. »Eine schöne Stadt, aber die *buena gente,* die anständigen Leute in der Stadt, haben unter diesem Krieg sehr gelitten.« Dann mit ernster Miene: »Sie haben dort meinen Vater erschossen. Und meine Mutter. Und meinen Schwager, und jetzt auch meine Schwester.«
»Die Barbaren!« sagte Robert Jordan.
Wie oft hatte er das schon gehört? Wie oft hatte er Menschen das sagen hören, mühsam, mit etwas stockender Stimme! Wie oft hatte er mitansehen müssen, daß ihre Augen sich mit Tränen füllten und ihre Stimme heiser wurde, weil es ihnen schwerfiel, ›meinen Vater‹ oder ›meine Mutter‹ oder ›meinen Bruder‹ oder ›meine Schwester‹ zu sagen! Er konnte sich gar nicht mehr erinnern, *wie* oft er sie auf solche Art

ihre Toten hatte erwähnen hören. Fast immer geschah es auf die gleiche Weise wie jetzt, ganz plötzlich, wenn gerade der Name der Stadt fiel, und immer sagte man dann: »Die Barbaren!«

Man hört nur die Feststellung. Man sieht nicht den Vater unter den Kugeln fallen – wie er, Robert Jordan, die Faschisten hatte sterben sehen in der Geschichte, die Pilar ihm am Bachufer erzählt hatte. Man weiß, der Vater ist auf irgendeinem Hof gestorben oder an einer Mauer oder auf einem Feld oder in einem Obstgarten oder des Nachts, im Licht der Scheinwerfer eines Lastautos, an irgendeinem Straßenrand. Man hat von den Bergen her die Lichter der Autos gesehen und die Schüsse gehört, und dann ist man zu der Straße hinuntergegangen und hat die Leichen gefunden. Man hat nicht gesehen, wie die Mutter erschossen wurde oder die Schwester oder der Bruder. Man hat es nur gehört, und man hat die Schüsse gehört, und man hat die Leichen gesehen.

Was Pilar ihm erzählte, das hatte er alles vor sich gesehen. Wenn diese Frau bloß schreiben könnte! Er wird versuchen, es aufzuschreiben, und wenn er Glück hat und sich an alles genau erinnern kann, wird er es vielleicht genauso aufschreiben, wie sie es erzählt hat. Mein Gott, wie sie erzählen kann! Besser als Quevedo, dachte er. Der hat nie den Tod eines Don Faustino so gut beschrieben, wie sie ihn erzählt. Wenn ich bloß so gut schreiben könnte! Wenn ich bloß ein guter Schriftsteller wäre, um diese Geschichte zu schreiben! dachte er. Das schildern, was *wir* gemacht haben! Nicht das, was die anderen uns angetan haben! Darüber wußte er eine Menge. Er wußte, was hinter der Front vorging. Aber man muß die Leute von früher her gekannt haben. Man muß wissen, was für eine Rolle sie dort gespielt haben.

Weil wir immer herumjagen, dachte er, und weil wir nicht dableiben, bis die Strafe uns ereilt, wissen wir nie, wie die Sache eigentlich endet. Du übernachtest bei einem Bauern und seiner Familie. Du kommst nachts bei ihm an und ißt an seinem Tisch. Am Tag versteckt er dich, und am nächsten Abend bist du schon wieder weg. Du hast deine Arbeit getan und dich aus dem Staub gemacht. Wenn du das nächste Mal wieder in die Gegend kommst, hörst du, daß sie die Leute erschossen haben. So einfach ist das.

Aber wenn es passiert, bist du immer schon weg. Die Partisanen richten ihren Schaden an und machen sich davon. Die Bauern bleiben zurück und nehmen die Strafe auf sich. Diese anderen Geschichten habe ich schon immer gewußt, dachte er. Wie wir sie anfangs behandelt haben. Ich habe es immer gewußt, und es war mir abscheulich, und ich habe gehört, wie darüber geredet wurde, schamlos und voller Beschämung, wie sie damit prahlten, wie sie es verteidigten, wie sie es erklärten oder leugneten. Aber dieses verdammte Weib hat es mich miterleben lassen, als ob ich dabei gewesen wäre.

Na ja, dachte er, das gehört zu deiner Erziehung. Eine ganz gute Erziehung, wenn's erst einmal vorbei ist! In diesem Krieg kannst du viel lernen, wenn du die Ohren aufmachst. Ganz bestimmt! Ein Glück für ihn, daß er schon vor dem Krieg fast zehn Jahre in Spanien gelebt hatte. Sie vertrauen dir grundsätzlich, wenn du die Sprache sprichst. Wenn du die Sprache gut verstehst und den Dialekt beherrschst und die verschiedenen Gegenden kennst, dann haben sie gleich Vertrauen zu dir. Der Spanier hängt nicht nur an seinem Heimatort. Zuerst kommt natürlich Spanien, dann seine Provinz, dann sein Dorf, seine Familie und schließlich sein Beruf. Wenn du Spanisch kannst, ist er schon für dich eingenommen, wenn du seine Provinz kennst, ist das noch besser, aber wenn du sein Dorf kennst und sein Gewerbe, dann gehörst du zu ihnen, soweit das überhaupt für einen Ausländer möglich ist. Er, Robert Jordan, kam sich nie als Ausländer vor, wenn er Spanisch sprach, und meistens behandelten sie ihn auch gar nicht wie einen Ausländer. Anders ist es freilich, wenn sie auf einen losgehen.

Natürlich gehen sie auf einen los. Sehr oft sogar, aber das ist ihre Gewohnheit. Sie gehen auch gegeneinander los. Wenn du drei Spanier beisammen hast, tun sich sofort zwei von ihnen gegen den dritten zusammen, und dann fangen die zwei an, einander zu verraten. Natürlich passiert das nicht immer, aber es passiert doch so oft, daß man eine hübsche Anzahl von Beispielen sammeln und daraus seine Schlußfolgerungen ziehen kann.

Du sollst dir nicht solche Gedanken machen. Aber wer zensuriert mein Denken? Niemand außer mir selbst. Nein, ich werde mich nicht in eine defätistische Stimmung hineindenken. Erst einmal müssen wir den Krieg gewinnen. Wenn wir den Krieg nicht gewinnen, ist alles verloren.

Aber er sammelte Fakten und horchte herum und merkte sich alles. Er leistete Kriegsdienst, er war der Sache treu und erfüllte seine Pflicht, so gut er nur konnte. Aber sein Verstand und seine Augen und seine Ohren gehörten ihm allein, und nachher, nach beendetem Dienst, würde er sich ein Urteil bilden. Und er würde reichliches Material haben, um daraus seine Schlußfolgerungen zu ziehen. Er hatte schon jetzt reichliches Material. Manchmal ein wenig zu viel.

Schau dir diese Pilar an, dachte er. Was auch kommt, sie muß mir den Rest der Geschichte erzählen, wenn wir Zeit dazu haben. Schau, wie sie da mit den zwei jungen Leutchen geht! Drei hübschere Produkte spanischer Erde sind nicht aufzutreiben. Sie ist wie ein Gebirge, und der Bursche und das Mädchen sind wie junge Bäume. Die alten Bäume sind alle gefällt, und die jungen Bäume wachsen so sauber empor. Was auch die beiden mitgemacht haben, sie schauen so frisch und gesund und jung und unberührt aus, als hätten sie nie das Wort Unglück gehört. Aber wie Pilar erzählt, war Maria soeben erst wieder zu sich gekommen. Sie muß in einem schrecklichen Zustand gewesen sein.

Er erinnerte sich an einen jungen Belgier aus der XI. Brigade, der mit fünf anderen Burschen aus seinem Dorf sich hatte anwerben lassen. Es war das ein Dorf mit etwa zweihundert Einwohnern, und der Junge war nie zuvor aus dem Dorf hinausgekommen. Als er, Robert Jordan, ihn zum erstenmal sah, draußen in Hans' Brigadestab, waren seine fünf Kameraden aus dem Dorf schon alle gefallen, und der Bursche befand sich in einer sehr üblen Verfassung. Sie verwendeten ihn als Ordonnanz, er mußte in der Stabsmesse servieren. Er hatte ein breites, helles, rotbackiges Flamengesicht und riesige, ungeschickte Bauernhände, und er bewegte sich mit seinen Tabletts so schwerfällig und wuchtig wie ein Karrengaul. Aber die ganze Zeit weinte er. Während des Essens weinte er immerfort lautlos in sich hinein.

Wenn man aufblickte, stand er da und weinte. Wenn man Wein verlangte, weinte er, und wenn man ihm den Teller zum Nachfüllen hinreichte, weinte er mit abgewandtem Kopf. Dann hörte er zu weinen auf, aber wenn man ihn ansah, kamen ihm wieder die Tränen. Zwischen den Gängen weinte er in der Küche. Alle waren sehr freundlich zu ihm, aber es half nichts. Ich werde herausfinden müssen, was aus ihm geworden ist und ob er wieder zu sich gekommen ist und Frontdienst machen kann.

Maria ist jetzt ziemlich in Ordnung. Jedenfalls sieht es so aus. Aber er ist ja kein Psychiater. Pilar versteht mehr von solchen Sachen. Wahrscheinlich ist das Zusammensein gestern nacht für sie beide gut gewesen. Ja, wenn es nur nicht aufhört. Ihm hat es zweifellos gut getan. Er fühlt sich heute sehr wohl, gesund, kräftig, sorgenfrei und froh. Die Lage sieht nicht rosig aus, aber er hat immer Glück gehabt. Er hat schon mit anderen Geschichten zu tun gehabt, die sich ebenso unangenehm ankündigten. ›Sich ankündigten‹ – das ist spanisch gedacht. Maria ist reizend.

Schau sie dir an, sagte er zu sich selber, schau sie dir an.

Er betrachtete sie, wie sie heiteren Sinnes in der Sonne vor ihm her ging, das Khakihemd am Hals offen. Sie hat die Bewegungen eines Füllens, dachte er. Daß einem so etwas über den Weg läuft! Das gibt es ja gar nicht! Vielleicht ist es auch gar nicht wahr, dachte er. Vielleicht hast du es nur geträumt oder erfunden, und es ist gar nicht wahr. Vielleicht geht es dir jetzt so wie in deinen Träumen, wenn die Frau, die du im Kino gesehen hast, nachts an dein Bett kommt und so freundlich

und zärtlich zu dir ist. So hatte er mit ihnen geschlafen, während er schlafend im Bett lag. Er konnte sich noch sehr gut an die Garbo erinnern und an die Harlow. Ja, die Harlow, mehrere Male! Vielleicht war das nun wieder ein Traum.
Aber er konnte sich noch recht gut erinnern, wie in der Nacht vor dem Angriff auf Pozoblanco die Garbo an sein Bett gekommen war, und als er den Arm um sie legte, da hatte sie seinen seidig weichen Wollsweater an, und als sie sich zu ihm niederbeugte, fiel ihr Haar nach vorne und über sein Gesicht, und sie sagte, warum er ihr denn nie gesagt habe, daß er sie liebe, da sie ihn doch die ganze Zeit geliebt habe? Sie war nicht schüchtern und nicht kühl und nicht fremd. Sie war einfach lieb in seinen Armen, freundlich und lieb, ganz wie in den alten Zeiten mit John Gilbert, und es war so echt, als ob es wirklich passiert wäre, und er liebte sie viel mehr als die Harlow, obwohl sie nur einmal zu ihm kam, während die Harlow ... Vielleicht war das auch wieder nur ein Traum.
Vielleicht aber auch nicht, sagte er zu sich selber. Vielleicht könnte ich die Hand ausstrecken und diese Maria jetzt anrühren. Vielleicht hast du Angst davor, sagte er zu sich selbst. Vielleicht würdest du dann entdecken, daß es gar nicht wirklich passiert ist, daß es nicht wahr ist, daß du es erfunden hast wie die Träume von den Kinostars, oder wie des Nachts alle deine früheren Liebschaften wiederkehren und mit dir im Schlafsack schlafen, auf all den harten, nackten Böden, im Stroh der Schuppen und Ställe, der *corrales* und *cortijos,* in den Wäldern, in den Garagen, auf den Lastautos und in all den Bergen Spaniens. Alle kamen sie zu ihm in den Schlafsack, wenn er schlief, und waren alle viel netter als jemals im Leben. Vielleicht ist das hier genauso, vielleicht fürchtet er sich, sie anzurühren, aus Angst, es könnte nicht wahr sein. Vielleicht rührst du sie an, und dann ist es erfunden, oder du hast es geträumt.
Er ging schnell über den Weg und legte die Hand auf des Mädchens Arm. Unter seinen Fingern fühlte er die Glätte der

Haut unter dem abgenutzten Leinen. Sie sah ihn an und lächelte.

»Hallo, Maria«, sagte er.

»Hallo, *Inglés*«, erwiderte sie, und er sah ihr bräunliches Gesicht und die gelblichgrauen Augen und die lächelnden vollen Lippen und das kurzgestutzte, von der Sonne gebleichte Haar, und sie blickte zu ihm auf und lächelte ihm in die Augen. Es war also doch wahr.

Nun kam El Sordos Lager in Sicht, am Rande des Kiefernwaldes, dort, wo die Schlucht zu Ende war und eine Mulde bildete wie ein umgestülptes Becken. In diesen Kalksteinschluchten muß es überall von Höhlen wimmeln, dachte er. Dort vorne sind zwei Höhlen, recht gut versteckt hinter dem dichten Krummholz. Der Platz ist ebenso gut wie Pablos Platz oder noch besser.

»Wie war das, als sie deine Leute erschossen haben?« sagte Pilar zu Joaquín.

»Nichts Besonderes, Frau«, sagte Joaquín. »Sie waren links, wie so viele in Valladolid. Als die Faschisten die Stadt säuberten, haben sie zuerst meinen Vater erschossen. Er hatte sozialistisch gewählt. Dann erschossen sie die Mutter. Sie hatte ebenso gewählt. Es war das erste Mal, daß sie überhaupt wählte. Dann erschossen sie den Mann meiner einen Schwester. Er gehörte der Gewerkschaft der Straßenbahner an. Natürlich, er konnte doch nicht Straßenbahner sein, ohne der Gewerkschaft anzugehören. Aber mit Politik hatte er nichts zu tun. Ich kannte ihn sehr gut. Er war sogar ein kleines bißchen unverschämt. Ich glaube nicht einmal, daß er ein guter Genosse war. Und der Mann der anderen Schwester, der auch bei der Straßenbahn war, ging in die Berge so wie ich. Sie glaubten, daß sie weiß, wo er ist. Aber sie wußte es nicht. Sie erschossen sie, weil sie nicht sagen wollte, wo er sich aufhielt.«

»Die Barbaren!« sagte Pilar. »Wo ist El Sordo? Ich sehe ihn nicht.«

»Er ist da. Wahrscheinlich drinnen«, erwiderte Joaquín, und

dann blieb er stehen, setzte den Gewehrkolben auf die Erde und sagte: »Pilar, hör zu. Und auch du, Maria. Verzeiht mir, wenn ich euch mit meinen Familiendingen belästigt habe. Ich weiß, alle haben dieselben Sorgen, und es ist viel besser, wenn man nicht davon redet.«
»Du sollst ruhig davon reden«, sagte Pilar. »Wozu sind wir auf der Welt, wenn wir nicht einander helfen? Und zuhören und kein Wort sagen, das ist ohnehin nur eine kühle Hilfe.«
»Aber Maria könnte es lästig sein. Sie hat eigenen Kummer.«
»*Qué va!*« sagte Maria. »Ich habe einen solchen Sack voller Sorgen, daß deine auch noch leicht mit hineingehen. Du tust mir leid, Joaquín, und ich hoffe, deiner Schwester geht es gut.«
»Bisher geht es ihr leidlich«, sagte Joaquín. »Sie haben sie eingesperrt, und sie wird wohl nicht sehr schlecht behandelt.«
»Hast du noch andere Verwandte?« fragte Robert Jordan.
»Nein«, sagte der Junge. »Ich bin allein. Abgesehen von dem Schwager, der in die Berge ging, und ich glaube, der ist tot.«
»Vielleicht ist er wohlauf«, sagte Maria. »Vielleicht ist er bei irgendeinem Trupp in einem anderen Gebirge.«
»Für mich ist er tot«, sagte Joaquín. »Er konnte sich nie sehr gut zurechtfinden, und er war Straßenbahner, und das ist nicht gerade die beste Vorschule fürs Gebirge. Ich bezweifle, daß er es länger aushalten konnte als ein Jahr. Er war auch ein bißchen schwach auf der Brust.«
»Aber vielleicht ist er doch wohlauf.« Maria legte den Arm um seine Schultern.
»Vielleicht, Mädchen. Warum auch nicht?« sagte Joaquín.
Wie der Junge so dastand, reckte Maria sich zu ihm empor, legte die Arme um seinen Hals und küßte ihn. Joaquín wandte den Kopf ab, weil ihm die Tränen kamen.
»Du bist mir wie ein Bruder«, sagte Maria zu ihm. »Ich küsse dich wie einen Bruder.« Der Junge schüttelte den Kopf, er weinte lautlos.
»Ich bin deine Schwester«, sagte Maria. »Und ich liebe dich, und du hast eine Familie. Wir alle sind deine Familie.«

»Einschließlich des *Inglés*«, sagte Pilar mit ihrer dröhnenden Stimme. »Stimmt das nicht, *Inglés*?«
»Ja«, sagte Robert Jordan zu dem Jungen. »Wir alle sind deine Familie, Joaquín.«
»Er ist dein Bruder«, sagte Pilar. »He, *Inglés*?«
Robert Jordan legte den Arm um die Schultern des Jungen.
»Wir sind alle Brüder«, sagte er. Der Junge schüttelte den Kopf.
»Ich schäme mich, daß ich davon geredet habe«, sagte er.
»Wenn man von solchen Dingen redet, macht man es allen nur noch schwerer. Ich schäme mich, daß ich euch lästig gefallen bin.«
»Ich – – – in die Milch deiner Scham«, sagte Pilar mit ihrer tiefen, wohlklingenden Stimme.
»Und wenn Maria dich noch einmal küßt, werde ich selber anfangen, dich zu küssen. Es sind Jahre her, seit ich einen Stierkämpfer geküßt habe, und wenn es auch nur ein mißglückter ist wie du! Ich möchte gerne einen mißglückten Stierkämpfer küssen, der Kommunist geworden ist. Halt ihn fest, *Inglés,* bis ich ihn ordentlich abgeküßt habe.«
»*Deja*«, sagte der Junge und wandte sich hastig ab. »Laßt mich in Ruhe. Mir fehlt nichts, und ich schäme mich.«
Er stand da und bemühte sich, seine Züge zu beherrschen. Maria nahm Robert Jordan bei der Hand. Pilar stemmte die Arme in die Hüften und sah Joaquín spöttisch an.
»Wenn ich dich küsse«, sagte sie, »dann nicht wie eine Schwester. Den Trick kenne ich – wie eine Schwester küssen!«
»Du brauchst nicht zu scherzen«, sagte der Junge. »Ich habe euch schon gesagt, daß mir gar nichts fehlt. Es tut mir leid, daß ich von der Sache geredet habe.«
»Na, dann gehen wir endlich zu dem Alten!« sagte Pilar. »Diese Gefühle machen mich müde.«
Der Junge sah sie an, sein Blick verriet, daß er mit einemmal tief gekränkt war.
»Nicht *deine* Gefühle«, sagte Pilar zu ihm. »Meine. Bist *du* ein empfindliches Wesen, kleiner Stierkämpfer!«

»Ja ja, ich habe versagt«, sagte Joaquín. »Du brauchst nicht immer darauf rumzureiten!«
»Aber jetzt läßt du dir zum zweitenmal den Zopf wachsen.«
»Ja, und warum nicht? Es ist die ökonomisch beste Verwendung für Kampfstiere. Viele Menschen finden Beschäftigung, und der Staat wird die Sache kontrollieren. Und vielleicht würde ich mich jetzt nicht mehr fürchten.«
»Vielleicht«, sagte Pilar. »Vielleicht.«
»Warum führst du eine so brutale Sprache, Pilar?« sagte Maria zu ihr. »Ich habe dich sehr gern, aber du benimmst dich sehr barbarisch.«
»Möglich, daß ich barbarisch bin«, sagte Pilar. »Hör mal, *Inglés*. Weißt du auch, was du El Sordo sagen wirst?«
»Ja.«
»Er quatscht nicht so viel wie ich und du und diese ganze sentimentale Menagerie.«
»Was redest du da?« sagte Maria abermals in ärgerlichem Ton.
»Ich weiß es nicht«, sagte Pilar, während sie weitermarschierte. »Was meinst du?«
»Ich weiß es nicht.«
»Manchmal habe ich vieles satt«, sagte Pilar zornig. »Verstehst du? Zum Beispiel, daß ich 48 Jahre alt bin. Hörst du? 48 Jahre alt und häßlich sein! Und dann den Schrecken sehen im Gesicht eines mißglückten Stierkämpfers kommunistischer Couleur, wenn ich im Scherz sage, daß ich ihn küssen werde!«
»Das ist nicht wahr, Pilar«, sagte der Junge. »Das hast du nicht gesehen.«
»*Qué va,* dann ist es nicht wahr. Und ich – – – in den Saft von euch allen. Ah, da ist er! *Hola, Santiago! Qué tal?*«
Der Mann, zu dem Pilar sprach, war klein und untersetzt, hatte ein braungebranntes Gesicht und breite Backenknochen, graue Haare, weit auseinanderstehende gelblichbraune Augen, eine schmale, gebogene Indianernase, eine lange Oberlippe und einen breiten, schmalen Mund. Er war glatt rasiert, und er kam ihnen aus dem Eingang der Höhle entgegen, krummbei-

nig, mit wackelndem Gang, dem typischen Gang des Rinderhirten, wie er zu seinen Reithosen und Stiefeln paßte. Der Tag war warm, aber er trug eine bis an den Hals zugeknöpfte, mit Schafwolle gefütterte kurze Lederjacke. Er streckte Pilar eine breite braune Hand hin.
»*Hola,* Weib«, sagte er. »*Hola*«, sagte er zu Robert Jordan, schüttelte ihm die Hand und sah ihm scharf ins Gesicht.
Robert Jordan sah, daß seine Augen gelb waren wie die einer Katze und flach wie die Augen eines Reptils. »*Guapa*«, sagte er zu Maria und klopfte ihr auf die Schulter.
»Gegessen?« fragte er Pilar. Sie schüttelte den Kopf.
»Essen?« sagte er und sah Robert Jordan an. »Trinken?« fragte er und machte die Geste des Einschenkens.
»Ja, danke.«
»Gut«, sagte El Sordo, »Whisky?«
»Du hast Whisky?«
El Sordo nickte. »*Inglés?*« fragte er. »Nicht *Ruso*?«
»Americano.«
»Hier wenig Amerikaner«, sagte er.
»Jetzt mehr.«
»Nicht übel. Nord oder Süd?«
»Nord.«
»Genau wie *Inglés.* Wann sprengen Brücke?«
»Du weißt von der Brücke?«
El Sordo nickte.
»Übermorgen früh.«
»Gut«, sagte El Sordo. »Pablo?« fragte er Pilar.
Sie schüttelte den Kopf.
El Sordo grinste.
»Weggehen!« sagte er zu Maria und grinste abermals. »Wiederkommen.« Er sah auf seine große Taschenuhr, die er an einem Lederriemen aus einer Innentasche seines Rocks zog. »Halbe Stunde.«
Mit einer Handbewegung forderte er Pilar und Robert Jordan auf, sich auf einen behauenen Baumstamm zu setzen, der als Bank diente. Dann sah er Joaquín an und zeigte mit dem

Daumen nach dem Weg, den sie soeben herangekommen waren.
»Ich gehe mit Joaquín hinunter und komme dann wieder«, sagte Maria.
El Sordo ging in die Höhle und kehrte mit einer Flasche schottischen Whiskys und drei Gläsern zurück. Die Flasche hatte er unter den einen Arm geklemmt, die drei Gläser hielt er in der Hand, einen Finger in jedem Glas, und mit der anderen Hand umklammerte er den Hals eines irdenen Wasserkrugs. Er stellte die Gläser und die Flasche auf den Baumstamm und den Wasserkrug auf die Erde.
»Kein Eis«, sagte er zu Robert Jordan und reichte ihm die Flasche.
»Ich nehme nichts«, sagte Pilar und deckte die Hand über ihr Glas.
»Gestern nacht Eis auf dem Boden«, sagte El Sordo grinsend. »Alles geschmolzen. Eis dort oben.«
Er zeigte nach den Schneeflecken, die auf der kahlen Bergkuppe leuchteten. »Zu weit.«
Robert Jordan wollte El Sordos Glas füllen, aber der Schwerhörige schüttelte den Kopf und bedeutete ihm mit einer Gebärde, er möge zuerst sich selber bedienen.
Robert Jordan goß eine tüchtige Portion Whisky in sein Glas, und El Sordo beobachtete ihn aufmerksam und reichte ihm dann den Wasserkrug, und Robert Jordan füllte das Glas mit kaltem Wasser voll, das aus dem irdenen Schnabel des Kruges strömte.
El Sordo füllte sein Glas halb mit Whisky, halb mit Wasser.
»Wein?« fragte er Pilar.
»Nein. Wasser.«
»Nimm«, sagte er. »Nicht gut«, sagte er grinsend zu Robert Jordan. »Kenne viele Engländer. Immer viel Whisky.«
»Wo?«
»Farm«, sagte El Sordo, »Freunde des Boss.«
»Wo hast du den Whisky her?«
»Was?« Er hatte ihn nicht verstanden.

»Du mußt schreien«, sagte Pilar. »In das andere Ohr.«
El Sordo deutete grinsend auf sein gesünderes Ohr.
»Wo hast du den Whisky her?« schrie Robert Jordan.
»Selbst gemacht«, sagte El Sordo und beobachtete, wie Robert Jordan, der eben das Glas zum Mund führen wollte, jählings innehielt.
»Nein«, sagte El Sordo und klopfte ihm auf die Schulter. »Spaß. Kommt aus La Granja. Gestern abend gehört, kommt englischer Dynamiter. Gut. Sehr froh. Whisky holen. Für dich. Du gern?«
»Sehr«, sagte Robert Jordan. »Es ist sehr guter Whisky.«
»Bin zufrieden«, sagte El Sordo grinsend. »Heute nacht mitgebracht, mit Nachrichten.«
»Was für Nachrichten?«
»Viel Truppenbewegung.«
»Wo?«
»Segovia. Flugzeuge, die du gesehen hast.«
»Ja.«
»Schlimm, wie?«
»Schlimm. Truppenbewegungen?«
»Reichlich viel zwischen Villacastín und Segovia. Auf der Straße nach Valladolid. Und zwischen Villacastín und San Rafael. Sehr viel. Sehr viel.«
»Was meinst du?«
»Wir bereiten etwas vor?«
»Möglich.«
»Sie wissen es. Bereiten sich auch vor.«
»Das ist möglich.«
»Warum nicht heute nacht die Brücke sprengen?«
»Befehl.«
»Wessen Befehl?«
»Generalstab.«
»So.«
»Ist der Zeitpunkt des Sprengens wichtig?« fragte Pilar.
»Entscheidend wichtig.«
»Aber wenn sie Truppen heranholen?«

»Ich werde Anselmo mit einem Bericht über die Transporte und Truppenkonzentrationen zum Generalstab schicken. Er kontrolliert die Straße.«
»Du hast jemand an der Straße?« fragte El Sordo.
Robert Jordan wußte nicht, wieviel er verstanden hatte. Bei einem Schwerhörigen weiß man das nie.
»Ja«, sagte er.
»Ich auch. Warum nicht jetzt die Brücke sprengen?«
»Ich habe meine Befehle.«
»Es gefällt mir nicht«, sagte El Sordo. »Dies gefällt mir nicht.«
»Mir auch nicht«, sagte Robert Jordan.
El Sordo schüttelte den Kopf und nahm einen Schluck Whisky.
»Du willst von mir?«
»Wieviel Leute hast du?«
»Acht.«
»Die Telefonleitung durchschneiden, den Posten im Straßenwärterhaus niedermachen und dann zur Brücke retirieren.«
»Das ist einfach.«
»Es wird alles aufgeschrieben.«
»Keine Sorge. Und Pablo?«
»Er wird weiter unten die Drähte durchschneiden, den Posten an der Sägemühle erledigen und dann zur Brücke retirieren.«
»Und der Rückzug hinterher?« fragte Pilar. »Wir sind sieben Männer, zwei Weiber und fünf Pferde. Ihr seid?« schrie sie Sordo ins Ohr.
»Acht Mann und vier Pferde. *Faltan caballos*«, sagte er. »Fehlen Pferde.«
»Siebzehn Leute und neun Pferde«, sagte Pilar. »Die Lasten nicht mitgerechnet.«
El Sordo sagte nichts.
»Gibt es keine Möglichkeit, Pferde zu beschaffen?« sagte Robert Jordan, sich zu Sordos gesünderem Ohr beugend.
»Ein Jahr im Krieg«, sagte Sordo. »Habe vier.« Er zeigte vier Finger. »Jetzt willst du acht für morgen.«
»Ja«, sagte Robert Jordan. »Da ihr wißt, daß ihr ohnedies von

hier verschwindet. Und da ihr nicht mehr vorsichtig zu sein braucht, wie ihr es bisher wart. Jetzt braucht ihr nicht mehr vorsichtig zu sein. Könnt ihr euch nicht hinschleichen und acht Pferde stehlen?«
»Vielleicht«, sagte Sordo. »Vielleicht keins. Vielleicht mehr.«
»Ihr habt ein Schnellfeuergewehr?« fragte Robert Jordan.
El Sordo nickte.
»Wo?«
»Oben auf dem Berg.«
»Was für ein Modell?«
»Weiß Namen nicht. Mit Scheiben.«
»Wie viele Ladungen?«
»Fünf Scheiben.«
»Versteht jemand damit umzugehen?«
»Ich. Ein wenig. Wollen hier nicht Lärm machen. Nicht soviel schießen. Wollen nicht Patronen verbrauchen.«
»Ich werde mir das Ding nachher anschauen«, sagte Robert Jordan. »Habt ihr Handgranaten?«
»Eine Menge.«
»Wieviel Patronen pro Gewehr?«
»Eine Menge.«
»Wieviel?«
»Einhundertfünfzig. Vielleicht mehr.«
»Und was für Leute hast du sonst noch?«
»Wozu?«
»Damit wir genügend stark sind, um die Posten zu nehmen und die Brücke zu decken, während ich sprenge. Wir brauchen doppelt soviel, wie wir haben.«
»Keine Sorgen wegen der Posten. Welche Tageszeit?«
»Bei Tageslicht.«
»Keine Sorge.«
»Ich könnte noch weitere zwanzig Mann brauchen«, sagte Robert Jordan.
»Tüchtige gibt es nicht. Willst du Unzuverlässige haben?«
»Nein. Wieviel Tüchtige hast du?«
»Vielleicht vier.«

»Warum so wenig?«
»Kein Vertrauen.«
»Zu Pferdebesitzern?«
»Muß viel Vertrauen haben zu Pferdebesitzern.«
»Ich würde gern noch zehn verläßliche Leute haben, wenn sie aufzutreiben sind.«
»Vier.«
»Anselmo hat mir erzählt, es gibt hier über hundert in dieser Gegend.«
»Taugen nichts.«
»Du sagtest dreißig«, sagte Robert Jordan zu Pilar. »Dreißig, die bis zu einem gewissen Grad verläßlich sind.«
»Was ist mit den Leuten von Elias?« schrie Pilar El Sordo ins Ohr.
Er schüttelte den Kopf. »Taugen nichts.«
»Kannst du zehn beschaffen?« fragte Robert Jordan. El Sordo sah ihn mit seinen flachen gelben Augen an und schüttelte den Kopf.
»Vier«, sagte er und hielt vier Finger in die Höhe.
»Deine Leute sind verläßlich?« fragte Robert Jordan und bereute sofort seine Frage.
El Sordo nickte.
»*Dentro de la gravedad*«, sagte er auf spanisch. »Kommt auf die Gefahr an.« Er grinste. »Wird schlimm sein, wie?«
»Vielleicht.«
»Ist mir gleich«, sagte Sordo einfach und ohne jede Prahlerei. »Besser vier Tüchtige als viele Nichtsnutze. In diesem Krieg immer viele Nichtsnutze, sehr wenige Tüchtige. Von Tag zu Tag weniger Tüchtige. Und Pablo?« Er sah Pilar an.
»Du weißt es ja«, sagte Pilar. »Schlimmer von Tag zu Tag.«
El Sordo zuckte die Achseln.
»Trink!« sagte Sordo zu Robert Jordan. »Ich bringe meine Leute und noch vier. Macht zwölf. Heute abend besprechen wir alles. Ich habe sechzig Stangen Dynamit. Brauchst du sie?«
»Wieviel Prozent?«

»Weiß nicht. Gewöhnliches Dynamit. Ich bringe es dir.«
»Damit können wir die kleine Brücke oben sprengen«, sagte Robert Jordan. »Das ist fein. Kommst du heute abend zu uns hinunter? Dann bring das Zeug mit, ja? Ich habe keine Order, die kleine Brücke zu sprengen, aber ich halte es für nötig.«
»Ich komme heute abend. Dann Pferde jagen.«
»Chancen?«
»Vielleicht. Jetzt essen.«
Redet der mit allen Menschen so? dachte Robert Jordan. Oder will er sich auf diese Weise einem Ausländer verständlich machen?
»Und wo gehen wir hin, wenn das vorbei ist?« schrie Pilar El Sordo ins Ohr.
Er zuckte die Achseln.
»Das muß doch alles organisiert werden«, sagte die Frau.
»Natürlich«, sagte Sordo. »Warum nicht?«
»Die Sache ist schlimm genug«, sagte Pilar. »Man muß einen sehr guten Plan haben.«
»Ja, Frau«, sagte Sordo. »Was bereitet dir solche Sorgen?«
»Alles«, schrie Pilar.
El Sordo grinste sie an.
»Du bist zuviel in Pablos Gesellschaft«, sagte er.
Dieses Pidgin-Spanisch spricht er also nur mit Ausländern, dachte Robert Jordan. Ich freue mich, ihn richtig reden zu hören.
»Wo, meinst du, sollen wir hin?« fragte Pilar.
»Wohin?«
»Ja, wohin.«
»Es gibt viele Orte«, sagte Sordo. »Viele Orte. Du kennst die Gredos?«
»Dort sind zuviel Menschen. Sie werden alle diese Nester ausräuchern, sobald sie Zeit dazu haben.«
»Ja. Aber es ist eine ausgedehnte und sehr wilde Gegend.«
»Es wird schwer sein, hinzukommen«, sagte Pilar.
»Alles ist schwer«, sagte El Sordo. »Wir können ebensogut nach den Gredos gehen wie anderswohin. Nachts mar-

schieren. Hier ist es schon sehr gefährlich. Ein Wunder, daß wir so lange hier sitzen konnten. Die Gredos sind weniger gefährlich als diese Gegend hier.«
»Weißt du, wo ich hin möchte?« fragte Pilar.
»Wohin? In die Paramera? Das ist nicht gut.«
»Nein«, sagte Pilar. »Nicht in die Sierra de Paramera. Ich möchte zur Republik.«
»Das ist eine Möglichkeit.«
»Würden deine Leute mitgehen?«
»Ja. Wenn ich es verlange.«
»Bei meinen Leuten weiß ich es nicht«, sagte Pilar. »Pablo wird nicht wollen, obwohl er sich dort sicherer fühlen würde. Er ist auch schon zu alt, um einzurücken, solange sie nicht neue Klassen einberufen. Der Zigeuner wird nicht mitkommen wollen. Was mit den anderen ist, weiß ich nicht.«
»Sie begreifen die Gefahr nicht, weil so lange nichts passiert ist«, sagte El Sordo.
»Seit sie die Flugzeuge gesehen haben, werden sie sie besser begreifen«, sagte Robert Jordan. »Aber meiner Meinung nach könntet ihr von den Gredos aus recht gut operieren.«
»Was?« sagte El Sordo und sah ihn an, und seine Augen waren ganz flach, und seine Frage klang gar nicht freundlich.
»Ihr könntet von dort aus viel wirksamere Schläge führen«, sagte Robert Jordan.
»So?« sagte El Sordo. »Du kennst die Gredos?«
»Ja. Ihr könntet von dort aus gegen die Hauptstrecke der Eisenbahn operieren. Ihr könntet sie immer wieder lahmlegen, wie wir das weiter südlich in Estremadura machen. Von dort aus arbeiten wäre besser, als zu den Republikanern zurückzukehren«, sagte Robert Jordan. »Ihr könntet dort mehr ausrichten.«
Beide machten eine mürrische Miene, während er sprach. El Sordo sah Pilar an, und sie erwiderte seinen Blick.
»Du kennst die Gredos?« fragte Sordo. »Wirklich?«
»Gewiß«, sagte Robert Jordan.
»Wohin würdest du gehen?«

»Ein Stück oberhalb von Barco de Ávila. Das ist eine bessere Gegend als hier. Und dann gegen die Hauptstraße und die Eisenbahn zwischen Béjar und Plasencia operieren.«
»Sehr schwierig«, sagte Sordo.
»Wir haben in einer viel gefährlicheren Gegend in Estremadura gegen dieselbe Eisenbahn gearbeitet«, sagte Robert Jordan.
»Wer ist wir?«
»Die *guerrilleros* von Estremadura.«
»Seid ihr viele?«
»Etwa vierzig.«
»Der mit den schlechten Nerven und dem merkwürdigen Namen kam auch aus dieser Gruppe?« fragte Pilar.
»Ja.«
»Wo ist er jetzt?«
»Tot, wie ich schon sagte.«
»Du kommst auch von dort?«
»Ja.«
»Du verstehst, was ich meine?« sagte Pilar zu ihm.
Und ich habe einen Fehler gemacht, dachte Robert Jordan bei sich. Ich habe Spaniern gesagt, daß wir irgend etwas besser können als sie, während es doch Regel ist, nie von den eigenen Leistungen oder Fähigkeiten zu sprechen. Statt ihnen zu schmeicheln, habe ich ihnen erzählt, was sie meiner Meinung nach tun müßten, und jetzt sind sie böse. Na, entweder werden sie es verdauen oder nicht. Zweifellos können sie in den Gredos viel mehr ausrichten als hier.
Der Beweis dafür ist, daß sie hier seit der von Kaschkin organisierten Zuggeschichte nicht das geringste mehr gemacht haben. Und das war auch nichts Besonderes. Es kostete die Faschisten eine Lokomotive und ein paar Soldaten, aber sie reden alle so, als ob das der Höhepunkt des ganzen Krieges gewesen wäre. Vielleicht werden sie sich so sehr schämen, daß sie in die Gredos gehen. Ja, und vielleicht werde ich auch hier abblitzen. Na, auf jeden Fall sieht die ganze Sache nicht gar zu rosig aus.

»Hör mal, *Inglés*«, sagte Pilar zu ihm. »Wie sind deine Nerven?«
»In Ordnung«, sagte Robert Jordan. »Tadellos.«
»Weil nämlich der vorige Dynamiter, den sie uns geschickt haben, zwar ein hervorragender Techniker war, aber sehr nervös.«
»Wir haben auch nervöse Leute unter uns«, sagte Robert Jordan.
»Ich behaupte nicht, daß er ein Feigling war, denn er hat sich sehr gut gehalten«, fuhr Pilar fort. »Aber er hat sehr sonderbar und windig dahergeredet.« Sie erhob die Stimme. »Stimmt es nicht, Santiago, daß der vorige Dynamiter, der vom Zug, ein bißchen merkwürdig war?«
»*Algo raro.*« Der Schwerhörige nickte, und seine Augen musterten Robert Jordans Gesicht in einer Art und Weise, die ihn an das runde Loch am Rohr eines Staubsaugers gemahnte. »*Sí, algo raro, pero bueno.*«
»*Murió*«, sagte Robert Jordan in das Ohr des Schwerhörigen. »Er ist tot.«
»Wie kam das?« fragte der Schwerhörige, und sein Blick wanderte von Robert Jordans Augen zu seinen Lippen.
»Ich habe ihn erschossen«, sagte Robert Jordan. »Er war so schwer verwundet, daß er nicht mehr weiterkonnte, und da habe ich ihn erschossen.«
»Er sprach immer von einer solchen Notwendigkeit«, sagte Pilar. »Er war davon wie besessen.«
»Ja«, sagte Robert Jordan. »Er war davon wirklich wie besessen.«
»*Como fué?*« fragte der Schwerhörige. »War es ein Zug?«
»Ja, auf dem Abmarsch«, sagte Robert Jordan. »Der Überfall war geglückt. Auf dem Rückweg im Dunkeln begegneten wir einer Faschistenpatrouille, und im Laufen bekam er einen Schuß in den Rücken, aber die Kugel traf nur das Schulterblatt. Er marschierte ziemlich lange weiter, aber schließlich behinderte ihn die Verletzung zu sehr. Er wollte nicht zurückbleiben, und ich erschoß ihn.«
»*Menos mal*«, sagte El Sordo. »Besser.«

»Bist du sicher, daß deine Nerven in Ordnung sind?« sagte Pilar zu Robert Jordan.
»Ja«, erwiderte er. »Ich bin sicher, daß meine Nerven in Ordnung sind, und ich bin der Meinung, daß ihr gut daran tätet, nach dieser Geschichte hier in die Gredos zu gehen.«
Kaum hatte er das gesagt, fing Pilar zu fluchen an. Eine wahre Sturzflut von ordinären Flüchen, die sich über ihn ergoß wie das schäumende heiße Wasser, mit dem dich ein plötzlich ausbrechender Geysir überschüttet. Der Schwerhörige schüttelte den Kopf und grinste vergnügt. Er hörte nicht auf, vor Vergnügen den Kopf zu schütteln, während Pilar weiterschimpfte, und Robert Jordan wußte, daß jetzt wieder alles in Ordnung war. Schließlich hörte sie zu fluchen auf, langte nach dem Wasserkrug, setzte ihn an die Lippen und nahm einen Schluck und sagte ganz ruhig: »Dann quatsch nicht mehr darüber, was wir *nachher* zu tun haben, ja, *Inglés*? Geh du zur Republik zurück und nimm dein Zeug mit und überlaß es uns, allein zu entscheiden, in welcher Gegend wir sterben wollen.«
»Leben«, sagte El Sordo. »Beruhige dich, Pilar.«
»Leben und sterben«, sagte Pilar. »Ich sehe schon, wie es enden wird. Du gefällst mir, *Inglés,* aber quatsch nicht darüber, was *wir* zu tun haben, wenn dein Geschäft erledigt ist.«
»Es ist deine Sache«, sagte Jordan. »Ich mische mich nicht ein.«
»Aber du hast es getan«, sagte Pilar. »Nimm deine kleine, geschorene Hure und geh zur Republik zurück, aber versperr nicht anderen die Tür, die keine Ausländer sind und die die Republik schon geliebt haben, als du dir noch die Muttermilch vom Kinn abgewischt hast.«
Maria war unterdessen herangekommen, und sie hörte diesen letzten Satz, den Pilar mit erhobener Stimme Robert Jordan zurief. Maria sah Robert Jordan an, schüttelte heftig den Kopf und drohte ihm mit dem Finger. Pilar sah, wie Robert Jordans Blick zu dem Mädchen wanderte, und sie sah ihn lächeln, und sie drehte sich um und sagte: »Ja, Hure habe ich gesagt, und ich meine es auch. Und ihr werdet wahrscheinlich zusammen

nach Valencia gehen, und *wir* dürfen in den Gredos Ziegenbohnen fressen.«

»Wenn du willst, bin ich eine Hure, Pilar«, sagte Maria. »Ich bin es wohl auf jeden Fall, wenn du es sagst. Aber beruhige dich. Was ist mit dir los?«

»Nichts«, sagte Pilar und setzte sich auf die Bank. Ihre Stimme klang jetzt ganz ruhig, all die metallharte Wut war aus ihr gewichen. »Ich sage es gar nicht. Aber ich hätte so große Lust, zur Republik zu gehen.«

»Wir können doch alle hingehen«, sagte Maria.

»Warum nicht?« fragte Robert Jordan. »Da du die Gredos nicht zu lieben scheinst!«

El Sordo lächelte ihm zu.

»Wir werden ja sehen«, sagte Pilar, und ihre Wut hatte sich nun völlig gelegt. »Gib mir ein Glas von diesem merkwürdigen Zeug. Meine Kehle ist vor Zorn ganz ausgetrocknet. Wir werden ja sehen. Wir werden ja sehen, was passiert.«

»Siehst du, Genosse«, erklärte El Sordo, »daß es frühmorgens geschehen soll, das macht die Sache schwierig.« Er sprach jetzt nicht mehr ein Pidgin-Spanisch, und er sah Robert Jordan ruhig und belehrend in die Augen, nicht etwa forschend oder argwöhnisch und auch nicht mit der platten Überheblichkeit des erfahrenen Kriegers, die bisher seinen Blick gekennzeichnet hatte. »Ich weiß, was du brauchst, ich weiß, daß die Posten beseitigt werden müssen und daß wir die Brücke sichern müssen, während du deine Arbeit erledigst. Das verstehe ich durchaus, und das ist leicht zu machen – vor Tagesanbruch oder auch bei Tageslicht.«

»Ja«, sagte Robert Jordan. Und dann sagte er zu Maria, ohne sie anzuschauen: »Geh mal einen Augenblick weg, ja?«

Das Mädchen entfernte sich, bis sie außer Hörweite war, und setzte sich dann hin, die Hände über den Fesseln verschränkt.

»Siehst du«, sagte Sordo, »das ist gar kein Problem. Aber nachher den Rückzug antreten und am hellichten Tag aus der Gegend verschwinden – das ist ein ernstes Problem.«

»Sicherlich«, sagte Robert Jordan. »Ich habe daran gedacht. Auch ich muß am hellichten Tag zu entkommen versuchen.«
»Aber du bist nur einer«, sagte El Sordo. »Wir sind mehrere.«
»Es besteht die Möglichkeit, in die Lager zurückzukehren und abzuwarten, bis es dunkel wird«, sagte Pilar, setzte das Glas an die Lippen und stellte es dann wieder hin.
»Auch das ist sehr gefährlich«, sagte El Sordo. »Das ist vielleicht noch gefährlicher.«
»Ich kann es mir sehr gut vorstellen«, sagte Robert Jordan.
»Die Brücke nachts zu sprengen wäre einfach«, sagte El Sordo. »Da du es zur Bedingung machst, daß wir sie bei Tageslicht sprengen, stehen wir vor ernsten Folgen.«
»Das weiß ich.«
»Du kannst sie nicht bei Nacht sprengen?«
»Man würde mich dafür erschießen.«
»Es ist sehr gut möglich, daß wir alle erschossen werden, wenn du die Brücke bei Tageslicht sprengst.«
»Für mich persönlich ist das weniger wichtig, wenn nur erst einmal die Brücke gesprengt ist«, sagte Robert Jordan. »Aber ich verstehe deinen Standpunkt. Kannst du nicht einen Rückzugsplan entwerfen, der auch bei Tageslicht durchführbar ist?«
»Sicherlich«, sagte El Sordo. »Wir werden einen solchen Plan ausarbeiten. Aber ich will dir nur erklären, warum man besorgt ist und warum man gereizt ist. Du redest davon, nach den Gredos zu gehen, als ob das ein militärisches Manöver wäre. Es würde ein wahres Wunder sein, wenn wir die Gredos erreichten.«
Robert Jordan schwieg.
»Hör zu«, sagte der Schwerhörige. »Ich spreche viel, aber nur deshalb, damit wir einander richtig verstehen. Daß wir hier noch leben, ist ein Wunder. Ein Wunder von Faulheit und Dummheit seitens der Faschisten, und sie werden eines Tages ihren Fehler erkennen. Natürlich sind wir sehr vorsichtig und verhalten uns still.«
»Das weiß ich.«

»Jetzt aber, nach dieser Geschichte, werden wir verschwinden müssen. Wir müssen uns sehr genau überlegen, auf welche Weise wir verschwinden wollen.«
»Gewiß.«
»Also«, sagte El Sordo. »Und nun wollen wir essen. Ich habe sehr viel gesprochen.«
»Nie habe ich dich so viel reden hören«, sagte Pilar. »Ist es das da?« Sie hielt das Glas in die Höhe.
»Nein.« El Sordo schüttelte den Kopf. »Es ist nicht der Whisky. Ich habe bloß nie so viel zu besprechen gehabt.«
»Ich schätze deine Hilfe und deine Ergebenheit«, sagte Robert Jordan. »Ich unterschätze nicht die Schwierigkeiten, die der Zeitpunkt der Sprengung mit sich bringt.«
»Sprich nicht darüber«, sagte El Sordo. »Wir tun, was wir können. Aber es ist sehr kompliziert.«
»Und auf dem Papier sehr einfach«, sagte Robert Jordan lächelnd. »Auf dem Papier wird die Brücke in dem Augenblick gesprengt, da der Angriff beginnt, damit nichts auf der Straße herankommen kann. Sehr einfach.«
»Wenn wir nur auch unsere Aufgabe auf dem Papier erfüllen dürften!« sagte El Sordo. »Wenn wir nur auch auf dem Papier unsere Pläne entwerfen und durchführen dürften!«
»Papier blutet nicht«, zitierte Robert Jordan das Sprichwort.
»Aber es ist sehr nützlich«, sagte Pilar. »*Es muy util*. Wie gern würde ich deine Order für diesen Zweck benützen.«
»Ich auch«, sagte Robert Jordan. »Aber so gewinnt man keinen Krieg.«
»Nein«, sagte die Frau. »Wahrscheinlich nicht. Aber weißt du, was ich gerne möchte?«
»Zur Republik gehen«, sagte El Sordo. Er hatte ihr sein gutes Ohr zugekehrt, um zu hören, was sie sagte. »*Ya irás, mujer.* Gewinnen wir den Krieg, dann haben wir überall Republik.«
»Gut«, sagte Pilar. »Jetzt wollen wir in Gottes Namen was essen.«

12

Nach dem Essen verließen sie das Lager El Sordos und machten sich auf den Weg ins Tal. El Sordo begleitete sie bis zu den unteren Posten.

»*Salud*«, sagte er. »Bis heute abend.«

»*Salud, camarada*«, sagte Robert Jordan, und die drei gingen den Pfad hinunter, und der Schwerhörige stand da und blickte ihnen nach. Maria drehte sich um und winkte ihm mit der Hand, und El Sordo winkte nachlässig zurück, mit jener abrupten spanischen Geste, den Arm emporschleudernd, als ob man etwas wegwürfe – als ob man überhaupt jeden Gruß für überflüssig hielte, der nicht geschäftlichen Interessen dient. Während des Essens hatte er keinen Augenblick lang seine Lederjacke aufgeknöpft, und er war ausgesucht höflich gewesen, hatte immer aufmerksam zugehört und dann wieder in seinem »gebrochenen« Spanisch sich sehr höflich bei Robert Jordan nach den Zuständen in der Republik erkundigt; aber man hatte ihm anmerken können, daß er ihn los sein wollte. Als sie ihn verließen, sagte Pilar zu ihm: »Nun, Santiago?«

»Nichts, Weib«, erwiderte der Schwerhörige. »Es ist schon gut. Aber ich denke nach.«

»Ich auch«, sagte Pilar, und während sie den Pfad hinuntergingen – angenehm und bequem war der Abstieg über den steilen Hang, den sie zuvor so mühsam erklettert hatten –, sagte Pilar kein Wort. Auch Robert Jordan und Maria schwiegen, und zu dritt marschierten sie rasch weiter, bis der Weg steil aus dem bewaldeten Tal in den Forst emporstieg, den Forst verließ und auf die Bergwiese mündete.

Es war heiß an diesem späten Mainachmittag, und mitten auf dem letzten steilen Hang blieb Pilar stehen. Als Robert Jordan sich nach ihr umschaute, sah er Schweißtropfen auf ihrer Stirn. Ihr braunes Gesicht sah blaß aus und die Haut fahl, und sie hatte dunkle Ringe um die Augen.

»Ruhen wir uns ein Weilchen aus«, sagte er. »Wir gehen zu schnell.«

»Nein«, sagte sie. »Gehen wir weiter!«
»Ruh dich aus, Pilar«, sagte Maria. »Du siehst schlecht aus.«
Sie marschierte weiter den Hang hinan, aber als sie oben ankam, ging ihr Atem schwer, und ihr Gesicht war schweißbedeckt, und jetzt sah man ganz deutlich ihre Blässe.
»Setz dich, Pilar«, sagte Maria. »Bitte, bitte, setz dich.«
»Gut«, sagte Pilar, und alle drei setzten sich unter eine Kiefer und blickten über die Bergwiese zu den Felsgipfeln hinüber, die aus dem welligen Hügelgelände jäh herauswuchsen, und der Schnee auf den Gipfeln schimmerte hell in der Sonne des frühen Nachmittags.
»Was ist der Schnee für ein scheußliches Zeug, und wie schön sieht er aus!« sagte Pilar. »Was für eine Illusion ist der Schnee!« Sie wandte sich zu Maria. »Entschuldige, daß ich grob zu dir war, *guapa*. Ich weiß nicht, was mich heute gepackt hat. Ich gerate so leicht in Wut.«
»Ich kümmere mich nicht um das, was du sagst, wenn du zornig bist«, sagte Maria. »Und du bist oft zornig.«
»Nein, es ist mehr als Zorn«, sagte Pilar, und ihr Blick wanderte zu den Berggipfeln.
»Du fühlst dich nicht wohl«, sagte Maria.
»Auch das ist es nicht. Komm, *guapa,* und leg den Kopf in meinen Schoß.«
Maria rückte dicht zu ihr hin, streckte die Arme aus und legte sie übereinander wie ein Mensch, der sich zur Ruhe bettet und kein Kissen hat, und bettete den Kopf auf die Arme. Sie blickte zu Pilar auf und lächelte ihr zu, aber die Frau wandte den Blick nicht von den Gipfeln. Sie streichelte den Kopf des Mädchens, ohne sie anzuschauen, und ihr plumper Finger glitt über des Mädchens Stirn und dann über den Rand des Ohrs und über den Nacken, am Haaransatz entlang.
»Ein Weilchen nur, dann hast du sie wieder, *Inglés*«, sagte sie.
Robert Jordan saß hinter ihr.
»Sprich nicht so«, sagte Maria.
»Ja, er kann dich haben«, sagte Pilar und schaute keinen von ihnen an. »Ich hab dich nie haben wollen. Aber ich bin eifersüchtig.«

»Pilar«, sagte Maria, »sprich nicht so.«
»Er kann dich haben«, sagte Pilar.
»Aber Pilar«, sagte Maria. »Du selbst hast mir doch erklärt, es ist nichts zwischen uns.«
»Immer ist etwas da«, sagte die Frau. »Immer ist etwas da, irgend so etwas, das nicht sein soll. Aber bei mir nicht. Wirklich nicht. Ich will dich glücklich sehen und weiter nichts.«
Maria schwieg, sie lag da und versuchte ihren Kopf bequemer zu betten.
»Hör zu, *guapa*!« sagte Pilar und strich nun mit ihrem Finger über den Umriß der Wangen, in Gedanken versunken, aber sorgsam den Konturen folgend. »Hör zu, *guapa,* ich liebe dich, und er kann dich haben, ich bin keine *tortillera,* sondern eine Frau, die für die Männer da ist. Das ist wirklich wahr. Aber jetzt macht es mir Spaß, so, am hellen Tag, zu sagen, daß ich dich liebhabe.«
»Ich habe dich auch lieb.«
»*Qué va*! Rede nicht dummes Zeug. Du weißt nicht einmal, wovon ich spreche.«
»Ich weiß es.«
»*Qué va,* ob du es weißt! Du gehörst dem *Inglés*! Das sieht man, und das ist recht so. So will ich es haben. Etwas anderes möchte ich gar nicht haben. Ich will dich nicht verderben. Ich sage dir nur etwas Wahres. Selten werden Menschen dir die Wahrheit sagen, und Frauen schon gar nicht. Ich bin eifersüchtig, und ich spreche es aus, und es ist nun einmal da. Und ich sage es.«
»Sag es nicht«, sagte Maria. »Sag es nicht, Pilar.«
»*Por qué,* sag es nicht?« sagte die Frau, und noch immer sah sie die beiden nicht an. »Ich werde es so lange sagen, bis es mir keinen Spaß mehr macht. Und —« jetzt sah sie Maria an — »es ist schon soweit. Ich sage es nicht mehr, verstehst du?«
»Pilar, du sollst nicht so reden.«
»Du bist ein sehr nettes kleines Kaninchen«, sagte Pilar, »und heb jetzt den Kopf, denn diese Dummheiten sind vorbei.«
»Es waren keine Dummheiten«, sagte Maria. »Mein Kopf liegt sehr gut so.«

»Nein. Richte dich auf!« Pilar schob ihre breiten Hände unter den Kopf des Mädchens und hob ihn auf. »Und du, *Inglés?*« fragte sie und hielt noch des Mädchens Kopf in beiden Händen, während sie zu den Bergen hinüberblickte. »Welche Katze hat deine Zunge gefressen?«

»Keine Katze«, sagte Robert Jordan.

»Was denn für ein Tier?« Sie bettete des Mädchens Kopf auf die Erde.

»Gar kein Tier«, erwiderte Robert Jordan.

»Dann hast du sie selber verschluckt, wie?«

»Vermutlich«, sagte Robert Jordan.

»Und hat sie dir geschmeckt?« Pilar wandte sich nun zu ihm und grinste.

»Nicht sehr.«

»Das dachte ich mir«, sagte Pilar. »Das *dachte* ich mir. Aber ich gebe dir dein Kaninchen zurück. Ich habe auch nie versucht, dir dein Kaninchen wegzunehmen. Das ist ein guter Name für sie. Ich habe heute morgen gehört, wie du Kaninchen zu ihr sagtest.«

Robert Jordan fühlte seine Wangen erröten.

»Du bist ein sehr harter Mensch«, sagte er.

»Nein«, sagte Pilar. »Aber so einfach, daß ich sehr kompliziert bin. Bist du sehr kompliziert, *Inglés?*«

»Nein. Und auch nicht so einfach.«

»Du machst mir Spaß, *Inglés*«, sagte Pilar. Dann lächelte sie, beugte sich vor, lächelte wieder und schüttelte den Kopf. »Wenn ich nun aber dir das Kaninchen und dich dem Kaninchen wegnehmen könnte?«

»Das kannst du nicht.«

»Ich weiß es«, sagte Pilar und lächelte wieder. »Und ich will es auch gar nicht. Aber als ich jung war, da hätte ich's können.«

»Das glaube ich dir.«

»Du glaubst es mir?«

»Ja«, sagte Robert Jordan. »Aber das ist dummes Gerede.«

»Es sieht dir gar nicht ähnlich«, sagte Maria.

»Ich bin heute nicht ganz beisammen«, sagte Pilar. »Gar nicht beisammen. Deine Brücke bereitet mir Kopfschmerzen, *Inglés.*«

»Wir wollen sie die Kopfweh-Brücke nennen«, sagte Robert Jordan. »Aber ich werde sie wie einen zerbrochenen Vogelkäfig in die Schlucht werfen.«
»Gut«, sagte Pilar. »Sprich weiter so.«
»Ich werde sie zerbrechen, wie man eine Banane zerbricht, von der man die Haut abgeschält hat.«
»Ich könnte jetzt eine Banane essen«, sagte Pilar. »Weiter, *Inglés*! Sprich weiter große Töne!«
»Es hat keinen Zweck«, sagte Robert Jordan. »Gehen wir ins Lager!«
»Ja, die Pflicht!« sagte Pilar. »Kannst du's nicht erwarten? Ich habe dir schon gesagt, daß ich euch allein lassen will.«
»Nein. Ich habe viel zu tun.«
»Das da ist auch nicht wenig und dauert nicht lange.«
»Halt den Mund, Pilar«, sagte Maria. »Du sagst unanständige Sachen.«
»Ich bin ein unanständiger Mensch«, sagte Pilar. »Aber ich bin auch sehr zartfühlend. *Soy muy delicada.* Ich lasse euch allein. Und das Gerede über Eifersucht ist reiner Unsinn. Ich war auf Joaquín wütend, weil ich an seiner Miene gesehen habe, wie häßlich ich bin. Ich bin nur auf deine neunzehn Jahre eifersüchtig. Das ist eine Eifersucht, die nicht lange dauert. Du wirst nicht immer neunzehn sein. Jetzt gehe ich.«
Sie erhob sich, und die eine Hand in die Hüfte gestemmt, sah sie Robert Jordan an, der gleichfalls aufrecht dastand. Maria saß auf der Erde unter dem Baum und ließ den Kopf hängen.
»Wir wollen zusammen ins Lager gehen«, sagte Robert Jordan. »Das ist besser, und es gibt viel zu tun.«
Pilar deutete mit dem Kopf auf Maria, die mit abgewandtem Gesicht dasaß und schwieg. Pilar lächelte und zuckte fast unmerklich die Achseln. »Ihr kennt den Weg?«
»Ich kenne ihn«, sagte Maria, ohne den Kopf zu heben.
»*Pues me voy*«, sagte Pilar. »Dann gehe ich. Wir werden etwas Kräftiges für dich zu essen haben, *Inglés*.«
Sie marschierte los durch das Heidekraut auf den Bach zu, der sich talwärts über die Wiese zu dem Lager schlängelte.

»Warte!« rief Robert Jordan ihr nach. »Es ist besser, wir gehen alle zusammen.«
Maria saß da und schwieg.
Pilar drehte sich nicht um.
»*Qué va,* zusammen!« sagte sie. »Wir sehen uns im Lager wieder.«
Robert Jordan rührte sich nicht.
»Ist sie in Ordnung?« fragte er Maria. »Sie hat vorhin sehr schlecht ausgesehen.«
»Laß sie gehen«, sagte Maria und hielt immer noch den Kopf gesenkt.
»Ich glaube, ich sollte mit ihr gehen.«
»Laß sie gehen«, sagte Maria. »Laß sie gehen!«

13

Sie gingen durch das Heidekraut der Bergwiese, und Robert Jordan fühlte, wie das Heidekraut seine Beine streifte, fühlte das Gewicht der Pistole in ihrem Futteral an der Hüfte, fühlte die Sonne auf seinem Kopf, fühlte die schneeige Brise von den Berggipfeln her kühl im Rücken, und in seiner Hand fühlte er des Mädchens Hand, fest und kräftig, die Finger mit den seinen verschränkt. Von ihr, von der Fläche ihrer Hand, die an seiner Handfläche ruhte, von den ineinanderverschränkten Fingern und von den gekreuzten Handgelenken kam ein Etwas, von ihrer Hand, von ihren Fingern, von ihrem Handgelenk zu ihm, ein Etwas, das so frisch war wie der frühe leichte Morgenwind, der über das Meer streicht und die glasglatte, stille Fläche des Wassers kaum merklich kräuselt, so leicht wie eine Feder, die über deine Lippen huscht, oder wie ein Blatt, das herabschwebt, wenn kein Hauch weht, so leicht, daß er es fühlte, wenn nur ihre Finger einander berührten, und wurde so stark und so heftig und so drängend, so schmerzhaft und so ungestüm durch den harten Druck der Finger und das

enge Nebeneinander, da Handgelenk und Handgelenk und Handfläche und Handfläche sich aneinander drängten, daß es wie ein Strom durch seinen Arm lief und seinen ganzen Körper mit schmerzhaft aushöhlender Begierde erfüllte. Während die Sonne auf ihr weizenbraunes Haar schien und auf ihr goldbraunes, zarthübsches Gesicht und auf die Wölbung ihres Halses, bog er ihren Kopf zurück und drückte sie an sich und küßte sie. Er fühlte, wie sie zitterte, als er sie küßte, und er preßte ihren ganzen Körper fest an sich und fühlte durch die zwei Khakihemden hindurch ihre Brüste an seiner Brust, fühlte die kleinen, festen Brüste, und er öffnete die Knöpfe ihres Hemdes und beugte sich nieder und küßte sie, und zitternd stand sie da, den Kopf zurückgebeugt, von seinem Arm umfaßt. Dann ließ sie das Kinn auf seinen Kopf sinken, und dann fühlte er, wie ihre Hände seinen Kopf faßten und ihn an ihrer Brust wiegten. Er richtete sich auf, preßte sie mit beiden Armen so fest an sich, daß sie den Boden unter den Füßen verlor, und er fühlte, wie sie zitterte, und dann berührten ihre Lippen seinen Hals, und dann stellte er sie nieder und sagte: »Maria, o meine Maria.«
Dann sagte er: »Wo gehen wir hin?«
Sie antwortete nicht, sondern schob die Hand unter sein Hemd, und er fühlte, wie sie das Hemd aufknöpfte, und sie sagte: »Dich auch. Ich will auch küssen.«
»Nein, kleines Kaninchen.«
»Ja. Ja. Alles so wie du.«
»Nein, das geht nicht.«
»Dann aber! Dann! Oh, dann! Oh.«
Dann war da der Duft des zerdrückten Heidekrautes und unter ihrem Kopf das rauhe Gewirr der zur Erde gebogenen Stengel und hell die Sonne auf ihren geschlossenen Augen, und sein Leben lang wird er die Kurve ihres Halses nicht vergessen, wie ihr Kopf zurückgebeugt zwischen den Heidekrautwurzeln ruhte, und ihre Lippen, die sich leise und ganz von selbst bewegten, und das Flattern der Lider über den Augen, die sich der Sonne verschlossen und allem, und alles war rot für sie,

orangefarben, goldgelb von dem Sonnenlicht auf ihren geschlossenen Augen, und alles hatte die gleiche Farbe, alles, die Erfüllung, das Besitzen, das Nehmen, alles die gleiche Farbe, in der Blindheit, die Farbe war. Für ihn war es ein dunkler Weg, der nach Nirgendwo führte und weiter nach Nirgendwo und abermals weiter nach Nirgendwo und noch einmal nach Nirgendwo, immer und ewig nach Nirgendwo, schwer auf den Ellbogen in die Erde gekrampft nach Nirgendwo, dunkel, ohne Ende nach Nirgendwo, hangend immer und alle Zeit nach dem bewußtlosen Nirgendwo, diesmal und immer für ewig nach Nirgendwo, unerträglich jetzt, immer wieder und immer nach Nirgendwo, unerträglich jetzt aufwärts, aufwärts, aufwärts und ins Nirgendwo, plötzlich, versengend, umfassend, und alles Nirgendwo ist dahin, und die Zeit steht still, und da waren sie beide, da die Zeit stillstand, und er fühlte, wie unter ihm die Erde wich und versank.

Dann lag er auf der Seite, den Kopf tief ins Heidekraut vergraben, und er roch die Blüten, die Wurzeln, die Erde, und die Sonne schien durch das Gestrüpp, und es kratzte ihn an den nackten Schultern und den Hüften, und das Mädchen lag ihm gegenüber, hatte die Augen noch geschlossen und öffnete sie dann und lächelte ihm zu, und er sagte sehr müde und aus weiter, aber freundlicher Ferne: »Hallo, Kaninchen.« Und sie lächelte und sagte aus gar keiner Ferne: »Hallo, mein *Inglés*.«

»Ich bin kein *Inglés*«, sagte er sehr träge.

»O doch«, sagte sie. »Du bist mein *Inglés*!« Und sie nahm ihn bei den Ohren und küßte ihn auf die Stirn.

»So«, sagte sie. »Wie war das? Küsse ich dich jetzt besser?«

Dann gingen sie miteinander den Bach entlang, und er sagte: »Maria, ich liebe dich, und du bist so reizend und so wunderbar und so schön, und es tut mir so wohl, bei dir zu sein, daß mir zumute ist, als möchte ich sterben, wenn ich dich liebe.«

»Oh«, sagte sie. »Ich sterbe jedesmal. Du nicht?«

»Nein. Aber fast. Hast du gemerkt, wie die Erde gezittert hat?«

»Ja. Als ich starb. Bitte, leg deinen Arm um mich.«

»Nein. Ich halte deine Hand. Deine Hand genügt mir.«

Er sah sie an und blickte über die Wiese hin, ein jagender Habicht flog vorbei, und die großen Abendwolken stiegen nun über die Berge empor.

»Und bei anderen ist es nicht so?« fragte Maria. Sie gingen jetzt Hand in Hand.

»Nein. Wirklich nicht.«

»Du hast viele andere geliebt.«

»Einige. Aber keine wie dich.«

»Und es war nicht so? Wirklich nicht?«

»Es war angenehm, aber es war nicht so.«

»Und dann hat die Erde gezittert. Hat sonst nie die Erde gezittert?«

»Nein. Wirklich nicht.«

»Ja«, sagte sie. »Und das haben wir für diesen einen Tag.«

Er schwieg.

»Aber wir haben es jetzt wenigstens gehabt«, sagte Maria. »Gefalle ich dir auch? Gefalle ich dir? Später werde ich besser aussehen.«

»Du bist sehr schön.«

»Nein«, sagte sie. »Aber streichle meinen Kopf.«

Er fühlte ihr geschorenes Haar weich sich unter seiner Berührung glätten und dann zwischen seinen Fingern sich wieder aufrichten, und er nahm ihren Kopf in beide Hände und hob ihr Gesicht zu sich empor und küßte sie.

»Ich küsse sehr gern«, sagte sie. »Aber ich mache es nicht gut.«

»Du brauchst nicht zu küssen.«

»Doch. Wenn ich deine Frau sein soll, muß ich dir auf jede Weise gefallen.«

»Du gefällst mir ja. Mehr sollst du mir gar nicht gefallen. Wenn du mir noch mehr gefielest, könnte ich auch nichts anderes tun.«

»Aber du wirst schon sehen«, sagte sie froh. »Mein Haar macht dir jetzt Spaß, weil es so sonderbar ist. Aber es wächst von Tag zu Tag. Bald wird es lang sein, und dann werde ich nicht mehr häßlich aussehen, und vielleicht wirst du mich dann sehr liebhaben.«

»Du hast einen reizenden Körper«, sagte er. »Den reizendsten von der Welt.«
»Er ist nur jung und mager.«
»Nein. Es ist ein Zauber in einem schönen Körper. Ich weiß nicht, warum in dem einen und nicht in dem andern, aber du hast ihn.«
»Für dich«, sagte sie.
»Nein.«
»Ja. Für dich und immer für dich und nur für dich. Aber es ist so wenig, was ich dir bringe. Ich werde lernen, gut für dich zu sorgen. Aber sage mir aufrichtig: Hat nie vorher die Erde gezittert?«
»Nie«, sagte er ehrlich.
»Jetzt bin ich glücklich«, sagte sie. »Jetzt bin ich wirklich glücklich.« Dann fragte sie: »Du denkst jetzt an etwas anderes?«
»Ja. An meine Arbeit.«
»Ich möchte auf einem Pferd sitzen«, sagte Maria. »Ich bin so glücklich, ich möchte gern dahinreiten, auf einem schnellen Pferd, und schnell reiten, mit dir an meiner Seite, und wir würden immer schneller reiten, im Galopp, und doch mein Glück nicht einholen.«
»Wir könnten dein Glück im Flugzeug mitnehmen«, sagte er zerstreut.
»Und Purzelbäume schlagen am Himmel, wie die kleinen Jagdflugzeuge, die in der Sonne schimmern«, sagte sie. »Schleifen ziehen und gleiten und stürzen. *Qué bueno!*« Sie lachte. »Mein Glück würde es nicht einmal merken.«
»Dein Glück hat einen guten Magen«, sagte er, und er hörte nur halb, was sie sprach.
Und jetzt war er nicht mehr da. Er ging neben ihr, aber seine Gedanken beschäftigten sich mit dem Problem der Brücke, und er sah sie vor sich, klar, hart und scharf, wie im Brennpunkt einer Kameralinse. Er sah die beiden Posten und Anselmo und den Ausschau haltenden Zigeuner. Er sah die Straße leer, und er sah sie voller Soldaten. Ja, und hier wird er die Maschinengewehre aufstellen, um eine möglichst flache

Feuergarbe zu erzielen, und wer, dachte er, wird sie bedienen, ich zuletzt, aber wer zu Anfang? Er placierte die Ladungen, band und rammte sie fest, versenkte die Kapseln und knipste sie zu, spannte die Drähte, hakte sie fest und ging dann zu der Stelle zurück, wo er den alten Kasten mit dem Explosionszünder stehen hatte, und dann begann er zu grübeln und zu überlegen, was alles passiert sein könnte und was schiefgehen könnte. Schluß damit! sagte er zu sich selber. Du hast mit dem Mädchen geschlafen, und jetzt ist dein Kopf klar, richtig klar, und du fängst an zu grübeln. Sich überlegen, was man zu tun hat, und sich in Grübeleien verlieren – das ist zweierlei. Grüble nicht. Du darfst nicht grübeln. Du weißt, was du eventuell zu tun haben wirst, und du weißt, was alles passieren kann. Sicherlich kann allerlei passieren.

Du hast von Anfang an gewußt, wofür du kämpfst. Gerade das, was du tust, das willst du bekämpfen, und bist gezwungen, es zu tun, weil du sonst keine Chance hast zu siegen. Nun ist er also genötigt, diese Menschen, die er gern hatte, einfach zu benützen, wie man Soldaten benützt, für die man überhaupt nichts empfinden darf, wenn man Erfolg haben will. Pablo ist offenbar der Klügste. Er wußte sofort, wie schlimm es ist. Die Frau war dafür und ist immer noch dafür, aber die Erkenntnis, was das alles bedeute, hat sich ihr allmählich aufgedrängt und sie schon recht sehr mitgenommen. El Sordo wußte sofort Bescheid, und er wird mitmachen, aber es gefällt ihm ebenso wenig, wie es ihm, Robert Jordan, gefällt.

Du behauptest also, daß du nicht *darüber* nachdenkst, was *dir* bevorsteht, sondern nur darüber, was eventuell mit der Frau und dem Mädchen und den übrigen passieren wird. Gut. Was wäre mit ihnen passiert, wenn du nicht erschienen wärst? Was ist alles mit ihnen passiert, bevor du auftauchtest? Du denkst falsch. Du bist nicht verantwortlich für sie, außer im Gefecht selbst. Die Befehle stammen nicht von dir. Sie stammen von Golz. Und wer ist Golz? Ein tüchtiger General. Der Tüchtigste, unter dem du je gedient hast. Soll man aber unmögliche Befehle erfüllen, wenn man weiß, wohin sie führen müssen?

Auch wenn sie von Golz stammen, der nicht bloß die Armee, sondern zugleich die Partei repräsentiert? Ja. Du mußt sie durchführen, denn erst in der Durchführung können sie sich als unmöglich erweisen. Woher weißt du, daß sie unmöglich sind, solange du sie nicht ausprobiert hast? Wenn jeder behaupten würde, die Befehle, die er erhält, seien unmöglich durchzuführen, wo kämen wir hin? Wo kämen wir alle hin, wenn jeder, der einen Befehl erhält, ganz einfach sagte: »Unmöglich«?

Er hatte genug Kommandeure gesehen, für die alle Befehle undurchführbar waren. Dieses Schwein Gómez in der Estremadura. Er hatte oft genug erlebt, daß während einer Attacke die Flanken nicht vorwärts marschierten, weil es »unmöglich« war. Nein, er wird seine Befehle durchführen, und *sein* Pech, daß er die Menschen gern hat, mit denen er sie durchführen muß.

Mit allem, was sie tun, die Partisanen, bringen sie den Menschen, die ihnen Obdach gewähren und mit ihnen arbeiten, nichts als neue Gefahr und Unglück. Wozu? Damit eines Tages alle Gefahr überwunden ist und die Menschen im Lande es besser haben. Das ist ganz richtig, wenn es auch noch so trivial klingt.

Wenn die Republik den Krieg verliert, wird in Spanien für ihre Anhänger kein Platz mehr sein. Ja, das wußte er auf Grund der Ereignisse in jenen Teilen des Landes, die die Faschisten bereits erobert hatten.

Pablo ist ein Lump, aber die anderen sind brave Leute, und heißt es nicht, sie alle verraten, wenn man sie zu diesem Abenteuer zwingt? Vielleicht. Aber es werden auf jeden Fall binnen einer Woche zwei Kavallerieschwadronen erscheinen und sie aus den Bergen vertreiben.

Nein, es wäre nichts damit gewonnen, daß man sie in Frieden ließe. Abgesehen davon, daß man eigentlich alle Menschen in Frieden lassen und sich überhaupt nicht in ihre Angelegenheiten einmischen sollte. Ist das wirklich seine Überzeugung? Ja, es ist seine Überzeugung. Und wie steht es mit der soge-

nannten neuen Gesellschaftsordnung und allen diesen Dingen? Darum sollen sich die anderen kümmern. *Er* hat nach dem Krieg anderes vor. Er kämpft in diesem Krieg mit, weil er das Land liebt und an die Republik glaubt und der Überzeugung ist, ihr Untergang würde allen ihren Anhängern das Leben unerträglich machen. Für die Dauer des Krieges hat er sich der kommunistischen Disziplin unterworfen. Hier in Spanien sind die Kommunisten die diszipliniertesten Leute, und sie führen den Krieg auf die klügste und gesündeste Weise. Er unterwirft sich ihrer Disziplin für die Dauer des Krieges, weil sie, was die Kriegführung betrifft, die einzige Partei sind, deren Programm und Disziplin er respektieren kann . . .
Was hat er also für eine politische Anschauung? Gar keine, sagte er zu sich. Aber das darfst du niemandem verraten, dachte er. Gib es niemals zu! Und was wirst du nachher tun? Ich geh nach Hause und gebe wieder spanischen Unterricht wie früher, und ich werde ein wahrheitsgetreues Buch schreiben. Bestimmt! Und es wird bestimmt sehr einfach sein.
Er wird sich mit Pablo über Politik unterhalten müssen. Es wäre sicherlich interessant zu sehen, welche politische Entwicklung er durchgemacht hat. Wahrscheinlich die klassische Bahn von links nach rechts, wie der alte Lerroux. Pablo ist ein ganz ähnlicher Fall wie Lerroux, und Prieto ist ebenso schlimm. Pablo und Prieto glauben einer wie der andere nicht an den schließlichen Sieg. Sie machen Politik wie die Pferdediebe. Er, Robert Jordan, ist für die Republik als Regierungsform, aber die Republik wird diese Schar von Pferdedieben abschütteln müssen, die sie in die üble Lage gebracht haben, in welcher sie sich bei Ausbruch der Rebellion befand. Hat es je ein Volk gegeben, dessen Führer, so wie dieses Volkes Führer, seine schlimmsten Feinde waren?
Volksfeinde. Dieses Schlagwort könnte er eigentlich weglassen. Das ist ein billiges Schlagwort, das er sich schenken wird. Das hat er nun dem Zusammensein mit Maria zu verdanken. Er ist in seinen politischen Anschauungen schon so bigott und engstirnig geworden wie ein hartgesottener Baptist,

und phrasenhafte Ausdrücke wie »Volksfeind« schießen ihm einfach durch den Kopf, ohne daß er sie untersucht. Alle Arten von Klischees, revolutionäre und patriotische! Sein Hirn verwendet sie völlig kritiklos. Natürlich stimmen sie, aber sie rutschen einem zu leicht über die Zunge. Seit gestern abend und seit heute nachmittag sieht er diese Dinge viel klarer und reiner. Es ist sonderbar mit der Bigotterie. Um bigott zu sein, muß man die tiefe Überzeugung hegen, daß man recht hat, und nichts macht einen so selbstsicher und selbstgerecht wie die Abstinenz. Abstinenz ist der Feind der Ketzerei.

Wie wird dieser Satz sich behaupten, wenn ich ihn überprüfe? Deshalb wahrscheinlich fallen die Kommunisten immer über das Bohemetum her. Wenn du dich betrinkst oder herumhurst oder Ehebruch begehst, gestehst du ein, daß du persönlich nicht unfehlbar bist, soweit es sich um das reichlich wandelbare Substitut für den Apostelglauben, die Parteilinie, handelt. Nieder mit dem Bohemetum, der Sünde Majakowskis!

Aber Majakowski ist wiederum ein Heiliger. Und zwar deshalb, weil er tot ist. Auch du wirst bald tot sein, und dann kann dir nichts mehr passieren. Hör nun auf mit diesem Zeug. Denk lieber an Maria.

Maria war eine arge Gefahr für seine Bigotterie. Bisher hatte sie ihn noch nicht in seiner Entschlossenheit wankend gemacht, aber er würde es doch vorziehen, *nicht* zu sterben. Er würde sehr gerne auf den Helden- oder Märtyrertod verzichten. Er hatte gar keine Lust, ein neues Thermopylae zu liefern oder ein Horatius zu sein an irgendeiner Brücke oder der Holländerjunge, der mit seinem Finger das Loch im Deich verstopft. Nein. Er würde gerne eine Zeitlang mit Maria leben. Ja, so ließ sich das am einfachsten ausdrücken. Er würde gerne lang, lang mit ihr beisammen sein.

Er glaubte nicht, daß es so etwas wie »lange« überhaupt noch für ihn geben würde.

Eine Zeitlang. Lange. Leben. Wer weiß, ob es alle diese Begriffe überhaupt noch für ihn geben wird, aber *wenn* es sie

geben wird, dann möchte er gerne mit Maria leben. Wir könnten uns wohl, dachte er, als Doktor Livingstone und Frau ins Hotelregister eintragen.
Warum nicht heiraten? Natürlich, dachte er, ich werde sie heiraten. Dann sind wir Mr. und Mrs. Robert Jordan aus Sun Valley in Idaho oder aus Corpus Christi in Texas oder aus Butte in Montana. Spanische Mädchen werden hervorragende Ehefrauen. Ich habe noch nie eine gehabt, deshalb weiß ich es. Und wenn ich meine Anstellung an der Universität zurückbekomme, ist sie die Frau des Professors, und wenn die Studenten, die schon vier Semester Spanisch hinter sich haben, abends zu Besuch kommen, um Pfeife zu rauchen und die bekannten, äußerst wertvollen, zwanglosen Diskussionen über Quevedo, Lope de Vega, Galdós und die sonstigen, stets so bewunderungswürdigen großen Toten zu führen, kann Maria ihnen erzählen, wie einige der rechtgläubigen Kreuzfahrer und Blauhemden sich auf ihren Kopf setzten, während andere ihr die Arme verrenkten und ihr die Röcke aufhoben und sie ihr in den Mund stopften.
Ich möchte gerne wissen, wie Maria den Leuten in Missoula in Montana gefallen wird. Das heißt, wenn ich wieder eine Anstellung in Missoula bekomme. Wahrscheinlich bin ich dort ein für allemal als Robert abgestempelt und stehe auf der Schwarzen Liste. Obwohl man das eigentlich nicht wissen kann. Man kann das nie wissen. Sie können dir gar nichts beweisen, und in Wirklichkeit würden sie dir gar nicht glauben, wenn du ihnen erzählst, was du getan hast, und mein Paß war für Spanien gültig, bevor die einschränkenden Bestimmungen erlassen wurden.
Erst im Herbst 1937 werde ich zurück sein müssen. Im Sommer 1936 bin ich weggegangen, und obgleich der Urlaub nur ein Jahr dauert, braucht man erst wieder da zu sein, wenn das nächste Herbstsemester beginnt. Bis zum Herbstsemester ist es noch lange hin. Auch bis übermorgen ist es noch lange hin, wenn du dich so ausdrücken willst. Nein. Ich glaube, wegen der Universität brauchst du dir keine Sorgen zu machen. Du

erscheinst einfach im Herbst, und die Sache ist in Ordnung. Du versuchst es einfach und erscheinst.

Aber nun hast du schon seit längerer Zeit ein recht sonderbares Leben geführt. Verdammt, wenn das nicht ein sonderbares Leben ist! Du hast dich schon früher mit Spanien beschäftigt, also ist es ganz natürlich und richtig, daß du jetzt in Spanien bist. Du hast dich im Sommer mit technischen Projekten beschäftigt, im Dienst der Forstverwaltung Straßen gebaut und Parkarbeiten verrichtet und dabei mit Pulver umgehen gelernt, so daß auch das Brückensprengen für dich eine gesunde und normale Tätigkeit ist. Immer ein bißchen eilig, aber solid. Nimmst du das Brückensprengen als technisches Problem, dann ist's eben nur ein technisches Problem. Aber es hängen damit noch allerlei andere Dinge zusammen, die nicht so gemütlich sind, obgleich du sie, weiß Gott, recht leicht nimmst. Zum Beispiel der ständige Versuch, sich sukzessive den Bedingungen des vollkommenen Meuchelmordes anzunähern. Machen große Worte die Sache akzeptabel? Machen sie das Morden schmackhafter? Wenn du mich fragst, mein Lieber, dann hast du dich nur allzu bereitwillig darauf eingelassen – sagte er zu sich selber. Und wie es mit dir aussehen wird, wenn du die Dienste der Republik verläßt, und wozu du dann noch taugen wirst, das ist mir, dachte er, äußerst zweifelhaft. Aber ich vermute, du wirst das alles loswerden, wenn du darüber schreibst. Wenn du es erst einmal niederschreibst, wird es verschwinden. Es wird das ein gutes Buch werden, falls du dazu kommst, es zu schreiben. Besser als das andere.

Aber inzwischen ist dein ganzes Leben jetzt und weiterhin nur das Heute, das Heutenacht, das Morgen, das Heute, das Heutenacht, das Morgen, immer wieder und wieder (hoffentlich), und deshalb ist es besser, du machst dir deine Zeit zunutze und bist dankbar für jede Minute. Für den Fall, daß die Geschichte mit der Brücke schiefgeht. Sie sieht im Augenblick nicht sehr rosig aus.

Aber Maria ist nett gewesen. Oder nicht? Vielleicht ist das jetzt alles, was mir vom Leben beschieden ist. Vielleicht ist

das mein Leben, und statt siebzig Jahre zu währen, währt es 48 Stunden oder 70 oder vielmehr 72 Stunden. 24 Stunden hat der Tag, das macht in drei vollen Tagen 72 Stunden.
Es müßte doch möglich sein, in siebzig Stunden sein Leben ebenso auszuschöpfen wie in siebzig Jahren, vorausgesetzt, daß man bis dahin aus dem vollen gelebt und ein gewisses Alter erreicht hat.
Was ist das für dummes Zeug, dachte er. Was für Unsinn du dir ausdenkst! Das ist wirklich lauter Unsinn. Und vielleicht ist es doch nicht reiner Unsinn. Wir werden ja sehen. In Madrid habe ich das letzte Mal mit einem Mädchen geschlafen. Nein, doch nicht. Es war in El Escorial, und abgesehen davon, daß ich nachts aufwachte und mir einbildete, es sei jemand anders, und sehr aufgeregt war, bis ich merkte, wer in Wirklichkeit neben mir lag, war das Ganze nicht der Rede wert, so als ob man in Asche wühlte; eigentlich aber ganz angenehm. Und das vorletzte Mal, in Madrid, war es genau dasselbe, oder noch weniger interessant, abgesehen davon, daß ich mir was vormachte und zusammenphantasierte, als ob es eine andere wäre, mit der ich schlief. Ich bin also keineswegs ein romantischer Lobredner der Spanierin, und diese gelegentlichen Sachen haben mir nie viel mehr bedeutet als die entsprechenden Abenteuer in einem beliebigen anderen Land. Aber wenn ich bei Maria bin, liebe ich sie so sehr, daß ich buchstäblich das Gefühl habe, ich möchte sterben, und ich habe an so etwas nie geglaubt und nie gedacht, daß es das gibt.
Wenn also mein Leben seine siebzig Jahre gegen siebzig Stunden eintauscht, habe ich doch den vollen Wert erhalten, und zu meinem Glück *weiß* ich es auch. Und wenn es keine Dauer mehr gibt und kein restliches Leben mehr und kein Vonheute-an, sondern nur das Heute, dann sollst du das Heute loben, und ich bin mit dem Heute zufrieden. *Ahora, maintenant, now, heute* – wie komisch das klingt, wenn es eine ganze Welt und ein ganzes Leben bedeuten soll. *Esta noche, heute abend, ce soir, to-night.* Das Leben und die Frau, *la vie* und *le mari.* Nein, das stimmt nicht. Im Französischen wird das ein

Ehemann. *Now* und *Frau*, aber auch das beweist nichts. Nimm *dead, mort, muerto* und *tot*. *Tot* ist das toteste von allen. *War, guerre, guerra* und *Krieg*. *Krieg*, das klingt am kriegerischsten, oder? Oder vielleicht nur deshalb, weil du das Deutsche weniger gut beherrschst. *Sweetheart, chérie, prenda* und *Schatz*. Ich gebe sie alle für Maria her. *Das* ist ein Name!

Na, sie werden es gemeinsam versuchen, und es dauert nicht mehr lange. Ja, immer schlimmer sieht es aus. Unmöglich, die Geschichte am hellichten Morgen glücklich zu Ende zu bringen! In solchen unmöglichen Situationen wartet man mit dem Abfahren, bis die Nacht hereinbricht. Man versucht, so lange auszuhalten, bis es dunkel wird, und erst dann haut man ab. Vielleicht geht's glatt, wenn man sich halten kann, bis es dunkel wird. Wie also, wenn du am hellichten Tag versuchst, dich festzubeißen und durchzuhalten? Ja, wie ist das? Und der arme, verdammte Sordo, der sein Pidgin-Spanisch fallenläßt, um mir das alles so sorgfältig zu erklären! Als ob ich nicht seit dem Gespräch mit Golz immer wieder darüber nachgedacht hätte, wenn ich auf schlechte Gedanken kam! Als ob es mir nicht die ganze Zeit wie ein unverdauter Teigklumpen im Magen gelegen hätte, seit vorgestern nacht!

Das ist eine Sache! Da läufst du dein Leben lang umher, und es sieht aus, als ob sie dir etwas bedeuteten, und immer endet es damit, daß sie dir gar nichts bedeuten. Nicht ein einziges Mal war es so wie diesmal. Da glaubt man, daß man das nie erleben wird, und dann, bei einer so lausigen Gelegenheit, wenn man gerade mit Hilfe zweier schäbiger Guerillabanden unter ganz unmöglichen Bedingungen eine Brücke sprengen soll, um eine Gegenoffensive zu vereiteln, die wahrscheinlich bereits begonnen hat, da stößt man auf ein Mädchen wie diese Maria. Natürlich. Es sieht dir ähnlich. Du hättest sie nur etwas früher treffen müssen – das ist alles.

Da hat nun ein Frauenzimmer wie diese Pilar das Mädchen buchstäblich in deinen Schlafsack geschubst, und was geschieht? Ja, was geschieht? Was geschieht? Sage mir, bitte, was geschieht. Ja, genau *das* geschieht. Genau *das*.

Belüge dich nicht selbst, rede dir nicht ein, daß Pilar sie dir in den Schlafsack geschubst hat, und versuche nicht, die Sache zu bagatellisieren oder in den Dreck zu zerren. Du hattest sie kaum gesehen und warst weg. Als sie den Mund aufmachte und dich anredete, da war es schon da, das weißt du selbst ganz genau. Da du es nun gekriegt hast und der Meinung warst, du würdest es nie kriegen, hat's keinen Sinn, es mit Dreck zu bewerfen, denn du weißt, was es ist, und du weißt, daß es in dem Augenblick da war, als du sie ansahst, als sie aus der Höhle kam, über die eiserne Pfanne gebeugt, die sie in Händen trug.

Da hat es dich gepackt, und das weißt du ganz genau. Warum also willst du dich belügen? Jedesmal wenn du sie ansahst, wurde dir ganz sonderbar zumute, und jedesmal wenn *sie* dich ansah. Warum willst du es nicht zugeben? Gut, ich gebe es zu, und was Pilar betrifft, die sie dir angeblich in die Arme getrieben hat, Pilar hat weiter nichts getan, als daß sie sehr klug war. Sie hatte sich des Mädchens angenommen, und in dem Augenblick, als sie Maria mit der Pfanne in die Höhle zurückkommen sah, da wußte sie gleich, was geschehen wird.

Deshalb machte sie es uns leicht. Sie machte es uns leicht, so daß wir die gestrige Nacht und den heutigen Nachmittag hatten. Sie ist verdammt viel kultivierter als du, und sie weiß, was Zeit bedeutet. Ja, sagte er zu sich selbst, wir dürfen wohl zugeben, daß sie eine bestimmte Vorstellung von dem Wert der Zeit hat. Sie gab sich geschlagen, und zwar nur deshalb, weil sie nicht wollte, daß andere das verlieren, was sie verloren hatte, und dann brachte sie es nicht über sich, einzugestehen, *daß* sie es verloren habe. Deshalb gab sie sich dort auf dem Berge geschlagen, und ich glaube, wir haben es ihr nicht gerade leicht gemacht.

So was passiert nun also, und es ist passiert, und du kannst es ruhig zugeben, und jetzt wirst du nicht einmal mehr zwei ganze Nächte mit ihr verbringen. Nicht das ganze Leben, nicht zusammen leben, niemals das besitzen, was alle Menschen für sich in Anspruch nehmen, niemals. Eine Nacht, die

schon vorbei ist, ein einziger Nachmittag, und eine Nacht, die noch bevorsteht; vielleicht. Nein, mein Lieber. Keine Zeit, kein Glück, kein Vergnügen, keine Kinder, kein Haus, kein Badezimmer, keinen sauberen Pyjama, keine Morgenzeitung, kein gemeinsames Erwachen, morgens erwachen und wissen, sie ist da, und du bist nicht allein. Nein, nichts von alldem. Warum aber, wenn das alles ist, was du an begehrten Dingen in diesem Leben erhalten sollst, warum, wenn du es nun gefunden hast, warum nicht eine einzige Nacht in einem bezogenen Bett liegen?
Du verlangst das Unmögliche. Du verlangst das rundweg Unmögliche. Wenn du also dieses Mädchen so sehr liebst, wie du behauptest, dann solltest du sie innig lieben und durch die Stärke deiner Liebe wettmachen, was eurer Beziehung an Zeit und Dauer fehlt. Hörst du das? Früher einmal haben die Menschen ein ganzes Leben der Liebe gewidmet. Und jetzt, da du zwei Nächte hast, wunderst du dich, warum dir so viel Glück in den Schoß fällt. Zwei Nächte, und du sollst sie lieben und ehren und werthalten. Im Guten wie im Schlechten. In Leid und Freud. Ob krank oder tot. Nein, das stimmt nicht. Ob krank oder gesund. Bis der Tod uns trennt. In zwei Nächten. Mehr als wahrscheinlich. Mehr als wahrscheinlich, und laß nun diese Grübeleien. Du kannst jetzt damit aufhören. Es bekommt dir nicht. Tu nichts, was dir nicht bekommt. Ja, das ist es.
Ja, das war es, was Golz meinte. Er merkt immer mehr, wie klug dieser Golz ist. Danach also hatte er gefragt: die Entschädigung für den ungeregelten Dienst. Hat Golz das auch erlebt, und steckt am Ende nichts anderes dahinter als der Zeitmangel, die Gehetztheit und die Umstände? Passiert das jedem Menschen, wenn er in eine ähnliche Lage gerät, und bildet er sich nur ein, daß es etwas Besonderes sei, weil es gerade ihm passiert? Hat Golz, als er in der Roten Armee berittene Freischärler kommandierte, in aller Eile herumgeschlafen, und sind ihm zufolge der Umstände und aller sonstigen Begleiterscheinungen die Mädchen genauso vorge-

kommen, wie nun ihm, Robert Jordan, das Mädchen Maria vorkommt?

Wahrscheinlich wußte Golz auch in diesen Dingen Bescheid und wollte betonen, daß du dein ganzes Leben in zwei Nächte hineinpressen mußt, die dir geschenkt werden – daß du, so wie du jetzt lebst, alles das, was du eigentlich immer haben solltest, in den kurzen Zeitraum hineinpressen mußt, in dem du es haben kannst.

Eine recht brauchbare Philosophie. Aber er wollte nicht glauben, daß Maria nur ein Geschöpf der Umstände sei. Es wäre denn, daß nicht nur seine, sondern auch ihre Umstände sie produziert haben. Einer dieser Umstände ist ja nicht gerade sehr schön, dachte er. Nein, nicht sehr schön.

Wenn es so ist, dann ist es so. Aber es gibt kein Gesetz, das ihn zwingen könnte, es schön zu finden. Ich wußte nicht, daß ich solcher Gefühle fähig bin, wie ich sie jetzt empfinde, dachte er. Oder daß mir so etwas passieren könnte. Ich möchte es gern fürs ganze Leben haben. Du wirst es fürs ganze Leben haben, sagte sein anderes Ich. Du wirst es haben. Du hast es jetzt, und das ist dein ganzes Leben, das Jetzt. Es gibt für dich nichts anderes als das Jetzt. Weder ein Gestern noch ein Morgen. Wie alt mußt du werden, bevor du das begreifst? Es gibt nur das Jetzt, und wenn das Jetzt nur zwei Tage dauert, dann sind zwei Tage mein Leben, und alles, was in den zwei Tagen geschieht, wird danach aussehen müssen. So lebt man in zwei Tagen ein Leben. Und wenn du aufhörst, dich zu beklagen und das Unmögliche zu verlangen, dann wirst du ein gutes Leben haben. Ein gutes Leben mißt man nicht nach irgendeiner biblischen Spanne.

Also grüble nicht, nimm, was du hast, tu deine Arbeit, und du wirst ein langes Leben haben und ein sehr lustiges. Ist es nicht in der letzten Zeit sehr lustig gewesen? Worüber beklagst du dich? Das ist eben das Gute bei dieser Arbeit, sagte er zu sich, und der Gedanke machte ihm Spaß: nicht so sehr das, was du lernst, als die Leute, die du triffst! Er war jetzt wieder vergnügt, weil er einen Scherz gemacht hatte, und er kehrte zu dem Mädchen zurück.

»Ich liebe dich, Kaninchen«, sagte er zu ihr. »Was sagtest du?«
»Ich sagte, daß du dir wegen deiner Arbeit keine Sorgen machen sollst, denn ich werde dich nicht belästigen und mich gar nicht einmischen. Und wenn ich dir helfen kann, dann wirst du mir's sagen.«
»Du brauchst mir nicht zu helfen«, sagte er. »Es ist eigentlich sehr einfach.«
»Ich werde Pilar fragen, was man tun muß, um gut für einen Mann zu sorgen, und das werde ich tun. Und mit der Zeit werde ich selber allerlei entdecken, und manches wirst du mir sagen.«
»Du hast gar nichts zu tun.«
»*Qué va*, Mann, gar nichts! Morgens müßte man deinen Schlafsack ausschütteln und lüften und in die Sonne hängen und ihn dann, bevor der Nachttau fällt, an einen geschützten Ort bringen.«
»Weiter, Kaninchen.«
»Deine Socken müßten gewaschen und getrocknet werden. Ich würde dafür sorgen, daß du zwei Paar hast.«
»Was noch?«
»Wenn du es mir zeigst, werde ich deine Pistole putzen und ölen.«
»Küß mich«, sagte Robert Jordan.
»Nein, das ist mein Ernst. Wirst du mir zeigen, wie man die Pistole putzt? Pilar hat Putzfetzen und Öl, und in der Höhle haben wir einen Putzstock, der wird gerade passen.«
»Ja, ich werde es dir zeigen.«
»Und wenn du mir dann zeigst, wie man mit ihr schießt, dann könnte jeder den andern oder sich selbst erschießen, wenn man verwundet ist und nicht in Gefangenschaft geraten will.«
»Sehr interessant«, sagte Robert Jordan. »Hast du viele solche Ideen?«
»Nicht viele«, sagte Maria. »Aber es ist eine gute Idee. Schau, das hat mir Pilar gegeben, und sie hat mir gezeigt, wie man es anwendet . . .« Sie öffnete die Brusttasche ihres Hemdes, holte ein Lederfutteral hervor, in dem man Taschenkämme ver-

wahrt, entfernte ein breites Gummiband, das über beide Enden lief, und zog eine einschneidige Rasierklinge hervor. »Das da habe ich immer bei mir«, erklärte sie. »Pilar sagt, man muß es hier dicht unter dem Ohr ansetzen und dann hier herüberziehen.« Sie zeigte es ihm mit dem Finger. »Pilar sagt, daß hier eine große Ader ist, und wenn man die Klinge hier herunterzieht, kann man die Ader gar nicht verfehlen. Sie sagt auch, daß es nicht weh tut, und man muß nur die Klinge fest unter dem Ohr hineindrücken und sie nach unten ziehen. Sie sagt, es ist gar nichts dabei, und nachher können die Leute nichts mehr dagegen tun.«
»Richtig«, sagte Robert Jordan. »Das ist die Halsschlagader.«
Das trägt sie also immerzu mit sich herum, dachte er, und rechnet damit wie mit einer bestehenden und im voraus erwogenen Möglichkeit . . .
»Aber ich möchte lieber, daß du mich erschießt«, sagte Maria. »Versprich mir, daß du mich erschießen wirst, wenn es irgendeinmal nötig sein sollte.«
»Ja«, sagte Robert Jordan. »Ich verspreche es dir.«
»Ich danke dir sehr«, sagte Maria. »Ich weiß, es wird dir nicht leichtfallen.«
Man vergißt das alles, dachte er. Wenn man sich zu sehr auf die Arbeit konzentriert, vergißt man die Schönheiten des Bürgerkriegs. Du hattest das bereits vergessen. Na, man *soll* es ja vergessen. Kaschkin konnte es nicht vergessen, und es störte ihn bei der Arbeit. Oder glaubst du, der arme Teufel hat was geahnt? Es ist sonderbar, das Erschießen Kaschkins hat ihn völlig kalt gelassen. Er erwartete, daß sich eines Tages irgend etwas in ihm rühren würde. Aber bisher hat sich nichts in ihm gerührt.
»Es gibt auch noch andere Dinge, die ich für dich tun kann«, sagte Maria, die nun, sehr ernst und frauenhaft, dicht an seiner Seite ging.
»Außer mich zu erschießen?«
»Ja, ich kann für dich Zigaretten drehen, wenn du keine solchen mit Mundstück mehr hast. Pilar hat mir gezeigt, wie man

gute Zigaretten dreht, fest und sauber, und daß kein Tabak herausläuft.«
»Ausgezeichnet«, sagte Robert Jordan. »Leckst du sie selber ab?«
»Ja«, sagte das Mädchen, »und wenn du verwundet bist, werde ich dich verpflegen und deine Wunde verbinden und dich waschen und dich füttern —«
»Vielleicht werde ich gar nicht verwundet sein«, sagte Robert Jordan.
»Dann werde ich dich pflegen, wenn du krank bist, und dir Suppen kochen und dich waschen und alles für dich tun. Und ich werde dir auch vorlesen.«
»Vielleicht werde ich gar nicht krank sein.«
»Dann werde ich dir morgens, wenn du aufwachst, Kaffee bringen.«
»Vielleicht mag ich keinen Kaffee«, sagte Robert Jordan.
»Doch, du magst Kaffee«, sagte das Mädchen fröhlich. »Heute früh hast du zwei Tassen getrunken.«
»Angenommen, ich kriege den Kaffee satt, und es ist nicht nötig, mich zu erschießen, und ich bin weder verwundet noch krank, und ich gebe das Rauchen auf und habe nur ein Paar Socken und hänge meinen Schlafsack selber an einen Baum. Was dann, Kaninchen?« Er klopfte ihr auf den Rücken. »Was dann?«
»Dann«, sagte Maria, »borge ich mir die Schere von Pilar und schneide dir die Haare.«
»Ich lasse mir nicht gern die Haare schneiden.«
»Ich auch nicht«, sagte Maria. »Mir gefallen deine Haare, wie sie sind. So. Wenn ich nichts für dich tun kann, werde ich neben dir sitzen und dich anschauen, und in der Nacht werden wir miteinander schlafen.«
»Gut«, sagte Robert Jordan. »Dieser letzte Vorschlag ist sehr vernünftig.«
»Das finde ich auch«, sagte Maria lächelnd. »O *Inglés*!«
»Ich heiße Roberto.«
»Nein. Ich nenne dich *Inglés,* so wie Pilar.«

»Trotzdem heiße ich Roberto.«
»Nein«, sagte sie. »Jetzt heißt du einen ganzen Tag lang *Inglés.*
Und, *Inglés,* kann ich dir bei deiner Arbeit helfen?«
»Nein. Was ich jetzt zu tun habe, das tue ich im Kopf, ganz allein und ganz kühl.«
»Gut«, sagte sie. »Und wann bist du damit fertig?«
»Heute abend, wenn ich Glück habe.«
»Gut«, sagte sie.
Jetzt kamen sie zu dem letzten Stück Wald, hinter dem das Lager lag.
»Wer ist denn das?« fragte Robert Jordan und deutete hinunter.
»Pilar«, sagte das Mädchen, an seinem Arm entlangblickend. »Ja, das ist Pilar.«
Am unteren Rand der Wiese, wo die ersten Bäume standen, saß die Frau, den Kopf auf die Arme gelegt. Aus der Ferne sah sie wie ein schwarzes Bündel aus, schwarz vor dem Braun eines Baumstamms.
»Komm«, sagte Robert Jordan und begann in großen Sätzen durch das kniehohe Heidekraut zu laufen. Das war recht beschwerlich, und nachdem er ein Stück weit gelaufen war, verlangsamte er seinen Schritt und hörte zu laufen auf. Er sah, daß ihr Kopf auf den verschränkten Armen ruhte, und ihre zusammengekauerte Gestalt hob sich breit und schwarz von dem Baumstamm ab. Als er zu ihr hinkam, sagte er in scharfem Ton: »Pilar!«
Die Frau hob den Kopf und blickte zu ihm auf.
»Oh«, sagte sie. »Ihr seid schon fertig?«
»Bist du krank?« fragte er und beugte sich zu ihr nieder. *»Qué va!«* sagte sie. »Ich habe geschlafen.«
»Pilar«, sagte Maria, die nun herankam und neben ihr niederkniete. »Wie fühlst du dich? Fühlst du dich wohl?«
»Ich fühle mich großartig«, sagte Pilar, aber sie stand nicht auf. Sie sah die beiden an. »Na, *Inglés«,* sagte sie, »hast du wieder deine Männersachen gemacht?«
»Fehlt dir nichts?« fragte Robert Jordan, ihre Worte ignorierend.

»Warum? Ich habe geschlafen. Du auch?«
»Nein.«
»Dir scheint es zu bekommen«, sagte Pilar zu dem Mädchen.
Maria errötete und schwieg.
»Laß sie in Ruhe«, sagte Robert Jordan.
»Es hat niemand mit dir geredet«, sagte Pilar zu ihm. »Maria«, sagte sie, und ihre Stimme wurde hart.
Das Mädchen hielt den Blick gesenkt.
»Maria«, sagte die Frau abermals. »Ich sagte, daß es dir zu bekommen scheint.«
»Ach, laß sie in Ruhe«, wiederholte Robert Jordan.
»Halt den Mund, du«, sagte Pilar, ohne ihn anzuschauen. »Hör zu, Maria, sag mir etwas.«
»Nein«, erwiderte Maria und schüttelte den Kopf.
»Maria«, sagte Pilar, und ihre Stimme war so hart wie ihre Miene, und es lag nichts Freundliches in ihrer Miene. »Sag mir etwas aus freiem Willen.«
Das Mädchen schüttelte den Kopf.
Robert Jordan dachte, wenn ich nicht mit diesem Weib und ihrem besoffenen Mann und ihrer jämmerlichen Bande arbeiten müßte, würde ich ihr so kräftig eine herunterhauen, daß –
»Los, sag es mir«, sagte Pilar zu dem Mädchen.
»Nein«, erwiderte Maria. »Nein.«
»Laß sie in Ruhe«, sagte Robert Jordan, und er kannte den Klang seiner Stimme nicht wieder. Hol's der Teufel, dachte er, ich werde ihr doch eine herunterhauen.
Pilar beachtete ihn gar nicht. Und es war nicht etwa so, wie eine Schlange oder eine Katze einen Vogel behext. Nichts gierig Räuberisches lag in ihrem Blick. Und auch nichts Perverses. Dennoch hatte man das Gefühl, als blähe sich etwas, wie die Haube einer Kobra sich bläht – ja, das deutliche Gefühl. Er fühlte dieses drohende Sich-Aufblähen. Aber es war nicht Bosheit, sondern ein herrisches Forschen. Ich möchte das lieber nicht mitansehen, dachte Robert Jordan. Aber Ohrfeigen sind nicht am Platze.

»Maria«, sagte Pilar. »Ich will dich nicht anrühren. Sag es mir jetzt aus deinem eigenen Willen.«
»*De tu propia voluntad.*«
Das Mädchen schüttelte den Kopf.
»Maria! Jetzt und aus deinem eigenen Willen. Hörst du mich? Irgend etwas.«
»Nein«, sagte das Mädchen leise. »Nein und nein.«
»Jetzt wirst du es mir sagen«, wiederholte Pilar. »Irgend etwas. Du wirst schon sehen. Jetzt wirst du es mir sagen.«
»Die Erde hat sich bewegt«, sagte Maria, ohne die Frau anzusehen.
»Wirklich. Das war etwas, was ich dir nicht sagen kann.«
»So«, sagte Pilar, und ihre Stimme klang jetzt warm und freundlich und hatte nichts Zwingendes mehr. Aber Robert Jordan sah, daß kleine Schweißtropfen auf ihrer Stirn und auf ihrer Oberlippe standen.
»Das also war es. Das also war es.«
»Ja, wirklich«, sagte Maria und biß sich auf die Lippe.
»Gewiß, gewiß«, sagte Pilar freundlich. »Aber erzähl das nicht deinen Leuten, denn sie werden es dir nicht glauben. Du hast kein *cali*-Blut, *Inglés*?«
Sie stand auf, Robert Jordan half ihr dabei.
»Nein. Nicht, daß ich wüßte.«
»Und Maria auch nicht«, sagte Pilar. »*Pues es muy raro.* Es ist sehr merkwürdig.«
»Aber es ist geschehen, Pilar«, sagte Maria.
»*Como qué no, hija?*« fragte Pilar. »Warum nicht, Tochter? Als ich jung war, hat die Erde sich so bewegt, daß sie ganz außer Rand und Band geriet und daß man Angst hatte, sie würde unter einem wegsinken. Jede Nacht war es dasselbe.«
»Du lügst«, sagte Maria.
»Ja«, sagte Pilar. »Ich lüge. Nie bewegt sie sich öfter als dreimal in einem Menschenleben. Hat sie sich wirklich bewegt?«
»Ja«, sagte das Mädchen. »Wirklich.«
»Auch für dich, *Inglés*?« Pilar sah Robert Jordan an. »Nicht lügen!«

»Ja«, sagte er. »Wirklich.«
»Gut«, sagte Pilar. »Gut. Das ist schon etwas.«
»Was meinst du mit den drei Malen?« fragte Maria. »Warum hast du das gesagt?«
»Dreimal«, sagte Pilar. »Das eine Mal ist nun vorbei.«
»Nur dreimal?«
»Für die meisten Menschen kein einziges Mal!« sagte Pilar. »Bist du sicher, daß sie sich bewegt hat?«
»Man wäre fast heruntergefallen«, sagte Maria.
»Dann wird sie sich wohl bewegt haben«, sagte Pilar. »Also kommt! Gehen wir ins Lager!«
»Was ist das für ein Unsinn mit den drei Malen?« fragte Robert Jordan die dicke Frau, während sie miteinander durch den Kiefernwald gingen.
»Unsinn?« Sie sah ihn schief von der Seite an. »Sprich mir nicht von Unsinn, kleiner Engländer.«
»Ist es Zauberei wie das Handlesen?«
»Nein, es ist Zigeunerweisheit – eine bekannte und bewiesene Sache.«
»Aber wir sind doch keine *gitanos*.«
»Nein. Aber ihr hattet ein bißchen Glück. Auch Nicht-Zigeuner haben manchmal ein bißchen Glück.«
»Meinst du das ernst mit den drei Malen?«
Wieder sah sie ihn mit wunderlicher Miene an. »Laß mich in Frieden, *Inglés.* Belästige mich nicht. Du bist zu jung, ich will nicht mit dir reden.«
»Aber Pilar!« sagte Maria.
»Halt den Mund«, sagte Pilar. »Das eine Mal ist vorbei, und nun hast du noch das zweite und das dritte Mal vor dir.«
»Und du?« fragte Robert Jordan.
»Zwei«, erwiderte Pilar und streckte zwei Finger in die Höhe. »Zwei, und das dritte werde ich nicht mehr erleben.«
»Warum nicht?« fragte Maria.
»Oh, halt den Mund! Halt den Mund. *Busnes* in deinem Alter langweilen mich.«
»Warum nicht ein drittes Mal?« fragte Robert Jordan.

»Ach, halt den Mund, ja!« sagte Pilar. »Halt den Mund.«
Gut, sagte Robert Jordan zu sich selbst. Ich will bloß nichts davon wissen. Ich habe schon viele Zigeuner kennengelernt, und sie sind sonderbare Menschen. Aber wir sind auch sonderbare Menschen. Der Unterschied ist nur der, daß wir auf ehrliche Weise unser Brot verdienen müssen. Niemand weiß, woher wir stammen und was für ein Stammeserbe wir mitbekommen haben, und was für Geheimnisse es in den Urwäldern gab, in denen die Menschen lebten, von denen wir herstammen. Wir wissen nur, daß wir nichts wissen. Wir wissen nicht, was in den Nächten mit uns geschieht. Aber wenn es am Tage geschieht, dann ist es schon etwas. Was immer auch geschah, es ist geschehen, und jetzt muß dieses Weib nicht nur das Mädchen zwingen, es auszusprechen, obwohl sie nicht wollte, sondern sie muß es auch an sich reißen und es sich zu eigen machen, sie muß es in etwas Zigeunerhaftes verwandeln. Ich dachte, sie hätte sich dort oben auf dem Berg geschlagen gegeben, aber jetzt eben war sie verteufelt stark und herrisch. Wenn es Bosheit gewesen wäre, hätte man sie erschießen müssen. Aber es war nicht Bosheit. Es war nur der Wunsch, sich das Leben nicht ganz entgleiten zu lassen, es festzuhalten – durch Maria.

Wenn du diesen Krieg hinter dir hast, sagte er zu sich selbst, könntest du dich ein bißchen mit dem Studium der Frauen beschäftigen. Du könntest mit Pilar beginnen. Sie macht schöne Sachen, wenn ich ehrlich sein soll. Diesen Zigeunerquatsch hat sie bisher noch nicht hervorgeholt – außer damals mit der Handleserei, dachte er. Ja, natürlich, die Handleserei. Ich glaube nicht, daß sie geschwindelt hat. Natürlich wollte sie mir nicht sagen, was in der Hand steht. Sie selber glaubt, daß es stimmt, aber das beweist nichts.

»Hör zu, Pilar!« sagte er zu ihr.
Pilar sah ihn an und lächelte. »Was denn?«
»Tu nicht so geheimnisvoll«, sagte Robert Jordan. »Diese Geheimnistuerei geht mir sehr auf die Nerven.«
»So?« sagte Pilar.

»Ich glaube nicht an Menschenfresser, Wahrsager, Sterngucker oder lächerlichen Zigeuner-Hokuspokus.«
»Oh«, sagte Pilar.
»Nein. Und du kannst das Mädchen in Ruhe lassen.«
»Ich werde sie in Ruhe lassen.«
»Und Schluß mit dem mysteriösen Quatsch!« sagte Robert Jordan. »Wir haben genug zu tun, wir haben es nicht nötig, uns die Arbeit durch solches Scheißzeug zu komplizieren. Weniger Mystik und mehr Arbeit!«
»Ich verstehe«, sagte Pilar und nickte zustimmend. »Und hör zu, *Inglés*!« Sie lächelte ihn an. »Hat die Erde sich bewegt?«
»Ja, Gottverdammich, sie hat sich bewegt.«
Pilar lachte und lachte und stand da und sah Robert Jordan lachend an.
»O *Inglés! Inglés!*« sagte sie lachend. »Du bist sehr komisch. Du mußt jetzt viel arbeiten, um deine Würde zurückzugewinnen.«
Hol dich der Teufel, dachte Robert Jordan, aber er machte den Mund nicht auf. Während ihres Gesprächs hatte die Sonne sich umwölkt, und als er zu den Bergen zurückblickte, war der Himmel düster und grau.
»Ja«, sagte Pilar und blickte gleichfalls zum Himmel auf. »Es wird schneien.«
»Jetzt? Da wir fast schon Juni haben?«
»Warum nicht? Die Berge kümmern sich nicht um die Monatsnamen. Wir sind im Monat Mai.«
»Es kann nicht Schnee sein«, sagte er. »Es *kann* nicht schneien.«
»Trotzdem, *Inglés*«, sagte sie, »trotzdem wird es schneien.«
Robert Jordan betrachtete das schwere Grau des Himmels, und das Sonnenlicht war gelblich-blaß geworden, und nun, als er hinsah, verschwand die Sonne ganz, und das Grau breitete sich aus, weich und düster, das Grau, das die Spitzen der Berge verschlang.
»Ja«, sagte er. »Du dürftest recht haben.«

14

Als sie zum Lager kamen, schneite es bereits, die Schneeflokken wehten schräg durch das Geäst der Kiefern, spärlich zuerst und sanft kreisend im Fallen, und dann, als der kalte Wind über den Berghang gesaust kam, wirbelten sie in dichtem Gestöber herab, und Robert Jordan stand wütend vor der Höhle und sah zu.
»Wir werden viel Schnee bekommen«, sagte Pablo. Seine Stimme klang heiser, seine Augen waren rot und trüb.
»Ist der Zigeuner zurückgekommen?« fragte Robert Jordan.
»Nein«, sagte Pablo. »Weder er noch der Alte.«
»Willst du mich zu dem oberen Posten an der Straße begleiten?«
»Nein«, sagte Pablo. »Ich will mit dieser Geschichte nichts zu tun haben.«
»Ich werde den Weg allein finden.«
»In diesem Schneegestöber kannst du dich leicht verirren«, sagte Pablo. »Ich an deiner Stelle würde jetzt nicht gehen.«
»Hinunter zur Straße und dann die Straße entlang.«
»Ja, vielleicht findest du dich zurecht. Aber deine zwei Wachtposten werden jetzt zurückkommen, weil es schneit, und du wirst sie unterwegs verfehlen.«
»Der Alte wartet auf mich.«
»Nein. Jetzt, wo es schneit, wird er nach Hause gehen.«
Pablo betrachtete den Schnee, der nun in raschem Wirbel an dem Eingang der Höhle vorüberstob, und sagte: »Du liebst den Schnee nicht, *Inglés*?«
Robert Jordan fluchte, und Pablo sah ihn aus seinen trüben Augen an und lachte.
»Damit ist deine Offensive zum Teufel, *Inglés*«, sagte er. »Komm in die Höhle, deine Leute werden gleich zurück sein.«
Im Innern der Höhle war Maria mit dem Feuer beschäftigt, und Pilar stand am Küchentisch. Das Feuer rauchte, aber Maria schob ein Stück Holz in die Asche und fächelte Luft zu mit einem zusammengefalteten Stück Papier, und da gab es einen

Puff, eine Flamme flackerte auf, und das Holz begann zu brennen, mit hellem Geflacker, während der Wind durch das Loch in der Decke einen kräftigen Luftzug erzeugte.

»Dieser Schnee da!« sagte Robert Jordan. »Glaubt ihr, es wird viel schneien?«

»Sehr viel«, sagte Pablo befriedigt. Dann rief er Pilar zu: »Dir paßt es wohl auch nicht, Weib? Jetzt, wo du den Befehl führst, paßt dir der Schnee nicht, wie?«

»*A mi qué?*« sagte Pilar über die Achsel zu ihm. »Wenn es schneit, dann schneit es.«

»Trink Wein, *Inglés*«, sagte Pablo. »Ich habe den ganzen Tag getrunken, während ich auf den Schnee wartete.«

»Gib mir eine Tasse«, sagte Robert Jordan.

»Auf den Schnee!« sagte Pablo und stieß mit ihm an.

Robert Jordan sah ihm in die Augen, die Tassen klirrten gegeneinander. Du triefäugiger, mörderischer Saufkopf, dachte er. Ich würde dir gern diese Tasse in die Zähne stoßen. Immer mit der Ruhe, sagte er zu sich selber, immer mit der Ruhe!

»Sehr schön ist der Schnee«, sagte Pablo. »Du wirst doch nicht draußen schlafen, wenn es schneit?«

Also *das* beschäftigt dich auch? dachte Robert Jordan. Du hast sehr viel Sorgen, nicht wahr, Pablo?

»Nein!« sagte er höflich.

»Nein. Sehr kalt«, sagte Pablo. »Sehr naß.«

Du weißt nicht, warum diese alten Daunen 65 Dollar kosten, dachte Robert Jordan. Ich möchte einen Dollar haben für jede Schneenacht, die ich in diesem Ding verbracht habe.

»Dann soll ich also hier drin schlafen?« fragte er höflich.

»Ja.«

»Danke«, sagte Robert Jordan. »Ich werde draußen schlafen.«

»Im Schnee?«

»Ja.« (Hol der Teufel deine blutrünstigen roten Schweinsäuglein und deine schweinsborstige Schweineschnauze.) »Im Schnee.« (In dem gottverdammten, ruinösen, unerwarteten, dreckigen, alles kaputtmachenden, stinkenden Kloakenschnee.)

Er ging zu Maria hinüber, die soeben wieder ein Stück Kiefernholz in das Feuer geschoben hatte.
»Sehr schön, der Schnee!« sagte er zu ihr.
»Aber schlecht für die Arbeit, nicht wahr?« fragte sie. »Bist du beunruhigt?«
»*Qué va!*« sagte er. »Was soll ich mir den Kopf zerbrechen! Wann ist das Essen fertig?«
»Das habe ich mir gedacht, daß du Appetit haben wirst!« sagte Pilar. »Willst du ein Stück Käse haben?«
»Ja, danke«, sagte er, und sie langte nach dem großen Käselaib, der in einem Netz von der Decke hing, nahm ein Messer, schnitt von dem angeschnittenen Ende ein derbes Stück ab und reichte es ihm.
Er stand da und aß. Der Käse schmeckte ein bißchen zu sehr nach Ziege.
»Maria«, sagte Pablo, der sich an den Tisch gesetzt hatte.
»Ja?« fragte das Mädchen.
»Wisch den Tisch ab, Maria«, sagte Pablo und grinste Robert Jordan an.
»Wisch selber weg, was du verkleckert hast«, sagte Pilar zu ihm. »Wisch dir zuerst das Kinn ab und das Hemd und dann den Tisch.«
»Maria!« rief Pablo.
»Kümmere dich nicht um ihn«, sagte Pilar. »Er ist besoffen.«
»Maria!« rief Pablo. »Es schneit immer noch, und der Schnee ist schön.«
Er weiß nicht, was das für ein Schlafsack ist, dachte Robert Jordan. Das brave alte Schweinsauge weiß nicht, warum ich den Woods 65 Dollar für diesen Schlafsack bezahlt habe. Aber ich möchte, daß der Zigeuner zurückkommt. Sowie er zurückkommt, gehe ich den Alten suchen. Ich müßte eigentlich gleich gehen, aber dann verfehlen wir uns vielleicht. Ich weiß nicht, wo er sich postiert hat.
»Wollen wir Schneebälle machen?« sagte er zu Pablo. »Wollen wir eine Schneeballschlacht veranstalten?«
»Was?« fragte Pablo. »Was veranstalten?«

»Nichts«, sagte Robert Jordan. »Hast du deine Sättel gut zugedeckt?«
»Ja.«
Dann sagte Robert Jordan auf englisch: »Wirst du deine Gäule füttern oder müssen sie selber im Schnee nach ihrem Futter graben?«
»Was?«
»*Nothing*. Das ist deine Sache, *old pal*. Ich werde mich zu Fuß aus dem Staub machen.«
»Warum sprichst du Englisch?« fragte Pablo.
»Ich weiß es nicht«, sagte Robert Jordan. »Manchmal, wenn ich sehr müde bin, spreche ich Englisch. Oder wenn mich etwas sehr anekelt. Oder wenn ich nicht aus noch ein weiß. Ja, wenn ich mir nicht zu helfen weiß, dann spreche ich Englisch, bloß um den Klang zu hören. Es klingt ermutigend. Du solltest das mal versuchen.«
»Was redest du da, *Inglés*!« fragte Pilar. »Es klingt sehr interessant, aber ich verstehe kein Wort.«
»*Nothing*«, sagte Robert Jordan. »Ich sagte ›nichts‹ auf englisch.«
»Dann sprich lieber Spanisch«, sagte Pilar. »Im Spanischen ist es kürzer und einfacher.«
»Gewiß«, sagte Robert Jordan. Aber, Junge, Junge, dachte er, o Pablo, o Pilar, o Maria, o ihr zwei Brüder in der Ecke, deren Namen ich vergessen habe und mir wieder einprägen muß, manchmal habe ich alles satt. Alles, euch und mich und den Krieg, und warum in aller Welt muß es gerade jetzt zu schneien beginnen? Das ist zuviel, verdammt noch mal. Nein. Nichts ist zuviel. Du hast dich einfach damit abzufinden und dich durchzuboxen, und jetzt hör auf, die Primadonna zu spielen, und finde dich mit der Tatsache ab, daß es schneit, und nun sollst du erst einmal deinen Zigeuner kontrollieren und den alten Anselmo finden. Aber daß es schneit! Jetzt im Mai! Laß das sein, sagte er zu sich selber. Laß das sein, finde dich ab. Es ist der Wein, weißt du, »der Becher Weines«. Wie geht das bloß mit dem Becher? Entweder mußt du dein Gedächtnis

verbessern oder nicht mehr an Zitate denken, denn so ein Zitat, das einem nicht einfallen will, verfolgt einen wie ein Name, den man vergessen hat, und man kann es nicht loswerden. Wie geht das nur mit diesem Becher?
»Gib mir bitte noch etwas Wein«, sagte er auf spanisch. Und dann zu Pablo: »Viel Schnee, wie? *Mucha nieve.*«
Der Betrunkene blickte zu ihm auf und grinste, nickte und grinste abermals.
»Keine Offensive. Keine *aviones.* Keine Brücke. Nichts als Schnee.«
»Du glaubst, es wird lange dauern?« Robert Jordan setzte sich neben ihn. »Du glaubst, wir werden den ganzen Sommer eingeschneit sein, Pablo, alter Freund?«
»Nicht den ganzen Sommer«, sagte Pablo. »Heute und morgen.«
»Wie kommst du darauf?«
»Es gibt zwei Sorten von Stürmen«, sagte Pablo gewichtig und weise. »Die eine Sorte, die kommt aus den Pyrenäen. Sie bringt große Kälte mit. Dafür ist es jetzt schon zu spät.«
»Gut«, sagte Robert Jordan. »Immerhin etwas.«
»Dieser Wind kommt aus dem Cantábrico«, sagte Pablo. »Er kommt vom Meer her. Wenn der Wind aus dieser Richtung weht, wird es stürmisch, und es fällt viel Schnee.«
»Wo hast du das alles gelernt, alter Knabe?« fragte Robert Jordan.
Jetzt, da seine Wut sich gelegt hatte, erfüllte dieser Schneesturm ihn mit einer seltsamen Erregung, wie jeder Sturm. Ob es ein Blizzard war, ein Orkan, eine jähe Brise, ein Tropensturm oder ein sommerliches Gewitter in den Bergen, stets erfüllte es ihn mit einer seltsamen Erregung, die er bei keiner anderen Gelegenheit empfand. Am ehesten ließe sie sich mit der Erregung vergleichen, die einen in der Schlacht packt, aber es war gleichsam eine reinliche Erregung. Es weht ein Wind in den Schlachten, aber das ist ein heißer Wind, heiß und trocken wie dein Gaumen, finster, heiß und schmutzig, und er schwillt an und verebbt, wie das Kampfglück sich wendet. Diesen Wind kannte er sehr gut.

Sie hört die Stimme, und dann sieht sie, wie sein Knie sich beugt und er vorwärtsschreitet und auf das Horn zugeht, das sich wie durch einen Zauber zu senken beginnt, während die Schnauze des Stiers dem tiefgeschwungenen Tuch folgt, und das schmale braune Handgelenk schwenkt das Tuch vor den Hörnern auf und ab, und der Degen bohrt sich in die bestaubte Kuppe des Widerrists.

Sie sieht das schimmernde Eisen langsam und stetig versinken, als ob des Stieres Ansturm es selber in sich hineinfräße und aus des Mannes Hand saugte, und sie sieht, wie es sich hineinbohrt, bis die braunen Knöchel der Hand die straffgespannte Haut berühren, und der kleine braune Mann, dessen Blicke keine Sekunde lang von der Ansatzstelle des Degenstichs gewichen sind, rückt nun mit raschem Schwung den eingezogenen Bauch aus dem Bereich des Hornes, macht einen wiegenden Schritt zurück, steht da, in der linken Hand den Stab mit dem Tuch, die rechte Hand erhoben, und schaut zu, wie der Stier verendet.

Sie sieht ihn dastehen, und seine Augen beobachten den Stier, wie er versucht, sich aufrecht zu halten, beobachten den Stier, wie er hin und her schwankt, wie ein Baum vor dem Sturz, beobachten den Stier, wie er sich anstrengt, auf den Beinen zu bleiben, und der kleine Mann erhebt die rechte Hand mit der üblichen Siegergebärde. Sie sieht ihn dastehen, schweißbedeckt, erschöpft und erleichtert, daß alles vorbei ist, erleichtert, daß der Stier stirbt, erleichtert, daß nicht das Horn noch im letzten Augenblick zugestoßen hat, als er ihm auswich, und dann, wie er dasteht, kann der Stier sich nicht länger auf den Beinen halten und stürzt hin, wälzt sich im Staub, tot, alle viere in die Luft gereckt, und sie sieht, wie der kleine braune Mann matt und ohne Lächeln zu der Planke hinübergeht.

Sie weiß, er könnte nicht durch den Ring laufen, auch wenn sein Leben davon abhinge, und sie beobachtet ihn, wie er langsam zu der Planke hingeht und sich den Mund mit einem Handtuch abwischt und zu ihr hinaufblickt, und den Kopf

schüttelt, und sich dann das Gesicht mit dem Handtuch abwischt und seinen Siegergang rund um die Arena antritt.
Sie sieht ihn langsam, schleppenden Schrittes, rund um die Arena schreiten, er lächelt, er verbeugt sich, er lächelt, seine Gehilfen gehen hinter ihm, bücken sich, heben Zigarren auf, werfen Hüte zurück, und er wandert rund um die Arena, mit traurigen Augen und lächelnden Lippen, und gerade vor ihrem Platz ist sein Rundgang zu Ende. Dann schaut sie über die Planke und sieht ihn auf der hölzernen Stufe sitzen, ein Handtuch vor den Mund gepreßt.
Das alles sah Pilar, als sie vor dem Feuer stand, und sie sagte: »Er war also kein guter Matador? Mit was für Menschen muß ich jetzt mein Leben verbringen!«
»Er war ein guter Matador«, sagte Pablo. »Er war nur durch seinen Wuchs behindert.«
»Und außerdem war er lungenkrank«, sagte Primitivo.
»Lungenkrank?« sagte Pilar. »Wer würde nicht lungenkrank sein, wenn er so viel durchmachen müßte wie er? In diesem Land, wo ein Armer keine Hoffnung hat, Geld zu verdienen, wenn er nicht ein Verbrecher wird wie Juan March oder ein Stierkämpfer oder ein Operntenor? Warum sollte er nicht lungenkrank sein? In einem Land, wo die Bourgeoisie sich überfrißt, daß sie alle kaputte Mägen haben und ohne Bikarbonat nicht mehr leben können, und die Armen hungern von Geburt an bis zu ihrer Todesstunde, warum sollte er da nicht lungenkrank sein? Wenn du dich in den Dritter-Klasse-Waggons unter der Bank verkrochen hast, um schwarz zu fahren, wenn du als Junge auf die Jahrmärkte gezogen bist, um fechten zu lernen, dort unter den Bänken in dem Staub und Dreck mit der frischen Spucke und der trockenen Spucke, würdest du nicht lungenkrank werden, wenn dann noch die Stierhörner dir die Brust kaputt schlagen?«
»Sicher«, sagte Primitivo. »Ich habe nur gesagt, daß er lungenkrank war.«
»Natürlich war er lungenkrank«, sagte Pilar. Sie stand da und hielt den großen, hölzernen Kochlöffel in der Hand. Er war klein ge-

wachsen und hatte eine dünne Stimme und fürchtete sich vor den Stieren. Nie habe ich einen Menschen gesehen, der sich vorher, vor dem Kampf, so schrecklich gefürchtet hat, und nie einen Menschen, der sich in der Arena weniger gefürchtet hätte. »Du!« sagte sie zu Pablo. »Du hast jetzt Angst vor dem Sterben. Du glaubst, daß das wichtig ist. Aber Finito hat sich ununterbrochen gefürchtet, und im Ring war er wie ein Löwe.«
»Er stand in dem Ruf, sehr tapfer zu sein«, sagte der zweite der Brüder.
»Nie habe ich einen Menschen gekannt, der sich so gefürchtet hat«, sagte Pilar. »Er duldete nicht einmal einen Stierkopf im Haus. Einmal, auf der Feria in Valladolid, tötete er sehr schön einen Stier von Pablo Romero —«
»Ich erinnere mich«, sagte der erste der Brüder. »Ich war dabei. Es war ein seifenfarbener, mit lockiger Stirn und hochsitzenden Hörnern. Ein Stier von über dreißig *arrobas*. Es war der letzte Stier, den er in Valladolid tötete.«
»Richtig«, sagte Pilar. »Und hinterher ließ der Enthusiastenklub, der im Café *Colón* zusammenkam und sich nach Finito benannt hatte, den Kopf des Stieres aufmontieren und schenkte ihn Finito auf einem kleinen Bankett im Café *Colón*. Während des Essens hing der Kopf an der Wand, aber er war mit einem Tuch zugedeckt. Ich saß mit am Tisch, und es waren noch andere mit dabei. Pastora, die noch häßlicher ist als ich, und die Niña de los Peines und noch ein paar andere Zigeunerinnen und Huren erster Kategorie. Es war ein kleines Bankett, aber es ging sehr lebhaft zu, und fast wäre es zu einer Schlägerei gekommen, weil Pastora und eine der berühmtesten Huren sich wegen einer Eigentumsfrage miteinander zankten. Ich selbst war mehr als glücklich, und ich saß neben Finito, und ich merkte, daß er um keinen Preis zu dem Stierkopf hinaufschauen wollte, der in ein purpurrotes Tuch gewickelt war wie die Heiligenstatuen in der Kirche während der Leidenswoche unseres früheren Herrn.
Finito aß nicht viel, weil er einen *palotazo* abgekriegt hatte, einen flachen Hieb mit dem Horn, als er bei seiner letzten

Corrida des Jahres in Zaragoza dem Stier den Todesstoß versetzte, und er war eine Zeitlang bewußtlos gewesen, und jetzt konnte sein Magen noch immer nicht das Essen behalten, und ab und zu während des Banketts hielt er das Taschentuch vor den Mund und spuckte ein bißchen Blut hinein. Was wollte ich euch erzählen?«

»Von dem Stierkopf«, sagte Primitivo. »Von dem ausgestopften Stierkopf.«

»Ja«, sagte Pilar. »Ja. Aber ich muß gewisse Einzelheiten erzählen, damit ihr alles versteht. Finito war nie sehr lustig, wißt ihr. Er war von ernstem Wesen, und ich habe nie erlebt, daß er über irgend etwas gelacht hätte, wenn wir allein waren. Nicht einmal über wirklich komische Dinge. Er nahm alles sehr ernst. Er war fast so ernst wie Fernando. Aber das Bankett war nun einmal von den *aficionados,* die sich zu dem *Klub Finito* zusammengefunden hatten, für ihn veranstaltet worden, und er mußte nach außen hin heiter und freundlich und lustig erscheinen. Er lächelte also während des ganzen Essens und sagte ab und zu etwas Freundliches, und nur ich merkte, was er mit dem Taschentuch machte. Er hatte drei Taschentücher bei sich, und er spuckte alle drei voll, und dann sagte er zu mir mit ganz leiser Stimme: ›Pilar, ich kann das nicht länger aushalten. Ich glaube, ich muß gehen.‹

›Dann wollen wir gehen‹, sagte ich. Denn ich sah, daß er sehr litt. Alle die Anwesenden waren jetzt schon in sehr heiterer Laune, und es herrschte ein schrecklicher Lärm.

›Nein, ich kann nicht weg‹, sagte Finito zu mir. ›Schließlich ist der Klub nach mir benannt, und ich habe meine Verpflichtungen.‹

›Wenn du dich schlecht fühlst, wollen wir gehen‹, sagte ich.

›Nein‹, sagte er. ›Ich bleibe. Gib mir etwas von diesem Manzanilla.‹

Ich fand es nicht klug von ihm, Wein zu trinken, weil er nichts gegessen hatte und weil er mit seinem Magen solche Zustände hatte, aber er konnte offenbar die Lustigkeit und das Geschrei und den Lärm nicht mehr aushalten, ohne etwas zu sich zu nehmen. Ich schaute ihm also zu, wie er ganz schnell fast eine ganze Flasche Manzanilla austrank. Er benützte jetzt seine Serviette für den Zweck, für den er vorher die Taschentücher benutzt hatte.

Das Bankett hatte nun wirklich schon das Stadium höchster Begeisterung erreicht, und einige der weniger dicken Huren wurden von verschiedenen Klubmitgliedern auf den Schultern im Triumph rund um den Tisch getragen. Pastora ließ sich überreden, etwas zu singen, und El Niño Ricardo spielte Gitarre, und es war sehr rührend und ein Anlaß echter Freude und weinseliger Freundschaft ersten Ranges. Nie habe ich ein Bankett miterlebt, wo es höher herging, so groß war die allgemeine Begeisterung, eine richtige *flamenco*-Begeisterung, und dabei waren wir noch gar nicht bei der Enthüllung des Stierkopfes angelangt, die doch schließlich der Anlaß für die ganze Festlichkeit war.

Ich amüsierte mich so großartig, und ich war so sehr damit beschäftigt, zu Ricardos Spiel in die Hände zu klatschen und die nötigen Leute zusammenzutrommeln, die den Gesang der Niña de los Peines mit Händeklatschen begleiten sollten, daß ich gar nicht merkte, daß Finito jetzt auch schon seine Serviette vollgespuckt hatte und daß er nun meine benützte. Er trank noch mehr Manzanilla, und seine Augen glänzten, und er nickte allen sehr vergnügt zu. Er konnte nicht viel reden, weil er ja während des Redens alle Augenblicke vielleicht seine Serviette hätte benützen müssen, aber er erweckte den Eindruck, daß er sehr gut gelaunt war und sich gut amüsierte, und dazu war er ja schließlich da.

Das Bankett ging also weiter, und mein Nachbar, der neben mir saß, war früher einmal Manager von Rafael el Gallo gewesen, und er erzählte mir eine Geschichte, und die Geschichte endete so: ›Also, Rafael kam zu mir und sagte: ‚Du bist der beste Freund, den ich auf der Welt habe, und der edelmütigste. Ich liebe dich wie einen Bruder, und ich möchte dir ein Geschenk machen.' Und so gab er mir eine wunderschöne Brillantnadel und küßte mich auf beide Wangen, und wir waren beide sehr gerührt. Dann verließ Rafael el Gallo, nachdem er mir die Diamanmadel geschenkt hatte, das Café, und ich sagte zu Retana, die mit am Tisch saß: ‚Dieser drekkige Zigeuner hat soeben mit einem anderen Manager einen Vertrag gemacht.'

‚Was meinst du damit?' fragte Retana.

‚Zehn Jahre lang habe ich ihn gemanagt, und nie hat er mir etwas geschenkt. Es kann nichts anderes bedeuten!'‹ sagte der Manager von El Gallo. Ja, und es stimmte auch wirklich, und so verließ ihn El Gallo.

Aber in diesem Augenblick mischte die Pastora sich in die Unterhaltung ein, vielleicht nicht so sehr, um den guten Ruf Rafaels zu verteidigen, denn es hat sich doch kein Mensch abfälliger über ihn geäußert als sie selbst, sondern weil der Manager die Zigeuner beleidigt hatte, indem er sagte: ›Drekkiger Zigeuner.‹ Sie mischte sich so energisch ein und mit solchen Ausdrücken, daß der Manager sofort verstummte. Ich mischte mich ein, um die Pastora zu beruhigen, und eine andere *gitana* mischte sich ein, um mich zu beruhigen, und der Lärm war so groß, daß man die Worte, die fielen, gar nicht verstehen konnte, außer das eine große Wort Hure, das alle anderen Worte übertönte, bis schließlich wieder Ruhe eintrat und wir drei, die wir uns eingemischt hatten, dasaßen und in unsere Gläser starrten, und da merkte ich plötzlich, daß Finito mit entsetzter Miene den Stierkopf anstarrte, der immer noch in das rote Tuch eingewickelt war.

Und in diesem Augenblick fing der Vorsitzende des Klubs mit der Rede an, die der Enthüllung des Kopfes vorangehen sollte, und während der ganzen Rede, die mit *Olé*-Rufen und Faustschlägen auf den Tisch begrüßt wurde, beobachtete ich Finito, der seine, nein, meine Serviette benützte und immer tiefer in seinen Stuhl versank und voller Entsetzen und wie gebannt den verhüllten Stierkopf an der gegenüberliegenden Wand anstarrte.

Gegen das Ende der Rede zu begann Finito den Kopf zu schütteln, und er kauerte sich immer tiefer in den Stuhl zurück.

›Wie fühlst du dich, Kleiner?‹ sagte ich zu ihm, aber als er mich ansah, erkannte er mich nicht und schüttelte nur den Kopf und sagte: ›Nein, nein, nein.‹

Der Vorsitzende des Klubs war nun mit seiner Rede zu Ende, und dann, während alle Bravo schrien, stieg er auf einen Stuhl und langte hinauf und löste die Schnur, die das rote Tuch über dem Stierkopf zusammenhielt, und zog das Tuch von dem Kopf weg, und es blieb an einem der Hörner hängen, und er riß es los, und da wurden nun die scharfpolierten Hörner sichtbar und der große gelbe Bullenkopf mit den schwarzen Hörnern, die sich wuchtig nach vorn wölbten, die weißen Spitzen scharf wie die Stacheln eines Stachelschweines, und der Kopf sah aus, als ob er lebte, die zottigen Locken auf der Stirn ganz lebensecht, und seine Nüstern standen offen, und seine Augen glänzten, und da hing der Kopf und starrte Finito an.

Alle schrien und applaudierten, und Finito schrak noch weiter in seinen Stuhl zurück, und dann wurden alle still und sahen ihn an, und er sagte: ›Nein, nein‹, und sah den Stier an und rückte noch weiter zurück, und dann sagte er ganz laut: ›Nein!‹, und ein großer Blutklumpen kam aus seinem Mund, und er benützte nicht einmal die Serviette, und der Blutklumpen rutschte über sein Kinn hinunter, und er starrte immer noch den Stierkopf an und sagte: ›Die ganze Saison lang, ja. Um Geld zu verdienen, ja. Um zu essen, ja. Aber ich kann nicht essen. Hört ihr mich? Mein Magen ist krank. Aber jetzt, wo die Saison zu Ende ist! Nein! Nein! Nein!‹ Er schaute rund um den Tisch, und dann schaute er den Stierkopf an und sagte noch einmal: ›Nein‹, und dann senkte er den Kopf und preßte die Serviette an den Mund, und dann blieb er einfach so sitzen und sagte kein Wort mehr, und das Bankett, das so gut angefangen hatte und ein epochemachendes Beispiel von Lustigkeit und guter Kameradschaft zu werden versprach, war gar kein Erfolg!«

»Und ist er dann bald darauf gestorben?« fragte Primitivo.

»Im selben Winter«, sagte Pilar. »Von diesem letzten Schlag mit dem flachen Horn in Zaragoza hat er sich nicht mehr erholt.

So etwas ist schlimmer, als wenn einer aufgespießt wird, denn es gibt eine innere Verletzung, und die heilt nicht aus. Fast jedesmal, wenn er zum Todesstoß ansetzte, kriegte er so einen Schlag, und deswegen hat er keinen größeren Erfolg gehabt. Es war für ihn schwer, dem Horn auszuweichen, weil er so klein war, fast immer erwischte es ihn. Aber oft wurde er natürlich nur gestreift.«

»Wenn er so klein war, hätte er nicht Matador werden sollen«, sagte Primitivo.

Pilar sah Robert Jordan an und schüttelte den Kopf. Dann, immer noch den Kopf schüttelnd, beugte sie sich über den großen Eisentopf.

Was für Leute das sind! dachte sie. Was für Leute die Spanier sind. ›Und wenn er so klein war, hätte er nicht Matador werden sollen.‹ Ich höre mir das an und sage nichts. Ich werde nicht einmal wütend, und nachdem ich ihnen alles erklärt habe, schweige ich. Wie einfach ist das, wenn man nichts weiß! *Qué sencillo!* Der eine, der keine Ahnung hat, sagt: ›Er war kein besonderer Matador.‹ Der andere, der auch keine Ahnung hat, sagt: ›Er war lungenkrank.‹ Und ein Dritter sagt, nachdem man ihm alles erklärt hat: ›Wenn er so klein war, hätte er nicht Matador werden sollen.‹

Nun, als sie sich über das Feuer beugte, sah sie wieder den nackten braunen Körper auf dem Bett, mit den knorrigen Narben an beiden Hüften, der tiefen, kaum verharschten Kerbe unterhalb der Rippen auf der rechten Brustseite und der langen weißen Strieme, die bis in die Achselhöhle reichte. Sie sah seine geschlossenen Augen und das ernste braune Gesicht und das lockige schwarze Haar, das nun aus der Stirn gestrichen war, und sie saß neben ihm auf dem Bett, rieb seine Beine, knetete die Wadenmuskeln, klopfte sie dann leicht mit gefalteten Händen, um die verkrampften Muskeln zu lockern.

›Wie ist es?‹ sagte sie zu ihm. ›Wie ist es mit den Beinen, Kleiner?‹

›Gut, Pilar‹, sagte er dann, ohne die Augen aufzumachen.

›Soll ich dir die Brust abreiben?‹

›Nein, Pilar. Bitte rühr meine Brust nicht an.‹
›Und die Oberschenkel?‹
›Nein. Die tun zu weh.‹
›Aber wenn ich sie mit etwas einreibe, dann werden sie warm werden und nicht mehr so weh tun.‹
›Nein, Pilar. Danke. Ich möchte lieber, daß du sie nicht anrührst.‹
›Ich werde dich mit Alkohol abwaschen.‹
›Ja. Mach es sehr vorsichtig.‹
›Du warst großartig bei dem letzten Stier‹, sagte sie dann zu ihm, und er antwortete: ›Ja, ich habe ihn sehr schön getötet.‹
Dann, nachdem sie ihn gewaschen und mit einem Leinentuch zugedeckt hatte, lag sie neben ihm im Bett, und er streckte seine braune Hand aus und streichelte sie und sagte: ›Du bist mir ein gutes Stück Weib, Pilar!‹ Noch nie war er so nahe daran gewesen, einen Witz zu machen, und dann pflegte er gewöhnlich nach dem Kampf einzuschlafen, und sie lag neben ihm, hielt seine Hand in ihren beiden Händen und lauschte seinem Atem.
Oft erschrak er im Schlaf, und dann fühlte sie, wie seine Finger ihre Hand umkrampften, und sie sah Schweißperlen auf seiner Stirn, und wenn er aufwachte, sagte sie: ›Es ist nichts‹, und er schlief wieder ein. So lebte sie mit ihm fünf Jahre und war ihm nie untreu, das heißt, fast nie, und dann nach dem Begräbnis tat sie sich mit Pablo zusammen, der die Picador-Pferde in den Ring führte und genauso war wie alle die Stiere, mit deren Abschlachtung Finito sein Leben verbracht hatte. Aber weder Bullenkraft noch Bullenmut dauert, das wußte sie jetzt, und was bleibt dann bestehen? Ich bin noch da, dachte sie. Ja, ich bin noch da. Aber wofür?
»Maria«, sagte sie. »Paß auf, was du tust. Das Feuer da brauchen wir zum Kochen und nicht, um eine Stadt niederzubrennen.«
Gerade da kam der Zigeuner zum Eingang herein. Er war schneebedeckt, hielt den Karabiner in der Hand und stampfte den Schnee von den Füßen.

Robert Jordan erhob sich und ging zum Eingang hin. »Nun?« sagte er zu dem Zigeuner.
»Sechs-Stunden-Schichten, immer zwei zugleich an der großen Brücke«, sagte der Zigeuner. »In der Hütte des Straßenwärters liegen acht Mann und ein Korporal. Hier hast du deinen Chronometer.«
»Und der Posten in der Sägemühle?«
»Den kann der Alte zugleich mit der Straße beobachten.«
»Und die Straße?« fragte Robert Jordan.
»Dasselbe wie immer«, sagte der Zigeuner. »Nichts Außergewöhnliches. Ein paar Autos.«
Der Zigeuner schien zu frieren, sein dunkles Gesicht war starr vor Kälte, und seine Hände waren rot. Noch im Eingang der Höhle zog er seine Jacke aus und schüttelte sie.
»Ich habe gewartet, bis der Wachtposten abgelöst wurde«, sagte er. »Er wurde zweimal abgelöst, um zwölf Uhr und um sechs. Eine lange Wache. Ich bin froh, daß ich nicht bei ihnen dienen muß.«
Robert Jordan zog seine Lederjacke an. »Suchen wir den Alten auf!«
»Ohne mich«, sagte der Zigeuner. »Ich suche jetzt das Feuer auf und die warme Suppe. Einer von den Kerls da wird dich führen, ich werde ihm sagen, wo Anselmo liegt. He, ihr Faulenzer!« rief er den Männern zu, die am Tisch saßen. »Wer will den *Inglés* zu dem Alten führen, der die Straße beobachtet?«
»Ich.« Fernando stand auf. »Sag mir, wo er ist.«
»Hör zu«, sagte der Zigeuner. »Er ist hier —« Und er sagte ihm, wo der alte Anselmo postiert war.

15

Anselmo kauerte an der windgeschützten Seite eines dicken Baumstammes, links und rechts stob der Schnee an ihm vorüber. Er drückte sich fest gegen den Stamm, hatte die Hände in die Ärmel seiner Jacke gesteckt, je eine Hand in den entgegengesetzten Ärmel, und duckte den Kopf in den Kragen der Jacke, so tief es nur ging. Wenn ich noch länger hier bleibe, werde ich erfrieren, dachte er, das hat gar keinen Zweck. Der *Inglés* hat mir befohlen zu warten, bis ich abgelöst werde, aber da wußte er nicht, daß ein Schneesturm ausbrechen wird. Auf der Straße hat sich nichts Besonderes ereignet, und ich kenne jetzt die Verteilung und die Gewohnheiten des Postens an der Sägemühle jenseits der Straße. Ich müßte mich eigentlich ins Lager begeben! Jeder vernünftige Mensch würde von mir erwarten, daß ich ins Lager zurückkehre. Ich werde noch ein Weilchen warten, dachte er, und dann ins Lager gehen. Schuld sind die Befehle, sie sind zu starr und rechnen nicht mit veränderten Umständen. Er rieb die Füße gegeneinander, dann zog er die Hände aus den Ärmeln, bückte sich und rieb sich die Beine und schlug die Füße gegeneinander, um die Blutzirkulation in Gang zu halten. Hier, im Schutz des Baumstammes, war es gar nicht so kalt, aber bald würde er sich auf den Weg machen müssen.

Während er so dahockte und die Füße aneinanderrieb, hörte er ein Auto die Straße heraufkommen. Das Auto fuhr mit Ketten, eines der Kettenglieder hatte sich gelöst, und nun sah er das Auto über die beschneite Straße herankommen, die Karosserie war mit grünen und braunen schmierigen Klecksen bemalt, die Fenster blau übertüncht, damit man nicht hineinsehen konnte, bis auf einen kleinen Halbkreis, der den Insassen einen Ausblick ins Freie gestattete. Es war das eine zwei Jahre alte Rolls-Royce-Limousine, die man für die Zwecke des Generalstabs camoufliert hatte, aber das wußte Anselmo nicht. Er konnte nicht in das Innere des Autos blicken, wo drei Offiziere saßen, in ihre Mäntel gehüllt. Zwei saßen auf dem Rücksitz und einer auf dem Klappsitz. Der Offizier auf dem Klappsitz spähte, während das Auto vorbeifuhr, durch den Schlitz in der blauen Fenstertünche hinaus, aber das wußte Anselmo nicht. Keiner sah den anderen.

Genau unter ihm fuhr das Auto im Schneegestöber vorbei. Anselmo sah deutlich den Chauffeur, mit roten Backen, auf dem Kopf den Stahlhelm, Gesicht und Helm reckten sich aus der Pelerine hervor, und er sah den nach vorne gerichteten Lauf des Schnellfeuergewehrs, das der Ordonnanz gehörte, welche neben dem Chauffeur saß. Dann entschwand das Auto bergaufwärts, und Anselmo langte unter die Jacke, zog aus der Hemdtasche die zwei Papierblätter hervor, die Robert Jordan aus dem Notizbuch gerissen hatte, und machte hinter der Zeichnung eines Autos einen Strich. Es war das zehnte Auto, das an diesem Tag die Straße hinauffuhr. Sechs waren wieder heruntergekommen, vier waren noch oben. Keine ungewöhnlich große Anzahl von Autos auf dieser Straße, aber Anselmo unterschied nicht zwischen den Fords, Fiats, Opels, Renaults und Citroëns des Stabes der Division, die die Pässe und die Bergkette besetzt hielt, und den Rolls-Royces, Lancias, Mercedes und Isottas des Generalstabes. Diesen Unterschied hätte Robert Jordan ihm einprägen müssen, und wenn er an Stelle des Alten gewesen wäre, würde er sofort gewußt haben, was das Auftauchen dieser Autos bedeutete. Aber er war nun einmal nicht da, und der Alte machte ganz einfach für jedes Auto, das die Straße hinauffuhr, einen Strich auf das Notizblatt.

Anselmo fror jetzt dermaßen, daß er es schon für das beste hielt, ins Lager zu gehen, bevor die Dunkelheit hereinbrach. Er hatte keine Angst, den Weg zu verfehlen, aber es erschien ihm sinnlos, noch länger zu warten, und der Wind wehte immer kälter, und der Schneefall ließ nicht nach. Aber als er aufstand und mit den Füßen aufstampfte und durch den treibenden Schnee auf die Straße hinunterblickte, besann er sich, und statt den Hang hinaufzugehen, blieb er stehen, an die windgeschützte Seite der Kiefer gelehnt.

Der *Inglés* hat mir gesagt, ich soll warten, dachte er, und vielleicht ist er jetzt gerade auf dem Weg hierher, und wenn ich weggehe, könnte er sich im Schnee verirren. Den ganzen Krieg hindurch haben wir unter dem Mangel an Disziplin und

Gehorsam zu leiden gehabt, und ich werde noch ein Weilchen ganz ruhig auf den *Inglés* warten. Aber wenn er nicht bald kommt, muß ich gehen, trotz aller Befehle, denn ich habe jetzt eine Meldung zu erstatten, und in den nächsten Tagen ist viel zu tun, und hier zu erfrieren wäre eine reine Übertriebenheit und ganz ohne jeden Zweck.

Aus dem Schornstein der Sägemühle auf der anderen Seite der Straße kam Rauch, und der Wind wehte den Rauchgeruch zu Anselmo her. Die Faschisten haben es warm, dachte er, und gemütlich, und morgen abend werden wir sie umbringen. Es ist sonderbar, ich denke nicht gerne daran. Ich habe sie den ganzen Tag beobachtet, es sind ebensolche Menschen wie wir. Ich glaube, ich könnte zu der Mühle hingehen und an die Tür klopfen, und sie würden mich freundlich aufnehmen, wenn sie nicht Befehl hätten, alle unbekannten Personen anzuhalten und ihnen die Papiere abzuverlangen. Nur die Befehle sind es, die uns trennen. Diese Menschen da sind keine Faschisten. Ich nenne sie so, aber sie sind es nicht. Es sind ebenso arme Teufel wie wir. Sie brauchten gar nicht gegen uns zu kämpfen, und der Gedanke, sie umzubringen, gefällt mir nicht.

Das sind *gallegos,* die Leute dort drüben. Ich weiß es, weil ich sie heute nachmittag habe reden hören. Sie können ja nicht desertieren, sonst erschießt man ihre Angehörigen. Die *gallegos* sind entweder sehr intelligent oder sehr dumm und brutal. Ich habe beide Sorten kennengelernt. Lister ist ein *gallego,* er stammt aus derselben Stadt wie Franco. Ich möchte wissen, was die *gallegos* sich denken, daß es zu dieser Jahreszeit schneit. Zu Hause haben sie keine hohen Berge, dort regnet es immer, und immer ist alles grün.

In dem Fenster der Sägemühle schimmerte ein Licht, und Anselmo zitterte vor Kälte und dachte, hol der Teufel den *Inglés*! Da sitzen die *gallegos* warm und geborgen in einem Haus in meiner Heimat, und ich stehe frierend hinter einem Baum, und wir hausen in einem Felsloch wie die Tiere in den Bergen. Morgen aber, dachte er, werden die Tiere aus ihrem Loch hervorbrechen, und die dort, die es jetzt so gemütlich haben, werden warm unter ihren Decken sterben. So wie jene starben in der Nacht, als wir Otero überfielen, dachte er. Er erinnerte sich nicht gern an Otero.

In Otero, in jener Nacht, hatte er zum erstenmal einen Menschen getötet, und er hoffte, er würde bei der bevorstehenden Erledigung dieser Posten nicht wieder einen Menschen töten müssen. Damals in Otero, da hatte Pablo den Wachtposten erstochen, während Anselmo ihm die Decke über den Kopf warf, und der Mann packte Anselmos Fuß und klammerte sich fest, halb erstickt durch die Decke, und er stieß ein Gewimmer aus unter der Decke, und Anselmo mußte unter die Decke greifen und auf ihn losstechen, bis er seinen Fuß losließ und still war. Er hatte sein Knie gegen die Kehle des Mannes gestemmt, um ihn zum Schweigen zu bringen, und er stach in das Bündel hinein, und da warf Pablo die Bombe durch das Fenster in das Zimmer, in dem die Soldaten schliefen. Und als die Flamme aufblitzte, war es, als ob die ganze Welt rot und gelb vor den Augen zerberste, und schon waren zwei weitere Bomben hineingeflogen. Pablo hatte die Stifte herausgezogen und sie schnell durchs Fenster geworfen, und die, die es nicht in den Betten erwischte, die wurden durch die zweite Bombe getötet, während sie aus dem Bett sprangen. Das war Pablos große Zeit, als er wie ein Tatar das Land verheerte und kein Faschistenposten des Nachts vor ihm sicher war.

Und jetzt ist er so erledigt wie ein kastrierter Eber, dachte Anselmo, und wenn das Kastrieren vorbei ist und das Quieken aufgehört hat, schmeißt man die zwei Hoden weg, und der Eber, der kein Eber mehr ist, geht schnüffelnd und wühlend zu ihnen hin und frißt sie auf. Nein, so schlimm ist es mit ihm nicht, dachte Anselmo grinsend, selbst von einem Pablo kann man noch zu schlecht denken. Aber er ist ausreichend häßlich und hat sich gründlich verändert.

Es ist zu kalt, dachte er. Wenn bloß der *Inglés* käme, und wenn ich bloß bei dieser Geschichte keinen Menschen töten müßte. Die vier *gallegos* und den Korporal sollen die umbringen, die es gerne tun. Das hat auch der *Inglés* gesagt. Ich werde es tun, wenn meine Pflicht es verlangt, und der *Inglés* sagte, ich werde ihn zur Brücke begleiten, und das da wird man den anderen überlassen. An der Brücke wird es zum Kampf kommen, und wenn ich imstande bin, den Kampf durchzuhalten, dann habe ich alles getan, was man von einem alten Mann in diesem Krieg erwarten kann. Aber jetzt soll schon der *Inglés* kommen, denn mir ist kalt, und der Anblick des gelben Fensters, hinter dem die *gallegos* sitzen und es warm haben, läßt mich noch mehr frieren. Wenn ich doch bloß wieder in meinem Haus säße und dieser Krieg vorüber wäre! Aber du hast jetzt kein Haus, dachte er. Wir müssen diesen Krieg gewinnen, bevor du jemals wieder in dein Haus zurückkehren kannst.

Im Innern der Sägemühle saß einer der Soldaten auf seiner Pritsche und schmierte seine Stiefel. Ein zweiter lag schlafend auf seiner Pritsche. Der dritte kochte, und der Korporal las Zeitung. Ihre Helme hingen an Nägeln an der Wand, und die Gewehre lehnten an der Bretterwand.

»Was ist das für eine Gegend, wo es schneit, wenn fast schon Juni ist!« sagte der Soldat, der auf der Pritsche saß.

»Ein Phänomen«, sagte der Korporal. »Wir sind erst im Maimond«, sagte der Soldat, welcher kochte. »Der Maimond ist noch nicht zu Ende.« »Was ist das für eine Gegend, wo es im Mai schneit!« sagte der Soldat auf der Pritsche beharrlich. »In diesen Bergen ist Schnee im Mai keine Seltenheit«, sagte der Korporal. »In Madrid habe ich im Mai schon mehr gefroren als in jedem anderen Monat.«

»Und auch mehr geschwitzt«, sagte der Soldat, welcher kochte.

»Der Mai ist der Monat der größten Temperaturgegensätze«, sagte der Korporal. »Hier in Kastilien ist der Mai ein Monat großer Hitze, aber er kann auch sehr viel Kälte bringen.«

»Oder Regen«, sagte der Soldat auf der Pritsche. »In diesem vergangenen Mai hat es fast jeden Tag geregnet.«

»Nein«, sagte der Soldat, welcher kochte. »Jedenfalls war dieser vergangene Mai der Aprilmond.«

»Man könnte verrückt werden, wenn man dir zuhört, mit deinen Monden«, sagte der Korporal. »Laß uns mit deinen Monden zufrieden.«

»Jeder, der auf dem Meer oder auf dem Land lebt, weiß, daß es auf den Mond ankommt und nicht auf den Monat«, sagte der Soldat, welcher kochte. »Jetzt zum Beispiel hat gerade erst der Maimond begonnen. Aber es geht schon auf den Juni zu.«

»Warum bleiben wir dann nicht ganz mit den Jahreszeiten zurück?« sagte der Korporal. »Da tut einem ja der Kopf weh, wenn man so etwas hört.«

»Du kommst aus einer Stadt«, sagte der Soldat, welcher kochte. »Du kommst aus Lugo, was verstehst du denn vom Meer oder vom Land?«

»In der Stadt lernt man mehr, als ihr *analfabetos* auf dem Meer oder auf dem Land lernt.«

»In diesem Mond kommt der erste große Sardinenschwarm«, sagte der Soldat, welcher kochte. »In diesem Mond werden die Sardinenkähne instand gesetzt, und die Makrelen haben sich bereits nach Norden verzogen.«

»Warum bist du nicht bei der Marine, wenn du aus Noya stammst?« fragte der Korporal.

»Weil ich nicht in Noya eingetragen bin, sondern in Negreira, meinem Geburtsort. Und in Negreira, das am Tambre liegt, kommt man zur Armee.«

»Pech«, sagte der Korporal.

»Glaub nicht, daß es bei der Marine gefahrlos ist«, sagte der Soldat, der auf der Pritsche saß. »Auch wenn man in keine Schlacht gerät, so ist doch die Küste im Winter sehr gefährlich.«

»Nichts kann schlimmer sein als die Armee«, sagte der Korporal.

»Du bist Korporal«, sagte der Soldat, welcher kochte. »Wie kannst du so daherreden?«

»Nein«, sagte der Korporal. »Ich meine bloß die Gefahr. Ich meine, daß man Bombardements aushalten muß, daß man gezwungen wird, Sturmangriffe zu machen, daß man im Schützengraben hocken muß.«

»Hier spüren wir davon nichts«, sagte der Soldat auf der Pritsche.
»Gott sei uns gnädig«, sagte der Korporal. »Aber wer weiß, wann wir wieder mitten hineingeraten. Sicherlich wird dieses bequeme Leben nicht ewig dauern!«
»Wie lange noch, glaubst du, werden wir hier zugeteilt sein?«
»Das weiß ich nicht«, sagte der Korporal. »Aber ich wollte, wir könnten bis Kriegsende hier bleiben.«
»Sechs Stunden ist zu lang, um Wache zu stehen«, sagte der Soldat, welcher kochte.
»Solange der Schneesturm dauert, werden wir alle drei Stunden wechseln«, sagte der Korporal. »Das ist nur normal.«
»Was sollen bloß diese vielen Stabsautos?« fragte der Soldat auf der Pritsche. »Mir gefallen sie gar nicht, alle diese Stabsautos.«
»Mir auch nicht«, sagte der Korporal. »All solche Sachen sind ein böses Zeichen.«
»Und die Flugzeuge«, sagte der Soldat, welcher kochte. »Flugzeuge sind auch ein böses Zeichen.«
»Aber wir haben großartige Flugzeuge«, sagte der Korporal. »Wir haben eine Flugwaffe, die ist unübertrefflich.«
So redeten sie in der Sägemühle, während Anselmo wartend im Schnee stand, die Straße beobachtete und das Licht im Fenster der Sägemühle sah.
Hoffentlich brauche ich keinen Menschen umzubringen, dachte Anselmo. Ich glaube, nach dem Krieg wird man für all das Morden irgendeine große Buße tun müssen. Wenn wir nach dem Krieg keine Religion mehr haben, dann, glaube ich, muß irgendeine zivile Buße organisiert werden, damit alle sich von dem Morden reinigen können, sonst werden wir nie eine anständige und menschliche Grundlage für unser Leben haben. Das Morden ist nötig, ich weiß es, aber trotzdem bekommt es den Menschen sehr schlecht, und ich glaube, wenn das alles vorbei ist und wir den Krieg gewonnen haben, muß iregendeine Buße veranstaltet werden, damit wir alle uns reinwaschen können.
Anselmo war ein sehr guter Mensch, und sooft er lange allein war, und er war die meiste Zeit allein, kehrte er immer wieder zu diesem Problem zurück.

Ich möchte wissen, wie es mit dem *Inglés* steht, dachte er. Er hat mir erzählt, daß es ihm gar nichts ausmacht. Aber er scheint ein gefühlvoller und gutmütiger Mensch zu sein. Vielleicht nehmen die jüngeren Menschen es nicht wichtig. Vielleicht haben Ausländer, oder solche, die nicht in unserer Region groß geworden sind, eine ganz andere Einstellung. Aber ich glaube, jeder, der da mitmacht, muß mit der Zeit verrohen, und ich glaube, wenn es auch nötig ist, so ist es doch eine schwere Sünde, und wir müssen hinterher etwas sehr Wirksames tun, um sie abzubüßen.
Es war inzwischen dunkel geworden, er blickte zu dem erleuchteten Fenster hinüber und schlug die Arme gegen die Brust, um sie zu erwärmen. Jetzt aber, dachte er, jetzt gehe ich bestimmt ins Lager zurück. Aber irgend etwas hielt ihn fest dort neben dem Baumstamm über der Straße. Es schneite immer heftiger, und Anselmo dachte: Wenn wir bloß heute nacht die Brücke sprengen könnten! In einer solchen Nacht wäre es ein Kinderspiel, die Posten zu überrumpeln und die Brücke zu sprengen, und dann wäre alles erledigt und vorbei. In einer solchen Nacht kann man tun, was man will.
Dann stand er da, an den Baum gelehnt, stampfte leise mit den Füßen auf und dachte nicht mehr an die Brücke. Immer wenn es dunkel wurde, fühlte er sich einsam, und heute abend fühlte er sich so einsam, daß er innen ganz hohl war, wie von großem Hunger. Früher einmal konnte er dieses Gefühl der Einsamkeit dadurch bekämpfen, daß er Gebete hersagte, und oft, wenn er von der Jagd nach Hause kam, sagte er ein und dasselbe Gebet viele Male hintereinander her, und dann fühlte er sich gleich viel wohler. Aber seit dem Beginn der Bewegung hatte er nicht ein einziges Mal mehr gebetet. Die Gebete fehlten ihm, aber er meinte, es würde ungerecht und heuchlerisch von ihm sein, sie herzusagen, und er wollte keine Begünstigungen in Anspruch nehmen und keine andere Behandlung verlangen, als die Kameraden sie empfingen.
Nein, dachte er, ich bin einsam. Aber alle Soldaten sind einsam, und die Frauen der Soldaten, und alle die, die ihre Fa-

milie oder ihre Eltern verloren haben. Ich habe keine Frau mehr, aber ich bin froh, daß sie vor der Bewegung gestorben ist. Sie hätte sie nicht verstanden. Ich habe keine Kinder, und ich werde nie welche haben. Einsam bin ich am Tag, wenn ich nichts zu tun habe, aber wenn die Dunkelheit fällt, dann kommt die Stunde der großen Einsamkeit. Aber eines habe ich, das kann kein Mensch und kein Gott mir nehmen, und das ist das, daß ich gut für die Republik gearbeitet habe. Ich habe fleißig für das Gute gearbeitet, an dem wir später einmal alle teilhaben sollen. Ich habe vom ersten Augenblick an mein Bestes getan, und ich habe nichts getan, dessen ich mich schämen müßte.

Leid tut mir nur, daß getötet werden muß. Aber sicherlich wird man Gelegenheit haben, es abzubüßen, denn für eine solche Sünde, die so viele begehen, wird sicherlich eine gerechte Sühne erfunden werden. Ich möchte gern mit dem *Inglés* darüber reden, aber er ist jung, und da ist es möglich, daß er mich nicht versteht. Er ist selbst auf das Morden zu sprechen gekommen. Oder bin ich darauf zu sprechen gekommen? Er hat sicher schon viele Menschen umgebracht, aber er macht nicht den Eindruck, als ob er es gern täte. Die, die es gerne tun, die haben immer etwas Verkommenes an sich.

Es muß wirklich eine große Sünde sein, dachte er, denn es ist wohl das einzige, wozu wir nicht berechtigt sind, auch wenn es, wie ich weiß, notwendig ist. Aber hier in Spanien geht es den Menschen zu leicht von der Hand, und oft tun sie's ohne Notwendigkeit, und es geschehen viele ungerechte Dinge, die hinterher nicht wiedergutzumachen sind. Wenn ich bloß nicht so viel darüber nachdenken würde, dachte er. Wenn es bloß eine Buße dafür gäbe, mit der man gleich anfangen könnte, denn das ist das einzige in meinem ganzen Leben, das mich bedrückt, wenn ich allein bin. Alles andere ist längst verziehen, oder man hat Gelegenheit gehabt, es durch Güte oder auf irgendeine anständige Weise wiedergutzumachen. Aber dieses Morden muß wohl eine sehr schwere Sünde sein, und ich würde sie gerne abbüßen. Vielleicht wird man später einmal an bestimmten Tagen für den Staat arbeiten oder irgend etwas Ähnliches tun, um die Sünde abzubüßen. Wahrscheinlich wird man etwas zu bezahlen haben wie in den Zeiten der Kirche, dachte er und lächelte. Die Kirche, die hat die Sünden gut organisiert. Dieser Gedanke machte ihm Spaß, er lächelte im Dunkeln vor sich hin, und da kam Robert Jordan zu ihm heran. Er kam ganz lautlos heran, und der Alte sah ihn erst, als er neben ihm stand.

»*Hola, viejo!*« flüsterte Robert Jordan und klopfte ihm auf die Schulter. »Wie geht's dem Alten?«

»Mir ist sehr kalt«, erwiderte Anselmo. Fernando war ein wenig abseits stehengeblieben, mit dem Rücken gegen den treibenden Schnee.

»Komm!« flüsterte Robert Jordan. »Schnell ins Lager, damit du warm wirst. Es war eine Schweinerei, dich so lange hier sitzen zu lassen.«

»Das dort ist ihr Licht«, und Anselmo zeigte auf das erleuchtete Fenster jenseits der Straße.

»Wo ist der Wachtposten?«

»Hinter der Biegung. Man kann ihn von hier aus nicht sehen.«

»Hol sie der Teufel!« sagte Robert Jordan. »Du kannst mir das alles im Lager erzählen. Komm, gehen wir!«

»Komm, schau dir's an«, sagte Anselmo.

»Ich werde es mir morgen früh anschauen«, sagte Robert Jordan. »Hier, nimm einen Schluck.«

Er reichte dem Alten seine Flasche. Anselmo setzte sie an die Lippen und trank.

»*Ayee*«, sagte er und wischte sich den Mund ab. »Das reine Feuer.«

»Vorwärts!« sagte Robert Jordan im Dunkeln. »Gehen wir!«

Es war jetzt so finster, daß man nur die vorüberwehenden Schneeflocken sah und das starre Schwarz der Kiefernstämme. Fernando stand ein Stück weiter oben auf dem Hang. Schau dir diesen hölzernen Nußknacker an, dachte Robert Jordan. Ich werde ihm wohl auch ein Schlückchen anbieten müssen.

»He, Fernando!« sagte er, während er sich ihm näherte. »Auch ein Schlückchen?«

»Nein«, erwiderte Fernando. »Danke.«

Ich muß mich bedanken, dachte Robert Jordan. Ich bin froh, daß holzgeschnitzte Nußknacker nicht trinken. Es ist nicht mehr viel von dem Zeug da. Junge, wie ich mich freue, den Alten wiederzusehen, dachte Robert Jordan. Er sah Anselmo an und klopfte ihm auf die Schulter, während sie den Berg hinanzustapfen begannen.

»Ich freue mich, dich zu sehen, *viejo*«, sagte er zu Anselmo. »Wenn ich schlechter Laune bin und dich sehe, werde ich gleich wieder lustig. Vorwärts, steigen wir hinauf!«

Sie stapften bergan durch den Schnee.

»Zurück in Pablos Palast!« sagte Robert Jordan zu Anselmo. Im Spanischen klang das wunderschön.

»*El Palacio del Miedo*«, sagte Anselmo. »Der Palast der Furcht.«

»*La cueva de los huevos perdidos*«, sagte Robert Jordan fröhlich, den anderen übertrumpfend. »Die Höhle der verlorenen Eier.«

»Was für Eier?« fragte Fernando.

»Ein Spaß!« sagte Robert Jordan. »Nur ein Spaß. Nicht richtige Eier, weißt du. Die andern.«

»Warum sind sie denn verloren?« fragte Fernando.

»Das weiß ich nicht«, sagte Robert Jordan. »Lies in einem Buch nach! Frag Pilar!« Dann legte er den Arm um Anselmos Schulter, drückte ihn im Gehen fest an sich und schüttelte ihn. »Hör mal«, sagte er. »Ich freue mich, dich zu sehen, hörst du? Du weißt nicht, was es bedeutet, in diesem Land jemand an der Stelle wiederzufinden, an der man ihn zurückgelassen hat.«

Daß er sich erlauben durfte, etwas gegen das Land zu sagen, war ein Beweis für das Vertrauen, das er genoß.

»Auch ich freue mich, dich zu sehen«, sagte Anselmo. »Aber ich wollte gerade weggehen.«

»Den Teufel wärst du weggegangen!« sagte Robert Jordan fröhlich. »Eher wärst du erfroren.«

»Wie sieht es aus?« fragte Anselmo.

»Fein«, erwiderte Robert Jordan. »Alles in bester Ordnung.« Er war sehr glücklich, er empfand jenes plötzliche, seltene Glücksgefühl, das jeder erleben kann, der in einer revolutionären Armee ein Kommando führt: die beglückende Erkenntnis, daß eine der beiden Flanken standhält. Wenn einmal bei Gelegenheit beide Flanken standhalten sollten, würde man das gar nicht ertragen können, dachte er. Ich wüßte nicht, wer imstande wäre, das zu ertragen. Und wenn du an einer Flanke entlanggehst, an irgendeiner Flanke, dann reduziert sie sich schließlich auf einen einzigen Mann. Ja, auf einen einzigen Mann. Das war nicht das Axiom, das er suchte. Aber Anselmo ist wirklich ein tüchtiger Kerl. *Ein* tüchtiger Kerl. Du wirst meine linke Flanke bilden, wenn die Schlacht beginnt, dachte er. Aber das will ich dir lieber noch nicht mitteilen. Es wird eine verdammt kleine Schlacht werden, dachte er, aber eine verdammt schöne Schlacht. Na, ich habe mir ja immer gewünscht, einmal ganz auf eigene Faust eine Schlacht zu liefern. Ich hatte seit jeher ganz bestimmte Ansichten über die Fehler, die die anderen in ihren Schlachten begangen haben, angefangen bei der Schlacht von Agincourt. Und das muß nun eine schöne Schlacht werden. Klein, aber fein. Ja, wenn alles so läuft, wie ich vermute, wird es wirklich eine recht feine Schlacht werden.
»Hör zu«, sagte er zu Anselmo. »Ich freue mich schrecklich, dich zu sehen.«
»Ich freue mich, dich zu sehen«, sagte der Alte.
Sie stiegen den Berg hinan, den Wind hatten sie im Rücken, der Schnee stob an ihnen vorüber, und Anselmo fühlte sich nicht mehr einsam. Seit der *Inglés* ihm auf die Schulter geklopft hatte, fühlte er sich nicht mehr einsam. Der *Inglés* war froh und zufrieden, und sie scherzten miteinander. Der *Inglés* sagte, daß alles gutgehe und machte sich keine Sorgen. Das Zeug im Magen wärmte, und seine Füße wurden vom Klettern warm.
»Nicht viel los auf der Straße«, sagte er zu dem *Inglés*.
»Gut«, sagte der *Inglés* zu ihm. »Du wirst es mir zeigen, wenn wir oben sind.«

Anselmo war jetzt froh, daß er seinen Beobachtungsposten nicht verlassen hatte.

Er wäre durchaus berechtigt gewesen, ins Lager zurückzukehren, dachte Robert Jordan. In Anbetracht der Umstände wäre es das Klügste und Richtigste gewesen. Aber er blieb auf seinem Posten, wie man es ihm befohlen hatte. Seltsameres kann einem in Spanien nicht passieren. Das ist keine Kleinigkeit, in einem Schneesturm auszuhalten, das bedeutet schon etwas. Nicht umsonst benützen die Deutschen das Wort »Sturm«, um einen Angriff zu bezeichnen. Ich könnte schon noch ein paar solcher Kerle brauchen, die im gegebenen Fall ihren Posten nicht verlassen. Zweifellos. Ob auch dieser Fernando aushalten würde? Ganz gut möglich. Schließlich hat er sich vorhin bereit erklärt, mitzukommen. Glaubst du, er würde aushalten? Wäre das nicht fein? Die nötige Hartnäckigkeit besitzt er ja. Ich werde mich genauer erkundigen müssen. Ich möchte wissen, woran der alte Nußknacker jetzt denkt.

»Woran denkst du, Fernando?« fragte Robert Jordan.

»Warum fragst du?«

»Aus Neugier«, sagte Robert Jordan. »Ich bin ein sehr neugieriger Mensch.«

»Ich habe an das Abendessen gedacht«, sagte Fernando.

»Liegt dir viel am Essen?«

»Ja. Sehr viel.«

»Wie ist Pilars Küche?«

»Durchschnittlich«, erwiderte Fernando.

Ein zweiter Coolidge, dachte Robert Jordan, genauso einsilbig. Aber, weißt du, ich habe so das Gefühl, er würde aushalten. Die drei stapften mühsam durch den Schnee bergan.

16

»El Sordo war hier«, sagte Pilar zu Robert Jordan. Sie waren nun aus dem Schneegestöber in die rauchige Wärme der Höhle gekommen, und die Frau hatte Robert Jordan mit einem Kopfnicken zu sich herangewinkt.
»Er schaut sich nach den Pferden um.«
»Gut. Hat er etwas für mich hinterlassen?«
»Nur, daß er sich nach Pferden umschaut.«
»Und was machen *wir*?«
»*No sé*«, sagte sie. »Schau dir ihn an!«
Robert Jordan hatte, als er hereinkam, Pablo angesehen, und Pablo hatte grinsend seinen Blick erwidert. Nun winkte er ihm lächelnd zu.
»*Inglés!*« rief Pablo. »Es schneit immer noch, *Inglés*.«
Robert Jordan nickte.
»Gib mir deine Schuhe, ich will sie trocknen«, sagte Maria. »Ich werde sie in den Rauch des Feuers hängen.«
»Gib acht, daß du sie nicht verbrennst«, sagte Robert Jordan. »Ich möchte hier nicht barfuß herumlaufen. Was ist los?« wandte er sich an Pilar. »Ist das eine Versammlung? Habt ihr keine Posten aufgestellt?«
»In diesem Schneesturm? *Qué va?*«
Sechs Männer saßen am Tisch, an die Wand gelehnt. Anselmo und Fernando waren noch damit beschäftigt, den Schnee von ihren Jacken zu schütteln, die Hosen abzuklopfen und mit den Füßen gegen die Wand neben dem Eingang zu schlagen.
»Gib mir deine Jacke!« sagte Maria. »Laß nicht erst den Schnee schmelzen.«
Robert Jordan schlüpfte aus seiner Jacke, klopfte den Schnee von der Hose und knüpfte seine Schuhe auf.
»Du wirst hier alles naß machen«, sagte Pilar.
»Du hast mich doch selber hierher gerufen.«
»Das hindert dich aber nicht, an die Tür zu gehen und dir dort den Schnee abzubürsten.«

»Entschuldige«, sagte Robert Jordan. Er stand nun mit bloßen Füßen auf dem schmutzigen Boden. »Hol mir ein Paar Socken, Maria!«
»Der Herr und Gebieter«, sagte Pilar und schob ein Stück Holz ins Feuer.
»*Hay que aprovechar el tiempo*«, sagte Robert Jordan. »Man muß das bißchen Zeit, das man hat, ausnützen.«
»Versperrt«, sagte Maria.
»Da hast du den Schlüssel.« Er warf ihr den Schlüssel hin.
»Der paßt nicht zu diesem Rucksack.«
»Die Socken liegen in dem anderen Sack, ganz oben und etwas seitlich.«
Das Mädchen fand die Socken, schnürte den Rucksack zu, ließ das Schloß einschnappen und kam dann mit den Socken und dem Schlüssel zu Robert Jordan.
»Setz dich, zieh sie an und reib dir vorher ordentlich die Füße ab«, sagte sie. Robert Jordan lächelte.
»Kannst du sie nicht mit deinem Haar trocknen?« sagte er, so daß Pilar es hören mußte.
»So ein Schwein!« sagte sie. »Zuerst war er der gnädige Herr, jetzt ist er unser ehemaliger Herr Jesus selbst. Hau ihm mit einem Stück Holz auf den Schädel, Maria!«
»Nein«, sagte Robert Jordan. »Ich scherze, weil ich gut gelaunt bin.«
»Du bist gut gelaunt?«
»Ja«, erwiderte er. »Ich finde, es läuft alles sehr gut.«
»Roberto«, sagte Maria, »setz dich hin und trockne dir deine Füße ab, und ich bringe dir etwas Wärmendes zu trinken.«
»Man könnte glauben, der Mann hat noch nie nasse Füße gehabt«, sagte Pilar. »Oder es ist noch nie ein Schneeflöckchen vom Himmel gefallen!«
Maria brachte eine Schafshaut und legte sie auf den schmutzigen Boden der Höhle.
»Da!« sagte sie. »Stell deine Füße darauf, bis die Schuhe trocken sind.«

Die Schafshaut war frisch getrocknet und ungegerbt, und als Robert Jordan seine bestrumpften Füße daraufstellte, fühlte er sie knistern wie Pergament.

Das Feuer rauchte, und Pilar rief Maria zu: »Schüre das Feuer, du Nichtsnutz. Wir sind nicht in einer Selchkammer.«

»Schüre es selbst«, erwiderte Maria. »Ich suche die Flasche, die El Sordo dagelassen hat.«

»Sie steht hinter dem Packen«, sagte Pilar. »Mußt du ihn pflegen wie einen Säugling?«

»Nein«, sagte Maria. »Wie einen Mann, der durchnäßt ist und friert. Wie einen Mann, der in sein Haus zurückgekehrt ist. Da ist sie!«

Sie brachte Robert Jordan die Flasche. »Es ist die Flasche von heute mittag. Aus dieser Flasche könnte man eine wunderschöne Lampe machen. Wenn wir wieder elektrisches Licht haben, was können wir dann für eine schöne Lampe aus dieser Flasche machen!« Bewundernd sah sie die flache Whiskyflasche an. »Wie willst du es trinken, Roberto?«

»Ich dachte, ich heiße *Inglés*«, sagte Robert Jordan.

»Vor den anderen sage ich Roberto«, sagte sie mit leiser Stimme und wurde rot. »Wie willst du es haben, Roberto?«

»Roberto«, sagte Pablo mit schwerer Stimme und nickte zu Robert Jordan hin. »Wie willst du es haben, Don Roberto?«

»Willst du auch etwas davon?« fragte Robert Jordan.

Pablo schüttelte den Kopf. »Ich betrinke mich mit Wein«, sagte er würdevoll.

»Geh mit Bacchus!« sagte Robert Jordan auf spanisch.

»Wer ist Bacchus?« fragte Pablo.

»Ein Genosse von dir«, sagte Robert Jordan.

»Nie habe ich von ihm gehört«, sagte Pablo ernsthaft. »Nie in dieser Gegend hier.«

»Gib Anselmo eine Tasse«, sagte Robert Jordan zu Maria. »Er friert am meisten.« Er zog die trockenen Socken an, und der mit Wasser gemischte Whisky in der Tasse schmeckte frisch und erzeugte eine dünne Wärme im Magen. Aber er rieselt

einem nicht durch den ganzen Körper wie der Absinth, dachte Robert Jordan. Nichts geht über den Absinth.
Wer hätte gedacht, daß sie hier oben Whisky haben, dachte er. Aber wenn man sich's überlegte, war wohl am ehesten noch in La Granja Whisky aufzutreiben. Man stelle sich vor: El Sordo besorgt eine Flasche für den Dynamiter, der zu Besuch kommt, und dann vergißt er nicht, sie mitzubringen und sie dazulassen. Das sind nicht bloß gute Manieren. Die Flasche hervorholen und ein Gläschen anbieten, das sind Manieren. Das würde ein Franzose tun, und dann würde er den Rest für eine andere Gelegenheit aufsparen. Nein, diese echte Aufmerksamkeit, daß man daran denkt, dem Besucher eine Freude zu machen, und ihm die Flasche bringt, während man selbst mit einer schwierigen Arbeit beschäftigt ist und allen Grund hätte, nur an sich selber und nur an die vorliegende Aufgabe zu denken – das ist spanisch. *Eine* Seite des spanischen Wesens, dachte er. Daß sie daran denken, einem den Whisky mitzubringen, das ist einer der Gründe, warum man dieses Volk liebt. Keine romantischen Übertreibungen! dachte er. Unter den Spaniern gibt es ebenso viele Spielarten wie unter den Amerikanern. Immerhin, den Whisky mitzubringen, das war schön.
»Wie schmeckt er dir?« fragte er Anselmo.
Der Alte saß neben dem Feuer, ein Lächeln im Gesicht, und seine großen Hände umspannten die Tasse. Er schüttelte den Kopf.
»Nein?« fragte Robert Jordan.
»Das Kind hat Wasser hineingetan«, sagte Anselmo.
»So, wie Roberto es trinkt«, sagte Maria. »Bist du was Besonderes?«
»Nein«, erwiderte Anselmo. »Gar nichts Besonderes. Aber ich will fühlen, wie es in der Gurgel brennt.«
»Gib mir seine Tasse«, sagte Robert Jordan zu dem Mädchen, »und gieß ihm was Scharfes ein.«
Er schüttete den Inhalt der Tasse in seine eigene Tasse und gab sie leer dem Mädchen zurück, die vorsichtig etwas aus der Flasche hineingoß.

»Ah!« Anselmo nahm die Tasse, neigte den Kopf zurück und goß den Whisky hinunter. Er sah Maria an, die mit der Flasche in der Hand dastand, und zwinkerte ihr zu, und die Tränen liefen ihm aus beiden Augen. »Ja, das!« sagte er. »Ja, das!« Dann leckte er sich die Lippen. »Das tötet den Wurm, der uns quält.«
»Roberto«, sagte Maria und näherte sich ihm, immer noch die Flasche in der Hand. »Möchtest du jetzt essen?«
»Ist das Essen fertig?«
»Es ist fertig, du brauchst nur zu sagen, wann du essen willst.«
»Haben die anderen schon gegessen?«
»Alle bis auf dich, Anselmo und Fernando.«
»Dann wollen wir essen«, sagte er. »Und du?«
»Ich esse nachher mit Pilar.«
»Iß mit uns.«
»Nein. Das gehört sich nicht.«
»Komm und iß. In meiner Heimat ißt der Mann nicht früher als die Frau.«
»Das ist deine Heimat. Hier haben wir andere Sitten, und ich will lieber nachher essen.«
»Iß nur mit ihm«, sagte Pablo, vom Tisch aufblickend. »Iß mit ihm. Trink mit ihm. Schlaf mit ihm. Stirb mit ihm. Befolge die Sitten seines Landes!«
»Bist du betrunken?« fragte Robert Jordan. Er stand nun vor Pablo, der ihm sein schmutziges, mit Stoppeln bedecktes Gesicht zukehrte und ihn vergnügt ansah.
»Ja«, sagte Pablo. »Wo liegt denn deine Heimat, *Inglés,* das Land, wo die Weiber mit den Männern essen?«
»In den Estados Unidos, im Staate Montana.«
»Und die Männer tragen dort Weiberröcke?«
»Nein. Du meinst Schottland.«
»Aber hör zu!« sagte Pablo. »Wenn du Röcke anhast, *Inglés* –«
»Ich trage keine Weiberröcke«, sagte Robert Jordan.
»Wenn du also diese Röcke trägst«, fuhr Pablo fort, »was trägst du *unter* den Röcken?«
»Ich weiß nicht, was die Schotten darunter tragen«, sagte Robert Jordan. »Ich wollte das selbst schon immer wissen.«

»Nicht die Escoceses«, sagte Pablo. »Wer fragt nach den Escoceses? Wer fragt nach solchen komischen Leuten, die so einen komischen Namen haben? Ich nicht! Mir sind sie ganz egal. Dich meine ich, *Inglés*. Dich! Was trägst du zu Hause unter deinen Weiberröcken?«

»Zweimal habe ich dir schon gesagt, daß wir keine Röcke tragen. Weder im Scherz noch wenn wir besoffen sind.«

»Aber *unter* den Röcken!« sagte Pablo hartnäckig. »Weil es doch bekannt ist, daß ihr Röcke tragt. Sogar eure Soldaten. Ich habe Fotografien gesehen, und ich habe sie auch im Circus Price gesehen. Was trägst du unter deinen Weiberröcken, *Inglés*?«

»*Los cojones*«, sagte Robert Jordan.

Anselmo lachte, und alle, die zuhörten, lachten, bis auf Fernando. Dieses ordinäre Wort, in Anwesenheit von Frauen ausgesprochen, beleidigte sein empfindliches Ohr.

»Na, das versteht sich von selbst«, sagte Pablo. »Aber ich finde, wenn du genug *cojones* hättest, würdest du keine Weiberröcke tragen.«

»Gib keine Antwort, sonst geht es wieder los, *Inglés*«, sagte Primitivo, der Mann mit dem platten Gesicht und der gebrochenen Nase.

»Er ist besoffen. Sag mal, gibt es bei euch zu Hause Vieh und Getreide?«

»Rinder und Schafe«, erwiderte Robert Jordan. »Korn, Weizen und Bohnen. Und auch sehr viel Zuckerrüben.«

Die drei hatten sich jetzt zu Tisch gesetzt, und die übrigen saßen dicht neben ihnen, bis auf Pablo, der etwas abseits vor einer mit Wein gefüllten Schale saß. Es gab dasselbe Ragout wie am Abend zuvor, und Robert Jordan aß mit gutem Appetit.

»Gibt es auch Berge in deiner Heimat? Es muß dort wohl Berge geben, das sagt schon der Name.« Primitivo bemühte sich auf höfliche Art, ein Gespräch in Gang zu bringen. Pablos Betrunkenheit war ihm peinlich.

»Sehr viele und sehr hohe Berge.«

»Und gutes Weideland?«

»Ausgezeichnetes Weideland. Im Sommer haben wir die hochgelegenen Wiesen in den von der Regierung kontrollierten Wäldern, und im Herbst wird das Vieh ins Tal getrieben.«
»Gehört der Boden den Bauern?«
»Meistens gehört der Boden dem, der ihn bebaut. Ursprünglich hat der gesamte Boden dem Staat gehört, und wer sich bereit erklärte, ihn zu bebauen und zu verbessern, konnte 150 Hektar für sich beanspruchen.«
»Sag mir, wie das vor sich geht«, sagte Agustín. »Das ist eine Agrarreform, die gar nicht so ohne ist.«
Robert Jordan erklärte ihm das amerikanische Siedlungswesen, das er selber noch nie als ein Stück Agrarreform betrachtet hatte.
»Großartig«, sagte Primitivo. »Dann habt ihr also Kommunismus in deiner Heimat?«
»Nein. Das geschieht alles unter der Republik.«
»Ich finde«, sagte Agustín, »es gibt nichts, was man nicht unter der Republik machen könnte. Ich finde, wir brauchen gar keine andere Regierungsform.«
»Gibt es bei euch keine Großgrundbesitzer?« fragte Andrés.
»Viele.«
»Dann muß es doch auch Mißbräuche geben.«
»Sicherlich. Mehr als genug.«
»Aber ihr werdet sie abschaffen?«
»Wir bemühen uns darum. Aber es gibt immer noch sehr viel Mißbräuche.«
»Aber ihr habt keine großen Güter, die zerschlagen werden müßten?«
»Doch. Aber es gibt Leute, die der Meinung sind, daß das durch eine richtige Besteuerung zu erreichen wäre.«
»Wie denn?«
Während Robert Jordan mit einem Stück Brot seine Eßschale auswischte, erklärte er den Männern, wie die Einkommen- und Erbschaftssteuern wirken. »Aber die großen Güter bleiben bestehen. Außerdem haben wir Grundsteuern«, sagte er.

»Aber die Großgrundbesitzer und die Reichen werden sich bestimmt gegen solche Steuern auflehnen. Ich finde, daß das revolutionäre Steuern sind. Wenn die Reichen sich bedroht fühlen, werden sie sich gegen die Regierung auflehnen, so wie das bei uns die Faschisten gemacht haben«, sagte Primitivo.
»Möglich.«
»Dann werdet ihr bei euch zu Hause genauso kämpfen müssen, wie wir jetzt kämpfen.«
»Ja, wir werden kämpfen müssen.«
»Aber gibt es denn nicht viele Faschisten in deiner Heimat?«
»Es gibt viele, die nicht wissen, daß sie Faschisten sind, es aber im richtigen Augenblick entdecken werden.«
»Und ihr könnt sie nicht ausrotten, bevor sie losschlagen?«
»Nein«, sagte Robert Jordan. »Wir können sie nicht ausrotten. Aber wir können das Volk erziehen, damit es den Faschismus fürchtet, ihn sofort erkennt, wenn er auftaucht, und ihn bekämpft.«
»Weißt du, wo es keine Faschisten gibt?« fragte Andrés.
»Wo?«
»In Pablos Heimatstadt«, sagte Andrés und grinste.
»Du weißt, was sie dort gemacht haben?« fragte Primitivo.
»Ja. Ich habe die Geschichte gehört.«
»Von Pilar?«
»Ja.«
»Sie konnte dir nicht alles erzählen«, sagte Pablo gewichtig. »Weil sie den Schluß nicht gesehen hat, weil sie vom Stuhl fiel, draußen vor dem Fenster.«
»Dann erzähle *du* ihm, was sich abgespielt hat«, sagte Pilar. »Erzähle *du* die Geschichte, wenn *ich* sie nicht weiß.«
»Nein«, sagte Pablo. »Ich habe sie noch nie erzählt.«
»Nein«, sagte Pilar. »Und du wirst sie auch nie erzählen. Und nun möchtest du gern, daß es gar nicht passiert wäre.«
»Nein«, sagte Pablo. »Das ist nicht wahr. Und wenn alle so wie ich die Faschisten umgebracht hätten, dann müßten wir nicht jetzt diesen Krieg führen. Aber ich möchte nicht, daß es so zugeht, wie es zugegangen ist.«

»Warum sagst du das?« fragte Primitivo. »Hast du deine politischen Anschauungen gewechselt?«
»Nein. Aber es war barbarisch«, sagte Pablo. »Damals war ich sehr barbarisch.«
»Jetzt bist du besoffen«, sagte Pilar.
»Ja«, sagte Pablo. »Mit deiner Erlaubnis.«
»Als du barbarisch warst, hast du mir besser gefallen«, sagte die Frau. »Es gibt nichts Scheußlicheres als einen Säufer. Wenn der Dieb nicht gerade stiehlt, ist er wie jeder andere Mensch. Wenn der Räuber nach Hause kommt, hört er auf, ein Räuber zu sein. Wenn der Mörder nach Hause kommt, kann er sich die Hände waschen. Der Säufer aber stinkt und kotzt in sein eigenes Bett und löst sein Gedärm in Alkohol auf.«
»Du bist ein Weib, und du verstehst das nicht«, sagte Pablo mit eintöniger Stimme. »Ich bin vom Wein besoffen, und ich würde lustig sein, wenn nicht diese Menschen wären, die ich umgebracht habe. Alle machen sie mir Kummer.« Er schüttelte mit trübseliger Miene den Kopf.
»Gib ihm etwas von dem Zeug, das Sordo mitgebracht hat«, sagte Pilar. »Gib ihm etwas, das ihn aufmuntert. Er wird mir zu trübsinnig, es ist nicht mehr auszuhalten.«
»Wenn ich sie wieder lebendig machen könnte, würde ich es tun«, sagte Pablo.
»Geh und – – – dich selber an!« sagte Agustín zu ihm. »Wo sind wir denn hier?«
»Ich würde sie alle wieder lebendig machen«, sagte Pablo traurig. »Jeden einzelnen von ihnen.«
»Deine Mutter!« schrie Agustín ihn an. »Hör auf mit diesem Quatsch oder geh hinaus. Das sind Faschisten gewesen, die du umgebracht hast.«
»Du hörst, was ich sage. Ich würde sie alle wieder lebendig machen.«
»Und dann würdest du auf dem Meer wandeln«, sagte Pilar. »In meinem ganzen Leben habe ich so was von einem Mann nicht gesehen. Bis gestern war noch ein kleiner Rest von Männlichkeit in dir vorhanden, und heute würde es nicht

einmal mehr zu einem räudigen Kater reichen. Dabei fühlst du dich noch wohl in deiner Gedunsenheit.«

Pablo nickte. »Wir hätten alle umbringen sollen oder keinen. Alle oder keinen.«

»Hör mal, *Inglés*«, sagte Agustín. »Wie kommt es, daß du in Spanien bist? Kümmere dich nicht um Pablo. Er ist besoffen.«

»Vor zwölf Jahren bin ich zum erstenmal hierher gekommen, um das Land kennenzulernen und die Sprache zu studieren«, sagte Robert Jordan. »Ich gab spanischen Unterricht an der Universität.«

»Du siehst gar nicht wie ein Professor aus«, sagte Primitivo.

»Er hat keinen Bart«, sagte Pablo. »Schaut ihn euch an. Er hat keinen Bart.«

»Bist du wirklich ein Professor?«

»Ein Dozent.«

»Aber du gibst Unterricht?«

»Ja.«

»Warum denn aber spanischen Unterricht?« fragte Andrés. »Wäre es nicht leichter für dich, Englisch zu unterrichten, wo du doch ein Engländer bist?«

»Er spricht Spanisch genauso gut wie ihr«, sagte Anselmo. »Warum soll er nicht spanischen Unterricht geben?«

»Ja«, sagte Fernando. »Aber es ist gewissermaßen eine Überheblichkeit von einem Ausländer, spanischen Unterricht zu geben. Ich will nichts gegen dich gesagt haben, Don Roberto.«

»Er ist kein echter Professor«, sagte Pablo sehr zufrieden mit sich selbst. »Er hat keinen Bart.«

»Englisch kannst du sicherlich viel besser«, sagte Fernando. »Wäre es nicht viel besser und einfacher und selbstverständlicher, Englisch zu unterrichten?«

Pilar begann sich einzumischen. »Er unterrichtet doch nicht Spanier –«

»Das will ich hoffen«, unterbrach Fernando sie.

»Laß mich ausreden, du Esel«, sagte Pilar zu ihm. »Er unterrichtet Amerikaner. Nordamerikaner.«

»Können die nicht Spanisch?« fragte Fernando. »Die Südamerikaner können Spanisch.«
»Esel«, sagte Pilar. »Er unterrichtet Nordamerikaner, die Englisch reden.«
»Trotz alldem finde ich, es wäre für ihn viel einfacher, Englisch zu unterrichten, wenn das seine Sprache ist«, sagte Fernando.
»Hörst du denn nicht, daß er Spanisch spricht?« Pilar schüttelte den Kopf und sah Robert Jordan verzweifelt an.
»Ja. Aber mit einem Akzent.«
»Mit was für einem?« fragte Robert Jordan.
»Estremadura«, erwiderte Fernando affektiert.
»O meine Mutter!« sagte Pilar. »Was für ein Volk!«
»Möglich«, sagte Robert Jordan. »Ich komme von dort.«
»Und das weiß er ganz genau«, sagte Pilar. Dann wandte sie sich an Fernando: »Du alte Jungfer! Hast du genug zu essen gehabt?«
»Ich könnte noch etwas essen, wenn genügend da ist«, erwiderte Fernando. »Und du sollst nicht glauben, Don Roberto, daß ich etwas gegen dich gesagt haben will —«
»Milch«, sagte Agustín trocken. »Und noch einmal Milch. Machen wir Revolution, um zu einem Genossen Don Roberto zu sagen?«
»Für mich ist die Revolution so, daß alle zu allen Don sagen werden«, sagte Fernando. »So sollte es unter der Republik sein.«
»Milch«, sagte Agustín. »Schwarze Milch.«
»Und ich glaube trotzdem, es würde für Don Roberto einfacher und klarer sein, Englisch zu unterrichten.«
»Don Roberto hat keinen Bart«, sagte Pablo. »Er ist kein echter Professor.«
»Was soll das heißen, ich habe keinen Bart?« sagte Robert Jordan. »Und was ist *das*?«
Er strich sich über das Kinn und die Wangen, über die drei Tage alten blonden Stoppeln.
»Das ist kein Bart.« Pablo schüttelte den Kopf. »Kein Bart.« Seine Stimme klang jetzt fast jovial.
»Er ist kein echter Professor.«

»Ich sch . . . auf alles«, sagte Agustin, »wenn es hier nicht zugeht wie in einem Irrenhaus!«
»Du solltest was trinken«, sagte Pablo zu ihm. »Mir kommt alles ganz natürlich vor. Bis auf das eine, daß Don Roberto keinen Bart hat.«
Maria strich mit der Hand über Robert Jordans Wange.
»Er hat einen Bart«, sagte sie zu Pablo.
»Du mußt es ja wissen«, sagte Pablo, und Robert Jordan sah ihn an. Ich glaube, er ist gar nicht so sehr betrunken, dachte Robert Jordan. Nein, gar nicht so sehr betrunken. Und ich werde mich in acht nehmen müssen.
»Du!« sagte er zu Pablo. »Glaubst du, es wird noch lange schneien?«
»Was meinst du?«
»Ich habe dich gefragt.«
»Frag jemand anders«, erwiderte Pablo. »Ich bin nicht dein Nachrichtendienst. Du hast ja ein Papier von deinem Nachrichtendienst. Frag die Frau. Sie befiehlt hier.«
»Ich habe *dich* gefragt.«
»Geh und – – – dich selbst«, sagte Pablo. »Dich und die Frau und das Mädchen.«
»Er ist besoffen«, sagte Primitivo. »Kümmere dich nicht um ihn, *Inglés*.«
»Ich glaube nicht, daß er gar so betrunken ist«, sagte Robert Jordan.
Maria stand hinter ihm, und Robert Jordan sah, wie Pablo sie über seine Schulter hinweg beobachtete. Die kleinen Schweinsaugen in dem runden, borstigen Kopf beobachteten sie, und Robert Jordan dachte: Ich habe in diesem Krieg, und auch schon früher, viele Mörder gesehen, und keiner glich dem anderen; sie haben nichts Gemeinsames, keinerlei gemeinsame Züge, und es gibt eigentlich keinen Typus, den man schlechtweg als Verbrechertypus bezeichnen könnte, aber Pablo ist nicht gerade ein schöner Mann.
»Ich glaube nicht, daß du trinken kannst«, sagte er zu Pablo. »Und ich glaube auch nicht, daß du betrunken bist.«

»Ich bin betrunken«, sagte Pablo würdevoll. »Trinken ist gar nichts. Betrunken sein, das ist wichtig. *Estoy muy borracho.*«

»Das bezweifle ich«, sagte Robert Jordan. »Feige, ja.«

Plötzlich wurde es in der Höhle so still, daß er das Zischen der brennenden Scheite auf dem Herd hörte und das Knistern der Schafshaut, als er sich vorneigte und die Füße fester aufsetzte. Fast höre ich den Schnee draußen fallen, dachte er. Nein, aber ich höre die Stille, in der er herabfällt.

Eigentlich möchte ich ihn am liebsten erschießen und die Sache hinter mir haben, dachte Robert Jordan. Ich weiß nicht, was er plant, aber sicherlich nichts Gutes. Übermorgen geht's um die Brücke, und dieser Kerl ist unzuverlässig und gefährdet vielleicht den Erfolg des ganzen Unternehmens. Vorwärts. Bringen wir's hinter uns!

Pablo grinste ihn an, hob den Zeigefinger und fuhr sich damit quer über die Kehle. Dann schüttelte er den Kopf, den er auf dem dicken kurzen Hals kaum bewegen konnte.

»Nein, *Inglés*«, sagte er. »Provoziere mich nicht.« Er sah Pilar an und sagte zu ihr: »So werdet ihr mich nicht los!«

»*Sin verguenza*«, sagte Robert Jordan; er war jetzt innerlich zum Handeln entschlossen. »*Cobarde!*«

»Schon möglich«, sagte Pablo. »Aber ich lasse mich nicht provozieren. Nimm dir was zu trinken, *Inglés,* und gib der Frau ein Zeichen, daß die Sache nicht geklappt hat.«

»Halt's Maul!« sagte Robert Jordan. »Wenn ich dich provoziere, dann tue ich's in *meinem* Namen.«

»Es lohnt nicht die Mühe«, sagte Pablo. »*Ich* provoziere nicht.«

»Du bist ein *bicho raro*«, sagte Robert Jordan. Er wollte sich die Gelegenheit nicht entschlüpfen lassen, er wollte nicht, daß es zum zweitenmal danebengehe, und dabei wußte er, daß er das alles schon einmal durchgemacht hatte, er hatte jenes bekannte Gefühl, daß er aus dem Gedächtnis eine Rolle spiele, von der er geträumt oder gelesen hat, das Gefühl, es bewege sich alles im Kreise.

»Sehr rar, ja«, sagte Pablo. »Sehr rar und sehr besoffen. Auf deine Gesundheit, *Inglés*!« Er tauchte seine Tasse in das Weinbecken und hob sie empor. »*Salud y cojones!*«
Wirklich ein merkwürdiger Bursche, dachte Robert Jordan, und schlau und ziemlich kompliziert. Er hörte jetzt nicht mehr das Knistern des Feuers, so laut ging sein Atem.
»Prost!« sagte Robert Jordan und tauchte seine Tasse in das Becken. Ohne diese Gelöbnisse, dachte er, hätte der ganze Verrat keinen Sinn. Gelobe! »*Salud!*« sagte er. »Salud und noch mal *salud*!« Du *salud*, dachte er. *Salud*, du *salud*!
»Don Roberto!« sagte Pablo gewichtig.
»Don Pablo!« erwiderte Robert Jordan.
»Du bist kein Professor«, sagte Pablo, »weil du keinen Bart hast. Und um mich loszuwerden, müßtest du mich ermorden, und dazu hast du nicht genug *cojones*.«
Er sah Robert Jordan an, die Lippen fest zusammenpressend. Wie ein Fisch sieht er aus, dachte Robert Jordan. Wie einer dieser Stachelfische, die, wenn man sie fängt, Luft schlucken und sich aufblasen.
»*Salud, Pablo!*« sagte Robert Jordan, hob seine Tasse und trank daraus. »Ich lerne sehr viel von dir.«
»Der Professor lernt von mir.« Pablo nickte. »Komm, Don Roberto, wir wollen Freunde sein.«
»Wir sind es schon«, erwiderte Robert Jordan.
»Aber von jetzt an wollen wir gute Freunde sein.«
»Wir sind gute Freunde.«
»Ich muß weg, ich halte es hier nicht mehr aus«, sagte Agustín. »Es heißt zwar, man muß in diesem Leben eine Tonne davon ausfressen, aber ich habe in dieser Minute 25 Pfund in jedem Ohr.«
»Was ist los, *negro*?« fragte Pablo. »Siehst du es nicht gern, daß Don Roberto und ich gute Freunde sind?«
»Sieh dich vor, ehe du *negro* zu mir sagst.« Agustín stellte sich vor Pablo hin, die Hände an den Hüften.
»Alle sagen *negro* zu dir.«
»Aber du nicht!«

»Na schön, also *blanco* —«
»Auch das nicht!«
»Was denn? Roter?«
»Ja. Roter. *Rojo.* Mit dem roten Stern der Armee und für die Republik. Und mein Name ist Agustín.«
»Was für ein Patriot!« sagte Pablo. »Schau, *Inglés,* was für ein musterhafter Patriot!«
Agustín schlug ihm mit der linken Hand auf den Mund, mit dem Rücken der linken Hand, daß es klatschte. Pablo rührte sich nicht. Seine Mundwinkel waren mit Wein bekleckert, und seine Miene blieb unbewegt, aber Robert Jordan sah, wie seine Augen sich verengten, gleich den Augen einer Katze, wenn im grellen Licht die Pupille sich zu einem senkrechten Schlitz verengt.
»Auch das nicht!« sagte Pablo. »Auch damit sollst du nicht rechnen, Weib.« Er drehte den Kopf zu Pilar hin. »Ich lasse mich nicht provozieren.«
Agustín schlug abermals zu. Diesmal schlug er ihm mit der geballten Faust auf den Mund. Robert Jordan hielt unter dem Tisch die Pistole in der Hand. Er hatte die Waffe entsichert, und mit der linken Hand schob er Maria weg. Sie rückte ein wenig zur Seite, und er versetzte ihr mit der linken Hand einen heftigen Rippenstoß, damit sie sich endlich entferne. Nun gehorchte sie, und er sah mit einem Seitenblick, wie sie an der Wand der Höhle entlang zum Herdfeuer huschte, und dann beobachtete er Pablos Gesicht.
Mit seinem kugelrunden Schädel saß Pablo da, starrte Agustín aus seinen flachen kleinen Äuglein an. Die Pupillen waren noch schmaler geworden. Er leckte sich die Lippen, wischte sich mit dem Handrücken den Mund ab und sah das Blut auf seiner Hand. Dann fuhr er mit der Zunge über die Lippen und spuckte aus.
»Auch das nicht«, sagte er. »Ich bin kein Dummkopf. Ich provoziere nicht.«
»*Cabron!*« sagte Agustín.
»Du mußt es ja wissen«, sagte Pablo. »Du kennst ja die Frau.«

Agustín schlug ihm noch einmal kräftig auf den Mund. Pablo lachte ihn aus, zeigte die Zähne, die gelben, zerfressenen, schlechten Zähne in dem geröteten Spalt seines Mundes.
»Laß das sein!« sagte er und schöpfte Wein aus dem Napf. »Keiner von euch hat genug *cojones,* um mich zu töten, und diese Ohrfeigen sind einfach lächerlich.«
»*Cobarde*«, sagte Agustín.
»Worte taugen schon gar nichts«, sagte Pablo und ließ schmatzend den Wein über seine Zunge laufen. Dann spuckte er auf den Boden. »Über Worte bin ich längst hinaus.«
Agustín blickte auf ihn nieder und begann zu schimpfen, langsam, deutlich, erbittert und voller Verachtung, in gemessenem Rhythmus, als würfe er mit der Mistgabel Dung aus dem Karren auf den zu düngenden Acker.
»Alles zwecklos«, sagte Pablo. »Laß es sein, Agustín. Und schlag mich nicht mehr. Du wirst dir die Hände verletzen.«
Agustín wandte sich von ihm ab und ging zur Tür.
»Geh nicht hinaus!« rief Pablo. »Draußen schneit es. Mach dir's hier drinnen bequem.«
»Und du! Du!« Agustín hatte sich an der Tür umgedreht und legte all seine Verachtung in dieses eine Wörtchen. »*Tú.*«
»Ja, ich«, sagte Pablo. »Ich werde noch am Leben sein, wenn du längst unter der Erde liegst.«
Er füllte von neuem seine Tasse mit Wein und trank Robert Jordan zu. »Auf den Professor!« Dann wandte er sich zu Pilar. »Auf die Señora Kommandantin!« Dann trank er allen zu. »Auf die Illusionen!«
Agustín ging rasch zu ihm hin, und mit einer schnellen Handbewegung schlug er ihm die Tasse aus der Hand.
»Das ist Verschwendung«, sagte Pablo. »Das ist dumm.«
Agustín warf ihm ein Schimpfwort an den Kopf.
»Nein«, sagte Pablo und nahm eine frische Tasse. »Ich bin betrunken, siehst du? Wenn ich nicht betrunken bin, rede ich nicht. Du hast mich nie viel reden hören. Aber ein kluger Mensch muß sich manchmal betrinken, um seine Zeit mit Dummköpfen hinzubringen.«

»Geh und – – – in den Saft deiner Feigheit!« sagte Pilar zu ihm. »Ich kenne dich zu gut, dich und deine Feigheit.«
»Wie das Weib redet!« sagte Pablo. »Jetzt gehe ich zu den Pferden.«
»Geh und bespring sie!« sagte Agustín. »Gehört das nicht zu deinen Sitten?«
»Nein«, sagte Pablo und schüttelte den Kopf. Er nahm seine schwere Manteldecke von der Wand und sah Agustín an. »Du«, sagte er, »du Gewalttäter!«
»Was willst du denn bei den Pferden?« fragte Agustín.
»Sie anschauen«, erwiderte Pablo.
»Sie bespringen«, sagte Agustín. »Roßliebhaber!«
»Ich liebe meine Pferde«, sagte Pablo. »Selbst von hinten sind sie schöner und vernünftiger als ihr alle zusammen. Amüsiert euch!« Er grinste. »Erzähl ihnen von der Brücke, *Inglés.* Sag ihnen, was sie zu tun haben. Sag ihnen, wie sie den Rückzug durchzuführen haben. Wo wirst du sie denn nach dieser Geschichte hinführen, *Inglés*? Wo wirst du deine Patrioten hinführen? Ich habe den ganzen Tag darüber nachgedacht, während ich gesoffen habe.«
»Was hast du dir denn gedacht?« fragte Agustín.
»Was ich mir gedacht habe?« sagte Pablo und wälzte suchend die Zunge innen an den Lippen entlang. »*Qué te importa,* was ich mir gedacht habe?«
»Sag's doch!« sagte Agustín.
»Viel«, erwiderte Pablo. Er zog den Filz über den Kopf, und sein runder Schädel ragte nun aus den schmutziggelben Falten der Decke hervor. »Ich habe mir vieles gedacht.«
»Was denn?« sagte Agustín. »Was denn?«
»Ich habe mir gedacht, daß ihr eine Bande von Phantasten seid«, sagte Pablo. »Geführt von einem Frauenzimmer, die das Hirn zwischen den Schenkeln hat, und einem Ausländer, der gekommen ist, um euch zugrunde zu richten.«
»Hinaus mit dir!« schrie Pilar ihn an. »Hinaus und furz dich in den Schnee! Hinaus mit dir und deiner geronnenen Milch, du von den Rössern ausgelutschter *maricón*!«

»So ist's richtig!« sagte Agustín bewundernd, aber ein wenig zerstreut. Er machte sich Gedanken.
»Ich gehe schon«, sagte Pablo. »Aber ich bin gleich wieder zurück.« Er lüftete die Decke, die in dem Eingang der Höhle hing, und trat hinaus. Dann rief er in die Höhle hinein: »Es schneit immer noch, *Inglés*!«

17

Das einzige Geräusch in der Höhle war nun das Zischen der glimmenden Glut auf dem Herd, in die durch das Loch in der Decke Schneeflocken fielen.
»Pilar«, sagte Fernando, »ist noch etwas von dem Schmorfleisch da?«
»Halt den Mund!« sagte Pilar. Aber Maria ging mit Fernandos Schüssel zu dem großen Topf, den sie vom Feuer weggeschoben hatte, und löffelte sie voll. Dann trug sie sie an den Tisch zurück, stellte sie vor Fernando hin und klopfte ihm auf die Schulter, während er sich vorlehnte und zu essen anfing. Sie blieb eine Weile neben ihm stehen, die Hand auf seiner Schulter. Aber Fernando blickte nicht auf. Er widmete sich völlig dem Ragout. Agustín stand am Feuer. Die anderen saßen. Pilar saß am Tisch Robert Jordan gegenüber.
»Nun, *Inglés*«, sagte sie. »Du hast gesehen, wie er ist.«
»Was wird er tun?« fragte Robert Jordan.
»Alles.« Sie blickte auf den Tisch nieder. »Er ist zu allem fähig.«
»Wo ist das Schnellfeuergewehr?«
»Dort in der Ecke«, sagte Primitivo. »In der Decke. Willst du es haben?«
»Später«, antwortete Robert Jordan. »Ich wollte nur wissen, wo es ist.«
»Dort!« sagte Primitivo. »Ich habe es hereingeholt und in meine Decke gewickelt, damit der Verschluß nicht naß wird. Die Magazine liegen in dem Sack.«

»So was macht er nicht«, sagte Pilar. »Nein, mit der *máquina* wird er nichts machen.«

»Sagtest du nicht, daß er zu allem fähig ist?«

»Ja«, sagte Pilar. »Aber mit der *máquina* versteht er nicht umzugehen. Er könnte eine Bombe schmeißen. Das liegt ihm mehr.«

»Es war eine Idiotie und eine Schwäche, daß man ihn nicht umgebracht hat«, sagte der Zigeuner. Er hatte sich den ganzen Abend lang nicht an dem Gespräch beteiligt. »Gestern nacht hätte Roberto ihn erledigen sollen.«

»Ihn erledigen!« sagte Pilar. Ihr breites Gesicht sah finster aus und müde. »Jetzt bin ich dafür.«

»Ich war dagegen«, sagte Agustín. Er stand vor dem Herd, mit herabhängenden Armen, seine Wangen, unter den Backenknochen von schwärzlichen Stoppeln umschattet, waren hohl und hager im flackernden Feuerschein. »Jetzt bin ich dafür. Jetzt ist er giftig. Er möchte uns alle krepieren sehen.«

»Jeder soll seine Meinung sagen«, sagte Pilar mit müder Stimme. »Du, Andrés?«

»*Matarlo*«, sagte der eine der Brüder mit dem weit in die Stirn wuchernden Haar und nickte.

»Eladio?«

»Ebenfalls«, sagte der andere. »Mir scheint er eine große Gefahr zu sein. Und er taugt zu gar nichts.«

»Primitivo?«

»Ebenfalls.«

»Fernando?«

»Könnten wir ihn nicht gefangensetzen?« fragte Fernando.

»Wer soll denn auf einen Gefangenen aufpassen?« sagte Primitivo. »Dazu würde man zwei Leute brauchen, und was sollen wir nachher mit ihm anfangen?«

»Wir könnten ihn an die Faschisten verkaufen«, sagte der Zigeuner.

»Ausgeschlossen«, sagte Agustín. »Keine solche Schäbigkeiten!«

»Es war nur ein Einfall«, sagte Rafael, der Zigeuner. »Ich glaube, die *facciosos* wären selig, wenn sie ihn kriegten.«

»Laß das sein«, sagte Agustín. »Das ist schäbig.«
»Nicht schäbiger als Pablo«, sagte der Zigeuner, um sich zu rechtfertigen.
»Eine Schäbigkeit entschuldigt nicht die andere«, sagte Agustín. »Nun, das wäre alles. Bis auf den Alten und den *Inglés*.«
»Die haben nichts damit zu tun«, sagte Pilar. »Er war nicht ihr Führer.«
»Einen Augenblick«, sagte Fernando. »Ich bin noch nicht fertig.«
»Immer los!« sagte Pilar. »Quatsch weiter, bis er zurückkommt. Quatsch weiter, bis er eine Handgranate unter der Decke hereinrollt und uns alle in die Luft sprengt. Samt dem Dynamit.«
»Ich glaube, du übertreibst, Pilar«, sagte Fernando. »Ich glaube nicht, daß er sich mit solchen Gedanken trägt.«
»Ich glaube es auch nicht«, sagte Agustín. »Denn der Wein würde mit in die Luft fliegen, und er wird doch in einer kleinen Weile zu seinem Wein zurückkehren.«
»Warum übergeben wir ihn nicht El Sordo, und der soll ihn dann an die Faschisten verkaufen?« schlug Rafael vor. »Wenn wir ihm vorher die Augen ausstechen, werden wir leicht mit ihm fertig.«
»Halt's Maul!« sagte Pilar. »Wenn ich dich reden höre, dann regt sich in mir etwas sehr Menschliches.«
»Die Faschisten würden ohnedies nichts für ihn bezahlen«, sagte Primitivo. »Man hat das schon versucht, und sie haben nichts bezahlt. Sie würden dich mit erschießen.«
»Ich glaube, als Blinder wäre er zu verkaufen«, sagte Rafael.
»Halt's Maul!« sagte Pilar. »Sprich noch einmal vom Augenausstechen, und dir geht's genauso wie ihm!«
»Aber er, Pablo, hat den verwundeten Guardia Civil geblendet«, sagte der Zigeuner hartnäckig. »Hast du das vergessen?«
»Halt den Mund!« sagte Pilar. Dieses Gerede vor Robert Jordan war ihr unangenehm.
»Man hat mich nicht ausreden lassen«, unterbrach Fernando sie.

»Sprich schon zu Ende!« sagte Pilar. »Los! Sprich zu Ende!«
»Da es unpraktisch wäre, Pablo gefangenzusetzen«, begann Fernando, »und da es höchst anstößig wäre, ihn auszuliefern –«
»Sprich zu Ende!« sagte Pilar. »Um Gottes willen, sprich schon zu Ende!«
»– auf Grund irgendwelcher Verhandlungen«, fuhr Fernando gelassen fort, »bin ich der Ansicht, daß es vielleicht das beste wäre, ihn zu beseitigen, damit wir uns bei unserem geplanten Vorhaben ein Maximum an Erfolgsmöglichkeiten sichern.«
Pilar sah den kleinen Mann an, schüttelte den Kopf, biß sich auf die Lippen und schwieg.
»Das ist meine Meinung«, sagte Fernando. »Ich glaube, daß er eine Gefahr für die Republik darstellt –«
»Heilige Mutter Gottes!« sagte Pilar. »Ein einzelner Mensch kann mit seinem Maul eine ganze Bürokratie ersetzen.«
»– seinen Worten sowie auch seinen kürzlichen Handlungen nach«, fuhr Fernando fort. »Und obwohl er Dank verdient für seine Handlungsweise in den Anfängen der Bewegung und bis in die jüngste Zeit hinein.«
Pilar war zum Herd gegangen, und nun kam sie an den Tisch.
»Fernando«, sagte sie ruhig und reichte ihm eine Schüssel. »Nimm bitte dieses Schmorfleisch und stopf dir in aller Förmlichkeit den Mund damit und sprich nicht mehr. Wir kennen jetzt deine Meinung.«
»Aber wie denn –?« fragte Primitivo und beendete den Satz nicht.
»*Estoy listo*«, sagte Robert Jordan. »Ich bin bereit, es zu tun. Da ihr es für nötig haltet, will ich euch diesen Dienst erweisen.«
Was ist los? dachte er. Ich rede schon wie Fernando. Diese Sprache muß ansteckend sein. Französisch, die Sprache der Diplomatie. Spanisch, die Sprache der Bürokratie.
»Nein«, sagte Maria. »Nein.«
»Das geht dich nichts an«, sagte Pilar zu dem Mädchen. »Halt du den Mund!«
»Ich werde es noch heute nacht besorgen«, sagte Robert Jordan.

Er sah, wie Pilar ihn anblickte und die Finger an die Lippen legte. Ihr Blick wanderte zur Tür.
Die Decke, die in der Öffnung hing, wurde zurückgeschlagen, und Pablo steckte den Kopf herein. Er grinste sie alle an, schob sich herein, drehte sich dann um und brachte die Decke wieder in Ordnung. Nun stand er da, zog den Filz über den Kopf und schüttelte den Schnee ab.
»Ihr habt von mir gesprochen? Ich störe wohl?«
Niemand antwortete, und er hängte den Mantel an einen Pflock in der Wand und ging zum Tisch.
»*Qué tal?*« fragte er, nahm seine Tasse, die leer auf dem Tisch stand, und tauchte sie in den Weinnapf. »Der Wein ist alle«, sagte er zu Maria. »Hol welchen aus dem Schlauch.«
Maria nahm den Napf, ging zu der staubigen, schwarzgeteerten, aufgeblähten Ziegenhaut, die mit dem Halsteil nach unten an der Wand hing, und schraubte den Zapfen in einem der Beine so weit heraus, daß der Wein über den Rand des Zapfens in den Napf sprudelte. Pablo sah ihr zu, wie sie vor dem Schlauch kniete und den Napf emporhielt, und er sah, wie der Wein so schnell und ungestüm herabfloß, daß er in dem Napf herumwirbelte.
»Gib acht«, sagte er zu ihr. »Der Wein reicht kaum noch bis zur Brust.«
Niemand sagte ein Wort.
»Gestern habe ich vom Nabel bis zur Brust getrunken«, sagte Pablo. »Ein gutes Tagewerk. Was ist denn mit euch los? Habt ihr die Sprache verloren?«
Niemand sagte ein Wort.
»Schraub zu, Maria«, sagte Pablo. »Daß nichts danebenläuft!«
»Es ist genug Wein da«, sagte Agustín. »Du wirst dich schon besaufen können.«
»Einer hat seine Sprache wiedergefunden«, sagte Pablo und deutete mit einem Kopfnicken auf Agustín. »Gratuliere. Ich dachte schon, ihr seid plötzlich stumm geworden.«
»Wodurch?« fragte Agustín.
»Durch mein Eintreten.«

»Bildest du dir ein, daß dein Eintreten etwas zu bedeuten hat?«
Vielleicht, dachte Robert Jordan, will er sich hineinsteigern. Vielleicht wird Agustín die Sache erledigen. Er haßt ihn. Ich hasse ihn nicht. Nein, ich hasse ihn nicht. Er ist widerwärtig, aber ich hasse ihn nicht. Obschon diese Geschichte mit dem geblendeten *civiles* ihn in eine besondere Klasse verweist. Immerhin, es ist ihr Krieg, den sie führen. Aber auf jeden Fall will ich ihn in den nächsten zwei Tagen nicht in meiner Nähe haben. Ich werde mich nicht einmischen, dachte er. Ich habe heute abend schon einmal eine Dummheit mit ihm gemacht, und ich bin durchaus bereit, ihn zu liquidieren. Aber ich werde nicht vorher mit ihm Dummheiten machen. Und außerdem liegt das Dynamit hier herum, da können wir keine Schießereien, Duelle und dergleichen Dummheiten brauchen. Pablo hat natürlich daran gedacht! Und hast *du* daran gedacht? fragte er sich selber. Nein, weder du noch Agustín. Was immer mit dir geschehen wird, es geschieht dir recht! dachte er.

»Agustín!« sagte er.

»Was?« Agustín blickte verdrossen auf und wandte den Kopf von Pablo weg.

»Ich möchte mit dir sprechen«, sagte Robert Jordan.

»Später.«

»Nein«, sagte Robert Jordan. »*Por favor.*«

Robert Jordan war zum Eingang der Höhle gegangen, und Pablo folgte ihm mit den Blicken. Agustín, hager und hohlwangig, stand auf und ging zu ihm hin. Sein Gang war zögernd und voller Verachtung.

»Du hast vergessen, was in den Säcken ist«, sagte Robert Jordan mit so leiser Stimme, daß die anderen es nicht hören konnten.

»Milch!« sagte Agustín. »Man gewöhnt sich dran und vergißt es.«

»Auch ich hatte es vergessen.«

»Milch!« sagte Agustín. »*Leche!* Was für Dummköpfe wir sind!« Er ging mit schlenkernden Bewegungen zum Tisch zurück und setzte sich. »Trink ein Schlückchen, Pablo, mein Alter!« sagte er. »Wie steht's mit den Pferden?«

»Gut«, erwiderte Pablo. »Und es schneit jetzt nicht mehr so heftig.«
»Glaubst du, es wird aufhören?«
»Ja«, sagte Pablo. »Der Schnee ist dünner geworden, und jetzt kommen kleine, harte Hagelkörner. Der Wind wird anhalten, aber der Schnee wird aufhören. Der Wind hat sich gedreht.«
»Glaubst du, daß es sich morgen aufheitern wird?« fragte Robert Jordan.
»Ja«, sagte Pablo. »Ich glaube, wir bekommen kaltes und klares Wetter. Der Wind dreht sich.«
Sieh dir diesen Burschen an! dachte Robert Jordan. Jetzt ist er ganz freundlich. Er hat sich gedreht wie der Wind. Er hat ein Gesicht und einen Bauch wie ein Schwein, und ich weiß, daß er ein vielfacher Mörder ist, und dabei ist er so feinfühlig wie ein Aneroidbarometer. Ja, dachte er, Schweine sind eigentlich sehr intelligente Tiere. Pablo haßt uns, oder vielleicht auch nur unsere Pläne, und unter ständigen Beleidigungen treibt er seinen Haß so weit, bis wir drauf und dran sind, ihn zu beseitigen; und wenn er dann sieht, daß es soweit ist, hört er plötzlich auf und wird wie ein braves, unschuldiges Kindlein.
»Wir werden gutes Wetter haben, *Inglés*«, sagte Pablo zu Robert Jordan.
»*Wir?*« fragte Pilar. »*Wir?*«
»Ja, wir.« Pablo grinste sie an und nahm einen Schluck Wein. »Warum nicht? Ich habe mir's überlegt, während ich draußen war. Warum sollen wir uns nicht einigen?«
»Worüber?« fragte die Frau. »Worüber denn?«
»Über alles«, erwiderte Pablo. »Über die Brücke. Ich mache mit.«
»Du machst mit?« sagte Agustín. »Nach allem, was du uns erzählt hast?«
»Da das Wetter sich geändert hat, mache ich mit«, sagte Pablo.
Agustín schüttelte den Kopf. »Das Wetter«, sagte er und schüttelte abermals den Kopf. »Und nachdem ich dir ins Gesicht geschlagen habe?«

»Ja.« Pablo grinste und fuhr sich mit den Fingern über die Lippen. »Auch das stört mich nicht.«

Robert Jordan beobachtete Pilar. Sie betrachtete Pablo wie ein seltsames Tier. In ihren Zügen lag noch der Schatten jenes Ausdrucks, den die Erwähnung des geblendeten *civiles* hervorgerufen hatte. Sie schüttelte den Kopf, als wollte sie diesen Schatten loswerden, und dann warf sie den Kopf zurück. »Hör zu, Pablo!« sagte sie.

»Ja, Frau?«

»Was ist mit dir geschehen?«

»Nichts«, antwortete Pablo. »Ich habe meine Ansicht geändert. Weiter nichts.«

»Du hast an der Tür gehorcht.«

»Ja«, sagte er. »Aber ich habe nichts gehört.«

»Du hast Angst, daß wir dich umbringen.«

»Nein«, sagte er und sah sie über den Rand seiner Weintasse an. »Davor habe ich keine Angst. Das weißt du.«

»Was ist also mit dir los?« sagte Agustín. »In einem Augenblick bist du besoffen und hängst uns allen ein Maul an und sagst dich von der geplanten Arbeit los und redest in der dreckigsten Weise von unserem Tod und beleidigst die Frau und stemmst dich gegen unser Vorhaben.«

»Ich war betrunken«, sagte Pablo.

»Und jetzt –«

»Jetzt bin ich nicht mehr betrunken«, sagte Pablo. »Und ich habe meine Ansicht geändert.«

»Sollen die anderen dir trauen!« sagte Agustín. »Ich traue dir nicht.«

»Traue mir oder traue mir nicht. Aber es gibt keinen, der euch so wie ich in die Gredos führen kann.«

»In die Gredos?«

»Die einzige Gegend, wo man nach dieser Geschichte hingehen kann.«

Robert Jordan sah Pilar an, hob die eine Hand, die Pablo nicht sehen konnte, und tippte sich fragend aufs rechte Ohr.

Die Frau nickte. Nickte dann noch einmal. Sie sagte etwas zu Maria, und Maria ging zu Robert Jordan hin.

»Sie sagt: ›Natürlich hat er's gehört‹«, flüsterte sie Robert Jordan ins Ohr.

»Also, Pablo!« sagte Fernando kritisch. »Du hältst jetzt zu uns und bist für die Brückensache?«

»Ja, Mann«, sagte Pablo. Er sah Fernando fest ins Gesicht und nickte.

»Wirklich?« fragte Primitivo.

»*De veras*«, antwortete Pablo.

»Und du glaubst, daß es glücken kann?« fragte Fernando. »Du hast jetzt Vertrauen zu der Sache?«

»Warum nicht?« sagte Pablo. »Hast denn du kein Vertrauen?«

»Ja«, sagte Fernando, »aber ich hatte von Anfang an Vertrauen.«

»Ich muß hier raus!« sagte Agustín.

»Draußen ist es kalt«, sagte Pablo in freundlichem Ton.

»Vielleicht«, sagte Agustín. »Aber ich halte es in diesem *manicomio* nicht länger aus.«

»Sag nicht Irrenhaus zu dieser Höhle«, sagte Fernando.

»Ein *manicomio* für irrsinnige Verbrecher!« sagte Agustín. »Und ich mache, daß ich rauskomme, bevor ich auch irrsinnig werde.«

18

Es ist wie ein Karussell, dachte Robert Jordan. Nicht wie ein Karussell, das schnell fährt und eine mechanische Orgel hat, die Musik macht, und die Kinder reiten auf Kühen mit vergoldeten Hörnern, und mit Stöcken kann man nach Ringen stechen, in der blauen, von Gaslaternen erleuchteten frühen Dämmerung der Avenue du Maine, und in der Bude nebenan gibt es Bratfisch zu kaufen, und ein großes Glücksrad dreht sich, und die Lederklappen klatschen gegen die Pflöcke der numerierten Fächer, und auf dem Tisch liegen, zu Pyramiden

getürmt, die Kandiszuckerpäckchen, die man gewinnen kann. Nein, so ein Karussell ist das nicht, obgleich auch hier die Leute dastehen und warten wie die Männer mit den Mützen und die Frauen mit den gestrickten Jacken, barhäuptig im Gaslicht, mit glänzendem Haar, die vor dem rotierenden Glücksrad stehen. Ja, es sind dieselben Leute. Aber das Rad ist ein anderes. Das ist ein Rad, das sich im Drehen bäumt.
Zweimal hat es sich jetzt gedreht. Es ist ein riesiges Rad, in schiefem Winkel montiert, und jedesmal, wenn es sich dreht, kehrt es zum Ausgangspunkt zurück. Die eine Seite ist höher als die andere, und der Schwung reißt dich mit, reißt dich zurück zu der Stelle, wo du begonnen hast. Man kann auch keine Preise gewinnen, dachte er, und niemand würde aus freien Stücken das Rad besteigen. Jedesmal fährst du mit und hast gar nicht die Absicht gehabt hinaufzusteigen. Es dreht sich nur einmal, in einer großen Ellipse, bergan und bergab, und dann bist du wieder dort, wo du angefangen hast. Jetzt sind wir wieder dort, dachte er, und nichts ist entschieden.
Es war warm in der Höhle, und draußen hatte der Wind sich gelegt. Jetzt saß er am Tisch, hatte das Notizbuch vor sich und berechnete die technischen Details der Sprengung. Er zeichnete drei Skizzen, berechnete die Formeln und erläuterte mit Hilfe zweier Zeichnungen die Sprengmethode so deutlich wie ein Kinderspiel, damit, falls ihm während der Sprengung etwas passierte, Anselmo die Sache zu Ende führen konnte. Er vollendete die Skizzen und betrachtete sie genau.
Maria saß neben ihm und schaute ihm über die Schulter zu. Er fühlte die Nähe Pablos, der ihm gegenübersaß, und die Nähe der anderen, die schwatzten und Karten spielten, und die Gerüche der Höhle stiegen ihm in die Nase, es waren jetzt nicht mehr die Essens- und Kochgerüche, sondern der Geruch des Feuerrauchs und der Menschenleiber, dieser penetrante, schale, nach Tabak und Rotwein schmeckende Körpergeruch, und als Maria, die ihm zusah, wie er gerade eine Zeichnung beendete, ihre Hand auf den Tisch legte, hob er sie mit seiner linken Hand an sein Gesicht und roch die ordinäre Seife und

die Frische des Wassers vom Geschirrwaschen. Er legte ihre Hand wieder auf den Tisch, ohne sie anzusehen, und arbeitete weiter, und er sah nicht, wie sie rot wurde. Sie ließ ihre Hand dicht neben der seinen liegen, aber er rührte sie nicht wieder an.

Jetzt war er mit den Sprengplänen fertig, und er nahm eine neue Seite des Notizbuchs und begann die Gefechtsbefehle auszuschreiben. Seine Gedanken waren klar und sicher, und was er schrieb, gefiel ihm. Er schrieb zwei Seiten in dem Notizbuch voll, las dann das Geschriebene sorgfältig durch.

Ich glaube, das ist alles, sagte er zu sich selbst. Es ist alles ganz klar, und ich glaube nicht, daß sich irgendwo eine Lücke findet. Die beiden Posten werden beseitigt, und die Brücke wird gesprengt, so wie Golz es befohlen hat, und nur dafür bin ich verantwortlich. Die ganze Pablo-Affäre hätte man mir niemals aufhalsen dürfen, und sie wird schon auf die eine oder andere Weise ihre Lösung finden. Es wird ein Pablo sein, oder es wird kein Pablo sein. Beides ist mir völlig gleichgültig. Aber nie wieder steige ich auf dieses Rad. Zweimal bin ich mitgefahren, zweimal hat es sich gedreht und ist wieder zu der Stelle zurückgekehrt, wo es angefangen hat, und jetzt fahre ich nicht mehr mit.

Er klappte das Notizbuch zu und sah zu Maria auf. »*Hola, guapa!*« sagte er zu ihr. »Hast du irgend etwas davon begriffen?«

»Nein, Roberto«, sagte das Mädchen. Sie berührte seine Hand, die noch den Bleistift hielt. »Bist du fertig?«

»Ja. Jetzt ist alles schriftlich niedergelegt.«

»Was hast du da gemacht, *Inglés?*« fragte Pablo über den Tisch weg. Seine Augen waren jetzt wieder ganz trübe geworden.

Robert Jordan musterte ihn prüfend. Weg von dem Rad! sagte er zu sich selbst. Steig ja nicht auf das Rad hinauf! Ich glaube, jetzt fängt es wieder an sich zu drehen.

»Ich habe mich mit dem Problem der Brücke beschäftigt«, sagte er höflich.

»Wie steht's?« fragte Pablo.

»Sehr gut«, erwiderte Robert Jordan. »Sehr gut.«

»Ich habe mich mit dem Problem des Rückzugs beschäftigt«, sagte Pablo, und Robert Jordan betrachtete seine versoffenen Schweinsäuglein und den Weinnapf. Der Weinnapf war fast leer.

Steig ja nicht auf das Rad hinauf! sagte er zu sich selbst. Er säuft wieder. Gewiß. Aber steig ja nicht auf das Rad! Heißt es nicht, daß Grant während des Bürgerkrieges die meiste Zeit betrunken war? Warum auch nicht? Grant würde schön wütend sein über den Vergleich, wenn er Pablo sehen könnte. Grant war Zigarrenraucher. Ja, er wird sich umsehen müssen, um Pablo eine Zigarre zu verschaffen. Das fehlte nämlich diesem Gesicht, damit es ganz vollendet wäre, eine zerkaute Zigarre. Wo könnte er bloß eine für Pablo herkriegen?

»Wie steht's?« fragte Robert Jordan höflich.

»Sehr gut«, sagte Pablo und nickte gewichtig und weise. »*Muy bien.*«

»Hast du dir was ausgedacht?« fragte Agustín, der mit den anderen Karten spielte.

»Ja«, sagte Pablo. »Verschiedene Dinge.«

»Wo hast du sie gefunden? In diesem Napf?« fragte Agustín.

»Vielleicht«, sagte Pablo. »Wer weiß? Maria, füll bitte den Napf!«

»Im Weinschlauch selbst müßten gute Ideen zu finden sein«, sagte Agustín und wandte sich wieder dem Kartenspiel zu. »Warum kriechst du nicht hinein und fischst sie zusammen?«

»Nein«, sagte Pablo gelassen. »Ich fischte sie aus dem Napf.«

Auch er will nicht auf das Rad hinauf, dachte Robert Jordan. Es dreht sich wohl von selber. Ich glaube, auf diesem Rad darf man nicht allzu lange fahren, es ist wahrscheinlich ein sehr gefährliches Rad. Ich bin froh, daß wir abgestiegen sind. Ein paarmal bin ich doch recht schwindlig geworden. Aber auf diesem Rad fahren die Säufer und die wirklich gemeinen und grausamen Menschen so lange, bis sie tot sind. Es dreht sich auf und ab, und es ist nie ganz derselbe Schwung, und dann dreht es sich wieder zurück. Laß es kreisen! dachte er. Mich kriegen die nicht wieder hinauf. Nein, mein Lieber, nein, General Grant, ich fahre nicht mit.

Pilar saß am Feuer und hatte ihren Stuhl so hingestellt, daß sie den beiden Kartenspielern, die mit dem Rücken zu ihr saßen, über die Schulter schauen konnte. Sie sah dem Spiel zu.
Das ist das Seltsamste, dieser Übergang von einer todesschwangeren Stimmung zu dem gewohnten Familienleben, dachte Robert Jordan. Wenn das verdammte Rad sich nach unten dreht, dann wird einem übel. Aber ich fahre ja nicht mehr mit, dachte er. Und niemand wird mich dazu zwingen können.
Vor zwei Tagen noch, dachte er, habe ich nicht gewußt, daß Pilar und Pablo und die übrigen überhaupt existieren. Und so etwas wie Maria war nicht auf der Welt. Es war aber eine viel einfachere Welt. Ich hatte von Golz bestimmte Instruktionen erhalten, die völlig klar waren und deren Durchführung ohne weiteres möglich schien, obgleich sie gewisse Schwierigkeiten boten und gewisse Konsequenzen hatten. Ich erwartete, daß ich nach der Geschichte entweder zu den Unseren zurückkehren oder auch nicht zu ihnen zurückkehren würde, und falls es mir glückte, wollte ich einen kleinen Urlaub verlangen, um nach Madrid zu fahren. In diesem Krieg gibt es zwar keine Urlaube, aber ich bin überzeugt, zwei bis drei Tage in Madrid würde man mir bewilligen.
In Madrid will ich mir ein paar Bücher kaufen, ins Hotel *Florida* gehen, mir ein Zimmer mieten und ein heißes Bad nehmen, dachte er. Dann werde ich den Portier Luis um eine Flasche Absinth schicken, falls in den *Mantequerías Leonesas* oder in einer der Kneipen neben dem *Gran Vía* eine aufzutreiben ist, und dann werde ich mich ins Bett legen und nach dem Bad ein bißchen lesen und zwei Gläschen Absinth trinken und dann das *Gaylord* anrufen, ob sie etwas für mich zu essen haben.
Er wollte nicht im *Gran Vía* essen, weil das Essen dort gar nicht gut ist, und man muß pünktlich erscheinen, sonst bekommt man nichts mehr. Außerdem versammelten sich dort zuviel Journalisten, die ihn kannten, und er wollte nicht gezwungen sein, die ganze Zeit den Mund zu halten.

Er wollte seine zwei Gläschen Absinth trinken und in eine gesprächige Stimmung geraten und dann ins *Gaylord* gehen, wo es gutes Essen und echtes Bier gibt, und mit Karkow essen und sich erzählen lassen, was an den Fronten vorgeht.
Das *Gaylord,* das Hotel, das die Russen übernommen hatten, hatte ihm beim erstenmal gar nicht gefallen. Es erschien ihm zu luxuriös und das Essen für eine belagerte Stadt zu gut und die Gespräche für einen Krieg zu zynisch. Aber ich habe mich sehr schnell korrumpieren lassen, dachte er. Warum soll man nicht ein gutes Essen haben dürfen, so gut es sich nur beschaffen läßt, wenn man eine Sache wie diese hier hinter sich hat? Und die Dinge, die dort gesagt wurden, und die ihm anfangs so zynisch erschienen, erwiesen sich als nur allzu wahr. Das wird eine Geschichte für das *Gaylord,* dachte er, wenn's erst mal vorüber ist. Ja, wenn's erst mal vorüber ist.
Kannst du Maria ins *Gaylord* mitnehmen? Nein. Das geht nicht. Aber du kannst sie im Hotel lassen, und sie kann ein heißes Bad nehmen und auf dich warten, bis du aus dem *Gaylord* zurückkommst. Ja, und nachdem du Karkow von ihr erzählt hast, kannst du sie mitbringen, denn sie werden alle sehr neugierig auf sie sein und sie sehen wollen.
Vielleicht wirst du überhaupt nicht ins *Gaylord* gehen. Du könntest doch frühzeitig im *Gran Vía* essen und schnell ins *Florida* zurückkehren. Aber du weißt genau, daß du ins *Gaylord* gehen wirst, weil du da alles wiedersehen willst, weil du nach dieser Geschichte wieder gut essen und den Komfort und Luxus um dich haben willst, nach dieser Geschichte. Dann kehrst du ins *Florida* zurück, und dort wartet Maria auf dich. Ja, sie wird auf ihn warten, wenn diese Sache erst einmal vorüber ist. Ja, wenn diese Sache erst einmal vorüber ist. Glückt sie ihm richtig, dann wird er sich ein Essen im *Gaylord* leisten.
Im *Gaylord* begegnete man den berühmten spanischen Kommandeuren aus dem Arbeiter- und Bauernstand, die zu Kriegsbeginn ohne vorhergehende militärische Ausbildung aus dem Volk selbst zu den Waffen kamen, und da stellte sich dann heraus, daß viele von ihnen Russisch sprachen. Das war damals, vor

etlichen Monaten, seine erste große Enttäuschung gewesen, und er hatte schon angefangen, sich innerlich darüber lustig zu machen. Aber als er dann merkte, wie die Dinge zusammenhingen, fand er es ganz in Ordnung. Das waren wirklich Bauern und Arbeiter. Sie waren in der Revolution von 1934 tätig gewesen und hatten nach der Niederlage das Land verlassen müssen, und in Rußland hatte man sie auf die Militär-Akademie und das Lenin-Institut der Komintern geschickt, damit sie das nächste Mal besser gerüstet sind und die für einen Befehlsposten erforderliche militärische Ausbildung besitzen.

Die Komintern hatte sie erzogen. In einer Revolution darf man dem Außenseiter, der mitläuft, niemals zugeben, daß einer mehr wisse, als er *angeblich weiß*. Das hatte er schon gelernt. Wenn eine Sache nur im Grunde richtig ist, dann macht das Lügen angeblich nichts. Aber es wurde viel gelogen. Zuerst gefiel ihm das gar nicht. Er fand es abscheulich. Mit der Zeit aber begann es ihm zu gefallen. Es war das ein Zeichen dafür, daß man nicht mehr zu den Außenseitern zählte, aber die ganze Sache war äußerst korrumpierend.

Im *Gaylord* zum Beispiel konnte man erfahren, daß Valentín González, genannt »El Campesino« oder »Der Bauer«, niemals Bauer gewesen war, sondern als Sergeant in der spanischen Fremdenlegion gedient hatte und in das Lager Abd el-Krims desertiert war. Und was ist schließlich dabei? Warum soll er nicht Sergeant gewesen sein? In so einem Krieg braucht man Bauernführer, und zwar sehr schnell, und ein echter Bauernführer würde vielleicht allzusehr unserem Pablo ähneln. Man kann nicht warten, bis der wirkliche Bauernführer erscheint, und *wenn* er dann erscheint, hat er vielleicht allzuviel bäuerliche Eigentümlichkeiten an sich. Also muß man sich einen zurechtmachen. Übrigens, soweit er diesen El Campesino kannte, mit dem schwarzen Bart, den dicken Negerlippen und den fiebrigen, starren Augen, dürfte er seiner Umgebung wohl ebensoviel Scherereien bereiten wie ein echter Bauernführer. Als er ihn zuletzt sah, schien er bereits auf seine eigene Reklame hereingefallen zu sein und sich selber für einen Bauern zu halten. Er war ein tapferer und zäher Bursche, es konnte keinen tapfereren geben. Aber, du lieber Gott, wie ihm das Mundwerk ging! Und wenn er aufgeregt war, dann schwatzte er drauflos, unbekümmert um die Folgen seiner Indiskretion. Solche Folgen hatte es schon genug gegeben. Aber er war ein ausgezeichneter Brigadekommandant in Situationen, in denen es aussah, als sei alles verloren. Er wußte nie, wann alles verloren war, und auf jeden Fall schlug er sich durch.

Im *Gaylord* konnte man auch Enrique Lister treffen, den einfachen Steinmetz aus Galicia, der jetzt eine Division befehligte und gleichfalls Russisch sprach, und den Schranktischler Juan Modesto aus Andalusien, der soeben ein Armeekorps bekommen hatte. Er hatte wohl sein Russisch nicht in Puerto de Santa María gelernt, obgleich es doch nicht unmöglich gewesen wäre, vorausgesetzt nur, es hätte dort eine Berlitz School für junge Schranktischler gegeben. Er war unter den jüngeren Militärs derjenige, dem die Russen am meisten vertrauten, weil er ein echter Parteimensch war, ein »Hundertprozentiger«, wie sie sich ausdrückten, voller Stolz diesen Amerikanismus benützend. Er war viel intelligenter als Lister oder El Campesino.

Ja, das *Gaylord* brauchte man, um seine Erziehung zu vervollständigen. Dort lernte man, wie die Dinge sich in Wirklichkeit verhalten, nicht wie sie sich angeblich verhalten. Er, dachte er, hatte eigentlich kaum erst mit seiner Erziehung begonnen. Ob er sie noch lange würde fortsetzen können? Das *Gaylord,* das war eine solide und gesunde Sache, gerade das, was er brauchte. Anfangs, als er noch an all den Unsinn glaubte, war er bestürzt und empört gewesen. Inzwischen aber hatte er begriffen, daß man ohne Schwindeleien nicht auskommen könne, und was er im *Gaylord* erfuhr, bestärkte ihn nur in seiner Überzeugung von den Dingen, die er nach wie vor für wahr hielt. Er wollte immer gerne wissen, wie etwas sich wirklich verhält, nicht wie es sich angeblich verhält. Im Krieg wird immer gelogen. Aber die Wahrheit über die Lister,

Modesto und El Campesino war viel erfreulicher als alle die Lügen und Legenden. Eines Tages werden alle die Wahrheit erfahren, und inzwischen war er froh, daß es ein *Gaylord* gab, in dem *er* sie erfahren konnte.

Ja, dort wird er hingehen, nach seiner Ankunft in Madrid, nachdem er die Bücher gekauft und sich ins heiße Bad gesetzt und zwei Gläschen getrunken und eine Weile gelesen hat. Aber diese Pläne hatte er sich noch vor der Begegnung mit Maria ausgedacht. Gut. Sie werden also zwei Zimmer nehmen, und sie kann machen, was sie will, während er ins *Gaylord* geht, und dann wird er zu ihr zurückkehren. Sie hat lange genug in den Bergen gesessen und gewartet, nun kann sie wohl auch ein Weilchen im Hotel *Florida* warten. Drei Tage werden sie haben, drei Tage in Madrid. Drei Tage können eine lange Zeit sein. Er wird sich mit ihr die *Marx Brothers in der Oper* ansehen. Der Film läuft nun schon seit drei Monaten und wird sich bestimmt noch weitere drei Monate halten. Die *Marx Brothers in der Oper* werden ihr bestimmt gefallen, dachte er. Sie werden ihr sehr gefallen.

Immerhin war's ein weiter Weg vom *Gaylord* bis in diese Höhle. Nein, das war nicht so weit. Weit war's von dieser Höhle ins *Gaylord*! Kaschkin hatte ihn eingeführt, und es hatte ihm zuerst dort gar nicht gefallen. Kaschkin hatte gesagt, er müsse Karkow kennenlernen, Karkow verkehre gern mit Amerikanern und sei der größte Verehrer Lope de Vegas, den es gibt, und halte *Fuente Ovejuna* für das größte Theaterstück, das jemals geschrieben wurde. Vielleicht hatte er recht, aber er, Robert Jordan, war anderer Meinung.

Karkow hatte ihm gefallen, nicht aber das Hotel. Karkow war der intelligenteste Mensch, den er je getroffen hatte. Mit seinen schwarzen Reitstiefeln, den grauen Breeches und der grauen Militärbluse, mit seinen winzigen Händen und Füßen, seinem leicht aufgedunsenen, zarten Gesicht und Körper, mit seiner merkwürdigen Art, die Worte zwischen seinen schlechten Zähnen gewissermaßen hervorzuspucken, kam er Robert Jordan recht komisch vor, als er ihn zum erstenmal sah. Aber er besaß mehr Verstand und mehr innere Würde und mehr äußere Unverschämtheit und mehr Humor, als Robert Jordan je bei einem Menschen gefunden hatte.

Das *Gaylord* selbst fand er unanständig luxuriös und korrupt. Aber warum sollten nicht die Vertreter einer Macht, die ein Sechstel der Erde beherrscht, sich ein wenig Bequemlichkeit gönnen? Na, sie gönnten sie sich, und Robert Jordan fühlte sich zuerst von der ganzen Geschichte ein wenig abgestoßen, dann aber ließ er sie gelten und fand sogar Vergnügen an ihr. Kaschkin hatte ihn als einen Teufelskerl hingestellt, und Karkow war zuerst von einer verletzenden Höflichkeit gewesen, aber dann, als Robert Jordan keineswegs den Helden spielte, sondern eine Geschichte erzählte, die wirklich komisch war und ihn selber in ein recht ordinäres, gar nicht sehr ehrenvolles Licht setzte, vertauschte Karkow seine Höflichkeit erleichtert mit einer saloppen Grobheit, und dann wurde er unverschämt, und dann waren sie gute Freunde geworden.

Kaschkin war dort nur geduldet. Irgend etwas schien mit ihm nicht zu stimmen, und man hatte ihn wohl zur Strafe nach Spanien geschickt. Man wollte Robert Jordan nicht sagen, was es sei, aber vielleicht wird man es ihm jetzt sagen, da Kaschkin tot ist. Auf jeden Fall waren er und Karkow Freunde geworden, und er hatte sich auch mit der unglaublich mageren, hageren, schwarzhäutigen, zärtlichen, nervösen, verdrängten und so gar nicht verbitterten Frau mit dem mageren, vernachlässigten Körper und dem kurzgestutzten dunklen, graugestreiften Haar, mit Karkows Frau, angefreundet. Sie arbeitete als Dolmetsch beim Tankkorps. Auch mit der Geliebten Karkows war er gut befreundet. Sie hatte Katzenaugen, rötlich-goldenes Haar (manchmal mehr rot, manchmal mehr golden, je nachdem, zu welchem Friseur sie gerade ging), einen trägen, sinnlichen Körper (wie dazu geschaffen, sich an fremde Körper anzuschmiegen), einen Mund, der gut auf einen fremden Mund paßte, und ein dummes, ehrgeiziges und sehr treues Herz. Dieses Mädchen liebte Klatsch, und von Zeit zu Zeit gestattete sie sich eine mäßige Anzahl anderer Liebhaber, worüber Karkow sich bloß zu amüsieren schien. Es hieß, er habe irgendwo noch eine zweite Frau außer der im Tankkorps, vielleicht sogar noch zwei andere, aber das wußte niemand so ganz genau. Ihm, Robert Jordan, gefiel sowohl die eine Frau Karkows, die er kannte, als auch seine Geliebte. Wahrscheinlich, meinte er, würde ihm auch die andere Frau gefallen, wenn er sie kennenlernte, und falls sie existierte.

Zwei Wachtposten mit aufgepflanztem Bajonett stehen unten vor dem Portal, und heute abend ist wohl das *Gaylord* der angenehmste und behaglichste Aufenthaltsort im belagerten Madrid. Wie gerne wäre er jetzt dort! Obgleich es hier gemütlich ist, seit sie das Rad gestoppt haben. Und nun hört es auch zu schneien auf. Gerne würde er Karkow seine Maria zeigen, aber er muß erst fragen, bevor er sie mitnimmt, und er muß erst sehen, welchen Empfang man ihm nach dieser Exkursion bereiten wird. Golz wird dort sein, nach beendetem Angriff, und wenn er, Robert Jordan, sich bewährt hat, werden alle es durch Golz erfahren. Golz wird sich auch Marias wegen über ihn lustig machen, da er ihm erzählt hat, er mache sich nichts aus Weibern.

Er langte in den Napf mit Wein, der vor Pablo stand, und füllte seine Tasse. »Mit deiner Erlaubnis«, sagte er.

Pablo nickte. Er ist wohl mit seinen militärischen Überlegungen beschäftigt, dachte Robert Jordan. Und sucht nicht im Schlund der Kanonen die Seifenblase des Ruhms, sondern in jenem Napf die Lösung seines Problems. Aber weißt du, der Lump muß doch recht tüchtig sein, daß er seine Schar so lange Zeit mit Erfolg geleitet hat. Er musterte Pablo und überlegte, was für eine Rolle er im amerikanischen Bürgerkrieg gespielt haben würde. Auch damals gab's eine Menge Guerillaführer, aber wir wissen sehr wenig über sie. Nicht die Quantrills oder die Mosbys oder sein eigener Großvater, sondern die kleinen, die Buschklepper. Und was das Saufen betrifft: glaubst du, daß Grant wirklich ein Säufer war? Sein Großvater hatte es immer behauptet. Daß er gegen vier Uhr nachmittags immer schon etwas betrunken war und daß er einmal während der Belagerung von Vicksburg zwei Tage lang völlig betrunken war. Aber Großvater behauptete, er habe durchaus normal funktioniert, gleichgültig, wieviel er getrunken hatte, nur war es manchmal sehr schwer, ihn wachzukriegen. Aber *wenn* man ihn wachkriegte, war er ganz normal.

Bisher hat sich in diesem Krieg noch auf keiner Seite ein Grant oder ein Sherman oder ein Stonewall Jackson gefunden. Nein. Und auch kein Jeb Stuart. Und auch kein Sheridan. Dafür wimmelt es von McClellans. Die Faschisten haben eine Menge McClellans, und wir haben mindestens drei.

Ein militärisches Genie hatte er in diesem Krieg noch nicht getroffen. Kein einziges. Nicht einmal etwas, was einem militärischen Genie ähnlich gesehen hätte. Kléber, Lukácz und Hans hatten mit ihren internationalen Brigaden bei der Verteidigung Madrids brave Dienste geleistet, und dann war der alte, kahlköpfige, bebrillte, eingebildete, wie eine Eule dumme, im Gespräch unintelligente, wie ein Stier tapfere und bornierte, durch die Propaganda ausposaunte Verteidiger Madrids, Miaja, so eifersüchtig geworden auf Klébers Ruhm, daß er die Russen zwang, Kléber abzusetzen und nach Valencia zu schicken. Kléber war ein guter Soldat, aber er redete wirklich zuviel, wenn man bedenkt, was für Pflichten er hatte. Golz war ein tüchtiger General und ein braver Soldat, aber man gab ihm immer nur untergeordnete Posten und ließ ihm nie freie Hand. Der bevorstehende Angriff war seine bisher bedeutendste Aufgabe, und was Robert Jordan über dieses Unternehmen gehört hatte, gefiel ihm nicht allzusehr. Dann gab es da noch den Ungarn Gall, den man an die Wand stellen müßte, wenn man nur die Hälfte von dem glauben wollte, was im *Gaylord* erzählt wurde. Überleg mal, ob man auch nur zehn Prozent von dem glauben darf, was im *Gaylord* erzählt wird! dachte Robert Jordan.

Er hätte gerne die Schlacht auf der Hochebene hinter Guadalajara miterlebt, in der die Italiener geschlagen wurden. Aber damals war er unten in Estremadura. Hans hatte ihm eines Abends vor zwei Wochen im *Gaylord* davon erzählt und alles

sehr anschaulich geschildert. Einen Augenblick lang schien die Sache verloren zu sein, die Italiener hatten bei Trijueque die Front durchbrochen, und wenn es ihnen gelungen wäre, die Straße Torija–Brihuega zu sperren, wäre die XII. Brigade abgeschnitten gewesen. »Aber da wir wußten, daß wir es mit Italienern zu tun hatten«, sagte Hans, »versuchten wir ein Manöver, das gegenüber einem anderen Feind unentschuldbar gewesen wäre. Und es glückte.«
Hans hatte ihm auf seinen Terrainkarten alles ganz genau gezeigt. Er trug die Karten immer in seiner Aktentasche mit sich herum und schien aus dem Staunen und der Freude über das Wunder nicht herauszukommen. Hans war ein guter Soldat und ein guter Kamerad. Listers, Modestos und El Campesinos spanische Truppen hatten sich, wie Hans erzählte, sehr tapfer geschlagen; das war der Führung zu verdanken und der von ihr erzwungenen Disziplin. Aber Lister, El Campesino und Modesto hatten in sehr vielen Fällen von ihren russischen Ratgebern genaue Direktiven erhalten. Sie glichen Flugschülern, deren Maschine eine doppelte Steuerung hat, so daß der Pilot sofort eingreifen kann, wenn sie einen Fehler begehen. Ja, in diesem Jahr nun wird es sich zeigen, wieviel und wie gut sie gelernt haben. Noch ein Weilchen, und dann gibt es keine Doppelsteuerung mehr, und dann werden wir sehen, wieweit sie imstande sind, allein eine Division oder ein Armeekorps zu führen.
Sie waren Kommunisten und strenge Zuchtmeister. Sie verstanden es, ihren Truppen Disziplin beizubringen. Lister war in dieser Beziehung von einer mörderischen Strenge. Er war ein richtiger Fanatiker und besaß in vollem Maße die Rücksichtslosigkeit des Spaniers; ein Menschenleben galt ihm nichts. Selten hat es seit den Hunnenkriegen eine Armee gegeben, in der Leute aus so geringfügigen Gründen so summarisch füsiliert wurden wie unter seinem Kommando. Aber er verstand es, eine Division zu einer Kampfeinheit zusammenzuschweißen. Es ist *eine* Sache, eine Stellung zu halten, es ist schon etwas anderes, die Stellung des Gegners anzugreifen und

zu nehmen, und schließlich noch etwas ganz anderes, mit einer Armee auf dem Schlachtfeld zu manövrieren – dachte Robert Jordan, während er in Pablos Höhle am Tisch saß. Nach allem, was ich über Lister weiß, bin ich recht neugierig, wie er solche Aufgaben bewältigen wird, wenn erst einmal die Doppelsteuerung fortgefallen ist. Aber vielleicht wird sie gar nicht verschwinden, dachte er. Ob sie verschwinden wird? Oder ob sie noch stärker werden wird? Ich möchte eigentlich wissen, wie die Russen zu der ganzen Sache stehen? Das *Gaylord* ist der richtige Ort, dachte er. Vieles, was ich jetzt unbedingt wissen muß, kann ich nur im *Gaylord* erfahren.

Früher einmal hatte er geglaubt, das *Gaylord* sei schädlich für ihn. Die Atmosphäre, die dort herrschte, war das genaue Gegenteil der kommunistischen Puritaneratmosphäre in Velázquez 63, dem Madrider Palais, das die internationalen Brigaden zu ihrem Hauptquartier gemacht hatten. In Velázquez 63 fühlte man sich wie der Angehörige eines religiösen Ordens. Im *Gaylord* war einem auch ganz anders zumute als etwa im Hauptquartier des 5. Regiments zu der Zeit, da das 5. Regiment noch nicht in die Brigaden der neuen Armee zerlegt worden war.

An diesen beiden Orten hatte man das Gefühl, an einem Kreuzzug beteiligt zu sein. Das ist das einzige richtige Wort, wenn es auch bereits so abgegriffen ist und so oft mißbraucht wurde, daß es seinen wahren Sinn verloren hat. Man hatte trotz alles Bürokratismus, trotz aller Unfähigkeit und trotz aller Parteizänkereien eine ähnliche Empfindung, wie man sie als Konfirmand zuerst erwartet und nachher nicht erlebt hat, das Gefühl der Hingabe an eine heilige Pflicht gegenüber all den Unterdrückten der Welt, ein Gefühl, über das man ebenso ungern redet wie über ein religiöses Erlebnis und das doch genauso echt ist wie das Gefühl, das einen überkommt, wenn man Bach hört oder in der Kathedrale von Chartres oder von León steht und das Licht durch die großen Fenster hereinfallen sieht, oder wenn man im Prado Mantegna, Greco und Breughel betrachtet. Man war an einer Sache beteiligt, an die man von ganzem Herzen glauben konnte und in der man sich mit seinen Mitkämpfern brüderlich verbunden fühlte. Das ist etwas, das man vorher nicht gekannt hat und das einem jetzt so überaus wichtig geworden ist, der Grund dafür, daß einem der eigene Tod völlig unwichtig erscheint, als ein Ereignis, dem man nur deshalb zu entgehen wünscht, weil es einen an der Pflichterfüllung hindert. Aber das beste daran ist, daß man dieses Gefühl und diese Notwendigkeit nicht untätig hinnehmen muß. Man kann kämpfen.

Du kämpfst also, dachte er. Und im Kampf verliert man sehr bald die Reinheit des Empfindens – wenn man am Leben bleibt und sich gut gehalten hat. Schon nach den ersten sechs Monaten.

Solange es gilt, eine Stellung oder eine Stadt zu verteidigen, kann man sich jenes anfängliche Gefühl bewahren. So war es bei den Kämpfen in den Sierras gewesen. Dort hatten sie in der echten Kameradschaft der Revolution gekämpft. Als es sich dann nicht umgehen ließ, eine strengere Disziplin zu erzwingen, sah er's ein und war einverstanden. Im Granatenhagel erwiesen sich manche als feige und liefen davon. Er hatte zugesehen, wie man sie erschoß und die Leichen am Straßenrand verwesen ließ, und wie man sich gerade nur die Mühe machte, ihnen die Patronen und die Wertsachen abzunehmen. Daß man ihnen die Patronen, die Stiefel und die Lederjacken abnahm, war nur in der Ordnung. Daß man die Wertsachen nahm, entsprang mehr einer realistischen Erwägung; sonst hätten nämlich die Anarchisten sie sich geholt.

Ihm erschien es gerecht, richtig und nötig, die Leute, die davonliefen, zu erschießen. Dagegen war nichts einzuwenden. Ihr Davonlaufen war reiner Egoismus. Die Faschisten hatten angegriffen, und wir hatten sie gestoppt, auf jenem Hang im grauen Gestein, im Krummholz und Ginster der Guadarrama-Berge. Wir hatten uns längs der Straße gehalten, unter dem Luftbombardement und dem Granathagel ihrer Artillerie, die sie schließlich heranholten, und die, die den Tag überlebten, gingen zum Gegenangriff über und trieben den Feind zurück.

Als sie dann später von links her durchzukommen versuchten, sich zwischen den Felsen und Bäumen vorwärts pirschend, verschanzten wir uns im Sanatorium, schossen aus den Fenstern und vom Dach, obwohl sie bereits auf beiden Seiten an uns vorübergezogen waren, und da erlebten wir, was es heißt, sich umzingelt zu sehen – bis schließlich der Gegenangriff der Unseren sie wieder hinter die Straße zurückwarf.

Und da, in allem, was geschieht, in der Angst, die dir den Mund und die Kehle ausdörrt, in dem wirbelnden Gipsstaub und der jähen Panik einer berstenden Mauer, die unter dem Blitz und Donner einer krepierenden Granate einstürzt, wenn du das Maschinengewehr aus dem Schutt hervorgräbst und die Kameraden, die es bedient haben, beiseite zerrst und mit dem Gesicht nach unten im Staub liegst, den Kopf hinter dem Schutzschild, und dich bemühst, eine Ladehemmung zu beseitigen, den zerbrochenen Rahmen herausnimmst, den Gurt glattziehst und nun hinter dem Schild liegst und mit dem Maschinengewehr wieder den Straßenrand bestreichst, da tust du, was du zu tun hast, und weißt, daß du recht tust. Damals hast du die atemlose, durch Angst geläuterte und läuternde Ekstase des Kampfes erlebt, damals, in jenem Sommer und Herbst, hast du für alle Armen in der Welt gekämpft, gegen alle Tyrannei, für all das, woran du glaubst, und für die neue Welt, zu der man dich erzogen hat. Damals, in jenem Herbst, dachte er, hast du gelernt, durchzuhalten und dich über alle Leiden hinwegzusetzen, in den langen Wochen der Kälte und Nässe, im Schmutz der Gräben, beim Schippen und Buddeln. Und das Gefühl von damals, aus jenem Sommer und Herbst, liegt tief vergraben unter lauter Müdigkeit, Schläfrigkeit, Nervosität und Unbehagen. Aber es ist trotzdem vorhanden, und was du auch durchmachst, es wird immer stärker. Damals, dachte er, in jenen Tagen, da war ein tiefer, gesunder und selbstloser Stolz in dir – der, dachte er plötzlich, dich im *Gaylord* zu einem verdammt langweiligen Burschen gestempelt hätte.

Nein, damals hättest du nicht sonderlich gut ins *Gaylord* gepaßt. Du warst zu naiv. Du befandest dich in einer Art Gnadenzustand. Aber vielleicht war auch das *Gaylord* damals nicht dasselbe wie heute. Nein, sagte er sich, es war wirklich nicht dasselbe. Keineswegs. Damals gab es keine *Gaylords*.

Karkow hatte ihm von jenen Tagen erzählt. Damals wohnten die Russen, soweit welche da waren, im *Palace Hotel,* und Robert Jordan kannte keinen einzigen von ihnen. Das war noch, bevor die ersten Partisanengruppen gebildet wurden, bevor er Kaschkin und die anderen kennenlernte. Kaschkin befand sich im Norden, vor Irun, vor San Sebastián und bei dem mißlungenen Vormarsch auf Vitoria. Erst im Januar kam er nach Madrid, und während Robert Jordan bei Carabanchel und Usera kämpfte, an jenen drei denkwürdigen Tagen, da sie den rechten Flügel des faschistischen Angriffs auf Madrid zum Stehen brachten und die Mauren und das Tercio von Haus zu Haus zurückdrängten, um die zerschossene Vorstadt am Rand des grauen, sonnverbrannten Plateaus zu säubern und in den Hügeln eine Verteidigungslinie zu schaffen, die diese Ecke der Stadt schützen würde, saß Karkow in Madrid.

Auch Karkow vergaß seine zynische Art, wenn er von jener Zeit erzählte. Das waren die Tage, die sie gemeinsam erlebt hatten, da alles verloren schien; jeder von ihnen wußte nun, wie er sich benimmt, wenn alles verloren scheint, und das war mehr wert als jede Auszeichnung oder lobende Erwähnung. Die Regierung hatte die Stadt bereits verlassen und sämtliche Autos des Kriegsministeriums auf ihrer Flucht mitgenommen, und der alte Miaja mußte seine Verteidigungsstellungen per Fahrrad inspizieren. Das wollte nun Robert Jordan nicht glauben. Auch in seiner glühendsten Patriotenphantasie konnte er sich Miaja nicht auf einem Fahrrad vorstellen, aber Karkow behauptete, es sei wahr. Freilich hatte er selber darüber in der russischen Presse geschrieben, und nun wollte er wohl hinterher sich und anderen einreden, daß es auch wirklich wahr sei.

Aber da gab es noch eine andere Geschichte, die Karkow nicht veröffentlicht hatte. Im *Palace Hotel* lagen drei Russen, für die er verantwortlich war. Es waren das zwei Tankführer und ein

Flieger, die so schwer verwundet waren, daß man sie nicht wegschaffen konnte, und da es damals von äußerster Wichtigkeit war, keinerlei Beweise für ein russisches Eingreifen zu liefern, Beweise, die die offene Intervention der Faschisten gerechtfertigt hätten, sollte Karkow dafür sorgen, daß die drei Verwundeten nicht den Faschisten in die Hände fielen, falls die Stadt geräumt werden mußte.
In diesem Fall sollte Karkow die drei vergiften und alle Identitätsmerkmale beseitigen. Wer soll, wenn er drei Leichen sieht, die eine mit Schußwunden im Bauch, die andere mit weggeschossenem Kinn und bloßgelegten Stimmbändern, die dritte mit zerschmettertem Schenkel, Gesicht und Hände so schwer verbrannt, daß das Gesicht eine einzige wimpernlose, brauenlose, haarlose Brandblase ist, wer soll da beweisen können, daß das Russen sind! Niemand kann beweisen, daß dieser nackte Tote im Bett ein Russe ist. Wenn du tot bist, sieht man dir weder deine Nationalität noch deine politische Überzeugung an.
Robert Jordan hatte Karkow gefragt, wie ihm zumute war, als er mit dieser Möglichkeit rechnen mußte, und Karkow hatte erwidert, er habe gar nicht mit ihr gerechnet. »Wie wollten Sie es machen?« hatte Robert Jordan ihn gefragt und dann hinzugefügt: »Es ist doch nicht so einfach, ganz plötzlich ein paar Menschen zu vergiften.« Und Karkow sagte: »O doch, wenn man immer ein bißchen was für den eigenen Gebrauch bei sich hat!« Dann öffnete er seine Zigarettendose und zeigte Robert Jordan, was er in der einen Abteilung verstaut hatte.
»Aber«, wandte Robert Jordan ein, »wenn man Sie erwischt, nimmt man Ihnen erst mal die Zigarettendose weg – und außerdem heißt es: Hände hoch!«
»Aber hier habe ich auch noch was!« Karkow grinste und wies auf den Rockaufschlag. »Man steckt ganz einfach den Zipfel in den Mund, beißt zu und schluckt.«
»Das ist schon viel besser«, sagte Robert Jordan. »Sagen Sie mal, riecht es wirklich nach bitteren Mandeln, wie das immer in den Kriminalromanen behauptet wird?«

»Ich weiß es nicht«, sagte Karkow vergnügt. »Ich habe noch nicht daran gerochen. Wollen wir ein Röhrchen zerbrechen und daran riechen?«
»Behalten Sie's lieber.«
»Ja«, sagte Karkow und steckte die Zigarettendose ein. »Ich bin kein Defaitist, Sie verstehen, aber es besteht immer die Möglichkeit, daß man wieder in eine so kritische Situation gerät, und dieses Zeug da ist nirgends aufzutreiben. Haben Sie das Kommuniqué von der Córdoba-Front gelesen? Wunderbar! Das ist jetzt mein Lieblingskommuniqué.«
»Was steht darin?« Robert Jordan war soeben von der Córdoba-Front nach Madrid gekommen, und seine Miene bekam plötzlich etwas Gezwungenes, wie es einem zu passieren pflegte, wenn andere über eine Sache scherzen, über die man selber scherzen mag, ohne es den anderen zu gestatten. »Erzählen Sie!«
»Nuestra gloriosa tropa siga avanzando sin perder ni una sola palma de terreno«, sagte Karkow in seinem seltsamen Spanisch.
»Das kann doch wohl nicht stimmen«, sagte Robert Jordan.
»Unsere ruhmreichen Truppen setzen ihren Vormarsch fort, ohne auch nur einen Fußbreit Terrain zu verlieren«, wiederholte Karkow auf englisch. »So steht es im Kommuniqué. Ich werde es Ihnen hervorsuchen.«
Du kannst dich noch an deine Kameraden erinnern, die in den Kämpfen bei Pozoblanco gefallen sind, aber im *Gaylord* ist's ein Witz.
So also sieht es nun im *Gaylord* aus. Allerdings hat es nicht immer *Gaylords* gegeben, und wenn nun die Situation eine solche ist, daß sie aus den Überlebenden der ersten Tage ein *Gaylord* macht, dann will er dieses Produkt kennenlernen. Wie fern, dachte er, sind dir jetzt die Gefühle, die du in den Sierras, bei Carabanchel und bei Usera erlebt hast! Du läßt dich sehr leicht korrumpieren, dachte er. Aber ist es denn Korruption, oder hast du bloß deine ursprüngliche Naivität verloren? Ist das nicht überall das gleiche? Wem gelingt es denn, sich jene anfängliche Seelenreinheit zu bewahren, mit der junge Ärzte,

junge Priester und junge Soldaten für gewöhnlich an ihre Arbeit herangehen? Den Priestern gelingt es vielleicht, oder sie treten aus der Kirche aus. Wahrscheinlich auch den Nazis, dachte er, und den Kommunisten, die eine genügend strenge Selbstzucht besitzen. Aber schau dir Karkow an!

Er wurde es nicht müde, den Fall Karkow zu studieren. Als er das letzte Mal im *Gaylord* war, äußerte sich Karkow in der köstlichsten Weise über einen gewissen britischen Nationalökonomen, der sich lange Zeit in Spanien aufgehalten hatte. Robert Jordan kannte seit Jahren die Artikel dieses Mannes und hatte immer großen Respekt vor ihm gehabt, ohne Genaueres über ihn zu wissen. Was der Mann über Spanien schrieb, gefiel ihm nicht besonders. Es war zu glatt und simpel, zu selbstverständlich, und viele der statistischen Angaben waren, wie er wußte, in gewünschter Weise zurechtgemacht. Aber er sagte sich, daß einem selten journalistische Äußerungen über ein Land gefallen, das man selber genau kennt, und er respektierte den Mann wegen seiner guten Absichten.

Dann hatte er ihn schließlich an dem Abend, als der Angriff bei Carabanchel erfolgte, kennengelernt. Sie lagen in Deckung hinter der Stierkampfarena, in den beiden Straßen wurde geschossen, und jeder wartete nervös auf den Beginn des Angriffs. Man hatte ihnen einen Tank versprochen, und der Tank war nicht gekommen, und Montero stützte den Kopf in die Hand und sagte: »Der Tank ist nicht gekommen. Der Tank ist nicht gekommen.«

Es war ein kalter Tag, und der gelbe Staub fegte durch die Straße, und Montero hatte eine Schußwunde im linken Arm, und der Arm begann steif zu werden. »Wir müssen einen Tank haben«, sagte er. »Wir müssen auf den Tank warten, aber wir können nicht mehr warten.« Seine Stimme klang verdrossen, die Verwundung machte ihn verdrossen.

Robert Jordan ging zurück, um den Tank zu suchen. Montero meinte, er sei vielleicht hinter dem Wohngebäude an der Ecke der Straßenbahnlinie steckengeblieben. Und da stand er auch wirklich. Aber es war kein Tank. Zu jener Zeit pflegten die

Spanier alles mögliche als Tank zu bezeichnen. Es war ein altes Panzerauto. Der Fahrer wollte nicht den Schutz des Wohnhauses verlassen und zu der Arena hinfahren. Er stand hinter dem Auto, lehnte die verschränkten Arme gegen die Panzerwand, und sein Kopf mit dem Lederhelm ruhte auf seinen Armen. Als Robert Jordan ihn anredete, schüttelte er den Kopf und preßte ihn noch fester in die Arme. Dann wandte er ihn ein wenig zur Seite, ohne Robert Jordan anzusehen.

»Ich habe keine Order, dort hinüberzufahren«, sagte er mürrisch.

Robert Jordan hatte die Pistole aus dem Futteral gezogen und preßte nun die Mündung gegen die Lederjacke des Chauffeurs.

»Da hast du deine Order!« sagte er.

Der Mann schüttelte den Kopf mit dem dick gepolsterten Lederhelm, der wie ein Kopfschutz eines Rugby-Spielers aussah, und sagte: »Es ist keine Munition da für das Maschinengewehr.«

»In der Arena haben wir Munition«, sagte Robert Jordan. »Vorwärts, los!«

»Es ist niemand da, der das Maschinengewehr bedienen kann«, sagte der Fahrer.

»Wo ist er? Wo ist dein Kamerad?«

»Tot«, sagte der Fahrer. »Im Wagen.«

»Zieh ihn heraus«, sagte Robert Jordan. »Heraus mit ihm!«

»Ich will ihn nicht anrühren«, sagte der Fahrer. »Und er hockt zwischen dem Steuer und dem Maschinengewehr, und ich kann nicht an ihm vorbei.«

»Vorwärts!« sagte Robert Jordan. »Wir werden ihn miteinander herausholen.«

Er schlug sich den Kopf an, als er in das Panzerauto kletterte, es gab eine kleine Rißwunde über dem einen Auge, und das Blut rann ihm über die Wange. Der Tote war schwer und so steif, daß man ihn nicht biegen konnte, und er mußte auf seinen Kopf loshämmern, um ihn zwischen dem Sitz und dem Steuer hervorzukriegen, wo er sich mit dem Gesicht nach unten festgeklemmt hatte. Schließlich brachte er's zustande, indem er das Knie unter den Kopf des Toten stemmte, und nun, da der Kopf frei war, konnte er ihn bei den Hüften zur Türe hinzerren.

»Hilf mir!« sagte er zu dem Fahrer.

»Ich will ihn nicht anrühren«, sagte der Fahrer, und Robert Jordan sah, daß ihm die Tränen herunterliefen. Zu beiden Seiten der Nase liefen ihm die Tränen über das pulvergeschwärzte Gesicht, und die Nase lief ihm auch.

Robert Jordan stellte sich neben die Tür und zerrte mit einem heftigen Ruck den Toten heraus, und der Tote fiel aufs Trottoir neben dem Straßenbahngleis, immer noch in derselben gebückten, gleichsam zusammengeklappten Haltung. Da lag er, das Gesicht ein wächsernes Grau, auf dem Zementpflaster, die Hände unter dem Körper verkrümmt, genauso wie zuvor im Wagen.

»Hinein mit dir, Gott verdamm mich!« sagte Robert Jordan zu dem Fahrer und deutete mit der Pistole auf den Wagenschlag. »Steig ein!«

Und gerade da kam jener Mann aus dem Schutz des Hauses hervor. Er trug einen langen Mantel, war ohne Hut, hatte graue Haare, breite Backenknochen und dicht beisammenstehende, tiefliegende Augen. In der Hand hielt er ein Päckchen Chesterfield, und er nahm eine Zigarette heraus und reichte sie Robert Jordan, der soeben mit seiner Pistole den Chauffeur in das Panzerauto jagte.

»Einen Augenblick, Genosse!« sagte er auf spanisch zu Robert Jordan. »Können Sie mir eine Sache erklären?«

Robert Jordan nahm die Zigarette und steckte sie in die Brusttasche seiner blauen Mechanikerbluse. Er hatte diesen Genossen nach seinen Bildern erkannt. Es war der britische Nationalökonom.

»Scher dich zum Teufel!« sagte er auf englisch, und dann auf spanisch zu dem Fahrer des Panzerautos: »Dort hinüber! Zur Arena! Verstanden?«

Und er knallte die schwere Seitentür zu und sperrte ab, und sie fuhren die lange Steigung hinunter, und die Kugeln prasselten gegen das Auto, es klang, wie wenn man Kieselsteine gegen einen eisernen Kessel wirft. Dann, als das Maschinengewehr sie zu beschießen begann, klang es wie scharfe Hammerschläge. Sie hielten im Schutz der Stierkampfarena, neben der Billettluke klebten noch die Plakate vom vergangenen Oktober, die Munitionskisten standen geöffnet da, und hinter die Mauer geduckt warteten die Genossen mit ihren Gewehren, Handgranaten am Gürtel und in den Taschen, warteten, und Montero sagte: »Gut. Das ist der Tank. Jetzt können wir angreifen.«

Später, nachts, nachdem sie die letzten Häuser auf dem Hügel genommen hatten, lag er bequem hinter einer Ziegelmauer, ein Loch in den Ziegeln diente ihm als Schießscharte, er blickte über das schöne flache Schußfeld, das zwischen ihnen und der Kuppe lag, hinter die die Faschisten sich zurückgezogen hatten, und mit einem fast wollüstigen Wohlbehagen dachte er an den steilen Hang mit der zerschossenen Villa, der die linke Flanke schützte. Er hatte sich mit seinen durchschwitzten Kleidern in einen Haufen Stroh gelegt und sich in eine Decke eingewickelt, während die Kleider trockneten. Wie er so dalag, mußte er an den Nationalökonomen denken, und er lachte, und dann tat es ihm leid, daß er so unhöflich gewesen war. Aber in dem Augenblick, da der Mann ihm die Zigarette reichte, so demonstrativ, fast als ob er ihm ein Trinkgeld für eine Auskunft anbieten wollte, war der Haß des Kombattanten gegen den Nichtkombattanten in ihm zu stark geworden.

Jetzt erinnerte er sich wieder an das *Gaylord* und wie Karkow sich über diesen selben Mann geäußert hatte. »Dort also haben Sie ihn getroffen«, hatte Karkow gesagt. »Ich selbst bin an diesem Tag nicht weiter gekommen als bis zum Puente de Toledo. Er war ja ziemlich weit vorn. Ich glaube aber, daß das seine letzte Heldentat war. Am darauffolgenden Tag ist er von Madrid abgereist. Aber in Toledo, dort hat er sich wohl am heldenhaftesten benommen. In Toledo war er enorm. Er war einer der Schöpfer unseres Sturms auf den Alcázar. In Toledo

hätten Sie ihn sehen müssen! Ich glaube, wir hatten es vor allem seinen Bemühungen und seinen Ratschlägen zu verdanken, daß unsere Belagerung so erfolgreich verlief. Das war die dümmste Phase des Krieges. Damals wurden Rekorde der Dummheit erreicht. Aber sagen Sie mir, was hält man von ihm in Amerika?«
»In Amerika«, sagte Robert Jordan, »glaubt man, daß er sehr enge Beziehungen zu Moskau hat.«
»Die hat er nicht«, sagte Karkow. »Aber er hat ein wunderbares Profil, und seine Manieren haben großen Erfolg. Ich zum Beispiel könnte mit meinem Gesicht gar nichts erreichen. Das wenige, was ich geleistet habe, das habe ich *trotz* meines Profils geleistet. Mein Gesicht flößt weder Begeisterung ein noch veranlaßt es die Menschen, mich zu lieben und mir ihr Vertrauen zu schenken. Dieser Mitchell aber hat ein Profil, mit dem er sein Glück macht. Es ist das Gesicht eines Verschwörers. Alle, die ihren Verschwörertypus aus den Romanen kennen, haben sofort das größte Vertrauen zu ihm. Er hat auch die richtigen Manieren eines Verschwörers. Wenn man ihn ins Zimmer hereinkommen sieht, weiß man sofort, daß man sich in der Nähe eines erstklassigen Verschwörers befindet. Alle Ihre reichen Landsleute, die, wie sie sich einbilden, den sentimentalen Wunsch hegen, der Sowjet-Union zu helfen, oder vielmehr eine kleine Rückversicherung gegen einen eventuellen Erfolg der Partei eingehen wollen, merken sofort an dem Gesicht dieses Mannes und an seinen Manieren, daß er nichts anderes sein kann als ein erprobter Kominternagent.«
»Hat er keine Beziehungen in Moskau?«
»Keine. Sagen Sie mal, Genosse Jordan, wissen Sie, daß es zwei Sorten Dummköpfe gibt?«
»Die gewöhnlichen und die besonderen?«
»Nein. In Rußland haben wir zwei andere Sorten von Narren«, sagte Karkow grinsend. »Erstens den Winternarren. Der Winternarr kommt an die Tür deines Hauses und klopft geräuschvoll an. Du gehst zur Tür, siehst ihn dort stehen, und du hast ihn noch nie in deinem Leben gesehen. Er bietet einen

imposanten Anblick. Er ist sehr groß, er trägt hohe Stiefel und einen Pelzmantel und eine Pelzmütze, und er ist über und über mit Schnee bedeckt. Zuerst stampft er mit den Füßen auf, und der Schnee fällt von seinen Füßen. Dann zieht er seinen Pelzmantel aus, schüttelt ihn, und es fällt noch mehr Schnee auf den Boden. Dann nimmt er seine Pelzmütze ab und klopft sie an der Tür aus. Jetzt fällt noch mehr Schnee auf den Boden. Dann stampft er noch einmal auf und tritt ins Zimmer. Und dann schaust du ihn an und merkst, daß er ein Narr ist. Das ist der Winternarr...
Im Sommer aber siehst du einen Narren durch die Straßen gehen, er schwenkt die Arme und wackelt mit dem Kopf hin und her, und auf hundert Meter Entfernung kann man erkennen, daß er ein Narr ist. Das ist der Sommernarr. Dieser Mitchell ist ein Winternarr.«
»Aber warum genießt er hier so viel Vertrauen?« fragte Robert Jordan.
»Sein Gesicht!« sagte Karkow. »Seine schöne *gueule de conspirateur*. Und sein kostbarer Trick – daß er immer gerade von irgendwo herkommt, wo er sehr angesehen ist und sehr viel Vertrauen genießt. Natürlich«, sagte er lächelnd, »muß er sehr viel unterwegs sein, damit der Trick funktioniert. Sie wissen, die Spanier sind sehr sonderbar«, fuhr Karkow fort. »Die jetzige Regierung hat viel Geld gehabt. Gold! Ihre Freunde bekommen davon nichts. Du bist unser Freund? Gut. Du machst es umsonst und brauchst keine Belohnung. Leute aber, die eine wichtige Firma repräsentieren oder ein Land, das zwar nicht freundschaftlich gesinnt ist, aber das man beeinflussen will – solche Leute, die kriegen was. Es ist sehr interessant, wenn man genauer hinschaut.«
»Mir gefällt das nicht. Auch dieses Geld gehört den spanischen Arbeitern.«
»Man erwartet nicht von Ihnen, daß Ihnen etwas *gefällt*. Sie haben es nur zu begreifen«, sagte Karkow. »Jedesmal wenn wir uns sehen, erteile ich Ihnen eine kleine Lektion, und mit der Zeit werden Sie ein gebildeter Mensch werden. Es müßte

doch sehr interessant sein für einen Professor, ein gebildeter Mensch zu werden.«
»Ich weiß nicht, ob ich nach meiner Rückkehr in die Staaten noch den Professor werde spielen können. Wahrscheinlich wird man mich als Roten davonjagen.«
»Na, vielleicht können Sie in die Sowjet-Union kommen und dort Ihre Studien fortsetzen. Das wäre vielleicht für Sie das beste.«
»Aber mein Gebiet ist die spanische Sprache.«
»Es gibt noch mehr Länder, in denen Spanisch gesprochen wird«, sagte Karkow. »Sie können nicht alle so schwierig zu behandeln sein wie dieses Spanien. Dann dürfen Sie auch nicht vergessen, daß Sie jetzt schon seit fast neun Monaten nicht mehr unterrichten. In neun Monaten könnten Sie einen neuen Beruf gelernt haben. Haben Sie etwas über dialektischen Materialismus gelesen?«
»Nur das von Emil Burns herausgegebene ›Handbuch des Marxismus‹. Sonst nichts.«
»Wenn Sie es ganz ausgelesen haben, ist das immerhin etwas. Fünfzehnhundert Seiten. Und mit jeder Seite kann man sich ein Weilchen beschäftigen. Aber es gibt noch andere Dinge, die Sie lesen sollten.«
»Jetzt hat man keine Zeit zum Lesen.«
»Ich weiß«, sagte Karkow. »Ich meine, nach und nach. Es gibt allerlei Bücher, nach deren Lektüre Sie einiges, was hier geschieht, besser verstehen werden. Aber gerade das, was hier geschieht, wird uns zu einem sehr nützlichen Buch verhelfen, einem Buch, das vieles erklären wird, was der Mensch unbedingt wissen muß. Vielleicht werde ich es schreiben. Hoffentlich werde ich derjenige sein, der es schreibt.«
»Ich wüßte nicht, wer es besser schreiben könnte.«
»Schmeicheln Sie mir nicht«, sagte Karkow. »Ich bin Journalist. Aber wie alle Journalisten möchte ich gern Literatur machen. Jetzt eben beschäftige ich mich mit einer Studie über Calvo Sotelo. Sotelo war ein hervorragender Faschist, ein echter spanischer Faschist, zum Unterschied von Franco und Konsorten.

Ich habe sämtliche Artikel und Reden Sotelos gelesen. Er war sehr klug, und ihn umzubringen war auch sehr klug.«
»Ich dachte, ihr seid gegen das Mittel des politischen Mordes?«
»Es wird noch recht häufig angewendet«, sagte Karkow. »Recht häufig.«
»Aber —«
»Wir sind gegen den individuellen Terror«, sagte Karkow lächelnd. »Natürlich dann, wenn er von verbrecherischen Terroristen und von konterrevolutionären Organisationen ausgeübt wird. Wir verabscheuen die Doppelzüngigkeit und Niedertracht der mörderischen Hyänen und bucharinistischen Schädlinge und solchen Abschaum der Menschheit wie die Sinowjew, Kamenew, Rykow und ihre Nachläufer. Wir hassen und verabscheuen diese leibhaftigen Teufel.« Er lächelte abermals. »Aber ich glaube doch, daß politische Morde noch vorkommen, recht häufig vorkommen.«
»Sie meinen —«
»Ich meine gar nichts. Ja, wir vertilgen und vernichten diese leibhaftigen Teufel und den Abschaum der Menschheit und die verräterischen Hunde von Generalen und die empörenden Figuren von Admiralen, die das ihnen geschenkte Vertrauen mißbraucht haben. Sie werden ausgerottet. Aber sie werden nicht *ermordet*. Verstehen Sie den Unterschied?«
»Ja«, sagte Robert Jordan.
»Und wenn ich manchmal Witze mache ... Sie wissen, wie gefährlich es ist, Witze zu machen — auch wenn sie wirklich nur als Scherz gemeint sind! Gut. Glauben Sie nicht, weil ich scherze, daß das spanische Volk es nicht eines Tages bereuen wird, daß es gewisse Generale, die noch heute Befehlsposten innehaben, nicht rechtzeitig erschossen hat. Ich liebe Erschießungen nicht, Sie verstehen.«
»Mir sind sie gleichgültig«, sagte Robert Jordan. »Ich liebe sie nicht, aber sie sind mir gleichgültig geworden.«
»Das weiß ich«, sagte Karkow. »Ich habe es gehört.«
»Ist das so wichtig?« sagte Robert Jordan. »Ich habe mich nur bemüht, Ihnen nichts vorzumachen.«

»Ich finde es bedauerlich«, sagte Karkow. »Aber auf diese Weise verschafft man sich den Ruf eines zuverlässigen Menschen, während man sonst viel mehr Zeit aufwenden müßte, um in diese Kategorie eingereiht zu werden.«

»Gelte ich als zuverlässig?«

»In Ihrer Arbeit gelten Sie als sehr verläßlich. Ich muß mich einmal richtig mit Ihnen unterhalten, um zu sehen, wie es in Ihrem Gehirn aussieht. Es ist bedauerlich, daß wir nie ernsthaft miteinander reden.«

»Solange wir den Krieg nicht gewonnen haben, ist mein Gehirn beurlaubt«, sagte Robert Jordan.

»Dann wird es wohl noch sehr lange Urlaub haben. Aber ein bißchen Beschäftigung sollten Sie ihm doch geben.«

»Ich lese den *Mundo Obrero*«, sagte Robert Jordan, und Karkow erwiderte: »Gut. Sehr gut. Auch ich kann einen Witz vertragen. Immerhin stehen im *Mundo Obrero* ganz kluge Sachen. Die einzigen klugen Sachen, die über diesen Krieg geschrieben werden.«

»Ja«, sagte Robert Jordan. »Der Meinung bin ich auch. Aber wenn man ein vollständiges Bild von den Ereignissen erhalten will, darf man nicht nur das Parteiorgan lesen.«

»Nein. Aber wenn Sie auch zwanzig Zeitungen lesen, werden Sie kein richtiges Bild erhalten, und wenn Sie eines hätten, wüßte ich nicht, was Sie damit anfangen wollten. Ich habe fast unaufhörlich ein solches Bild vor Augen, und was mache ich? Ich bemühe mich, es zu vergessen.«

»Finden Sie es so schlimm?«

»Es ist jetzt etwas besser geworden. Das Schlimmste verschwindet mit der Zeit. Trotzdem sieht es immer noch recht erbärmlich aus. Wir versuchen, eine Massenarmee zu schaffen, und einige ihrer Elemente, die Leute unter Modesto, El Campesino, Lister und Durán, sind zuverlässig. Mehr als zuverlässig. Hervorragend. Das werden Sie sehen. Außerdem haben wir noch die Brigaden, wenn auch ihre Rolle sich verändert hat. Aber eine Armee, die aus guten und schlechten Elementen zusammengesetzt ist, kann keinen Krieg ge-

winnen. Alle müssen einen gewissen Grad politischer Entwicklung erreicht haben, alle müssen wissen, worum sie kämpfen und wie wichtig das Kampfziel ist. Alle müssen an das Kampfziel glauben, und alle müssen sich der Disziplin fügen. Wir sind im Begriff, eine Massenarmee aus Wehrpflichtigen zu schaffen, und haben nicht genug Zeit, ihr die Disziplin einzuimpfen, die eine solche Massenarmee haben muß, um sich im Feuer ordentlich zu verhalten. Wir sprechen immer von einem Volksheer, aber unsere Armee wird weder die Eigenschaften eines wirklichen Volksheeres haben noch die eiserne Disziplin, die eine aus Wehrpflichtigen bestehende Armee braucht. Sie werden ja sehen. Es ist das ein sehr gefährliches Verfahren.«
»Sie sind heute nicht in sehr heiterer Stimmung?«
»Nein«, sagte Karkow. »Ich komme soeben aus Valencia und habe dort eine Menge Leute gesprochen. Wenn man aus Valencia zurückkommt, ist man nicht gut gelaunt. In Madrid hat man ein gutes und sauberes Gefühl und sieht keine andere Möglichkeit als die des Sieges. In Valencia herrscht eine ganz andere Atmosphäre. Dort dominieren immer noch die Feiglinge, die aus Madrid geflohen sind. Sie haben sich in der bürokratischen Schlamperei häuslich eingerichtet und verachten die Madrider. Ihr Hauptbestreben ist jetzt, das Kriegskommissariat zu schwächen. Und Barcelona! Barcelona müßten Sie sehen!«
»Wie ist es dort?«
»Immer noch wie in der Operette. Zuerst war Barcelona das Paradies der Narren und romantischen Revoluzzer. Jetzt ist es das Paradies der Scheinsoldaten, der Soldaten, die gern in Uniform herumgehen, die gern prahlen und sich aufblasen und schwarz-rote Halstücher tragen, die alles am Krieg lieben, nur nicht den Kampf. In Valencia wird einem übel, und in Barcelona muß man lachen.«
»Was ist mit dem Putsch der POUM?«
»Die POUM war nie ernst zu nehmen. Ein paar Verrückte und ein paar Wildgewordene, die reine Kinderei. Dazu ein

paar ehrliche, irregeleitete Menschen. Ferner *ein* recht guter Kopf, und außerdem ein kleines bißchen Faschistengeld. Nicht sehr viel. Die arme POUM. Sie waren alle sehr dumm, diese Leute.«

»Sind viele bei dem Putsch gefallen?«

»Nicht so viele, wie nachher erschossen wurden oder jetzt noch erschossen werden. Die POUM. Sie ist wie ihr Name. Nicht ernst zu nehmen. Sie sollte MUMPS oder MASERN heißen. Aber nein, Masern sind viel gefährlicher. Masern können das Gehör und die Augen zerstören. Einmal aber haben sie ein Komplott geschmiedet, um mich zu beseitigen, um Walter zu beseitigen, und Modesto zu beseitigen, um Prieto zu beseitigen. Sie sehen, wie bei ihnen alles durcheinandergeht? Wie sie die verschiedensten Typen durcheinanderschmeißen? Arme POUM! Nie hat sie jemanden beseitigt. Weder an der Front noch sonstwo. Ja, vielleicht ein paar Leute in Barcelona.«

»Waren Sie dort?«

»Ja. Ich habe in einem Telegramm die Verruchtheit dieser infamen Organisation trotzkistischer Mörder und ihre verachtungswürdigen faschistischen Machinationen geschildert, aber, unter uns gesagt, sie ist nicht sehr ernst zu nehmen, die POUM. Nin war ihr einziger Kopf. Wir hatten ihn fest, aber er ist uns entwischt.«

»Wo ist er jetzt?«

»In Paris. Wir *sagen,* er ist in Paris. Er war ein sehr angenehmer Mensch, aber er hatte schlimme politische Abweichungen.«

»Aber die Leute hatten doch wirklich Verbindung mit den Faschisten, wie?«

»Wer hat sie nicht?«

»Wir.«

»Wer weiß? Hoffentlich nicht. Sie zum Beispiel begeben sich sehr oft hinter die faschistische Front.« Er grinste. »Der Bruder eines der Sekretäre der republikanischen Gesandtschaft in Paris ist vorige Woche nach St. Jean-de-Luz gefahren, um dort mit Burgos-Leuten zusammenzutreffen.«

»An der Front gefällt es mir besser«, sagte Robert Jordan. »Je näher zur Front, desto besser die Menschen.«
»Wie gefällt es Ihnen hinter der faschistischen Front?«
»Sehr gut. Wir haben dort prächtige Leute.«
»Na, sehen Sie, und ebenso müssen wohl die Faschisten ihre prächtigen Leute hinter unserer Front haben. Wir stöbern sie auf und erschießen sie, und sie stöbern die Unseren auf und erschießen sie. Wenn Sie drüben sind, denken Sie immer daran, wieviel Leute die anderen zu uns herüberschicken!«
»Ich habe daran gedacht.«
»Gut«, sagte Karkow. »Für heute haben Sie genug Stoff zum Nachdenken. Trinken Sie Ihr Bier aus und gehen Sie nach Hause, ich muß jetzt hinauf, mit ein paar Leuten sprechen. Leute von oben! Besuchen Sie mich bald wieder.«
Ja, dachte Robert Jordan. Im *Gaylord* kann man eine Menge lernen. Karkow hatte sein erstes und einziges Buch gelesen. Das Buch war kein Erfolg gewesen. Es hatte nur zweihundert Seiten, und er bezweifelte sehr, ob mehr als zweitausend Menschen es gelesen hatten. Alles, was er auf zehnjährigen Reisen kreuz und quer durch Spanien, zu Fuß, im Waggon dritter Klasse, im Bus, zu Pferd, auf dem Eselsrücken und in Lastautos an Eindrücken gesammelt hatte, war in diesem Buch zusammengetragen. Er kannte das Baskenland, Navarra, Aragón, Galicia, die beiden Kastilien und Estremadura. Es gab so gute Bücher über Spanien, wie die von Borrow und Ford und all den anderen, daß er nur sehr wenig hatte hinzufügen können. Aber Karkow fand das Buch gut.
»Deshalb gebe ich mich ja mit Ihnen ab«, hatte er gesagt. »Ich finde, Ihre Schilderungen sind sehr wahrheitsgetreu, und so etwas findet man selten. Deshalb möchte ich, daß Sie dies und jenes erfahren.«
Gut. Wenn er diesen Krieg hinter sich hat, wird er ein Buch schreiben. Aber nur über Dinge, die er wirklich kennt, über das, was er wirklich weiß. Aber, dachte er, um damit fertig zu werden, muß ich besser schreiben als jetzt. Was er in diesem Krieg kennengelernt hat, das ist nicht sehr einfach zu beschreiben.

19

»Was machst du?« fragte ihn Maria. Sie stand dicht neben ihm, und er wandte den Kopf und lächelte sie an.
»Nichts«, sagte er. »Ich habe nachgedacht.«
»Woran hast du gedacht? An die Brücke?«
»Nein. Das ist erledigt. Ich habe an dich gedacht und an ein Hotel in Madrid, dort wohnen einige Russen, die ich kenne, und an ein Buch, das ich einmal schreiben will.«
»Gibt es viele Russen in Madrid?«
»Nein. Sehr wenige.«
»Aber die faschistischen Zeitungen schreiben, daß es Hunderttausende sind.«
»Das sind Lügen.«
»Liebst du die Russen? Der, der hier bei uns war, war auch Russe.«
»Hat er dir gefallen?«
»Ja. Ich war damals krank, aber ich fand ihn sehr schön und sehr tapfer.«
»Schön! So ein Unsinn!« sagte Pilar. »Seine Nase war platt wie eine Hand, und Backenknochen hatte er, so breit wie ein Schafshintern.«
»Er war mein Kamerad und mein guter Freund«, sagte Robert Jordan zu Maria. »Ich habe ihn sehr gern gehabt.«
»Bestimmt«, sagte Pilar. »Und dann hast du ihn erschossen.«
Als sie das sagte, blickten die Kartenspieler vom Tisch auf, und Pablo starrte Robert Jordan an. Keiner sagte ein Wort, dann fragte der Zigeuner: »Ist das wahr, Roberto?«
»Ja«, erwiderte Robert Jordan. Es war ihm nicht recht, daß Pilar es erwähnte, und er bereute, daß er bei El Sordo darüber gesprochen hatte. »Auf seinen Wunsch. Er war schwerverwundet.«
»*Qué cosa mas rara!*« *sagte* der Zigeuner. »Die ganze Zeit, solange er bei uns war, hat er immer davon geredet. Ich weiß gar nicht mehr, wie oft ich ihm versprechen mußte, ihm diesen Wunsch zu erfüllen. Was für eine merkwürdige Sache das ist!« wiederholte er und schüttelte den Kopf.

»Er war ein sehr merkwürdiger Mensch«, sagte Primitivo. »Sehr sonderbar.«
»Hör mal!« sagte Andrés, der eine der Brüder. »Du, der du Professor bist und alles mögliche! Glaubst du, ein Mensch kann vorauswissen, was ihm bevorsteht?«
»Das glaube ich nicht«, erwiderte Robert Jordan. Pablo starrte ihn neugierig an, und Pilar beobachtete ihn mit ausdrucksloser Miene. »Was diesen russischen Genossen betrifft, so war er zu lange an der Front gewesen und dadurch nervös geworden. Zuerst hatte er bei Irún gekämpft, und dort ging es schlimm zu, wie ihr wißt. Sehr schlimm. Nachher hat er im Norden gekämpft. Und als dann die ersten Guerillatrupps gebildet wurden, ist er mit dabei gewesen und hat ohne Unterbrechung gearbeitet, hier, in der Estremadura und in Andalusien. Ich glaube, er war übermüdet und sehr nervös und litt unter Zwangsvorstellungen.«
»Er wird sicherlich böse Dinge erlebt haben«, sagte Fernando.
»Wie alle Welt«, sagte Andrés. »Aber hör zu, *Inglés*. Glaubst du, daß es so was gibt, daß ein Mensch im voraus weiß, was ihm widerfahren wird?«
»Nein«, sagte Robert Jordan. »Das ist reiner Aberglaube.«
»Nur immer weiter!« sagte Pilar. »Wir wollen die Ansicht des Professors hören.« Sie sprach wie zu einem vorlauten Kind.
»Meiner Meinung nach erzeugt die Angst in uns unangenehme Vorstellungen und Einbildungen«, sagte Robert Jordan. »Wenn ein Mensch, den bereits die Angst gepackt hat, schlimme Zeichen sieht –«
»Wie zum Beispiel die Flugzeuge heute früh«, sagte Primitivo.
»Wie zum Beispiel deine Ankunft«, sagte Pablo leise, und Robert Jordan blickte über den Tisch zu ihm hin, sah, daß das keine Provokation war, sondern nur ein lautgewordener Gedanke, und fuhr dann fort: »– dann bildet er sich ein, daß es jetzt mit ihm zu Ende gehen müsse, und man hält diese Einbildung für eine prophetische Inspiration. Dabei ist es weiter nichts als – Einbildung. Ich glaube weder an Menschenfresser noch an Wahrsagen, noch an übernatürliche Phänomene.«

»Aber dieser da mit dem merkwürdigen Namen, er hat sein Schicksal klar vorausgesehen«, sagte der Zigeuner. »Und genauso ist es auch eingetroffen.«
»Er hat es nicht vorausgesehen«, sagte Robert Jordan. »Er fürchtete sich vor einer solchen Möglichkeit, und dieser Gedanke ließ ihn nicht mehr los. Niemand wird mir erzählen, daß er etwas vorausgesehen hat.«
»Auch ich nicht«, sagte Pilar, nahm etwas Asche vom Herd und blies sie von der flachen Hand weg. »Auch ich kann dir nichts erzählen?«
»Nein. Trotz all deiner Hexenkünste und deiner Zigeunerweisheit kannst auch du mir nichts erzählen.«
»Weil du ein Wunder an Schwerhörigkeit bist«, sagte Pilar. Das Kerzenlicht beleuchtete ihr hartes und massiges Gesicht. »Nicht etwa, daß du dumm wärst! Du bist einfach schwerhörig, taub. Der Taube hört keine Musik. Er hört auch das Radio nicht. Deshalb könnte er behaupten, daß es das alles nicht gibt, weil er es nie gehört hat. *Qué va, Inglés!* Ich habe den Tod in seinem Gesicht gesehen, als ob er dort eingebrannt gewesen wäre mit einem Brandeisen.«
»Nein«, sagte Robert Jordan hartnäckig. »Furcht hast du in seinem Gesicht gesehen. Furcht und ängstliche Unruhe. Furcht – weil er soviel durchgemacht hatte. Ängstliche Unruhe – weil seine Phantasie sich immer mit den schlimmsten Möglichkeiten beschäftigte.«
»*Qué va!*« sagte Pilar. »Ich habe den Tod dort gesehen, so deutlich, als ob er ihm auf der Schulter gesessen hätte. Und noch mehr: er roch nach Tod.«
»Er roch nach Tod!« sagte Robert Jordan höhnisch. »Vielleicht nach Angst. Angstgeruch, den gibt es.«
»*De la muerte*«, sagte Pilar. »Hör zu. Als Blanquet, der der größte *peón de brega* war, der je gelebt hat, unter Granero arbeitete, hat er mir erzählt, daß an dem Tag von Manolo Graneros Tod, als sie auf dem Weg zur Arena in der Kapelle haltmachten, der Todesgeruch so stark war an Manolo, daß ihm, Blanquet, fast übel wurde. Und er war doch bei Manolo ge-

wesen, als er im Hotel badete und sich anzog, bevor sie aufbrachen. Und auch als sie ganz zusammengedrängt im Auto saßen, auf dem Weg zur Arena, war von dem Geruch nichts zu spüren. Und in der Kapelle selbst spürte ihn sonst keiner außer Juan Luis de la Rosa. Weder Marcial noch Chicuelo spürten den Geruch, in der Kapelle nicht und auch später nicht, als alle vier zum *paseo* antraten. Juan Luis war aber totenblaß, erzählte mir Blanquet, und er, Blanquet, sagte zu ihm: ›Du auch?‹
›So, daß ich kaum atmen kann‹, sagte Juan Luis. ›Und von deinem Matador.‹
›*Pues nada*‹, sagte Blanquet. ›Da kann man nichts machen. Hoffen wir, daß es ein Irrtum ist.‹
›Und die anderen?‹ fragte Juan Luis den Blanquet.
›*Nada*‹, sagte Blanquet. ›Gar nichts. Aber der da stinkt schlimmer als José in Talavera.‹
Und an diesem selben Nachmittag hat der Stier Pocapena von der Ranch Veraguas den Manolo Granero erdrückt an den Planken der Barriere vor dem *tendido* Nummer zwei in der Plaza de Toros von Madrid. Ich war da, mit Finito, und ich hab's selber gesehen. Das Horn zerschmetterte ihm die Hirnschale, sein Kopf stak unter dem *estribo* am unteren Rand der *barrera,* wo der Bulle ihn hingeschleudert hatte.«
»Hast du etwas gerochen?« fragte Fernando.
»Nein«, sagte Pilar. »Ich saß zu weit weg. Wir saßen in der siebenten Reihe des dritten *tendido,* gerade um die Ecke, und deshalb konnte ich alles genau sehen. Aber am selben Abend hat Blanquet, der auch unter Joselito gearbeitet hatte, als Joselito getötet wurde, dem Finito im Fornos alles erzählt, und Finito fragte Juan Luis de la Rosa, und der wollte nicht reden. Aber er nickte mit dem Kopf, daß es wahr sei. Ich war dabei. So, *Inglés,* hast vielleicht auch du für manche Dinge kein Ohr wie Chicuelo und Marcial Lalanda und alle die *banderilleros* und *picadores* und wie alle die *gente* des Juan Luis und Manolo Granero an jenem Tag. Aber Juan Luis und Blanquet waren nicht taub. Und auch ich habe ein Ohr für solche Dinge.«

»Warum sagst du Ohr, wenn es sich um die Nase handelt?« fragte Fernando.
»*Leche!*« sagte Pilar. »Du solltest Professor sein an Stelle des *Inglés*! Aber ich könnte dir auch noch von anderen Dingen erzählen, *Inglés,* und bezweifle du nicht, was du ganz einfach nicht sehen und nicht hören kannst. Du hörst nicht, was ein Hund hört. Und du riechst auch nicht, was ein Hund riecht. Aber ein bißchen was hast du auch schon erlebt, und du weißt jetzt, was einem alles passieren kann.«
Maria legte die Hand auf Robert Jordans Schulter, und er dachte plötzlich: Mach Schluß mit diesem dummen Zeug und nütze die kurzen Stunden, die dir geschenkt sind. Aber es ist noch zu früh. Wir müssen den Rest des Abends totschlagen. Daher sagte er zu Pablo: »Du, glaubst du an diese Hexereien?«
»Ich weiß nicht«, sagte Pablo. »Ich bin mehr deiner Meinung. Ich habe noch nie etwas Übernatürliches erlebt. Aber Angst, ja, Angst schon. Oft genug. Aber ich glaube, daß Pilar Ereignisse aus der Hand erraten kann. Wenn sie uns nicht anlügt, ist es vielleicht wahr, daß sie so was gerochen hat.«
»*Qué va,* daß ich lüge!« sagte Pilar. »Diese Geschichte habe doch nicht ich erfuunden. Dieser Blanquet war ein ernster Mensch und außerdem sehr fromm. Er war auch kein Zigeuner, sondern ein Bürger aus Valencia. Hast du ihn nie gesehen?«
»Ja«, sagte Robert Jordan. »Ich habe ihn oft gesehen. Er war klein, hatte eine graue Gesichtsfarbe, und keiner konnte besser den Mantel schwingen als er. Er war flink wie ein Hase.«
»Richtig«, sagte Pilar. »Seine Haut ist grau von einem Herzleiden, und die Zigeuner sagen, daß er den Tod mit sich herumträgt, aber daß er ihn mit seinem Mantel wegwischt, wie man den Staub von einem Tisch fegt. Aber er, der kein Zigeuner war, hat den Tod gerochen an Joselito, als Joselito in Talavera kämpfte. Obschon ich nicht verstehe, wie er ihn riechen konnte, unter all dem Manzanillagestank. Blanquet hat es uns nachher erzählt, er traute sich gar nicht recht, davon zu erzählen, und die, die ihn hörten, sagten, es ist reine Phantasie,

und was er gerochen hatte, das war das Leben, das José damals führte und unter den Achseln aus sich herausschwitzte. Aber dann später kam die Geschichte mit Manolo Granero, an der Juan Luis de la Rosa beteiligt war. Freilich, Juan Luis war gerade kein Ehrenmann, aber sehr sensibel bei der Arbeit und auch ein großer Frauenjäger. Aber Blanquet war ein ernster Mensch und ein sehr stiller Mensch und gar nicht fähig, eine Unwahrheit zu sagen. Und ich habe dir schon gesagt, daß ich den Tod gerochen habe an deinem Kameraden, der hier bei uns war.«

»Ich glaube das nicht«, sagte Robert Jordan. »Du sagst doch auch, daß die Sache mit Blanquet unmittelbar vor dem *paseo* passiert ist. Kurz vor Beginn des Stierkampfs. Aber eure Sache mit Kaschkin und dem Zug ist gut ausgegangen, und er ist nicht dabei umgekommen. Wie also konntest du den Tod an ihm riechen?«

»Das hat gar nichts damit zu tun«, sagte Pilar. »Ignacio Sánchez Mejias hat in seiner letzten Saison so stark nach Tod gerochen, daß viele im Café nicht mit ihm sitzen wollten. Alle Zigeuner haben davon gewußt.«

»Solche Sachen werden hinterher erfunden«, sagte Robert Jordan. »Alle Welt wußte, daß Sánchez Mejias einer *cornada* entgegengeht, weil er schon zu lange außer Übung war, weil er einen schwerfälligen und gefährlichen Stil hatte, weil er seine Kräfte und die Beweglichkeit in den Beinen verloren hatte, und weil seine Reflexe nicht mehr so funktionierten wie früher.«

»Richtig«, sagte Pilar. »Das stimmt alles. Aber die Zigeuner haben gewußt, daß er nach Tod riecht, und wenn er in die Villa Rosa kam, dann konntest du sehen, wie solche Leute wie Ricardo und Felipe González durch die Tür hinter der Theke verschwanden.«

»Wahrscheinlich waren sie ihm Geld schuldig«, sagte Robert Jordan.

»Möglich«, sagte Pilar. »Sehr gut möglich. Aber sie rochen auch den Tod, und alle haben davon gewußt.«

»Was sie sagt, stimmt, *Inglés*«, sagte Rafael, der Zigeuner. »Bei uns ist das eine ganz bekannte Sache.«
»Ich glaube kein Wort davon«, sagte Robert Jordan.
»Hör mal, *Inglés*!« begann Anselmo. »Ich bin gegen diesen Hexenkram. Aber Pilar steht in dem Ruf, von derlei Dingen viel zu wissen.«
»Aber was ist es denn für ein Geruch?« fragte Fernando. »Wenn ein Geruch vorhanden ist, dann muß es doch ein ganz bestimmter Geruch sein.«
»Du willst es genau wissen, Fernandito?« sagte Pilar lächelnd zu ihm. »Du glaubst, dann könntest du es auch riechen?«
»Wenn es den Geruch wirklich gibt, warum soll ich ihn nicht genauso riechen können wie jeder andere?«
»Warum nicht?« Pilar machte sich über ihn lustig; sie hatte ihre breiten Hände über den Knien verschränkt. »Bist du schon einmal auf einem Schiff gewesen, Fernando?«
»Nein. Und ich hätte auch keine Lust dazu.«
»Dann wirst du den Geruch nie erkennen können. Denn sein erster Bestandteil ist der Geruch, der entsteht, wenn auf einem Schiff ein Sturm ausbricht und die Luken verschalt werden. Leg deine Nase an den Messinggriff eines fest zugeschraubten Bullauges auf einem schaukelnden Schiff, das unter dir hin und her schwankt, so daß dir ganz hohl im Magen wird und du fast in Ohnmacht fällst, dann hast du einen Bestandteil jenes Geruchs.«
»Es wird für mich ganz unmöglich sein, ihn zu erkennen, weil ich mich unter keinen Umständen auf ein Schiff begeben werde«, sagte Fenando.
»Ich bin schon mehrmals mit einem Schiff gefahren«, sagte Pilar. »Nach Mexiko und nach Venezuela.«
»Und die anderen Bestandteile?« fragte Robert Jordan.
Pilar sah ihn spöttisch an. Sie erinnerte sich jetzt voller Stolz an ihre Seereisen.
»Gut, *Inglés*. Immer lernen! Das ist das richtige. Lernen! Gut. Wenn du dann vom Schiff kommst, mußt du am frühen Morgen in Madrid den Berg hinuntergehen zum Puente de

Toledo zum Matadero und dort auf dem nassen Pflaster stehen, wenn vom Manzanares ein Nebel herüberweht, und warten, bis kurz vor Tagesanbruch die alten Weiber kommen, um das Blut der geschlachteten Tiere zu trinken. Wenn solch ein altes Weib aus dem Matadero herauskommt, in die Mantilla gewickelt, und ihr Gesicht ist grau, und ihre Augen sind hohl, und auf ihrem Kinn und auf den Wangen sproßt der Altweiberbart aus der wächsernen Blässe ihres Gesichts, wie die weißlichen Keime aus einem Bohnensamen sprießen, nicht harte Stoppeln, sondern bleiche Keime in dem Tod ihres Gesichts, dann, *Inglés,* mußt du sie fest in deine Arme nehmen und sie an dich pressen und sie auf den Mund küssen, und dann wirst du wissen, welches der zweite Bestandteil ist, der in jenen Geruch eingeht.«
»Das hat mir aber den Appetit verdorben«, sagte der Zigeuner. »Das mit den Bohnenkeimen, das war zu stark für mich.«
»Soll ich weitererzählen?« fragte Pilar Robert Jordan.
»Natürlich«, sagte er. »Wenn es wichtig ist, daß der Mensch etwas lernt, dann laß uns lernen!«
»Das mit den Bohnenkeimen im Gesicht der alten Weiber, das dreht mir den Magen um«, sagte der Zigeuner. »Warum ist das so mit den alten Weibern, Pilar? Bei uns ist es ganz anders.«
»Nein«, sagte Pilar, ihn verspottend. »Das alte Weib, das in ihrer Jugend so schlank war, abgesehen natürlich von dem ewigen dicken Bauch, der das Zeichen ist für die Gunst ihres Mannes, und den jede Zigeunerin immerzu vor sich her schiebt —«
»Du sollst nicht solche Sachen reden«, sagte Rafael. »Das ist unanständig.«
»Du bist also beleidigt!« sagte Pilar. »Hast du schon mal eine *gitana* gesehen, die nicht gerade vor oder nach dem Kinderkriegen war?«
»Dich.«
»Laß das sein!« sagte Pilar. »Jeder hat seine empfindliche Stelle. Ich wollte bloß sagen, daß bei jedem Menschen das Alter seine besonderen Häßlichkeiten mit sich bringt. Man braucht nicht

ins einzelne zu gehen. Aber wenn der *Inglés* wissen will, wie der Geruch ist, den er so gerne erkennen möchte, dann muß er frühmorgens zum Matadero gehen.«
»Ja, das werde ich machen«, sagte Robert Jordan. »Aber ich werde den Geruch schnuppern, wenn sie vorübergehen, und mir den Kuß ersparen. Ich fürchte mich vor den Bohnenkeimen genauso wie Rafael.«
»Du mußt eine küssen«, sagte Pilar. »Du mußt eine küssen, *Inglés,* damit du weise wirst, und dann, mit diesem Geruch in der Nase, gehst du in die Stadt zurück, und wenn du einen Mülleimer siehst voll verwelkter Blumen, dann stecke deine Nase tief hinein und sauge den Geruch ein, damit er sich mit den anderen Gerüchen vermischt, die du bereits in deinen Nasengängen hast.«
»Das habe ich jetzt getan«, sagte Robert Jordan. »Was waren es für Blumen?«
»Chrysanthemen.«
»Weiter!« sagte Robert Jordan. »Ich rieche sie.«
»Dann«, fuhr Pilar fort, »ist es wichtig, daß es ein Herbsttag ist mit Regen, oder wenigstens ein bißchen Nebel, oder auch ein früher Wintertag, und nun gehst du weiter durch die Stadt und die Calle de Salud hinunter und riechst, was es dort zu riechen gibt, wenn sie die *casas de putas* ausfegen und die Abwascheimer in den Rinnstein gießen, und wenn dieser Duft verlorener Liebesmüh, süß vermischt mit dem Geruch des Seifenwassers und der Zigarettenstummel, nur von ferne deine Nasenlöcher streift, dann sollst du weitergehen zum Jardin Botánico, wo in der Nacht die Mädchen, die zu Hause nicht mehr arbeiten können, an dem Eisengitter des Parks und an den spitzen Staketen und auf dem Trottoir ihr Gewerbe verrichten. Dort, im Schatten der Bäume, gegen das eiserne Gitter gelehnt, machen sie alles, was ein Mann nur verlangen kann, von den einfachsten Anforderungen gegen einen Lohn von zehn Centimos bis zu einer Peseta für den erhabenen Akt, für den wir geboren sind, und dort, auf einem verwelkten Blumenbeet, wo man das welke Zeug noch nicht heraus-

gerupft und noch keine neuen Blumen angepflanzt hat und wo man also viel weicher liegt als auf dem Pflaster, dort wirst du einen vergessenen Sack finden, der nach nasser Erde riecht und nach verwelkten Blumen und nach den Dingen der vergangenen Nacht. In diesem Sack ist die Essenz von allem enthalten, die tote Erde und die toten Blumenstengel und die verfaulten Blüten und der Geruch, der zugleich Tod und Geburt des Menschen ist. Diesen Sack wirst du dir um den Kopf wickeln und versuchen, Luft zu schöpfen.«
»Nein.«
»Ja«, sagte Pilar, »du wirst dir diesen Sack um den Kopf wickeln und zu atmen versuchen, und dann, wenn du keinen der früheren Gerüche verloren hast, und wenn du tief einatmest, wirst du den Geruch des nahen Todes spüren, so wie wir ihn kennen.«
»Schön«, sagte Robert Jordan. »Und du behauptest, als Kaschkin hier war, hat er so gerochen?«
»Ja.«
»Na«, sagte Robert Jordan ernst, »wenn das stimmt, dann ist es ein Glück, daß ich ihn erschossen habe.«
»*Olé!*« sagte der Zigeuner, die anderen lachten.
»Sehr gut«, sagte Primitivo. »Das wird mir für ein Weilchen genügen.«
»Aber Pilar«, sagte Fernando. »Du kannst doch wohl nicht von einem gebildeten Menschen wie Don Roberto verlangen, daß er solche widerlichen Sachen macht.«
»Nein«, sagte Pilar.
»Das alles ist ja äußerst abstoßend.«
»Ja«, sagte Pilar.
»Du erwartest doch nicht von ihm, daß er diese herabwürdigenden Handlungen wirklich ausführt?«
»Nein«, sagte Pilar. »Willst du jetzt nicht schlafen gehen?«
»Aber Pilar —« fuhr Fernando fort.
»Halt's Maul, ja?« schrie Pilar und war plötzlich ganz böse. »Mach dich nicht lächerlich, und ich werde mich auch nicht lächerlich machen und mit Menschen reden, die nicht verstehen, wovon man spricht!«

»Ich muß gestehen, daß ich es nicht verstehe«, begann Fernando.
»Laß deine Geständnisse und bemühe dich nicht erst, es zu verstehen«, sagte Pilar. »Schneit es immer noch?«
Robert Jordan ging zum Eingang der Höhle, schlug die Decke zurück und blickte hinaus. Draußen war die Nacht hell und kalt, und es schneite nicht mehr. Er sah zwischen den Baumstämmen den weißen Schnee, und er blickte durch das Geäst zum Himmel auf, der jetzt ganz klar war. Und die Luft, die er einatmete, war scharf und kalt.
Wenn El Sordo heute nacht Pferde stehlen geht, wird man seine Spuren sehen, dachte er.
Er ließ die Decke fallen und trat in die verräucherte Höhle zurück. »Klares Wetter«, sagte er. »Der Schneesturm ist vorbei.«

20

Nun lag er in der Nacht und wartete auf das Mädchen. Es wehte kein Wind mehr, und die Kiefern standen still in der Nacht. Ihre Stämme ragten aus dem Schnee, der überall den Boden deckte, und er lag in seinem Schlafsack, fühlte unter sich das geschmeidige Lager, das er sich zurechtgemacht hatte, streckte die Beine lang aus in die Wärme des Schlafsacks, scharf und kalt war die Luft um seinen Kopf und in der atmenden Nase. Unter seinem Kopf, wie er so auf der Seite lag, bauschten sich Hose und Rock, die er um seine Schuhe gewickelt hatte, um ein Kopfkissen zu haben, und an der Seite fühlte er das kalte Metall der großen Pistole, die er beim Auskleiden aus dem Futteral genommen und mit der Schnur an seinem rechten Handgelenk befestigt hatte. Er schob die Pistole weg, kroch noch tiefer in den Schlafsack, beobachtete über den Schnee hin den schwarzen Fleck im Gestein, der der Eingang zur Höhle war. Klar war der Himmel, und der Schnee warf so viel Licht zurück, daß man die Baumstämme sehen konnte und den massigen Fels, in dem die Höhle sich befand.

Eine Stunde zuvor hatte er die Axt genommen und war hinausgegangen und war durch den Schnee bis an den Rand der Lichtung gegangen und hatte eine kleine Fichte gefällt. Dann hatte er im Finstern die kleine Fichte mit dem dicken Ende voran in den Schutz der Felswand geschleppt. Dort hatte er, dicht an der Wand, den Baum aufrecht hingestellt, hatte fest mit der Hand den Stamm umklammert und dann, die Axt dicht am Blatt fassend, sämtliche Zweige abgehackt, bis es ein ganzer Haufen wurde. Die Zweige hatte er erst mal liegen lassen, hatte den kahlen Stamm in den Schnee gelegt und war in die Höhle gegangen, um ein Brett zu holen, das er dort an der Wand hatte lehnen sehen. Mit diesem Brett kratzte er längs der Felswand den Schnee weg, hob dann die Fichtenzweige auf, schüttelte den Schnee von ihnen ab und legte sie reihenweise hin, wie Federn, die übereinandergreifen, bis es ein richtiges Bett wurde. Er legte den Stamm ans Fußende des Lagers, damit die Zweige nicht verrutschen, und pflockte ihn mit zwei spitzen Holzstücken fest, die er vom Rand des Bretts abgesplittert hatte.

Dann trug er Brett und Axt in die Höhle zurück, sich unter die Decke duckend, und lehnte beides an die Wand.

»Was machst du da draußen?« hatte Pilar ihn gefragt.

»Ich habe mir ein Bett gemacht.«

»Zerhacke mir nicht mein neues Wandbrett für dein Bett!«

»Entschuldige, bitte.«

»Es ist nicht wichtig«, sagte sie. »In der Sägemühle gibt es noch mehr Bretter. Was für ein Bett hast du dir gemacht?«

»Wie in meiner Heimat.«

»Dann schlaf gut darin!« hatte sie gesagt, und Robert Jordan hatte den einen Rucksack geöffnet, den Schlafsack herausgezerrt, die Sachen, die in ihm eingewickelt waren, wieder in den Rucksack gesteckt, und dann war er mit dem Schlafsack, sich abermals unter die Decke bückend, hinausgegangen und hatte ihn über die Zweige gebreitet, so daß das geschlossene

Ende an die Stange zu liegen kam, die am Fußende des Lagers kreuzweise festgepflockt war. Das offene Ende war durch die Felswand geschützt. Dann ging er in die Höhle zurück, um die Packen zu holen, aber Pilar sagte: »Die können bei mir schlafen wie gestern nacht.«
»Willst du keine Wachen aufstellen?« fragte er. »Die Nacht ist klar, und der Sturm ist vorbei.«
»Fernando geht«, sagte Pilar.
Maria stand ganz hinten in der Höhle, und Robert Jordan konnte ihr Gesicht nicht sehen.
»Gute Nacht alle miteinander!« hatte er gesagt. »Ich gehe schlafen.«
Die anderen waren damit beschäftigt, auf dem Fußboden vor dem Herdfeuer Decken und Bettrollen auszubreiten und die Brettertische und Lederschemel beiseite zu schieben, um für das Nachtlager Platz zu schaffen; nur Primitivo und Andrés blickten auf und sagten: »*Buenas noches.*«
Anselmo lag bereits schlafend in einer Ecke, fest eingewickelt in seine Decke und seinen Mantel, so daß nicht einmal seine Nasenspitze zu sehen war. Pablo schlief auf seinem Stuhl.
»Willst du für dein Bett ein Schafsfell haben?« fragte Pilar leise.
»Nein«, sagte er. »Danke. Ich brauche es nicht.«
»Schlaf gut«, sagte sie. »Ich bürge für deine Sachen.«
Fernando war dann mit ihm hinausgegangen und hatte ein Weilchen vor dem Schlafsack gestanden.
»Eine komische Idee von dir, Don Roberto, im Freien zu schlafen!« sagte er, wie er so dastand im Dunkeln, in seine Pelerine gehüllt, den Karabiner auf dem Rücken.
»Ich bin daran gewöhnt. Gute Nacht!«
»Ja, wenn du daran gewöhnt bist!«
»Wann wirst du abgelöst?«
»Um vier.«
»Bis dahin wird's noch reichlich kalt sein.«
»Daran bin ich gewöhnt«, sagte Fernando.
»Ja, wenn du daran gewöhnt bist!« sagte Robert Jordan höflich.

»Ja«, bestätigte Fernando. »Jetzt muß ich hinauf. Gute Nacht, Don Roberto.«

»Gute Nacht, Fernando.«

Dann hatte er seine Sachen ausgezogen, ein Kissen aus ihnen gemacht, war in den Schlafsack gekrochen und lag nun da und wartete, fühlte die federnden Zweige unter der flanellenen, daunigen Sanftheit der Schlafsackwärme, beobachtete über den Schnee weg den Eingang der Höhle, fühlte, wie sein Herz klopfte, während er wartete.

Die Nacht war klar, und sein Kopf war so klar und kühl wie die Nacht. Er roch den Duft der Fichtenzweige, auf denen er lag, den Fichtenduft der zerdrückten Nadeln und das schärfere Aroma des Harzes, das aus den Schnittstellen quoll. Pilar, dachte er. Pilar und der Todesgeruch. Das hier ist ein Geruch, den ich liebe. Und der Duft frischgeschnittenen Klees, zerdrücktes Salbeikraut, wenn du hinter den Rindern her reitest, Holzrauch und das brennende Laub im Herbst. Das muß der Duft des Heimwehs sein, der Rauchgeruch von den Haufen zusammengescharrten Laubes, die man im Herbst in den Straßen von Missoula verbrennt. Was möchtest du am liebsten riechen? Süßgras, das die Indianer zu ihren Körben verwenden? Geräuchertes Leder? Den Geruch der Erde nach einem Frühlingsregen? Den Geruch des Meeres, wenn du auf einer galicischen Landzunge durch den Ginster gehst? Oder den Wind, der vom Land her weht, wenn du dich Kuba näherst im Dunkel der Nacht? Das ist der Duft der Kaktusblüten, der Mimosen und des Traubenbaumes. Oder möchtest du lieber gebratenen Speck riechen, frühmorgens, wenn du hungrig bist? Oder Kaffee am Morgen? Oder einen Jonathan-Apfel, in den du hineinbeißt? Oder eine Ziderpresse in vollem Gang, oder Brot frisch aus dem Ofen? Du scheinst hungrig zu sein, dachte er, und er legte sich auf die Seite und beobachtete den Eingang der Höhle im Licht der Sterne, das der Schnee zurückwarf. Jemand kam unter der Decke hervor, und er sah die Gestalt, wer immer es auch sein mochte, in der Felslücke stehen, die den Eingang der Höhle bildete. Dann hörte er ein zischendes Geräusch im Schnee, und dann duckte sich die Gestalt in den Eingang und verschwand.

Sie wird wohl nicht kommen, bis die anderen eingeschlafen sind, dachte er. Was für eine Zeitverschwendung! Die Nacht ist schon halb vorbei. O Maria. Komm jetzt rasch, Maria, wir haben wenig Zeit. Er hörte, wie von einem Ast der Schnee mit leisem Geräusch in den Schnee auf der Erde fiel. Ein leichter Wind erhob sich, er fühlte ihn im Gesicht. Plötzlich packte ihn die Angst: Vielleicht kommt sie gar nicht! Der aufkommende Wind erinnerte ihn daran, daß der Morgen nicht mehr fern war. Noch mehr Schnee fiel von den Ästen herab, während die Wipfel der Kiefern im Wind rauschten.

Komm jetzt, Maria. Bitte, komm jetzt schnell zu mir, dachte er. Oh, komm jetzt zu mir. Zögere nicht. Es hat keinen Zweck mehr, daß du wartest, bis sie eingeschlafen sind.

Dann sah er sie unter der Decke hervorkommen, die im Eingang der Höhle hing. Einen Augenblick lang stand sie da, und er wußte, daß sie es war, aber er konnte nicht sehen, was sie machte. Er stieß einen leisen Pfiff aus, und sie stand immer noch am Höhleneingang und machte dort irgend etwas in der Dunkelheit des Felsschattens. Dann kam sie gelaufen, sie hatte etwas in der Hand, und er sah sie mit ihren langen Beinen durch den Schnee laufen. Dann kniete sie neben dem Schlafsack, den Kopf fest an ihn angepreßt, und schüttelte den Schnee von den Füßen. Sie küßte ihn und reichte ihm ihr Bündel.

»Leg sie zu deinem Kissen«, sagte sie. »Ich habe sie gleich drüben ausgezogen, um Zeit zu sparen.«

»Du bist barfuß durch den Schnee gegangen?«

»Ja«, sagte sie, »ich habe nichts an als mein Hochzeitshemd.«

Er preßte sie fest an sich, und sie rieb den Kopf an seinem Kinn.

»Nimm dich vor meinen Füßen in acht«, sagte sie, »sie sind ganz kalt, Roberto.«

»Leg sie hier hin, damit sie warm werden.«

»Nein«, sagte sie. »Sie werden schon warm werden. Aber sag mir jetzt schnell, daß du mich liebst.«

»Ich liebe dich.«
»Gut. Gut. Gut.«
»Ich liebe dich, kleines Kaninchen.«
»Liebst du auch mein Hochzeitshemd?«
»Es ist dasselbe wie immer.«
»Ja. Wie gestern nacht. Mein Hochzeitshemd.«
»Leg deine Füße hierher.«
»Nein, ich will dir nicht deine Wärme stehlen. Sie werden von selber warm werden. Für mich sind sie ganz warm. Nur für dich sind sie kalt, weil der Schnee sie kalt gemacht hat. Sag es noch einmal.«
»Ich liebe dich, mein kleines Kaninchen.«
»Ich liebe dich auch, und ich bin deine Frau.«
»Haben sie schon geschlafen?«
»Nein«, sagte sie. »Aber ich konnte es nicht länger aushalten. Und ist es denn wichtig?«
»Nein«, sagte er, und er fühlte ihren Körper schlank und lang und warm. »Nichts anderes ist wichtig.«
»Leg deine Hand auf meinen Kopf«, sagte sie, »und dann laß mich versuchen, ob ich dich küssen kann.«
»War es gut?« fragte sie.
»Ja«, sagte er. »Zieh dein Hochzeitshemd aus.«
»Meinst du, ich soll es ausziehen?«
»Ja, sonst wird dir kalt werden.«
»*Qué va,* kalt! Ich glühe.«
»Ich auch. Wird dir nachher nicht kalt werden?«
»Nein. Nachher werden wir wie *ein* Tier des Waldes sein und so nahe beisammen sein, daß keiner mehr wissen wird, daß der eine von uns der eine ist und nicht der andere. Fühlst du nicht, daß mein Herz dein Herz ist?«
»Ja. Es ist kein Unterschied.«
»Fühle! Ich bin du, und du bist ich, und jeder von uns ist der andere. Und ich liebe dich, oh, ich liebe dich so sehr. Sind wir nicht wirklich eins? Fühlst du es nicht?«
»Ja«, sagte er. »Es ist wahr.«
»Und fühle jetzt! Du hast kein anderes Herz als das meine.«

»Und auch keine anderen Beine, keine anderen Füße, keinen anderen Körper.«
»Aber wir sind verschieden«, sagte sie. »Ich möchte, daß wir ganz gleich wären.«
»Das meinst du doch nicht im Ernst.«
»Doch! Doch! Das muß ich dir einmal sagen.«
»Du meinst es nicht im Ernst.«
»Vielleicht«, sagte sie ganz leise, die Lippen an seiner Schulter. »Aber ich wollte es sagen. Da wir verschieden sind, bin ich froh, daß du Roberto bist und ich Maria bin. Aber wenn du einmal den Wunsch hättest, dich zu verwandeln, würde ich mich auch gerne verwandeln. Ich würde mich in dich verwandeln, weil ich dich so sehr liebe.«
»Ich will mich nicht verwandeln. Es ist besser, nur einer zu sein, und daß jeder der ist, der er ist.«
»Aber jetzt werden wir eins sein, und keiner wird von dem andern verschieden sein.« Dann sagte sie: »Ich werde du sein, wenn du nicht mehr da bist. Oh, ich liebe dich so sehr, und ich muß gut für dich sorgen.«
»Maria.«
»Ja.«
»Maria.«
»Ja.«
»Maria.«
»Oh, ja. Bitte.«
»Ist dir nicht kalt?«
»Oh, nein. Zieh den Schlafsack über deine Schulter.«
»Maria.«
»Ich kann nicht sprechen.«
»O Maria. Maria. Maria.«
Nachher, in der langen Wärme des Schlafsacks, mit der Nachtkälte draußen, dicht den Kopf an seiner Wange, still lag sie da und glücklich, dicht bei ihm, und sagte dann leise: »Und du?«
»*Como tu*«, sagte er.
»Ja«, sagte sie. »Aber es war nicht so wie heute nachmittag.«

»Nein.«
»Aber ich habe es noch schöner gefunden. Man muß nicht sterben.«
»*Ojala no*«, sagte er. »Hoffentlich nicht.«
»So habe ich es nicht gemeint.«
»Ich weiß, was du meinst. Wir meinen dasselbe.«
»Warum sagst du dann etwas anderes?«
»Bei einem Mann ist es anders.«
»Dann bin ich froh, daß ich anders bin.«
»Ich auch«, sagte er. »Aber ich verstehe schon, was du gemeint hast mit dem Sterben. Ich habe das nur aus Gewohnheit so gesagt, als Mann! Ich fühle dasselbe wie du.«
»Wie du auch bist, und was du auch sagst, so will ich dich haben.«
»Und ich liebe dich, und ich liebe deinen Namen, Maria.«
»Es ist ein gewöhnlicher Name.«
»Nein«, sagte er. »Er ist gar nicht gewöhnlich.«
»Wollen wir jetzt schlafen?« fragte sie. »Ich könnte jetzt gleich einschlafen.«
»Dann schlafen wir!« sagte er, und er fühlte den langen, warmen Körper warm an seiner Seite, wie er ihn tröstete an seiner Seite, wie er die Einsamkeit verscheuchte an seiner Seite, wie er durch eine einfache Berührung der Hüften, der Schultern und der Füße mit ihm ein Bündnis schmiedete gegen den Tod, und er sagte: »Schlaf gut, kleines langes Kaninchen.«
Sie sagte: »Ich schlafe schon.«
»Ich schlafe gleich ein«, sagte er. »Schlaf gut, Geliebte.« Dann schlief er ein und war glücklich im Schlaf.
Aber in der Nacht wachte er auf und drückte sie fest an sich, als wäre sie sein ganzes Leben und als wollte man es ihm nehmen. Er hielt sie fest und hatte das Gefühl, sie sei sein ganzes Leben, und sie war es auch. Aber sie schlief tief und fest und erwachte nicht. Er wälzte sich also wieder auf seine Seite und zog den Schlafsack über ihren Kopf und küßte sie unter dem Schlafsack einmal auf den Hals, und dann zog er die Pistolenschnur heran und legte die Pistole neben sich, so daß er sie

leicht erreichen konnte, und dann lag er da in der Nacht und
dachte nach.

21

Mit Tagesanbruch kam ein warmer Wind, und Robert Jordan
hörte den Schnee schmelzen im Geäst der Bäume und das
dumpfe Geräusch der herabfallenden Klumpen. Es war ein
Spätfrühlingsmorgen.
Mit dem ersten Atemzug wußte Robert Jordan, daß der gestrige Schneefall nur eine Laune des Bergklimas gewesen war.
Zu Mittag wird der letzte Rest Schnee verschwunden sein.
Dann hörte er ein Pferd herantrotten, dumpf schlugen die mit
nassem Schnee verklebten Hufe gegen die Erde, er hörte das
Klappern eines lose baumelnden Karabinerfutterals, er hörte
Leder knarren.
»Maria«, sagte er und schüttelte sie bei der Schulter, um sie
aufzuwecken. »Kriech in den Schlafsack!« Mit der einen Hand
knöpfte er sein Hemd zu, in der anderen hielt er die Pistole
und entsicherte sie mit dem Daumen. Er sah den geschorenen
Kopf des Mädchens mit einem Ruck in den Schlafsack verschwinden, und dann sah er zwischen den Bäumen den Reiter
herankommen. Er duckte sich in den Schlafsack, packte die
Pistole mit beiden Händen und zielte auf den Reiter, der herangeritten kam. Er hatte diesen Menschen noch nie gesehen.
Jetzt war der Reiter fast genau vis-à-vis von ihm. Er ritt einen
großen grauen Wallach, trug eine braune Baskenmütze, eine
ponchoartige Pelerine und schwere schwarze Stiefel. Aus dem
Futteral an der rechten Seite des Sattels ragten der Kolben und
das längliche Magazin eines kurzen Schnellfeuergewehrs. Er
hatte jugendliche, harte Züge, und nun erblickte er Robert
Jordan.
Er griff nach dem Futteral; als er sich niederbeugte, um das
Gewehr herauszuzerren, sah Robert Jordan das Scharlachrot

des gestickten Emblems auf der rechten Brustseite der braunen Pelerine.

Robert Jordan zielte auf die Brust des Reiters, ein wenig unterhalb des Emblems, und drückte ab.

Der Knall des Schusses peitschte durch den verschneiten Wald. Das Pferd bäumte sich auf, als ob man ihm die Sporen angesetzt hätte, und der junge Mann, dessen Hände immer noch an dem Futteral zerrten, glitt aus dem Sattel, und sein rechter Fuß blieb in dem Steigbügel hängen. Das Pferd stob davon, er wurde mitgeschleppt, sein Kopf schlug gegen die Erde, mit dem Gesicht nach unten, und Robert Jordan stand auf, die Pistole in der einen Hand.

Der große graue Gaul galoppierte durch den Kiefernwald. Der schleifende Kopf des Reiters hinterließ im Schnee eine breite Wischspur mit einem roten Streifen an der einen Seite. Leute kamen aus der Höhle. Robert Jordan bückte sich, wickelte seine Hose von den Kissen los und begann sie anzuziehen.

»Zieh dich an!« sagte er zu Maria.

Zu seinen Häupten hörte er das Geräusch eines Flugzeugs, das in großer Höhe dahinflog. In der Ferne zwischen den Bäumen sah er das graue Pferd stehen, es hatte haltgemacht, der Reiter hing immer noch mit dem Gesicht nach unten im Steigbügel.

»Fang das Pferd ein!« rief er Primitivo zu, der herangelaufen kam. Dann: »Wer hat oben Wache gestanden?«

»Rafael«, sagte Pilar vom Eingang der Höhle her. Ihr Haar hing noch in zwei Zöpfen über den Rücken herab.

»Kavallerie ist unterwegs«, sagte Robert Jordan. »Schafft eure verdammte Kanone hinauf!«

Er hörte, wie Pilar »Agustín!« in die Höhle rief. Dann ging sie hinein, und dann kamen zwei Männer herausgerannt. Der eine trug das leichte Maschinengewehr mit dem Stativ über der Schulter, der andere schleppte den Sack mit den Patronenmagazinen.

»Raus mit dem Zeug!« sagte Robert Jordan zu Anselmo. »Leg dich neben das Gewehr und halt die Stützen fest.«

Die drei Männer liefen den Waldweg hinan.

Die Sonne war noch nicht über den Berggipfel emporgestiegen. Robert Jordan richtete sich auf, knöpfte seine Hose zu, schnallte den Gürtel fest, und die schwere Pistole baumelte an der Schnur von seinem Handgelenk. Er steckte die Pistole in das Gürtelfutteral, schob den Knoten der Schnur ein Stück weiter und zog die Schlinge über den Kopf.
Mit dieser verdammten Schnur wird man mich einmal erwürgen, dachte er. Na, das hätten wir geschafft. Er nahm die Pistole aus dem Futteral, zog das Magazin heraus, nahm eine der Patronen, die neben dem Futteral im Gürtel steckten, setzte sie ein und schob dann das Magazin wieder in den Kolben der Pistole zurück.
Zwischen den Bäumen sah er Primitivo das Pferd an den Zügeln festhalten und den Fuß des Reiters aus dem Steigbügel lösen. Der Leichnam lag mit dem Gesicht nach unten im Schnee, und Primitivo begann nun die Taschen zu durchsuchen.
»Vorwärts!« rief Robert Jordan. »Bring das Pferd her!«
Als er niederkniete, um seine bastbesohlten Schuhe anzuziehen, fühlte er an seinen Knien Maria, die sich im Schlafsack ankleidete. Jetzt hatte sie keinen Platz in seinem Leben.
Der Bursche war auf nichts gefaßt, dachte er. Er hat keine Pferdespur verfolgt, er war nicht einmal richtig auf dem Posten, geschweige denn in Alarmbereitschaft. Er hat nicht einmal die Spuren gesehen, die zu dem Wachtposten hinaufführen. Er muß einer Patrouille angehört haben, die in loser Formation durch das Gebirge streift. Sobald seine Kameraden ihn vermissen, werden sie seine Fährte verfolgen. Es sei denn, daß bis dahin der Schnee weggeschmolzen ist, dachte er, oder daß der Patrouille was passiert.
»Du solltest mal nach unten schauen«, sagte er zu Pablo.
Sie standen jetzt alle vor der Höhle, die Karabiner in Händen, die Handgranaten am Gürtel. Pilar hielt Robert Jordan einen Lederbeutel voller Handgranaten hin, und er nahm drei davon und steckte sie in die Tasche. Dann duckte er sich in die Höhle hinein, öffnete den einen Rucksack, in dem das Schnellfeuer-

gewehr steckte, nahm den Lauf und den Kolben heraus, fügte die beiden Teile zusammen, schob ein Magazin in das Gewehr und steckte drei weitere Magazine in die Tasche. Dann versperrte er den Rucksack und ging zur Tür. Jetzt habe ich zwei Taschen voller Eisenkram, dachte er. Hoffentlich halten die Nähte. Er ging zur Höhle hinaus und sagte zu Pablo: »Ich gehe rauf. Versteht Agustín mit dem Maschinengewehr umzugehen?«

»Ja«, sagte Pablo. Er beobachtete Primitivo, der das Pferd heranführte.

»*Mira qué caballo!*« sagte er. »Ist das ein Gaul!«

Der große Graue schwitzte und zitterte ein wenig, und Robert Jordan klopfte ihm mit der flachen Hand auf den Widerrist.

»Ich werde ihn zu den anderen tun«, sagte Pablo.

»Nein«, sagte Robert Jordan. »Seine Hufspuren führen hierher, sie müssen auch wieder von hier wegführen.«

»Richtig«, sagte Pablo. »Ich werde ihn in den Wald reiten und ihn verstecken und ihn hereinholen, wenn der Schnee weggeschmolzen ist. Du hast heute ein kluges Köpfchen, *Inglés*.«

»Schick jemand hinunter«, sagte Robert Jordan. »Wir müssen jetzt rauf.«

»Das ist nicht nötig«, sagte Pablo. »Unten kann kein Reiter vorbei. Aber *wir* können dort raus, und noch an zwei anderen Stellen. Es ist besser, keine Spuren zu machen, für den Fall, daß Flugzeuge kommen. Gib mir die *bota* mit dem Wein, Pilar!«

»Damit du losziehst und dich betrinkst!« sagte Pilar. »Da, nimm das statt dessen!« Er streckte die Hand aus und schob zwei der Handgranaten in die Tasche.

»*Qué va,* mich betrinken!« sagte Pablo. »Die Lage ist ernst. Aber gib mir die *bota*. Das mag ich nicht, solche Geschichten und dabei nur Wasser trinken!«

Er langte nach den Zügeln und schwang sich in den Sattel. Er grinste und tätschelte das nervöse Pferd. Robert Jordan sah, wie er liebevoll mit seinem Bein die Flanke des Pferdes rieb.

»*Qué caballo mas bonito!*« sagte er und tätschelte wieder den großen grauen Gaul. »*Qué caballo mas hermoso!* Vorwärts! Je schneller das von hier wegkommt, desto besser!«
Er bückte sich, zog das leichte Schnellfeuergewehr, das mit seinem gekühlten Lauf eigentlich ein kleines Maschinengewehr war, für Neun-Millimeter-Pistolenpatronen gebaut, aus dem Sattelfutteral und betrachtete es. »Schau, wie die bewaffnet sind!« sagte er. »Schau, das ist moderne Kavallerie!«
»Jetzt hat er die moderne Kavallerie in seinem Gesicht!« sagte Robert Jordan. »*Vamonos!* ... Du, Andrés, sattle die Pferde und halte sie bereit. Wenn du schießen hörst, bring sie in den Wald hinauf hinter der Schlucht. Nimm deine Waffen mit und laß die Weiber die Gäule führen. Fernando, sorge dafür, daß auch meine Rucksäcke mitkommen. Vor allem meine Rucksäcke, und äußerst vorsichtig, ja! Auch du paß auf die Rucksäcke auf!« sagte er zu Pilar. »Sieh zu, daß sie mit den Pferden mitkommen. *Vamonos!*« sagte er. »Gehen wir!«
»Maria und ich, wir werden alles für den Abmarsch vorbereiten«, sagte Pilar. Dann zu Robert Jordan: »Schau ihn dir an!«, und sie deutete mit einem Kopfnicken auf Pablo, der nach Hirtenart mit schweren Schenkeln auf dem Grauen hockte. Das Pferd blähte die Nüstern, als er das Magazin in das Schnellfeuergewehr zurückschob. »Schau«, sagte Pilar, »schau, was ein Gaul aus ihm macht!«
»Wenn ich bloß zwei Gäule hätte!« sagte Robert Jordan heftig.
»Dein Pferd heißt Gefahr!«
»Dann gib mir ein Maultier«, sagte Robert Jordan lächelnd.
»Zieh ihn aus«, sagte er zu Pilar und deutete mit einem Ruck seines Kopfes auf den Reiter, der mit dem Gesicht nach unten im Schnee lag. »Steck alles, sämtliche Briefe und Papiere, in die Außentasche meines Rucksacks. Alles, verstanden?«
»Ja.«
»*Vamonos!*« sagte er.
Pablo ritt voran, und die beiden Männer folgten ihm im Gänsemarsch, um den Schnee nicht zu zertrampeln. Robert Jordan trug das leichte MG mit der Mündung nach unten am

vorderen Handgriff. Wenn es bloß dasselbe Kaliber hätte wie das Sattelgewehr! dachte er. Aber nein. Das ist eine deutsche Waffe. Und das war Kaschkins Waffe. Jetzt stieg die Sonne über die Berge empor. Ein warmer Wind wehte und der Schnee schmolz. Es war ein schöner Spätfrühlingsmorgen.

Robert Jordan sah sich um und sah Maria neben Pilar stehen. Dann kam sie ihm nachgelaufen. Er blieb hinter Primitivo zurück, um mit ihr zu sprechen.

»Du!« sagte sie. »Darf ich mitkommen?«
»Nein. Hilf Pilar.«
Sie ging hinter ihm und legte die Hand auf seinen Arm.
»Ich komme mit.«
»Nein.«
Sie ging immer noch dicht hinter ihm.
»Ich könnte die Beine des Maschinengewehrs festhalten, so wie du es Anselmo gesagt hast.«
»Du wirst keine Beine halten. Weder Gewehrbeine noch sonst welche.«
Hinter ihm her gehend streckte sie den Arm nach vorne und schob die Hand in seine Tasche.
»Nein«, sagte er. »Aber gib gut acht auf dein Hochzeitshemd.«
»Küß mich, wenn du gehst.«
»Du bist eine schamlose Person.«
»Ja«, sagte sie. »Ganz und gar.«
»Marsch zurück jetzt! Es gibt viel zu tun. Vielleicht kommt es zum Kampf, wenn sie die Pferdespur verfolgen.«
»Du«, sagte sie. »Hast du gesehen, was er an seiner Brust trug?«
»Ja. Wieso nicht?«
»Das Herz Jesu.«
»Ja. Das tragen alle Navarreser.«
»Und du hast auf das Herz gezielt?«
»Nein, ein wenig unterhalb. Marsch zurück jetzt!«
»Du«, sagte sie. »Ich habe alles gesehen.«
»Du hast nichts gesehen. Ein Mann! Ein Mann, der vom Pferd fiel. *Vete.* Marsch zurück jetzt!«
»Sag, daß du mich liebst.«

»Nein. Jetzt nicht.«
»Jetzt liebst du mich nicht mehr?«
»*Déjamos!* Zurück mit dir! Man kann nicht gleichzeitig solche Sachen machen und – lieben!«
»Ich möchte die Beine des Gewehrs halten und, während es knattert, dich lieben, zur gleichen Zeit.«
»Du bist verrückt. Geh jetzt zurück.«
»Ich bin nicht verrückt«, sagte sie. »Ich liebe dich.«
»Dann geh zurück.«
»Gut. Ich gehe. Und wenn du mich nicht liebst, liebe ich dich so sehr, daß es für beide reicht.«
Er sah sie an und lächelte aus seinen Gedanken heraus.
»Wenn du Schüsse hörst«, sagte er, »komm mit den Pferden. Hilf Pilar mit meinen Rucksäcken. Vielleicht wird auch gar nichts passieren. Hoffentlich.«
»Ich gehe«, sagte sie. »Schau, was für ein Pferd Pablo reitet!«
Der große Graue schritt vor ihnen den Pfad hinan.
»Ja. Aber geh.«
»Ich gehe.«
Ihre festgeballte Faust in seiner Tasche schlug ihn hart gegen den Schenkel. Er sah sie an und sah, daß ihr die Tränen in den Augen standen. Sie zog die Faust aus seiner Tasche, schlang beide Arme um seinen Hals und küßte ihn.
»Ich gehe«, sagte sie. »*Me voy.* Ich gehe.«
Er blickte zurück, und da sah er sie stehen, die frühe Morgensonne schien auf ihr braunes Gesicht und das gestutzte blonde, goldenverbrannte Haar. Sie drohte ihm mit der Faust, drehte sich um und ging gesenkten Hauptes zur Höhle zurück.
Primitivo drehte sich um und schaute ihr nach.
»Wenn sie nicht so kurzgestutzte Haare hätte, wäre sie ein hübsches Mädchen«, sagte er.
»Ja«, sagte Robert Jordan. Er dachte an andere Dinge.
»Wie ist sie im Bett?« fragte Primitivo.
»Was?«
»Im Bett.«

»Gib acht, was du redest!«
»Man muß doch nicht gleich beleidigt sein, wenn –«
»Laß das sein!« sagte Robert Jordan. Er betrachtete die Stellung.

22

»Schneide mir ein paar Fichtenzweige ab!« sagte Robert Jordan zu Primitivo. »Und bring sie mir – schnell!«
Dann sagte er zu Agustín: »Das gefällt mir nicht, daß das MG hier steht.«
»Warum?«
»Stell es dort hinüber«, sagte Robert Jordan und zeigte auf die Stelle, »und später werde ich dir sagen, warum! – Hier. So. Wart, ich helfe dir.« Er hockte sich nieder, visierte an dem schmalen, länglichen Laufentlang und schätzte die Höhe der Felsen zu beiden Seiten.
»Es gehört noch weiter hinaus«, sagte er. »Gut. Hier. Das wird vorläufig genügen. So. Leg die Steine hin. Da hast du einen. Und einen zweiten leg dort an die Seite. Laß Platz, damit der Lauf sich bewegen kann. Der Stein muß weiter nach links. Anselmo! Lauf zur Höhle hinunter und hol mir eine Axt. Schnell! – Habt ihr nie einen richtigen Platz für das MG gehabt?« sagte er zu Agustín.
»Wir haben es immer hier aufgestellt.«
»Aber Kaschkin hat euch doch nicht gesagt, daß ihr es hier aufstellen sollt?«
»Nein. Er war schon weg, als man uns das Ding brachte.«
»Und die es brachten, wußten nicht damit umzugehen?«
»Nein. Es waren gewöhnliche Träger.«
»Das sind Methoden!« sagte Robert Jordan. »Man hat es euch einfach übergeben, ohne jede Gebrauchsanweisung?«
»Ja, so, wie man ein Geschenk übergibt. Eins für uns und eins für El Sordo. Vier Mann waren es. Anselmo hat sie geführt.«

»Ein Wunder, daß sie sie nicht unterwegs verloren haben – mit vier Mann durch die Linien gehen!«
»Das habe ich mir auch gedacht«, sagte Agustín. »Ich dachte, die, die sie geschickt haben, wollten vielleicht, daß sie verlorengehen. Aber Anselmo hat sie gut geführt.«
»Du verstehst mit dem MG umzugehen?«
»Ja. Ich habe es ausprobiert. Ich kann es jetzt. Pablo kann es. Primitivo kann es. Und auch Fernando. Auf dem Tisch in der Höhle haben wir es auseinandergenommen und wieder zusammengesetzt. Einmal hatten wir es auseinandergenommen und konnten es zwei Tage lang nicht zusammenkriegen. Seit damals haben wir es nicht wieder auseinandergenommen.«
»Schießt es jetzt?«
»Ja. Aber den Zigeuner und die anderen lassen wir nicht damit herumspielen.«
»Siehst du?« sagte Robert Jordan. »Hier hat es ganz sinnlos gestanden. Schau! Diese Felsen, die unsere Flanke schützen sollen, geben den Angreifern Deckung. Wenn du ein MG hast, mußt du dir eine flache Stelle suchen, über die du wegfeuern kannst. Und du mußt die Angreifer von der Seite nehmen. Verstanden? Schau jetzt! Jetzt beherrschen wir den Zugang!«
»Ich verstehe«, sagte Agustín. »Aber wir haben noch nie in der Defensive gekämpft, außer damals, als unsere Stadt überfallen wurde. Bei dem Zug waren Soldaten mit einer *máquina*.«
»Dann werden wir es miteinander lernen«, sagte Robert Jordan. »Es gibt da ein paar Dinge, die man beachten muß. Wo ist der Zigeuner? Er sollte doch hier sein.«
»Ich weiß es nicht.«
»Wo könnte er denn sein?«
»Ich weiß es nicht.«
Pablo war durch den Paß geritten, hatte dann eine Wendung gemacht und war im Kreis über die flache Stelle geritten, die im Schußfeld des MGs lag. Jetzt sah Jordan ihn den Hang hinunterreiten, dicht an der Fährte entlang, die das Pferd bei seinem Herankommen hinterlassen hatte. Nach links abbiegend verschwand er zwischen den Bäumen.

Hoffentlich läuft er nicht der Kavallerie über den Weg, dachte Robert Jordan. Ich fürchte, dann haben wir ihn gleich wieder auf dem Hals.
Primitivo kam mit den Fichtenzweigen, Robert Jordan steckte die Zweige durch den Schnee hindurch in die aufgetaute Erde und bog sie von beiden Seiten her über das MG.
»Hol noch ein paar Zweige!« sagte er. »Wir brauchen auch ein Schutzdach für die zwei Mann, die das MG bedienen. Das taugt zwar nicht viel, aber es muß reichen, bis die Axt kommt. Hör zu!« sagte er. »Wenn du ein Flugzeug hörst, wirf dich auf den Boden nieder, im Schatten der Felsen, wo du gerade bist. Ich bleibe hier neben dem MG.«
Jetzt, da die Sonne schon ziemlich hoch am Himmel stand und der warme Wind wehte, war's an der Sonnenseite der Felsen recht angenehm. Vier Pferde, dachte Robert Jordan. Die zwei Frauen und ich, Anselmo, Primitivo, Fernando, Agustín, und wie zum Teufel heißt denn der zweite Bruder? Das macht acht. Den Zigeuner habe ich nicht mitgerechnet. Macht neun. Plus Pablo, der mit dem einen Pferd weg ist, sind es zehn. Andrés heißt er. Der andere Bruder. Plus Eladio. Macht elf. Und nicht einmal ein halber Gaul pro Nase. Drei Mann können diese Stellung halten, und vier können abhauen. Mit Pablo fünf. Zwei bleiben übrig. Mit Eladio drei. Wo zum Teufel steckt er?
Weiß der Himmel, was mit Sordo geschehen wird, wenn sie die Spuren der Pferde im Schnee gefunden haben! Verteufelt unangenehm, daß das Schneien so plötzlich aufhören mußte. Aber daß der Schnee heute schon schmilzt, gleicht die Sache wieder aus. Nur nicht für Sordo. Ich fürchte, es ist zu spät, um für Sordo die Sache auszugleichen.
Wenn wir den heutigen Tag überstehen, ohne kämpfen zu müssen, können wir morgen mit dem, was wir haben, die Sache schmeißen. Ich weiß, daß es geht, vielleicht nicht sehr gut, nicht so, wie es zu sein hätte, um hieb- und stichfest zu sein, nicht so, wie wir es gerne machen würden; aber wenn wir alle Mann aufbieten, können wir es schmeißen. Falls wir heute

nicht kämpfen müssen. Gott sei uns gnädig, wenn wir heute kämpfen müssen!
Ich wüßte keinen besseren Platz als diesen, um in der Zwischenzeit stillzuliegen. Wenn wir uns jetzt bewegen, hinterlassen wir zu viele Spuren. Hier liegt man ganz gut, und wenn es zum Schlimmsten kommt, hat man drei Retraitewege. Schließlich muß es ja einmal dunkel werden, und ich kann bei Tagesanbruch von überall her die Brücke erreichen. Ich weiß nicht, warum ich mir so viel Sorgen gemacht habe. Jetzt sieht das Ganze recht einfach aus. Hoffentlich schicken sie *einmal* ihre Flugzeuge rechtzeitig los. Hoffentlich! Morgen wird es ordentlich stauben ...
Na, der heutige Tag wird sehr interessant werden oder sehr langweilig. Gott sei Dank, daß wir das Kavalleriepferd weggeschafft haben! Auch wenn sie hier dicht herankommen, werden sie sich, glaube ich, in den Spuren nicht zurechtfinden. Sie werden glauben, ihr Mann hat haltgemacht und einen Bogen geschlagen, und sie werden Pablos Spur aufnehmen. Ich möchte wissen, wie das alte Schwein das macht. Wahrscheinlich legt er eine Fährte wie ein alter Elchbulle, der durch die Gegend spukt, und dann, wenn der Schnee schmilzt, kehrt er in weitem Bogen zurück. Seit er diesen Gaul hat, ist er wie verwandelt. Vielleicht ist er auch einfach mit ihm abgehauen. Jedenfalls wird er sich zurechtfinden. Er macht das schon lange genug. Aber ich traue ihm nicht über den Weg, nicht so weit, wie du den Mount Everest schleudern kannst ...
Ich glaube, es ist schlauer, diese Felsen auszunützen und eine gute Deckung für das MG zu bauen, als eine richtige Schutzstellung anzulegen. Man wird sonst beim Buddeln überrascht und steht ohne Hose da, wenn sie anrücken oder wenn die Flugzeuge kommen. Wie ich Pilar kenne, wird sie die Stellung halten, so lange es überhaupt Zweck hat, und ich kann ohnedies nicht dableiben. Ich muß mit dem Sprengstoff hier raus, und ich werde Anselmo mitnehmen. Wer wird unseren Rückzug decken, wenn wir hier zu kämpfen haben? ...

Gerade in diesem Augenblick, während er das sichtbare Gelände beobachtete, sah er den Zigeuner zwischen den Felsen zur Linken herankommen. Er ging mit schlendernden, lokkeren Schritten, die Beine in den Hüften schlenkernd, der Karabiner hing über seinem Rücken, ein Grinsen lag auf seinem braunen Gesicht, und er trug zwei große Hasen, einen in jeder Hand. Er hielt sie an den Hinterbeinen, die Köpfe baumelten herab.

»*Hola, Roberto!*« rief er fröhlich.

Robert Jordan legte den Finger an den Mund, und der Zigeuner sah erschrocken drein. Er schlich hinter den Felsen zu Robert Jordan hin, der neben dem camouflierten MG kauerte. Dann hockte er sich gleichfalls nieder und legte die Hasen in den Schnee. Robert Jordan blickte zu ihm auf.

»*Hijo de la gran puta!*« sagte er leise. »Wo zum Teufel bist du gewesen?«

»Ich habe ihnen nachgespürt«, sagte der Zigeuner. »Ich habe sie beide erwischt. Sie haben's im Schnee miteinander getrieben.«

»Und deinen Posten hast du verlassen?«

»Es war ja nicht für lange«, flüsterte der Zigeuner. »Was ist los? Alarm?«

»Kavallerie ist unterwegs.«

»*Rediós!*« sagte der Zigeuner. »Hast du welche gesehen?«

»Einer ist unten im Lager«, sagte Robert Jordan. »Er kam zum Frühstück.«

»Mir war doch, als ob ich einen Schuß hörte oder so was Ähnliches«, sagte der Zigeuner. »Ich – – – in die Milch! Ist er hier durchgekommen?«

»Hier. An deinem Posten.«

»*Ay, mi madre!*« sagte der Zigeuner. »Ich bin ein armer, unglücklicher Mensch.«

»Wenn du nicht ein Zigeuner wärst, würde ich dich erschießen.«

»Nein, Roberto. Sag das nicht. Es tut mir leid. Es waren die Hasen. Kurz vor dem Hellwerden hörte ich das Männchen im

Schnee mit den Läufen schlagen. Du kannst dir nicht vorstellen, was für eine Orgie sie gefeiert haben. Ich ging dem Lärm nach, aber da waren sie verschwunden. Dann bin ich den Spuren im Schnee gefolgt, und hoch oben habe ich sie zusammen erwischt und sie beide erschlagen. Fühl nur, wie fett sie sind, für diese Jahreszeit. Denk, was Pilar aus den beiden machen wird! Es tut mir leid, Roberto, genauso leid wie dir. Ist der Reiter tot?«
»Ja.«
»Hast du ihn erschossen?«
»Ja.«
»*Qué tio!*« sagte der Zigeuner mit unverhohlener Bewunderung. »Du bist ein richtiges Phänomen.«
»Deine Mutter!« sagte Robert Jordan. Unwillkürlich mußte er lächeln. »Trag deine Hasen ins Lager und bring uns was zum Frühstück.«
Er streckte die Hand aus und befühlte die Hasen, die im Schnee lagen, lang ausgestreckt, schlaff, schwer, mit dickem Pelz, dicken Pfoten und langen Ohren, die runden dunklen Augen geöffnet.
»Sie sind fett«, sagte er.
»Fett!« sagte der Zigeuner. »Jeder hat eine Tonne Speck auf den Rippen. In meinem Leben habe ich mir von solchen Hasen nichts träumen lassen.«
»Dann geh!« sagte Robert Jordan. »Und beeile dich mit dem Frühstück und bring mir die Dokumente dieses *requeté* mit. Laß sie dir von Pilar geben.«
»Du bist nicht böse auf mich, Roberto?«
»Nicht böse. Empört, daß du deinen Posten verlassen hast! Nimm an, es wäre ein ganzer Trupp gekommen?«
»*Rediós*«, sagte der Zigeuner. »Wie vernünftig du bist!«
»Hör zu! Man darf nicht so einfach seinen Posten verlassen. Unter keinen Umständen. Ich spreche nicht nur zum Spaß vom Erschießen.«
»Natürlich nicht. Und was ich noch sagen wollte! Nie wieder wird sich eine solche Gelegenheit bieten wie mit diesen zwei

Hasen. So was kann ein einzelner Mensch nicht zweimal erleben.«

»*Anda!*« sagte Robert Jordan. »Und komm schnell zurück.«

Der Zigeuner hob die zwei Hasen auf und schlüpfte zwischen den Felsen davon. Robert Jordan blickte auf die offene Fläche hinaus und den Hügelhang, der sich talwärts senkte. Zwei Krähen kreisten über seinem Kopf, setzten sich dann auf eine Kiefer, ein Stück weiter unten am Hang. Eine dritte Krähe gesellte sich zu ihnen, und Robert Jordan dachte: Das sind meine Wachtposten. Solange sie sich still verhalten, kommt niemand durch den Wald.

Der Zigeuner, dachte er. Er taugt wirklich zu nichts. Er ist politisch unentwickelt, kennt keine Disziplin, und man kann sich in keiner Beziehung auf ihn verlassen. Aber ich brauche ihn für morgen. Morgen kann ich ihn verwenden. Es ist sonderbar, einen Zigeuner im Krieg zu sehen. Man müßte sie vom Kriegsdienst befreien wie die religiösen Kriegsdienstverweigerer oder wie die körperlich und geistig Untauglichen. Sie sind unbrauchbar. Aber schließlich hat man ja in diesem Krieg auch die Kriegsdienstverweigerer nicht freigegeben. Keinen hat man freigegeben. Der Krieg hat jeden einzelnen und alle gleich gepackt. Na, jetzt hat er auch diese faule Bande gepackt. Jetzt haben sie ihn.

Agustín und Primitivo kamen mit den Zweigen heran, und Robert Jordan errichtete eine gute Schutzdecke, die das MG der Sicht von oben entzog und die, vom Wald aus gesehen, durchaus natürlich wirken mußte. Er zeigte ihnen eine Stelle hoch in den Felsen zur Rechten, wo sie einen Mann hinpostieren sollten, der von dort aus das tiefere Gelände und die rechte Flanke überblicken konnte, und einen Platz für einen zweiten Posten, der die einzige Stelle beherrschte, wo von links her die Felswand für den Gegner zu bewältigen war.

»Wenn du jemanden herankommen siehst, sollst du nicht schießen«, sagte Robert Jordan. »Laß einen Stein herunterrollen, einen kleinen Stein, und gib uns dann mit deinem Gewehr ein Signal, so!« Er hob das Gewehr über seinen Kopf, wie um sich zu decken. »So gibst du die Anzahl an!« Er hob und senkte das Gewehr. »Wenn sie abgesessen sind, dann richte die Mündung nach unten. So! Du darfst nicht eher schießen, als bis du die *máquina* feuern hörst. Und wenn du aus der Höhe Feuer gibst, mußt du immer auf die Knie zielen. Wenn du mich zweimal mit dieser Pfeife Signal geben hörst, dann schleichst du dich hierher zu der *máquina,* aber ohne deine Deckung aufzugeben.«

Primitivo hob sein Gewehr in die Höhe.

»Ich verstehe«, sagte er. »Es ist sehr einfach.«

»Verständige uns zuerst durch einen kleinen Stein und gib uns dann die Marschrichtung und die Anzahl an. Achte darauf, daß du nicht gesehen wirst.«

»Ja«, sagte Primitivo. »Und wenn ich eine Handgranate hinüberwerfen kann?«

»Nicht eher, als bis die *máquina* zu feuern begonnen hat. Möglich, daß sie nur ihren Kameraden suchen und gar nicht den Versuch machen, hier einzudringen. Vielleicht verfolgen sie die Spuren Pablos. Wir wünschen keinen Kampf, falls er sich vermeiden läßt. Wir möchten ihn sehr gern vermeiden. Und jetzt hinauf mit dir!«

»Me voy«, sagte Primitivo und kletterte mit seinem Karabiner in die hohen Felsen hinauf.

»Du, Agustín!« sagte Robert Jordan. »Weißt du mit dem MG Bescheid?«

Agustín hockte neben ihm, groß, schwarz, die Wangen voller Stoppeln, mit seinen eingesunkenen Augen, seinem schmalen Mund und seinen großen, abgearbeiteten Händen.

»Pues, laden. Zielen. Abdrücken. Weiter nichts.«

»Du darfst nicht eher feuern, als bis sie auf fünfzig Meter herangekommen sind, und nur, wenn du überzeugt bist, daß sie durch den Paß wollen, der zur Höhle führt.«

»Ja. Wie weit ist das?«

»Bis zu diesem Felsen.« Robert Jordan fuhr fort: »Wenn ein Offizier dabei ist, dann nimm *ihn* zuerst aufs Korn und richte nachher das Gewehr auf die anderen. Du mußt es ganz lang-

sam bewegen. Es reagiert auf den kleinsten Druck. Ich werde Fernando zeigen, wie man den Zapfen einsetzt. Halt die Griffe fest, damit es nicht wackelt, visiere sorgfältig und gib nicht mehr als sechs Schüsse auf einmal ab, falls es sich vermeiden läßt. Denn das Feuer des MGs springt nach oben. Aber ziele immer nur auf einen Mann und nimm dann den nächsten aufs Korn. Wenn's ein Berittener ist, ziel auf den Bauch.«
»Ja.«
»Einer muß das Gestell festhalten, damit das MG nicht wackelt. So. Er wird auch das Laden besorgen.«
»Und wo wirst du sein?«
»Auf der linken Seite, oben in den Felsen. Von dort aus kann ich alles überblicken, und ich werde mit dieser kleinen *máquina* deine linke Flanke decken. Hier! Wenn sie wirklich kommen, müßte es möglich sein, sie alle niederzumachen. Aber du darfst erst Feuer geben, wenn sie ganz nahe herangekommen sind.«
»Ja, ich glaube, wir könnten sie massakrieren. *Menuda matanza!*«
»Aber hoffentlich kommen sie nicht.«
»Wenn nicht die Brücke wäre, könnten wir hier ein Massaker veranstalten und uns dann aus dem Staub machen.«
»Das hätte gar keinen Zweck. Das würde gar nichts nützen. Die Brücke gehört zu einem bestimmten Plan, der uns helfen soll, den Krieg zu gewinnen. Das hier wäre gar nichts. Ein kleiner Zwischenfall. Ein Nichts.«
»*Qué va,* ein Nichts. Jeder tote Faschist ist ein Faschist weniger.«
»Ja. Aber die Brücke wird uns vielleicht helfen, Segovia zu nehmen. Die Hauptstadt einer Provinz. Überleg dir das einmal. Die erste Stadt, die wir erobern.«
»Glaubst du ernsthaft daran? Daß wir Segovia nehmen können?«
»Ja. Es ist möglich, wenn die Brücke richtig gesprengt wird.«
»Ich möchte gern beides haben, hier das Massaker und nachher die Brücke.«
»Du hast einen guten Appetit«, sagte Robert Jordan.

Unterdessen hatte er unablässig die Krähen beobachtet. Jetzt sah er, wie die eine von ihnen den Kopf hob, krächzte und aufflog. Aber die andere blieb im Geäst hocken. Robert Jordan blickte zu Primitivo hinauf, der hoch oben zwischen den Felsen stand. Er sah ihn Ausschau halten, aber es kam kein Signal. Robert Jordan bückte sich, öffnete den Verschluß des MGs, sah die Patrone in der Kammer, ließ das Schloß zurückschnappen. Die eine Krähe saß immer noch auf dem Baum, die andere flog in weiten Kreisen über den Schnee und setzte sich dann wieder hin. Im Sonnenschein und warmen Wind fiel der Schnee von den Kiefernästen.
»Morgen früh habe ich ein Massaker für dich«, sagte Robert Jordan. »Der Posten an der Sägemühle muß niedergemacht werden.«
»Ich bin bereit«, sagte Agustín. »*Estoy listo.*«
»Ebenso der Posten an der Straßenwärterhütte unterhalb der Brücke.«
»Welchen kriege ich?« fragte Agustín. »Oder kriege ich beide?«
»Nein, nicht beide«, sagte Robert Jordan. »Sie müssen gleichzeitig erledigt werden.«
»Dann nur irgendeinen!« sagte Agustín. »Seit langem schon sehne ich mich nach Kampf. Pablo hat uns hier verfaulen lassen, in Untätigkeit.«
Anselmo erschien mit der Axt.
»Brauchst du noch mehr Zweige?« fragte er. »Ich finde, das Ding ist sehr gut versteckt.«
»Zweige brauche ich nicht«, sagte Robert Jordan, »aber zwei kleine Bäumchen, die wir hier und hier einpflanzen, damit es noch natürlicher wirkt. Jetzt stehen zu wenig Bäume in der Nähe, so daß es nicht natürlich wirkt.«
»Ich werde welche holen!«
»Hau sie tief unten am Boden ab, damit man die Stümpfe nicht sehen kann.«
Robert Jordan hörte die Axtschläge durch den Wald hallen. Er blickte zu Primitivo hinauf und dann zu den Kiefern hinab, die jenseits der Lichtung standen. Die eine Krähe saß immer noch

dort, und dann hörte er das scharfe, pochende Surren eines herannahenden Flugzeugs. Er blickte auf, sah es hoch oben im Sonnenschein, winzig und silberglänzend, es schien sich kaum über den hohen Himmel zu bewegen.

»Sie können uns nicht sehen«, sagte er zu Agustín. »Aber es ist besser, wir ducken uns. Das ist heute schon das zweite Beobachtungsflugzeug.«

»Und die von gestern früh?« fragte Agustín.

»Die sind jetzt schon wie ein böser Traum«, sagte Robert Jordan.

»Die sind sicher in Segovia. Dort wartet der böse Traum, um Wirklichkeit zu werden.«

Das Flugzeug war jetzt hinter den Bergen verschwunden, aber noch immer hörte man das Geräusch der Motoren.

Robert Jordan sah die Krähe davonfliegen. Sie flog schnurgerade zwischen den Bäumen dahin, ohne auch nur ein einziges Mal zu krächzen.

23

»Wirf dich hin!« flüsterte Robert Jordan Agustín zu, und dann wandte er den Kopf und winkte mit der Hand »Nieder! Nieder!« zu Anselmo hin, der durch die Schlucht kam, mit einer kleinen Kiefer, die er wie einen Weihnachtsbaum über der Schulter trug. Er sah, wie der Alte seine Kiefer hinter einen Felsen warf und dann zwischen den Blöcken verschwand, und Robert Jordan spähte über die Lichtung zu dem Wald hinüber. Er sah nichts, und er hörte nichts, aber er fühlte, wie sein Herz klopfte, und dann hörte er Stein auf Stein schlagen und das hüpfende, fallende Klappern eines herabpurzelnden Kiesels. Er drehte den Kopf nach rechts, blickte in die Höhe und sah, wie Primitivo sein Gewehr viermal waagerecht hob und senkte. Dann sah er weiter nichts als die schneebedeckte Lichtung mit der kreisförmigen Pferdespur und dahinter den Wald.

»Kavallerie«, sagte er leise zu Agustín.

Agustín sah ihn an, ein Grinsen weitete seine schwärzlichbraunen, eingesunkenen Wangen. Robert Jordan merkte, daß er schwitzte. Er legte ihm die Hand auf die Schulter. Er hatte die Hand noch auf Agustíns Schulter liegen, als sie die vier Reiter aus dem Wald herauskommen sahen, und er fühlte, wie Agustíns Rückenmuskeln zuckten.

Einer der Reiter ritt an der Spitze, und die drei anderen folgten ihm. Der an der Spitze folgte der Pferdespur. Im Reiten blickte er zur Erde nieder. Die anderen drei kamen hinter ihm fächerförmig aus dem Walde hervor. Alle hielten sorgfältig Ausschau. Robert Jordan fühlte sein Herz an dem schneebedeckten Boden klopfen, wie er so dalag, die Ellbogen weit gespreizt, und durch das Visier des Maschinengewehrs die herankommenden Reiter beobachtete.

Der Führer der Patrouille gelangte nun zu der Stelle, wo Pablo im Kreis geritten war, und machte halt. Die anderen kamen zu ihm herangeritten, alle machten halt.

Deutlich sah Robert Jordan sie über dem bläulichen Stahllauf des MGs. Er sah die Gesichter der Männer, die hängenden Säbel, die vom Schweiß geschwärzten Flanken der Pferde, den kegelförmigen Schwung der khakibraunen Pelerinen, den navarresisch schiefen Sitz der khakibraunen Baskenmützen. Der Führer lenkte nun sein Pferd geradewegs auf die Felslücke zu, in der das MG placiert war, und Robert Jordan sah sein junges, von Sonne und Wind gebräuntes Gesicht, seine dicht beieinanderstehenden Augen, seine Hakennase und das überlange, kantige Kinn.

Dort auf seinem Gaul sitzend, die Brust des Gauls Robert Jordan zugekehrt, der Kopf des Gauls hoch aufgereckt, der Kolben des leichten Schnellfeuergewehrs aus dem Futteral an der rechten Seite des Sattels ragend, so zeigte der Führer der Patrouille auf die Felslücke, in der das MG stand.

Robert Jordan bohrte die Ellbogen in die Erde und visierte längs des Laufs nach den vier Reitern, die dort im Schnee haltgemacht hatten. Drei von ihnen hatten ihre Schnellfeuergewehre aus dem Futteral genommen. Zwei trugen sie quer über dem Sattelknauf, der dritte hatte den Kolben in die Hüfte gestemmt, und der Lauf ragte schräg in die Luft.

Auf so kurze Entfernung bekommt man sie selten zu sehen. Zumindest nicht so durch das Visier eines Maschinengewehrs. Für gewöhnlich ist die Kimme erhöht, und sie sehen winzig klein aus wie Miniaturen, und man muß sich verteufelt anstrengen, um so weit zu schießen, oder sie kommen in fliegender Hast angestürmt, und man bestreicht einen Abhang oder sperrt eine bestimmte Straße oder zielt auf die Fenster; oder man sieht sie in der Ferne eine Straße entlangmarschieren. Nur noch bei Eisenbahnüberfällen kriegt man sie so deutlich vors Visier. Nur dann sehen sie genauso aus wie jetzt, und mit vier solchen Dingern kann man sie auseinanderjagen. Durch das Visier, auf diese Entfernung hin, sehen sie doppelt so groß aus wie gewöhnliche Menschen.

Du, dachte er, auf das Korn visierend, das nun fest in der Kimme saß, und die Spitze des Korns saß mitten auf der Brust des Patrouillenführers, ein wenig rechts von dem scharlachroten Emblem, das sich hell in der Morgensonne von der braunen Pelerine abhob; du, dachte er, und jetzt dachte er spanisch, und er preßte die Finger nach vorn gegen den Abzugsbügel, um nicht durch eine unbedachte Bewegung den raschen, prasselnden, wirbelnden Todeshagel zu entfesseln. Du, dachte er noch einmal, du, so jung, und nun sollst du sterben. Und du, dachte er, und du und du. Aber es *soll* nicht sein. Es *soll* nicht sein!

Er merkte, wie Agustín neben ihm zu husten anfing, den Husten mühsam unterdrückte und würgend hinunterschluckte. Und als er dann durch die Lücke zwischen den Zweigen an dem geölten Blau des Laufs entlangblickte, die Finger immer noch nach vorne gegen den Abzugsbügel gepreßt, sah er, wie der Patrouillenführer sein Pferd wendete und auf Pablos Fährte zeigte, die in den Wald entschwand. Alle vier trabten davon, und Agustín sagte leise: *»Cabrones!«*

Robert Jordan schaute sich nach den Felsblöcken um, wo Anselmo den Baum hingeworfen hatte.

Rafael, der Zigeuner, kam jetzt zwischen den Felsen herangeschlendert, das Gewehr über dem Rücken, ein Paar leinene Satteltaschen schleppend. Robert Jordan machte ihm ein Zeichen, und der Zigeuner duckte sich schnell hinter einen Felsen.

»Wir hätten sie alle vier abschießen können«, sagte Agustín. Er war noch ganz verschwitzt.

»Ja«, flüsterte Robert Jordan. »Aber wer weiß, was *dann* passiert wäre?«

Gerade in diesem Augenblick hörte er wieder ein Steinchen herabkollern und sah sich schnell um. Aber sowohl der Zigeuner wie Anselmo waren verschwunden. Er warf einen Blick auf seine Armbanduhr und blickte dann zu Primitivo hinauf, der in scheinbar endloser Folge ruckartig sein Gewehr hob und senkte. Pablo hat einen Vorsprung von 45 Minuten, dachte Robert Jordan, und dann hörte er den Lärm einer herantrabenden Kavallerieabteilung.

»No te apures«, flüsterte er Agustín zu. »Sei nicht beunruhigt. Sie werden genauso vorüberreiten wie die anderen.«

Jetzt wurden sie am Rand des Waldes sichtbar, in zwei Reihen trabten sie dahin, zwanzig Berittene, genauso bewaffnet und uniformiert wie die anderen, mit baumelnden Säbeln, die Karabiner im Sattelfutteral, und dann verschwanden sie, genauso wie die anderen, talwärts in den Wald.

»Tu ves?« sagte Robert zu Agustín. »Siehst du?«

»Das waren aber viele«, sagte Agustín.

»Und mit ihnen hätten wir es zu tun bekommen, wenn wir die anderen niedergemacht hätten«, sagte Robert Jordan ganz leise. Sein Herzschlag hatte sich nun beruhigt, und sein Hemd war auf der Brust ganz naß von dem schmelzenden Schnee. Er hatte ein hohles Gefühl in der Brust.

Hell schien die Sonne auf den Schnee, der schnell dahinschmolz. Robert Jordan sah, wie er rund um die Baumstämme zurückwich, und dicht vor dem MG, vor seinen Augen, war

die Oberfläche des Schnees wie ein zartes Netzwerk, denn die Sonnenwärme fiel von oben herab, und die Erdwärme hauchte von unten den Schnee an, der auf ihr lag.
Robert Jordan blickte zu Primitivo hinauf, sah ihn beide Hände mit nach unten gekehrter Handfläche übereinanderlegen und signalisieren: »Nichts.«
Anselmos Kopf schob sich hinter einem Felsblock hervor, und Robert Jordan winkte ihn heran. Der Alte huschte von Fels zu Fels, kam dann herangekrochen und legte sich flach neben das MG.
»Viele«, sagte er. »Viele!«
»Ich brauche die Bäumchen nicht mehr«, sagte Robert Jordan zu ihm. »Weitere Forstveredlungen sind überflüssig.«
Anselmo und Agustín grinsten.
»Das Zeug hat sich recht gut bewährt, und es wäre gefährlich, jetzt zwei neue Bäume hinzupflanzen. Die Burschen werden wieder hier vorbeikommen, und vielleicht sind sie nicht ganz dumm.«
Er empfand das Bedürfnis zu reden, und das war bei ihm ein Zeichen dafür, daß er eine recht gefährliche Situation hinter sich hatte. An der Stärke seines Redebedürfnisses konnte er stets ermessen, wie schlimm die Sache vorher gewesen war.
»Eine gute Camouflage, wie?« sagte er.
»Gut!« sagte Agustín. »Hol's der Teufel samt den Faschisten! Wir hätten sie alle vier erledigen können. Hast du's nicht gesehen?« sagte er zu Anselmo.
»Ich habe es gesehen.«
»Du!« sagte Robert Jordan zu Anselmo. »Du begibst dich jetzt auf deinen gestrigen Posten oder an eine andere gute Stelle, die du dir aussuchen kannst, um so wie gestern die Straße zu beobachten und alle Bewegungen zu rapportieren. Wir haben uns damit ohnedies schon sehr verspätet. Bleib bis zum Dunkelwerden dort. Dann kommst du hierher zurück, und wir schicken einen anderen hin.«
»Aber die Spuren, die ich hinterlasse?«

»Geh unten entlang, sobald der Schnee weggeschmolzen ist. Die Straße wird kotig sein. Sieh nach, ob viele Lastautos gefahren sind und ob du Tankspuren in dem weichen Schmutz finden kannst. Mehr läßt sich nicht feststellen, solange du nicht wieder deinen Posten bezogen hast.«
»Gestattest du?« fragte der Alte.
»Gewiß.«
»Gestatte: Ist es nicht besser, wenn ich nach La Granja gehe und mich dort erkundige, was in der Nacht passiert ist, und dort jemanden finde, der die Straße so beobachtet, wie du es mir gezeigt hast? Der könnte dann abends kommen und Bericht erstatten, oder noch besser, ich könnte wieder nach La Granja gehen und mir den Bericht holen.«
»Hast du keine Angst, Kavallerie zu treffen?«
»Wenn der Schnee weg ist, nicht.«
»Gibt es jemanden in La Granja, der dazu fähig ist?«
»Ja, *dazu* ja. Ich würde eine Frau nehmen. Wir haben mehrere zuverlässige Frauen in La Granja.«
»Das glaube ich«, sagte Agustín. »Ja, ich weiß es sogar, und mehrere, die uns auch noch andere Dienste leisten. Du willst nicht, daß ich hinuntergehe?«
»Laß den Alten gehen! Du verstehst das MG zu bedienen, und der Tag ist noch nicht vorüber.«
»Ich gehe, sowie der Schnee geschmolzen ist«, sagte Anselmo, »und er schmilzt jetzt sehr schnell.«
»Was hältst du von ihrer Chance, Pablo zu fangen?« fragte Robert Jordan Agustín.
»Pablo ist schlau«, sagte Agustín. »Fängt man ohne Hunde einen klugen Hirsch?«
»Manchmal ja«, sagte Robert Jordan.
»Aber nicht Pablo«, sagte Agustín. »Freilich, er ist nur noch der schäbige Rest von dem, was er früher war. Aber es ist kein Zufall, daß er noch am Leben ist und gemütlich in den Bergen sitzt und sich zu Tode saufen kann, während so viele andere an einer Wand gestorben sind.«
»Ist er wirklich so schlau, wie man behauptet?«

»Noch viel schlauer.«
»Hier scheint er sich nicht sehr bewährt zu haben.«
»*Como qué no?* Wenn er nicht tüchtig wäre, dann wäre er gestern nacht ein toter Mann gewesen. Mir scheint, du verstehst nichts von Politik, *Inglés,* und auch nichts vom Guerillakrieg. In der Politik und im Guerillakrieg ist das erste und wichtigste, sein Leben zu retten. Schau nur, wie er sich gestern nacht das Leben gerettet hat. Und was für Dreck er von dir und von mir hat schlucken müssen!«
Jetzt, da Pablo sich wieder an den Aktionen der Gruppe beteiligte, wollte Robert Jordan nichts gegen ihn sagen, und er bereute auch seine Bemerkung über Pablos Untüchtigkeit, kaum daß er sie geäußert hatte. Er wußte selbst, wie schlau Pablo war. Pablo hatte sofort gemerkt, was an der Brückengeschichte nicht stimmte. Er, Robert Jordan, hatte diese Bemerkung nur gemacht, weil er Pablo nicht leiden konnte, und er wußte, daß das falsch war, was er sagte. So was passiert eben, wenn man nach einer nervösen Spannung zu sehr ins Quatschen kommt. Er ließ also das Thema fallen und sagte zu Anselmo: »Am hellichten Tag nach La Granja gehen?«
»Das ist nicht weiter schlimm«, sagte der Alte. »Ich habe ja keine Militärkapelle bei mir.«
»Und auch keine Glocke um den Hals«, sagte Agustín. »Und keine Fahne.«
»Welchen Weg nimmst du?«
»Über die Höhe und dann durch den Wald.«
»Aber wenn sie dich anhalten?«
»Ich habe Papiere.«
»Alle haben wir Papiere, aber die unrichtigen mußt du schnell verschlucken.«
Anselmo schüttelte den Kopf und klopfte auf die Brusttasche seines Kittels.
»Wie oft habe ich mir das schon überlegt!« sagte er. »Und der Gedanke, Papier zu schlucken, hat mir nie gefallen.«
»Ich habe mir schon gedacht, man sollte ein bißchen Senf daraufschmieren«, sagte Robert Jordan. »In der linken Tasche

habe ich unsere Papiere, in der rechten die Faschistenpapiere. Damit kein Irrtum passiert, wenn man's eilig hat.«
Es muß doch brenzlig gewesen sein, als der Führer der ersten Patrouille auf die Felslücke zeigte, denn alle schwatzten sie jetzt drauflos. Viel zuviel schwatzen wir, dachte Robert Jordan.
»Aber schau, Roberto!« sagte Agustín. »Es heißt, die Regierung rutscht immer weiter nach rechts. In der Republik sagt man nicht mehr Genosse, sondern Señor. Kannst du nicht die Taschen vertauschen?«
»Wenn sie weit genug nach rechts gerutscht ist, werde ich die Papiere in die hintere Hosentasche stecken und in der Mitte festheften.«
»Daß du sie bloß in der Hemdtasche behältst!« sagte Agustín.
»Sollen wir diesen Krieg gewinnen und die Revolution verlieren?«
»Nein«, sagte Robert Jordan. »Aber wenn wir diesen Krieg nicht gewinnen, dann gibt es keine Revolution und keine Republik, dann gibt es dich nicht und mich nicht und überhaupt nichts mehr außer dem fürchterlichen *carajo*.«
»Das sage ich auch«, sagte Anselmo. »Wir müssen den Krieg gewinnen.«
»Und nachher die Anarchisten erschießen und die Kommunisten und die ganze *canalla* bis auf die guten Republikaner«, sagte Agustín.
»Wir wollen den Krieg gewinnen und gar niemanden erschießen«, sagte Anselmo. »Wir wollen ein gerechtes Regime haben, und alle sollen an den Wohltaten beteiligt sein, soweit sie sich am Kampf beteiligt haben. Und die, die gegen uns gekämpft haben, muß man erziehen, damit sie ihren Irrtum einsehen.«
»Wir werden viele erschießen müssen«, sagte Agustín. »Viele, viele, viele.«
Er schlug mit der geballten rechten Faust gegen die Fläche seiner linken Hand.
»Keinen wollen wir erschießen. Nicht einmal die Führer. Wir wollen sie durch Arbeit bessern.«

»Ich wüßte schon die richtige Arbeit für sie«, sagte Agustín, hob etwas Schnee auf und steckte ihn in den Mund.
»Was denn für Arbeit, du böser Mensch?« fragte Robert Jordan.
»Zwei ganz hervorragende Berufe.«
»Nämlich?«
Agustín steckte noch etwas Schnee in den Mund und blickte über die Lichtung zu dem Waldrand hinüber, wo der Kavallerietrupp entlanggeritten war. Dann spuckte er den geschmolzenen Schnee aus. »*Vaya*. Auch ein Frühstück! Wo bleibt denn der dreckige Zigeuner?«
»Was für Berufe?« fragte Robert Jordan. »Sag's schon, du Schandmaul!«
»Ohne Fallschirm aus einem Flugzeug springen«, sagte Agustín, und seine Augen leuchteten. »Das wäre für die, die uns sympathisch sind. Und die anderen würde ich an Zaunpfähle nageln und rücklings hinunterstoßen.«
»Das sind unanständige Redensarten«, sagte Anselmo. »Auf diese Weise werden wir nie zu einer Republik kommen.«
»Ich möchte gern zehn Meilen weit durch eine Kraftbrühe schwimmen, die aus ihren sämtlichen *cojones* bereitet ist«, sagte Agustín. »Wie ich diese vier gesehen habe und mir gedacht habe, jetzt können wir sie abschießen, da war mir wie einer Stute im Pferch, die auf den Hengst wartet.«
»Du weißt aber doch, warum wir sie nicht erledigt haben?« sagte Robert Jordan ruhig.
»Ja«, erwiderte Agustín. »Ja. Aber mir war zumute wie einer brünstigen Stute, die man an der Kandare hält. Du weißt nicht, wie das ist, wenn du es nicht selber gespürt hast.«
»Geschwitzt hast du genug«, sagte Robert Jordan. »Ich dachte, es ist Angst.«
»Ja, Angst«, sagte Agustín. »Angst und das andere. Und im Leben eines Menschen gibt es nichts Stärkeres als dieses andere.«
Ja, dachte Robert Jordan. Sie sind nicht wie wir, die wir kalten Blutes zur Waffe greifen. Für sie war's schon immer eine Lei-

denschaft. Ein besonderes Sakrament, das alte Sakrament, dem sie dienten, bevor sie vom anderen Ende des Mittelmeeres her die neue Religion erhielten, das Sakrament, das sie nie preisgegeben, das sie nur unterdrückt und versteckt haben, um es im Krieg und in der Inquisition wieder hervorzuholen. Das ist das Volk des *autodafé,* der ›Glaubenstat‹. Es läßt sich nicht vermeiden, Menschen zu töten, aber ihre Art ist eine andere als die unsere. Und du, dachte er, du bist nie davon angesteckt worden? In der Sierra? Oder bei Usera? Oder während der ganzen Zeit in Estremadura? Oder sonst irgendwann? *Qué va!* sagte er zu sich selber. Bei jedem Eisenbahnüberfall.

Hör auf, zweifelhafte literarische Betrachtungen über die Berber und die alten Iberer anzustellen, und gib zu, daß dir das Morden Spaß gemacht hat, wie es allen, die aus freien Stücken den Soldatenberuf wählen, irgendeinmal Spaß gemacht hat, ob sie es nun ableugnen oder zugeben. Anselmo macht es keinen Spaß, weil er kein Soldat ist, sondern ein Jäger. Aber du sollst auch nicht idealisieren. Der Jäger tötet Tiere, der Soldat tötet Menschen. Belüge dich nicht selbst, dachte er. Und laß die literarischen Phantasien. Auch du bist seit langem angesteckt. Und sag nichts gegen Anselmo. Er ist ein wirklicher Christ, und so was findet man selten in einem katholischen Land.

Aber bei Agustín hätte ich gedacht, es sei pure Angst. Die natürliche Angst vor dem Gefecht. Also war es auch das andere. Kann sein, daß er prahlt. Er hat sich ordentlich gefürchtet. Ich hab's gespürt, als ich ihn anrührte. Na, höchste Zeit, daß das Geschwätz aufhört . . .

»Sieh nach, ob der Zigeuner was zu essen gebracht hat«, sagte er zu Anselmo. »Laß ihn nicht erst heraufkommen. Er ist ein Dummkopf. Bring es selbst. Und wenn er auch noch soviel gebracht hat, laß noch mehr holen. Ich bin hungrig.«

24

Jetzt war es ein richtiger Maimorgen, hoch und klar war der Himmel, der Wind wehte warm um Robert Jordans Schultern. Schnell schmolz der Schnee, und sie frühstückten. Jeder hatte zwei große, mit Fleisch und Ziegenkäse belegte Brote, und Robert Jordan hatte mit seinem Taschenmesser dicke Zwiebelscheiben abgeschnitten und sie neben das Fleisch und den Käse zwischen die Brote gelegt.

»Du wirst einen Atem kriegen, der durch den ganzen Wald bis zu den Faschisten reicht«, sagte Agustín mit vollem Mund.

»Gib mir den Weinschlauch, dann werde ich mir den Mund spülen«, sagte Robert Jordan, den Mund voller Fleisch, Käse, Zwiebeln und gekauten Brotes.

Er war hungrig wie noch nie in seinem Leben. Er füllte seinen Mund mit Wein, der ein wenig nach Teer schmeckte, und schluckte ihn hinunter. Dann nahm er einen zweiten großen Schluck Wein, hob den Schlauch empor, ließ den Weinstrahl ganz hinten in die Gurgel spritzen, und der Weinschlauch streifte die Nadeln der Kiefernzweige, die das MG schützten, und sein Kopf ruhte in dem Geäst, als er sich zurückbeugte, um den Wein in die Kehle laufen zu lassen.

»Willst du diese Stulle auch noch haben?« fragte Agustín und reichte sie ihm über das MG weg.

»Nein. Danke. Iß sie selbst.«

»Ich kann nicht. Ich bin nicht gewöhnt, frühmorgens etwas zu essen.«

»Willst du sie wirklich nicht haben?«

»Nein. Nimm sie nur.«

Robert Jordan nahm sie und legte sie auf seinen Schoß, während er aus der Seitentasche seiner Jacke, in der die Handgranaten steckten, die Zwiebel hervorholte und sein Messer öffnete, um sie zu zerschneiden. Er entfernte zuerst eine dünne Schicht der äußeren Haut, die in der Tasche schmutzig geworden war, dann schnitt er eine dicke Scheibe ab. Einer der

äußeren Ringe fiel zu Boden, er hob ihn auf, bog ihn zusammen und schob ihn zwischen die Brotschnitten.
»Ißt du immer Zwiebeln zum Frühstück?« fragte Agustín.
»Wenn es welche gibt.«
»Machen das alle Leute bei dir zu Hause?«
»Nein«, sagte Robert Jordan. »Dort ist das Zwiebelessen verpönt.«
»Das freut mich«, sagte Agustín. »Ich habe immer Amerika für ein zivilisiertes Land gehalten.«
»Was hast du gegen Zwiebeln?«
»Der Geruch paßt mir nicht. Nur der Geruch. Sonst sind sie wie die Rosen.«
Robert Jordan grinste mit vollem Mund.
»Wie die Rosen«, sagte er. »Ganz wie die Rosen. Rose ist Rose, ist Zwiebel.«
»Deine Zwiebeln verwirren dir den Verstand«, sagte Agustín. »Gib acht!«
»Eine Zwiebel ist eine Zwiebel, ist eine Zwiebel«, sagte Robert Jordan fröhlich und dachte: Ein Stein ist ein Kiesel, ist ein Fels, ist Geröll, ist Granit.
»Spül dir den Mund mit Wein aus«, sagte Agustín. »Du bist ein merkwürdiger Mensch, *Inglés*. Es ist ein großer Unterschied zwischen dir und dem vorigen Dynamiter, der mit uns gearbeitet hat.«
»Ja, ein großer Unterschied.«
»Sag ihn mir.«
»Ich lebe, und er ist tot«, sagte Robert Jordan. Dann dachte er: Was ist mit dir los? Ist das eine Art, so draufloszuschwatzen? Macht das Essen dich so lustig? Machen die Zwiebeln dich besoffen? Mehr bedeutet es dir nicht? Es hat dir nie viel bedeutet, sagte er sich wahrheitsgemäß. Du hast dich bemüht, es wichtig zu nehmen, aber das ist dir nicht geglückt. Und es hat keinen Zweck, dir was vorzumachen, in der kurzen Frist, die dir noch gegönnt ist.
»Nein«, sagte er jetzt ganz ehrlich. »Er war ein Mensch, der viel gelitten hatte.«

»Und du? Du hast nicht gelitten?«
»Nein«, sagte Robert Jordan. »Ich gehöre zu denen, die wenig leiden.«
»Ich auch«, sagte Agustín. »Es gibt solche, die leiden, und solche, die nicht leiden. Ich leide sehr wenig.«
»Um so besser.« Robert Jordan setzte wieder den Weinschlauch an den Mund. »Und *das* da macht's noch besser.«
»Ich leide für andere.«
»Das gehört sich so für einen guten Menschen.«
»Aber meinetwegen leide ich wenig.«
»Hast du eine Frau?«
»Nein.«
»Ich auch nicht.«
»Ja, aber jetzt hast du die Maria.«
»Ja.«
»Es ist merkwürdig«, sagte Agustín. »Seit sie bei uns ist, hat die Pilar sie von allen ferngehalten, mit einer solchen Verbissenheit, als ob sie in einem Karmeliterkloster säße. Du kannst dir nicht vorstellen, mit was für einer Verbissenheit sie die Maria behütet hat. Aber du kommst daher und kriegst sie geschenkt. Wie kommt dir das vor?«
»Es war nicht so.«
»Wie war es denn?«
»Sie hat sie meiner Obhut anvertraut.«
»Und du weißt nichts Besseres, als die ganze Nacht mit ihr zu *joder*?«
»Zum Glück!«
»Schöne Art, jemanden zu behüten.«
»Du verstehst nicht, daß man auch auf diese Art jemanden behüten kann?«
»Ja, aber das hätte auch jeder von uns gekonnt.«
»Reden wir nicht mehr darüber«, sagte Robert Jordan. »Ich habe das Mädchen ernsthaft gern.«
»Ernsthaft?«
»Wie es nichts Ernsthafteres in dieser Welt geben kann.«
»Und nachher? Nach der Brückengeschichte?«

»Ich werde sie mitnehmen.«
»Dann«, sagte Augustín, »soll nicht mehr davon die Rede sein, und ich wünsche euch beiden viel Glück.«
Er nahm den ledernen Weinschlauch und trank einen tiefen Schluck, dann reichte er ihn Robert Jordan.
»Noch etwas, *Inglés*«, sagte er.
»Ja.«
»Ich habe sie auch sehr gern gehabt.«
Robert Jordan legte die Hand auf seine Schulter.
»Sehr«, sagte Agustín. »Sehr. So sehr, daß man es sich gar nicht vorstellen kann.«
»Ich kann es mir vorstellen.«
»Sie hat auf mich einen Eindruck gemacht, der gar nicht verschwinden will.«
»Ich kann es mir vorstellen.«
»Schau, ich sage dir das in vollem Ernst.«
»Sag es nur.«
»Ich habe sie nie angerührt, und ich habe nie was mit ihr zu tun gehabt, aber ich habe sie sehr gern. *Inglés,* geh nicht leichtsinnig mit ihr um. Sie ist keine Hure, wenn sie auch mit dir schläft.«
»Ich werde sie gut behüten.«
»Ich glaube es dir. Aber noch etwas. Du verstehst nicht, wie so ein Mädchen aussehen würde, wenn es keine Revolution gegeben hätte. Du trägst eine große Verantwortung. Sie hat wirklich viel durchgemacht. Sie ist nicht so ein Mensch wie wir.«
»Ich werde sie heiraten.«
»Nein. Das nicht. Das ist unter der Revolution nicht nötig. Aber –« er nickte – »es wäre besser.«
»Ich werde sie heiraten«, sagte Robert Jordan, und dabei fühlte er, wie es ihn in der Kehle würgte. »Ich habe sie sehr gern.«
»Später einmal«, sagte Agustín. »Wenn's gerade paßt. Wichtig ist, daß du die Absicht hast.«
»Die habe ich.«

»Hör zu«, sagte Agustín. »Ich spreche zuviel über eine Sache, in die ich mich nicht einzumischen habe, aber hast du viele spanische Mädchen gekannt?«
»Einige.«
»Huren?«
»Auch einige, die keine Huren waren.«
»Wie viele?«
»Etliche.«
»Und hast du mit ihnen geschlafen?«
»Nein.«
»Siehst du?«
»Ja.«
»Ich will bloß sagen, daß Maria das nicht aus Leichtsinn macht.«
»Ich auch nicht.«
»Wenn ich annehmen müßte, daß du es aus Leichtsinn tust, hätte ich dich gestern nacht erschossen, wie du bei ihr lagst. Bei uns kann einen so was leicht das Leben kosten!«
»Hör zu, mein Alter«, sagte Robert Jordan. »Nur weil wir keine Zeit haben, ist es so unzeremoniell hergegangen. Wir haben einfach keine Zeit. Morgen müssen wir kämpfen. Mir macht das nichts aus. Aber für Maria und mich bedeutet es, daß wir unser ganzes Leben in diese paar Stunden hineinpressen müssen.«
»Ein Tag und eine Nacht ist nicht viel Zeit«, sagte Agustín.
»Ja. Aber wir haben auch noch den gestrigen Tag und die gestrige und vorgestrige Nacht gehabt.«
»Hörst du?« sagte Agustín. »Wenn ich dir helfen kann?«
»Nein. Es ist alles gut so.«
»Wenn ich irgend etwas für dich tun könnte oder für den kleinen Stoppelkopf...«
»Nein, nein!«
»Es gibt wirklich nicht viel, was ein Mensch für den anderen tun kann.«
»Doch. Sehr viel.«
»Was denn?«

»Schenke mir dein Vertrauen, was immer auch heute und morgen geschehen mag, und gehorche meinen Befehlen, auch wenn sie dir falsch erscheinen.«
»Mein Vertrauen hast du. Seit ich gesehen habe, wie du das Pferd weggeschickt hast, und seit der Geschichte mit dem Kavallerietrupp.«
»Das war gar nichts. Du siehst, daß wir nur auf eines hinarbeiten: den Krieg zu gewinnen! Wenn wir nicht siegen, ist alles andere sinnlos. Morgen haben wir eine äußerst wichtige Sache vor. Eine wirklich wichtige Sache. Außerdem werden wir uns schlagen müssen. Im Gefecht muß Disziplin herrschen, denn es ist nicht alles so, wie es scheint. Disziplin ist nicht möglich ohne Vertrauen.«
Agustín spuckte aus.
»Die Maria und das alles, das ist eine Sache für sich«, sagte er. »Du und die Maria, ihr sollt eure Zeit ausnützen wie zwei richtige Menschen. Wenn ich dir helfen kann, brauchst du es nur zu sagen. Aber bei der morgigen Geschichte werde ich dir blindlings gehorchen. Wenn's nötig ist, daß man dabei stirbt, dann geht man fröhlich in den Tod und mit leichtem Herzen.«
»Genauso ist mir zumute«, sagte Robert Jordan. »Aber es freut mich, daß ich dich so reden höre.«
»Und noch etwas«, sagte Agustín. »Der dort oben«, und er zeigte auf Primitivo, »ist zuverlässig. Die Pilar ist viel, viel mehr wert, als du dir vorstellen kannst. Auch der alte Anselmo. Auch Andrés. Auch Eladio. Sehr still, aber ein verläßliches Element. Und Fernando. Ich weiß nicht, wie du ihn einschätzt. Freilich, er ist schwerer als Quecksilber. Er ist langweiliger als ein Ochse, der einen Karren über die Straße zieht. Aber er kämpft und tut, was man ihm sagt. *Es muy hombre!* Du wirst ja sehen.«
»Wir haben Glück.«
»Nein. Wir haben zwei schwache Elemente. Den Zigeuner und Pablo. Aber Sordos Trupp ist viel besser als wir, so wie wir besser sind als Ziegendreck.«
»Dann ist alles in Ordnung.«

»Ja«, sagte Agustín. »Aber es müßte schon heute losgehen.«
»Das wünschte ich mir auch. Damit es vorbei ist.«
»Glaubst du, es wird schlimm werden?«
»Vielleicht.«
»Aber du bist jetzt sehr gut aufgelegt, *Inglés*.«
»Ja.«
»Ich auch. Trotz der Sache mit Maria.«
»Weißt du, warum?«
»Nein.«
»Ich weiß es auch nicht. Vielleicht ist es der Tag. Der Tag ist schön.«
»Wer weiß? Vielleicht deshalb, weil wir in den Kampf gehen.«
»Ich glaube, das ist es«, sagte Robert Jordan. »Aber noch nicht heute! Heute darf es nicht zum Kampf kommen, das muß unter allen Umständen vermieden werden; das ist wichtig.«
Während er das sagte, hörte er ein fernes Geräusch, das das leise Windesrauschen in den Wipfeln übertönte. Er war seiner Sache nicht ganz sicher, machte den Mund auf und horchte, und dabei blickte er zu Primitivo hinauf. Jetzt glaubte er es zu hören, aber dann war es wieder verschwunden. Der Wind sauste in den Kiefern, Robert Jordan lauschte angestrengt. Und dann hörte er es ganz deutlich mit dem Wind herankommen.
»Es ist nicht so tragisch mit mir«, hörte er Agustín sagen. »Daß ich die Maria nicht kriege! Ich werde eben so wie früher mit Huren gehen.«
»Still!« sagte Jordan, der neben ihm lag und in den Wald hineinhorchte. Agustín sah ihn plötzlich an.
»*Qué pasa?*« fragte er.
Robert Jordan legte die Hand vor den Mund und horchte. Da war es wieder, ganz leise, gedämpft, trocken und fern. Aber jetzt war es nicht mehr zu verkennen. Das präzise, ratternde Knattern eines Maschinengewehres. Es klang, als ob in weiter Ferne, fast außer Hörweite, ein Paketchen winziger Knallfrösche, einer nach dem andern, explodierte.

Robert Jordan blickte zu Primitivo hinauf, der ihm das Gesicht zuwandte und mit zurückgelegtem Kopf lauschte, die Hand hinter dem Ohr. Dann zeigte Primitivo den Hang hinauf nach dem höher gelegenen Gelände.
»Bei El Sordo wird gekämpft«, sagte Robert Jordan.
»Dann wollen wir ihnen zu Hilfe kommen«, sagte Agustín.
»Sammle die Leute! *Vamonos!*«
»Nein«, sagte Robert Jordan. »Wir bleiben hier.«

25

Robert Jordan blickte zu Primitivo hinauf, der jetzt auf seinem Ausguck stand und mit dem Flintenlauf in die Richtung des Kampflärms zeigte. Robert Jordan nickte zu ihm hin, aber er hörte nicht auf, eifrig zu deuten, legte die Hand ans Ohr, deutete dann abermals hartnäckig zu den Bergen hinüber, als hielte er es nicht für möglich, daß man ihn verstanden habe.
»Du bleibst hier bei dem MG, und wenn es nicht ganz, ganz, ganz sicher ist, daß sie hier eindringen wollen, wirst du nicht schießen. Und auch dann nicht, bis sie das Gesträuch dort erreicht haben.« Robert Jordan zeigte auf das Gesträuch. »Hast du mich verstanden?«
»Ja. Aber –«
»Kein Aber. Ich werde es dir später erklären. Ich gehe jetzt zu Primitivo hinauf.«
Anselmo war neben ihm, und er sagte zu dem Alten: »*Viejo,* du bleibst hier bei Agustín.« Er sprach ganz langsam und ohne Hast. »Er darf nicht schießen, solange nicht ihre Kavallerie wirklich hier einzudringen versucht. Wenn sie sich bloß zeigen, muß er sie in Frieden lassen, so wie vorhin. Wenn es sich nicht vermeiden läßt zu schießen, hältst du die Beine des Dreigestells fest und reichst ihm die Magazinscheiben.«
»Gut«, sagte der Alte. »Und La Granja?«
»Später.«

Robert Jordan kletterte über die grauen Felsblöcke hinauf, die sich ganz naß anfühlten, als er sich an ihnen emporzog. Schnell schmolz der Schnee in der Sonne. Die oberen Flächen der Blöcke waren fast schon trocken, und während er hinaufkletterte, ließ er seinen Blick über das Gelände schweifen, sah die Kiefernwälder und die langgestreckte offene Lichtung und die Talsenke, hinter der die hohen Berge sich erhoben. Dann stand er neben Primitivo in einer Mulde zwischen zwei Felsen, und der kleine, braunhäutige Mann sagte zu ihm: »Sie greifen Sordo an. Was werden wir tun?«

»Nichts«, sagte Robert Jordan.

Hier waren die Schüsse deutlich zu hören, und nun sah er in der Ferne, jenseits des fernen Tals, wo das Gelände wieder steil anzusteigen begann, eine Kavallerieabteilung aus dem Gehölz auftauchen, den schneebedeckten Hang überqueren und bergan in die Richtung des Kampflärms reiten. Dunkel hob sich die längliche Doppelreihe der Männer und Gäule von dem Schnee ab, wie sie in schiefem Winkel den Berg hinandrängten. Er beobachtete, wie der Trupp den Kamm der Kuppe erreichte und wieder im Wald verschwand.

»Wir müssen ihnen zu Hilfe kommen«, sagte Primitivo. Seine Stimme war trocken und tonlos.

»Unmöglich«, sagte Robert Jordan. »Ich habe das schon den ganzen Morgen erwartet.«

»Wieso?«

»Sie sind gestern nacht Pferde stehlen gegangen. Dann hat es zu schneien aufgehört, und man hat ihre Spuren verfolgt.«

»Aber wir müssen ihnen helfen«, sagte Primitivo. »Wir können sie doch nicht im Stich lassen. Das sind doch unsere Genossen.«

Robert Jordan legte seine Hand auf des anderen Schulter.

»Wir können nichts tun«, sagte er. »Wenn wir etwas tun könnten, würde ich es tun.«

»Es gibt einen Weg über die Berge, auf diesem Weg können wir mit den Pferden und den beiden Maschinengewehren an Ort und Stelle gelangen. So können wir ihnen helfen.«

»Hör zu –« begann Robert Jordan.
»Ich höre nur *das*!« sagte Primitivo.
Salve folgte auf Salve in übereinandergreifenden Wellen. Dann hörte man durch das trockene Geprassel des MG-Feuers den schweren und dumpfen Knall der Handgranaten.
»Sie sind verloren«, sagte Robert Jordan. »Sie waren in dem Augenblick verloren, als es zu schneien aufhörte. Wenn wir hingehen, sind auch wir verloren. Es ist unmöglich, unsere geringen Kräfte zu teilen.«
Auf Primitivos Wangen, auf seiner Oberlippe und seinem Hals sproßte ein grauer Stoppelbart. Das übrige Gesicht war von gleichmäßigem Braun, mit der gebrochenen, plattgedrückten Nase und den tiefliegenden grauen Augen, und als Robert Jordan ihn beobachtete, sah er die Stoppeln an den Mundwinkeln und über den Halssehnen zucken.
»Horch!« sagte Primitivo »Es ist ein Gemetzel.«
»Ja, falls es ihnen gelungen ist, die Mulde zu umzingeln«, sagte Robert Jordan. »Ein paar konnten vielleicht entwischen.«
»Wir könnten ihnen in den Rücken fallen, ohne daß sie es merken«, sagte Primitivo. »Vier Mann von uns mit den Pferden.«
»Und was dann? Was geschieht, nachdem ihr sie von hinten angegriffen habt?«
»Dann vereinigen wir uns mit Sordo.«
»Um mit ihm zu sterben? Schau nach der Sonne! Der Tag ist lang.«
Hoch und wolkenlos war der Himmel, und die Sonne schien heiß auf ihre Rücken. Auf dem südlichen Hang der Lichtung unter ihnen zeigten sich jetzt schon große schneefreie Flächen, und von dem Kieferngeäst war bereits aller Schnee heruntergefallen. Die Felsblöcke, die naß gewesen waren von dem schmelzenden Schnee, dampften jetzt leicht in der heißen Sonne.
»Du mußt es aushalten«, sagte Robert Jordan. »*Hay qué aguantarse.* Im Krieg passieren solche Sachen.«
»Aber können wir denn wirklich nichts tun?« Primitivo sah ihn an, und Robert Jordan wußte, daß der Mann ihm sein

volles Vertrauen schenkte. »Du könntest nicht mich und noch einen mit dem kleinen Maschinengewehr hinschicken?«
»Es wäre zwecklos«, erwiderte Robert Jordan.
Er glaubte etwas zu sehen, wonach er Ausschau hielt, aber es war nur ein Habicht, der in den Wind hinabglitt und dann über die zackige Kontur der fernsten Kiefernwälder emporschwebte. »Und wenn wir alle hingingen, wäre es auch zwecklos.«
Jetzt wurde der Feuerlärm noch intensiver, in das Geknatter hinein ertönte das dumpfe Grollen der Handgranaten.
»O Gott, verdamm sie!« fluchte Primitivo mit frommer Inbrunst. Die Tränen standen ihm in den Augen, seine Wangen zuckten. »O mein Gott, o du heilige Mutter Gottes, verdamm sie in der Milch ihrer Scheiße!«
»Beruhige dich«, sagte Robert Jordan. »Du wirst bald genug mit ihnen zu kämpfen haben. Da kommt die Frau.«
Pilar kam heraufgeklettert, sich mühsam zwischen den Felsblöcken hindurchwindend.
Primitivo murmelte unaufhörlich: »Gott verdamm sie! Heilige Mutter Gottes, schlag sie tot!« – sooft der Wind den Lärm der Schüsse herantrug; und Robert Jordan kletterte Pilar entgegen, um ihr heraufzuhelfen.
»*Qué tal*, Frau?« fragte er. Er packte sie bei den Handgelenken und zerrte sie herauf, während sie schwerfällig über den letzten Felsblock kletterte.
»Dein Fernglas!« sagte sie und zog den Riemen über den Kopf.
»Jetzt hat es also El Sordo erwischt?«
»Ja.«
»*Pobre*«, sagte sie mitleidig. »Armer Sordo.«
Ihr Atem ging schwer von der Anstrengung des Kletterns. Sie nahm Robert Jordans Hand und hielt sie fest in ihren Fingern, während ihre Blicke über die Gegend wanderten.
»Wie hört es sich an?«
»Schlimm. Sehr schlimm.«
»Ist er *jodido*?«
»Ich glaube ja.«

»*Pobre*«, sagte sie. »Wahrscheinlich wegen der Pferde?«
»Wahrscheinlich.«
»*Pobre*«, sagte Pilar. Dann: »Rafael hat mir einen ganzen Schauerroman über die faschistische Kavallerie erzählt. Wie viele waren es denn?«
»Eine Patrouille und ein Teil einer Schwadron.«
»Wie weit sind sie gekommen?«
Robert Jordan zeigte auf die Stelle, wo die Patrouille haltgemacht hatte, und dann zeigte er ihr das versteckte MG. Sie sahen gerade nur einen von Agustíns Stiefeln unter dem hinteren Rand des Schutzdachs hervorgucken.
»Der Zigeuner erzählt, sie kamen so dicht herangeritten, daß die Mündung des MGs die Brust des Führergauls berührte«, sagte Pilar. »Das ist eine Rasse! Dein Fernglas war in der Höhle.«
»Hast du gepackt?«
»Alles, was mitzunehmen ist. Hast du Nachricht von Pablo?«
»Er hat einen Vorsprung von vierzig Minuten, und sie sind seinen Spuren gefolgt.«
Pilar lächelte. Sie hielt immer noch seine Hand fest. Jetzt ließ sie sie los.
»Sie werden ihn nie zu Gesicht kriegen«, sagte sie. »Und was ist nun mit Sordo? Können wir nichts tun?«
»Nichts.«
»*Pobre*«, sagte sie. »Ich habe ihn sehr gern gehabt. Bist du sicher, ganz sicher, daß er *jodido* ist?«
»Ja. Ich habe eine Menge Kavallerie gesehen.«
»Noch mehr, als hier vorübergekommen sind?«
»Eine ganze Schwadron, die zu El Sordos Lager unterwegs war.«
»Horch!« sagte Pilar. »*Pobre, pobre Sordo.*«
Sie lauschten dem Lärm der Schüsse.
»Primitivo wollte hin«, sagte Robert Jordan.
Pilar wandte sich an den kleinen Mann mit dem platten Gesicht. »Bist du verrückt? Was für *locos* haben wir uns da herangezüchtet?«
»Ich möchte ihnen helfen!«

»*Qué va!*« sagte Pilar. »Auch so ein Romantiker! Glaubst du, du wirst hier nicht schnell genug sterben, ohne erst nutzlose Ausflüge zu machen?«
Robert Jordan sah sie an, das plumpe braune Gesicht mit den hohen indianischen Backenknochen, den weit auseinanderstehenden schwarzen Augen und dem lachenden Mund mit der dicken, höhnischen Oberlippe.
»Du mußt versuchen, dich wie ein Mann zu benehmen«, sagte sie zu Primitivo. »Wie ein Erwachsener. Du mit deinen grauen Haaren!«
»Mach dich nicht lustig über mich«, sagte Primitivo mürrisch. »Wenn der Mensch ein bißchen Herz und ein bißchen Phantasie hat —«
»Dann muß er lernen, sie zu beherrschen«, sagte Pilar. »Du wirst bald genug sterben, zusammen mit uns. Du hast es nicht nötig, zu diesem Zweck dich mit fremden Leuten zusammen zu tun. Und was die Phantasie betrifft, so reicht die des Zigeuners für uns alle. Was hat er mir für einen Roman erzählt!«
»Wenn du dabei gewesen wärst, würdest du nicht von einem Roman reden«, sagte Primitivo. »Einen Augenblick lang war es sehr ernst.«
»*Qué va!*« sagte Pilar. »Ein paar Reiter sind gekommen und sind dann wieder weggeritten. Und ihr macht lauter Helden aus euch. Soweit haben wir es gebracht, weil wir die ganze Zeit gefaulenzt haben!«
»Und die Geschichte mit Sordo ist *nicht* ernst?« fragte Primitivo in verächtlichem Ton. Er litt sichtlich und zuckte jedesmal zusammen, wenn der Wind den Lärm der Schüsse herantrug; er wollte entweder zu den Kämpfenden gehen oder von Pilar in Ruhe gelassen werden.
»*Total, qué?*« sagte Pilar. »Es ist passiert, und so ist es eben passiert. Verlier nicht gleich deine *cojones,* weil ein anderer Pech gehabt hat.«
»Geh und scher dich zum Teufel!« sagte Primitivo. »Es gibt Weibsbilder von einer Stupidität und Brutalität, die einfach nicht auszuhalten ist.«

»Um den Mannsbildern zu helfen, die die Natur für ihr Zeugungsgeschäft viel zu ärmlich ausgestattet hat«, sagte Pilar.
»Wenn hier nichts zu sehen ist, gehe ich hinunter.«
In diesem Augenblick hörte Robert Jordan das Flugzeug. Er blickte zum Himmel auf, und ihm schien, als sei es dasselbe Beobachtungsflugzeug, das er schon früher gesehen hatte. Jetzt kehrte es aus der Gegend der Front zurück und bewegte sich auf das Hochland zu, wo der Kampf mit El Sordo in Gang war.
»Da ist der Unglücksvogel!« sagte Pilar. »Werden sie sehen können, was dort vorgeht?«
»Sicher«, sagte Robert Jordan. »Wenn sie nicht blind sind.«
Sie beobachteten das Flugzeug, wie es silberglänzend in gleichmäßigem Flug durch den Sonnenschein zog. Es kam von links, und sie sahen deutlich die schimmernden Kreise der beiden Propeller.
»Duckt euch!« sagte Robert Jordan.
Nun war das Flugzeug unmittelbar über ihnen, sein Schatten strich über die offene Lichtung, das dröhnende Geräusch erreichte ein Maximum. Dann entfernte es sich und steuerte auf das höher gelegene Ende des Tales zu. Sie blickten ihm nach, bis es in stetem Flug ihren Blicken entschwand, und dann sahen sie, wie es in einem weiten Sturzbogen zurückkehrte, zweimal über dem Hochland kreiste und dann gegen Segovia hin entschwand.
Robert Jordan sah Pilar an. Der Schweiß stand ihr auf der Stirn, sie schüttelte den Kopf. Sie hatte ihre Zähne in die Unterlippe gepreßt.
»Für jeden ist gesorgt!« sagte sie. »Für mich hat man *die* da erfunden!«
»Du hast dich doch nicht an meiner Angst angesteckt?« sagte Primitivo spöttisch.
»Nein.« Sie legte die Hand auf seine Schulter. »Bei dir findet man keine Angst. Ich weiß das. Entschuldige, daß ich vorhin so grob war und mich über dich lustig gemacht habe. Wir sitzen alle im gleichen Boot.« Dann sagte sie zu Robert Jordan:

»Ich werde Essen und Wein heraufschicken. Brauchst du sonst noch etwas?«
»Vorläufig nicht. Wo sind die anderen?«
»Deine Reserve steht parat, mit den Gäulen«, sagte sie grinsend. »Alles ist in Ordnung. Alles ist marschbereit. Maria paßt auf deine Sachen auf.«
»Falls zufällig doch noch Flugzeuge kommen sollten, laß Maria nicht aus der Höhle heraus.«
»Ja, *Señor Inglés*«, sagte Pilar. »*Dein* Zigeuner – ich schenke ihn dir – sammelt Pilze für die Hasensoße. Es gibt jetzt viele Pilze, und ich glaube, wir wollen die Hasen lieber gleich essen, obwohl sie morgen oder übermorgen viel besser schmecken würden.«
»Ich halte es auch für das beste, sie gleich zu essen«, sagte Robert Jordan.
Pilar legte ihre breite Hand auf seine Schulter, wo der Gurt des Schnellfeuergewehrs quer über seine Brust lief, langte dann hinauf und zerraufte ihm mit den Fingern das Haar. »Ist das ein *Inglés*!« sagte Pilar. »Ich werde Maria mit dem *puchero* heraufschicken, wenn es fertig ist.«
Der Kampflärm aus den fernen Bergen war fast verstummt, und jetzt hörte man nur ab und zu noch einen einzelnen Schuß.
»Glaubst du, es ist vorbei?« fragte Pilar.
»Nein«, sagte Robert Jordan. »Soweit ich es beurteilen kann, haben die Faschisten angegriffen und sind zurückgeschlagen worden. Jetzt, glaube ich, haben sie den Platz umzingelt, Deckung genommen und warten auf die Flugzeuge.«
Pilar sagte zu Primitivo: »Du! Verstehst du, daß es nicht meine Absicht war, dich zu beleidigen?«
»*Ya lo sé*«, sagte Primitivo. »Ich hab mir schon Schlimmeres gefallen lassen. Du hast eine böse Zunge. Aber nimm dich in acht, Weib! Sordo war mein guter Kamerad.«
»Und meiner nicht?« fragte Pilar. »Merk dir, du Plattgesicht: Im Krieg kann man nicht immer sagen, was man fühlt. Wir haben genug eigene Sorgen.«
Primitivo war noch immer verstimmt.

»Du solltest ein Pulver nehmen«, sagte Pilar zu ihm. »Und jetzt gehe ich das Essen kochen.«
»Hast du mir die Dokumente des *requeté* mitgebracht?« fragte Robert Jordan.
»Wie dumm von mir!« sagte sie. »Ich hab's vergessen. Ich werde Maria schicken.«

26

Es wurde drei Uhr nachmittags, bevor die Flugzeuge kamen. Der Schnee war bereits um die Mittagszeit völlig verschwunden, und die Felsen glühten in der Sonne. Keine Wolke war am Himmel. Robert Jordan saß ohne Hemd zwischen den Steinblöcken, ließ sich den Rücken von der Sonne bräunen und las die Briefe, die man in den Taschen des toten Reiters gefunden hatte. Von Zeit zu Zeit unterbrach er seine Lektüre, blickte über den offenen Hang zu dem Waldrand hinüber, blickte zu dem Hochland hinauf und widmete sich dann wieder den Briefen. Feindliche Kavallerie war nicht mehr aufgetaucht. Von Zeit zu Zeit hörte man aus der Gegend von El Sordos Lager den Knall eines Schusses. Aber es waren nur vereinzelte Schüsse.
Aus den Militärpapieren des Gefallenen ging hervor, daß der Junge aus Tafalla in Navarra stammte, 21 Jahre alt war, unverheiratet, der Sohn eines Grobschmiedes. Sein Regiment war das X. Kavallerieregiment, und darüber wunderte sich Robert Jordan, denn er hatte geglaubt, daß dieses Regiment sich im Norden befinde. Er war Karlist und war zu Beginn des Krieges bei den Kämpfen um Irún verwundet worden.
Wahrscheinlich habe ich ihn auf der Feria in Pamplona vor den Stieren durch die Straßen laufen sehen, dachte Robert Jordan. Im Krieg bringt man nie die Menschen um, die man umbringen möchte, sagte er zu sich selber. Oder, verbesserte er sich, nur selten, und dann las er die Briefe.

Die ersten Briefe, die er las, waren sehr formell gehalten, sehr sorgfältig geschrieben und beschäftigten sich fast nur mit lokalen Ereignissen. Die Briefe stammten von der Schwester des Gefallenen, und Robert Jordan erfuhr, daß in Tafalla alles gut stand, daß Vater sich wohl fühlte, daß es Mutter so ging wie immer, aber daß sie über Rückenschmerzen klagte, daß sie, die Schwester, hoffte, es gehe ihm gut und er sei nicht allzusehr gefährdet, und wie sehr sie sich freue, daß er gegen die Roten kämpfe, um Spanien von der Herrschaft der marxistischen Horden zu befreien. Dann folgte eine Liste der jungen Männer aus Tafalla, die seit ihrem letzten Brief gefallen oder schwer verwundet worden waren. Sie erwähnte die Namen von zehn Gefallenen. Das ist sehr viel für eine Stadt von der Größe Tafallas, dachte Robert Jordan.

Der Stil des Briefes bewegte sich in reichlich frommen Wendungen, und sie betete zu dem heiligen Antonius, zu der gebenedeiten Jungfrau von Pilar und anderen Jungfrauen, daß sie den Bruder beschützen möchten, und sie bat ihn, nie zu vergessen, daß er auch unter dem Schutz des Heiligen Herzens Jesu stehe, das er wohl, wie sie hoffte, noch an der Brust trug, immer genau über dem eigenen Herzen, denn es habe sich unzählige Male – diese zwei Worte waren unterstrichen – erwiesen, daß das Heilige Herz Jesu die Macht habe, Kugeln aufzuhalten. Und sie verbleibe wie immer seine ihn liebende Schwester Concha.

Dieser Brief war an den Rändern ein wenig fleckig, Robert Jordan legte ihn sorgfältig zu den Militärpapieren und entfaltete einen Brief, dessen Handschrift einen weniger strengen Eindruck machte. Er stammte von der *novia* des jungen Mannes, von seiner Verlobten, war gleichfalls in einem sehr ruhigen und formellen Stil gehalten, verriet aber eine geradezu hysterische Besorgnis um seine Sicherheit. Robert Jordan las ihn durch und steckte dann sämtliche Briefe, zusammen mit den Dokumenten, in seine Hüfttasche. Er wollte diese Briefe nicht mehr lesen.

Ich habe wohl heute meine gute Tat schon getan, sagte er zu sich selber. Ja, das hast du wohl, wiederholte er.

»Was hast du denn da gelesen?« fragte Primitivo.

»Die Dokumente und Briefe dieses *requeté,* den wir heute morgen erschossen haben. Willst du sie sehen?«

»Ich kann nicht lesen«, sagte Primitivo. »Steht etwas Interessantes drin?«

»Nein«, erwiderte Robert Jordan, »es sind rein persönliche Briefe.«

»Wie sieht es bei ihm zu Hause aus? Kannst du das aus den Briefen ersehen?«

»Anscheinend ganz gut«, sagte Robert Jordan. »Aber sie haben dort ziemlich große Verluste.« Er betrachtete die Deckung des MGs, die sie ein wenig verändert und verbessert hatten, nachdem der Schnee ganz weggeschmolzen war. Sie wirkte jetzt recht überzeugend. Sein Blick schweifte wieder über das Gelände.

»Wo ist er her?« fragte Primitivo.

»Aus Tafalla«, sagte Robert Jordan.

Gut, gut, sagte er zu sich selbst. Ich bereue es, falls das etwas nützen sollte.

Es nützt nichts, sagte er sich selbst.

Gut, dann laß es sein, sagte er zu sich selbst.

Gut, ich lasse es sein.

Aber das war nicht so einfach. Wie viele hast du schon umgebracht? fragte er sich selbst. Ich weiß es nicht. Glaubst du, daß du das Recht hast, einen Menschen umzubringen? Nein. Aber ich bin dazu gezwungen. Wie viele von denen, die du getötet hast, sind wirkliche Faschisten gewesen? Sehr wenige nur. Aber alle zusammen sind der Feind, dessen Gewalt wir mit Gewalt beantworten. Dabei gefallen dir die Leute aus Navar besser als die Bewohner irgendeiner anderen spanischen Landschaft. Ja. Und du bringst sie um. Ja. Wenn du es nicht glauben willst, geh hinunter ins Lager. Weißt du nicht, daß es unrecht ist, zu töten? Ja. Aber du machst es trotzdem? Ja. Und du bist immer noch völlig davon überzeugt, daß deine Sache eine gerechte sei? Ja.

Sie *ist* gerecht, sagte er sich, nicht etwa, um sich zu beruhigen, sondern voller Stolz. Ich glaube an das Volk und an sein Recht, sich ein Regime nach seinen eigenen Wünschen zu schaffen. Aber, sagte er sich, du darfst dir nicht einreden, daß es richtig sei, Menschen zu töten. Du mußt es tun, weil es sich nicht vermeiden läßt, aber du sollst es nicht für richtig halten. Wenn du es für richtig hältst, stimmt die ganze Sache nicht mehr.

Aber wie viele, glaubst du, hast du schon umgebracht? Ich weiß es nicht, weil ich sie nicht zu zählen wünsche. Aber weißt du es? Ja. Wie viele? So genau kann man das nicht wissen. Bei den Eisenbahnüberfällen pflegen viele umzukommen. Sehr viele. Aber man kann sie nicht zählen. Aber die, die du zählen kannst? Über zwanzig. Und wie viele davon waren wirkliche Faschisten? Von zweien weiß ich es sicher. Ich mußte sie erschießen, nachdem wir sie bei Usera gefangengenommen hatten. Und du hast dich nicht dagegen gewehrt? Nein. Aber es hat dir auch nicht gefallen? Nein. Ich habe beschlossen, so etwas nie wieder zu tun, und ich habe es auch bisher vermieden, Unbewaffnete zu töten.

Hör mal, sagte er sich. Hör lieber auf mit diesem Zeug. Laß das endlich sein! Es schadet dir und deiner Arbeit. Dann antwortete er sich selber: Du hörst zu, ja? Was du tust, ist ernst, und ich muß dafür sorgen, daß du immer begreifst, was du tust. Ich muß immer dafür sorgen, daß in deinem Kopf Klarheit herrscht. Wenn nicht völlige Klarheit in deinem Kopf herrscht, hast du kein Recht, das zu tun, was du tust, denn alle deine Handlungen sind verbrecherisch, und niemand hat das Recht, einem anderen das Leben zu nehmen, es sei denn, er will damit verhindern, daß einem Dritten etwas noch Schlimmeres passiert. Mach dir das alles ganz klar und belüge dich nicht selbst.

Aber ich will nicht die Leute zählen, die ich umgebracht habe, als wär's eine Liste von Jagdtrophäen oder eine so widerliche Sache wie die Kerben im Gewehrkolben. Ich habe das Recht, sie nicht zu zählen, und ich habe das Recht, sie zu vergessen.

Nein, sagte er selber zu sich. Du hast nicht das Recht, irgend etwas zu vergessen. Du hast nicht das Recht, deine Augen vor irgendeiner Tatsache zu verschließen. Du hast nicht das Recht, irgend etwas zu vergessen, es abzuschwächen oder es umzulügen.
Halt's Maul, sagte er zu sich selber. Du wirst ja schrecklich pompös!
Und du hast nicht das Recht, dir was vorzumachen, fuhr er selber fort.
Gut, sagte er zu sich selber. Vielen Dank für alle die guten Ratschläge, und ist es recht von mir, wenn ich Maria liebe? Ja, sagte er selber zu sich.
Auch wenn eine rein materialistische Gesellschaftsauffassung so etwas wie Liebe angeblich gar nicht kennt?
Seit wann hast du derartige Auffassungen? Du bist kein Marxist, das weißt du sehr gut. Du glaubst an Freiheit, Gleichheit und Brüderlichkeit. Du glaubst an die Devisen der amerikanischen Republik: Leben, Freiheit und das Streben nach Glück. Schlag dich nicht allzusehr mit der Dialektik herum. Für manche eignet sie sich, aber nicht für dich. Du mußt bloß Bescheid wissen, um nicht als grüner Junge zu gelten. Vieles hast du beiseite geschoben, um einen Krieg zu gewinnen. Wenn der Krieg verlorengeht, ist das alles verloren.
Aber hinterher kannst du wegwerfen, was du nicht haben willst. Es gibt vieles, was du nicht haben willst, und vieles, woran du glaubst.
Und noch etwas: Mach dich nicht über dich selber lustig, weil du einen Menschen liebst. Die meisten haben eben nicht das Glück, es zu erleben. Du hast es nie erlebt, und jetzt erlebst du es. Was du mit Maria erlebst, ob es gerade nur den heutigen Tag und einen Teil des morgigen Tages dauert oder ob es ein ganzes Leben lang währt, ist das Wichtigste, das einem Menschen passieren kann. Immer wird es Leute geben, die behaupten, so was existiere gar nicht, nur weil es ihnen versagt ist. Aber ich sage dir, es existiert, und du hast es erlebt, und du sollst dich glücklich schätzen, auch wenn du morgen sterben mußt.

Laß diese Redensarten, sagte er zu sich selbst. Das ist nicht unsere Art zu reden. So reden unsere Freunde, die Anarchisten. Kaum geht's richtig schief, wollen sie gleich irgend etwas anzünden und sterben. Das sind komische Gemüter. Sehr komisch. Na, den heutigen Tag werden wir überstehen, alter Freund, sagte er zu sich. Es ist schon drei, und früher oder später werden wir was zu essen kriegen. Dort drüben wird immer noch geschossen. Das bedeutet, daß sie Sordo umzingelt haben und sehr wahrscheinlich auf Verstärkungen warten. Aber sie müssen es schaffen, bevor's dunkel wird.
Ich möchte gerne wissen, wie es dort oben bei Sordo aussieht. Das steht uns allen bevor, früher oder später. Ich glaube, besonders gemütlich geht es dort oben nicht zu. Mit dieser Pferdegeschichte haben wir Sordo eine schöne Suppe eingebrockt. Wie sagt man im Spanischen? *Un callejón sin salida.* Eine Sackgasse. Ich würde es schon überstehen. Man muß es ja nur einmal überstehen, und es geht schnell vorbei. Aber müßte es nicht herrlich sein, einmal in einem Krieg mitzukämpfen, wo man sich ergeben kann, wenn man umzingelt ist? *Estamos copados.* Wir sind umzingelt. Das ist der große Angstschrei in diesem Krieg. Gleich darauf wird man erschossen – ohne, wenn man Glück hat, vorher allzu viel Schlimmes durchzumachen. El Sordo wird nicht so viel Glück haben. Und auch wir nicht, wenn wir an die Reihe kommen.
Es war drei Uhr. Da hörte er das ferne Surren, und als er aufblickte, sah er die Flugzeuge.

27

El Sordo hatte sich auf einem Hügel festgebissen. Der Hügel gefiel ihm gar nicht, und als er ihn erblickte, dachte er gleich, er sehe aus wie ein Schankergeschwür. Aber es blieb ihm keine andere Wahl, und er hatte sich ihn schon von weitem ausgesucht und galoppierte auf ihn zu, das schwere Schnellfeuerge-

wehr auf dem Rücken, und das Pferd hatte es nicht leicht, der Lauf des Schnellfeuergewehrs kam ihm zwischen die Schenkel, an der einen Seite baumelte der Sack mit den Handgranaten, an der anderen Seite der Sack mit den MG-Scheiben, und Joaquín und Ignacio machten halt und schossen, damit El Sordo Zeit habe, das MG in Stellung zu bringen.
Noch hatte der Schnee dagelegen, der Schnee, der ihr Verderben geworden war, und als das Pferd getroffen wurde, so daß es keuchend, mit langsamen, ruckenden, taumelnden Schritten den letzten Rest der Steigung zurücklegte, während ein heller, pulsierender Blutstrahl den Schnee besprengte, hatte Sordo es am Zaumzeug hinaufgezerrt, die Zügel über der Achsel. Er kletterte, so schnell er nur konnte, während die Kugeln gegen die Felsen klatschten, schwer lasteten die beiden Säcke auf seinen Schultern, und dann packte er das Pferd bei der Mähne und erschoß es schnell, fachmännisch und liebevoll (denn gerade hier an dieser Stelle konnte er den Kadaver gebrauchen), so daß der Gaul mit dem Kopf voran in die Lücke zwischen drei Felsblöcken stürzte und dort liegen blieb. Dann hatte er über den Rücken des Pferdes weg zu feuern begonnen und zwei Magazine verschossen. Das MG ratterte, die leeren Patronenhülsen purzelten in den Schnee, das verbrannte Haar des Pferdefells unter dem heißen Lauf stank ihm in die Nase, er feuerte auf alles, was den Hügel heraufkam, zwang die Angreifer, sich zu zerstreuen und in Deckung zu gehen, und unaufhörlich rieselte es ihm kalt über den Rücken, weil er nicht wußte, was hinter ihm vorging. Nachdem der letzte der fünf den Gipfel des Hügels erreicht hatte, verließen die kalten Schauer seinen Rücken, und er sparte die restlichen Scheiben für eine spätere Gelegenheit auf.
Es lagen noch zwei tote Pferde auf dem Hang und drei weitere auf dem Gipfel des Hügels. Er hatte in der vergangenen Nacht nur drei Pferde erwischen können, und das eine war ihnen ausgerissen, als sie es ohne Sattel zu besteigen versuchten – in dem Pferch neben dem Lager, als die erste Schießerei losging . . .

Von den fünf, die den Gipfel des Hügels erreicht hatten, waren drei verwundet. El Sordo war an der Wade und an zwei Stellen des linken Armes verwundet. Er war sehr durstig, seine Wunden waren verschwollen, und die eine der Wunden im linken Arm schmerzte sehr. Er hatte auch schreckliche Kopfschmerzen, und während er dalag und auf die Flugzeuge wartete, fiel ihm ein spanischer Witz ein. »*Hay que tomar la muerte como si fuera aspirina.*« Und das heißt: »Du mußt den Tod wie ein Aspirin nehmen.« Aber er behielt den Witz für sich. Er grinste irgendwo tief drin in seinen Kopfschmerzen, tief drin in dem Gefühl der Übelkeit, das in ihm hochstieg, sooft er den Arm bewegte und sich nach dem kläglichen Rest seiner Schar umsah.

Die fünf Mann waren ausgeschwärmt wie die Spitzen eines fünfzackigen Sternes. Mit Knien und Händen hatten sie die Erde aufgewühlt und vor den Köpfen und Schultern kleine Hügel aus Erde und Steinen errichtet, die sie als Deckung benützten, um sodann die einzelnen Hügel durch Steine und Erdreich miteinander zu verbinden. Joaquín, der achtzehn Jahre alt war, besaß einen Stahlhelm, den er zum Graben benützte und in dem er die Erde weiterreichte.

Diesen Helm hatte er bei dem Eisenbahnüberfall erbeutet. Er war von einem Gewehrschuß durchlöchert, und alle hatten sich über ihn lustig gemacht, weil er ihn nicht wegwerfen wollte. Aber er hatte die zackigen Ränder des Kugellochs glatt gehämmert, einen hölzernen Pflock hineingetrieben, den Pflock abgeschnitten und der metallenen Innenseite des Helms angeglichen.

Als die Schießerei losging, hatte er diesen Helm rasch aufgestülpt, so heftig, daß er ihm gegen den Kopf ballerte wie eine Kasserolle, und als er dann, nachdem sie ihm sein Pferd erschossen hatten, über das letzte Stück des Hügelhangs hinaufrannte, mit schmerzender Lunge, gelähmten Beinen, ausgetrocknetem Mund, im Klatschen, Peitschen und Singen der Kugeln, schien der Helm recht schwer zu wiegen und seine berstende Stirn in ein eisernes Band zu schmieden. Aber er hatte ihn behalten, und jetzt benützte er ihn zum Graben, in einer starren, fast mechanischen Verzweiflung. Er hatte bisher noch nichts abbekommen.

»Endlich ist er doch zu was nütze«, sagte Sordo zu ihm mit seiner tiefen, heiseren Stimme.

»*Resistir y fortificar es vencer*«, sagte Joaquín. (Sein Mund war ganz steif, die Angst hatte ihn ausgetrocknet, sie macht den Mund trockener als der gewöhnliche Durst des Kampfes.) Es war das eine der Losungen der Kommunistischen Partei. »Halte durch, beiße dich fest, und du wirst siegen.«

El Sordo schaute weg und blickte den Hang hinunter zu dem Felsblock, hinter dem einer der Kavalleristen lag und seine Schützenkünste übte. Er hatte den Jungen gern, und er war nicht in der Stimmung für Parteilosungen.

»Was hast du gesagt?« Einer der Männer wandte sich von der kleinen Verschanzung ab, an der er gerade arbeitete. Er lag flach auf dem Gesicht, langte vorsichtig mit den Händen hinauf, wenn er einen Stein zu den anderen fügte, während er das Kinn fest gegen die Erde preßte. Joaquín wiederholte mit seiner ausgetrockneten Knabenstimme die Losung, ohne auch nur einen Augenblick lang im Buddeln innezuhalten.

»Was war das letzte Wort?« fragte der Mann mit dem Kinn an der Erde.

»*Vencer*«, sagte der Junge. »Siegen.«

»*Mierda*«, sagte der Mann mit dem Kinn an der Erde.

»Es gibt auch noch eine andere Losung, die hierher paßt«, sagte Joaquín, die Losungen hervorkramend, als ob es Talismane wären. »Die Pasionaria sagte, es ist besser, stehend zu sterben, als kniend zu leben.«

»Nochmals *mierda*«, sagte der Mann, und ein anderer sagte über die Schulter: »Wir liegen auf dem Bauch, nicht auf den Knien.«

»Du, Kommunist, weißt du, daß eure Pasionaria einen Sohn in deinem Alter hat, der seit Beginn der Bewegung in Rußland ist?«

»Das ist eine Lüge«, sagte Joaquín.

»*Qué va,* eine Lüge!« sagte der andere. »Der Dynamiter mit dem merkwürdigen Namen hat es mir erzählt. Er war doch von derselben Partei wie du. Warum sollte er mich anlügen?«
»Es ist eine Lüge«, sagte Joaquín. »Nie würde sie so etwas tun! Ihren Sohn in Rußland vor dem Krieg verstecken!«
»Ich wollte, ich wäre in Rußland«, sagte ein anderer von Sordos Leuten. »Wird mich deine Pasionaria jetzt von hier nach Rußland schicken, Kommunist?«
»Wenn du so sehr an deine Pasionaria glaubst, dann sag ihr doch, sie soll uns von diesem Hügel weghelfen«, sagte einer der Männer, der einen Verband um den Schenkel trug.
»Das werden schon die Faschisten besorgen«, sagte der Mann mit dem Kinn im Dreck.
»Rede nicht so!« sagte Joaquín zu ihm.
»Wisch dir die Muttermilch von den Lippen ab und gib mir einen Helm voll Erde«, sagte der Mann mit dem Kinn im Dreck. »Keiner von uns wird heute die Sonne untergehen sehen.«
El Sordo dachte: Er sieht aus wie ein Schankergeschwür. Oder wie die Brust eines jungen Mädchens ohne Warze. Oder wie der Kegel eines Vulkans. Du hast nie einen Vulkan gesehen, dachte er. Und jetzt wirst du auch nie mehr einen zu sehen kriegen. Und dieser Hügel sieht aus wie ein Schankergeschwür. Laß die Vulkane in Frieden! Zu spät ist's für die Vulkane.
Er lugte vorsichtig über den Hals des toten Gauls, und sogleich setzte hinter einem Felsblock weiter unten am Hang ein schnelles Knattern ein, und er hörte, wie die Geschosse des leichten Maschinengewehrs dumpf in den Pferdekadaver schlugen. Er kroch hinter dem Gaul zu der Lücke zwischen des Pferdes Hintern und dem Fels und spähte hinaus. Dicht unterhalb auf dem Hang lagen die Leichen von drei Faschisten, die dort gefallen waren, als der Feind im Schutz des MG-Feuers die Höhe zu stürmen versucht und er, Sordo, und seine Leute mit Handgranaten, die sie entweder hinunterschleuderten oder hinunterrollen ließen, den Angriff gestoppt hat-

ten. An der anderen Seite der Hügelkuppe lagen noch mehr Leichen, aber die konnte er von hier aus nicht sehen. Die Stellung war günstig, es gab keinen toten Raum, der den Angreifern das Herankommen ermöglicht hätte, und Sordo wußte, solange seine Munition und seine Handgranaten reichten und er noch über mindestens vier Mann verfügte, konnten sie ihn von hier nicht wegkriegen, wenn sie nicht grade einen Grabenmörser heranschleppten. Er wußte nicht, ob sie nicht einen Grabenmörser aus La Granja angefordert hatten. Wahrscheinlich nicht, denn es werden ja bald die Flugzeuge kommen. Vier Stunden waren vergangen, seit das Beobachtungsflugzeug über sie hinweggeflogen war.

Dieser Hügel sieht wirklich wie ein Schankergeschwür aus, dachte Sordo, und wir sind der Eiter. Aber wir haben viele umgelegt, als sie diesen blödsinnigen Sturmangriff unternahmen. Wie konnten sie sich bloß einbilden, daß sie uns auf diese Weise kriegen würden? Sie haben so moderne Waffen, daß sie vor übermäßigem Selbstvertrauen völlig den Verstand verlieren. Den jungen Offizier, der die Abteilung befehligte, hatte er mit einer Handgranate erledigt, die hüpfend und kollernd den Hang hinunterrollte, während sie vornübergebeugt im Laufschritt heraufkamen. Im Schein der gelben Flamme und im krachenden grauen Rauch hatte er den Offizier nach vorne taumeln und hinfallen sehen, dort, wo er nun lag wie ein dickes, zerwühltes Bündel alter Kleider, den vorgeschobensten Punkt bezeichnend, den der Angriff erreicht hatte. El Sordo betrachtete zuerst ihn und dann die anderen Leichen, die weiter unten auf dem Hang lagen.

Tapfere, aber dumme Burschen, dachte er. Aber jetzt sind sie klug genug, keinen zweiten Angriff zu unternehmen, bevor nicht die Flugzeuge erschienen sind. Es sei denn, natürlich, daß sie einen Mörser erwarten. Mit einem Mörser wäre es leicht zu machen. Der Mörser war das übliche, und er wußte, daß er und seine Leute erledigt wären in dem Augenblick, da ein Mörser eingesetzt würde, aber wenn er an die Flugzeuge dachte, dann kam er sich ganz nackt vor auf diesem Hügel, als hätte man ihm seine sämtlichen Kleider und sogar die Haut ausgezogen. So etwas Nacktes wie mich gibt es gar nicht, dachte er. Im Vergleich zu mir ist ein abgezogener Hase bepelzt wie ein Bär. Aber warum wollen sie eigentlich mit Flugzeugen kommen? Sie könnten uns doch mit einem Grabenmörser ganz leicht ausräuchern. Aber sie sind stolz auf ihre Flugzeuge und werden sie wahrscheinlich heranholen – wie sie auch auf ihre Schnellfeuerwaffen so stolz waren, daß sie diese Dummheit begangen haben. Aber bestimmt haben sie auch einen Mörser angefordert.

Einer der Leute feuerte einen Schuß ab, riß dann den Bolzen zurück und feuerte ganz schnell ein zweites Mal. »Spar deine Patronen!« sagte Sordo.

»Einer der verdammten Hurensöhne hat versucht, sich zu diesem Felsblock hinzuschleichen.« Der Mann zeigte auf den Felsblock.

»Hast du ihn getroffen?« fragte Sordo und wandte mühsam den Kopf.

»Nein. Der Hurenbock hat sich schnell geduckt.«

»Die größte Hure ist die Pilar«, sagte der Mann mit dem Kinn im Dreck. »Diese Hure weiß, daß wir hier krepieren.«

»Sie könnte uns nicht helfen«, sagte Sordo. Der Mann, der gesprochen hatte, befand sich auf der Seite seines gesunden Ohrs, und er hatte ihn verstanden, ohne den Kopf zu wenden. »Was könnte sie tun?«

»Diese Hurensäue von hinten angreifen.«

»*Qué va!*« sagte Sordo. »Sie sind über den ganzen Hang verstreut. Wie soll sie an sie herankommen? Es sind hundertfünfzig Mann. Jetzt vielleicht noch mehr.«

»Aber wenn wir aushalten, bis es dunkel wird!« sagte Joaquín.

»Und wenn Weihnachten auf Ostern fällt!« sagte der Mann mit dem Kinn an der Erde.

»Wenn deine Tante *cojones* hätte, wäre sie dein Onkel«, sagte ein anderer. »Ruf deine Pasionaria. Nur sie kann uns helfen.«

»Das mit dem Sohn glaube ich nicht«, sagte Joaquín. »Oder wenn er dort ist, wird er zum Flieger ausgebildet oder so etwas Ähnliches.«

»Er versteckt sich vor dem Krieg«, sagte der andere.
»Er studiert Dialektik. Deine Pasionaria ist auch dort gewesen. Ebenso Lister und Modesto und andere. Der mit dem merkwürdigen Namen hat es mir erzählt.«
»Wenn sie nur hingehen und viel lernen und dann zurückkommen, um uns zu helfen!« sagte Joaquín.
»Wenn sie uns bloß jetzt helfen würden!« sagte ein anderer.
»Wenn bloß diese ganze Scheißbande von russischen Schwindlern uns *jetzt* helfen würde!« Er feuerte und sagte: »*Me cago en tal.* Ich habe ihn wieder nicht getroffen.«
»Spar deine Patronen und rede nicht soviel, sonst wirst du zu durstig werden«, sagte Sordo. »Es gibt kein Wasser auf diesem Hügel.«
»Da hast du«, sagte der Mann, wälzte sich auf die Seite, schob den Riemen eines Weinschlauchs, den er umgehängt hatte, über den Kopf und reichte den Weinschlauch El Sordo. »Spül dir den Mund aus, Alter. Du mußt sehr durstig sein von den Wunden.«
»Gib allen was!« sagte Sordo.
»Dann nehme ich mir zuerst«, sagte der Besitzer des Weinschlauchs und spritzte einen kräftigen Strahl in seinen Mund, bevor er die Lederflasche weitergab.
»Sordo«, fragte der Mann mit dem Kinn im Dreck, »wann, glaubst du, werden die Flugzeuge kommen?«
»Jeden Augenblick«, sagte Sordo. »Sie müßten eigentlich schon hier sein.«
»Glaubst du, diese verdammten Hurensöhne werden noch einmal angreifen?«
»Nur wenn die Flugzeuge nicht kommen.«
Er hielt es nicht für nötig, den Mörser zu erwähnen. Sie werden es schnell genug merken, wenn der Mörser kommt.
»Weiß Gott, sie haben genug Flugzeuge, was wir da gestern gesehen haben.«
»Zu viele«, sagte Sordo.
Der Kopf tat ihm sehr weh, und sein Arm wurde immer steifer, so daß die geringste Bewegung ihm fast unerträgliche

Schmerzen bereitete. Während er mit dem gesunden Arm die lederne Weinflasche erhob, blickte er zu dem hellen, hohen blauen Frühsommerhimmel auf. Er war jetzt 52 Jahre alt, und er war überzeugt davon, daß er zum letztenmal diesen Himmel sah.

Er hatte gar keine Angst vor dem Sterben, aber es ärgerte ihn, daß man ihn auf diesem Hügel umstellt hatte, der zu nichts anderem taugte als zum Sterben. Wenn wir ihnen nur hätten entwischen können! dachte er. Wenn wir sie hätten veranlassen können, durch das lange Tal zu reiten, oder wenn wir uns über die Straße hätten hinüberretten können, dann wäre alles gutgegangen. Aber dieses Schankergeschwür von einem Hügel! Wir müssen ihn ausnützen, so gut wir können; bisher haben wir ihn recht gut ausgenützt.

Hätte er gewußt, wie oft in der Geschichte Menschen einen Hügel haben benützen müssen, um auf ihm zu sterben, würde ihn das auch nicht aufgeheitert haben, denn in einem solchen Augenblick, wie er ihn jetzt durchlebte, macht es keinen Eindruck, wenn andere unter ähnlichen Umständen Ähnliches erlebt haben, ebensowenig, wie die Witwe von heute sich durch die Einsicht getröstet fühlt, daß auch schon andere Frauen ihre geliebten Männer verloren haben. Den eigenen Tod nimmt man nicht so leicht hin, gleichgültig, ob man ihn fürchtet oder nicht. El Sordo fügte sich in den Tod, aber es war nicht besonders erfreulich – trotz der 52 Jahre, trotz der drei Schußwunden im Leib, trotz des verdammten Hügels!

Im stillen machte er Witze darüber, aber er schaute zum Himmel auf und betrachtete die fernen Berge, und er schluckte den Wein hinunter, und er schmeckte ihm nicht. Wenn es sein muß, dachte er – und sicherlich *muß es sein* –, dann verstehe ich zu sterben. Aber ich sterbe nicht gern.

Das Sterben war gar nichts, er machte sich kein Bild vom Sterben, und er fürchtete sich nicht vor dem Sterben. Aber Leben war für ihn ein im Wind wogendes Kornfeld auf einem Hügelhang. Leben war der Falke im Blau. Leben war ein irdener Krug voll Wasser im Staub des Dreschbodens, wenn das

Korn ausgedroschen wird und die Spreu umherstiebt. Leben war ein Gaul zwischen den Beinen und ein Karabiner unter dem einen Bein, und ein Hügel und ein Tal und ein Fluß mit Bäumen am Ufer, und die andere Seite des Tals und die Berge dahinter.
El Sordo gab den Weinbeutel zurück und bedankte sich mit einem Kopfnicken. Er beugte sich vor, tätschelte den toten Gaul auf die Kruppe, wo der Lauf des MGs die Haut verbrannt hatte. Noch immer war der Geruch der verbrannten Haare zu spüren. Er dachte daran, wie er das zitternde Pferd festgehalten hatte, während rund umher die Kugeln hagelten, zischend und prasselnd, über ihnen und neben ihnen wie ein eiserner Vorhang, und wie er ihm sorgfältig die Pistole angesetzt hatte, genau dort, wo die Querlinien zwischen den beiden Augen und Ohren sich schneiden. Dann, als der Gaul zusammenstürzte, hatte er sich hinter seinem warmen, nassen Rücken hingeworfen, um das MG in Gang zu setzen.
»*Eras mucho caballo*«, sagte er. »Du warst ein braver Gaul.«
El Sordo lag nun auf der gesunden Seite und blickte zum Himmel auf. Er lag auf einem Haufen leerer Patronenhülsen, aber sein Kopf war durch den Felsen geschützt und sein Körper durch den Pferdekadaver. Seine Wunden waren arg verschwollen, er hatte viel Schmerzen, und er war zu müde, um sich zu rühren.
»Was ist mit dir los, Alter?« fragte der Mann neben ihm.
»Nichts. Ich ruhe mich ein wenig aus.«
»Schlaf!« sagte der andere. »Sie werden uns schon aufwecken, wenn sie kommen.«
In diesem Augenblick schrie jemand den Hang herauf: »Hallo, ihr Banditen!«
Die Stimme kam hinter den Felsen hervor, hinter denen das nächste MG stand. »Ergebt euch jetzt, bevor die Flugzeuge euch in die Luft sprengen!«
»Was sagt er?« fragte Sordo. Joaquín sagte es ihm. El Sordo wälzte sich auf die Seite und richtete sich halb auf, so daß er wieder hinter dem MG kauerte.

»Vielleicht kommen gar keine Flugzeuge«, sagte er. »Gebt keine Antwort und schießt auch nicht! Vielleicht können wir sie dazu verleiten, noch einmal anzugreifen.«

»Wenn wir sie ein bißchen beschimpfen würden?« sagte der Mann, der Joaquín die Geschichte von dem Sohn der Pasionaria erzählt hatte.

»Nein«, sagte Sordo. »Gib mir deine schwere Pistole. Wer hat eine schwere Pistole?«

»Hier.«

»Gib sie mir.« Auf den Knien kauernd nahm er die schwere Neun-Millimeter-Pistole, feuerte einen Schuß gegen die Erde neben dem toten Gaul, wartete und gab dann weitere vier Schüsse ab, in unregelmäßigen Abständen. Dann wartete er, während er bis sechzig zählte, und dann feuerte er einen letzten Schuß direkt in den Kadaver des toten Gauls. Grinsend gab er die Pistole zurück.

»Frisch laden!« flüsterte er. »Und daß keiner den Mund aufmacht! Und daß niemand schießt!«

»*Bandidos!*« schrie die Stimme hinter dem Felsen.

Auf dem Hügel sagte keiner einen Ton.

»*Bandidos!* Ergebt euch jetzt, bevor wir euch in kleine Stücke sprengen!«

»Sie beißen an«, flüsterte Sordo erfreut.

Er sah, wie ein Mann den Kopf hinter einem Felsblock hervorstreckte. Es fiel kein Schuß, und der Kopf verschwand wieder. El Sordo wartete lauernd, aber es ereignete sich nichts mehr. Er wandte den Kopf und sah die anderen an, die die ihnen zugewiesenen Sektionen des Hangs beobachteten. Als er sie ansah, schüttelten sie die Köpfe.

»Nicht rühren!« flüsterte er.

»Verdammte Hurensöhne!« schrie nun wieder die Stimme hinter dem Felsen.

»Rote Schweine! Blutschänder! Ihr, die ihr die Milch eurer Väter sauft!«

El Sordo grinste. Wenn er sein gesundes Ohr hinhielt, konnte er die Beschimpfungen gerade noch hören. Das ist besser als

Aspirin, dachte er. Wie viele werden wir erwischen? Können sie so dumm sein?
Die Stimme war wieder verstummt, und drei Minuten lang sah und hörte man nichts. Dann kam der Scharfschütze hinter dem Felsblock etwa dreißig Meter weiter unten am Hang aus seiner Deckung hervor und gab Feuer. Die Kugel schlug gegen den Fels, prallte ab und flog mit einem scharfen Winseln davon. Dann sah Sordo einen Mann in gebückter Haltung aus dem Schutz der Felsen, hinter denen das MG stand, über das offene Gelände zu dem großen Felsblock hinlaufen, hinter dem der Scharfschütze verborgen lag. Fast kopfüber verschwand er hinter dem Felsblock.
El Sordo schaute sich um. Seine Leute teilten ihm durch Zeichen mit, daß auf den anderen Hängen sich nichts rühre. El Sordo grinste vergnügt und schüttelte den Kopf. Das ist zehnmal besser als Aspirin, dachte er, und er war so vergnügt, wie nur ein Jäger vergnügt sein kann.
Drunten auf dem Hang sprach der Mann, der aus der MG-Stellung zu dem Felsblock hinübergelaufen war, mit dem Scharfschützen. – »Glaubst du es?«
»Ich weiß nicht«, sagte der Scharfschütze.
»Es wäre nur logisch«, sagte der andere, ein Offizier, der jetzt das Kommando führte. »Sie sind umzingelt. Sie haben nichts anderes zu erwarten als den Tod.«
Der Schütze schwieg.
»Was meinst du?« fragte der Offizier.
»Nichts«, sagte der Schütze.
»Hat sich nach den Schüssen noch etwas gerührt?«
»Nein, nichts.«
Der Offizier blickte auf seine Armbanduhr. Es war zehn Minuten vor drei.
»Die Flugzeuge sollten schon seit einer Stunde hier sein«, sagte er. Gerade in diesem Augenblick kam ein zweiter Offizier hinter den Felsblock gelaufen. Der Schütze rückte zur Seite, um ihm Platz zu machen.
»Du, Paco!« sagte der erste Offizier. »Was hältst du davon?«

Der zweite Offizier atmete heftig von dem raschen Lauf über den Hügelhang.

»Ich halte es für eine List«, sagte er.

»Aber wenn es keine List ist? Dann machen wir uns lächerlich, daß wir hier liegen und fünf Leichen belagern.«

»Wir haben schon etwas gemacht, das schlimmer war als lächerlich«, sagte der zweite Offizier. »Schau dort hinauf!«

Er blickte den Hang hinauf zu den Gefallenen, die dicht unterhalb des Gipfels lagen. Er sah in den Konturen der Kuppe die zackigen Felsen, Bauch, Beine und beschlagenen Hufe von Sordos Gaul und die frisch aufgeworfene Erde.

»Was ist mit den Mörsern?« fragte der zweite Offizier.

»Sie müssen in einer Stunde hier sein, wenn nicht früher.«

»Dann warten wir so lange. Es sind schon genug Dummheiten gemacht worden.«

»*Bandidos!*« rief plötzlich der erste Offizier, sprang auf und steckte den Kopf über den Felsblock hinaus, so daß ihm nun die Kuppe des Hügels viel näher erschien. »Rote Schweine! Feiglinge!«

Der zweite Offizier sah den Schützen an und schüttelte den Kopf. Der Schütze schaute weg, aber seine Lippen strafften sich.

Der erste Offizier stand da, die Hand am Pistolengriff, und sein Kopf war völlig ungedeckt. Er stieß die wildesten Flüche und Beschimpfungen aus. Auf dem Gipfel des Hügels rührte sich nichts. Nun trat er ganz hinter dem Felsblock hervor, stand da und blickte hinauf.

»Schießt, Feiglinge, wenn ihr noch lebt«, schrie er. »Hier steht einer, der fürchtet keinen Roten, welcher jemals aus dem Bauch der großen Hure hervorgekrochen ist!«

Das war nun ein ziemlich langer Satz gewesen, und als der Offizier zu schreien aufhörte, war sein Gesicht ganz rot und gedunsen.

Der zweite Offizier, ein magerer, sonnverbrannter Mann mit ruhigen Augen, schmalem Mund, langen Lippen und einem Stoppelbart auf den hohlen Wangen, schüttelte abermals den

Kopf. Der Offizier, der jetzt hinaufschrie, hatte den ersten Angriff befohlen. Der junge Leutnant, der tot auf dem Abhang lag, war der beste Freund dieses anderen Leutnants gewesen, der Paco Berrendo hieß und sich nun das Geschrei des Hauptmanns anhörte, welcher sich offensichtlich in einem Zustand höchster Erregung befand.

»Das sind die Schweine, die meine Schwester und meine Mutter erschossen haben!« sagte der Hauptmann. Er hatte ein rotes Gesicht und einen blonden Schnurrbart wie ein Engländer, und mit seinen Augen war etwas nicht in Ordnung. Sie waren hellblau, und auch die Wimpern waren ganz hell. Wenn man sie ansah, schienen sie sich erst ganz langsam einzustellen. »Rote!« schrie er. »Feiglinge!« Und wieder begann er zu fluchen.

Er stand jetzt völlig ungedeckt da. Sorgfältig zielend, feuerte er seine Pistole auf das einzige Ziel ab, das sich ihm bot: das tote Pferd, das Sordo gehörte. Die Kugel wühlte fünf Meter unterhalb des Gauls eine Erdfontäne auf. Der Hauptmann schoß noch einmal. Die Kugel schlug gegen einen Fels und surrte davon.

Der Hauptmann stand da und blickte zu dem Gipfel hinauf. Leutnant Berrendo betrachtete den Leichnam des anderen Leutnants dicht unterhalb der Kuppe. Der Schütze musterte das Gelände vor seinen Augen. Dann blickte er zu dem Hauptmann auf.

»Dort oben ist keiner mehr am Leben«, sagte der Hauptmann. »Du«, sagte er zu dem Schützen, »geh hinauf und schau nach.« Der Schütze blickte zu Boden und schwieg.

»Hast du nicht gehört?« schrie der Hauptmann ihn an.

»Ja, Herr Hauptmann«, sagte der Schütze, ohne ihn anzusehen.

»Dann steh auf und geh!« Er hielt immer noch die Pistole in der Hand. »Hast du mich verstanden?«

»Ja, Herr Hauptmann.«

»Warum gehst du dann nicht?«

»Ich will nicht, Herr Hauptmann.«

»Du *willst* nicht?« Der Hauptmann stieß ihm die Pistole ins Kreuz. »Du *willst* nicht?«

»Ich habe Angst, Herr Hauptmann«, sagte der Schütze mit Haltung.

Leutnant Berrendo, der das Gesicht und die seltsamen Augen des Hauptmanns beobachtete, dachte schon, er würde den Mann übern Haufen schießen.

»Hauptmann Mora«, sagte er.

»Leutnant Berrendo?«

»Möglicherweise hat der Mann recht.«

»Was? Er hat recht, wenn er sagt, daß er Angst hat? Er hat recht, wenn er sich weigert, einen Befehl durchzuführen?«

»Nein. Aber er hat vielleicht recht, wenn er das Ganze für eine Kriegslist hält.«

»Sie sind alle tot«, sagte der Hauptmann. »Hörst du nicht, was ich sage? Alle sind sie tot.«

»Meinst du unsere Kameraden auf dem Abhang?« sagte Berrendo. »Da sind wir einer Meinung.«

»Paco«, sagte der Hauptmann, »sei nicht dumm. Glaubst du, du bist der einzige, der an Julián hing? Ich sage dir, die Roten sind tot. Schau!«

Er richtete sich auf, legte beide Hände auf den Felsblock, zog sich empor, krabbelte sich auf den Knien hoch und stellte sich dann auf den Felsblock.

»Schießt!« schrie er und fuchtelte mit den Armen. »Erschießt mich! Schießt mich tot!«

Auf dem Gipfel hinter dem toten Gaul lag El Sordo und grinste. Das sind Leute! dachte er. Er schüttelte sich vor Lachen und versuchte seine Heiterkeit zu unterdrücken, weil das Lachen ihm im Arm weh tat.

»Ihr Roten!« scholl es herauf. »Rote Kanaille! Erschießt mich! Schießt mich tot!«

El Sordo, die Brust von Lachen geschüttelt, spähte vorsichtig über die Kruppe des Pferdes und sah den Hauptmann mit fuchtelnden Armen auf dem grauen Granitblock stehen. Ein zweiter Offizier stand daneben. Der Schütze stand an der an-

deren Seite. El Sordo wandte kein Auge von diesem Schauspiel und schüttelte vergnügt den Kopf.
»Schießt mich tot!« murmelte er leise vor sich hin. »Schießt mich tot!« Wieder zuckten seine Schultern. Das Lachen tat ihm im Arm weh, und jedesmal wenn er lachte, glaubte er, der Kopf müsse ihm zerspringen. Aber von neuem schüttelte ihn das Lachen wie ein Krampf.
Hauptmann Mora stieg von dem Felsblock herunter.
»Glaubst du mir jetzt, Paco?« fragte er den Leutnant.
»Nein«, sagte Leutnant Berrendo.
»*Cojones!*« sagte der Hauptmann. »Ich bin von lauter Idioten und Feiglingen umgeben.«
Der Schütze hatte sich vorsichtigerweise wieder hinter den Felsblock verzogen, und Leutnant Berrendo hockte neben ihm.
Der Hauptmann stand ungedeckt neben dem Felsblock und begann die ordinärsten Schimpfworte zur Kuppe hinaufzurufen. Keine Sprache enthält so viele Ordinärheiten wie das Spanische. Im Spanischen findet man nicht nur dieselben Obszönitäten wieder wie in anderen Sprachen, sondern außerdem noch eine Reihe von Worten und Ausdrücken, wie sie nur in Ländern vorkommen, wo die Kunst des Fluchens mit der Strenge der religiösen Sitten Schritt hält. Leutnant Berrendo war ein frommer Katholik, desgleichen der Schütze. Beide waren sie Karlisten aus Navarra, und obwohl sie im Zorn zu fluchen und zu lästern pflegten, betrachteten sie das Fluchen als eine Sünde, die sie regelmäßig beichteten.
Während sie nun hinter dem Felsen hockten und sich das Gefluche des Hauptmanns mitanhörten, sagten sie sich beide von ihm und seinen Reden los. Sie wollten nicht an diesem Tag, der vielleicht ihr letzter sein würde, solche gemeinen Blasphemien auf dem Gewissen haben. So was bringt kein Glück, dachte der Schütze. So über die *Virgen* zu reden, bringt Unglück. Der redet ja noch übleres Zeug als die Roten.
Julián ist tot, dachte Leutnant Berrendo. Tot liegt er dort auf dem Hang an diesem schönen Frühlingstag. Und dieser Kerl

mit seinem stinkenden Maul steht da und beschwört noch mehr Unheil auf uns herab. Jetzt verstummte der Hauptmann und wandte sich zu Leutnant Berrendo. Seine Augen sahen seltsamer aus denn je.

»Paco«, sagte er vergnügt, »wir beide werden hinaufgehen.«

»Ich nicht.«

»Was?« Der Hauptmann zog wieder seine Pistole.

Ich hasse Leute, die immer mit der Pistole herumfuchteln, dachte Berrendo. Sie können keinen Befehl erteilen, ohne gleich die Pistole zu ziehen. Wenn sie aufs Klosett gehen, ziehen sie wahrscheinlich auch die Pistole und befehlen eins, zwei, drei.

»Wenn du es mir befiehlst, gehe ich mit, aber unter Protest«, sagte Leutnant Berrendo.

»Dann gehe ich allein«, sagte der Hauptmann. »Hier stinkt es zu sehr nach Feigheit.«

Die Pistole in der Rechten, ging er mit langsamen Schritten den Abhang hinauf. Berrendo und der Schütze beobachteten ihn. Er verschmähte jede Deckung und hielt den Blick starr nach vorn gerichtet, auf die Felsen, den toten Gaul und die frisch aufgewühlte Erde.

El Sordo lag hinter dem Gaul an der Kante des Felsens und sah den Hauptmann den Hügel heraufmarschieren.

Nur einer, dachte er. Wir erwischen nur einen. Aber nach seiner Redeweise zu schließen, ist er *caza mayor*. Schau, wie er geht! Schau, was für ein Tier das ist! Schau, wie er daherstelzt! Der gehört mir. Den nehme ich auf meine Reise mit. Der macht dieselbe Reise wie ich. Komm nur, komm, mein Reisekamerad! Komm näher. Komm heran. Die Reise wartet auf dich. Nur nicht stehenbleiben! Nur nicht langsamer gehen! Nur immer ran! Komm, wie du bist. Schau sie gar nicht an, die da liegen. So ist's recht. Gar nicht hinschauen! Geh nur weiter, den Blick geradeaus gerichtet. Schau, er hat einen Schnurrbart. Was sagst du dazu? Er trägt gern einen Schnurrbart, der Herr Reisekamerad. Er ist Hauptmann. Schau, die Streifen auf dem Ärmel. Ich habe ja gleich gesagt, er ist *caza*

mayor. Er hat ein Gesicht wie ein *Inglés.* Schau! Ein rotes Gesicht und blonde Haare und blaue Augen. Ohne Mütze, und sein Schnurrbart ist strohblond. Blaue Augen. Blaßblaue Augen. Blaßblaue Augen, mit denen irgend etwas nicht stimmt. Blaßblaue Augen, die sich nicht richtig einstellen können. Jetzt ist's nahe genug. Schon viel zu nahe. Ja, Herr Reisekamerad. Da hast du, Herr Reisekamerad!
Er drückte sanft auf den Abzug des MGs, und es schlug ihm dreimal gegen die Achsel mit dem ungleichmäßigen Gerüttel, das den Rückstoß einer dreibeinigen Schnellfeuerwaffe charakterisiert.
Der Hauptmann lag mit dem Gesicht nach unten auf dem Hügelhang. Der linke Arm lag unter dem Körper, der rechte, der die Pistole hielt, war über den Kopf weg nach vorne gestreckt. Schüsse knallten zu der Kuppe hinauf.
Leutnant Berrendo, der hinter dem Felsblock hockte und überlegte, daß er nun im feindlichen Feuer über das freie Gelände würde laufen müssen, hörte die tiefe, heisere Stimme El Sordos aus der Höhe erschallen.
»*Bandidos! Bandidos!* Erschießt mich! Schießt mich tot!«
El Sordo lag hinter seinem MG und lachte so sehr, daß ihm die Brust weh tat, daß er glaubte, die Schädeldecke müsse ihm platzen.
»*Bandidos!*« schrie er abermals voller Vergnügen. »Schießt mich tot, *bandidos*!« Dann schüttelte er fröhlich den Kopf. Wir haben reichliche Reisegesellschaft, dachte er.
Er wollte versuchen, auch den zweiten Offizier zu erwischen, sobald er den Schutz des Felsblocks verließ. Früher oder später würde er sich hervorwagen müssen. El Sordo wußte, daß er von dort aus seine Leute nicht befehligen konnte, und er rechnete mit der Chance, ihn zu erwischen.
Gerade in diesem Augenblick hörten die anderen auf dem Hügel das erste Surren der herannahenden Flugzeuge.
El Sordo hörte es nicht. Er hielt sein MG auf den der Senke zugekehrten Rand des Felsblocks gerichtet und dachte: Ich sehe ihn erst, wenn er schon im vollen Lauf ist, und wenn ich nicht

vorsichtig bin, werde ich ihn verfehlen. Ich könnte über die ganze Strecke weg hinter ihm her schießen. Ich könnte das MG mit ihm mitschwenken und immer ein Stückchen vorhalten. Oder ich lasse ihn loslaufen und nehme ihn dann erst aufs Korn. Ich werde versuchen, ihn gleich am Rand des Felsens zu packen und dann dicht vor seine Beine zu zielen. Jemand berührte seine Schulter, er drehte sich um und sah das graue, angstbleiche Gesicht Joaquíns, sein Blick folgte der ausgestreckten Hand des Jungen, und er sah die drei heranfliegenden Flugzeuge.

In diesem selben Moment stürmte Leutnant Berrendo hinter dem Felsblock hervor und lief mit geducktem Kopf und stolpernden Schritten den Hang hinunter zu der Felsendeckung, hinter der das MG stand.

El Sordo bemerkte davon nichts, er beobachtete die Flugzeuge.

»Hilf mir das Ding herauszerren!« sagte er zu Joaquín, und der Junge zog das MG zwischen dem Pferdekadaver und den Felsen hervor.

In gleichmäßigem Flug kamen die Flugzeuge heran. Sie flogen in Staffelformation, und mit jeder Sekunde wurden sie größer und der Lärm ihrer Motoren lauter.

»Legt euch auf den Rücken und schießt hinauf!« sagte Sordo. »Zielt vor den Propeller, wenn sie herankommen!«

Er beobachtete sie unablässig. *»Cabrones! Hijos de puta!«* sagte er ganz schnell.

Dann: »Ignacio! Heb das MG auf die Schulter des Jungen. Du!« zu Joaquín: »Setz dich hier hin und rühr dich nicht! Bück dich. Noch mehr! Nein. Noch mehr!«

Er legte sich zurück und richtete den Lauf des MGs auf die sachte herankommenden Flugzeuge.

»Du, Ignacio, halte mir die drei Beine des Gestells.« Sie baumelten über den Rücken des Jungen herab, und die Mündung des MGs wackelte hin und her, so sehr zitterte Joaquín am ganzen Körper, er konnte sich nicht beherrschen, wie er so dahockte mit gesenktem Kopf und das dröhnende Surren der Flugzeuge hörte.

Ignacio, der flach auf dem Bauch lag und zum Himmel aufblickte, packte mit beiden Händen die Beine des Stativs und hielt sie fest.
»Halt den Kopf nach unten«, sagte er zu Joaquín. »Halt den Kopf nach vorne.«
Die Pasionaria sagt: Besser stehend sterben ... sagte Joaquín zu sich selber, während das Dröhnen immer näher kam. Und dann wechselten plötzlich seine Gedanken in ein anderes Geleise. Heilige Jungfrau Maria, du bist voll der Gnade, der Herr ist mit dir; gebenedeit seist du unter den Weibern und gebenedeit sei die Frucht deines Leibes, Jesus. Heilige Maria, Mutter Gottes, bitte für uns Sünder jetzt und in der Stunde unseres Todes, Amen. Heilige Maria, Mutter Gottes ... begann er von neuem, und dann, als das Dröhnen ganz unerträglich wurde, besann er sich und stürzte sich schnell in das Reuebekenntnis ... O mein Gott, ich bereue von Herzen, daß ich dich beleidigt habe, der du alle meine Liebe verdienst ...
Dann hämmerten die Detonationen an seinen Ohren vorbei, und der Gewehrlauf ruhte heiß auf seiner Schulter. Wieder das Gehämmer und das betäubende Knattern des Mündungsfeuers. Ignacio zerrte mit aller Kraft an dem Stativ, und der Lauf verbrannte Joaquín den Rücken. Hämmern und Dröhnen, und er konnte sich nicht mehr auf das Reuebekenntnis besinnen.
Er erinnerte sich noch an eines. In der Stunde unseres Todes, Amen. In der Stunde unseres Todes, Amen. In der Stunde, Amen. In der Stunde, Amen. Die anderen schossen alle. Jetzt und in der Stunde unseres Todes, Amen.
Dann ertönte in das Hämmern des MGs hinein das scharfe Pfeifen der sich spaltenden Luft, und dann, mit rotschwarzem Gebrüll, bebte die Erde unter seinen Knien und bäumte sich auf und schlug ihn ins Gesicht, und Felsbrocken regneten herab, und Ignacio lag auf ihm, und das MG lag auf ihm. Aber er war nicht tot, denn er hörte abermals das Pfeifen, und brüllend bebte die Erde unter ihm. Dann ereignete sich das-

selbe noch einmal, und die Erde schaukelte unter seinem Bauch, die eine Seite der Hügelkuppe stieg in die Luft empor und wälzte sich dann langsam über die Liegenden.

Dreimal kehrten die Flugzeuge zurück und bombardierten den Gipfel des Hügels, aber die auf dem Hügel wußten nichts mehr davon. Dann bestrichen sie den Gipfel mit Maschinengewehrfeuer und flogen weg. Nachdem sie zum letztenmal mit hämmernden MGs auf den Hügel zugestürzt waren, richtete das erste Flugzeug sich auf und ging jäh in die Kurve, die beiden anderen folgten seinem Beispiel, alle drei wechselten von der Staffelformation zur V-Formation über und entschwanden am Himmel gegen Segovia hin.

Leutnant Berrendo befahl seinen Leuten, den Gipfel ständig unter Feuer zu halten, dann stieß er mit einer Patrouille zu einem der Bombenkrater vor, um von dort aus die Kuppe mit Handgranaten zu belegen. Er wollte es nicht riskieren, daß dort oben in dem Trümmerhaufen noch einer am Leben sei und auf sie warte, und er schleuderte vier Handgranaten in das Durcheinander von toten Pferden, zersplitterten Felsen und zerrissener, mit gelben Flecken übersäter, nach Sprengstoff stinkender Erde, bevor er aus dem Bombenkrater hinauskletterte und hinüberging, um nachzuschauen.

Es lebte keiner mehr außer dem jungen Joaquín, der bewußtlos unter dem Leichnam Ignacios lag. Er blutete aus Nase und Ohren. Er wußte nichts mehr und fühlte nichts mehr, seit er plötzlich mitten in das Donnergetöse geraten war und eine dicht neben ihm krepierende Bombe ihm den Atem verschlagen hatte, und Leutnant Berrendo bekreuzigte sich und schoß ihm dann in den Hinterkopf, so rasch und so sanft – wenn man eine so jähe Bewegung sanft nennen kann –, wie El Sordo den verwundeten Gaul erschossen hatte.

Leutnant Berrendo stand auf dem Gipfel des Hügels, blickte den Hang hinunter zu den eigenen Toten, und dann wanderte sein Blick ins Freie hinaus, zu dem freien Gelände, über das sie hinweggaloppiert waren, bevor El Sordo sich hier zum Kampf gestellt hatte. Er prägte sich die von der Truppe getroffenen Dispositionen ein, und dann befahl er, die Pferde der Gefallenen heraufzuholen und die Leichen auf die Sättel zu binden, um sie nach La Granja zu schaffen.

»Den da nehmt auch mit«, sagte er. »Den da, der die Hände am MG hat. Das dürfte El Sordo sein. Er ist der Älteste, und er hat das MG gehabt. Nein. Schneidet ihm den Kopf ab und wickelt ihn in einen *poncho*.« Er überlegte einen Augenblick. »Nehmt lieber alle Köpfe mit. Auch die der anderen, unten auf dem Hang und dort, wo wir sie zuerst überrascht haben. Sammelt die Gewehre und Pistolen ein und ladet das MG auf ein Pferd.« Dann ging er zu dem Leutnant hinunter, der bei dem ersten Sturmangriff gefallen war. Er blickte auf ihn nieder, ohne ihn anzurühren.

»*Qué cosa mas mala es la guerra!*« sagte er zu sich. »Was für eine böse Sache ist der Krieg.«

Dann bekreuzigte er sich abermals, und während er den Hügel hinunterging, sagte er fünf Vaterunser und fünf Ave Maria für die Seelenruhe seines gefallenen Kameraden. Er hatte keine Lust, die Durchführung seiner Befehle mitanzusehen.

28

Nachdem die Flugzeuge sich entfernt hatten, hörten Robert Jordan und Primitivo das Feuer wieder aufleben, und damit schien auch sein Herzschlag wieder aufzuleben. Über den letzten Hügelkamm, den gerade noch sein Blick erreichte, strich eine Rauchwolke hin, und die Flugzeuge waren drei langsam entschwindende Punkte am Himmel.

Wahrscheinlich haben sie ihre eigene Kavallerie zusammengeballert und El Sordo und seinen Trupp gar nicht erwischt, sagte Robert Jordan zu sich selber. Diese verdammten Flugzeuge erschrecken einen zu Tode, aber sie treffen nur selten . . .

»Der Kampf geht weiter«, sagte Primitivo und lauschte dem heftigen Geknatter. Sooft eine Bombe krepierte, war er zusammengezuckt, und jetzt leckte er sich seine trockenen Lippen ab.
»Warum denn nicht?« sagte Robert Jordan. »Diese Dinger treffen immer daneben.«
Dann hörte das Schießen völlig auf, und nicht ein einziger Schuß war mehr zu hören. Der Knall von Leutnant Berrendos Pistolenschuß reichte nicht bis hierher.
Zuerst war er nicht sehr beunruhigt, als das Feuer aufhörte. Dann, als sich weiterhin nichts mehr rührte, packte ihn ein hohles Gefühl in der Brust. Dann hörte er die Handgranaten knallen, und einen Augenblick lang schlug sein Herz höher. Dann wurde es wieder ganz still, die Stille dauerte fort, und er wußte, daß alles vorüber war.
Maria kam vom Lager herauf mit einem Blecheimer voll Hasenragout mit fetter Pilzsoße und einem Sack voll Brot, einer Lederflasche voll Wein, vier Blechtellern, zwei Tassen und vier Löffeln. Sie blieb neben dem MG stehen, füllte zwei Teller für Agustín und Eladio, der an Anselmos Stelle getreten war, gab ihnen Brot, schraubte die Hornkapsel von der Weinflasche ab und goß Wein in die beiden Tassen.
Robert Jordan sah sie leichtfüßig zu seinem Ausguck heraufklettern, den Sack über der Schulter, den Eimer in der einen Hand, und das geschorene Haar schimmerte hell in der Sonne. Er kletterte ihr entgegen, nahm ihr den Eimer ab und half ihr den letzten Felsblock hinauf.
»Was haben die Flieger gemacht?« fragte sie mit erschreckten Augen.
»Sordo bombardiert.«
Er hatte den Deckel von dem Eimer genommen und schöpfte Ragout in einen Teller.
»Kämpfen sie immer noch?«
»Nein. Es ist vorbei.«
»Oh«, sagte sie, biß sich auf die Lippen und blickte in die Gegend hinaus.

»Ich habe keinen Appetit«, sagte Primitivo.
»Iß trotzdem«, sagte Robert Jordan.
»Ich kann keinen Bissen hinunterkriegen.«
»Trink erst mal einen Schluck, Mann«, sagte Robert Jordan und reichte ihm die Weinflasche. »Und dann iß.«
»Diese Sache mit Sordo hat mir jede Lust genommen«, sagte Primitivo. »Iß du nur. Ich habe keine Lust.«
Maria ging zu ihm hin, legte die Arme um seinen Hals und küßte ihn.
»Iß, Alter«, sagte sie. »Der Mensch muß dafür sorgen, daß er bei Kräften bleibt.«
Primitivo wandte sich ab. Er nahm die Weinflasche, legte den Kopf zurück und goß unter stetem Schlucken einen Weinstrahl in die Kehle. Dann füllte er seinen Teller aus dem Eimer und begann zu essen.
Robert Jordan sah Maria an und schüttelte den Kopf. Sie setzte sich neben ihn hin, legte den Arm um seine Schultern. Jeder wußte, wie dem andern zumute war, und sie saßen da, und Robert Jordan aß das Ragout, ließ sich Zeit, die Pilze gründlich zu kosten, trank Wein, und beide schwiegen.
»Du kannst hierbleiben, *guapa,* wenn du willst«, sagte er nach einer Weile, nachdem er alles aufgegessen hatte.
»Nein«, sagte sie. »Ich muß zu Pilar zurück.«
»Du kannst ruhig hierbleiben. Ich glaube nicht, daß jetzt noch was passiert.«
»Nein. Ich muß zu Pilar zurück. Sie erteilt mir Unterricht.«
»Was erteilt sie dir?«
»Unterricht.« Sie lächelte ihm zu, und dann küßte sie ihn. »Hast du nie etwas von Religionsunterricht gehört?« Sie wurde rot. »Es ist etwas Ähnliches.« Sie wurde abermals rot. »Aber anders.«
»Dann geh zu deinem Unterricht«, sagte er und streichelte ihren Kopf. Wieder lächelte sie ihn an, und dann sagte sie zu Primitivo: »Brauchst du etwas von unten?«
»Nein, Tochter«, sagte er. Beide sahen, daß er sich noch immer nicht gefaßt hatte.

»*Salud*, Alter!« sagte Maria zu ihm.
»Hör mal!« sagte Primitivo. »Ich habe keine Angst vor dem Sterben, aber sie so im Stich zu lassen –« Die Stimme versagte ihm.
»Wir hatten keine andere Wahl«, sagte Robert Jordan.
»Das weiß ich. Aber trotzdem.«
»Wir hatten keine Wahl«, wiederholte Robert Jordan. »Und jetzt ist es besser, man redet nicht mehr davon.«
»Ja. Aber so ganz allein, ohne unsere Hilfe –«
»Weit besser, man redet nicht davon«, sagte Robert Jordan. »Und du, *guapa,* geh zu deinem Unterricht.«
Er sah ihr nach, wie sie zwischen den Felsen hinunterkletterte. Dann saß er lange da und dachte nach und blickte zu den Bergen hinüber.
Primitivo sagte etwas zu ihm, aber er gab keine Antwort. Es war heiß in der Sonne, aber er beachtete die Hitze nicht, während er dasaß und zu den Hügelhängen hinübersah und zu den langgestreckten Waldstreifen, die sich den höchsten der Hänge hinanzogen. Eine Stunde verging, und die Sonne stand nun schon ziemlich weit links von ihm, da sah er die Reiter am oberen Rand des Hangs auftauchen und griff nach dem Fernglas.
Winzig klein sahen die Pferde aus, als die ersten beiden Reiter auf dem langen grünen Abhang des hohen Berges sichtbar wurden. Dann kamen vier weitere Reiter herab, ausschwärmend über den breiten Berghang, und dann sah er durch das Fernglas die Doppelreihen der Soldaten und Gäule in die klare Schärfe seines Blickfeldes reiten. Während er sie beobachtete, fühlte er, wie ihm der Schweiß aus den Achselhöhlen hervorbrach und an der Seite hinunterlief. Einer ritt an der Spitze der Kolonne. Dann kamen etliche Berittene, dann die reiterlosen Gäule mit ihren Lasten über dem Sattel, dann zwei Berittene, dann die Verwundeten, und neben ihnen je einer, der zu Fuß nebenher marschierte, und schließlich die restlichen Reiter, die den Abschluß der Kolonne bildeten.

Robert Jordan ließ sie nicht aus den Augen, wie sie den Hang hinunterritten und im Wald verschwanden. Er konnte auf diese Entfernung hin die Last nicht sehen, die einer der Gäule trug, einen länglich gerollten Poncho, an beiden Enden und in gewissen Abständen zusammengeschnürt, so daß er zwischen den Schnürstellen sich ausbauchte wie eine Schote voller Erbsen. Das Ding hing quer über dem Sattel und war an beiden Enden am Steigbügelfutter festgebunden. Daneben hatten sie frecherweise das leichte MG auf dem Sattel placiert, das El Sordo bis zu seinem Tod bedient hatte.

Leutnant Berrendo, der an der Spitze der Kolonne ritt, mit ausgeschwärmter Flankendeckung und gut vorgeschobener Tete, war keineswegs in übermütiger Laune. Er hatte nur jenes hohle Gefühl, das stets nach einem Gefecht sich einstellt. Er dachte: ihnen die Köpfe abzuschneiden ist barbarisch. Aber man muß Identitätsbeweise haben. Ich werde ohnedies genug Schereien mit dieser Geschichte haben, und wer weiß? Die Köpfe werden vielleicht Eindruck machen. Es gibt welche, denen so was gefällt. Möglich, daß sie sie nach Burgos schicken. Eine barbarische Sitte. Die Flugzeuge waren *muchos*. Famos. Famos. Aber mit einem Stokes-Mörser hätten wir es auch geschafft, und beinahe ohne Verluste. Zwei Maultiere mit der Munition, und ein Maultier mit je einem Mörser zu beiden Seiten des Packsattels. Dann wären wir eine Armee! Mit der Feuerkraft aller unserer Schnellfeuerwaffen! Und dazu noch ein Maultier. Nein, zwei Maultiere, die die Munition schleppen. Laß das sein, sagte er sich. Das ist ja keine Kavallerie mehr. Laß das sein. Du baust dir eine Armee auf. Nächstens wirst du auch noch Gebirgsartillerie haben wollen.

Dann dachte er an Julián, der auf dem Hügel gefallen war und jetzt kalt und starr über einem der Sättel hing, dort vorne in dem ersten Trupp, und als er in den finsteren Fichtenwald hinunterritt, das Sonnenlicht auf dem Berg zurücklassend, und dahinritt im Dunkel des Waldes, begann er wieder für ihn zu beten.

Gegrüßet seist du, Königin, heilige Gnadenmutter, begann er. Unser Leben, unsere Wonne und unsere Hoffnung. Zu dir schicken wir unsere Seufzer, unsere Klagen und unser Flehen empor aus diesem Tränental.

Er betete weiter, die abgefallenen Kiefernnadeln dämpften den Hufschlag des Pferdes, das Sonnenlicht fiel in Streifen und Flecken zwischen den Stämmen herein wie zwischen den Säulen einer Kathedrale, und während er betete, blickte er voraus zu den Plänklern hin, die die Flanken deckten.

Sie verließen den Wald und kamen auf die gelbe Straße, die nach La Granja führt, und die Hufe der Pferde wühlten eine Staubwolke auf, die über den Reitenden hängenblieb. Staub bestäubte die Toten, die mit dem Gesicht nach unten über den Sätteln hingen, dicker Staub hüllte die Verwundeten ein und die, die nebenher marschierten.

Und hier sah Anselmo sie in ihrer Staubwolke vorüberreiten. Er zählte die Toten und Verwundeten, und er erkannte Sordos MG. Er wußte nicht, was das Poncho-Bündel enthielt, das mit den schwingenden Steigbügeln gegen die Flanken des Führerpferdes schlug, aber als er auf dem Heimweg im Dunkeln zu dem Hügel kam, auf dem das Gefecht sich abgespielt hatte, da wußte er gleich, was die lange Ponchorolle enthalten hatte. Im Dunkeln konnte er nicht sehen, wer die Toten waren, aber er zählte sie und marschierte dann über die Berge zu Pablos Lager.

Während er so durch das Dunkel wanderte, das Herz in Furcht erstarrt von dem Anblick der Bombenkrater und der Toten auf dem Hügel, entschlug er sich aller Gedanken an den kommenden Tag. Er marschierte einfach drauflos, so schnell er nur konnte, um die Nachricht zu überbringen. Und im Gehen betete er für die Seelen El Sordos und aller seiner Leute. Es war das erste Mal seit dem Beginn der Bewegung, daß er betete.

»Allergütigste, allermildeste, allergnädigste Jungfrau!« betete er.

Aber zuletzt mußte er doch an den kommenden Tag denken. Er dachte also: Ich werde genau das tun, was der *Inglés* sagt, und ich werde es genau so machen, wie er es sagt. Aber laß mich in seiner Nähe bleiben, mein Gott, und mögen seine Anweisungen sehr genaue sein, denn ich glaube nicht, daß ich mich unter dem Flugbombardement werde beherrschen können. Hilf mir, oh, mein Gott, daß ich mich morgen so benehme, wie ein Mann in seiner letzten Stunde sich zu benehmen hat. Hilf mir, oh, mein Gott, daß ich wirklich begreife, was der Tag verlangt. Hilf mir, oh, mein Gott, daß ich die Bewegungen meiner Beine beherrsche, damit ich nicht davonlaufe, wenn es schlimm wird. Hilf mir, oh, mein Gott, daß ich mich morgen am Tag der Schlacht wie ein Mann benehme. Da ich dich um diese Hilfe gebeten habe, bitte, gewähre sie mir, denn du weißt, ich würde dich nicht darum bitten, wenn es nicht ernst wäre, und nie wieder werde ich dich um etwas bitten.

Nachdem er gebetet hatte, war ihm wohler zumute, wie er so ganz allein im Dunkeln dahinmarschierte, und er war nun davon überzeugt, daß er sich gut halten würde. Während er von den Bergen hinunterstieg, betete er wieder für El Sordos Leute, und nach kurzer Zeit hatte er den oberen Posten erreicht, wo Fernando ihn anrief.

»Ich bin es«, sagte er, »Anselmo.«

»Gut«, sagte Fernando.

»Du weißt von der Geschichte mit Sordo, Alter?« fragte Anselmo. Die beiden standen im Dunkeln an der riesigen Felsenpforte.

»Wieso nicht?« fragte Fernando. »Pablo hat es uns erzählt.«

»War er oben?«

»Wieso nicht?« sagte Fernando stumpfsinnig. »Gleich wie die Kavallerie weg war, ist er zu dem Hügel hinaufgegangen.«

»Er hat euch erzählt —«

»Er hat uns alles erzählt«, sagte Fernando. »Das sind Barbaren, die Faschisten! Alle diese Barbaren müssen wir in Spanien ausrotten.« Er unterbrach sich und sagte dann erbittert: »Ihnen fehlt jeder Begriff von Würde.«

Anselmo lächelte im Dunkeln. Noch vor einer Stunde hätte er sich nicht vorstellen können, daß er jemals wieder lächeln würde. Ein Kauz, dieser Fernando! dachte er.
»Ja«, sagte er zu Fernando. »Wir müssen es ihnen beibringen. Wir müssen ihnen die Flugzeuge wegnehmen, ihre Schnellfeuerwaffen, ihre Tanks, ihre Artillerie, und ihnen Würde beibringen.«
»Richtig«, sagte Fernando. »Es freut mich, daß du derselben Meinung bist wie ich.«
Anselmo ließ ihn mit seiner Würde allein und ging weiter zur Höhle hinunter.

29

Als Anselmo in die Höhle kam, saß Robert Jordan an dem Brettertisch, und ihm gegenüber saß Pablo. Sie hatten einen Napf voller Wein zwischen sich stehen, und jeder hatte eine Tasse Wein vor sich auf dem Tisch. Robert Jordan hatte sein Notizbuch hervorgeholt und hielt einen Bleistift in der Hand. Pilar und Maria saßen ganz hinten in der Höhle und waren nicht zu sehen. Anselmo konnte nicht wissen, daß Pilar das Mädchen beiseite geführt hatte, damit sie das Gespräch nicht höre, und er fand es sonderbar, daß Pilar nicht am Tisch saß. Als Anselmo unter der Decke hereintrat, die vor dem Eingang hing, blickte Robert Jordan auf. Pablo blickte starr auf den Tisch nieder. Seine Augen waren auf den Weinnapf geheftet, aber er sah ihn nicht.
»Ich komme von oben«, sagte Anselmo zu Robert Jordan.
»Pablo hat uns alles erzählt«, sagte Robert Jordan.
»Es liegen sechs Tote auf dem Hügel, und sie haben ihnen die Köpfe abgeschnitten«, sagte Anselmo. »Ich war im Dunkeln dort.«
Robert Jordan nickte. Pablo saß da, starrte den Weinnapf an und schwieg. Seine Miene war ausdruckslos, und seine kleinen

Schweinsaugen starrten den Weinnapf an, als ob er noch nie einen gesehen hätte.

»Setz dich«, sagte Robert Jordan zu Anselmo.

Der Alte setzte sich auf einen der lederbezogenen Schemel, und Robert Jordan langte unter den Tisch und holte die Whiskyflasche hervor, El Sordos Geschenk. Sie war noch ungefähr halb voll. Robert Jordan nahm eine Tasse, die abseits auf dem Tisch stand, goß einen Schluck Whisky hinein und schob sie über den Tisch zu Anselmo hin.

»Trink das, Alter!« sagte er.

Pablo blickte von dem Weinnapf zu Anselmos Gesicht auf, dann wanderte sein Blick zu dem Weinnapf zurück.

Als Anselmo den Whisky hinunterschluckte, fühlte er ein Brennen in der Nase, in den Augen und am Gaumen und dann eine lustige, behagliche Wärme in seinem Magen. Er wischte sich mit dem Handrücken die Lippen ab. Dann sah er Robert Jordan an und fragte: »Kann ich noch einen Schluck haben?«

»Warum denn nicht?« fragte Robert Jordan und goß abermals etwas Whisky in die Tasse, und diesmal reichte er sie Anselmo, statt sie ihm hinzuschieben.

Diesmal spürte Anselmo kein Brennen mehr, aber eine um so behaglichere Wärme. Der Whisky tat seiner Stimmung wohl, wie die Salzinjektion einem Menschen wohltut, der einen schweren Blutverlust erlitten hat.

Er blickte wieder zu der Flasche hin.

»Der Rest ist für morgen«, sagte Robert Jordan. »Was hat sich auf der Straße ereignet, Alter?«

»Der Verkehr war ziemlich stark«, sagte Anselmo. »Ich habe alles notiert, wie du es mir gezeigt hast. Ich habe jetzt eine dort, die für mich aufpaßt und alles notiert. Später gehe ich hin und lasse mir von ihr Bericht erstatten.«

»Hast du auch Tankabwehrgeschütze gesehen? Die auf Gummireifen, mit den langen Rohren?«

»Ja«, sagte Anselmo. »Vier Lastautos sind vorbeigekommen, und auf jedem von ihnen war so ein Geschütz mit Fichtenzweigen über dem Lauf. Und bei jedem Geschütz waren sechs Mann.«

»Vier Geschütze, sagst du?« fragte Robert Jordan.

»Vier«, sagte Anselmo. Er sah gar nicht in seine Notizen. »Berichte, was sonst noch vorbeigekommen ist.«

Während Robert Jordan sich Notizen machte, erzählte ihm Anselmo genau, was er alles auf der Straße hatte vorüberfahren sehen. Er berichtete von Anfang an, schön der Reihe nach, mit dem wunderbaren Gedächtnis des Analphabeten, und zweimal, während er erzählte, füllte Pablo seine Tasse mit Wein.

»Und schließlich war da noch die Kavallerieabteilung, die nach dem Kampf mit El Sordo nach La Granja hinuntermarschierte«, fuhr Anselmo fort.

Er nannte die Zahl der Verwundeten, die er gesehen hatte, und die Zahl der Toten, die über den Sätteln gehangen hatten.

»Auf dem einen Sattel lag ein Bündel, aus dem ich nicht schlau werden konnte«, sagte er. »Aber jetzt weiß ich, daß das die Köpfe waren.« Er fuhr fort, ohne eine Pause zu machen: »Es war eine Schwadron. Sie hatten nur noch einen Offizier. Das war nicht derselbe, der heute früh hier vorbeikam, als du am MG warst. Der muß gefallen sein. Zwei von den Toten waren Offiziere, das habe ich an den Armstreifen gesehen. Sie waren mit dem Gesicht nach unten an den Sätteln festgebunden, und die Arme hingen herunter. Und auf dem Sattel, auf dem der Sack mit den Köpfen lag, hatten sie auch El Sordos *máquina* festgebunden. Der Lauf war verbogen. Das ist alles«, sagte er zum Abschluß.

»Und das genügt«, sagte Robert Jordan, seine Tasse in den Weinnapf tauchend. »Wer ist außer dir schon einmal drüben auf der republikanischen Seite gewesen?«

»Andrés und Eladio.«

»Welcher ist der Bessere von den beiden?«

»Andrés.«

»Wie lange braucht er von hier nach Navacerrada?«

»Ohne Gepäck und bei aller Vorsicht drei Stunden, wenn er Glück hat. Wir haben wegen des Sprengstoffs eine längere und sicherere Route genommen.«

»Kann er es bestimmt schaffen?«
»*No sé,* nichts ist bestimmt.«
»Auch bei dir nicht?«
»Auch bei mir nicht.«
Damit ist die Sache entschieden, dachte Robert Jordan. Wenn er gesagt hätte, daß *er* es unbedingt schaffen könnte, hätte ich ihn geschickt.
»Andrés wird es ebensogut schaffen wie du?«
»Ebensogut oder besser. Er ist jünger als ich.«
»Aber er muß unbedingt hinkommen.«
»Wenn nichts passiert, wird er hinkommen. Wenn etwas passiert, kann es jedem passieren.«
»Ich werde eine Depesche schreiben und sie ihm mitgeben«, sagte Robert Jordan. »Ich werde ihm erklären, wo der General zu finden ist. Er wird im Estado Mayor der Division sein.«
»Dieses ganze Zeug mit Divisionen und so weiter wird er nicht verstehen«, sagte Anselmo. »Mich hat das auch immer verwirrt. Du mußt ihm den Namen des Generals nennen und ihm sagen, wo er zu finden ist.«
»Aber er ist eben im Estado Mayor der Division zu finden.«
»Aber ist das nicht ein bestimmter Ort?«
»Sicherlich ist es ein bestimmter Ort, Alter«, sagte Robert Jordan geduldig. »Aber es ist ein Ort, den der General sich ausgesucht haben wird. Der Ort, wo er sein Hauptquartier für den Kampf aufgeschlagen hat.«
»Also, wo ist es nun?« Anselmo war müde, und die Müdigkeit machte ihn begriffsstutzig. Außerdem verwirrten ihn Worte wie Brigaden, Divisionen, Armeekorps. Zuerst waren es Kolonnen gewesen, dann waren es Regimenter, dann waren es Brigaden. Jetzt waren es Brigaden und Divisionen zugleich. Er konnte das nicht verstehen. Ein Ort ist ein Ort.
»Immer mit der Ruhe, Alter«, sagte Robert Jordan. Er wußte, wenn er es Anselmo nicht begreiflich machen konnte, würde er es auch Andrés niemals begreiflich machen können. »Der Estado Mayor der Division ist ein Ort, den der General sich ausgesucht haben wird, um seinen Kommandostab zu organi-

sieren. Er befehligt eine Division, die aus zwei Brigaden besteht. Ich kenne den Ort nicht, weil ich nicht dabei war, als er ausgesucht wurde. Wahrscheinlich wird es eine Höhle sein oder ein Unterstand, ein Schutzraum, zu dem Drähte hinführen. Andrés muß nach dem General fragen und nach dem Estado Mayor der Division. Er muß die Depesche dem General übergeben oder dem Chef des Estado Mayor oder einem Dritten, dessen Namen ich ihm aufschreiben werde. Einer von den dreien wird sicherlich da sein, auch wenn die anderen gerade weg sind, um die Vorbereitungen für den Angriff zu inspizieren. Verstehst du mich jetzt?«

»Ja.«

»Dann hole Andrés, und ich werde die Depesche schreiben und sie mit diesem Siegel versiegeln.« Er zeigte ihm den kleinen, runden, in Holz gefaßten Gummistempel mit dem Siegel des S. I. M. und die runde Blechdose mit dem Stempelkissen, das nicht größer war als ein Fünfzig-Cent-Stück und das er in der Tasche trug. »Dieses Siegel werden sie anerkennen. Hole Andrés jetzt, und ich werde ihm alles erklären. Er muß so schnell wie möglich aufbrechen, aber zuerst muß er verstehen, worum es sich handelt.«

»Wenn ich es verstehe, wird auch er es verstehen. Aber du mußt es ihm sehr klarmachen. Dieses Zeug mit Stäben und Divisionen ist mir ein Rätsel, immer bin ich zu einem ganz bestimmten Ort hingegangen, wie zum Beispiel zu einem Haus. In Navacerrada ist es das alte Hotel, dort befindet sich das Kommando. In Guadarrama ist es ein Haus mit einem Garten.«

»Der Ort, an dem dieser General sich aufhält«, sagte Robert Jordan, »wird dicht an der Front liegen, und zwar unter der Erde, um vor den Fliegern geschützt zu sein. Andrés wird sich leicht durchfragen, wenn er nur weiß, wonach er zu fragen hat. Er braucht dann nur den Zettel vorzuzeigen, den ich geschrieben habe. Aber hole ihn jetzt, denn die Depesche muß schnell ankommen.«

Anselmo duckte sich unter die Decke und ging hinaus. Robert Jordan begann etwas in sein Notizbuch zu schreiben.

»Hör mal, *Inglés*!« sagte Pablo, immer noch den Weinnapf anstarrend.
»Ich schreibe«, sagte Robert Jordan, ohne aufzublicken.
»Hör mal, *Inglés*!« sagte Pablo zu dem Weinnapf. »Du brauchst nicht den Mut zu verlieren. Auch ohne Sordo haben wir genug Leute, um die Posten zu erledigen und die Brücke zu sprengen.«
»Gut«, sagte Robert Jordan, ohne mit dem Schreiben aufzuhören.
»Genug Leute«, sagte Pablo. »Ich habe heute deinen Scharfsinn sehr bewundert, *Inglés*«, sagte Pablo zu dem Weinnapf. »Ich finde, du hast sehr viel *picardia*. Du bist schlauer als ich. Ich habe Vertrauen zu dir.«
Robert Jordan hörte nur halb hin, er richtete seine ganze Aufmerksamkeit auf die Depesche an Golz, er versuchte seine Meldung in möglichst wenigen Worten zusammenzufassen und sie doch so zu formulieren, daß sie durchaus überzeugend klang, er versuchte, sie so zu formulieren, daß sie den Angriff unter allen Umständen abblasen würden, aber er wollte ihnen zugleich klarmachen, daß er nicht etwa irgendwelche Befürchtungen wegen der Gefährlichkeit seiner eigenen Mission hege, sondern nur den Wunsch habe, ihnen alle Fakten zugänglich zu machen.
»*Inglés*«, sagte Pablo.
»Ich schreibe«, erwiderte Robert Jordan, ohne aufzublicken.
Ich sollte eigentlich zwei Boten schicken, dachte er. Aber dann werde ich nicht genug Leute haben, um die Brücke zu sprengen, falls sie gesprengt werden muß. Was weiß denn ich, warum sie diesen Angriff machen? Vielleicht ist es nur ein Präventivangriff. Vielleicht ein Ablenkungsmanöver. Vielleicht wollen sie die Flugzeuge von der Nordfront ablenken. Vielleicht ist es nur das! Vielleicht erwartet man gar nicht, daß der Angriff glückt. Was weiß denn ich darüber? Das ist mein Bericht an Golz. Ich sprenge die Brücke nicht eher, als bis der Angriff beginnt. Meine Befehle sind klar, und wenn der Angriff abgeblasen wird, dann habe ich nichts zu sprengen. Aber ich muß

gerade so viele Leute hier behalten, daß sie ausreichen, um die Order durchzuführen.
»Was hast du gesagt?« fragte er Pablo.
»Daß ich Vertrauen zu dir habe, *Inglés*.« Pablo sprach immer noch zu dem Weinnapf.
Mann, ich wollte, ich hätt's auch, dachte Robert Jordan. Er schrieb weiter.

30

Nun war also alles erledigt, was er noch in der Nacht zu erledigen hatte. Alle Befehle waren erteilt. Jeder einzelne wußte genau, was er morgen früh zu tun haben würde. Andrés war vor drei Stunden abmarschiert. Entweder wird es nun bei Tagesanbruch losgehen, oder es wird nicht losgehen. Ich glaube, es wird losgehen, sagte Robert Jordan zu sich selbst, während er von dem oberen Posten zur Höhle hinunterging. Er war oben gewesen, um mit Primitivo zu sprechen.
Golz führt den Angriff, aber er ist nicht befugt, ihn abzublasen. Die Erlaubnis, ihn abzublasen, muß aus Madrid eingeholt werden. Wahrscheinlich werden sie dort niemanden aus dem Schlaf trommeln können, und wenn einer aufwacht, wird er zu schläfrig sein, um nachzudenken. Ich hätte Golz schon früher von den Vorbereitungen unterrichten müssen, die der Gegner getroffen hat, um unseren Angriff abzufangen, aber wie soll ich etwas mitteilen, bevor es geschehen ist? Erst nach Einbruch der Dunkelheit haben sie ihren Kram hinaufgeschafft. Sie wollten verhindern, daß unsere Flieger die Transporte erspähen. Aber was bedeuten die vielen Flugzeuge? Was bedeuten diese faschistischen Flugzeuge?
Unsere Leute müßten eigentlich durch die Flugzeuge aufmerksam geworden sein. Aber vielleicht ist das Ganze nur ein Täuschungsmanöver, und die Faschisten planen eine neue Offensive bei Guadalajara. Angeblich sind ja wieder

sehr viel italienische Truppen in Soria und in Siguenza zusammengezogen worden, abgesehen von denen, die im Norden operieren. Sie haben aber nicht genug Truppen und nicht genug Material, um zwei Hauptoffensiven gleichzeitig durchzuführen. Das ist unmöglich. Es muß also ein Bluff sein.
Aber wir wissen, wieviel Truppen die Italiener im ganzen vorigen und vorvorigen Monat in Cadiz gelandet haben. Es besteht immer die Möglichkeit, daß sie es noch einmal bei Guadalajara versuchen, nicht so idiotisch wie das erste Mal, sondern mit drei Hauptkolonnen, die in breiter Front längs der Eisenbahn zu dem westlichen Rand der Hochebene vorstoßen. Auf eine ganz bestimmte Art wäre es zu machen, das hatte Hans ihm gezeigt. Das erste Mal hatten sie viele Fehler begangen. Der ganze Plan war ungesund. Sie hatten bei der Arganda-Offensive gegen die Straße Madrid–Valencia keinen einzigen der Truppenteile verwendet, die sie bei Guadalajara eingesetzt hatten. Warum hatten sie nicht diese beiden Vorstöße gleichzeitig unternommen? Warum? Warum? Wann werden wir erfahren, warum?
Aber beide Male stoppten wir sie mit denselben Truppen. Nie hätten wir sie stoppen können, wenn sie beide Vorstöße gleichzeitig unternommen hätten. Grüble nicht soviel, sagte er sich. Schau, was für Wunder geschehen sind! Entweder wirst du morgen früh die Brücke sprengen müssen oder du wirst sie *nicht* zu sprengen haben. Aber fange nicht an, dir einzureden, daß du sie *überhaupt* nicht wirst sprengen müssen. Eines schönen Tages, früher oder später, wirst du sie sprengen müssen. Und wenn es nicht diese Brücke ist, wird es irgendeine andere Brücke sein. Nicht du bestimmst, was zu geschehen hat. Du führst Befehle durch. Führe sie durch und versuche nicht, dir darüber hinaus noch Gedanken zu machen.
Die vorliegenden Befehle sind klar. Viel zu klar. Aber du sollst nicht grübeln, und du sollst keine Angst haben. Gestattest du dir den Luxus gewöhnlicher Angst, wirst du mit dieser Angst die anderen infizieren, die mit dir zu arbeiten haben.

Aber das mit den Köpfen war doch eine starke Sache, sagte er zu sich. Und der Alte, der ganz allein auf dem Hügel die Leichen findet! Wie würde dir so etwas gefallen? Das hat dich gepackt, nicht wahr? Ja, das hat dich gepackt, Jordan. Du bist heute einige Male recht ordentlich gepackt worden. Aber du hast dich tadellos gehalten. Bisher hast du dich gut gehalten.
Als Spanischlehrer an der Universität von Montana bist du gut zu gebrauchen, sagte er, sich selber verspottend. Dazu bist du gut zu gebrauchen. Aber fang nicht an, dir einzubilden, daß du etwas Besonderes bist. Du hast es in deinem neuen Beruf nicht sehr weit gebracht. Denk bloß an Durán, der überhaupt keine militärische Ausbildung genossen hat und vor der Bewegung ein verbummelter Komponist war! Heute ist er ein verteufelt tüchtiger Brigadegeneral. Für Durán war das alles so leicht und einfach zu erlernen wie das Schachspiel für ein Schachwunderkind. Du hast seit deiner frühesten Jugend militärische Fragen studiert, seit dein Großvater dich mit dem amerikanischen Bürgerkrieg bekannt machte. (Großvater sagte bloß immer »Rebellionskrieg«.) Aber im Vergleich zu Durán bist du wie ein solider, braver Schachspieler gegen ein Wunderkind. Der alte Durán! Es wäre nett, Durán wieder einmal zu sehen. Wenn diese Geschichte vorüber ist, wird er ihn im *Gaylord* treffen. Ja. Wenn diese Geschichte vorbei ist. (Schau, wie gut du dich hältst!)
Im *Gaylord* werde ich ihn treffen, sagte er abermals zu sich selbst, wenn diese Geschichte vorüber ist. Mach dir nichts vor! sagte er. Tu deine Pflicht, wie sich's gehört. Ganz kalt. Ohne dir was vorzumachen. Du wirst Durán nie mehr wiedersehen, und es ist auch nicht wichtig. Nein, so ist es auch nicht richtig, sagte er zu sich. Das ist alles ein Luxus, den du dir nicht zu gestatten hast.
Bitte, keinerlei heroische Resignation! Hier in den Bergen können wir keine Bürger mit heroischer Resignation brauchen. Dein Großvater hat im amerikanischen Bürgerkrieg vier Jahre lang mitgekämpft, und du beendest gerade dein erstes Jahr in *diesem* Krieg. Du hast noch einen weiten Weg vor dir,

und du machst deine Arbeit gar nicht schlecht. Und jetzt hast du auch noch Maria. Ja, du hast alles! Du mußt nicht grübeln. Was bedeutet schon ein kleines Scharmützel zwischen einem Guerillatrupp und einer Kavallerieschwadron? Gar nichts. Und wenn sie ihnen schon die Köpfe abgeschnitten haben! Ist das so wichtig? Gar nicht wichtig.

Als Großvater nach dem Krieg im Fort Kearny diente, pflegten die Indianer die gefallenen Feinde zu skalpieren. Erinnerst du dich noch an das Kabinett im Büro deines Vaters, an die Pfeilspitzen, die auf einem Wandbrett arrangiert waren, an das Adlergefieder der indianischen Kopftrachten, die mit schräg zurückfallenden Federn an der Wand hingen, an den Geruch der Gamaschen und Hemden, die nach geräuchertem Hirschleder rochen, und erinnerst du dich, wie die perlbesetzten Mokassins sich anfühlten? Erinnerst du dich an den langen Büffelbogen, der in einer Ecke des Kabinetts lehnte, und an die zwei Köcher mit den Jagd- und Kriegspfeilen, und wie das Schaftbündel sich anfühlte, wenn man es mit der Hand umfaßte?

Ja, an solche Dinge sollst du denken! Denk an etwas Konkretes und Praktisches! Erinnere dich an Großvaters Säbel, der blank und gut eingefettet in seiner schartigen Scheide stak, und Großvater zeigte dir, wie die Klinge von dem häufigen Schleifen schon ganz dünn geworden war. Erinnere dich an Großvaters Smith & Wesson. Es war ein einschüssiges Offiziersmodell, Kaliber 32, ohne Abzugsbügel. Und der Abzug ging so sanft und leicht wie bei keinem anderen Revolver, und das Ding war immer gut geölt und die Bohrung immer sauber, obgleich die ganze Politur schon weggewischt war und das braune Metall des Laufs und der Trommel sich an dem Leder des Futterals glattgescheuert hatte. Der Revolver stak in einem Futteral, das die Buchstaben U.S. auf der Klappe hatte, und wurde zusammen mit dem Putzzeug und 200 Patronen in einer Schublade aufbewahrt. Die Pappschachteln waren in Papier gewickelt und sauber mit gewachstem Zwirn zugebunden.

Du durftest die Pistole aus der Schublade holen und in die Hand nehmen. »Nimm sie ruhig in die Hand«, pflegte Großvater zu sagen. Aber du durftest nicht mit ihr spielen, weil es »eine ernsthafte Waffe« war.
Du fragtest einmal den Großvater, ob er mit dem Ding schon einmal einen Menschen erschossen habe, und er sagte: »Ja.« Dann sagtest du: »Wann, Großvater?« Und er sagte: »Im Rebellionskrieg und auch nachher.«
Du sagtest: »Willst du mir davon erzählen, Großvater?« Und er sagte: »Ich spreche nicht gern darüber, Robert.«
Nachdem dann dein Vater sich mit diesem Revolver erschossen hatte und du von der Schule zurückgekommen warst und das Leichenbegängnis stattgefunden hatte, gab der Coroner nach der amtlichen Leichenschau dir den Revolver zurück und sagte: »Bob, du wirst das Ding wohl behalten wollen. Ich sollte es eigentlich beschlagnahmen, aber ich weiß, dein Alter hat große Stücke darauf gehalten, weil *sein* Alter es den ganzen Krieg hindurch getragen hat und nachher auch hier noch, als er mit der Kavallerie hierher versetzt wurde, und es ist doch ein verteufelt guter Revolver. Ich hab ihn heute nachmittag ausprobiert. Er haut nicht viel hin, aber man trifft mit ihm.«
Er hatte die Waffe wieder in die Schublade gelegt, wo sie hingehörte, aber am folgenden Tag hatte er sie hervorgeholt und war mit Chub zu der höchsten Stelle des Hochlandes oberhalb von Red Lodge hinaufgeritten, wo sie jetzt die Straße über den Paß und über das Bear Tooth Plateau nach Cooke City gebaut haben, und dort oben, wo die Luft dünn ist und wo den ganzen Sommer hindurch Schnee auf den Kuppen liegt, hatten sie neben dem See haltgemacht, der von tiefgrüner Farbe und angeblich 800 Fuß tief ist, und Chub hielt die beiden Pferde, und er, Robert Jordan, kletterte auf einen Felsen hinauf und beugte sich vor und sah in dem stillen Wasser sein Gesicht und seine Hand, die die Waffe hielt, und dann ließ er sie mit dem Kolben voran ins Wasser fallen, sah sie versinken, und Blasen stiegen auf, sah sie versinken, bis sie in dem klaren Wasser nur noch so groß war wie ein Anhängsel,

und dann war sie nicht mehr zu sehen. Dann kam er vom Felsen zurück, und als er sich in den Sattel schwang, stieß er der alten Bess die Sporen so heftig in die Weichen, daß sie zu bocken anfing wie ein altes Schaukelpferd. Er ließ sie am Seeufer sich ausbocken, und als sie wieder vernünftig wurde, ritten sie nach Hause.

»Ich weiß, warum du das gemacht hast, Bob«, sagte Chub.

»Gut, dann brauchen wir nicht darüber zu reden«, hatte er geantwortet.

Sie redeten nie darüber, und so endete Großvaters Pistole. Den Säbel hatte er noch bei seiner übrigen Habe in seinem Koffer in Missoula liegen.

Ich wäre neugierig, was Großvater zu meiner jetzigen Lage sagen würde, dachte er. Alle Leute behaupteten, Großvater sei ein verteufelt tüchtiger Soldat gewesen. Sie behaupteten, wenn er damals an Custers Seite gewesen wäre, hätte er sich nicht so hineinlegen lassen wie Custer. Wie konnte der Mann bloß den Rauch und den Staub der vielen Zelte dort unten in der Schlucht am Little Big Horn nicht sehen, wenn der Morgen nicht gerade sehr neblig war! Aber es war doch nicht neblig gewesen.

Ich wollte, Großvater wäre an meiner Stelle hier. Na, vielleicht werden wir morgen abend alle wieder beisammen sein. Sollte es irgend so was verdammt Dummes wie ein Jenseits geben, und ich bin sicher, daß es keines gibt, dachte er, würde ich mich gerne mit ihm unterhalten. Es gibt eine Menge Dinge, die ich gern von ihm erfahren möchte. Ich hätte jetzt das Recht, ihn auszufragen, weil ich selbst ganz ähnliche Sachen gemacht habe wie er. Ich glaube nicht, daß er jetzt etwas dagegen hätte, wenn ich ihn ausfragte. Früher hatte ich nicht das Recht, ihn auszufragen, ich verstehe, daß er mir nichts erzählen wollte, denn er kannte mich ja nicht. Aber jetzt, glaube ich, würden wir uns gut vertragen. Ich möchte mich jetzt gern mit ihm unterhalten und ihn um Rat fragen. Verdammt noch mal, auch wenn er mir keinen Rat geben könnte, möchte ich mich doch ganz einfach mit ihm unterhalten. Es ist ein Jam-

mer, daß Menschen wie wir durch eine so tiefe Kluft voneinander getrennt sind.
Dann fiel ihm ein, daß sowohl er wie sein Großvater, falls es so etwas wie ein Wiedersehen gäbe, durch die Anwesenheit seines Vaters sehr geniert sein würden. Jeder hat das Recht, es zu tun, dachte er. Aber es ist nicht schön. Ich kann es verstehen, aber es gefällt mir nicht. *Lache* ist das richtige Wort dafür. Aber du kannst es doch verstehen? Gewiß, ich kann es verstehen, aber! Ja, aber! Man muß schrecklich auf sich selbst eingestellt sein, um so etwas zu machen.
Teufel noch mal, wenn Großvater bloß hier wäre! dachte er. Wenigstens für eine Stunde. Vielleicht hat er mir das wenige, was ich besitze, durch den andern vererbt, durch den andern, der die Waffe mißbrauchte. Vielleicht ist das die einzige Verbindung zwischen uns beiden. Aber hol's der Teufel! Ja, hol's der Teufel, aber wenn doch der Zeitabstand nicht ein so großer wäre, daß ich von ihm das hätte lernen können, was der andere mir nicht beibringen konnte. Aber wie denn, wenn die Furcht, die er in den vier Jahren Bürgerkrieg und nachher in den Indianerkämpfen hatte durchmachen, beherrschen und schließlich einfach loswerden müssen (obgleich man es in den Indianerkriegen wohl nicht so häufig mit der Angst zu tun bekam), aus dem andern einen *cobarde* gemacht hat, so wie das fast immer mit den Stierkämpfern der zweiten Generation der Fall ist? Angenommen, es wäre so? Und vielleicht macht der gute Same sich erst wieder richtig geltend, nachdem er diesen andern da passiert hat?
Ich werde nie vergessen, wie widerlich es mir war, als ich zum erstenmal merkte, daß er ein *cobarde* war. Los, sag es in deiner Muttersprache. Feigling! Man fühlt sich erleichtert, wenn man es ausgesprochen hat, und was soll es für einen Sinn haben, einen Lumpen nicht einen Lumpen zu nennen, sondern ihm ein fremdsprachiges Wort anzuhängen. Aber er war kein Lump. Er war einfach ein Feigling, und das ist das größte Pech, das einem Menschen widerfahren kann. Wenn er kein Feigling gewesen wäre, hätte er es mit dem Weibsbild aufgenommen

und sich nicht von ihr tyrannisieren lassen. Ich möchte wissen, wie ich aussehen würde, wenn er eine andere Frau geheiratet hätte? Das wirst du nie erfahren, dachte er und grinste in sich hinein. Vielleicht hat ihre tyrannische Art mir das mitgegeben, was der andere nicht hatte. Und du! Sei nicht so hastig! Sprich nicht von gutem Samen und solchen Sachen, solange du nicht den morgigen Tag überstanden hast. Nur nicht zu früh rotzig sein! Und du sollst überhaupt nicht rotzig sein. Morgen werden wir sehen, was für ein Same in dir drinsteckt.

Aber er mußte wieder an seinen Großvater denken.

»George Custer war kein kluger Reiterführer, Robert«, hatte sein Großvater gesagt. »Er war nicht einmal ein kluger Mensch.« Das war ihm wieder eingefallen, als sein Großvater sagte, er könne es nicht leiden, wenn jemand etwas gegen diesen Mann da sage, der in seinem Lederhemd, mit flatternden blonden Locken, den Dienstrevolver in der Hand, auf jenem Hügel stand, während die Sioux von allen Seiten gegen ihn anrückten – auf der alten Lithographie von Anheuser-Busch, die an der Wand des Billardzimmers in Red Lodge hing.

»Er hatte bloß ein großes Glück, sich reinzusetzen und rauszuwursteln«, fuhr sein Großvater fort, »und am Little Big Horn hat er sich reingesetzt, aber er konnte sich nicht mehr rauswursteln... Phil Sheridan, ja, das war ein kluger Mann. Auch Jeb Stuart. Aber John Mosby, der war der beste Reiterführer, der je gelebt hat.«

Bei seinen Sachen in dem Koffer in Missoula lag ein Brief von General Phil Sheridan an den alten Kilpatrick, Killy the Horse Kilpatrick, in dem er schrieb, Großvater sei als Führer irregulärer Kavallerie noch tüchtiger als John Mosby.

Ich müßte mal Golz von meinem Großvater erzählen, dachte er. Er hat aber wohl nie seinen Namen gehört. Wahrscheinlich hat er auch nie was von John Mosby gehört. Die Engländer aber kennen diese Namen; in ihren Schulen beschäftigt man sich mehr mit dem amerikanischen Bürgerkrieg als in den Schulen des Kontinents. Karkow hat gesagt, wenn ich Lust hätte, könnte ich nach Kriegsschluß in Moskau auf die Leninschule gehen. Oder auf die Militärakademie der Roten Armee, falls ich *dazu* Lust hätte. Ich wäre neugierig, was Großvater dazu sagen würde. Großvater, der sich nie in seinem Leben wissentlich mit einem Demokraten an einen Tisch gesetzt hat.

Nein, ich will nicht Soldat werden, dachte er. Das weiß ich genau. Damit ist es also Schluß. Ich will bloß, daß wir diesen Krieg gewinnen. Ich glaube, wirklich tüchtige Soldaten sind selten auch auf anderen Gebieten tüchtig. Das ist offensichtlich falsch. Denk an Napoleon und Wellington. Du bist heute abend sehr dumm, dachte er.

Für gewöhnlich unterhielt er sich recht gut mit seinen Gedanken, und so war es auch heute abend gewesen, als er an seinen Großvater dachte. Aber der Gedanke an seinen Vater hatte ihn aus der Bahn geworfen. Er verstand seinen Vater, und er verzieh ihm alles und bedauerte ihn, aber er schämte sich seiner. Denk lieber gar nicht nach, sagte er zu sich. Bald wird Maria bei dir sein, dann brauchst du nicht mehr nachzudenken. Das ist jetzt das beste, jetzt, da alles festgelegt ist. Wenn man sich so intensiv auf etwas konzentriert hat, kann man nicht mehr haltmachen, und das Hirn beginnt zu rasen wie ein Schwungrad, wenn das Gewicht fehlt. Lieber gar nicht nachdenken!

Aber nimm einmal an! dachte er. Nimm einfach an, daß unsere Bomber die Tankabwehrgeschütze kaputtschmeißen und die feindlichen Stellungen höllisch zudecken und daß die alten Tanks endlich einmal alle Steigungen nehmen, die es gibt, und daß der alte Golz diesen Haufen von Säufern, *clochards,* Vagabunden, Fanatikern und Helden, die die Quatorzième Brigade bilden, mit Fußtritten vor sich her treibt – und ich *weiß,* wie tüchtig Duráns Leute in der anderen Brigade sind –, und daß wir morgen abend in Segovia sind!

Ja. Nimm das bloß mal an, sagte er zu sich selbst. Ich erledige La Granja. Aber jetzt wußte er plötzlich ganz genau: Du wirst die Brücke zu sprengen haben. Sie werden den Angriff nicht abblasen. Denn genauso, wie du dir jetzt eine Minute lang die Chancen des Angriffs vorgestellt hast, genauso werden die

Leute sie einschätzen, die den Angriff angeordnet haben. Ja, du wirst die Brücke zu sprengen haben. Das ist jetzt klar. Einerlei, was mit Andrés passiert.
Wie er so im Dunkeln den Pfad hinunterging, ganz allein mit dem guten Gefühl, daß für die nächsten vier Stunden alles, was zu geschehen hatte, erledigt war, und mit der neugewonnenen Zuversicht, die die Erinnerung an konkrete Dinge ihm geschenkt hatte, war es ihm ein fast tröstlicher Gedanke, daß er die Brücke ganz bestimmt würde sprengen müssen.
Die Ungewißheit, dieses wachsende Gefühl der Unsicherheit, wie es einen überfällt, wenn man glaubt, sich im Datum geirrt zu haben, und nicht recht weiß, ob die Gäste, die man erwartet, wirklich kommen werden, dieses Gefühl, das ihn nicht losgelassen hatte, seit Andrés mit der Depesche für Golz abmarschiert war, war nun völlig von ihm gewichen. Er war nun fest davon überzeugt, daß das Fest programmmäßig vonstatten gehen würde. Es ist viel besser, Gewißheit zu haben, dachte er. Es ist immer viel besser, Gewißheit zu haben.

31

Nun lagen sie wieder beisammen im Schlafsack, und es war späte Nacht, die letzte Nacht. Maria schmiegte sich dicht an ihn an, er fühlte ihre langen, glatten Schenkel an den seinen und ihre Brüste wie zwei kleine Hügel, die sich aus der langen Ebene erheben, auf der ein Brunnen steht, und das ferne Land jenseits der Hügel war das Tal ihrer Halsgrube, in der seine Lippen ruhten. Er lag ganz still und dachte an nichts, und sie streichelte seinen Kopf.
»Roberto«, sagte Maria sehr leise und küßte ihn. »Ich schäme mich. Ich möchte dich nicht enttäuschen, aber ich bin sehr wund und habe viel Schmerzen. Ich glaube nicht, daß du viel mit mir anfangen kannst.«

»Immer ist man wund und hat viel Schmerzen«, sagte er.
»Nein, mein Kaninchen. Das macht nichts. Wir werden nichts tun, was dir Schmerzen bereitet.«
»Das ist es nicht. Aber daß ich dich nicht so empfangen kann, wie ich möchte.«
»Das ist nicht wichtig. Das geht vorüber. Wir sind beisammen, wenn wir beisammen liegen.«
»Ja, aber ich schäme mich. Ich glaube, es ist von damals, als man das alles mit mir getan hat. Nicht von dir und mir.«
»Sprechen wir nicht darüber.«
»Ich will auch gar nicht darüber sprechen. Ich dachte mir nur, daß ich es nicht ertragen kann, dich gerade heute nacht im Stich zu lassen, und da versuchte ich mich zu entschuldigen.«
»Hör mal, Häschen!« sagte er. »Das alles geht vorüber, und dann ist es kein Problem mehr.« Aber er dachte: In der letzten Nacht mußt du Pech haben!
Dann schämte er sich und sagte: »Drück dich eng an mich an, mein Kaninchen. Wenn ich dich so im Dunkeln hier drin neben mir fühle, habe ich dich genauso lieb, wie ich dich liebhabe, wenn wir miteinander schlafen.«
»Ich schäme mich sehr, weil ich mir gedacht habe, es wird vielleicht heute nacht wieder genauso sein wie im Hochland, als wir von El Sordo kamen.«
»*Qué va!*« sagte er. »Das kann man nicht jeden Tag haben. Mir gefällt das jetzt genauso gut wie das andere.« Er log, seine Enttäuschung beiseite schiebend. »Wir werden still beieinander liegen, und dann werden wir schlafen. Plaudern wir ein bißchen. Ich habe dich noch so wenig plaudern gehört.«
»Sollten wir nicht über den morgigen Tag sprechen und über deine Arbeit? Ich möchte gern klüger sein und etwas von deiner Arbeit verstehen.«
»Nein«, sagte er, streckte sich mit schlaffem Behagen der Länge nach in dem Sack, lag dann ganz still, die Wange an ihrer Schulter, den linken Arm unter ihrem Kopf. »Nein. Das klügste ist, *gar nicht* über den morgigen Tag und über die heutigen Ereignisse zu sprechen. Bei unserem Handwerk zählen

wir nicht die Verluste, und was wir morgen zu tun haben, das
werden wir tun. Du hast doch keine Angst?«
»*Qué va!*« sagte sie. »Ich habe immer Angst. Aber jetzt habe ich
solche Angst um dich, daß ich gar nicht mehr an mich denke.«
»Das darfst du nicht, Häschen. Ich habe schon vieles über-
standen, und Schlimmeres als das«, log er.
Dann überließ er sich plötzlich einem neuen Gefühl, dem
köstlichen Wunsch, ins Unwirkliche zu flüchten, und er sagte:
»Sprechen wir über Madrid – und uns beide in Madrid!«
»Gut«, sagte sie. »O Roberto, verzeih mir, daß ich dich im
Stich gelassen habe. Kann ich nicht etwas anderes für dich
tun?«
Er streichelte ihren Kopf und küßte sie, lag dann still und
entspannt dicht neben ihr und lauschte dem nächtlichen
Schweigen.
»Du kannst mit mir über Madrid reden«, sagte er und dachte:
Allen Überschuß spare ich mir für morgen. Morgen werde ich
alles brauchen. Die Kiefernnadeln brauchen es jetzt nicht so
sehr, wie ich es morgen brauchen werde. Wie hieß er in der
Bibel, der seinen Samen auf die Erde verspritzt hat? Onan. Was
ist aus Onan geworden? dachte er. Ich kann mich nicht erinnern, je wieder etwas von Onan gehört zu haben. Er lächelte
im Finstern.
Dann überließ er sich wieder dem köstlichen Gefühl des
Gleitens und Fallens, hingleitend in die Ruhe des Unwirkli-
chen, das voller Wollust war wie ein sexuelles Empfangen,
wenn du nicht weißt, was da im Dunkel der Nacht zu dir
kommt, es gibt kein Verstehen, nur das Entzücken der Hingabe . . .
»Mein Liebstes!« sagte er und küßte sie. »Hör mal! Neulich
abend dachte ich an Madrid, und ich dachte, wir werden beide
hinfahren, und ich werde dich im Hotel lassen, während ich in
das Hotel der Russen gehe, um dort mit verschiedenen Leuten
zu reden. Aber das war falsch. Nie werde ich dich in einem
Hotel allein lassen!«
»Warum denn nicht?«

»Weil ich mich um dich kümmern will. Ich werde dich nie allein lassen. Ich werde mit dir zur Seguridad gehen, Papiere besorgen. Dann gehe ich mit dir die Kleider kaufen, die du brauchst.«

»Ich brauche nicht viele Kleider, und die kann ich mir allein besorgen.«

»Nein, wir gehen zusammen und kaufen schöne Kleider, in denen du sehr schön aussehen wirst.«

»Ich möchte lieber mit dir im Hotelzimmer bleiben und die Kleider schicken lassen. Wo ist das Hotel?«

»An der Plaza del Callao. Wir werden uns viel in diesem Hotelzimmer aufhalten. Das Bett ist breit und die Wäsche sauber, fließendes warmes Wasser gibt es in der Badewanne, zwei Schränke sind vorhanden, in dem einen bringe ich meine Sachen unter und den anderen nimmst du. Und große, breite Fenster hat das Zimmer, die man öffnen kann, und draußen in den Straßen ist der Frühling. Ich kenne auch ein paar gute Lokale, die zwar verboten sind, aber gutes Essen haben, und ich weiß Läden, in denen man noch Wein und Whisky bekommt. Und in unserem Zimmer wird immer was zu essen dasein, für den Fall, daß wir hungrig werden, und auch Whisky, falls ich ein Gläschen trinken will, und für dich werde ich Manzanilla kaufen.«

»Ich möchte gern den Whisky versuchen.«

»Aber wenn er doch schwer aufzutreiben ist und du gerne Manzanilla trinkst!«

»Behalte deinen Whisky, Roberto«, sagte Maria. »Oh, ich habe dich sehr lieb. Du mit deinem Whisky, den du mir nicht gönnst! Du bist ein Geizhals.«

»Nein, du sollst ihn versuchen. Aber er bekommt Frauen nicht.«

»Und ich habe immer nur Dinge erlebt, die einer Frau bekommen!« sagte Maria. »Und im Bett werde ich immer noch mein Hochzeitshemd tragen?«

»Nein. Ich werde dir mehrere Nachthemden kaufen und auch Pyjamas, wenn du Pyjamas lieber hast.«

»Ich werde mir sieben Hochzeitshemden kaufen«, sagte sie. »Für jeden Tag der Woche eins. Und auch dir werde ich ein sauberes Hochzeitshemd kaufen. Wäschst du überhaupt jemals dein Hemd?«

»Manchmal.«

»Ich werde alles rein halten, und ich werde dir den Whisky einschenken und Wasser dazugießen, wie ihr es bei El Sordo gemacht habt. Ich werde Oliven besorgen und gesalzenen Kabeljau und Haselnüsse, damit du was zu deinem Whisky hast, und wir werden einen ganzen Monat lang in unserem Zimmer bleiben und gar nicht ausgehen. Wenn ich in Ordnung bin und dich empfangen kann«, sagte sie, plötzlich ganz traurig.

»Das macht nichts«, sagte Robert Jordan. »Das macht wirklich nichts. Vielleicht bist du verletzt worden, und jetzt ist eine Narbe da, die manchmal weh tut. So was kann passieren. Und in Madrid gibt es Ärzte, falls wirklich was los ist.«

»Aber vorher war doch alles gut«, sagte sie flehend.

»Das ist die Gewähr dafür, daß alles wieder gut werden wird.«

»Dann wollen wir wieder über Madrid reden.« Sie schmiegte ihre Beine zwischen die seinen und rieb den Kopf an seiner Achsel. »Aber werde ich nicht dort mit meinem geschorenen Haar so häßlich sein, daß du dich meiner schämen wirst?«

»Nein. Du bist hübsch. Du hast ein hübsches Gesicht und einen schönen langen, leichten Körper, und deine Haut ist glatt und von goldbrauner Farbe, und alle werden versuchen, dich mir wegzunehmen.«

»*Qué va,* mich dir wegnehmen!« sagte sie. »Solange ich lebe, wird kein anderer Mann mich anrühren. Mich dir wegnehmen! *Qué va!*«

»Aber viele werden es versuchen. Du wirst sehen.«

»Sie werden merken, daß ich dich so liebhabe, daß sie wissen werden, mich anrühren ist so gefährlich, wie die Hände in einen Kessel mit geschmolzenem Blei stecken. Aber du? Wenn du schöne Frauen siehst, die genauso kultiviert sind wie du? Du wirst dich nicht meiner schämen?«

»Nie. Und ich werde dich heiraten.«
»Wenn du willst«, sagte sie. »Aber da wir keine Kirche mehr haben, ist es wohl nicht wichtig.«
»Ich möchte gern mit dir verheiratet sein.«
»Wenn du willst. Aber hör zu! Wenn wir einmal in ein anderes Land kommen, wo es noch Kirchen gibt, vielleicht können wir uns dort trauen lassen.«
»In meiner Heimat gibt es noch Kirchen«, sagte er. »Wenn es dir was ausmacht, können wir uns dort kirchlich trauen lassen. Ich war nie verheiratet. Das ist also gar kein Problem.«
»Ich bin froh, daß du nie verheiratet warst«, sagte sie. »Aber ich bin froh, daß du etwas von solchen Sachen verstehst, wie du es vorhin gesagt hast, denn das heißt, daß du mit vielen Frauen zusammen warst, und Pilar hat mir gesagt, daß nur solche Männer zu Ehemännern taugen. Aber jetzt wirst du nicht mehr mit anderen Frauen herumlaufen? Es wäre mein Tod.«
»Ich bin nie viel mit Weibern herumgelaufen«, sagte er wahrheitsgemäß. »Bevor ich dich traf, habe ich nicht gedacht, daß ich eine Frau wirklich lieben könnte.«
Sie streichelte seine Wangen und verschränkte dann die Hände hinter seinem Kopf. »Du mußt viele Frauen gekannt haben.«
»Aber ich habe sie nicht geliebt.«
»Hör mal! Pilar hat mir etwas gesagt.«
»Erzähle!«
»Nein, lieber nicht. Reden wir wieder über Madrid.«
»Was wolltest du eben sagen?«
»Ich möchte es nicht sagen.«
»Vielleicht solltest du es lieber doch sagen, wenn es wichtig ist.«
»Glaubst du, es ist wichtig?«
»Ja.«
»Aber wie kannst du das wissen, wenn du nicht weißt, was es ist?«
»Ich merke es dir an.«
»Dann will ich es dir nicht verschweigen. Pilar hat mir gesagt, daß wir morgen alle sterben werden und daß du es genauso gut weißt wie sie, und daß du es nicht wichtig nimmst. Sie hat das nicht vorwurfsvoll gesagt, sondern bewundernd.«

»Das hat sie gesagt?« sagte er. Diese verrückte Hexe, dachte er, und er sagte: »Das ist wieder so ein Zigeunermist! Solches Zeug schwatzen alte Marktweiber und feige Kaffeehaushokker. Das ist reiner Mist.«
Er fühlte, wie ihm unter den Achseln der Schweiß ausbrach und an den Armen entlanglief, und er sagte zu sich selbst: du hast also Angst, wie? Und laut sagte er: »Sie ist eine abergläubische Hexe mit einem mistigen Maul. Sprechen wir wieder über Madrid.«
»Dann weißt du es also gar nicht?«
»Natürlich nicht. Rede nicht solchen Mist daher«, sagte er, ein kräftigeres und häßlicheres Wort gebrauchend.
Aber als er nun wieder über Madrid zu reden begann, gelang es ihm nicht mehr, sich was vorzumachen. Jetzt erzählte er bloß seinem Mädchen und sich selber lauter Lügen, um die Nacht vor dem Kampf hinzubringen, und er wußte es auch. Er tat es gern, aber verschwunden war das wollüstige Gefühl des Hinübergleitens. Trotzdem fing er wieder an.
»Ich habe über dein Haar nachgedacht«, sagte er, »was wir mit ihm anfangen wollen. Siehst du, jetzt wächst es überall gleich lang wie das Fell eines Tieres, und es fühlt sich nett an, und es gefällt mir sehr, es ist schön, und wenn ich mit der Hand darüberstreiche, glättet es sich und richtet sich wieder auf wie ein Weizenfeld im Wind.«
»Streich mir mit der Hand darüber.«
Er tat es und ließ seine Hand auf ihrem Kopf ruhen und sprach weiter, die Lippen dicht über ihrem Hals, während es ihn in der Kehle zu würgen begann. »Aber in Madrid, habe ich mir gedacht, könnten wir zusammen zum Friseur gehen und es an den Seiten und hinten sauber schneiden lassen, so wie mein Haar geschnitten ist, und das wird dann in der Stadt besser aussehen, bis es richtig nachgewachsen ist.«
»Ich werde dann so aussehen wie du«, sagte sie und preßte ihn dicht an sich. »Und dann werde ich es nie mehr anders haben wollen.«

»Nein. Es wird ja weiterwachsen, und das ist nur, damit es am Anfang sauber aussieht, solange es noch nicht die richtige Länge hat. Wie lange wird es dauern, bis das Haar ganz lang ist?«
»Richtig lang?«
»Nein. Ich meine bis zu den Schultern. So möchte ich, daß du es trägst.«
»Wie die Garbo im Kino?«
»Ja«, sagte er heiser.
Nun überkam ihn wieder die stürmische Lust, sich selber zu betrügen, und gierig riß er dieses Gefühl an sich, und es hielt ihn gepackt, und er gab sich ihm hin. »So wird es dir glatt auf die Schultern hängen und sich an den Enden kräuseln wie eine Meereswelle, und es wird die Farbe reifen Weizens haben und dein Gesicht die Farbe dunklen Goldes und deine Augen die einzige Farbe, die zu deinem Haar und deiner Haut paßt, goldgelb mit dunklen Flecken darin, und ich werde deinen Kopf zurückbiegen und dir in die Augen schauen und dich fest an mich drücken –«
»Wo?«
»Wo immer. Wo wir gerade sind. Wie lange wird es dauern, bis dein Haar nachgewachsen ist?«
»Ich weiß es nicht, denn es ist mir früher nicht passiert, daß man mir die Haare abgeschnitten hat. Aber ich glaube, in sechs Monaten werden sie wohl schon so lang sein, daß sie bis hinter die Ohren reichen, und in einem Jahr so lang, wie du es dir nur wünschen kannst. Aber weißt du, was vorher passieren wird?«
»Sag es mir.«
»Wir werden zusammen in dem großen, sauberen Bett sein, in deinem berühmten Zimmer in unserem berühmten Hotel, und wir werden zusammen in dem berühmten Bett sitzen und in den Spiegel des *armoire* schauen, und da wirst *du* in dem Spiegel sein, und da werde *ich* in dem Spiegel sein, und dann werde ich mich so zu dir wenden und so meine Arme um dich legen, und dann werde ich dich so küssen.«

Dann lagen sie still und eng beisammen in der Nacht, schmerzhaft erhitzt, starr, dicht beisammen, und da er sie festhielt, hielt er zugleich alles das fest, von dem er wußte, daß es sich nie ereignen wird, und ganz bewußt setzte er's fort und sagte: »Mein Kaninchen, wir werden nicht immer in diesem Hotel wohnen.«

»Warum denn nicht?«

»Wir können uns in Madrid eine Wohnung nehmen, in der Straße, die am Park des Buen Retiro vorbeiführt. Ich kenne eine Amerikanerin, die vor der Bewegung möblierte Wohnungen vermietet hat, und ich kann eine solche Wohnung für die gleiche Miete bekommen, die man vor der Bewegung bezahlt hat. Es gibt dort Wohnungen, deren Fenster auf den Park gehen, und du siehst vom Fenster aus den ganzen Park, das Eisengitter, die Blumenbeete, die Kieswege und das Grün des Rasens, wo er an den Kies stößt, und die Bäume mit ihren tiefen Schatten, und die vielen Springbrunnen, und jetzt werden die Kastanien blühen. In Madrid können wir im Park spazierengehen und auf dem Teich Boot fahren, falls wieder Wasser drin ist.«

»Warum sollte denn das Wasser weg sein?«

»Sie haben vorigen November das Wasser abgelassen, weil sich die Bomber an ihm orientieren konnten. Aber ich glaube, sie haben es jetzt wieder eingelassen. Ich weiß es nicht genau. Aber auch wenn kein Wasser da ist, können wir durch den ganzen Park spazieren, und ein Teil des Parkes ist wie ein Wald mit Bäumen aus allen Weltgegenden mit ihren Namen, mit Täfelchen, auf denen steht, was für Bäume es sind und wo sie herstammen.«

»Ich möchte fast ebenso gern ins Kino gehen«, sagte Maria. »Aber das mit den Bäumen klingt sehr interessant, und ich werde sie alle mit dir auswendig lernen, wenn ich sie mir merken kann.«

»Sie stehen nicht da wie in einem Museum«, sagte Robert Jordan. »Sie wachsen ganz natürlich, und es gibt auch Hügel in dem Park, und ein Teil des Parkes ist wie ein Dschungel. Dann

ist da unterhalb des Parks der Büchermarkt, dort stehen auf den Trottoirs Hunderte von Buden mit antiquarischen Büchern, und jetzt, seit Beginn der Bewegung, findet man dort viele Bücher, die aus bombardierten Häusern und aus den Häusern der Faschisten gestohlen und von den Dieben auf den Büchermarkt gebracht wurden. Ich könnte jeden Tag den ganzen Tag vor den Buden des Büchermarkts verbringen, wie ich das seinerzeit vor der Bewegung oft gemacht habe, falls ich bloß wieder mal ein Weilchen in Madrid wäre!«
»Während du auf den Büchermarkt gehst, werde ich mich mit der Wohnung beschäftigen«, sagte Maria. »Werden wir genug Geld für ein Mädchen haben?«
»Bestimmt. Wir können Petra nehmen, die im Hotel beschäftigt ist, wenn sie dir gefällt. Sie kann gut kochen und ist sauber. Ich habe dort bei einigen Journalisten gegessen, für die sie kocht. Sie haben elektrische Herde in ihren Zimmern.«
»Wenn du sie haben willst«, sagte Maria. »Oder ich werde selbst jemanden finden. Aber wirst du nicht viel weg sein durch deine Arbeit? Ich werde dich nicht begleiten dürfen, wenn du solche Arbeit machst wie jetzt.«
»Vielleicht bekomme ich Arbeit in Madrid. Ich mache diese Arbeit jetzt schon sehr lange und bin seit Beginn der Bewegung immer draußen gewesen. Möglich, daß sie mir jetzt etwas in Madrid geben werden. Ich habe es nie verlangt. Ich bin immer an der Front gewesen oder bei den Partisanen. . .
Weißt du, daß ich nie etwas verlangt habe, bevor ich dir begegnet bin? Und gar keine Wünsche hatte? Und an nichts anderes gedacht habe als an die Bewegung und an den Sieg? Ja, mein Streben war sehr uneigennützig. Ich habe fleißig gearbeitet, und jetzt liebe ich dich«, sagte er, und alles, was niemals sein wird, erfaßte er nun mit diesem Wort. »Ich liebe dich, wie ich all das liebe, wofür ich gekämpft habe. Ich liebe dich, wie ich die Freiheit liebe und die Menschenwürde und das Recht aller Menschen, Arbeit zu finden und nicht zu hungern. Ich liebe dich, wie ich Madrid liebe, das wir verteidigt haben, und wie ich alle die Genossen liebe, die gefallen sind. Und viele

sind gefallen. Viele. Viele. Du kannst dir gar nicht vorstellen, wie viele. Aber ich liebe dich, wie ich all das liebe, was mir in dieser Welt am liebsten ist, und ich liebe dich noch viel mehr, mein kleines Kaninchen. Mehr, als ich sagen kann. Aber das sage ich dir jetzt, um ein bißchen was zu sagen. Ich habe nie eine Frau gehabt, und jetzt habe ich dich zur Frau, und ich bin glücklich.«

»Ich werde dir eine gute Frau sein, so gut ich es kann«, sagte Maria. »Ich habe freilich nicht viel gelernt, aber ich werde mich bemühen, es auf andere Weise gutzumachen. Wenn wir in Madrid leben – gut. Wenn wir irgendwo anders leben müssen – gut. Wenn wir nirgendwo zu Hause sind und ich dich begleiten darf – um so besser. Wenn wir in deine Heimat reisen, werde ich *Inglés* sprechen lernen, besser als jeder *Inglés* bei euch. Ich werde die Sitten studieren und genau dasselbe machen wie die anderen.«

»Das wird sehr komisch sein.«

»Bestimmt. Ich werde Fehler machen, aber du wirst es mir sagen, und ich werde einen Fehler nie zweimal machen, oder vielleicht höchstens zweimal. Und wenn du dann in deiner Heimat auf mein Essen angewiesen bist, werde ich für dich kochen. Ich werde in eine Schule gehen und lernen, wie man eine gute Ehefrau wird, wenn es solche Schulen gibt, und sehr fleißig lernen.«

»Es gibt solche Schulen, aber du hast sie nicht nötig.«

»Pilar hat mir erzählt, daß es wohl in deiner Heimat solche Schulen gibt. Sie hat in einer Zeitung darüber gelesen. Und sie hat mir auch gesagt, daß ich *Inglés* lernen muß, ich muß es gut können, damit du dich nicht zu schämen brauchst.«

»Wann hat sie dir das gesagt?«

»Heute, beim Packen. Immerzu hat sie mir erzählt, was ich tun muß, um dir eine gute Frau zu sein.«

Sie wollte wohl nach Madrid, dachte Robert Jordan und sagte: »Was hat sie dir sonst noch erzählt?«

»Daß ich meinen Körper pflegen muß und meine Linie bewahren wie ein Stierkämpfer. Sie hat gesagt, daß das sehr wichtig ist.«

»Es ist auch wichtig«, sagte Robert Jordan. »Aber darüber brauchst du dir noch viele Jahre lang nicht den Kopf zu zerbrechen...«

»Doch! Sie hat gesagt, Frauen unserer Rasse müssen immer aufpassen, denn es kann plötzlich kommen. Sie hat mir erzählt, daß sie früher so schlank war wie ich, aber damals haben die Frauen keine körperlichen Übungen gemacht. Sie hat mir gesagt, welche Übungen ich machen soll und daß ich nicht zuviel essen darf. Sie hat mir gesagt, was ich nicht essen soll. Aber ich habe es vergessen und muß sie noch einmal fragen.«

»Kartoffeln«, sagte er.

»Ja«, fuhr sie fort. »Kartoffeln und gebratene Sachen. Und als ich ihr von meinem Wundsein erzählte, da hat sie gesagt, ich darf es dir nicht sagen, sondern muß den Schmerz aushalten und dir nichts verraten. Aber ich habe es dir gesagt, weil ich dich nicht anlügen will, und ich hatte auch Angst, du würdest vielleicht glauben, daß wir nicht mehr gemeinsam genießen können und daß das andere, oben im Hochland, gar nicht wahr gewesen ist.«

»Es war richtig von dir, daß du es mir gesagt hast.«

»Wirklich? Ich schäme mich, und ich möchte alles tun, was du verlangst. Pilar hat mir erzählt, was man für einen Mann alles tun kann.«

»Du brauchst gar nichts zu machen. Was wir besitzen, besitzen wir gemeinsam, und wir wollen es behalten und behüten. Ich liebe dich so, wie ich neben dir liege und dich anrühre, und weiß, daß du wirklich da bist, und wenn du wieder in Ordnung bist, werden wir alles haben.«

»Aber hast du nicht Bedürfnisse, die ich befriedigen kann? Sie hat mir das erklärt.«

»Nein. Unsere Bedürfnisse werden wir gemeinsam befriedigen. Ich habe keine Bedürfnisse, die nicht dir gelten.«

»Das gefällt mir viel besser. Aber denk daran, ich werde immer tun, was du verlangst. Aber du mußt es mir sagen, denn ich bin sehr unwissend, und vieles, was sie mir erzählt hat, habe ich

nicht genau verstanden. Ich habe mich geschämt zu fragen, und sie hat ein so großes und mannigfaltiges Wissen.«
»Häschen!« sagte er. »Du bist wunderbar.«
»*Qué va!*« sagte sie. »Aber es ist nicht leicht, in ein paar Stunden alles zu lernen, was man für die Ehe braucht, noch dazu, während man das Lager abbricht und sich für einen bevorstehenden Kampf fertig macht, und wenn gleichzeitig oben in den Bergen gekämpft wird, nein, das ist sonderbar, und wenn ich ernsthafte Fehler mache, mußt du es mir sagen, denn ich liebe dich. Es kann sein, daß ich mich an manches nicht mehr erinnere, und vieles, was sie mir erzählt hat, war sehr kompliziert.«
»Was hat sie dir sonst noch erzählt?«
»*Pues,* so vieles, daß ich mich gar nicht mehr erinnern kann. Sie hat gesagt, ich kann dir ruhig erzählen, was man mit mir gemacht hat, falls es mir wieder durch den Kopf geht, denn du bist ein guter Mensch und hast es bereits verstanden. Aber es wäre besser, nicht darüber zu sprechen, außer es überkommt mich wieder wie ein schwarzer Schatten, und dann würde es mich vielleicht erleichtern, wenn ich dir alles erzählte.«
»Bedrückt es dich noch immer?«
»Nein. Seit wir zum erstenmal beisammen waren, ist mir, als wär es nie passiert. Ich traure um meine Eltern. Aber das wird nie vergehen. Aber ich will dir etwas sagen, was du wissen mußt, für deinen Stolz, wenn ich deine Frau werden soll. Immer habe ich mich gewehrt, und immer mußten es zwei sein oder noch mehr, die mich kränkten. Einer setzte sich immer auf meinen Kopf und hielt mich fest. Ich sage dir das für deinen Stolz.«
»Mein Stolz bist du. Erzähl es mir nicht.«
»Nein, ich spreche von deinem eigenen Stolz – daß du stolz sein mußt auf deine Frau. Und dann noch etwas. Mein Vater war Bürgermeister des Dorfes und ein Ehrenmann. Meine Mutter war eine ehrenhafte Frau und eine gute Katholikin, und sie haben sie zusammen mit meinem Vater erschossen, weil mein Vater Republikaner war. Ich habe zugesehen, wie

sie beide erschossen wurden, und mein Vater sagte: ›*Viva la República!*‹, als sie ihn an die Wand des Schlachthauses stellten und erschossen.

Meine Mutter stand auch an der Wand, sie sagte: ›*Viva* mein Mann, der der Bürgermeister dieses Dorfes war!‹, und ich hoffte, sie würden mich auch erschießen, und ich würde sagen: ›*Viva la República y vivan mis padres!*‹, aber statt dessen haben sie mich nicht erschossen, statt dessen haben sie mir das andere angetan.

Hör zu, eine Sache will ich dir erzählen, weil sie uns angeht. Nach den Erschießungen am Matadero schleppten sie uns, die Angehörigen, die zugesehen hatten, aber nicht erschossen wurden, vom Matadero den steilen Berg hinauf zum Hauptplatz des Ortes. Fast alle weinten, aber einige waren ganz starr von dem, was sie mitangesehen hatten, und die Tränen waren ihnen versiegt. Ich selbst konnte nicht weinen. Ich merkte überhaupt nicht, was vorging, denn ich sah immer nur meinen Vater und meine Mutter an der Wand stehen, und meine Mutter sagte: ›Es lebe mein Mann, der der Bürgermeister dieses Dorfes war!‹, und das tönte in meinem Kopf wie ein Schrei, der nicht enden wollte, sondern immer weiter und weiter schrie. Denn meine Mutter war keine Republikanerin, und deshalb sagte sie nicht: ›*Viva la República!*‹, sondern nur ›*Viva* der Vater!‹, der da zu ihren Füßen tot auf dem Gesicht lag.

Aber das, was sie sagte, das sagte sie sehr laut, daß es wie ein Aufschrei war, und dann erschossen sie sie, und ich versuchte mich aus der Reihe loszureißen, um zu ihr hinzulaufen, aber wir waren alle festgebunden. Die Erschießungen wurden von der Guardia Civil vorgenommen, und sie standen noch da und warteten auf weitere Opfer, da trieben die Falangisten uns weg und den Hügel hinauf und ließen die Guardia Civiles stehen, auf die Gewehre gelehnt, und die Leichen blieben an der Wand liegen. Wir waren an den Handgelenken festgebunden, eine lange Kette von Mädchen und Frauen, und sie trieben uns den Berg hinauf und durch die Straßen zum Platz, und auf dem Platz machten sie vor dem Friseurladen halt, der gegenüber dem Rathaus lag.

Dann sahen die beiden Männer uns an, und der eine sagte: ›Das ist die Tochter des Bürgermeisters‹, und der andere sagte: ›Fang bei ihr an!‹

Dann schnitten sie die Stricke durch, die mich an den Handgelenken festbanden, einer sagte zu einigen anderen: ›Macht die Reihe wieder fest!‹, und diese beiden nahmen mich bei den Armen und zerrten mich in den Friseurladen und hoben mich hoch und setzten mich auf den Friseurstuhl und hielten mich fest.

Ich sah mein Gesicht in dem großen Spiegel und die Gesichter der beiden, die mich festhielten, und die Gesichter von drei anderen, die sich über mich beugten, und ich kannte ihre Gesichter nicht, aber im Spiegel sah ich mich und sie, aber sie sahen nur mich. Und es war, wie wenn man beim Zahnarzt sitzt, und es sind viele Zahnärzte da, und alle sind sie verrückt. Mein eigenes Gesicht konnte ich kaum wiedererkennen, weil es sich vor Kummer ganz verändert hatte, aber ich sah es an und wußte, daß *ich* das war. Aber mein Kummer war so groß, daß ich gar keine Angst hatte und gar nichts fühlte außer meinen Kummer.

Damals trug ich mein Haar in zwei Zöpfen, und während ich in den Spiegel schaute, nahm einer der Männer den einen Zopf und riß daran, daß es mir trotz meines Kummers weh tat, und schnitt ihn dann mit einem Rasiermesser dicht am Kopf ab. Und ich sah mich im Spiegel mit einem Zopf und einem borstigen Büschel an Stelle des andern. Dann schnitt er auch den zweiten Zopf ab, ohne daran zu ziehen, und das Rasiermesser streifte mein Ohr, und ich sah Blut aus der Wunde quellen. Spürst du nicht die Narbe mit deinem Finger?«

»Ja, aber wäre es nicht besser, nicht darüber zu reden?«

»Das ist gar nichts. Von den schlimmen Sachen will ich nicht reden. So hatte er nun mit einem Rasiermesser beide Zöpfe dicht am Kopf abgeschnitten, und die anderen lachten, und den Schnitt im Ohr fühlte ich nicht einmal, dann stellte er sich vor mich hin und schlug mir mit den Zöpfen ins Gesicht, während die beiden anderen mich festhielten, und er sagte: ›So machen wir eine rote Nonne aus dir. Das wird dich lehren, dich mit deinen proletarischen Brüdern zu vereinigen. Du Braut des roten Christus!‹

Und er schlug mir wieder und wieder ins Gesicht mit den beiden Zöpfen, die mir gehört hatten, und dann schob er sie mir in den Mund und wickelte sie fest um meinen Hals und machte hinten einen Knoten, um mich zu knebeln, und die beiden, die mich festhielten, lachten.

Und alle, die zuschauten, lachten, und als ich sie im Spiegel lachen sah, fing ich zu weinen an, denn bis dahin war ich von den Erschießungen so betäubt gewesen, daß ich nicht weinen konnte.

Dann begann der eine, der mich geknebelt hatte, mir den Kopf mit einer Haarschneidemaschine zu scheren, zuerst von der Stirn bis in den Nacken und dann kreuz und quer über den ganzen Kopf und dicht hinter den Ohren, und sie hielten mich so, daß ich die ganze Zeit in den Spiegel schauen mußte, und ich konnte es kaum glauben, als ich es mitansah, und ich weinte und weinte, aber ich konnte den Blick nicht abwenden von meinem Spiegelbild, so grauenvoll es aussah, mein Gesicht mit dem offenen Mund und den verknoteten Zöpfen und mein Kopf, der unter der Maschine ganz kahl wurde.

Und als er mit dem Scheren fertig war, nahm er ein Fläschchen Jod von dem Wandbrett des Friseurs (den Friseur hatten sie auch erschossen, weil er einer Gewerkschaft angehörte, und er lag auf der Schwelle des Ladens, und sie hatten mich über ihn weggehoben, als sie mich hereinschleppten), und mit dem Glasstäbchen aus der Jodflasche betupfte er den Schnitt im Ohr, und der leichte Schmerz übertäubte einen Augenblick lang meinen Kummer und mein Entsetzen.

Dann stellte er sich vor mich hin und schrieb mit dem Jod die Buchstaben U. H. P. auf meine Stirn, langsam und sorgfältig jeden einzelnen Buchstaben malend, als ob er ein Künstler wäre, und das alles sah ich im Spiegel mit an, und ich weinte

nicht mehr, denn das Herz war mir erstarrt um meinen Vater und meine Mutter, und das, was jetzt mit mir geschah, war gar nichts, und ich wußte es.
Als der Falangist dann mit dem Malen fertig war, trat er einen Schritt zurück und betrachtete prüfend sein Werk, und dann stellte er die Jodflasche hin und nahm die Maschine und sagte: ›Die Nächste!‹, und sie packten mich bei den Armen und schleppten mich aus dem Laden hinaus, ich stolperte über den Friseur, der dort still auf der Schwelle lag, auf dem Rücken, das graue Gesicht nach oben gekehrt, und wir stießen beinahe mit meiner besten Freundin zusammen, Concepción Gracia, die zwei von ihnen hereinschleppten, und als sie mich sah, erkannte sie mich nicht, und dann erkannte sie mich und begann zu schreien, und ich hörte sie immerzu schreien, während sie mich über den Platz stießen und ins Tor des Rathauses und die Treppen hinauf und in die Kanzlei meines Vaters, wo sie mich auf das Sofa legten. Und dort geschahen die schlimmen Dinge.«

»Mein kleines Kaninchen«, sagte Robert Jordan und drückte sie so fest und sanft an sich, wie er nur konnte. Aber er war so voller Haß, wie das nur menschenmöglich ist. »Sprich nicht mehr darüber. Erzähle mir nichts mehr, denn ich kann schon jetzt meinen Haß nicht mehr ertragen.«

Sie lag steif und kalt in seinen Armen und sagte: »Nein. Ich werde nie mehr darüber reden. Aber sie sind schlechte Menschen, und ich würde gern mit dir zusammen ein paar von ihnen töten, wenn ich könnte. Aber ich habe dir ja das nur erzählt, damit du trotzdem auf mich stolz sein kannst, wenn ich deine Frau werden soll. Damit du alles verstehst.«

»Ich bin froh, daß du es mir erzählt hast«, sagte er. »Denn morgen, wenn wir Glück haben, werden wir eine Menge von ihnen erledigen.«

»Aber werden wir auch Falangisten töten? Die haben es nämlich gemacht.«

»Die Falangisten kämpfen nicht«, sagte er finster. »Sie morden in der Etappe. Ihnen begegnen wir nicht im Kampf.«

»Können wir sie nicht auf irgendeine Weise töten? Ich möchte so gern ein paar von ihnen töten.«
»Ich habe schon einige erledigt«, sagte er. »Und wir werden noch mehr erwischen. In den Zügen haben wir sie erwischt.«
»Ich würde gern mit dir einen Zug überfallen«, sagte Maria. »Damals, nach der Zuggeschichte, als Pilar mich mitnahm, war ich ein bißchen verrückt. Hat sie dir erzählt, wie es mir ging?«
»Ja. Sprich nicht darüber.«
»In meinem Kopf war alles tot und stumpf, und ich konnte nichts weiter tun als immerzu weinen. Aber noch etwas muß ich dir sagen. Das *muß* ich dir sagen. Dann wirst du mich vielleicht nicht heiraten. Aber, Roberto, wenn du mich auch vielleicht nicht heiraten willst, können wir nicht trotzdem immer beisammen bleiben?«
»Ich werde dich heiraten.«
»Nein. Ich hatte etwas vergessen. Vielleicht solltest du mich nicht heiraten. Es ist möglich, daß ich dir nie einen Sohn oder eine Tochter gebären kann, denn Pilar sagt, wenn ich es könnte, wäre es schon nach der Sache passiert, die sie mir angetan haben. Ich muß dir das sagen. Oh, ich weiß nicht, warum ich es vergessen habe.«
»Es ist unwichtig, Häschen«, sagte er. »Erstens braucht es nicht zu stimmen. Das kann nur ein Arzt entscheiden. Ferner möchte ich gar keinen Sohn und keine Tochter in die Welt setzen, in diese Welt, wie sie heute aussieht. Und außerdem gehört meine ganze Liebe dir.«
»Ich möchte dir gern deinen Sohn und deine Tochter gebären«, sagte sie. »Und wie kann denn die Welt besser werden, wenn wir keine Kinder haben, die gegen die Faschisten kämpfen?«
»Du!« sagte er. »Ich liebe dich. Hörst du? Und jetzt müssen wir schlafen, mein Kaninchen. Denn ich muß lange vor Tagesanbruch aufstehen, und die Dämmerung kommt jetzt schon sehr früh.«
»Dann ist es also nicht schlimm, was ich zuletzt sagte? Wir können trotzdem heiraten?«

»Wir sind schon verheiratet. Ich heirate dich jetzt. Du bist meine Frau. Aber schlaf ein, mein Kaninchen, denn wir haben nur noch wenig Zeit.«
»Und wir werden wirklich heiraten? Es ist nicht nur ein Gerede?«
»Wirklich.«
»Dann werde ich schlafen, und wenn ich aufwache, daran denken.«
»Ich auch.«
»Gute Nacht, mein Gemahl.«
»Gute Nacht«, sagte er. »Gute Nacht, meine Gemahlin.«
Er hörte sie jetzt regelmäßig und ruhig atmen, und er wußte, daß sie schlief, und er lag wach und ganz still, um sie nicht durch seine Bewegungen aufzuwecken. Er dachte an das, was sie ihm nicht erzählt hatte, und ein tiefer Haß erfüllte ihn, und er freute sich auf das blutige Morgen. Aber ich darf nichts von alldem persönlich nehmen, dachte er.
Wie läßt sich das vermeiden? Ich weiß, daß auch wir schreckliche Sachen gemacht haben. Aber nur deshalb, weil wir ungebildet waren und es nicht besser verstanden. Sie aber haben es absichtlich und bewußt getan. Die, die das gemacht haben, sind die letzte Blüte der Kultur, in der sie erzogen wurden. Sie sind die Blüte der spanischen Ritterschaft. Was das für Menschen waren! Was für Schurken, von Cortés, Pizarro, Menéndez de Ávila bis hinunter zu Enrique Lister und Pablo! Und was für wunderbare Menschen! Es gibt kein besseres und kein schlimmeres Volk in der Welt. Keine gütigeren und keine grausameren Menschen. Und wer versteht sie eigentlich? Ich nicht, sonst würde ich ihnen alles verzeihen. Verstehen heißt verzeihen. Das stimmt nicht. Man hat das Verzeihen übertrieben. Verzeihung ist ein christlicher Begriff, und Spanien ist nie ein christliches Land gewesen, es hatte immer seinen eigenen besonderen Götzendienst innerhalb der Kirche. *Otra Virgen más.* Deshalb mußten sie wohl die Jungfrauen ihrer Feinde schänden. Sicherlich hat es bei den religiösen Fanatikern tiefer gesessen als bei dem breiten Volk. Das Volk hat sich

allmählich von der Kirche entfernt, weil die Kirche am Regime beteiligt war und das Regime immer ein verrottetes gewesen ist. Das einzige Land, das nie von der Reformation erfaßt wurde! Und jetzt müssen sie für die Inquisition büßen. Ja, darüber konnte man nachdenken. Damit konnte man sich von allen unnützen Grübeleien ablenken. Das ist viel gesünder, als sich was vorzumachen. Mein Gott, heute nacht hat er sich ordentlich was vorgeschwindelt. Und Pilar hat den ganzen Tag lang geschwindelt. Ja. Und *wenn* sie morgen alle zugrunde gehen? Was spielt das für eine Rolle, wenn sie nur die Brücke richtig sprengen? Das ist alles, was sie morgen zu tun haben.

Es spielt keine Rolle. So was kann man nicht ewig fortsetzen. Aber es behauptet auch niemand, daß du ewig leben sollst. Vielleicht, dachte er, habe ich mein ganzes Leben in drei Tagen durchlebt. Wenn das stimmt, dann tut es mir leid, daß wir die letzte Nacht nicht anders verbracht haben. Aber letzte Nächte taugen nie etwas. Nichts Letztes taugt etwas. Ja, letzte Worte taugen zuweilen etwas: »*Viva* mein Mann, der der Bürgermeister dieses Städtchens war.« Das ist gut.

Er wußte, daß es gut war, denn ein Rieseln lief über seinen Körper, wenn er es vor sich hin sagte. Er beugte sich vor und küßte Maria. Sie erwachte nicht. Auf englisch flüsterte er ganz leise: »Ich möchte dich gerne heiraten, Häschen. Ich bin sehr stolz auf deine Familie.«

32

In dieser selben Nacht befanden sich in Madrid eine Menge Leute im Hotel *Gaylord*. Ein Auto fuhr vor dem Portal vor, die Scheinwerfer mit blauem Kalk übertüncht, und ein kleiner Mann in schwarzen Reitstiefeln, grauer Reithose und kurzer grauer, hochgeschlossener Jacke stieg aus, erwiderte, während er die Tür aufmachte, den Gruß der beiden Wachtposten, nickte dem Geheimpolizisten zu, der in der Portierloge saß, und betrat den Lift. Innerhalb der Tür, an beiden Seiten des mit Marmor getäfelten Vestibüls, saßen zwei Wachtposten, und sie blickten nur kurz auf, als der kleine Mann an ihnen vorbei zu der Tür des Lifts ging. Ihre Aufgabe war es, jeden, den sie nicht kannten, an den Hüften, unter den Achseln und an der Seite abzutasten, um zu sehen, ob er nicht eine Pistole bei sich habe und, falls er eine bei sich hatte, sie beim Portier zu hinterlegen. Aber den kleinen Mann in Reitstiefeln kannten sie sehr gut, und sie blickten kaum auf, als er vorüberging. Die Räume, die er im *Gaylord* bewohnte, waren, als er eintrat, voller Menschen. Alle möglichen Leute saßen und standen umher und plauderten miteinander wie in einem Salon, und die Männer und Frauen tranken Wodka, Whisky-Soda und Bier aus kleinen Gläsern, die aus großen Krügen gefüllt wurden. Vier der Männer waren in Uniform, die anderen trugen Windjacken oder Lederjacken, und drei von den vier anwesenden Frauen hatten gewöhnliche Straßenkleider an, während die vierte, die sehr hager und dunkelhäutig war, eine Art strenggeschnittener Milizuniform trug, mit hohen Stiefeln unter dem Rock.

Als Karkow ins Zimmer kam, ging er sofort auf die uniformierte Frau zu, verbeugte sich vor ihr und reichte ihr die Hand. Sie war seine Frau, und er sagte auf russisch etwas zu ihr, das die anderen nicht hören konnten, und einen Moment lang verschwand die hochmütige Unverschämtheit, die in seinen Blicken gelegen hatte, als er ins Zimmer kam. Dann flammte sie wieder auf, als er die mahagonifarbenen Haare und das reizend träge Gesicht des gutgebauten Mädchens erblickte, die seine Geliebte war, er ging mit kurzen, präzisen Schritten zu ihr hin, verbeugte sich und schüttelte ihr die Hand, so höflich, daß niemand hätte sagen können, es sei nicht eine Imitation der Höflichkeiten, mit denen er seine Frau begrüßt hatte. Seine Frau hatte ihm nicht nachgeblickt, während er durch das Zimmer ging. Sie stand neben einem hoch-

gewachsenen, gutaussehenden spanischen Offizier, und sie sprachen jetzt Russisch miteinander.
»Deine große Liebe wird ein bißchen fett«, sagte Karkow zu dem Mädchen. »Wir nähern uns jetzt dem zweiten Kriegsjahr, und da werden alle unsere Helden fett.« Er sah nicht zu dem Mann hin, von dem er sprach.
»Du bist so häßlich, du würdest selbst auf eine Kröte eifersüchtig sein«, sagte das Mädchen heiter. Sie sprach Deutsch.
»Darf ich morgen an die Front mitkommen? Wenn die Offensive beginnt?«
»Nein. Und von einer Offensive ist nicht die Rede.«
»Alle Leute wissen davon«, sagte das Mädchen. »Tu nicht so geheimnisvoll. Dolores geht auch. Ich werde mit ihr oder mit Carmen gehen. Eine Menge Leute gehen mit.«
»Sieh zu, ob dich jemand mitnimmt«, sagte Karkow. »Ich nehme dich nicht mit.«
Dann fragte er in ernstem Ton: »Wer hat dir davon erzählt? Ich will das ganz genau wissen.«
»Richard«, erwiderte sie in ebenso ernstem Ton.
Karkow zuckte die Achseln und ließ sie stehen.
»Karkow!« rief mit galliger Stimme ein mittelgroßer Mann mit einem grauen, schweren, schlaffen Gesicht, geschwollenen Tränensäcken und einer hängenden Unterlippe. »Haben Sie die guten Nachrichten gehört?« Karkow ging zu ihm hin, und der Mann sagte: »Ich habe es gerade erst gehört. Vor knapp zehn Minuten. Großartig! Den ganzen Tag haben die Faschisten bei Segovia untereinander gekämpft. Sie waren gezwungen, die Meutereien mit Schnellfeuerwaffen und MG-Feuer zu unterdrücken. Am Nachmittag haben sie ihre eigenen Leute mit Flugzeugen bombardiert.«
»So?« fragte Karkow.
»Es ist wahr«, sagte der Mann mit den Säcken unter den Augen. »Dolores selbst hat uns die Nachricht gebracht. Sie war von einer so strahlenden Begeisterung, wie ich sie noch nie gesehen habe. Die Wahrheit leuchtet ihr aus dem Antlitz. Dieses wunderbare Antlitz –«, sagte er verzückt.

»Dieses wunderbare Antlitz«, sagte Karkow mit völlig tonloser Stimme.

»Wenn Sie sie hätten hören können«, sagte der Mann mit den Säcken unter den Augen. »Die frohe Nachricht strahlte von ihr aus mit einem Leuchten, das nicht von dieser Welt war. An dem Ton ihrer Stimme konnte man merken, daß alles wahr ist, was sie erzählte. Ich schreibe einen Artikel für die *Iswestja*. Es war das eines meiner größten Kriegserlebnisse, als ich diesen Bericht von ihr hörte. Ihre herrliche Stimme, in der Mitleid, Erbarmen und Wahrheit sich mischen. Güte und Wahrheit strahlen von ihr aus, wie von einer echten Volksheiligen. Und nicht umsonst nennt man sie La Pasionaria.«

»Nicht umsonst«, sagte Karkow mit farbloser Stimme. »Schreiben Sie lieber gleich Ihren Artikel für die *Iswestja,* bevor Sie diesen schönen Satz vergessen.«

»Über diese Frau soll man sich nicht lustig machen. Nicht einmal, wenn man ein Zyniker ist wie Sie«, sagte der Mann mit den Säcken unter den Augen. »Wenn Sie sie gehört hätten und ihr Gesicht gesehen hätten!«

»Diese wunderbare Stimme«, sagte Karkow. »Dieses wunderbare Antlitz. Schreiben Sie es auf«, sagte er. »Erzählen Sie es nicht mir. Verschwenden Sie nicht ganze Zeitungsspalten an mich. Gehen Sie und schreiben Sie es gleich nieder.«

»Nicht gleich.«

»Ich glaube, es ist besser«, sagte Karkow und sah ihn an und blickte dann weg. Der Mann mit den dicken Tränensäcken blieb noch ein Weilchen stehen, das Glas Wodka in der Hand, völlig hingerissen von der Schönheit dessen, was er gesehen und gehört hatte, und dann verließ er den Raum, um es niederzuschreiben.

Karkow ging zu einem anderen der Anwesenden hin, es war das ein ungefähr achtundvierzigjähriger Mann, klein, untersetzt, von jovialem Aussehen, er hatte blaßblaue Augen, schütteres blondes Haar, einen lustigen Mund und einen struppigen blonden Schnurrbart. Er trug Uniform. Er war Ungar und befehligte eine Division.

»Waren Sie hier, als Dolores hier war?« fragte ihn Karkow.
»Ja.«
»Was hat sie erzählt?«
»Irgend so was, daß die Faschisten einander in die Haare geraten sind. Großartig, wenn es wahr ist.«
»Es wird viel über den morgigen Tag geredet.«
»Skandalös. Man müßte sämtliche Journalisten erschießen und die meisten der hier Anwesenden und vor allem diesen intriganten deutschen Lausekerl, diesen Richard. Und der Bursche, der diesem Sonntagsvögler ein Brigadekommando gegeben hat, gehört auch erschossen. Vielleicht gehören wir beide auch erschossen. Durchaus möglich«, sagte der General lachend. »Aber daß Sie es ja nicht vorschlagen.«
»Über solche Dinge spreche ich nicht gern«, sagte Karkow. »Dieser Amerikaner, der manchmal hierherkommt, ist drüben. Sie wissen schon, wen ich meine. Diesen Jordan, der Partisanenarbeit macht. Er ist in der Gegend, in der sich die Sache abgespielt haben soll.«
»Na, dann dürfte er wohl noch heute nacht einen Bericht senden«, sagte der General. »Ich bin dort unten nicht gern gesehen, sonst würde ich runtergehen und mich für Sie erkundigen. Er arbeitet in dieser Sache mit Golz zusammen, wie? Sie werden ja Golz morgen sehen.«
»Morgen früh.«
»Kommen Sie ihm nicht zu nahe, solange nicht alles gutgeht«, sagte der General. »Er kann euch Halunken ebensowenig ausstehen wie ich. Obwohl er gutmütiger ist.«
»Aber diese Geschichte da —«
»Wahrscheinlich haben die Faschisten Manöver abgehalten«, sagte der General grinsend. »Na, wir werden sehen, ob Golz ein bißchen mit ihnen manövrieren kann. Er soll es nur mal versuchen. Bei Guadalajara haben wir ganz schön mit ihnen manovriert.«
»Ich höre, Sie reisen *auch*«, sagte Karkow und zeigte lächelnd seine schlechten Zähne. Der General wurde plötzlich wütend.

»Das habe ich auch gehört. Jetzt wird über *mich* geschwatzt. Immerzu wird über uns geschwatzt. Dieser dreckige, stinkende Klatschzirkel! Ein einziger Mensch, der imstande wäre, den Mund zu halten, könnte das Land retten, sofern er sich's zutraut.«
»Ihr Freund Prieto zum Beispiel versteht den Mund zu halten.«
»Aber er traut sich nicht zu, daß er siegen könnte. Wie kann man siegen, ohne an das Volk zu glauben?«
»Das müssen *Sie* entscheiden«, sagte Karkow. »Ich lege mich jetzt ein bißchen schlafen.«
Er verläßt das von Rauch und Klatsch erfüllte Zimmer, geht in das Schlafzimmer, setzt sich aufs Bett und zieht die Stiefel aus. Er hört immer noch die Stimmen, deshalb macht er die Tür zu und öffnet das Fenster. Er zieht sich nicht erst aus, denn um zwei Uhr früh heißt es aufbrechen, über Colmenar, Cerceda und Navacerrada an die Front, wo Golz kurz nach Tagesanbruch angreifen wird.

33

Es war zwei Uhr früh, als Pilar ihn aufweckte. Als ihre Hand ihn berührte, glaubte er zuerst, es sei Maria, und er drehte sich zu ihr um und sagte: »Kaninchen.« Dann schüttelte ihn die kräftige Hand Pilars an der Schulter, und er war mit einemmal völlig wach, seine Hand umklammerte den Griff der Pistole, die an seinem nackten rechten Bein lag, alles an ihm war so gespannt wie die entsicherte Pistole.
Im Dunkeln sah er, daß es Pilar war, und er blickte auf das Zifferblatt seiner Armbanduhr, sah die zwei Zeiger in spitzem Winkel in der Nähe der Zwölfleuchten, sah, daß es erst zwei war, und sagte: »Was ist mit dir los, Frau?«
»Pablo ist verschwunden«, sagte Pilar zu ihm.
Robert Jordan zog Hose und Schuhe an. Maria war nicht aufgewacht.

»Wann?« fragte er.
»Es muß eine Stunde her sein.«
»Und?«
»Er hat etwas von deinen Sachen mitgenommen«, sagte die Frau in kläglichem Ton.
»So. Was denn?«
»Ich weiß es nicht«, sagte sie. »Komm und schau nach.«
Im Dunkeln gingen sie zu dem Eingang der Höhle hinüber, bückten sich unter die Decke und gingen hinein. Robert Jordan folgte Pilar in die Höhle, in der es nach kalter Asche, schlechter Luft und schlafenden Menschen roch, knipste seine elektrische Taschenlampe an, um nicht über die Schlafenden zu stolpern. Anselmo wachte auf und fragte: »Ist es Zeit?«
»Nein«, sagte Robert Jordan. »Schlaf, Alter!«
Die beiden Rucksäcke lagen am Kopfende von Pilars Bett, das durch eine Decke von der übrigen Höhle abgegrenzt war. Als Robert Jordan niederkniete und das Licht der Taschenlampe auf die beiden Rucksäcke richtete, stank ihm das Bett in die Nase, schal, nach getrocknetem Schweiß riechend, ekelhaft süßlich wie das Lager eines Indianers. Beide Rucksäcke waren von oben bis unten aufgeschlitzt. Robert Jordan nahm die Taschenlampe in die linke Hand und griff mit der Rechten in den ersten Sack. In diesem Packen pflegte er den Schlafsack zu verwahren, er konnte also nicht ganz voll sein. Er war auch nicht ganz voll. Ein bißchen Draht war noch da, aber die viereckige Holzschachtel des Zünders war verschwunden, ebenso die Zigarrenkiste mit den sorgfältig eingewickelten und verpackten Zündhütchen, ebenso die verschraubbare Dose mit der Zündschnur und den Kapseln.
Robert Jordan griff in den zweiten Sack, der noch mit Sprengstoff vollgepfropft war. Ein Paket vielleicht mochte fehlen.
Er stand auf und wandte sich zu Pilar. Es gibt ein hohles, leeres Gefühl, das einen manchmal überfällt, wenn man morgens zu früh aufgeweckt wird, und das fast das Vorgefühl einer nahenden Katastrophe ist; dieses Gefühl überwältigte ihn nun in tausendfach gesteigertem Maße.

»Und das nennst du auf meine Sachen aufpassen!« sagte er.
»Ich hatte meinen Kopf und den einen Arm dagegen gelehnt«, erwiderte Pilar.
»Und du hast gut geschlafen.«
»Hör zu!« sagte die Frau. »Er ist nachts aufgestanden, und da sagte ich: ›Wo gehst du hin, Pablo?‹ Und er sagte: ›Urinieren, Weib‹, und ich schlief wieder ein. Als ich wieder aufwachte, wußte ich nicht, wieviel Zeit vergangen war, aber ich dachte mir, weil er nicht da war, er würde zu den Pferden hinuntergegangen sein, wie das seine Gewohnheit war. Dann«, fuhr sie in kläglichem Ton ruhig fort, »als er nicht zurückkam, wurde ich unruhig, und als ich unruhig wurde, befühlte ich die Rucksäcke, um mich zu überzeugen, daß nichts passiert war, und da merkte ich, daß sie aufgeschlitzt waren, und da ging ich zu dir.«
»Komm!« sagte Robert Jordan.
Sie standen jetzt draußen vor der Höhle, und es war noch so mitternächtlich, daß man kaum die Nähe des Morgens fühlte.
»Muß er mit den Pferden an den Wachtposten vorüber oder hat er andere Wege?«
»Er hat zwei Wege.«
»Wer steht oben?«
»Eladio.«
Robert Jordan sagte kein Wort mehr, bis sie die Wiese erreicht hatten, wo die Pferde zur Weide angepflockt waren. Drei Pferde weideten auf der Wiese. Der große Braune und der Graue waren verschwunden.
»Wie lange, glaubst du, ist es her, daß er dich verlassen hat?«
»Es muß ungefähr eine Stunde her sein.«
»Dann ist *das* erledigt«, sagte Robert Jordan. »Ich werde mir die Reste meiner Sachen holen und mich wieder hinlegen.«
»Ich werde schon aufpassen.«
»*Qué va,* du wirst aufpassen! Du hast schon einmal aufgepaßt.«
»*Inglés*«, sagte die Frau, »mir ist genauso zumute wie dir. Es gibt nichts, was ich nicht tun würde, um dir dein Eigentum zurückzuholen. Du brauchst mich nicht zu kränken. Wir sind beide von Pablo betrogen worden.«

Als sie das sagte, wurde Robert Jordan klar, daß er sich den Luxus des Böseseins nicht leisten könne, daß er sich's nicht leisten könne, sich mit Pilar zu verzanken. Er hatte noch allerlei vor an diesem Tag, der bereits vor mehr als zwei Stunden begonnen hatte.
Er legte die Hand auf ihre Schulter. »Es macht nichts, Pilar«, sagte er. »Das sind keine sehr wichtigen Sachen, die er mitgenommen hat. Wir werden etwas improvisieren, das ebensogut ist.«
»Aber was hat er denn mitgenommen?«
»Nichts Wichtiges, Frau. Ein paar Luxusdinge, die man sich gestattet.«
»War es ein Teil des Sprengmechanismus?«
»Ja. Aber man kann das Zeug auch auf andere Weise zum Explodieren bringen. Sag mir, hat Pablo nicht Zündschnur und Kapseln? Er muß doch welche bekommen haben.«
»Er hat sie mitgenommen«, sagte Pilar bekümmert. »Ich habe sofort nachgesehen, sie sind auch weg.«
Sie gingen durch den Wald zu dem Eingang der Höhle zurück.
»Schlaf ein bißchen«, sagte er. »Seien wir froh, daß wir Pablo los sind.«
»Ich gehe zu Eladio hinauf.«
»Er hat sicher einen anderen Weg genommen.«
»Ich gehe trotzdem hinauf. Ich habe dich mit meiner Dummheit hineingelegt.«
»Nein«, sagte er. »Schlaf ein bißchen, Frau. Um vier müssen wir unterwegs sein.«
Er ging mit ihr in die Höhle, holte die zwei Rucksäcke, trug sie vorsichtig in beiden Armen, damit nichts aus den Schlitzen herausfalle.
»Ich werde die Risse zunähen.«
»Kurz bevor wir aufbrechen!« sagte er leise. »Es soll kein Vorwurf gegen dich sein, daß ich sie mitnehme, aber ich schlafe ruhiger.«
»Ich muß sie rechtzeitig haben, damit ich die Risse zunähen kann.«

»Du wirst sie rechtzeitig haben«, sagte er. »Schlaf ein bißchen, Frau.«

»Nein«, sagte sie. »Ich habe dich im Stich gelassen, und ich habe die Republik im Stich gelassen.«

»Leg dich ein bißchen schlafen, Frau!« sagte er freundlich. »Leg dich ein bißchen schlafen.«

34

Hier hielten die Faschisten die Hügelkämme besetzt. Dann kam ein Tal, das war Niemandsland, bis auf einen faschistischen Posten in einem Bauernhaus mit Nebengebäuden und Scheune, die sie befestigt hatten. Andrés, der mit Robert Jordans Depesche auf dem Weg zu Golz war, machte im Dunkeln einen großen Bogen um den Posten. Er wußte, daß an einer bestimmten Stelle ein Draht gespannt war, der einen Selbstschuß auslöste, er fand den Draht, stieg darüber weg und marschierte das schmale Flüßchen entlang, an dessen Ufern Pappeln wuchsen; ihre Blätter raschelten im Nachtwind. In dem Bauernhaus, in dem der faschistische Posten lag, krähte ein Hahn, und als Andrés sich umschaute, sah er zwischen den Stämmen der Pappeln einen Lichtstreifen in einem der Fenster des Bauernhauses. Die Nacht war still und klar. Andrés verließ das Flüßchen und begann den Wiesengrund zu überqueren.

Auf der Wiese standen vier Heuschober, die hatten schon im Juli vorigen Jahres dagestanden, als die ersten Kämpfe begannen. Niemand hatte das Heu weggeschafft, und die vier Jahreszeiten, die inzwischen verstrichen waren, hatten die Haufen plattgedrückt und das Heu wertlos gemacht.

So eine Verschwendung, dachte Andrés, während er über einen Draht wegstieg, der zwischen zwei Heuschobern hindurchlief. Aber die Republikaner müßten das Heu den steilen Guadarrama-Hang hinaufschleppen, der hinter der Wiese begann, und die Faschisten brauchten es wohl nicht, dachte er.

Sie haben Heu, soviel sie brauchen, und auch genügend Getreide. Sehr viel haben sie, dachte er. Aber morgen früh werden wir ihnen einen Hieb versetzen. Morgen früh werden wir ihnen die Sache mit Sordo heimzahlen. Diese Barbaren! Aber morgen wird es ordentlich stauben!
Er wollte den Botengang schnell hinter sich bringen, um frühmorgens rechtzeitig zu dem Angriff auf die Posten zurück zu sein. Aber wollte er denn wirklich zurück sein oder tat er nur so vor sich selber? Er wußte, daß es ihm wie eine Gnadenfrist vorgekommen war, als der *Inglés* ihm befahl, sich mit der Depesche auf den Weg zu machen. Er hatte dem kommenden Tag mit Ruhe entgegengesehen. Das war nun einmal das, was zu geschehen hatte. Er hatte dafür gestimmt und würde mitmachen. Die Erledigung Sordos hatte tiefen Eindruck auf ihn gemacht. Aber das war schließlich Sordo gewesen, das waren nicht sie gewesen. Was sie zu tun haben, werden sie tun.
Aber als der *Inglés* ihm von der Depesche sprach, da hatte er das gleiche Gefühl gehabt wie in seiner Knabenzeit, wenn er am Morgen des Kirchweihfestes erwachte und es draußen heftig regnen hörte, so daß er wußte, es würde zu feucht sein, und die Stierhatz auf dem Marktplatz würde abgeblasen werden.
Er liebte als Junge die Stierhatz, und er freute sich immer auf sie und auf den Augenblick, da er auf dem Marktplatz stehen wird, in der heißen Sonne und im Staub, im Kreis der Karren, die man rings umher aufgestellt hat, um alle Ausgänge zu verrammeln und eine geschlossene Arena zu bilden, in der, wenn sie die Hinterwand der Kiste hochziehen, der Stier erscheinen wird, über die Bretter rutschend und mit allen vieren bremsend. Erregt, entzückt und schwitzend vor Angst sah er dem Augenblick entgegen, da er auf dem Platz stehen und das Geklapper der Hörner hören wird, die gegen das Holz der Transportkiste schlagen, und dann der Anblick des Stiers, wie er rutschend und bremsend auf den Platz herunterkommt, den Kopf hoch aufgerichtet, die Nüstern gebläht, die Ohren zukkend, Staub auf dem schimmernd schwarzen Fell, die Flanken

mit getrocknetem Dung befleckt, der Anblick seiner weit auseinanderstehenden Augen, der starren Augen unter den wuchtig ausladenden Hörnern, die glatt und fest sind wie vom Sande geglättetes Treibholz, die scharfen Spitzen nach oben gerichtet, so daß bei ihrem Anblick der Herzschlag ein wenig stockt.

Das ganze Jahr hindurch freute er sich auf diesen Augenblick, da der Stier auf den Platz herunterkommt und man seine Augen beobachtet, während er sich den aussucht, auf den er nun losgehen wird, mit gesenktem Kopf und stoßbereiten Hörnern, in dem jähen Katzengalopp, der einem anfangs das Blut in den Adern erstarren läßt. Das ganze Jahr hindurch freute er sich als Junge auf diesen Augenblick, aber das Gefühl, das er empfand, als der *Inglés* ihn mit der Depesche wegschickte, war das gleiche wie damals, wenn er erwachte und den erlösenden Regen auf das Schieferdach, gegen die Hausmauern und in die Pfützen auf der schmutzigen Dorfstraße prasseln hörte.

Er hatte sich bei diesen Dorf-*capeas* stets sehr tapfer gehalten, so tapfer wie nur irgendeiner im Dorf oder aus den benachbarten Dörfern, und um nichts in der Welt hätte er auch nur eine einzige von ihnen versäumen wollen, wenn er auch die *capeas* anderer Dörfer nicht besuchte. Er brachte es fertig, ganz ruhig zu warten, wenn der Stier auf ihn losging, und erst im letzten Augenblick sprang er beiseite. Er schwenkte einen Sack vor seiner Schnauze, um ihn abzulenken, wenn er einen umgeschmissen hatte, und viele Male hatte er die Hörner gepackt, wenn der Stier einen zu Boden geworfen hatte, und hatte ihn weggezerrt, ihn geschlagen und in die Schnauze getreten, bis er den am Boden Liegenden in Frieden ließ und auf irgendwen anders losging.

Er packte den Schwanz des Stiers, um ihn von einem Umgefallenen wegzuzerren, die Füße gegen den Boden gestemmt, mit beiden Händen an dem Schwanz zerrend und ihn zu einer Spirale drehend. Einmal hatte er mit der einen Hand den Schweif so weit herumgerissen, daß er mit der anderen Hand eines der Hörner packen konnte, und als der Stier den Kopf hob, um auf ihn loszugehen, war er rücklings mit dem Stier im Kreise gelaufen, den Schweif mit der einen Hand und das Horn mit der anderen festhaltend, bis die übrigen herangestürmt kamen und mit ihren Messern auf den Stier einstachen. In dem Staub und in der Hitze, in dem Geschrei und in dem Stier-, Menschen- und Weingestank war er einer der ersten gewesen, die sich auf den Stier hinaufschwangen, und er kannte das Gefühl, wenn der Stier unter ihm bockte und schaukelte und er auf dem Widerrist lag, den einen Arm um das dicke untere Ende des einen Hornes geschlungen und mit der Hand das andere Horn festhaltend, die Finger gewaltsam verkrampft, während sein Körper hin und her geschleudert wurde und er das Gefühl hatte, sein linker Arm würde ihm aus dem Gelenk gerissen, während er auf dem heißen, staubigen, struppigen, rüttelnden Muskelberg lag, die Zähne fest in das Ohr verbissen, und sein Messer immer wieder und wieder in die schwellende, sich bäumende Wölbung des Nackens stieß, die nun seine Faust mit heißem Blut übersprudelte, wie er mit seinem ganzen Gewicht an dem hohen Schräghang des Widerrists hing und unaufhörlich auf den Nacken losstach, losstach, losstach . . .

Als er das erste Mal so das Ohr des Stiers mit den Zähnen packte und nicht mehr losließ, Hals und Kinnbacken gestrafft in dem Schütteln und Rütteln, hatten sich nachher alle über ihn lustig gemacht. Aber obwohl sie ihn damit aufzogen, hatten sie doch großen Respekt vor ihm. Und nun mußte er es Jahr für Jahr wiederholen. Sie nannten ihn den Bulldog von Villaconejos und sagten im Scherz von ihm, er fresse die Rinder roh. Aber alle im Dorf freuten sich schon auf diesen Anblick, und jedes Jahr wußte er, daß der Stier zuerst herauskommen wird, dann auf die Leute losgehen und seine Hörner schütteln wird, und dann, wenn sie mit lauten Geschrei das Signal für den letzten Ansturm geben, wird er sich so hinstellen, daß er durch die Schar der Angreifenden hindurchstürmt und auf den Rücken des Stiers springt. Wenn dann alles vorbei ist und sie den Stier erledigt haben und er schließlich

unter dem Gewicht der Schlächter tot zusammengebrochen ist, erhebt sich Andrés und geht weg, und er schämt sich wegen der Ohrengeschichte, aber er ist so stolz, wie man nicht stolzer sein kann. Und er zwängt sich zwischen den Karren hindurch, um sich im Springbrunnen die Hände zu waschen, erwachsene Männer klopfen ihm auf die Schulter und reichen ihm ihre Weinschläuche und sagen: »Ein Hurra für dich, Bulldog! Es lebe deine Mutter!«
Oder sie sagten: »Das heißt ein Paar *cojones* haben! Jahr um Jahr!«
Andrés schämte sich, er hat ein Gefühl der Leere, er ist stolz und glücklich, und er läßt sie alle stehen, wäscht sich die Hände und den rechten Arm und wäscht sorgfältig das Messer, nimmt dann einen der Weinschläuche, um den Ohrengeschmack für dieses Jahr aus dem Mund zu spülen, spuckt den ersten Schluck auf die Steinfliesen der Plaza, bevor er den Weinschlauch hochhebt und den Wein in die Gurgel sprudeln läßt.
Gewiß. Er war der Bulldog von Villaconejos, und um nichts in der Welt hätte er darauf verzichten wollen, Jahr für Jahr in seinem Dorf dieses Kunststück zu wiederholen. Aber er wußte, daß es nichts Schöneres gab als das Gefühl, das der prasselnde Regen in ihm erweckte, wenn er dann wußte, diesmal würde er sich's sparen können.
Aber ich muß zurück, sagte er sich. Keine Frage, daß ich zurück muß, um bei der Geschichte mit den Posten und der Brücke mit dabei zu sein. Mein Bruder Eladio ist auch mit dabei, mein eigen Fleisch und Blut. Und Anselmo, Primitivo, Fernando, Agustín, Rafael, wenn der auch freilich nicht ernst zu nehmen ist, dann die beiden Frauen, Pablo und der *Inglés,* obgleich der *Inglés* nicht mitzählt, weil er Ausländer ist und nur seine Befehle durchführt. Alle sind sie mit dabei. Nein, das geht nicht, daß mir durch einen zufälligen Botengang diese Prüfung erspart bleibt. Ich muß jetzt ganz schnell die Depesche abliefern und mich dann beeilen, um zu dem Angriff auf die Posten zurechtzukommen. Es wäre würdelos von mir,

wegen eines zufälligen Botenganges an diesem Gefecht nicht teilzunehmen. Nichts klarer als das! Und außerdem, sagte er sich wie einer, dem plötzlich einfällt, daß ein Unternehmen, das er bisher nur von seiner beschwerlichen Seite her betrachtet hat, auch seine erfreulichen Seiten hat, außerdem wird es Spaß machen, ein paar Faschisten umzubringen. Es ist schon zu lange her, daß wir ihnen auf den Pelz gerückt sind. Das kann morgen ein sehr lebhafter Kampftag werden. Das kann morgen ein Tag des Handelns werden. Das kann morgen ein Tag werden, der sich verlohnt. Wenn es nur schon morgen wäre, und wenn ich nur mit dabei wäre!
In diesem Augenblick, als er gerade knietief im Ginster den steilen Abhang hinaufstieg, der zu den republikanischen Linien führte, flog zu seinen Füßen ein Rebhuhn auf, mit jäh losplatzendem, surrendem Flügelschlag im Dunkel der Nacht, und der Schreck verschlug ihm den Atem. Das macht die Plötzlichkeit, dachte er. Wie können sie bloß ihre Flügel so schnell bewegen? Wahrscheinlich ein Weibchen, das gerade brütet. Ich bin wahrscheinlich mit dem Fuß an das Nest angestoßen. Wenn nicht Krieg wäre, würde ich ein Taschentuch an den Busch binden und bei Tageslicht wiederkommen und das Nest ausnehmen, und dann könnte ich die Eier nehmen und sie einer Bruthenne unterlegen, und wenn sie dann ausschlüpfen, hätten wir kleine Rebhuhnküken auf dem Hühnerhof, und ich würde zuschauen, wie sie heranwachsen, und wenn sie herangewachsen sind, benütze ich sie als Lockvögel. Ich müßte sie nicht blenden, weil sie ja zahm sein würden. Oder glaubst du, sie würden wegfliegen? Möglich. Dann würde ich sie also doch blenden müssen.
Aber das möchte ich nicht gern tun, nachdem ich sie großgezogen habe. Ich könnte ihnen die Flügel stutzen oder sie an einem Bein festbinden, wenn ich sie zum Locken benütze. Wenn nicht Krieg wäre, würde ich mit Eladio zu dem Bach dort hinten bei dem faschistischen Posten gehen und Krebse fischen. Einmal haben wir an einem einzigen Tag vier Dutzend Krebse aus diesem Bach geholt. Wenn wir nach dieser

Brückengeschichte in die Sierra de Gredos gehen, gibt es dort schöne Forellenbäche und Krebsbäche auch. Hoffentlich gehen wir in die Gredos, dachte er. Im Sommer und im Herbst lebt sich's gut in den Gredos, aber im Winter ist es schrecklich kalt. Aber bis zum Winter werden wir vielleicht den Krieg gewonnen haben.

Wenn unser Vater kein Republikaner gewesen wäre, dann würden wir beide, Eladio und ich, jetzt bei den Faschisten dienen, und wenn man bei den Faschisten dient, gibt es gar keine Probleme. Man gehorcht den Befehlen, man bleibt am Leben, oder man stirbt, und zuletzt wird es so sein, wie es eben sein muß. Es ist leichter, unter einem Regime zu leben, als es zu bekämpfen.

Aber dieser Guerillakrieg ist eine sehr verantwortungsvolle Sache. Er bereitet einem viel Kopfzerbrechen, wenn man ein Mensch ist, der sich gerne den Kopf zerbricht. Eladio denkt mehr nach als ich. Er macht sich auch Sorgen. Ich glaube ehrlich an die Sache und mache mir keine Sorgen. Aber es ist ein sehr verantwortungsvolles Leben.

Ich finde, wir sind in einer sehr schwierigen Zeit zur Welt gekommen, dachte er. Wahrscheinlich ist es zu jeder anderen Zeit einfacher gewesen. Man leidet nur wenig, weil wir alle dazu geschaffen sind, Leiden zu ertragen. Wer leidet, paßt nicht in dieses Klima. Aber es ist eine Zeit schwieriger Entschlüsse. Die Faschisten haben uns angegriffen und uns die Entscheidung aus der Hand genommen. Wir kämpfen um unser Leben. Aber mir wär's lieber, ich könnte ein Taschentuch an diesen Busch dort hinten binden und bei Tageslicht wiederkommen und die Eier nehmen und sie einer Henne unterlegen und dann die Rebhuhnküken auf meinem eigenen Hühnerhof herumlaufen sehen. Ich habe Sehnsucht nach solchen kleinen und alltäglichen Dingen.

Aber, dachte er, du hast kein Haus und keinen Hühnerhof zu deinem Nichthaus. Du hast keine Angehörigen außer einem Bruder, der morgen in den Kampf geht, und du besitzt nichts als den Wind und die Sonne und einen leeren Magen. Der

Wind ist zu dünn, dachte er, und die Sonne scheint nicht. Du hast vier Handgranaten in der Tasche, aber die sind gerade nur zum Wegschmeißen gut. Du hast einen Karabiner auf dem Rücken, aber der taugt nur zum Kugelstreuen. Du hast eine Depesche zu verschenken. Und du bist angefüllt mit Dreck, den du der Erde schenken kannst. Er grinste im Finstern. Du kannst ihn auch mit Urin salben. Alles, was du hast, ist nur zum Weggeben gut. Du bist ein philosophisches Phänomen und ein unglücklicher Mensch, sagte er sich und grinste wieder. Aber trotz der edlen Gedanken, die er noch vor einer Weile gehegt hatte, erfüllte ihn jenes Gefühl der Erleichterung, das das Regengeräusch in seinem Dorf am Morgen der Fiesta in ihm zu erwecken pflegte. Vor ihm, auf der Höhe des Kammes, lagen nun die Stellungen der Regierungstruppen, und er wußte, dort würde er angehalten werden.

35

Robert Jordan lag im Schlafsack neben Maria, die noch schlief. Er lag von ihr abgekehrt, er fühlte ihren langen Körper an seinem Rücken, und diese Berührung war jetzt der reine Hohn. Du, du, sagte er wütend zu sich selber. Ja, du! Als du ihn zum erstenmal sahst, sagtest du dir, wenn er freundlich wird, beginnt er zu verraten. Du verdammter Idiot! Du gottverdammter, hoffnungsloser Idiot! Laß das sein. Das ist nicht gerade das, was du jetzt zu tun hast.

Wie groß sind die Chancen, daß er das Zeug versteckt oder weggeworfen hat? Nicht sehr groß. Außerdem kannst du es im Dunkeln nicht finden. Er wird es wohl mitgenommen haben. Er hat ja auch etwas Dynamit mitgenommen. Oh, dieser schmutzige, gemeine, verräterische Saukopf! Dieser schmutzige, verrottete Scheißkerl!

Warum konnte er nicht einfach abhauen, ohne den Zünder und die Kapseln mitzunehmen? Warum war ich ein so hoff-

nungsloser, gottverdammter Idiot, daß ich sie bei diesem beschissenen Weibsbild gelassen habe? So ein schlauer, verräterischer Schweinehund! So ein dreckiger *cabron* !
Laß das sein und beruhige dich, sagte er zu sich. Du mußtest ein gewisses Risiko auf dich nehmen, und etwas Besseres stand dir nicht zur Verfügung. Man hat dich angeschissen, sagte er sich. Man hat dich einfach hereingelegt, nach allen Regeln der Kunst. Verlier nicht den Kopf, hör auf, wütend zu sein, hör auf, zu lamentieren wie eine verdammte Klagemauer. Das ist zu billig. Weg ist das Zeug. Hol dich der Teufel, es ist weg! Oh, oh, hol der Teufel dieses dreckige Schwein! Du wirst dich schon herauswinden, du weißt, daß du die Brücke sprengen mußt, und wenn du dich hinstellen mußt und – das ist auch dummes Zeug. Warum fragst du nicht deinen Großvater um Rat?
Oh, zum Teufel mit meinem Großvater, zum Teufel mit diesem ganzen verräterischen Teufelsland und sämtlichen verteufelten Spaniern hüben wie drüben, hol sie alle der Teufel! Hol sie alle miteinander der Teufel, Largo, Prieto, Asensio, Miaja, Rojo, alle miteinander! Alle sollen sie krepieren, alle soll sie der Teufel holen. Hol der Teufel dieses ganze von Verrätern wimmelnde Land! Hol der Teufel ihren Egoismus und ihren Eigennutz und ihren Eigennutz und ihren Egoismus und ihre Eitelkeit und ihre Verrätereien! Hol sie der Teufel, bevor wir für sie krepiert sind! Hol sie der Teufel, nachdem wir für sie krepiert sind! Alle soll sie der Teufel holen! Gott verdamme diesen Pablo! Pablo, das ist ganz Spanien, Gott erbarme sich des spanischen Volkes! Jeder ihrer Führer wird sie verraten. In zweitausend Jahren ein einziger braver Mann, Pablo Iglesias, alle anderen waren Verräter. Woher wissen wir, wie *er* sich in diesem Krieg gehalten hätte? Ich erinnere mich noch, wie ich Largo für okay hielt. Durruti war ein anständiger Kerl, und seine eigenen Leute haben ihn erschossen, an der Puente de los Franceses. Haben ihn erschossen, weil er von ihnen verlangte, daß sie den Gegner angreifen sollen. Haben ihn erschossen in der ruhmreichen Disziplin der Disziplinlosigkeit. Die feigen Schweine! Oh, hol sie alle der Teufel, alle

miteinander! Und dieser Pablo, der mir einfach mit meinem Zünder und meinen Kapseln durchbrennt! Krepieren soll er! Nein. *Wir* sind am Krepieren. Er hat uns hereingelegt. Immer legen sie einen herein, von Cortés und Menéndez de Ávila bis zu Miaja. Schau nur, was Miaja dem Kléber angetan hat. Dieses glatzköpfige, egoistische Schwein! Dieser dumme, eierköpfige Lump! Hol der Teufel alle diese verrückten, egoistischen, verräterischen Schweine, die seit eh und je Spanien beherrscht und seine Armeen geführt haben. Hol sie alle der Teufel bis auf das Volk, und dann paß verdammt gut auf, was aus dem Volk wird, wenn es zur Macht kommt.

Als er sich so in immer größere Übertreibungen hineinsteigerte und seiner Verachtung einen so allgemeinen und ungerechten Ausdruck gab, daß er sie selber nicht mehr für ernst halten konnte, begann sein Zorn sich zu legen. Wenn das alles wahr ist, warum bist du dann hier? Du weißt, daß es nicht wahr ist. Schau dir alle die braven Leute an! Schau dir alle die prächtigen Kerle an! Er konnte es nicht ertragen, ungerecht zu sein. Er haßte Ungerechtigkeit, wie er Grausamkeit haßte, und die Wut, die ihn so völlig verblendet hatte, verebbte allmählich, die heiße schwarze, blindmachende, tödliche Wut war mit einemmal ganz verschwunden und sein Verstand nun so still, so leer gelassen und scharf, so klarblickend, wie es einem sonst nur passiert, wenn man mit einer Frau geschlafen hat, die man nicht liebt.

Er beugte sich zu Maria hinüber. »Und du, du armes Häschen«, sagte er. Sie lächelte im Schlaf und rückte dicht zu ihm hin. »Vor einer Weile hätte ich dich geohrfeigt, wenn du auch nur ein Wort gesagt hättest. Wie tierisch ist ein wütender Mensch!«

Er hatte jetzt die Arme um das Mädchen gelegt und das Kinn auf ihre Schulter, und während er so neben ihr lag, überlegte er genau, was er nun zu tun hatte und wie er es würde anpacken müssen.

Es ist nicht so schlimm, dachte er. Es ist wirklich gar nicht so schlimm. Ich weiß nicht, ob das einmal ein Mensch gemacht hat. Aber von jetzt an wird es immer wieder Leute geben, die in einer ähnlichen Zwangslage das gleiche machen. *Falls* es uns gelingt, und *falls* die anderen davon hören. *Falls* sie davon hören, ja. Wenn sie sich nicht bloß fragen, wie denn das möglich war. Wir haben zu wenig Leute, aber es hat keinen Zweck, darüber nachzudenken. Das, was ich habe, muß reichen. Mein Gott, ich bin froh, daß ich meinen Zorn überwunden habe. Es ist, als ob einem ein Sturmwind den Atem verschlüge. Zornig sein ist auch so ein verdammter Luxus, den du dir nicht leisten kannst.

»Die Rechnung ist klar, *guapa*«, sagte er leise an Marias Schulter. »Du bist nicht belästigt worden. Du hast gar nichts davon gewußt. Wir werden sterben, aber wir werden die Brücke sprengen. Du hast dir nicht den Kopf zerbrechen müssen. Das ist kein sehr großartiges Hochzeitsgeschenk, aber wird denn nicht behauptet, ein guter Nachtschlaf sei unbezahlbar? Du hast einen guten Schlaf getan. Sieh zu, ob du ihn tragen kannst wie einen Fingerring. Schlaf, *guapa*. Schlaf gut, mein Liebes. Ich wecke dich nicht auf. Das ist alles, was ich jetzt für dich tun kann.«

Er lag neben ihr, hielt sie leicht in seinen Armen, fühlte ihren Atem und fühlte ihren Herzschlag und sah auf seiner Armbanduhr, wie Minute um Minute verrann.

36

Andrés hatte die Stellung der Republikaner angerufen. Das heißt, er hatte sich unterhalb des dreireihigen Stacheldrahtverhaus, dort, wo der Boden jäh sich senkte, auf die Erde gelegt und dann zu der aus Steinen und Erde errichteten Schanze hinaufgerufen. Es gab hier keine zusammenhängende Verteidigungslinie, und er hätte sich ganz leicht im Dunkeln an dieser Stellung vorbeischleichen und weit in das Regierungsgebiet vordringen können, bevor er auf jemanden gestoßen wäre, der ihn angehalten hätte. Aber es erschien ihm einfacher und sicherer, die Sache gleich hier zu erledigen.

»*Salud!*« hatte er gerufen. »*Salud, milicianos!*«

Er hörte den Bolzen eines Gewehrverschlusses knacken. Dann fiel ein Schuß. Ein peitschender Knall und ein Feuerstrahl, der durch das Dunkel nach unten zuckte. Andrés hatte sich, als er den Verschluß knacken hörte, flach ausgestreckt und preßte den Kopf gegen die Erde.

»Nicht schießen, Genossen!« schrie Andrés. »Nicht schießen! Ich will zu euch hinüber.«

»Wieviel seid ihr?« rief eine Stimme hinter der Brustwehr.

»Einer. Ich ganz allein.«

»Wer bist du?«

»Andrés López aus Villaconejos. Von Pablos Trupp. Mit einer Depesche.«

»Hast du ein Gewehr und deine Ausrüstung bei dir?«

»Ja, Mann.«

»Ohne Gewehr und Ausrüstung dürfen wir keinen hereinlassen«, sagte die Stimme. »Und auch nicht mehr als drei auf einmal.«

»Ich bin allein«, rief Andrés. »Es ist wichtig. Laßt mich durch.«

Er hörte sie hinter der Schanze reden, aber er verstand nicht, was sie sagten. Dann rief die Stimme abermals: »Wieviel seid ihr?«

»Einer. Ich allein. Um Gottes willen!«

Wieder redeten sie hinter der Verschanzung. Dann von neuem die Stimme: »Hör zu, Faschist!«

»Ich bin kein Faschist«, rief Andrés. »Ich bin ein *guerrillero* von Pablos Trupp. Ich habe eine Depesche an den Generalstab.«

»Er ist verrückt«, hörte er jemanden sagen. »Schmeißt eine Bombe hinunter.«

»Hört zu!« sagte Andrés. »Ich bin allein. Ich bin völlig allein. Ich – – – mitten in die heiligen Mysterien, daß ich allein bin! Laßt mich rein.«

»Er redet wie ein Christenmensch«, hörte er jemanden sagen und lachen.

Dann sagte ein anderer: »Das beste ist, eine Bombe hinunterzuschmeißen.«

»Nein!« rief Andrés. »Das wäre ein großer Fehler. Die Sache ist wichtig. Laßt mich hinein.«

Das war der Grund, warum er nicht gern die Linien passierte. Manchmal ging es besser, manchmal ging es schlechter. Nie aber war es sehr schön.

»Du bist allein?« rief wieder die Stimme herunter.

»*Me cago en la leche!*« rief Andrés. »Wie oft muß ich dir das noch sagen! Ich bin allein.«

»Wenn du allein bist, dann steh auf und halte dein Gewehr über den Kopf.«

Andrés stand auf und hob mit beiden Händen den Karabiner über seinen Kopf empor.

»Komm jetzt durch den Stacheldraht!« rief die Stimme. »Die *máquina* ist auf dich gerichtet.«

Andrés befand sich nun in dem Zickzack des ersten Drahtgürtels.

»Ich brauche meine Hände, um durchzukommen«, rief er.

»Laß sie oben!«

»Ich bin an dem Draht hängengeblieben«, rief Andrés.

»Es wäre viel einfacher gewesen, eine Bombe hinunterzuschmeißen«, sagte eine Stimme.

»Laß ihn doch das Gewehr umhängen!« sagte eine andere Stimme. »Er kann nicht mit erhobenen Händen durch den Drahtverhau. Sei doch ein bißchen vernünftig.«

»Alle diese Faschisten sind sich gleich«, sagte die andere Stimme. »Sie stellen eine Bedingung nach der andern.«

»Hört doch zu!« rief Andrés. »Ich bin kein Faschist, sondern ein *guerrillero* von Pablos Trupp. Wir haben mehr Faschisten umgebracht als der Typhus.«

»Ich habe nie etwas von Pablos Trupp gehört«, sagte der Mann, der offenbar den Posten befehligte. »Und auch nicht von Peter und nicht von Paul und keinem anderen Heiligen oder Apostel. Und auch nichts von ihren Trupps. Häng dein Gewehr um und gebrauche deine Hände, um durch die Drähte durchzukommen.«

»Bevor wir dir mit der *máquina* eins aufbrennen!« schrie ein anderer.

»*Qué poco amables sois!*« sagte Andrés. »Ihr seid nicht sehr liebenswürdig.« Er arbeitete sich durch den Drahtverhau durch.

»*Amables!*« rief einer zurück. »Wir sind im Krieg, Mann.«

»Es scheint so«, sagte Andrés.

»Was sagt er?«

Wieder hörte Andrés das Klicken eines Gewehrverschlusses.

»Nichts!« rief er. »Ich habe gar nichts gesagt. Schießt nicht, bevor ich über diesen Hurendraht weg bin.«

»Sprich nicht schlecht von unserem Draht!« rief einer. »Sonst schmeißen wir dir eine Bombe an den Kopf.«

»*Quiero decir, qué buena alambrada!*« rief Andrés. »Was für ein schöner Draht! Gott in der Latrine! Was für ein süßer Draht! Bald bin ich bei euch, Brüder!«

»Schmeißt ihm eine Bombe an den Kopf«, hörte er die Stimme wiederholen. »Ich sage euch, das ist die gesündeste Art, diese ganze Geschichte zu behandeln.«

»Brüder!« sagte Andrés. Er war mit Schweiß bedeckt, er wußte, daß der Befürworter des Bombenschmeißens durchaus imstande wäre, im nächsten Augenblick eine Handgranate herunterzuschmeißen. »Ich bin ganz unwichtig.«

»Das glaube ich«, sagte der Bombenmann.

»Du hast recht«, sagte Andrés. Er arbeitete sich vorsichtig durch den dritten Drahtgürtel durch und war nun schon ganz nahe an die Verschanzung herangekommen. »Ich bin ganz und gar unwichtig. Aber die Sache selbst ist sehr ernst. *Muy, muy, serio.*«

»Es gibt nichts Ernsteres als die Freiheit«, rief der Bombenmann. »Glaubst du, daß es etwas Ernsteres gibt als die Freiheit?« fragte er herausfordernd.

»Nein, Mann!« sagte Andrés erleichtert. Er wußte jetzt, daß er die Verrückten vor sich hatte, die mit den schwarz-roten Halstüchern. »*Viva la libertad!*«

»*Viva la F. A. I.! Viva la C. N. T.!*« riefen sie von der Schanze zurück. »*Viva el anarco-sindicalismo* und die Freiheit!«

»*Viva nosotros!*« schrie Andrés. »Hoch sollen wir leben!«
»Er ist unser Glaubensbruder«, sagte der Bombenmann, »und beinahe hätte ich ihn mit diesem Ding da getötet.«
Er betrachtete die Handgranate in seinen Fingern und war tief gerührt, als Andrés über die Verschanzung geklettert kam. Er umarmte ihn, die Granate immer noch in der einen Hand, so daß sie an Andrés' Schulterblatt zu liegen kam, und küßte ihn auf beide Wangen.
»Ich bin froh, daß dir nichts geschehen ist, Bruder«, sagte er. »Ich bin sehr froh.«
»Wo ist dein Offizier?« fragte Andrés.
»Ich führe hier das Kommando«, sagte ein Mann. »Zeig mir deine Papiere.«
Er ging mit den Papieren in einen Unterstand und prüfte sie beim Schein einer Kerze. Da war das kleine Viereck gefalteter Seide in den Farben der Republik mit dem Siegel S. I. M. in der Mitte. Da war der *salvoconducto* oder Geleitpaß, auf dem Name, Alter, Größe, Geburtsort und der erteilte Auftrag verzeichnet waren; Robert Jordan hatte ihn ausgestellt, auf einem Blatt aus seinem Notizbuch, und ihn mit dem Gummistempel S. I. M. gestempelt. Und da waren schließlich die vier gefalteten Blätter der Depesche an Golz, mit einer Schnur zusammengebunden und mit einem Wachssiegel versehen, in dem die Metallbuchstaben S. I. M. abgedrückt waren, welche sich oben an dem Holzgriff des Gummistempels befanden.
»So was habe ich schon mal gesehen«, sagte der Kommandant des Postens und gab Andrés das Stück Seide zurück. »Ich weiß, das habt ihr alle. Aber sein Besitz beweist nichts ohne das da.«
Er nahm den *salvoconducto* zur Hand und las ihn noch einmal durch. »Wo bist du geboren?«
»In Villaconejos«, sagte Andrés.
»Und was wächst dort?«
»Melonen«, sagte Andrés. »Wie alle Welt weiß.«
»Wen kennst du dort?«
»Warum? Bist du auch von dort?«

»Nein. Aber ich bin schon mal dort gewesen. Ich bin aus Aranjuez.«

»Frag mich nach jemand.«

»Beschreibe mir den José Rincon.«

»Der die Bodega hat?«

»Natürlich.«

»Er hat einen kahlgeschorenen Kopf und einen dicken Bauch und schielt.«

»Dann ist dieses Papier gültig«, sagte der Mann und gab es ihm zurück. »Aber was machst du denn drüben bei den Faschisten?«

»Unser Vater hatte sich vor der Bewegung in Villacastín niedergelassen«, sagte Andrés. »In der Ebene hinter den Bergen. Und dort hat uns die Bewegung überrascht. Seither habe ich in Pablos Trupp mitgekämpft. Aber ich habe große Eile, Mann, die Depesche ist eilig.«

»Wie steht's im Land der Faschisten?« fragte der Kommandant. Er hatte es nicht eilig.

»Heute hatten wir viel *tomate*«, sagte Andrés stolz. »Heute hat es den ganzen Tag sehr gestaubt. Heute haben sie Sordos Trupp erledigt.«

»Und wer ist Sordo?« fragte der andere mißbilligend.

»Der Führer eines der besten Trupps in den Bergen.«

»Ihr solltet lieber zur Republik kommen und in die Armee eintreten«, sagte der Offizier. »Dieser dumme Guerilla-Unsinn macht sich viel zu breit. Ihr solltet lieber zu uns kommen und euch unserer freiheitlichen Disziplin unterwerfen. Wenn wir es dann für nötig halten, Guerillas loszuschicken, können wir sie losschicken, je nach Bedarf.«

Andrés besaß eine fast übermenschliche Geduld. Das Durchschreiten des Stacheldrahtverhaus hatte ihn keinen Augenblick lang aus der Ruhe gebracht. Dieses ganze Verhör hatte ihn keinen Augenblick lang nervös gemacht. Er fand es durchaus normal, daß dieser Offizier nicht begriff, wer sie waren und was sie machten. Und daß er so idiotisches Zeug daherredete, war ja nur zu erwarten. Und es war auch zu erwarten gewesen, daß alles so langsam gehen würde. Aber jetzt wollte er endlich weiterkommen.

»Hör mal, *compadre!*« sagte er. »Es ist sehr gut möglich, daß du recht hast. Aber ich habe den Auftrag, diese Depesche dem kommandierenden General der 35. Division zu übergeben, die bei Tagesanbruch zum Angriff vorgeht, und es ist bereits spät in der Nacht, und ich muß weiter.«

»Was für ein Angriff? Was weißt du von einem Angriff?«

»Ich weiß gar nichts. Aber ich muß nach Navacerrada und dann weiter. Willst du mich jetzt zu deinem Vorgesetzten schicken, damit er mich in einem Auto weiterbefördert? Schick einen deiner Leute mit, der für mich bürgt, damit es keine weiteren Verzögerungen gibt.«

»Mich macht das alles sehr mißtrauisch«, sagte der Offizier. »Vielleicht wäre es doch besser gewesen, dich abzuschießen, als du an den Stacheldraht herankamst.«

»Du hast meine Papiere gesehen, Genosse, und ich habe dir meinen Auftrag erklärt«, sagte Andrés geduldig.

»Papiere kann man fälschen«, sagte der Offizier. »Jeder Faschist kann sich so einen Auftrag ausdenken. Ich werde selber mit dir zu dem Kommandanten gehen.«

»Gut«, sagte Andrés. »Komm nur mit. Aber rasch!«

»Du, Sánchez! Du übernimmst an meiner Stelle das Kommando«, sagte der Offizier. »Du kennst deine Pflichten genauso gut wie ich. Ich bringe diesen sogenannten Genossen zum Kommandanten.«

Sie gingen durch den niedrigen Graben hinter der Hügelkuppe, und in der Dunkelheit roch Andrés den Unrat, den die Verteidiger des Hügels in dem Farnkraut auf dem Hang abgelagert hatten. Ihm gefielen diese Leute nicht, sie waren wie gefährliche Kinder, schmutzig, verkommen, undiszipliniert, freundlich, zärtlich, dumm und unwissend, aber stets gefährlich, weil sie Waffen hatten. Er, Andrés, hatte keine politischen Ansichten, er war bloß ein Anhänger der Republik. Oft hatte er diese Leute reden hören, und er fand, daß das, was sie sagten, sich oft recht schön und erfreulich anhörte, aber er konnte

sie trotzdem nicht leiden. Das ist nicht Freiheit, daß man den eigenen Dreck nicht vergräbt, dachte er. Kein Tier ist freier als die Katze, aber sie verscharrt ihren Dreck. Die Katze ist der beste Anarchist. Solange sie das nicht von der Katze gelernt haben, habe ich keinen Respekt vor ihnen.
Der Offizier vor ihm blieb plötzlich stehen.
»Du hast doch deinen *carabine*«, sagte er.
»Ja«, sagte Andrés. »Wie denn nicht?«
»Gib ihn mir!« sagte der Offizier. »Du könntest mich von hinten erschießen.«
»Wieso?« fragte Andrés. »Warum sollte ich dich von hinten erschießen?«
»Man kann nie wissen«, sagte der Offizier. »Ich traue keinem Menschen. Gib mir den Karabiner!«
Andrés nahm den Karabiner von der Schulter.
»Wenn es dir Spaß macht, ihn zu tragen!« sagte er.
»Es ist besser so«, sagte der Offizier. »Es ist sicherer so.« Sie gingen im Dunkeln den Hügel hinunter.

37

Nun lag Robert Jordan neben dem Mädchen und sah auf seiner Armbanduhr die Zeit vergehen. Sie verging langsam, fast unmerklich, denn es war eine kleine Uhr, und er konnte den kleinen Zeiger nicht sehen. Aber während er den Minutenzeiger beobachtete, merkte er, daß es ihm, wenn er sich sehr anstrengte, beinahe möglich war, seine Bewegung zu verfolgen. Des Mädchens Kopf ruhte unter seinem Kinn, und wenn er den Kopf bewegte, um auf die Uhr zu schauen, fühlte er das kurzgestutzte Haar an seiner Wange, es war so weich, aber auch so lebendig und seidig gewellt wie ein Marderfell, das sich unter der streichelnden Hand aufrichtet, wenn du die Falle öffnest, den Marder heraushebst, ihn in die Höhe hältst und seinen Pelz glättest. Es würgte ihn in der Kehle, wenn

seine Wange an Marias Haar entlangstrich, und ein hohles Schmerzgefühl lief von seinem Hals durch den ganzen Körper, wie er sie so in seinen Armen hielt; sein Kopf sank herab, er beugte den Kopf dicht zu der Armbanduhr nieder, dicht zu dem Zifferblatt, über dessen linke Hälfte das lanzenförmige leuchtende Stäbchen langsam emporstieg. Er sah es jetzt deutlich vorwärtsrücken, langsam und stetig, und er preßte Maria fester an sich, um den Lauf des Zeigers zu bremsen. Er wollte sie nicht aufwecken, aber er brachte es auch nicht über sich, sie in diesen letzten Minuten in Ruhe zu lassen, er küßte sie hinters Ohr und ließ seine Lippen an ihrem Hals entlanggleiten, fühlte an seinen Lippen die glatte Haut und die weiche Berührung ihres Haars. Er sah den Zeiger der Uhr wandern, und er drückte Maria noch fester an sich, strich mit der Zungenspitze über ihre Wange bis zum Ohrläppchen und über die lieblichen Windungen bis zu dem süßen, festen Rand, und seine Zunge zitterte. Er fühlte, wie dieses Zittern seine lechzende Sehnsucht durchzuckte, und jetzt sah er den Uhrzeiger im spitzen Winkel zu dem höchsten Punkt hinaufsteigen, der den Ablauf der Stunde bezeichnet. Während sie noch schlief, bog er ihren Kopf zu sich heran und legte seine Lippen auf die ihren. Sie berührten nur ganz leicht den schlafstarren Mund, er schwenkte leise den Kopf hin und her, er fühlte, wie seine Lippen sanft die Lippen des Mädchens streiften. Er kehrte sich zu ihr, er fühlte, wie ein Schauder durch den langen, leichten, reizenden Körper lief, und dann seufzte sie im Schlaf, und dann preßte sie ihn, immer noch schlafend, an sich, und dann schlief sie nicht mehr, ihre Lippen lagen fest und hart an den seinen, sich festsaugend, und er sagte: »Aber die Schmerzen.«
Und sie sagte: »Nein, es tut nicht mehr weh.«
»Mein Kaninchen.«
»Nein, sprich nicht!«
»Mein Kaninchen.«
»Sprich nicht! Sprich nicht!«
Dann waren sie beisammen, so daß sie, während der Zeiger der Uhr, unsichtbar nun, immer weiterrückte, wußten, daß

dem einen nichts widerfahren könne, was nicht auch dem andern widerführe, daß mehr nicht geschehen könne als dieses, daß dies alles war und das Immer, das Gewesene und das Heute und das Künftige. Was ihnen nicht vergönnt war, sie hatten es nun. Sie hatten das Jetzt und das Zuvor und das Immerdar und das Jetzt, das Jetzt, das Jetzt. Oh, jetzt, jetzt, jetzt, das einzige Jetzt, und vor allem jetzt, und es gibt kein anderes Jetzt neben dir, mein Jetzt, und Jetzt ist dein Prophet. Jetzt und immer nur jetzt. Komm, du mein Jetzt, denn es ist kein Jetzt außer dem Jetzt. Ja, jetzt. Jetzt, bitte jetzt, nur jetzt, nichts anderes, nur dieses Jetzt, und wo bist du, und wo bin ich, und wo ist der andere, und nicht das Warum, niemals das Warum, nur dieses Jetzt; und weiter und immer nur, bitte, das Jetzt, immer das Jetzt, von jetzt an immer nur das eine Jetzt, ein einziges, kein anderes ist das einzige Jetzt, eines, jetzt entschwindend, jetzt emporsteigend, jetzt dahinschwebend, jetzt dich verlassend, jetzt entrollend, jetzt in höchsten Höhen schwebend, jetzt fort, jetzt weg, weit weg, ganz weit weg; eines und eines ist eines, ist eines, ist eines, ist eines, ist immer noch eines, ist immer noch eins, ist eins im Gleiten, ist eins im Sanften, ist eins im Sehnen, ist eins in der Güte, ist eins im Frohsinn, ist eins, das man streichelt, ist eins auf der Erde nun, die Ellbogen gegen die Fichtenzweige gestemmt, die abgeschnittenen Fichtenzweige, die das Lager dieser Nacht waren, mit dem Geruch der Äste und der Nacht, endgültig auf der Erde nun und im Morgen des kommenden Tages.

Dann sagte er, denn das andere war nur in seinem Kopf gewesen, und er hatte nichts gesagt: »O Maria, ich liebe dich, und ich danke dir.«

Maria sagte: »Sprich nicht. Es ist besser, wenn wir nicht sprechen.«

»Ich muß es dir sagen, denn es ist etwas Großes.«

»Nein.«

»Mein Kaninchen –«

Aber sie drückte ihn fest an sich und wandte den Kopf ab, und er fragte leise: »Schmerzen, mein Kaninchen?«

»Nein«, sagte sie. »Es ist nur, daß auch ich dankbar bin, weil ich noch einmal in *La Gloria* war.«
Dann lagen sie still, Seite an Seite, ihre Fußgelenke, ihre Hüften, ihre Schenkel und Schultern berührten einander, Robert Jordan hatte nun wieder die Uhr vor Augen, und Maria sagte: »Wir haben viel Glück gehabt.«
»Ja«, sagte er, »wir sind die reinen Glückspilze.«
»Zum Schlafen haben wir keine Zeit mehr?«
»Nein«, sagte er, »jetzt geht es bald los.«
»Wenn wir aufstehen müssen, wollen wir gehen und etwas essen.«
»Gut.«
»Du! Du machst dir doch nicht wegen irgend etwas Sorgen?«
»Nein.«
»Wirklich nicht?«
»Nein, jetzt nicht mehr.«
»Aber früher hast du dir Sorgen gemacht?«
»Eine Zeitlang.«
»Kann ich dir irgendwie helfen?«
»Nein«, sagte er. »Du hast mir genug geholfen.«
»Das? Das habe ich für dich getan.«
»Für uns beide«, sagte er. »Darin ist keiner allein. Komm, mein Kaninchen, ziehen wir uns an.«
Aber seine Gedanken, die seine besten Gefährten waren, dachten: *La Gloria*. Sie sagte *la Gloria*. Das ist nicht *glory*, Ruhm, oder *la gloire*, von der die Franzosen sprechen und schreiben. *La Gloria* findest du im Cante Hondo und in den Saetas, bei El Greco und natürlich bei San Juan de la Cruz und den anderen. Ich bin kein Mystiker, aber das abzuleugnen wäre ebenso dumm, wie wenn man bestreiten wollte, daß es ein Telefon gibt oder daß die Erde sich um die Sonne dreht, oder daß es noch andere Planeten außer dem unseren gibt.
Wie wenig wissen wir von dem, was wir wissen könnten. Ich möchte gern noch lange leben, statt heute zu sterben, weil ich in diesen vier Tagen sehr viel über das Leben erfahren habe,

mehr, glaube ich, als in all den vergangenen Jahren. Ich möchte gern ein alter Mann werden und alles gründlich wissen, ob man immer weiterlernt oder ob es für jeden Menschen ein gewisses Quantum gibt, das er begreifen kann? Ich glaubte, über so vieles Bescheid zu wissen, wovon ich gar nichts weiß. Wenn ich nur mehr Zeit hätte!
»Du hast mich vieles gelehrt, *guapa*«, sagte er in seiner Muttersprache.
»Was sagst du?«
»Ich habe vieles von dir gelernt.«
»*Qué va!*« sagte sie. »*Du* bist gebildet, nicht ich.«
Gebildet, dachte er. Ich verfüge nur über die ersten Anfänge einer wirklichen Bildung. Die ersten kleinsten Anfänge. Wenn ich heute sterbe, ist das eigentlich schade, denn jetzt weiß ich doch immerhin einiges. Vielleicht hast du es nur deshalb gelernt, weil die Kürze der Zeit dich überempfindlich gemacht hat? Aber so was gibt es ja gar nicht – »Kürze der Zeit!« Du solltest so klug sein, das zu wissen. Ich bin mein Leben lang in diesen Bergen gewesen. Anselmo ist mein ältester Freund. Ich kenne ihn besser als Charles, besser als Chub, besser als Guy, besser als Mike, und die kenne ich gut. Agustín mit seinem schändlichen Maul ist mein Bruder, und ich hatte nie einen Bruder. Maria ist meine Liebste und meine Frau. Ich habe nie eine Liebste gehabt. Ich habe nie eine Frau gehabt. Sie ist auch meine Schwester, und ich habe nie eine Schwester gehabt, und meine Tochter, und ich werde nie eine Tochter haben. Es ist so schön, ich verlasse es nicht gern. Er wurde eben mit dem Zuschnüren seiner Schuhe fertig.
»Ich finde das Leben sehr interessant«, sagte er zu Maria. Sie saß neben ihm auf dem Schlafsack, die Hände über den Fußgelenken verschränkt. Jemand schob den Vorhang im Eingang der Höhle beiseite, und sie sahen beide das Licht. Es war noch finstere Nacht, nichts kündigte den Morgen an, aber als er durch das Kieferngeäst aufblickte, sah er, daß die Sterne schon sehr tief hinabgewandert waren. Der Morgen wird schnell herandämmern.

»Roberto!« sagte Maria.
»Ja, *guapa*.«
»Heute werden wir beisammen bleiben, nicht wahr?«
»Später, ja.«
»Nicht von Anfang an?«
»Nein. Du bleibst bei den Pferden.«
»Darf ich nicht mit dir mitkommen?«
»Nein, das, was zu machen ist, kann nur ich machen, und ich hätte Angst um dich.«
»Aber du kommst rasch wieder, wenn es getan ist?«
»Ganz schnell«, sagte er und lächelte im Dunkeln. »Komm, *guapa*, gehen wir etwas essen!«
»Und dein Schlafsack?«
»Wickle ihn zusammen, wenn es dir Spaß macht.«
»Es macht mir Spaß«, sagte sie.
»Ich werde dir helfen.«
»Nein. Laß mich's allein machen.«
Sie kniete nieder, um den Schlafsack zu glätten und zusammenzurollen, besann sich dann, stand auf und schüttelte ihn, daß es klatschte. Dann kniete sie wieder hin, strich ihn glatt und rollte ihn zusammen. Robert Jordan nahm die beiden Rucksäcke, hielt sie sehr vorsichtig, um nichts von dem Inhalt zu verlieren, und ging zwischen den Kiefern zu dem Höhleneingang hinüber, vor dem die rußgeschwärzte Decke hing. Auf seiner Uhr war es zehn vor drei, als er mit dem Ellbogen die Decke beiseite schob und in die Höhle ging.

38

Sie waren alle in der Höhle, die Männer standen vor dem Feuer, dem Maria Luft zufächelte. Pilar hatte einen Topf voll Kaffee fertig. Sie war überhaupt nicht wieder zu Bett gegangen, nachdem sie Robert Jordan aufgeweckt hatte, und jetzt saß sie auf einem Schemel in der verräucherten Höhle und nähte den Schlitz in dem einen der Rucksäcke zu. Der andere Rucksack war bereits geflickt. Der Feuerschein beleuchtete ihr Gesicht.

»Nimm noch etwas von dem Schmorfleisch«, sagte sie zu Fernando. »Was macht es aus, wenn dein Bauch vollgestopft ist? Es ist ohnedies kein Doktor in der Nähe, der dich operiert, wenn sie ihn dir aufschlitzen.«

»Rede nicht solches Zeug, Weib!« sagte Agustín. »Du hast ein Maul wie die große Hure.«

Er stützte sich auf das leichte MG, dessen Beine eng um den zerkratzten Lauf zusammengeklappt waren, seine Taschen staken voller Handgranaten, über der einen Schulter hatte er einen Sack mit Magazinscheiben und über der anderen einen gefüllten Patronengurt hängen. Er rauchte eine Zigarette, hielt in der anderen Hand eine Tasse mit Kaffee und blies Rauch in die Tasse, während er sie an die Lippen hob.

»Du bist ein wandelnder Eisenladen«, sagte Pilar zu ihm. »Mit diesem Kram kommst du keine hundert Meter weit.«

»*Qué va,* Weib!« sagte Agustín. »Es geht immer bergab.«

»Erst müssen wir zu dem Posten hinauf!« sagte Fernando. »Bevor es bergab zu gehen beginnt.«

»Ich werde wie eine Ziege klettern«, sagte Agustín.

»Und dein Bruder?« fragte Eladio. »Dein famoser Bruder hat sich gedrückt!«

Eladio stand an der Wand. »Halt's Maul!« sagte er.

Er war nervös, und er wußte, daß alle es merkten. Immer wenn es zum Kampf ging, war er nervös und gereizt. Er trat zum Tisch und begann seine Taschen mit Handgranaten zu füllen, aus einem der mit Rohleder bezogenen Körbe, die geöffnet an dem Tischbein lehnten.

Robert Jordan hockte neben ihm vor dem Korb. Er langte in den Korb und wählte vier Granaten aus. Drei waren vom Typ der Mill-Bomben, eiförmig, aus schwerem Eisen, mit einer Sprungfeder, die durch einen Keil mit daran befestigtem Zugring in ihrer Lage festgehalten wurde.

»Wo stammen die her?« fragte er Eladio.
»Die? Die kommen aus der Republik. Der Alte hat sie uns gebracht.«
»Wie sind sie?«
»*Valen más que pesan*«, sagte Eladio. »Sie sind jede ein Vermögen wert.« »*Ich* habe sie gebracht«, sagte Anselmo. »Sechzig in einem Rucksack. Neunzig Pfund, *Inglés*.«
»Habt ihr sie schon mal verwendet?« fragte Robert Jordan die Frau.
»*Qué va*, ob wir sie verwendet haben!« sagte Pilar. »Mit diesen Dingern hat Pablo den Posten in Otero niedergemacht.«
Als sie Pablos Namen nannte, fing Agustín zu fluchen an. Robert Jordan sah Pilars Miene im Feuerschein.
»Laß das sein!« sagte sie scharf zu Agustín. »Es hat keinen Zweck, darüber zu reden.«
»Sind sie alle explodiert?« Robert Jordan hielt die graugestrichene Handgranate in der Hand und prüfte mit dem Daumennagel die Krümmung des Keils.
»Alle«, sagte Eladio. »Nicht ein einziger Versager war unter denen, die wir benützten.«
»Und explodieren sie rasch?«
»Rasch. Sehr rasch. Dort, wo man sie mit aller Kraft hinschleudern kann.«
»Und diese da?«
Er hielt eine Bombe in die Höhe, die die Form einer Suppenkanne hatte, mit einer Drahtschlinge, um die ein Band gewickelt war.
»Die sind Dreck«, sagte Eladio. »Ja, sie platzen. Aber es gibt nur einen Knall und keine Splitter.«
»Aber funktionieren sie immer?«
»*Qué va*, immer!« sagte Pilar. »Weder bei unserer noch bei ihrer Munition gibt es ein *Immer*.«
»Aber du hast gesagt, die anderen funktionieren immer.«
»Nicht ich habe das gesagt«, erwiderte Pilar. »Du hast nicht mich gefragt, sondern einen andern. Ich habe bei diesem ganzen Mist noch nie ein *Immer* erlebt.«

»Sie sind alle geplatzt«, sagte Eladio beharrlich. »Sprich die Wahrheit, Weib!«
»Woher weißt du denn, daß sie alle geplatzt sind?« fragte ihn Pilar. »Pablo hat sie geschmissen. Du hast bei Otero keinem Menschen ein Haar gekrümmt.«
»Dieser verdammte Hurensohn!« begann Agustín.
»Laß das sein!« sagte Pilar in scharfem Ton. Dann fuhr sie fort: »Sie sind alle ziemlich gleich, *Inglés*. Aber die gewellten sind einfacher.«
Ich werde lieber für jeden Sprengsatz je eine von beiden Sorten nehmen, dachte Robert Jordan. Aber die gezackte Type ist leichter und sicherer abzuziehen.
»Hast du die Absicht, Bomben zu schmeißen, *Inglés*?« fragte Agustín.
»Warum denn nicht?« sagte Robert Jordan.
Aber wie er so dahockte und die Handgranaten sortierte, dachte er: Es ist unmöglich. Ich weiß nicht, wie ich mir so was habe einreden können! Als sie Sordo überfielen, war das für uns eine ebensolche Katastrophe, wie es für Sordo eine Katastrophe war, daß der Schneefall aufhörte. Du darfst es bloß nicht wahrhaben. Du mußt weitermachen und einen Plan entwerfen, von dem du weißt, daß er unmöglich durchzuführen ist. Du hast diesen Plan entworfen, und jetzt weißt du, daß er nichts taugt. Du kannst mit den Leuten, die dir zur Verfügung stehen, einen der beiden Posten ohne weiteres erledigen, aber du kannst sie nicht beide erledigen. Das heißt, nicht mit *Sicherheit*. Mach dir nichts vor. Vor allem jetzt nicht, da der Tag herandämmert!
Unsinnig jeder Versuch, beide Posten zu nehmen. Pablo hat das die ganze Zeit über gewußt. Wahrscheinlich hat er von Anfang an die Absicht gehabt, sich zu drücken, aber als Sordo angegriffen wurde, da wußte er, daß wir in der Tinte sitzen. Du kannst nicht eine militärische Operation auf die Voraussetzung gründen, daß ein Wunder geschehen wird. Wenn du nicht mehr Leute hast, als dir jetzt zur Verfügung stehen, gehen sie dir alle kaputt, und dabei wirst du nicht einmal die

Brücke gesprengt haben. Du wirst Pilar, Anselmo, Agustín, Primitivo, den nervösen Eladio, den Taugenichts Rafael und den alten Fernando in den Tod hetzen, ohne daß die Brücke gesprengt wird. Glaubst du, es wird ein Wunder geschehen, Golz wird die Depesche erhalten und den Angriff abblasen? Wenn das nicht geschieht, wirst du sie alle durch deine Befehle in den Tod hetzen. Auch Maria. Auch sie wirst du mit diesen Befehlen ums Leben bringen. Kannst du nicht wenigstens *sie* retten? Hol der Teufel diesen verdammten Pablo!
Nein. Nur nicht wütend werden! Das ist ebenso schlimm wie in die Hosen machen. Aber statt mit deinem Mädchen zu schlafen, hättest du vielleicht mit Pilar die ganze Nacht durch die Berge reiten und versuchen sollen, genügend Leute zusammenzutrommeln, um die Sache zu schmeißen. Ja, dachte er. Und wenn mir dabei was passierte, war ich nicht mehr zur Stelle, um die Brücke zu sprengen. Ja, das ist es. Deshalb bist du nicht losgeritten. Und du konntest auch nicht einen anderen schicken, weil du nicht Gefahr laufen durftest, ihn auch noch zu verlieren und dann noch einen Mann weniger zu haben. Du mußtest deine Leute zusammenhalten und einen Plan entwerfen, um mit ihnen die Sache durchzuführen.
Aber dein Plan ist einen Dreck wert. Einen Dreck, sage ich dir. Er ist eine Ausgeburt der Nacht, und jetzt graut der Morgen. Pläne, die man in der Nacht macht, taugen frühmorgens nichts mehr. Was man sich in der Nacht ausdenkt, hält morgens nicht mehr stand. Jetzt weißt du also, daß dein Plan nichts taugt.
Wie denn aber, wenn John Mosby Sachen gemacht hat, die ebenso unmöglich erschienen wie diese da? Bestimmt hat er solche Sachen gemacht. Noch viel schwierigere. Und vergiß nicht, das Überraschungsmoment richtig einzuschätzen. Vergiß das nicht! Vergiß nicht: Wenn du es zum Klappen bringen kannst, ist es nicht mehr idiotisch. Aber so darfst du an die Sache nicht herangehen. Du hast dafür zu sorgen, daß sie nicht nur möglicherweise, sondern ganz bestimmt gelingt. Aber schau doch nur, wie das alles gelaufen ist! Es hat von Anfang an nicht

gestimmt, und so wächst das Unheil an, wie ein Schneeball, der durch nassen Schnee rollt.

Am Tisch hockend, blickte er auf und sah Maria, und sie lächelte ihm zu. Er lächelte zurück, aber es war nur Fassade, er wählte vier weitere Handgranaten aus und steckte sie in seine Taschen. Ich könnte die Zünder abschrauben und sie separat verwenden, dachte er. Aber ich glaube nicht, daß die Splitter was schaden werden. Sowie die Granate platzt, geht auch die Ladung los, so daß sie nicht auseinanderfliegen wird. Jedenfalls halte ich es nicht für wahrscheinlich. Ich halte es sogar für ausgeschlossen. Hab doch ein kleines bißchen Selbstvertrauen! sagte er sich. Du, der du heute nacht darüber nachgedacht hast, was für ein Teufelskerl dein Großvater war, was für ein Teufelskerl du bist und was für ein Feigling dein Vater war! Zeig jetzt ein bißchen Selbstvertrauen!

Er lächelte wieder Maria zu, aber das Lächeln saß noch immer nicht tiefer als die Haut, die sich allzu straff über seine Bakkenknochen und seine Lippen spannte.

Sie findet dich wunderbar, dachte er. Ich finde, du bist einen Dreck wert. Und die *gloria* und all das dumme Zeug, das du dir eingeredet hast! Du hattest großartige Ideen, wie? Die ganze Welt hat dir gehört, wie? Hol der Teufel das alles! Sachte, sachte, sagte er sich. Nur nicht in Wut geraten! Das ist auch nur ein Ausweg. Immer gibt es Auswege. Jetzt heißt es, die Zähne zusammenbeißen. Es hat keinen Zweck, alles, was gewesen ist, zu verleugnen, nur weil es dir verlorengeht. Benimm dich nicht wie die vermaledeite Schlange mit dem gebrochenen Rückgrat, die sich selber zerfleischt. Und dein Rückgrat ist noch gar nicht gebrochen, du Hund! Warte, bis es weh tut, bevor du zu heulen anfängst. Warte, bis der Kampf losgeht, bevor du in Wut gerätst. Dazu hast du Zeit genug, wenn der Kampf begonnen hat. Und im Kampf wird deine Wut dir nützen.

Pilar kam mit dem Rucksack zu ihm.

»Jetzt hält es«, sagte sie. »Die Handgranaten sind sehr gut, *Inglés*. Du kannst dich auf sie verlassen.«

»Wie fühlst du dich, Frau?«

Sie sah ihn an, schüttelte den Kopf und lächelte. Er hätte wissen mögen, wie weit dieses Lächeln nur an der Oberfläche saß. Es wirkte nicht einmal so sehr gezwungen.
»Gut«, sagte sie. »*Dentro de la gravedad.*« Dann hockte sie sich neben ihm nieder. »Wie findest du's jetzt, wo es wirklich losgeht?«
»Wenig Leute« sagte Robert Jordan schnell.
»Das finde ich auch«, sagte sie. »Wenig.«
Dann sagte sie sehr leise zu ihm, so daß nur er es hören konnte: »Die Maria kann allein die Pferde halten. Dazu braucht man mich nicht. Wir werden ihnen die Vorderbeine fesseln. Es sind Kavalleriepferde, und das Schießen wird sie nicht scheu machen. Ich gehe zu dem unteren Posten und erledige das, was Pablo hätte erledigen sollen. Auf diese Weise sind wir um einen mehr.«
»Gut«, sagte er. »Ich habe mir gedacht, daß du das vorschlagen wirst.«
»Nein, *Inglés*«, sagte Pilar und sah ihm in die Augen. »Mach dir keine Sorgen. Es wird alles gutgehen. Vergiß nicht, daß sie auf den Überfall gar nicht vorbereitet sind.«
»Ja«, sagte Robert Jordan.
»Und noch etwas, *Inglés*«, sagte Pilar so leise, wie sie's mit ihrer heiseren Flüsterstimme nur immer fertigbrachte, »das mit der Hand –«
»Was mit der Hand?« sagte er ärgerlich.
»Nein, hör mal! Nicht zornig werden, mein Kleiner! Diese Sache da mit der Hand, das ist reiner Unsinn, Zigeunerscherze, mit denen ich mich nur wichtig mache. So was existiert in Wirklichkeit gar nicht.«
»Laß das sein!« sagte er kühl.
»Nein«, sagte sie in barschem und liebevollem Ton. »Lauter Unsinn, den ich mir zusammenlüge. Ich möchte nicht, daß du dir in der Stunde des Kampfes Sorgen machst.«
»Ich mache mir keine Sorgen«, sagte Robert Jordan.
»Ja, *Inglés*«, sagte sie. »Du machst dir Sorgen, und mit Recht. Aber es wird alles gutgehen, *Inglés*. Wir sind zu nichts anderem geboren.«

»Ich brauche keinen politischen Kommissar«, sagte Robert Jordan.
Wieder lächelte sie ihn an, lächelte ganz ehrlich und echt mit den strengen Lippen und dem breiten Mund und sagte: »Ich habe dich sehr gern, *Inglés*.«
»Davon will ich jetzt nichts wissen«, sagte er. »*Ni tu, ni Dios.*«
»Ja«, sagte Pilar in dem gleichen heiseren Flüsterton. »Das weiß ich. Ich wollte es dir nur sagen. Und mach dir keine Sorgen. Wir werden es schaffen.«
»Warum auch nicht?« fragte Robert Jordan, und er lächelte sein dünnes Lächeln, das kaum bis unter die Haut seines Gesichts reichte. »Natürlich werden wir es schaffen. Alles wird gutgehen.«
»Wann brechen wir auf?« fragte Pilar. Robert Jordan sah auf seine Armbanduhr.
»Wir können jederzeit aufbrechen«, sagte er.
Er reichte Anselmo einen der Rucksäcke.
»Wie geht es dir, Alter?« fragte er.
Der Alte hatte soeben den letzten einer Reihe von Holzkeilen fertiggeschnitzt, nach einem Modell, das Robert Jordan ihm gegeben hatte. Es waren Reservekeile, für den Fall, daß man sie gebrauchen würde.
»Gut«, sagte der Alte und nickte. »Bisher sehr gut.« Er streckte die Hand aus. »Schau!« sagte er lächelnd. Die Hand zitterte nicht.
»*Bueno, y qué?*« sagte Robert Jordan. »Die Hand kann ich immer ruhig halten, aber streck mal einen Finger aus!«
Anselmo streckte einen Finger aus. Der Finger zitterte. Er sah Robert Jordan an und schüttelte den Kopf.
»Bei mir auch.« Robert Jordan zeigte es ihm. »Immer. Das ist ganz normal.«
»Bei mir nicht«, sagte Fernando. Er streckte zuerst den rechten Zeigefinger aus und dann den linken, um es ihnen zu beweisen.
»Kannst du ausspucken?« fragte ihn Agustín und blinzelte Robert Jordan an.
Fernando räusperte sich und spuckte stolz auf den Fußboden der Höhle, verrieb dann mit dem Fuß die Spucke in die Erde.

»Du schmutziger Maulesel!« sagte Pilar zu ihm. »Spuck ins Feuer, wenn du mit deinem Mut prahlen mußt.«

»Ich hätte nicht auf den Fußboden gespuckt, Pilar, wenn wir nicht diesen Ort verlassen würden«, sagte Fernando affektiert.

»Gib heute acht, wo du hinspuckst!« sagte Pilar. »Es könnte ein Ort sein, den du nicht mehr verlassen wirst.«

»Die mauzt wie eine schwarze Katze!« sagte Agustín. Er hatte das nervöse Bedürfnis, Witze zu machen, und das war nur eine andere Form des Gefühls, das sie alle gepackt hielt.

»Ich scherze«, sagte Pilar.

»Ich auch«, sagte Agustín. »Aber *me cago en la leche,* ich werde schon froh sein, wenn es losgeht.«

»Wo ist der Zigeuner?« fragte Robert Jordan Eladio.

»Bei den Pferden«, erwiderte Eladio. »Du kannst ihn vom Eingang aus sehen.«

»Wie hält er sich?«

Eladio grinste. »Er hat große Angst«, sagte er. Es erfrischte ihn, von der Angst eines anderen zu reden.

»Hör mal, *Inglés* –« begann Pilar. Robert Jordan sah zu ihr hin, und da sah er, wie sie den Mund aufriß und ein ungläubig erstauntes Gesicht machte, und er drehte sich schnell zu dem Eingang der Höhle um, mit der rechten Hand nach der Pistole greifend. Dort, mit der einen Hand die Decke beiseite schiebend, hinter der Schulter den kurzen Lauf des Schnellfeuergewehrs mit dem Mündungstrichter, stand Pablo, untersetzt, breit, das Gesicht mit Stoppeln bedeckt, und seine kleinen, rotgeränderten Augen blickten an allen vorbei ins Leere.

»Du!« sagte Pilar ungläubig. »Du!«

»Ich«, sagte Pablo gelassen. Er trat in die Höhle.

»*Halo, Inglés!*« sagte er. »Ich habe oben fünf Mann von Elias' und Alexandros Leuten samt ihren Gäulen.«

»Und der Zünder und die Kapseln?« sagte Robert Jordan. »Und das übrige Material?«

»Das habe ich alles in die Schlucht, in den Fluß geworfen«, sagte Pablo, und er sah noch immer keinen der Anwesenden

an. »Aber ich habe mir überlegt, daß man die Sache auch mit einer Handgranate machen kann.«
»Ich auch«, sagte Robert Jordan.
»Habt ihr irgendwas zu trinken?« fragte Pablo müde.
Robert Jordan reichte ihm die Flasche, er trank hastig, wischte sich dann mit dem Handrücken die Lippen ab.
»Was ist mit dir geschehen?« fragte Pilar.
»*Nada*«, sagte Pablo und wischte sich noch einmal den Mund ab. »Nichts. Ich bin zurückgekommen.«
»Aber was ist los?«
»Nichts. Ich bin einen Augenblick lang schwach geworden. Ich bin weggelaufen, aber ich bin zurückgekommen.«
Er wandte sich zu Robert Jordan. »*En el fondo no soy cobarde*«, sagte er. »Im Grunde bin ich kein Feigling.«
Aber du bist so manches andere, dachte Robert Jordan. Und ob, Gottverdammich! Aber ich freue mich doch, dich zu sehen, du Lumpenhund.
»Mehr als fünf konnte ich von Elias und Alexandro nicht kriegen«, sagte Pablo. »Seit ich hier wegging, bin ich nicht aus dem Sattel gekommen. Ihr hättet es nie geschafft, ihr neun Mann. Nie. Ich habe das gestern nacht gleich gewußt, als der *Inglés* es erklärt hat. Nie. Der untere Posten ist sieben Mann stark, samt einem Korporal. Angenommen, einer schlägt Alarm, oder sie setzen sich zur Wehr?«
Jetzt sah er Robert Jordan an. »Als ich weglief, dachte ich mir, du wirst merken, daß es unmöglich ist, und du wirst es aufgeben. Dann, nachdem ich deine Sachen weggeschmissen hatte, sah ich's plötzlich in einem anderen Licht.«
»Ich freue mich, daß du gekommen bist«, sagte Robert Jordan. Er ging zu ihm hin. »Es läßt sich auch mit Handgranaten machen. Alles andere ist jetzt nicht wichtig.«
»Nein«, sagte Pablo. »Ich tue es nicht deinetwegen. Du bringst Unglück. Alles haben wir dir zu verdanken. Auch die Sache mit Sordo. Aber als ich deine Sachen weggeschmissen hatte, fühlte ich mich zu einsam.«
»Deine Mutter —« sagte Pilar.

»Deshalb bin ich zu den anderen hingeritten, um eine Möglichkeit zu schaffen, daß die Sache glückt. Ich habe die besten mitgebracht, die ich auftreiben konnte. Ich habe sie oben zurückgelassen, damit ich erst mit euch sprechen kann. Sie halten mich für den Führer.«

»Du bist es«, sagte Pilar. »Wenn du willst.« Pablo sah sie an und schwieg. Dann sagte er ganz ruhig und einfach: »Seit der Geschichte mit Sordo habe ich viel nachgedacht. Ich glaube, wenn wir schon zugrunde gehen müssen, dann wollen wir gemeinsam zugrunde gehen. Aber dich, *Inglés,* dich hasse ich, weil du uns das eingebrockt hast.«

»Aber Pablo –« begann Fernando, die Taschen voller Handgranaten, einen Patronengurt über der Schulter, während er immer noch mit einem Stück Brot seine Pfanne auswischte. »Glaubst du nicht, daß die Operation glücken kann? Vorgestern nacht hast du gesagt, du bist überzeugt, daß sie glücken wird.«

»Gib ihm noch etwas Schmorfleisch«, sagte Pilar böse zu Maria. Dann wandte sie sich zu Pablo, und ihr Blick wurde sanfter: »Du bist also zurückgekommen, ja?«

»Ja, Frau«, sagte Pablo.

»Nun, du bist willkommen«, sagte Pilar. »Ich wollte nicht glauben, daß du so tief gesunken bist.«

»Wenn man so etwas gemacht hat, fühlt man sich so einsam, daß es nicht zu ertragen ist«, sagte Pablo ruhig.

»Daß es nicht zu ertragen ist!« spottete sie. »Daß du es nicht eine Viertelstunde lang ertragen kannst!«

»Verspotte mich nicht, Frau. Ich bin zurückgekommen.«

»Und du bist willkommen«, sagte sie. »Hast du mich vorhin nicht verstanden? Trink deinen Kaffee, und dann wollen wir gehen. Ich habe dieses Theater satt.«

»Ist das Kaffee?« fragte Pablo.

»Gewiß«, sagte Fernando.

»Gib mir eine Tasse, Maria«, sagte Pablo. »Wie geht es dir?« Er sah sie nicht an.

»Gut«, erwiderte Maria und brachte ihm eine Tasse Kaffee. »Willst du auch etwas Schmorfleisch haben?«

Pablo schüttelte den Kopf.

»*No me gusta estar solo*«, sagte Pablo abermals in erklärendem Ton zu Pilar, als ob die anderen gar nicht da wären. »Ich bin nicht gern allein, *sabes*? Wie ich gestern ganz allein den ganzen Tag für alle zusammen gearbeitet habe, da war ich nicht einsam. Aber heute nacht. *Hombre! Qué mal lo pasé!*«

»Dein Vorgänger, der berühmte Judas Ischariot, hat sich aufgehängt«, sagte Pilar.

»Sprich nicht so zu mir, Frau!« sagte Pablo. »Siehst du denn nicht? Ich bin wieder da. Sprich nicht von Judas oder solchen Sachen. Ich bin wieder da.«

»Wie sind die Leute, die du mitgebracht hast?« fragte ihn Pilar. »Hast du was mitgebracht, was das Mitbringen lohnt?«

»*Son buenos*«, sagte Pablo.

Er wagte es, Pilar ins Gesicht zu schauen, dann blickte er wieder weg.

»*Buenos y bobos*. Tüchtig und dumm. Zu allem bereit und zum Sterben bereit. *A tu gusto*. Nach deinem Geschmack. So wie du sie gern hast.«

Wieder sah Pablo Pilar in die Augen, und diesmal schaute er nicht weg. Er sah sie unverwandt an mit seinen kleinen, rotgeränderten Schweinsäuglein.

»Du!« sagte sie. Und ihre heisere Stimme hatte wieder einen zärtlichen Klang. »Du! Ich glaube, wenn ein Mensch einmal *etwas* besessen hat, bleibt immer etwas davon zurück.«

»*Listo!*« sagte Pablo und sah ihr voll ins Gesicht. »Ich bin zu allem bereit, was der Tag auch bringt.«

»Ich glaube dir, daß du wieder da bist«, sagte Pilar. »Ich glaube es. Aber, *hombre,* du bist schon sehr weit weg gewesen.«

»Schenk mir noch einen Schluck aus deiner Flasche«, sagte Pablo zu Robert Jordan. »Dann wollen wir gehen.«

39

Im Dunkeln kamen sie den Hügel herauf durch den Wald zu dem Engpaß auf der Höhe. Alle waren sie schwer beladen und stapften langsam, mühsam bergan. Auch die Pferde trugen schwere Lasten, die auf die Sättel gepackt waren.

»Wir können im Notfall die Lasten losschneiden«, hatte Pilar gesagt. »Aber wenn wir den Kram behalten, können wir damit ein neues Lager einrichten.«

»Und wo ist der Rest der Munition?« fragte Robert Jordan, während sie die Packen festbanden.

»In den Satteltaschen.«

Robert Jordan fühlte das Gewicht seines schweren Rucksacks, die Jacke mit den Taschen voller Handgranaten zerrte an seinem Nacken, die Pistole lag schwer an seinem Schenkel, und seine Hosentaschen, in denen die Magazine für das Schnellfeuergewehr staken, bauschten sich. Im Mund hatte er noch den Kaffeegeschmack, in der rechten Hand trug er das Schnellfeuergewehr, mit der linken langte er an den Kragen seiner Jacke und zog ihn hoch, um den Druck an den Rucksackgurten zu mildern.

»*Inglés!*« sagte Pablo, der im Dunkeln dicht an seiner Seite ging.

»Was denn, Mann?«

»Die da, die ich mitgebracht habe, glauben, daß die Sache glücken wird, weil ich sie geholt habe«, sagte Pablo. »Nimm ihnen nicht ihre Illusion!«

»Gut«, sagte Robert Jordan. »Aber wir wollen unser Bestes tun, damit es glückt.«

»Sie haben fünf Pferde, *sabes*?« sagte Pablo vorsichtig.

»Gut«, sagte Robert Jordan. »Wir werden sämtliche Pferde beisammen lassen.«

»Gut«, sagte Pablo, und mehr sagte er nicht.

Ich habe gleich nicht geglaubt, daß du dich auf der Straße nach Tarsus so völlig bekehrt hast, mein lieber Pablo, dachte Robert Jordan. Nein. Daß du überhaupt zurückgekehrt bist, war schon ein großes Wunder. Ich glaube nicht, daß wir uns über deine Kanonisierung werden den Kopf zerbrechen müssen.

»Mit diesen fünf Mann«, sagte Pablo, »erledige ich den unteren Posten genauso gut, wie Sordo es besorgt hätte. Ich schneide den Telefondraht durch und ziehe mich, wie vereinbart, zur Brücke zurück.«

Das alles haben wir vor zehn Minuten genau besprochen, dachte Robert Jordan. Warum kommt er jetzt damit? . . .

»Es gibt eine Möglichkeit, nach den Gredos zu kommen«, sagte Pablo. »Ja, ich habe viel darüber nachgedacht.«

Ich glaube, dir ist wieder eine Erleuchtung gekommen, sagte sich Robert Jordan. Eine neue Offenbarung. Aber du wirst mir nicht einreden, daß ich eingeladen bin. Nein, Pablo. Verlange nicht von mir, daß ich *zuviel* glauben soll.

Seit Pablo in der Höhle erschienen war und mitgeteilt hatte, daß er fünf Mann bei sich habe, fühlte Robert Jordan sich bedeutend wohler. Diese Rückkehr Pablos hatte das Unglücksgewebe zerrissen, in das die gesamte Unternehmung seit dem Schneefall verstrickt zu sein schien, und jetzt hatte Robert Jordan das Gefühl – nicht, daß sein *Glück* sich gewendet hatte, denn er glaubte ja nicht an das Glück –, sondern daß das Ganze sich zum Besseren gewendet habe und nicht mehr unmöglich sei. Während er vorher mit einem sicheren Mißerfolg gerechnet hatte, begann nun wachsende Zuversicht ihn zu erfüllen, wie die Luft aus einer langsam arbeitenden Pumpe einen Autoreifen zu füllen beginnt. Zuerst merkte er kaum etwas, obgleich es entschieden ein Anfang war, so, wie wenn die Pumpe einsetzt und der Gummischlauch ein bißchen krabbelt, aber jetzt strömte es gleichmäßig weiter wie die steigende Flut oder der Saft in einem Baumstamm, bis er schließlich den ersten Vorgeschmack jener Furchtlosigkeit verspürte, die oft kurz vor dem Kampf sich in ein wirkliches Glücksgefühl verwandelt.

Das war seine größte Gabe, das war sein Talent, das ihn befähigte, ein tüchtiger Soldat zu sein: die Fähigkeit, einen eventuellen schlechten Ausgang zwar miteinzurechnen, aber nicht schwerzunehmen. Hat man zuviel Verantwortung für andere auf dem Hals oder ist man gezwungen, eine ungenügend durchdachte oder schlecht ersonnene Sache durchzuführen, dann versagt diese Fähigkeit, denn in solchen Fällen kann man über den schlimmen Ausgang, das Mißlingen, nicht hinwegsehen. Es handelt sich dann nicht einfach um die Möglichkeit, daß einem *selber* was passieren könnte; das läßt sich beiseite schieben. Er wußte, daß er selbst ein Nichts war, er wußte, daß der Tod ein Nichts ist. Das wußte er ganz genau, so genau wie nur irgend etwas. In den letzten paar Tagen hatte er die Erfahrung gemacht, daß durch einen anderen Menschen aus einem Nichts ein Alles werden kann. Aber tief zuinnerst wußte er auch, daß das eine Ausnahme war. Das haben wir besessen, dachte er. Darin habe ich Glück gehabt. Das ist mir geschenkt worden, vielleicht, weil ich es nie verlangt habe. Das kann man mir nicht nehmen, das kann man nicht verlieren. Aber jetzt, da dieser Tag beginnt, ist es ganz und gar vorbei, und wir haben nur noch unsere Pflicht zu tun.

Und du, sagte er zu sich selber, ich bin froh, daß du dieses kleine Etwas wiedergewinnst, das dir eine Zeitlang sehr abgegangen ist. Recht übel hat es mit dir ausgesehen. Ich habe mich deiner gründlich geschämt, noch vor einer Weile. Leider sind wir bloß einer, ich und du. Es war kein Ich da, das dich verurteilen konnte. Wir waren *alle* in einer üblen Verfassung. Du und ich und wir alle beide. Vorwärts jetzt! Hör auf, wie ein Schizophrener zu denken! Immer nur *einer* von jetzt an! Jetzt bist du wieder in Form. Aber hör mal, du darfst den ganzen Tag über nicht an das Mädchen denken. Du kannst jetzt weiter nichts für sie tun, als daß du sie von der Sache fernhältst, und das tust du ja. Pferde wird es genug geben, wenn man den Vorzeichen trauen darf. Du kannst nichts Besseres für sie tun, als deine Aufgabe gut und schnell durchzuführen und dann abzuhauen, und da wird jeder Gedanke an sie nur störend sein. Denk also nicht an sie!

Nachdem er sich das überlegt hatte, wartete er, bis Maria mit Pilar, Rafael und den Pferden herankam.

»He, *guapa*!« sagte er zu ihr im Dunkeln. »Wie geht es dir?«
»Mir geht es gut, Roberto«, erwiderte sie.
»Mach dir nur gar keine Sorgen«, sagte er zu ihr, nahm das Gewehr in die linke Hand und legte die rechte auf ihre Schulter.
»Ich mache mir keine Sorgen«, sagte sie.
»Es ist alles sehr gut organisiert«, sagte er. »Rafael bleibt bei dir und den Pferden.«
»Ich möchte lieber mit dir mitkommen.«
»Nein. Du mußt bei den Pferden bleiben, dort bist du uns von Nutzen.«
»Gut«, sagte sie, »dort werde ich sein.«
Eines der Pferde wieherte, und von der Lichtung unterhalb der Felsspalte her antwortete ein anderes Wiehern, das zu einem schrillen, jäh abbrechenden Tremolo anstieg.
Robert Jordan sah vor sich im Dunkeln die Masse der neu hinzugekommenen Gäule. Er beschleunigte seine Schritte und langte zugleich mit Pablo bei ihnen an. Die Männer standen neben ihren Gäulen. »*Salud!*« sagte Robert Jordan.
»*Salud!*« antworteten sie im Dunkeln. Er konnte ihre Gesichter nicht sehen.
»Das ist der *Inglés*, der mit uns mitkommt«, sagte Pablo. »Der Dynamiter.«
Dazu sagte keiner was. Vielleicht nickten sie im Finstern.
»Gehen wir, Pablo!« sagte einer von ihnen. »Es wird uns bald das Tageslicht überraschen.«
»Hast du noch Handgranaten mitgebracht?« fragte ein anderer.
»Massenhaft«, erwiderte Pablo. »Sobald wir uns von den Pferden trennen, könnt ihr euch die Taschen füllen.«
»Dann wollen wir gehen!« sagte ein anderer. »Wir haben schon die halbe Nacht hier gewartet.«
»*Hola, Pilar!*« sagte ein anderer, als die Frau herankam.
»*Qué me maten,* wenn das nicht Pepe ist!« sagte Pilar heiser. »Wie geht es dir, Hirt?«
»Gut«, sagte der Mann. »*Dentro de la gravedad.*«
»Welches Pferd reitest du?« fragte ihn Pilar.

»Pablos Grauen«, sagte der Mann. »Ein prächtiges Biest.«
»Vorwärts!« sagte ein anderer. »Brechen wir auf! Es hat keinen Zweck, hier zu stehen und zu quatschen.«
»Wie geht es dir, Elicio?« sagte Pilar zu ihm, während er sich in den Sattel schwang.
»Wie soll es mir gehen?« erwiderte er unhöflich. »Vorwärts, Weib, wir haben zu tun!«
Pablo bestieg seinen großen Braunen.
»Haltet den Mund und folgt mir!« befahl er. »Ich führe euch zu der Stelle, wo wir die Pferde zurücklassen werden.«

40

Während der Zeit, da Robert Jordan schlief, während der Zeit, die er damit verbrachte, die Zerstörung der Brücke zu organisieren, und während der Zeit, da er bei Maria lag, war Andrés langsam seines Weges gegangen. Bevor er die Stellungen der Republikaner erreichte, war er quer über Land und durch die faschistischen Linien so rasch marschiert, wie es für einen kräftigen Bauern, der die Gegend so gut kennt, in der Dunkelheit nur immer möglich ist. Aber sowie er auf republikanisches Gebiet kam, wurde das Tempo langsamer.
In der Theorie hätte er nur den Passierschein, den Robert Jordan mit dem Siegel S. I. M. versehen hatte, und die Depesche, die das gleiche Siegel trug, vorzeigen müssen, um sofort mit größter Beschleunigung an seinen Bestimmungsort befördert zu werden. Aber gleich zu Anfang begegnete er an der Front dem Kompanieführer, der die ganze Geschichte mit eulenhaft finsterem Argwohn betrachtete.
Er war diesem Kompanieführer in das Hauptquartier des Bataillons gefolgt, und als der Bataillonskommandant, ein früherer Friseur, von seinem Auftrag hörte, war er ganz enthusiasmiert. Dieser Mann namens Gómez beschimpfte den

Kompanieführer wegen seiner Dummheit, klopfte Andrés auf den Rücken, gab ihm ein Glas schlechten Cognac zu trinken und erzählte ihm, er, der ehemalige Friseur, wäre seit jeher gern ein *guerrillero* geworden. Dann rüttelte er seinen Adjutanten wach, übergab ihm das Kommando und beauftragte seine Ordonnanz, den Motorradfahrer zu wecken und zu holen. Statt Andrés mit dem Motorradfahrer nach hinten in das Hauptquartier der Brigade zu schicken, hatte Gómez beschlossen, ihn selber hinzubringen, um die Sache zu beschleunigen, und so ratterten sie nun durch die Nacht. Andrés klammerte sich an dem Vordersitz fest, das Rad holperte die mit Granattrichtern übersäte Bergstraße hinab, zwischen zwei Reihen hoher Bäume, im Scheinwerferlicht des Motorrads leuchtete die weiße Tünche an den Stämmen, und man sah die Stellen, wo die Granatsplitter und Kugeln in den Kämpfen, die im ersten Sommer der Bewegung an dieser Straße stattfanden, die Tünche und die Rinde zerhackt und zerrissen hatten. Sie bogen in das kleine Ruinenstädtchen ein, das früher einmal ein Höhenkurort gewesen war und in dem sich jetzt das Hauptquartier der Brigade befand. Gómez bremste das Motorrad wie ein Dirt-Track-Rennfahrer und lehnte es gegen die Wand des Hauses, vor dem ein schläfriger Wachtposten Habtacht machte, als Gómez an ihm vorbei in den großen Raum eilte, wo die Wände mit Landkarten bedeckt waren und ein sehr schläfriger Offizier mit einem grünen Augenschirm an einem Schreibtisch mit einer Leselampe, zwei Telefonen und einer Nummer des *Mundo Obrero* saß.

Dieser Offizier blickte zu Gómez auf und fragte: »Was willst du hier? Weißt du nicht, daß es ein Telefon gibt?«

»Ich muß mit dem Oberstleutnant sprechen«, sagte Gómez.

»Er schläft«, sagte der Offizier. »Auf eine Meile Entfernung habe ich die Lichter deines Rades die Straße herunterkommen sehen. Willst du uns ein Bombardement einbrocken?«

»Ruf den Oberstleutnant!« sagte Gómez. »Die Sache ist äußerst wichtig.«

»Ich sage dir doch, er schläft«, sagte der Offizier. »Was hast du denn da für einen Banditen bei dir?« Er deutete mit einem Nicken auf Andrés.

»Er ist ein *guerrillero* von jenseits der Front mit einer äußerst wichtigen Depesche für den General Golz, der den Angriff befehligt, der beim Morgengrauen hinter Navacerrada stattfinden soll«, sagte Gómez erregt und ernst. »Um Himmels willen, weck doch den *Teniente-Coronel* auf!« Der Offizier sah ihn aus seinen schlaffen Augen an, die das grüne Zelluloid beschattete.

»Ihr seid alle verrückt«, sagte er. »Ich kenne keinen General Golz und weiß von keinem Angriff. Nimm deinen Sportsmann und schert euch zu eurem Bataillon zurück.«

»Weck den *Teniente-Coronel* auf, sage ich!« sagte Gómez, und Andrés sah, wie seine Lippen sich strafften.

»Geht zum Teufel!« erwiderte der Offizier träge und wandte sich ab.

Gómez zog eine schwere Neun-Millimeter-Pistole aus dem Futteral und setzte sie dem Offizier an die Schulter.

»Weck ihn auf, du Faschistenhund!« sagte er. »Weck ihn auf, oder ich schieße dich über den Haufen!«

»Beruhige dich«, sagte der Offizier. »Ihr Friseure seid alle so hitzig.«

Andrés sah im Schein der Leselampe, wie Gómez' Züge sich vor Haß verzerrten. Aber er sagte nur: »Weck ihn auf.«

»Ordonnanz!« rief der Offizier in verächtlichem Ton.

Ein Soldat kam in die Tür, salutierte und verschwand.

»Seine Verlobte ist bei ihm«, sagte der Offizier und vertiefte sich in seine Zeitung. »Er wird bestimmt sehr erfreut sein, dich zu sehen.«

»Solche Leute wie du vereiteln alle Bemühungen, diesen Krieg zu gewinnen«, sagte Gómez zu dem Stabsoffizier.

Der Offizier beachtete ihn nicht. Er las weiter und sagte dann wie zu sich selbst: »Das ist ein kurioses Blättchen!«

»Warum liest du dann nicht *El Debate*? Das ist die richtige Zeitung für dich.« *El Debate* war das führende Organ der ka-

tholischen Konservativen, das vor der Bewegung in Madrid erschien.
»Vergiß nicht, daß ich dein Vorgesetzter bin und daß ein Bericht von mir über dich nicht ohne Wirkung bleiben wird«, sagte der Offizier, ohne aufzublicken. »Ich habe nie *El Debate* gelesen. Nur keine falschen Beschuldigungen!«
»Nein. Du liest ó *A. B. C.*«, sagte Gómez. »Noch immer ist die Armee von deinesgleichen verpestet. Ihr Berufsmilitärs! Aber das wird nicht ewig so bleiben. Wir sind eingeklemmt zwischen den Dummköpfen und den Zynikern, aber die Dummköpfe werden wir erziehen und die Zyniker ausrotten.«
»›Säubern‹ ist das Wort, das du suchst«, sagte der Offizier und blickte noch immer nicht auf. »Hier steht, daß sie wieder ein paar von deinen famosen Russen wegpurgiert haben. Bei denen geht das Purgieren noch schneller als mit Karlsbader Pastillen.«
»Schon recht so!« sagte Gómez heftig. »Wenn nur deinesgleichen liquidiert wird!«
»Liquidiert!« sagte der Offizier höhnisch, als ob er mit sich selber redete. »Wieder so ein neues Wort, das sehr wenig Kastilianisches an sich hat!«
»Also erschossen!« sagte Gómez. »Das ist kastilianisch. Verstehst du das?«
»Ja, Mann, aber sprich nicht so laut! Es schlafen noch mehr Leute außer dem *Teniente-Coronel* in diesem Brigadestab, und deine Aufregung langweilt mich. Deshalb habe ich mich auch immer selber rasiert. Mir hat die Konversation nicht gepaßt.«
Gómez sah Andrés an und schüttelte den Kopf. Seine Augen schimmerten feucht vor Wut und Haß. Aber er schüttelte den Kopf und schwieg, während er das alles sorgsam für die Zukunft aufbewahrte. In den anderthalb Jahren, in denen er es bis zum Kommandeur eines Bataillons in der Sierra brachte, hatte er schon genug Haß aufgespeichert, und als nun der Oberstleutnant im Pyjama ins Zimmer kam, stand er stramm und salutierte.
Oberstleutnant Miranda, ein kleiner Mann mit grauem Gesicht, der sein Leben lang in der Armee gedient, die Liebe

seiner Frau in Madrid und seine gute Verdauung in Marokko eingebüßt hatte und Republikaner geworden war, als er merkte, daß er sich von seiner Frau nicht scheiden lassen konnte (die gute Verdauung war ja nun unwiederbringlich dahin), hatte den Bürgerkrieg als Oberstleutnant begonnen. Sein einziger Ehrgeiz war, ihn im gleichen Range auch zu beenden. Er hatte die Sierra recht brav verteidigt und wollte sie gerne auch weiterhin ganz allein gegen jeden Angriff verteidigen. Er fühlte sich seit Kriegsbeginn viel gesünder, wahrscheinlich deshalb, weil er gezwungenermaßen weniger Fleisch aß, er hatte einen riesigen Vorrat von doppelt kohlensaurem Natron und abends seinen Whisky, seine dreiundzwanzigjährige Geliebte bekam ein Kind, wie so ziemlich alle die Mädchen, die im vergangenen Juli als *milicianas* ins Feld gezogen waren, und jetzt kam er herein, erwiderte Gómez' Gruß mit einem Nicken und streckte die Hand aus.

»Was führt dich hierher, Gómez?« fragte er, und dann sagte er zu dem Offizier am Schreibtisch, der sein Operationschef war: »Gib mir bitte eine Zigarette, Pepe.«

Gómez zeigte ihm Andrés' Papiere und die Depesche. Der Oberstleutnant prüfte rasch den *salvoconducto,* sah Andrés an, nickte lächelnd und betrachtete dann lüstern die Depesche. Er betastete das Siegel, prüfte es mit dem Zeigefinger, gab Andrés sowohl den Passierschein wie die Depesche zurück.

»Ist das Leben in den Bergen schwer?« fragte er.

»Nein, *mi Teniente-Coronel*«, sagte Andrés.

»Hat man dir gesagt, wo ungefähr General Golz' Hauptquartier zu finden sein wird?«

»Bei Navacerrada, *mi Teniente-Coronel*«, sagte Andrés. »Der *Inglés* hat gesagt, es dürfte irgendwo in der Nähe von Navacerrada sein, hinter den Stellungen, etwas nach rechts hin.«

»Was für ein *Inglés*?« fragte der Oberstleumant ruhig.

»Der *Inglés,* der als Dynamiter bei uns ist.«

Der Oberstleutnant nickte. Das war eben wieder so eine plötzliche und unerklärliche Besonderheit dieses Krieges. ›Der *Inglés,* der als Dynamiter bei uns ist.‹

»Es wird am besten sein, du bringst ihn selbst mit dem Motorrad hin, Gómez«, sagte der Oberstleutnant. Dann zu dem Offizier mit dem grünen Augenschirm: »Schreib ihnen einen wirksamen *salvoconducto* an den Estado Mayor des General Golz, damit ich ihn unterzeichnen kann. Schreib ihn mit der Maschine, Pepe. Hier sind die Details.« Er bedeutete Andrés mit einer Geste, seinen Passierschein Pepe zu geben. »Und zwei Siegel!« Dann wandte er sich an Gómez. »Ihr werdet heute nacht etwas sehr Wirksames brauchen. Das gehört sich auch so. Man muß vorsichtig sein, wenn man eine Offensive plant. Ich gebe euch das beste Papier, das ich euch geben kann.« Dann fragte er Andrés in sehr freundlichem Ton: »Hast du einen Wunsch? Willst du etwas zu essen oder zu trinken?«
»Nein, *mi Teniente-Coronel*«, sagte Andrés. »Ich habe keinen Hunger. An der vorigen Kommandostelle hat man mir einen Cognac gegeben, und mehr darf ich nicht trinken, sonst wird mir schlecht.«
»Hast du unterwegs bemerkt, ob sich vor meiner Front etwas rührt?« fragte der Oberstleutnant höflich.
»Es war das übliche, *mi Teniente-Coronel*. Alles ruhig. Alles ruhig.«
»Sind wir uns nicht vor etwa drei Monaten in Cercedilla begegnet?« fragte der Oberstleutnant.
»Ja, *mi Teniente-Coronel*.«
»Mir war es doch so!« Er klopfte Andrés auf die Schulter. »Du warst mit dem alten Anselmo zusammen. Wie geht es ihm?«
»Es geht ihm gut, *mi Teniente-Coronel*«, sagte Andrés.
»Gut. Das freut mich«, sagte der Oberstleutnant. Der Offizier zeigte ihm, was er getippt hatte, er las es durch und setzte seinen Namen darunter. »Ihr müßt euch jetzt beeilen«, sagte er zu Gómez und Andrés. »Fahr vorsichtig«, sagte er zu Gómez. »Stell die Scheinwerfer an. Ein einzelnes Motorrad ist keine Affäre, und du mußt vorsichtig fahren. Ich lasse den Genossen General Golz grüßen. Wir haben uns nach den Kämpfen bei Peguerinos kennengelernt.« Er reichte beiden die Hand. »Steck die Papiere unters Hemd«, sagte er. »Auf dem Motorrad ist es sehr windig.«

Nachdem die beiden weggegangen waren, trat er zu einem Schrank hin, nahm ein Glas und eine Flasche heraus, goß sich etwas Whisky ein und goß gewöhnliches Wasser zu aus einem irdenen Krug, der auf dem Boden an der Wand stand. Während er dann das Glas in der Hand hielt und ganz langsam den Whisky schlürfte, stellte er sich vor die große Landkarte, die an der Wand hing, und studierte die Angriffsmöglichkeiten in der Gegend oberhalb von Navacerrada.

»Ich bin froh, daß ich das nicht zu machen habe, sondern Golz«, sagte er schließlich zu dem Offizier, der am Schreibtisch saß. Der Offizier gab keine Antwort, und als der Oberstleutnant von der Landkarte zu ihm hinsah, bemerkte er, daß er den Kopf auf die Arme gelegt hatte und schlief. Der Oberstleutnant ging zu dem Schreibtisch und schob die zwei Telefone dicht zusammen, so daß sie von beiden Seiten her den Kopf des Offiziers berührten. Dann ging er zum Schrank, goß sich noch einen Whisky ein, schüttete Wasser dazu und kehrte zu der Landkarte zurück.

Andrés klammerte sich an den Sitz fest, auf dem Gómez breitbeinig hockte, beugte den Kopf in den Wind, während das Motorrad mit lautem Geknatter durch die lichtzerschnittene Finsternis der Landstraße raste, die sich mit scharfen Konturen zwischen den Reihen der hohen schwarzen Pappeln vor ihnen entrollte, klar und deutlich zuerst, dann verwischt und gelblich trübe, wie sie in die Nebelschwaden am Ufer des Flusses hinuntertauchte, scharf umrissen wieder, hell und klar, wie sie von neuem bergan lief, und dicht voraus, im Licht der Scheinwerfer, sahen sie an der Straßenkreuzung die graue Masse der leeren Transportautos, die aus den Bergen zurückkehrten.

41

Im Dunkeln machte Pablo halt und stieg vom Pferd. Robert Jordan hörte das Knarren und schwere Atmen, wie sie alle

absaßen, und das Rasseln eines Zaumzeugs, als eines der Pferde den Kopf zurückwarf. In seiner Nase war ein säuerlicher Geruch, von den neuen Männern, nach ungewaschener Haut und schlafverschwitzten Kleidern, und der holzrauchige, schlafschale Geruch der anderen, die aus der Höhle kamen. Pablo stand dicht neben ihm und roch nach Wein, nach verfaultem Wein, ein Messinggeruch, der wie eine Kupfermünze auf der Zunge schmeckt. Robert Jordan zündete sich eine Zigarette an, hinter der hohlen Hand, damit man das Flackern des Zündholzes nicht sehen könne, tat einen tiefen Zug und hörte Pablo ganz leise sagen: »Hol den Sack mit den Handgranaten, Pilar, wir fesseln inzwischen die Pferde.«
»Agustín!« flüsterte Robert Jordan. »Du und Anselmo, ihr begleitet mich jetzt zur Brücke. Habt ihr den Sack mit den Scheiben für die *máquina*?«
»Ja«, sagte Agustín. »Wieso denn nicht?«
Robert Jordan ging zu Pilar hinüber, die damit beschäftigt war, einem der Gäule seine Last abzunehmen. Primitivo half ihr dabei.
»Hör mal, Frau!« sagte er leise.
»Was gibt's denn schon wieder?« flüsterte sie heiser, langte unter den Bauch des Pferdes und löste eine Sattelschnalle.
»Du verstehst, daß der Posten erst angegriffen wird, wenn du die Bomben fallen hörst!«
»Wie oft mußt du mir das erzählen?« sagte Pilar. »Du benimmst dich wie ein altes Weib, *Inglés*!«
»Ich frage nur zur Kontrolle«, sagte Robert Jordan. »Nach der Erledigung des Postens zieht ihr euch zu der Brücke zurück und riegelt von oben her die Straße ab und deckt meine linke Flanke.«
»Ich hab's beim erstenmal genauso verstanden wie beim zehntenmal«, flüsterte Pilar. »Mach dich an deine Arbeit.«
»Daß mir keiner sich rührt oder einen Schuß abfeuert oder eine Handgranate schmeißt, bevor das Bombardement losgeht!« sagte Robert Jordan leise.
»Belästige mich nicht!« flüsterte Pilar ärgerlich. »Das weiß ich schon, seit wir bei Sordo waren.«

Robert Jordan ging zu Pablo hin, der den Pferden die Füße zusammenband.
»Ich habe nur die gefesselt, die leicht scheu werden«, sagte Pablo. »Man braucht nur an dem Strick zu ziehen, dann sind sie frei, siehst du?«
»Gut.«
»Ich werde dem Mädchen und dem Zigeuner zeigen, wie man es macht«, sagte Pablo. Seine neuen Leute standen in einer Gruppe für sich, auf ihre Karabiner gestützt.
»Hast du alles verstanden?« fragte Robert Jordan.
»Wieso denn nicht?« sagte Pablo. »Den Posten niedermachen. Den Draht durchschneiden. Zur Brücke retirieren. Die Brücke abriegeln, bis du sie gesprengt hast.«
»Und nicht eher beginnen, als bis das Bombardement losgeht!«
»Richtig.«
»Also dann viel Glück!«
Pablo brummte. Dann sagte er: »Wenn wir zurückkommen, wirst du uns mit der *máquina* und mit deiner kleinen *máquina* decken, ja, *Inglés*?«
»*De la primera*«, sagte Robert Jordan. »Aus der obersten Lage!«
»Also!« sagte Pablo. »Das wäre alles. Aber du mußt dann sehr vorsichtig sein, *Inglés*. Es wird nicht ganz einfach sein, wenn du nicht sehr gut aufpaßt.«
»Ich werde selbst die *máquina* bedienen«, sagte Robert Jordan.
»Hast du viel Übung? Ich möchte nicht, daß Agustín mich in der besten Absicht niederknallt.«
»Ich habe viel Übung. Wirklich! Und falls Agustín eine der beiden *máquinas* bedient, werde ich dafür sorgen, daß er hoch über dich weghält. Ganz hoch. Ganz hoch.«
»Das wäre also alles«, sagte Pablo. Dann sagte er leise und vertraulich: »Wir haben noch immer nicht genug Pferde.«
Dieser Lump! dachte Robert Jordan. Oder glaubt er, ich habe ihn nicht gleich verstanden?
»Ich gehe zu Fuß«, sagte er. »Die Pferde sind deine Sache.«
»Nein, *Inglés*«, sagte Pablo leise, »für dich wird ein Pferd da sein. Für uns alle werden Pferde da sein.«

»Das ist deine Sache«, sagte Robert Jordan. »Mit mir brauchst du nicht zu rechnen. Hast du genug Munition für deine neue *máquina?*«

»Ja«, sagte Pablo. »So viel, wie der Kavallerist bei sich hatte. Ich habe nur vier Schüsse abgefeuert, um das Ding auszuprobieren. Gestern, oben in den Bergen.«

»Wir brechen jetzt auf«, sagte Robert Jordan. »Wir müssen früh dort sein, gut versteckt.«

»Wir brechen jetzt alle auf«, sagte Pablo. »*Suerte, Inglés.*«

Möchte wissen, was der Gauner jetzt vorhat, dachte Robert Jordan. Aber ich glaube es ziemlich genau zu wissen. Na, das ist seine Sache, nicht meine. Gott sei Dank, daß ich diese Leute nicht kenne!

Er streckte die Hand aus und sagte: »*Suerte, Pablo!*«, und die beiden Hände trafen sich im Dunkeln.

Als Robert Jordan die Hand ausstreckte, war er darauf gefaßt, daß es wie die Berührung mit einem Reptil oder mit einem Aussätzigen sein würde. Er wußte nicht, wie Pablos Hand sich anfühlen wird. Aber im Dunkeln drückte Pablos Hand die seine mit festem und ehrlichem Griff, und er erwiderte den Händedruck. Pablos Hand im Dunkeln fühlte sich gut an, und ihre Berührung erweckte in Robert Jordan ein seltsames Gefühl, das seltsamste, das ihn an diesem Morgen bewegte. Wir sind jetzt wohl Verbündete, dachte er. Unter Verbündeten ist das ein ewiges Händeschütteln. Ganz zu schweigen von den Dekorierungen und der Küsserei, dachte er, ein Schmatz auf die linke, ein Schmatz auf die rechte Wange. Ich bin froh, daß wir uns das ersparen können. Vermutlich ist es immer so mit Verbündeten, *au fond* hassen sie einander. Aber dieser Pablo ist ein sonderbarer Bursche.

»*Suerte, Pablo!*« sagte er und drückte fest die seltsame, kräftige, entschlossene Hand. »Ich werde dich gut decken. Nur keine Angst!«

»Es tut mir leid, daß ich dir deine Sachen weggenommen habe«, sagte Pablo. »Das war ein Mißverständnis.«

»Aber du hast uns die Leute mitgebracht, die wir brauchen.«

»Ich nehme dir diese Brückengeschichte nicht übel, *Inglés*«, sagte Pablo. »Ich sehe eine Möglichkeit, daß sie gut ausgeht.«
»Was macht ihr beide da? Werdet ihr *maricones?*« sagte Pilar ganz plötzlich dicht neben ihnen in der Dunkelheit. »Das hat dir gerade noch gefehlt!« sagte sie zu Pablo. »Mach dich auf die Beine, *Inglés,* mach Schluß mit dem Adieusagen, bevor dir der da den Rest deines Sprengstoffs stiehlt.«
»Du verstehst mich nicht, Weib«, sagte Pablo. »Der *Inglés* und ich, wir verstehen uns.«
»Niemand versteht dich. Weder Gott noch deine Mutter«, sagte Pilar. »Ich auch nicht. Vorwärts, *Inglés!* Sag deinem geschorenen Köpfchen adieu und geh. *Me cago en tu padre,* aber mir ist es schon so, als hättest du Angst, den Stier herauskommen zu sehen.«
»Deine Mutter!« sagte Robert Jordan.
»Du hast nie eine gehabt«, flüsterte Pilar heiser. »Geh jetzt, denn mich drängt es schon sehr, mit der Sache anzufangen und sie hinter mich zu bringen. Geh du mit deinen Leuten!« sagte sie zu Pablo. »Wer weiß, wie lange ihre finstere Entschlossenheit vorhält. Du hast da ein paar erwischt, für die ich nicht einmal dich hergeben würde. Nimm sie und geh!«
Robert Jordan hängte den Rucksack um und ging zu den Pferden, wo Maria sich befand.
»Leb wohl, *guapa!*« sagte er. »Wir sehen uns bald wieder.«
Es kam ihm jetzt alles so unwirklich vor, als hätte er's schon früher einmal gesagt, oder als wär's ein Zug, der gleich abgehen wird, ja, gerade so, als wär's ein Zug, und er steht auf dem Perron einer Bahnstation.
»Leb wohl, Roberto!« sagte sie. »Und gib gut acht.«
»Gewiß«, sagte er. Er beugte sich nieder, um sie zu küssen, und der Rucksack rutschte ihm in den Nacken, so daß ihrer beider Stirnen heftig gegeneinander stießen. Und er wußte, daß auch das schon einmal passiert war.
»Weine nicht!« sagte er verlegen, und an seiner Unbeholfenheit war nicht nur die Last auf seinem Rücken schuld.
»Ich weine nicht«, sagte sie. »Aber komm schnell wieder!«

»Sei nicht beunruhigt, wenn du schießen hörst. Es wird bestimmt viel geschossen werden.«
»Nein. Komm nur schnell wieder!«
»Leb wohl, *guapa*!« sagte er befangen.
»*Salud,* Roberto.«
So jung hatte er sich nicht mehr gefühlt, seit er in Red Lodge den Zug bestiegen hatte, um nach Billings zu fahren und dort in den Zug umzusteigen, der ihn zum erstenmal auf die Schule bringen sollte. Er hatte sich vor dem Wegfahren gefürchtet, aber er wollte es sich nicht anmerken lassen, und auf dem Bahnhof, gerade bevor der Schaffner nach der Kiste griff, auf die er würde hinaufsteigen müssen, um die Stufen des Waggons zu erreichen, hatte sein Vater ihn zum Abschied geküßt und gesagt: »Möge der Herr uns beide schützen, während wir voneinander getrennt sind!« Sein Vater war ein sehr religiöser Mann gewesen, und er sagte diese Worte ganz schlicht und ehrlich. Aber sein Schnurrbart war feucht, und seine Augen schimmerten feucht vor Erregung, und Robert Jordan wurde durch das alles, durch den feucht-frommen Klang des Gebetes und durch seines Vaters Abschiedskuß, so sehr in Verlegenheit gebracht, daß er sich plötzlich viel älter vorkam als der Vater und ihn bedauerte, ihn so heftig bedauerte, daß es fast unerträglich war.

Nach der Abfahrt des Zuges hatte er auf der hinteren Plattform gestanden und zugesehen, wie der Bahnhof und der Wasserturm immer kleiner und kleiner wurden und die von den Schwellen gekreuzten Schienen in der Ferne zusammenliefen, an der Stelle, wo nun der Bahnhof und der Wasserturm ganz klein und winzig in dem steten Rattern standen, das ihn entführte.

Der Bremser sagte: »Der Alte hat sich dein Weggehen sehr zu Herzen genommen, Bob!«

»Ja«, hatte er geantwortet und die Salbeisträucher beobachtet, die vom Rande des Bahndamms zwischen den vorbeihuschenden Telegrafenstangen zu der rasch dahinströmenden staubigen Landstraße wucherten. Er hielt nach Steppenhühnern Ausschau.

»Du fährst doch nicht ungern weg?«
»Nein«, hatte er erwidert, und es war auch keine Lüge gewesen.
Vorher wär's nicht wahr gewesen, aber in dem Augenblick, da er's sagte, war es wahr, und erst jetzt wieder, bei dieser neuerlichen Trennung, fühlte er sich so jung wie damals kurz vor Abfahrt des Zuges. Sehr jung kam er sich vor und sehr unbeholfen, und er benahm sich so unbeholfen wie ein Schuljunge, der einem kleinen Mädchen adieu sagt, unter dem Vordach des Hauses, und nicht weiß, ob er dem Mädchen einen Kuß geben soll oder nicht. Dann wurde ihm plötzlich klar, daß nicht der Abschied ihn so verlegen machte, sondern die Begegnung, der er entgegenging. Das Abschiednehmen war nur ein kleiner Teil der Verlegenheit, die das Kommende ihm bereitete.
Jetzt ist es wieder da, sagte er sich. Aber es gibt wohl niemanden, der nicht das Gefühl hat, daß er *dafür* zu jung sei. Er wollte es nicht aussprechen. Vorwärts, sagte er zu sich selber. Vorwärts! Es ist noch zu früh für die zweite Kindheit.
»Leb wohl, *guapa*«, sagte er. »Leb wohl, Kaninchen!«
»Leb wohl, mein Roberto«, sagte sie, und er ging zu Anselmo und Agustín hinüber und sagte: *»Vamonos!«*
Anselmo hängte sich den schweren Rucksack um. Agustín, der sich schon in der Höhle vollgepackt hatte, lehnte an einem Baum, und der Lauf des Schnellfeuergewehrs ragte über die Packen empor, die er auf dem Buckel schleppte.
»Gut«, sagte er. *»Vamonos!«*
Zu dritt gingen sie den Hügel hinunter.
»Buena suerte, Don Roberto!« sagte Fernando, als die drei im Gänsemarsch zwischen den Bäumen an ihm vorbeikamen. Fernando hockte etwas abseits an einem Baum, aber sein Ton war sehr würdevoll.
»*Buena suerte* auch dir, Fernando!« sagte Robert Jordan.
»In allem, was du tust!« sagte Agustín.
»Danke, Don Roberto«, sagte Fernando, ohne sich durch Agustín beirren zu lassen.

»Der ist ein richtiges Phänomen, *Inglés*«, flüsterte Agustín.
»Das glaube ich«, sagte Robert Jordan. »Kann ich dir helfen? Du bist bepackt wie ein Gaul.«
»Es ist schon gut so«, sagte Agustín. »Aber, Mann, ich bin froh, daß es losgeht.«
»Sprich leise!« sagte Anselmo. »Von jetzt an heißt es wenig und leise sprechen.«
Sie gingen vorsichtig bergab, Anselmo hatte die Führung, dann kam Agustín und zuletzt Robert Jordan, er trat vorsichtig auf, um nicht auszurutschen, er fühlte die dürren Fichtennadeln unter seinen hanfbesohlten Schuhen, stieß mit dem einen Fuß gegen eine Baumwurzel und streckte die Hand aus und fühlte das kalte Metall des Gewehrlaufs und die zusammengeklappten Beine des Dreigestells, stapfte dann seitlings bergab, seine Schuhe rutschten und zerfurchten den Waldboden, wieder streckte er die linke Hand aus und fühlte die rauhe Rinde eines Baumstamms, und als er sich dagegenstemmte, hatte er eine glatte Fläche unter der Hand, und seine Handfläche war nachher ganz klebrig von dem Harz des angeschabten Stammes, und so stiegen sie den steilen, bewaldeten Hang hinab bis zu der Stelle oberhalb der Brücke, von wo aus Robert Jordan und Anselmo gleich am ersten Tag das Terrain erkundet hatten.
Nun hatte Anselmo hinter einer großen Kiefer haltgemacht, er packte Robert Jordan am Handgelenk und flüsterte so leise, daß Jordan ihn kaum verstehen konnte: »Schau! Ein Feuer brennt in dem Kohlenbecken.«
In der Tiefe schimmerte ein Lichtpünktchen, und Robert Jordan wußte, dort fängt die Brücke an.
»Hier sind wir gewesen«, sagte Anselmo. Er nahm Robert Jordans Hand und führte sie zu einer kleinen, frischen Kerbe, die tief unten in einem Baumstamm eingeschnitten war. »Ich habe dieses Zeichen gemacht, während du dich umgeschaut hast. Dort rechts ist die Stelle, wo du die *máquina* hinstellen wolltest.«
»Dort wollen wir sie auch hinstellen.«

»Gut.«

Sie legten ihr Gepäck hinter die Baumstämme, und die beiden folgten Anselmo zu der flachen Stelle, wo eine Menge junger Kiefern stand.

»Hier ist es«, sagte Anselmo. »Genau hier.«

»Von hier aus«, flüsterte Robert Jordan, hinter den schmalen Bäumchen kauernd, Agustín zu, »wirst du bei Tageslicht einen kleinen Teil der Straße und den Anfang der Brücke sehen. Du wirst ferner die ganze Brücke sehen und auch noch einen kleinen Teil der Straße an dem anderen Ende, bevor sie um den Felsen biegt.«

Agustín schwieg.

»Du bleibst hier liegen, während wir die Sprengung vorbereiten, und feuerst auf alles, was die Straße herauf- und herunterkommt.«

»Was ist das für ein Licht?« fragte Agustín.

»Das Wachthäuschen an dieser Seite der Brücke«, flüsterte Robert Jordan.

»Wer erledigt die Wachtposten?«

»Der Alte und ich, wie ich dir schon sagte. Aber wenn es uns nicht gelingt, sie zu erledigen, mußt du die Wachthäuschen unter Feuer nehmen und auf die Posten schießen, sowie sie sich zeigen.«

»Ja. Das hast du mir schon gesagt.«

»Wenn dann nach der Sprengung Pablos Leute um die Ecke kommen, mußt du über ihre Köpfe wegfeuern, falls sie verfolgt werden. Du mußt, sowie sie auftauchen, auf jeden Fall über sie wegfeuern, damit niemand sie verfolgen kann. Verstehst du mich?«

»Wieso denn nicht? Genau dasselbe hast du mir schon gestern abend gesagt.«

»Hast du irgendwelche Fragen?«

»Nein. Ich habe zwei Säcke. Ich werde sie oben füllen, wo man nicht hinschauen kann, und sie dann hierherschaffen.«

»Aber hier darfst du nicht buddeln. Du mußt dir eine gute Deckung suchen, so wie wir's oben gemacht haben.«

»Ja, ja. Ich werde, solange es noch dunkel ist, die Erde in den Säcken herunterschaffen. Du wirst schon sehen. Ich mache alles so zurecht, daß man von unten her nichts sehen kann.«
»Wir sind sehr nahe dran, *sabes?* Bei Tageslicht ist dieses Wäldchen von unten her deutlich zu sehen.«
»Nur keine Angst, *Inglés!* Wo gehst du hin?«
»Ich gehe ganz nach unten mit meiner kleinen *máquina*. Der Alte wird auf die andere Seite der Schlucht gehen und sich bereit halten, den zweiten Wachtposten zu überfallen. Die Tür des Häuschens öffnet sich nach der anderen Seite.«
»Das wäre also alles«, sagte Agustín. »*Salud, Inglés!* Hast du Tabak?«
»Du darfst nicht rauchen. Es ist zu nahe.«
»Nein. Ich will nur was im Mund haben. Rauchen werde ich nachher.«
Robert Jordan reichte ihm seine Zigarettendose, Agustín nahm drei Zigaretten heraus und schob sie unter die Vorderkrempe seiner flachen Hirtenmütze. Er klappte das Gestell auseinander, schob die Mündung des MGs zwischen die niedrigen Kiefernstämme, begann tastend seine Säcke auszupacken und legte die Sachen dorthin, wo er sie haben wollte.
»*Nada mas*«, sagte er. »Nichts weiter mehr!«
Anselmo und Robert Jordan verließen ihn und gingen zu ihren Rucksäcken zurück.
»Wo lassen wir sie am besten?« flüsterte Robert Jordan.
»Ich denke, hier. Aber wirst du auch bestimmt von hier aus mit deiner kleinen *máquina* den Posten erwischen?«
»Ist das genau dieselbe Stelle, an der wir damals waren?«
»Derselbe Baum«, sagte Anselmo so leise, daß Robert Jordan ihn kaum hören konnte, und er wußte, daß der Alte genauso wie damals beim Sprechen überhaupt nicht die Lippen bewegte. »Ich habe mir mit einem Messer ein Zeichen gemacht.«
Robert Jordan hatte abermals das Gefühl, als habe sich das alles schon einmal abgespielt, aber das rührte jetzt wohl daher, daß er eine Frage wiederholt und Anselmo sie beantwortet hatte. Es war mit Agustín dasselbe gewesen; er hatte eine auf die

Schildwache bezügliche Frage gestellt, obwohl er die Antwort kannte.

»Dicht genug, sogar zu dicht!« flüsterte er. »Aber wir haben das Licht hinter uns. Wir liegen hier ganz gut.«

»Dann werde ich jetzt auf die andere Seite der Schlucht gehen und mich bereit halten«, sagte Anselmo. Dann sagte er: »Verzeihung, *Inglés*! Damit es keinen Irrtum gibt. Für den Fall, daß ich zu dumm bin.«

»Was denn?« in ganz leisem Ton.

»Nur noch einmal alles wiederholen, damit ich es ganz genau weiß.«

»Wenn ich zu schießen beginne, beginnst auch du zu schießen. Sobald dein Mann erledigt ist, kommst du über die Brücke zu mir. Ich werde die Rucksäcke bei mir haben, und du wirst nach meinen Anweisungen die Sprengladungen placieren. Ich werde dir alles genau sagen. Wenn mir etwas passiert, dann machst du die Sache allein, so wie ich es dir gezeigt habe. Laß dir Zeit und mach es gründlich, befestige die Ladungen mit den hölzernen Keilen und schnüre die Handgranaten fest.«

»Mir ist alles klar«, sagte Anselmo. »Ich habe mir alles genau eingeprägt. Und jetzt gehe ich. Halte dich gut in Deckung, *Inglés*, wenn es hell wird.«

»Wenn du feuerst«, sagte Robert Jordan, »laß dir Zeit und sei deiner Sache sicher. Stell dir vor, daß es nicht ein Mensch ist, sondern eine Zielscheibe, *de acuerdo*? Schieß nicht auf die ganze Figur, sondern nur auf einen Punkt. Ziele genau auf die Mitte des Bauchs – wenn er mit dem Gesicht zu dir steht. Und mitten auf den Rücken, wenn er nach der anderen Seite schaut. Paß auf, Alter! Wenn ich schieße, und der Mann sitzt, wird er aufstehen, bevor er läuft und sich hinhockt. Dann mußt du schießen. Wenn er sitzen bleibt, schieß auch. Nicht erst warten! Aber genau zielen! Schleiche dich bis auf fünfzehn Meter heran. Du bist ein geübter Jäger. Für dich ist das kein Problem.«

»Ich werde tun, was du befiehlst«, sagte Anselmo.

»Ja. Ich befehle es dir«, sagte Robert Jordan.

Ich bin froh, daß ich nicht vergessen habe, es als einen ausdrücklichen Befehl zu bezeichnen, dachte er. Das wird ihm helfen. Das nimmt der Sache etwas von ihrer Fluchwürdigkeit. Ich will es jedenfalls hoffen. Ein wenig! Ich hatte ganz vergessen, was er mir damals über das Töten von Menschen erzählt hat.

»Ich befehle es dir«, sagte er. »Geh jetzt.«

»*Me voy*«, sagte Anselmo. »Auf bald, *Inglés*!«

»Auf bald, Alter!« sagte Robert Jordan.

Er erinnerte sich wieder an seinen Vater auf dem Bahnhof und das tränenfeuchte Lebewohl, und er sagte weder *salud,* noch adieu, noch viel Glück, noch irgend etwas dergleichen.

»Hast du das Öl aus der Bohrung entfernt, Alter?« flüsterte er. »Damit das Ding nicht streut.«

»In der Höhle«, sagte Anselmo. »Ich habe sie alle mit dem Putzstock gesäubert.«

»Dann auf bald!« sagte Robert Jordan, und der Alte entfernte sich lautlos auf seinen mit Bast besohlten Schuhen in weitem Bogen durch den Wald.

Robert Jordan lag auf dem mit Nadeln bedeckten Boden des Waldes und wartete, bis in dem Kieferngeäst das erste Lüftchen sich regen würde, das dem anbrechenden Tag vorausgeht. Er zog das Magazin aus dem Schnellfeuergewehr und schob den Verschluß hin und zurück. Dann drehte er das Gewehr mit offenem Verschluß um, setzte im Dunkeln die Mündung des Laufs an die Lippen und blies durch den Lauf, schmierig und ölig schmeckte das Metall, als seine Zunge den Rand der Mündung berührte. Er legte das Gewehr über den Unterarm, mit dem Abzug nach oben, damit keine Kiefernnadeln oder sonstiges Zeug in den Verschluß hineinfallen konnten, und knipste mit dem Daumen sämtliche Patronen aus dem Magazin, so daß sie auf ein Taschentuch fielen, das er vor sich ausgebreitet hatte. Dann betastete er jede einzelne Patrone, drehte sie zwischen den Fingern, drückte sie fest und schob sie Stück für Stück in das Magazin zurück. Nun lag das Magazin wieder schwer in seiner Hand, er schob es in das

Schnellfeuergewehr zurück und fühlte die Feder einschnappen. Er lag auf dem Bauch hinter dem Kiefernstamm, das Gewehr über dem linken Vorderarm, und beobachtete das Lichtpünktchen in der Tiefe. Manchmal verschwand es, und da wußte er, daß der Mann aus dem Schilderhäuschen sich vor das Kohlenbecken hingestellt hatte. Robert Jordan lag da und wartete auf den Tag.

42

Während der Zeit, da Pablo aus den Bergen zur Höhle zurückkehrte, und während der Zeit, da der Trupp zu dem Platz hinuntermarschierte, wo sie die Pferde zurückließen, war Andrés auf dem Weg zu Golz' Hauptquartier ein gutes Stück vorangekommen. Als sie auf die Hauptstraße stießen, die nach Navacerrada führt, und auf die Kolonne der aus den Bergen zurückkehrenden Transportautos, wurden sie von einer Kontrolle angehalten. Aber als Gómez dem Wachtposten an der Kontrollstelle den von Oberstleutnant Miranda ausgestellten Passierschein zeigte, betrachtete ihn der Posten im Schein einer Taschenlaterne, zeigte ihn seinem Kameraden, gab ihn dann zurück und salutierte.
»*Siga!*« sagte er. »Fahrt weiter. Aber ohne Licht.«
Wieder ratterte das Rad, Andrés hielt sich an dem Vordersitz fest, sie fuhren die Landstraße entlang. Gómez bahnte sich vorsichtig seinen Weg durch den dichten Verkehr. Sämtliche Transportautos fuhren ohne Licht, in einer langen Kolonne fuhren sie die Straße bergab. Ab und zu kam ein beladenes Auto aus der entgegengesetzten Richtung, und die vielen Räder wirbelten eine Staubwolke auf, die Andrés im Finstern nicht sehen konnte, aber er fühlte sie um sein Gesicht wehen und spürte sie knirschend zwischen den Zähnen.
Sie waren jetzt dicht hinter der Rückwand eines Lastautos, das Motorrad puffte, dann gab Gómez mehr Gas und überholte

das Lastauto und ein zweites und ein drittes, während links von ihnen die übrigen Autos mit gleichmäßigem Rattern bergab rollten. Hinter ihnen kam nun ein Personenauto heran, tutete unaufhörlich mit seinem Signalhorn in den Räderlärm und stellte dann seine Scheinwerfer an, in deren Lichtkegel der Staub als eine dichte gelbe Wolke sichtbar wurde, und brauste an ihnen vorbei mit einem anschwellenden Heulen des Getriebes und dem fordernden, drohenden, knüppelnden Tuten der Sirene.

Dann hatten, ein Stück voraus, die Lastautos haltgemacht, und als Gómez und Andrés auf ihrem Motorrad weiterholperten, vorbei an Ambulanzen, Stabsautos, Panzerwagen, die alle still lagen in dem immer noch umherwirbelnden Staub wie schwere, riesige, metallene, mit Kanonen gespickte Schildkröten, kamen sie zu einer neuerlichen Kontrolle; hier hatte es einen Zusammenstoß gegeben. Ein fahrendes Lastauto war im Finstern in ein anderes, das gerade hielt, hineingefahren, hatte die Hinterwand des stehenden Autos eingedrückt und die Straße mit Kisten voller Gewehrmunition bepflastert. Eine der Kisten war beim Aufprallen geplatzt, und als Gómez und Andrés abstiegen und das Rad durch das Gewirr der gestoppten Vehikel schoben, um dem kontrollierenden Posten ihren Passierschein zu zeigen, watete Andrés in den Messinghülsen der Patronen, die zu Tausenden im Staub über die Straße verstreut waren. Der Scheinwerfer des zweiten Autos war völlig zerschmettert. Dicht dahinter stand ein drittes, und hinter dem dritten hatten hundert weitere sich angesammelt, und ein flott gestiefelter Offizier lief die Straße hinauf und schrie den Chauffeuren zu, sie sollten ein Stück zurückfahren, damit man das beschädigte Auto von der Straße wegschaffen könne.

Es waren so viele Autos, daß sie nicht zurückfahren konnten, bis schließlich der Offizier das Ende der stetig anwachsenden Kette erreichte und weiteren Zuwachs verhinderte, und Andrés sah ihn mit seiner Taschenlampe schreiend und fluchend umherstolpern, und immer neue Autos fuhren im Dunkeln heran.

Der Mann an der Kontrolle wollte ihnen den Passierschein nicht zurückgeben. Es waren ihrer zwei, die Gewehre quer über dem Rücken, Taschenlampen in Händen, und auch sie schrien aus vollem Halse. Der mit dem Passierschein in der Hand ging auf die andere Seite der Straße hinüber zu einem bergabfahrenden Auto und befahl dem Chauffeur, die nächste Kontrollstelle zu verständigen und den Leuten dort zu sagen, sie sollten alle Autos anhalten, bis die Stockung beseitigt sein würde. Der Chauffeur hörte sich das an und fuhr weiter. Der Mann von der Kontrollstreife kam herüber, hatte immer noch den Passierschein in der Hand und schrie jetzt den Fahrer an, dessen Last über die Straße verstreut war.

»Laß das alles liegen und fahr um Gottes willen weiter, damit wir den Dreck endlich in Ordnung bringen!« brüllte er den Chauffeur an.

»Mein Differential ist kaputt«, sagte der Chauffeur, der in gebückter Haltung hinter seinem Auto stand.

»Hol der Teufel dein Differential! Fahr weiter, sage ich!«

»Man kann nicht weiterfahren, wenn das Differential gebrochen ist«, sagte der Chauffeur und bückte sich wieder.

»Dann laß dich abschleppen, vorwärts, damit wir diese Scheiße von der Straße wegkriegen!«

Er richtete den Strahl der elektrischen Taschenlampe auf das eingedrückte Hinterteil des Autos. Der Chauffeur musterte ihn mürrisch.

»Vorwärts! Vorwärts!« schrie der Soldat. Er hielt immer noch den Passierschein in der Hand.

»Mein Papier!« sagte Gómez zu ihm. »Meinen Passierschein! Wir haben es eilig.«

»Hol dich der Teufel mit deinem Passierschein!« sagte der Mann, reichte Gómez das Papier und lief dann auf die andere Straßenseite hinüber, um ein Auto, das die Straße herunterkam, anzuhalten.

»Wende an der Kreuzung und mach dich bereit, den kaputten Kasten da abzuschleppen!« sagte er zu dem Chauffeur.

»Mein Befehl lautet —«

»Ich sch . . . auf deinen Befehl! Tu, was ich sage!«
Der Chauffeur kuppelte ein, und das Auto rollte geradewegs die Straße hinunter und verschwand in den Staubwolken.
Als Gómez das Motorrad an dem havarierten Auto vorbei auf die freie rechte Straßenseite hinübersteuerte, sah Andrés, der sich nun wieder an den Vordersitz anklammerte, wie der Kontrollposten abermals ein Transportauto anhielt und der Fahrer sich aus seinem Sitz herausbeugte und ihm zuhörte.
Jetzt sausten sie mit voller Geschwindigkeit die Straße entlang, die in gleichmäßiger Steigung bergan lief. Der gesamte Verkehr in dieser Richtung war an der Kontrollstelle gestoppt worden, und nur die zurückkehrenden Autos fuhren in endloser Kette links an ihnen vorbei, während das Motorrad schnell und in gleichmäßiger Fahrt die Steigung hinaufkletterte, bis es die berganfahrenden Kolonnen zu überholen begann, die ihren Weg fortgesetzt hatten, bevor das Unglück an der Kontrollstelle passiert war.
Mit abgestellten Scheinwerfern passierten sie vier weitere Panzerwagen und dann eine lange Reihe von Truppentransportautos. Stumm hockten die Soldaten in den Autos, es war ganz finster, und Andrés ahnte gerade nur ihre Nähe, eine kompakte Masse im Staub über den Bretterwänden der Autos, die vorüberrollten. Dann kam wieder ein Stabsauto hinter ihnen her gefahren, mit unaufhörlichem Gehupe und blinkenden Scheinwerfern, und jedesmal wenn die Scheinwerfer aufleuchteten, sah Andrés die Soldaten mit ihren Stahlhelmen, Gewehr bei Fuß, die MGs gegen den finsteren Himmel gerichtet, scharf umrissen von der nächtlichen Schwärze, in die sie wieder versanken, sowie das Licht erlosch. Einmal, als sie an einem Auto vorüberfuhren und die Scheinwerfer aufflammten, sah er ihre starren und traurigen Gesichter in dem jähen Licht. Wie sie so im Dunkeln ihrem Ziel entgegenfuhren, von dem sie nur wußten, daß es dort zum Angriff gehe, waren ihre Gesichter unter den Stahlhelmen verzerrt von den eigenen Sorgen, die jeden einzelnen beschäftigten, und so, wie das jähe Licht sie enthüllte, hätten sie bei Tag nicht

ausgesehen, aus Scham vor dem Nebenmann, bis zu dem Augenblick, da der Angriff und das Bombardement beginnen und keiner mehr sich darum kümmert, was für ein Gesicht er macht.

Andrés, der nun an einem Lastauto nach dem andern vorüber kam – Gómez ließ sich noch immer nicht von dem hinterherjagenden Stabsauto überholen –, dachte nicht über die Gesichter der Soldaten nach. Er dachte nur: Das ist eine Armee! Die sind ausgerüstet. Und mechanisiert! *Vaya gente!* Schau dir diese Leute an! Das ist die Armee der Republik! Schau sie dir an! *Auto auf Auto!* Alle gleich uniformiert. Alle mit Stahlhelmen ausgerüstet. Schau, die *máquinas,* die ihre Läufe aus den Autos hervorrecken und auf die feindlichen Flieger warten! Schau, was für eine Armee sie geschaffen haben!

Und da das Motorrad an den hohen grauen, mit Soldaten beladenen Transportautos vorüberfährt, grauen Autos mit hohen, viereckigen Führersitzen und kantigen, häßlichen Scheinwerfern, stetig berganrollend im Staub und zuckenden Scheinwerferlicht des hinterherjagenden Stabsautos, der rote Stern, das Emblem der Armee, wird sichtbar, wenn das Licht über die hinteren Klappen weghuscht, wird sichtbar, wenn es auf die Seitenwände der staubigen Karosserien fällt, wie sie in gleichmäßiger Fahrt bergan rollen, die Luft wird kälter, die Straße beginnt sich in häufigen Kehren und Haarnadelkurven zu winden, die Autos ächzen und puffen, hier und dort dampft ein Kühler im Flackerlicht, auch das Motorrad kommt nur noch mühsam vorwärts, und Andrés klammert sich fest an den Vordersitz an, weil es nun immer stärker bergauf geht – da denkt Andrés, diese Motorradfahrt ist *mucho, mucho.*

Er ist nie zuvor mit einem Motorrad gefahren, und jetzt rattern sie einen Berg hinauf inmitten des Verkehrsgewimmels, das einem Angriff vorausgeht, und jetzt merkt er, daß nicht mehr die Rede davon sein kann, rechtzeitig zu dem Überfall auf die Posten zurechtzukommen. Bei diesem Wirrwarr und Durcheinander wird er von Glück sagen müssen, wenn er morgen abend wieder zurück ist. Er hat noch nie eine Offensive oder die vorbereitenden Anstalten miterlebt, und während sie die Bergstraße hinanfahren, bewundert er die Größe und Macht dieser Armee, die die Republik sich geschaffen hat.

Jetzt fuhren sie eine lange, steile Serpentine hinauf, die quer über die vordere Lehne des Berges lief, und als sie sich dem Scheitel näherten, wurde der Weg so steil, daß Gómez ihn absteigen hieß, und gemeinsam schoben sie das Motorrad über das letzte steile Stück der Paßhöhe hinauf. Zur Linken, gleich hinter dem höchsten Punkt, machte die Straße eine Schleife, damit die Autos wenden konnten, und hier blinkten Lichter vor einem großen Steingebäude, das schwärzlich und massig in den Nachthimmel ragte.

»Wir wollen uns hier erkundigen, wo das Hauptquartier liegt«, sagte Gómez zu Andrés, und sie schoben das Motorrad zu dem Gebäude hin. Vor der verschlossenen Tür standen zwei Wachtposten. Gómez lehnte das Rad an die Wand, und da kam ein Motorradfahrer in Lederkleidung aus der Tür, scharf beleuchtet von dem Licht, das aus dem Innern des Gebäudes fiel, er hatte eine Depeschentasche umgehängt, und eine Mauserpistole baumelte in ihrem Holzfutteral an seiner Hüfte. Als das Licht verschwand, suchte er im Dunkeln neben der Tür sein Rad, schob damit los, bis es zu knattern begann und der Motor ansprang, und ratterte dann die Straße hinauf.

Gómez redete einen der Wachtposten an. »Hauptmann Gómez von der 65. Brigade«, sagte er. »Kannst du mir sagen, wo sich das Hauptquartier General Golz' befindet, der die 35. Division befehligt?«

»Hier nicht«, sagte der Posten.

»Was ist das hier?«

»Die *Comandancia*.«

»Was für eine *Comandancia*?«

»Na, die *Comandancia*.«

»Die *Comandancia* von was?«

»Wer bist du, daß du so viel fragst?« sagte der Posten im Dunkeln zu Gómez. Hier auf der Paßhöhe war der Himmel ganz hell und voller Sterne, und Andrés, dem Staub entronnen, konnte recht gut im Dunkeln sehen. Tief unten, wo die Straße nach rechts bog, sah er deutlich die Umrisse der Transport- und Personenautos, die am Horizont entlangglitten.

»Ich bin Hauptmann Rogelio Gómez vom 1. Bataillon der 65. Brigade, und ich frage dich, wo das Hauptquartier von General Golz ist«, sagte Gómez.

Der Posten öffnete die Tür einen Spalt breit. »Ruft den Korporal von der Wache!« rief er hinein.

In diesem Augenblick kam ein großes Stabsauto um die Straßenbiegung gefahren und näherte sich dem Gebäude, vor dem Andrés und Gómez standen und auf den Korporal von der Wache warteten. Das Auto kam auf sie zu und hielt vor der Tür.

Ein dicker Mann, alt und schwerfällig, auf dem Kopf eine übermäßig breite khakibraune Baskenmütze, wie sie die *chasseurs à pied* in der französischen Armee tragen, in einen Mantel gehüllt, eine Aktenmappe unterm Arm und eine Pistole über den schweren Mantel geschnallt, stieg aus dem Fond des Wagens, begleitet von zwei Männern in der Uniform der internationalen Brigaden.

Er sprach Französisch, eine Sprache, von der Andrés kein einziges Wort und Gómez, der ehemalige Friseur, nur ein paar Wörter verstand, und befahl dem Chauffeur, das Auto von der Tür wegzuschaffen und an einen geschützten Ort zu bringen. Als er mit den beiden Offizieren in die Tür trat, sah Gómez deutlich sein Gesicht im Licht und erkannte ihn. Er hatte ihn auf politischen Versammlungen gesehen und öfters im *Mundo Obrero* aus dem Französischen übersetzte Artikel von ihm gelesen. Er kannte die buschigen Brauen wieder, die wässerig grauen Augen, das Doppelkinn, und er wußte, daß das eine der großen Gestalten des modernen revolutionären Frankreich war. Er hatte die Meuterei der französischen Matrosen im Schwarzen Meer geführt. Gómez wußte, welch hohe politische Stellung dieser Mann bei den internationalen Brigaden bekleidete, er wußte, daß dieser Mann ihm den Weg zu Golz'

Hauptquartier würde angeben können. Er wußte nicht, was die Jahre, die Enttäuschungen, familiäre und politische Schwierigkeiten und gescheiterter Ehrgeiz aus diesem Mann gemacht hatten, und er wußte nicht, daß es nichts Gefährlicheres geben konnte, als eine Frage an ihn zu richten. Da er das nicht wußte, vertrat er ihm den Weg, grüßte mit geballter Faust und sagte: »Genosse Marty, wir haben eine Depesche für den General Golz. Können Sie uns sagen, wo sein Hauptquartier ist? Die Sache ist dringend.«

Der hochgewachsene schwere Mann reckte den Kopf ein wenig vor und betrachtete Gómez aufmerksam mit seinen wässerigen Augen. Sogar hier an der Front, im Licht einer kahlen elektrischen Birne, nachdem er soeben im offenen Auto durch die frische Nachtkühle gefahren war, sah sein graues Gesicht verfallen aus. Wie eine Maske, aus dem Unrat modelliert, der sich zwischen den Krallen eines uralten Löwen findet.

»*Was* hast du, Genosse?« fragte er Gómez. Er sprach das Spanische mit einem starken katalanischen Akzent. Er warf einen Seitenblick auf Andrés, musterte ihn, sah dann wieder Gómez an.

»Eine Depesche für General Golz, die in seinem Hauptquartier abzuliefern ist, Genosse Marty.«

»Wo kommt ihr her, Genosse?«

»Aus dem faschistischen Hinterland«, sagte Gómez.

André Marty langte nach der Depesche und den übrigen Papieren, sah sie an und steckte sie in die Tasche.

»Beide festnehmen!« sagte er zu dem Korporal von der Wache. »Durchsuchen und zu mir führen, sobald ich Bescheid gebe!« Die Depesche in der Tasche verschwand er in dem großen Steingebäude.

Im Wachtzimmer wurden Gómez und Andrés von der Wache durchsucht.

»Was ist denn mit diesem Menschen los?« fragte Gómez einen von der Wachmannschaft.

»*Está loco*«, sagte der Soldat. »Er ist verrückt.«

»Nein«, sagte Gómez. »Er ist eine bedeutende Persönlichkeit. Er ist oberster Kommissar der internationalen Brigaden.«

»*Apesar de eso, está loco*«, sagte der Korporal. »Trotzdem ist er verrückt. Was macht ihr hinter den faschistischen Linien?«
»Dieser Genosse hier ist ein *guerrillero*«, erwiderte Gómez, während der Mann ihn durchsuchte. »Er hat eine Depesche für General Golz. Gib gut acht auf meine Papiere! Sei vorsichtig mit dem Geld, und daß mir diese Kugel an der Schnur nicht verlorengeht! Sie ist ein Andenken an meine erste Verwundung bei Guadarrama.«
»Keine Angst!« sagte der Korporal. »Ich lege alles in diese Schublade. Warum hast du nicht *mich* gefragt, wo Golz ist?«
»Ich hab's versucht. Ich habe den Posten gefragt, und er hat dich gerufen.«
»Aber dann kam der Verrückte, und du hast *ihn* gefragt. Man darf ihn nichts fragen. Er ist verrückt. Dein Golz sitzt weiter oben an der Straße, drei Kilometer von hier, auf der rechten Seite, in den Felsen des Waldes.«
»Kannst du uns nicht laufenlassen?«
»Nein, das würde mich den Kopf kosten. Ich muß dich zu dem Verrückten führen. Außerdem hat er ja deine Depesche.«
»Kannst du nicht jemanden verständigen?«
»Ja«, sagte der Korporal. »Sowie ich einen Verantwortlichen sehe, werde ich es ihm sagen. Alle wissen, daß er verrückt ist.«
»Ich habe ihn immer für einen großen Mann gehalten«, sagte Gómez. »Für eine der Zierden Frankreichs.«
»Meinetwegen mag er eine Zierde sein«, sagte der Korporal und legte die Hand auf Andrés' Schulter. »Aber er ist verrückt wie eine Wanze. Er hat die Manie, alles erschießen zu lassen.«
»Wirklich?«
»*Como lo oyes*«, sagte der Korporal. »Dieser alte Knabe bringt mehr Menschen um als die Beulenpest. *Mata más que la peste bubonica.* Aber nicht etwa Faschisten, wie wir! *Qué va!* Nicht mal im Scherz. *Mata bichos raros.* Er killt seltene Vögel. Trotzkisten. Abweichler. Alle möglichen seltenen Tiere.«
Andrés verstand von alldem kein Wort.
»Als wir im Escorial waren, haben wir, ich weiß nicht wie viele, für ihn erschossen«, sagte der Korporal. »Wir müssen

immer das Exekutionskommando stellen. Die Leute aus den Brigaden sind nicht dazu zu bringen, ihre eigenen Leute zu erschießen. Besonders nicht die Franzosen. Um Schwierigkeiten zu vermeiden, müssen *wir* das besorgen. Wir haben Franzosen erschossen, wir haben Belgier erschossen, wir haben Menschen verschiedenster Nationalität erschossen. Alle möglichen Typen. *Tiene mania de fusilar gente.* Immer aus politischen Gründen. Er ist verrückt. *Purifica más que el Salvarsan.* Er putzt kräftiger aus als das Salvarsan.«
»Aber du wirst jemanden verständigen?«
»Ja, Mann. Bestimmt. Ich kenne alle Welt in den beiden Brigaden. Sie kommen alle hier vorbei. Ich kenne sogar die Russen, sämtliche Russen, obwohl die meisten nicht Spanisch verstehen. Ich werde schon verhindern, daß dieser Verrückte uns auch noch Spanier erschießt.«
»Aber die Depesche!«
»Auch die Depesche. Keine Angst, Genosse. Wir wissen, wie wir mit diesem Verrückten umzugehen haben. Nur für seine eigenen Leute ist er gefährlich. Wir kennen uns jetzt mit ihm aus.«
»Führt die zwei Gefangenen herein!« ertönte André Martys Stimme.
»*Quereis echar un trago?*« fragte der Korporal. »Wollt ihr ein Schlückchen nehmen?«
»Warum nicht?«
Der Korporal holte eine Flasche Anis aus dem Schrank, Gómez und Andrés tranken je ein Gläschen. Ebenso der Korporal. Dann wischte er sich mit der Hand den Mund ab.
»*Vamonos!*« sagte er.
Sie verließen das Wachtzimmer, der scharfe Schnaps wärmte ihnen den Mund, den Magen und das Herz, sie gingen durch den Vorraum und betraten das Zimmer, in dem Marty an einem langen Tisch saß, die Karte vor sich ausgebreitet, in der Hand den Rot- und Blaustift, mit dem er den Stabsoffizier zu spielen pflegte. Andrés nahm die Sache weiter nicht tragisch. Es war heute nacht schon so vieles passiert. Immer

passieren solche Sachen. Wenn deine Papiere in Ordnung sind und du die Nerven nicht verlierst, gibt es keine Gefahr. Nach einer Weile läßt man dich frei, und du marschierst weiter. Aber der *Inglés* hatte ihn gebeten, sich zu beeilen. Er wußte jetzt, daß er nicht mehr rechtzeitig würde zurück sein können, aber er hatte schließlich eine Depesche abzuliefern, und dieser alte Mann da am Tisch hatte die Depesche in die Tasche gesteckt.

»Stellt euch hier hin!« sagte Marty, ohne aufzublicken.
»Hör mal, Genosse Marty!« legte Gómez los. Der Anisschnaps steigerte seine Wut. »*Einmal* hat uns heute nacht die Unwissenheit der Anarchisten aufgehalten. Dann die Faulheit eines bürokratischen Faschisten. Und *jetzt* das übertriebene Mißtrauen eines Kommunisten!«
»Halt den Mund!« sagte Marty, ohne aufzublicken. »Wir sind nicht in einer Versammlung.«
»Genosse Marty, die Sache ist äußerst dringend«, sagte Gómez. »Und äußerst wichtig.«
Der Korporal und der Soldat, die mitgekommen waren, interessierten sich sehr lebhaft für das, was hier vorging, als handle es sich um ein Theaterstück, das sie schon oft gesehen hatten, dessen ausgezeichnete Pointen aber sie immer wieder goutierten.
»*Alles* ist dringend«, sagte Marty. »*Alles* ist wichtig.« Jetzt blickte er zu ihnen auf, den Bleistift zwischen den Fingern. »Woher wußtet ihr, daß Golz hier ist? Versteht ihr nicht, wie merkwürdig das ist, daß ihr euch kurz vor dem Beginn eines Angriffs nach einem bestimmten General erkundigt? Wie konntet ihr wissen, daß dieser General hier überhaupt zu finden sein wird?«
»Sag es ihm, *tu*!« sagte Gómez zu Andrés.
»Genosse General«, begann Andrés, und André Marty unterließ es, die fehlerhafte Rangbezeichnung zu berichtigen, »das Papier habe ich drüben auf der anderen Seite bekommen —«
»Auf der anderen Seite?« sagte Marty. »Ja, ich habe gehört, daß du von der faschistischen Front kommst.«

»Ich habe es, Genosse General, von einem *Inglés* namens Roberto erhalten, der als Dynamiter wegen der Brücke zu uns gekommen ist. Verstehst du?«
»Erzähl deine Geschichte weiter«, sagte Marty zu Andrés; er sagte *Geschichte,* als wollte er *Lüge* sagen, *Erfindung* oder *Schwindelei.*
»Nun, Genosse General, der *Inglés* hat mir befohlen, das Papier so schnell wie möglich zu General Golz zu bringen. General Golz bereitet einen Angriff vor, und wir verlangen weiter nichts, als daß die Depesche ihm möglichst schnell zugestellt wird, wenn es dem Genossen General recht ist.«
Marty schüttelte abermals den Kopf. Er blickte Andrés an, aber er sah ihn nicht.
Golz, dachte er mit einem Gemisch von Entsetzen und Jubel, wie etwa ein Mensch, dem man erzählt, sein schlimmster Konkurrent sei bei einem besonders scheußlichen Autounglück ums Leben gekommen, oder es habe einer, den man haßt, aber an dessen Ehrlichkeit man nie gezweifelt hat, eine Unterschlagung begangen. Daß Golz *auch* zu ihnen gehört! Daß Golz so offensichtlich mit den Faschisten in Verbindung steht! Golz, den er seit fast zwanzig Jahren kennt! Golz, der damals in Sibirien mit Lukácz den Goldzug erbeutet hat. Golz, der gegen Koltschak und in Polen gekämpft hat. Im Kaukasus. In China. Und seit dem 1. Oktober auch hier. Aber er *hat* Tuchatschewsky nahegestanden. Und wem sonst noch? Diesem Karkow natürlich! Und Lukácz. Aber alle Ungarn sind Intriganten. Golz hat Gall seit jeher gehaßt. Aber er begünstigt Putz. Vergiß das nicht! Und Duval ist sein Stabschef. Mal nachschauen, wie es sich *damit* verhält. Du hast ihn sagen hören, daß Copic ein Dummkopf ist. Das ist definitiv. Das steht fest. Und jetzt diese Depesche aus dem faschistischen Gebiet. Nur wenn man die morschen Äste beseitigt, kann der Baum gesund bleiben und weiterwachsen. Das Morsche muß man bloßlegen, denn es gehört ausgerottet. Aber Golz! Daß Golz auch ein Verräter ist! Ich weiß ja, daß man niemandem trauen darf. Niemandem. Nie. Nicht einmal der eigenen Frau. Nicht ein-

mal dem eigenen Bruder. Nicht einmal dem ältesten Freund. Niemandem. Nie.

»Führt sie ab!« sagte er zu den Leuten von der Wachtmannschaft. »Bewacht sie sorgfältig!« Der Korporal sah den Soldaten an. Das ist ja sehr still verlaufen, wenn man bedenkt, wie er sich sonst aufzuführen pflegt.

»Genosse Marty!« sagte Gómez. »Seien Sie nicht unvernünftig. Hören Sie doch auf einen Genossen und loyalen Offizier! Die Depesche muß abgeliefert werden. Dieser Genosse hat sie durch die faschistischen Linien durchgeschmuggelt, um sie dem Genossen General Golz zu überbringen.«

»Führt sie ab!« sagte Marty ganz freundlich zu dem Korporal. Falls es nötig sein wird, sie zu liquidieren, tun sie ihm leid; es sind schließlich Menschen. Aber viel mehr noch bedrückt ihn die Tragödie Golz. Daß es gerade Golz sein muß, dachte er. Er wird sofort mit dieser faschistischen Depesche zu Warlow gehen. Nein, es ist besser, er bringt sie Golz und beobachtet ihn, wenn er sie in Empfang nimmt. Ja, *das* wird er tun. Wie kann er denn Warlows sicher sein, wenn Golz zu ihnen gehört? Nein. Hier heißt es sehr vorsichtig sein. . .

Andrés wandte sich zu Gómez. »Du meinst, er wird die Depesche nicht weiterschicken?« fragte er ungläubig.

»Du siehst doch!« sagte Gómez.

»*Me cago en su puta madre!*« sagte Andrés. »*Está loco.*«

»Ja«, sagte Gómez. »Er ist verrückt . . . Du bist verrückt! Hörst du! Verrückt!« schrie er Marty an, der sich jetzt wieder mit seinem blau-roten Bleistift über die Landkarte beugte. »Hörst du mich, du verrückter Bluthund?«

»Führt sie ab!« sagte Marty zu dem Korporal. »Ihre schwere Schuld hat sie um den Verstand gebracht.«

Das war eine Phrase, die der Korporal wiedererkannte. Er hatte sie schon öfters gehört.

»Du verrückter Bluthund!« schrie Gómez.

»*Hijo de la gran puta!*« sagte Andrés. »*Loco!*«

Die Stupidität dieses Menschen machte ihn wütend. Wenn er verrückt ist, soll man ihn in ein Irrenhaus sperren. Man soll ihm die Depesche aus der Tasche nehmen. Hol der Teufel diese Verrückten! Aus seiner gewohnten Gelassenheit und friedlicher Laune brauste ein dumpfer spanischer Zorn empor; ein Weilchen noch, und dieser Zorn wird ihn um jede Besinnung bringen.

Marty betrachtete die Karte und schüttelte betrübt den Kopf, während die Soldaten Gómez und Andrés abführten. Es hatte den Wachtposten Spaß gemacht, die Beschimpfungen zu hören, die ihm an den Kopf flogen, aber im großen und ganzen waren sie von dem Schauspiel enttäuscht gewesen. Sie hatten schon viel amüsantere Szenen erlebt. André Marty nahm es den Leuten nicht übel, daß sie ihn beschimpften. Er war schon so oft beschimpft worden. Und immer taten sie ihm leid, weil es doch schließlich Menschen waren. Das sagte er sich stets aufs neue, und das war einer der letzten anständigen Gedanken, die ihm geblieben waren, die er noch sein eigen nennen durfte.

Nun saß er da, die Schnurrbartspitzen und die Blicke auf die Landkarte gerichtet, auf die Karte, aus der er nie so ganz richtig schlau wurde, auf das braune Netzwerk der Konturen, die zart und konzentrisch verliefen wie ein Spinngewebe. An den Konturen konnte er die Hügel und die Täler unterscheiden, doch es war ihm nie ganz klar, warum es gerade *diese* Höhe und warum es gerade *dieses* Tal sein mußte. Aber im Generalstab, wo er dank dem System der politischen Kommissariate als politischer Chef der Brigaden das Recht besaß, sich in alles einzumischen, pflegte er mit dem Finger auf einen bestimmten numerierten, mit dünnen braunen Strichen umzirkelten Fleck zu zeigen (zwischen den grünen Flecken der Wälder und dem Linienwerk der Straßen, die den niemals zufälligen Windungen eines Flusses folgen) und zu sagen: »Da! Das ist der schwache Punkt.«

Gall und Copic, Politiker und ehrgeizige Burschen, geben ihm recht, und eine Weile später werden Männer, die nie die Landkarte gesehen haben, aber denen man, bevor sie aufbrachen, die Nummer des Hügels genannt und die aufgeworfene

Erde der feindlichen Schanzen gezeigt hat, den Hang hinaufklettern, um dort zu sterben, oder gar nicht erst hinaufkommen, weil die Maschinengewehre, die in den Olivenhainen postiert sind, sie zurückjagen. An einer anderen Front vielleicht werden sie den Hügel ganz leicht erklettern und dann nicht besser daran sein als zuvor. Aber wenn Marty in *Golz'* Stab seinen Finger auf die Landkarte setzte, strafften sich die Kinnmuskeln in dem bleichen Gesicht des narbenschädligen Generals, und er dachte: Ich sollte dich eigentlich übern Haufen schießen, André Marty, bevor ich dir erlaube, deinen verrotteten Finger auf meine Spezialkarte zu setzen. Der Teufel soll dich holen, daß du so viele Menschen umgebracht hast, weil du dich in Dinge einmischst, von denen du nichts verstehst. Verflucht der Tag, da man Traktorenfabriken und Dörfer und Kollektivgüter nach dir benannt hat, so daß du ein Symbol geworden bist, das ich nicht antasten kann! Geh anderswohin verdächtigen, ermahnen, intervenieren, denunzieren und schlachten, aber laß meinen Stab in Frieden!

Aber statt das auszusprechen lehnte er sich bloß in seinen Stuhl zurück, möglichst weit weg von der massigen Gestalt, dem zudringlichen Zeigefinger, den wässerig grauen Augen, dem grauweißen Schnurrbart und dem üblen Atem, und sagt: »Ja, Genosse Marty. Ich verstehe, was Sie meinen. Aber Ihre Wahl ist nicht richtig, und ich bin nicht einverstanden. Wenn Sie wollen, können Sie versuchen, mich zu übergehen. Ja. Sie können, wie Sie sagen, an die Partei appellieren. Aber ich bin nicht einverstanden.«

So saß nun Marty über seiner Landkarte an dem kalten Tisch, den Kopf im grellen Licht der schirmlosen Birne, die breite Baskenmütze nach vorne geschoben, um die Augen zu schützen, neben sich eine abgezogene Kopie der Angriffsorder, die er zu Rate zog, und langsam, sorgfältig, mühevoll verfolgte er auf der Karte den Verlauf der geplanten Operation, so wie etwa ein junger Leutnant auf der Offiziersschule ein strategisches oder taktisches Problem zu lösen versucht. Er führt Krieg. Im Geist befehligt er Armeen. Er hatte das Recht zu intervenieren und glaubte, damit schon ein Befehlshaber zu sein. So saß er nun da, Robert Jordans Depesche an Golz in der Tasche, und Gómez und Andrés warteten im Wachtzimmer, und Robert Jordan lag in den Wäldern oberhalb der Brücke.

Es ist zweifelhaft, ob Andrés' Mission zu anderen Ergebnissen geführt haben würde, wenn er und Gómez ihren Weg hätten fortsetzen können, ohne durch André Marty aufgehalten zu werden. Kein Mensch hier vorne an der Front besaß die nötigen Vollmachten, um den Angriff abzublasen. Die Maschinerie war schon viel zu lange in Gang, als daß man sie jetzt plötzlich hätte anhalten können. Alle einigermaßen umfangreichen militärischen Operationen haben ein großes Beharrungsvermögen. Ist erst einmal dieses Trägheitsmoment überwunden und die Bewegung hat eingesetzt, dann sind sie ebenso schwer abzustoppen, wie sie schwer in Gang zu bringen waren.

Aber noch saß in dieser Nacht der alte Mann, die Mütze in der Stirn, am Tisch über seine Karte gebeugt, da ging die Tür auf, und der russische Journalist Karkow kam herein, begleitet von zwei anderen Russen in Zivil, in Ledermänteln und Ledermützen. Der Korporal von der Wache machte zögernd die Tür hinter ihnen zu. Karkow war der erste Verantwortliche gewesen, mit dem er sich hatte in Verbindung setzen können.

»Towarisch Marty!« sagte Karkow mit seinem höflich geringschätzigen Lispeln und lächelte, so daß seine schlechten Zähne sichtbar wurden.

Marty stand auf. Er konnte Karkow nicht leiden, aber Karkow, der von der *Prawda* kam und in direkter Verbindung mit Stalin stand, war momentan einer der drei wichtigsten Männer in Spanien. »Towarisch Karkow«, sagte er.

»Sie bereiten wohl den Angriff vor?« sagte Karkow frech, mit einem Kopfnicken auf die Karte deutend.

»Ich studiere ihn«, erwiderte Marty.

»Führen *Sie* den Angriff? Oder führt ihn Golz?« fragte Karkow sanft.

»Wie Sie wissen, bin ich nur Kommissar«, sagte Marty.

»Nein«, sagte Karkow. »Sie sind zu bescheiden. In Wirklichkeit sind Sie General. Sie haben eine Landkarte, Sie haben ein Fernglas. Aber sind Sie nicht auch einmal Admiral gewesen, Genosse Marty?«

»Ich war Feuerwerksmaat«, sagte Marty. Das war eine Lüge. In Wirklichkeit war er zu der Zeit der Meuterei erster Kanoniersgehilfe gewesen. Aber er bildete sich jetzt ein, Kanoniersmaat gewesen zu sein.

»Ach so. Ich habe geglaubt, Sie waren erster Feuerwerks-Gehilfe«, sagte Karkow. »Nie erwische ich die richtigen Fakten. Das Kennzeichen des Journalisten!«

Die beiden anderen Russen beteiligten sich nicht an dem Gespräch. Sie blickten über Martys Schulter auf die Karte und wechselten ab und zu eine Bemerkung in ihrer Muttersprache. Marty und Karkow unterhielten sich nach der ersten Begrüßung auf französisch.

»Es ist ratsam, in der *Prawda* keine Unwahrheiten zu berichten«, sagte Marty. Er sagte es in brüskem Ton, um sich wieder Haltung zu geben. Karkow verstand es, ihn im Nu von seinem Piedestal zu stürzen. Die Franzosen haben dafür einen treffenden Ausdruck: *dégonfler*. Sowie Marty den Russen erblickte, wurde er unruhig und mißtrauisch. Wenn Karkow sprach, war er drauf und dran zu vergessen, mit welch wichtigen Funktionen das Zentralkomitee der Kommunistischen Partei Frankreichs ihn, André Marty, betraut hatte. Er vergaß auch beinahe, daß er unantastbar war. Karkow fiel es anscheinend gar nicht schwer, ihn zu treffen, empfindlich zu treffen, wann immer es ihm Spaß machte. Jetzt sagte Karkow: »Ich pflege die Fakten gewöhnlich richtigzustellen, bevor ich sie an die *Prawda* schicke. Was ich in der *Prawda* schreibe, ist immer richtig. Sagen Sie mal, Genosse Marty, haben Sie etwas von einer Depesche gehört, die einer unserer Partisanentrupps aus der Gegend von Segovia an Golz geschickt hat? Es arbeitet dort ein amerikanischer Genosse namens Jordan, von dem wir eigentlich hätten hören müssen. Es ist berichtet worden, daß

hinter den faschistischen Linien Kämpfe stattgefunden haben. Er müßte eigentlich einen Bericht an Golz geschickt haben.«
»Ein Amerikaner?« fragte Marty. Andrés hatte gesagt: ein *Inglés*. Das war es also. Er hatte sich geirrt. Warum hatten sich denn diese Dummköpfe überhaupt an ihn gewandt? »Ja.«
Karkow sah ihn voller Verachtung an. »Ein politisch ziemlich unreifer junger Amerikaner, der aber mit den Spaniern umzugehen versteht und gute Partisanenarbeit geleistet hat. Geben Sie mir die Depesche, Genosse Marty! Sie ist schon reichlich verspätet.«
»Welche Depesche?« fragte Marty. Das war sehr dumm von ihm, und er wußte es auch. Aber er konnte es nicht gleich zugeben, daß er sich geirrt habe. Er wollte auf jeden Fall den peinlichen Augenblick hinausschieben. Er wollte sich nicht demütigen lassen.
»*Und* den Passierschein«, sagte Karkow zwischen seinen schlechten Zähnen.
André Marty griff in die Tasche und legte die Depesche auf den Tisch. Er sah Karkow fest in die Augen. Gut. Er hat sich geirrt, und das ist nun nicht mehr zu ändern, aber er wird sich nicht demütigen lassen.
»*Und* den Passierschein«, sagte Karkow leise.
Marty legte ihn neben die Depesche.
»Genosse Korporal!« rief Karkow auf spanisch.
Der Korporal öffnete die Tür und trat ein. Er warf einen raschen Blick auf André Marty, der ihn anstarrte wie ein alter Wildeber, den die Hunde gestellt haben. Weder Furcht noch Beschämung zeigten sich in Martys Miene. Er war bloß wütend, und er war nur vorübergehend in die Enge getrieben. Er wußte, daß diese Hunde ihn nicht festhalten konnten.
»Nimm die Papiere, gib sie den beiden Genossen im Wachtzimmer und zeige ihnen den Weg zu General Golz' Hauptquartier!« sagte Karkow. »Es hat schon viel zu lange gedauert.«
Der Korporal ging hinaus. Marty sah ihm nach und sah dann Karkow an.

»Towarisch Marty«, sagte Karkow, »ich werde schon noch herausfinden, ob Sie wirklich so *unantastbar* sind.«
Marty sah ihn an und schwieg.
»Und fangen Sie jetzt nicht etwa an, den Korporal zu schikanieren«, fuhr Karkow fort. »Er war es nicht. Ich habe die beiden im Wachtzimmer getroffen, und sie haben mich angesprochen.« (Das war eine Lüge.) »Ich hoffe sehr, daß alle Menschen, die mir begegnen, sich sofort an mich wenden.« (Das war nicht gelogen, obgleich es der Korporal gewesen war, der sich an ihn gewandt hatte.) Aber Karkow glaubte an das Gute, weil er selber ein zugänglicher Mensch war und die wohltuende Möglichkeit hatte, in gewissen Augenblicken einzugreifen. Das war das einzige, worüber er niemals Witze machte.
»Wissen Sie, wenn ich in der UdSSR bin, schreibt man an mich in die Redaktion der *Prawda,* wenn irgendwo in einem Städtchen in Aserbeidschan eine Ungerechtigkeit passiert ist. Wußten Sie das? Die Leute sagen, Karkow wird uns helfen.«
André Marty sah ihn an, in seinen Zügen lag nichts als Wut und Widerwille. Er konnte jetzt an nichts anderes denken als an den Schlag, den Karkow ihm versetzt hatte. Gut, Karkow, magst du noch so mächtig sein, sieh dich vor!
»Hier handelt es sich um etwas anderes«, fuhr Karkow fort, »aber das Prinzip ist das gleiche. Ich werde feststellen, inwieweit Sie *unantastbar* sind, Genosse Marty. Ich möchte gern wissen, ob es nicht möglich wäre, den Namen dieser Traktorenfabrik zu ändern.«
André Marty schaute weg, sein Blick wanderte zu der Karte zurück.
»Was schreibt der junge Jordan?« fragte ihn Karkow.
»Ich habe es nicht gelesen«, sagte Marty. »*Et maintenant fiche moi la paix,* Genosse Karkow.«
»Gut«, sagte Karkow. »Ich überlasse Sie Ihren militärischen Bemühungen.«
Er verließ den Raum und ging in das Wachtzimmer. Andrés und Gómez waren schon weg. Er stand einen Augenblick da,

betrachtete die Straße und blickte zu den Berggipfeln hinüber, die jetzt im ersten Grau der Dämmerung sichtbar wurden. Jetzt heißt es sich beeilen dort oben, dachte er. Jetzt geht es bald los.

Wieder fuhren Andrés und Gómez mit ihrem Motorrad die Straße entlang, und es wurde langsam hell. Andrés, sich wieder an den Vordersitz festklammernd, während das Motorrad Kurve um Kurve nahm in dem dünnen grauen Nebel, der über der Paßhöhe lag, fühlte, wie das Rad unter ihm schneller fuhr, dann ins Rutschen kam und stehenblieb, und sie standen neben dem Rad auf der steilen Straße, und links von ihnen in den Wäldern standen zahlreiche, mit Fichtenzweigen bedeckte Tanks. Die Wälder wimmelten von Soldaten. Andrés sah Männer mit Tragbahren, die langen Stangen auf den Schultern. Drei Stabsautos standen rechts neben der Straße unter den Bäumen, die Seiten und das Dach mit Fichtenzweigen verkleidet.

Gómez schob das Motorrad zu einem dieser Autos hin. Er lehnte es an einen Baumstamm und wandte sich an den Chauffeur, der, mit dem Rücken an einen Baum gelehnt, neben dem Auto saß.

»Ich werde dich zu ihm führen«, sagte der Chauffeur. »Stell dein *moto* weg und deck es zu.« Er zeigte auf einen Haufen abgeschnittener Zweige.

Während die ersten Sonnenstrahlen durch das hohe Geäst der Kiefern drangen, folgten Gómez und Andrés dem Chauffeur, der Vicente hieß, durch den Wald auf der anderen Straßenseite, den Hang hinauf bis zu dem Eingang eines Unterstandes, von dessen Dach aus Telefondrähte weiter den bewaldeten Hang hinaufliefen. Sie blieben draußen stehen, während der Chauffeur hineinging, und Andrés bewunderte den Bau des Unterstandes. Man sah nichts als ein Loch im Hügelhang, keine frische Erde lag umher, aber vom Eingang aus konnte man sehen, daß der Unterstand tief und geräumig war und daß die Menschen sich frei darin bewegen konnten, ohne sich unter das schwere Balkendach bücken zu müssen.

Der Chauffeur Vicente kam zurück.
»Er ist oben bei der Truppe, die zum Angriff aufmarschiert«, sagte er. »Ich habe die Depesche seinem Stabschef gegeben. Er hat quittiert. Hier!«
Er reichte Gómez den quittierten Umschlag. Gómez gab ihn Andrés, der ihn ansah und ihn dann unter das Hemd schob.
»Wie heißt der, der da unterschrieben hat?« fragte er.
»Duval«, sagte Vicente.
»Gut«, sagte Andrés. »Das ist einer von den dreien, dem ich die Depesche geben darf.«
»Sollen wir auf Antwort warten?« fragte Gómez Andrés.
»Es wäre vielleicht am besten. Aber *wo* ich den *Inglés* und die anderen nach der Brückensache finden werde, das weiß nicht einmal der liebe Gott!«
»Komm, warte bei mir«, sagte Vicente, »bis der General zurückkommt. Ich werde dir Kaffee besorgen. Du wirst hungrig sein.«
»Und diese Tanks!« sagte Gómez zu ihm.
Sie kamen an den mit Zweigen bedeckten erdfarbenen Tanks vorbei. Tiefe Furchen in dem Nadelboden zeigten die Stelle an, wo sie geschwenkt hatten und dann mit Rückwärtsgang in den Wald hineingefahren waren. Ihre Fünfundvierzig-Millimeter-Geschütze ragten waagrecht aus dem Geäst hervor, die Fahrer und Kanoniere, in ihren ledernen und wulstigen Helmen, saßen unter den Bäumen herum oder lagen schlafend auf der Erde.
»Das ist die Reserve«, sagte Vicente. »Auch die Infanterie, die du hier siehst, gehört zur Reserve. Die, die den Angriff einleiten, sind schon oben.«
»Es sind viele«, sagte Andrés.
»Ja«, sagte Vicente. »Eine ganze Division.«
Drinnen im Unterstand hielt Duval die geöffnete Depesche Robert Jordans in der Hand, sah auf die Armbanduhr an derselben Hand, las zum viertenmal die Depesche durch und fühlte jedesmal, wie ihm der Schweiß unter den Achseln ausbrach und an der Seite herunterlief, sprach ins Telefon: »Dann gib mir Position Segovia! Er ist schon weg? Gib mir Position Ávila!«

Er telefonierte weiter. Es hatte keinen Zweck. Er hatte bereits mit beiden Brigaden gesprochen. Golz war hinaufgegangen, um die Angriffsdispositionen zu inspizieren, und war nun auf dem Weg zu einem Beobachtungsposten. Duval rief den Beobachtungsposten an, Golz war nicht da.
»Gib mir Flugplatz Nummer eins!« sagte Duval. Er war plötzlich entschlossen, die ganze Verantwortung auf sich zu nehmen. Er wird auf eigene Faust den Angriff abblasen. Es ist besser, ihn abzublasen. Man kann nicht einen überraschenden Vorstoß gegen einen Feind unternehmen, der auf diesen Vorstoß wartet. Das geht nicht. Das ist reiner Mord. Das darf man nicht machen. Unter keinen Umständen. Wenn sie wollen, sollen sie ihn erschießen. Er wird direkt den Flugplatz anrufen und das Bombardement abblasen. Wie denn aber, wenn das Ganze nur ein Ablenkungsmanöver ist? Wie denn, wenn wir nur die Aufgabe haben, die gegnerischen Kräfte zu binden? Wie denn, wenn es sich so verhält? Es wird einem doch niemals mitgeteilt, ob der Angriff, den man unternimmt, nur ein Scheinmanöver ist.
»Den Flugplatz nicht anrufen!« befahl er dem Telefonisten. »Gib mir den Beobachtungsposten der 69. Brigade.«
Er wartete immer noch auf die Verbindung, als er das Surren der ersten Flugzeuge hörte.
Und in diesem Augenblick wurde die Verbindung hergestellt.
»Ja?« sagte Golz ruhig.
Er saß da, mit dem Rücken gegen den Sandsack, die Füße gegen einen Felsblock gestemmt, eine Zigarette hing von seiner Unterlippe, und er blickte über die Schulter empor, während er ins Telefon sprach. Er sah die ausschwärmenden Dreierkeile, silbern und dröhnend am Himmel, wie sie über den fernen Bergrücken kamen, von den ersten Strahlen der Sonne beleuchtet. Er sah sie schimmernd und schön in der Sonne herankommen. Er sah die paarweise rotierenden Lichtkreise der von der Sonne beschienenen Propeller.

»Ja«, sagte er auf französisch, weil Duval am Telefon war. »*Nous sommes futus. Oui. Comme toujours. Oui. C'est dommage. Oui.* Ein Jammer, daß es zu spät kam.«

Mit stolzen Blicken betrachtete er die Flugzeuge. Er sah jetzt die roten Marken an den Flügeln, er sah, wie sie in stetem, stattlichem, dröhnendem Flug herankamen. So schön kann es sein! Das sind *unsere* Flugzeuge. Sie sind in Kisten auf Schiffen vom Schwarzen Meer durch das Marmara-Meer, durch die Dardanellen, durch das Mittelmeer hierhergekommen, liebevoll in Alicante ausgeladen, von geschickten Händen zusammengesetzt, überprüft und für einwandfrei erklärt worden, und nun kommen sie geflogen, mit schöner, hämmernder Präzision, in straffen, reinen V's, hoch und silbern in der Morgensonne, um die Hügelkuppen dort drüben zu bombardieren und sie unter Donnergetöse in die Luft zu jagen, damit wir durchstoßen können.

Golz wußte, sowie sie über ihn weg waren, würden die Bomben zu fallen beginnen. Wie Meerschweinchen sehen die Bomben aus, wenn sie durch die Luft herabpurzeln. Und dann spritzt die Erde empor, brüllt auf in zischenden Wolken und verschwindet in einer einzigen gewaltigen wallenden Wolke. Dann knirschen die Tanks klirrend die Hänge hinauf, und ihnen folgen die zwei Brigaden. Und wenn die Überraschung glückte, könnten sie weitermarschieren, immer weiter, und dann haltmachen, das Terrain säubern, vieles wäre zu tun, auf kluge Art, während die Tanks mithelfen, hin und her rollen, Sperrfeuer geben und neue Truppen heranschleppen, und dann rollt der Angriff weiter, immer weiter, immer weiter, in das jenseitige Tal hinab. So würde es zugehen, wenn es keinen Verrat gäbe, und wenn alle das machten, was sie zu machen haben.

Das sind die beiden Höhen, und da stehen die Tanks, und da stehen seine zwei guten Brigaden bereit, um aus dem Wald heraus vorzustoßen, und da kommen jetzt die Flugzeuge. Er hat getan, was er konnte. Wie sich's gehört.

Aber während er die Flugzeuge beobachtete, die jetzt fast schon über ihm waren, wurde ihm übel im Magen, denn er wußte aus Jordans Depesche, die Duval ihm telefonisch durchgegeben hatte, daß auf beiden Hügelkuppen dort drüben keine Menschenseele zu finden sein wird. Sie werden sich ein gutes Stück unten in schmale Gräben zurückgezogen haben, um gegen die Splitter geschützt zu sein, oder sie werden im Wald versteckt liegen, und sobald die Bomber vorbei sind, werden sie mit ihren Maschinengewehren und ihren Schnellfeuerwaffen und den Tankabwehrgeschützen, von denen Jordan berichtet hat, zurückkehren, und die Sache wird wieder einmal mit einem berühmten Fiasko enden. Aber die Flugzeuge, die jetzt mit ohrenbetäubenden Lärm herankamen, zeigten ihm, wie es hätte sein können. Er blickte zu ihnen hinauf und sagte ins Telefon: »*Non. Rien à faire. Faut pas penser. Faut accepter.*«

Golz betrachtet die Flugzeuge mit seinen harten, stolzen Augen, die wissen, wie das alles hätte kommen können, und wie es statt dessen gekommen ist, sagt, voller Stolz, in der festen Überzeugung, daß es anders hätte kommen können, auch wenn es niemals anders kommt: »*Bon! Nous ferons notre petit possible*«, und hängt ein.

Aber Duval hört ihn gar nicht. Am Tisch sitzend, den Hörer in der Hand, hört er nichts als das Dröhnen der Flugzeuge, und er dachte, jetzt, diesmal vielleicht, hör zu, wie sie kommen, vielleicht werden die Bomber alles wegblasen, vielleicht wird uns der Durchbruch gelingen, vielleicht wird er die Reserven bekommen, die er verlangt hat, vielleicht gelingt es jetzt, vielleicht gelingt es diesmal. Vorwärts! Ran! Vorwärts! Der Lärm war so laut, daß er seine eigenen Gedanken nicht mehr hören konnte.

43

Robert Jordan lag hinter einem Kieferstamm am Hügelhang über der Straße und der Brücke und sah den Tag grauen. Er liebte diese Tageszeit, die frühe Morgenstunde, und jetzt sah er sie herandämmern, fühlte in seinem Innern das Dämmergrau, als ob er selber ein Teil wäre des langsamen Hellwerdens, das dem Sonnenaufgang vorangeht, da die festen Gegenstände dunkel werden und der freie Raum hell und die Lichter, die nachts geleuchtet haben, gelblich werden und dann verblassen, wenn der Tag anbricht. Die Bäume vor ihm traten hart und klar hervor, mit kräftigen braunen Stämmen, und über die Straße zog ein schimmernder Nebelstreif. Der Tau hatte ihn durchnäßt, der Waldboden war weich, unter den Ellbogen fühlte er das Federn der abgefallenen braunen Nadeln. In der Tiefe sah er, durch den leichten Nebel, der aus dem Flußbett aufstieg, die Brücke, starr und stählern über der Schlucht, und an beiden Enden die hölzernen Wächterhäuschen. Aber das Geflecht der Brücke sah immer noch ganz zart und spinnwebenfein aus in dem Dunst, der über dem Wasser hing.

Jetzt sah er in dem einen Häuschen den Wachtposten stehen, ein Rücken mit dem Filzponcho, ein Kopf mit einem Stahlhelm, wie er sich über die durchlöcherte Benzinkanne beugte und sich die Hände wärmte. Er hörte den Fluß rauschen tief unten zwischen den Felsen und sah eine dünne, feine Rauchsäule aus dem Häuschen aufsteigen.

Er blickte auf die Uhr und dachte: Ob Andrés es geschafft hat, ob er Golz erreicht hat? *Wenn* wir sie sprengen müssen, möchte ich gerne ganz langsam atmen und wieder ein wenig den Uhrzeiger bremsen und es richtig spüren! Glaubst du, er hat es geschafft? Andrés? Und *wenn* er's geschafft hat, werden sie den Angriff abblasen? Falls sie noch Zeit haben, ihn abzublasen. *Qué va!* Zerbrich dir nicht den Kopf! Entweder so oder so. Es gibt nur eine Alternative, und in einer Weile wirst du Bescheid wissen. Angenommen, der Angriff gelingt. Golz war der Meinung, er könnte gelingen. Es sei immerhin möglich. Wenn unsere Tanks die Straße herunterkommen, unsere Infanterie von rechts kommt und über La Granja hinaus vorstößt und wir die linke Flanke des Gebirges umfassen! Warum denkst du nie darüber nach, wie man den Kampf gewinnen könnte? Du hast dich jetzt schon so lange auf die Defensive beschränken müssen, daß du gar nicht mehr darüber nachdenkst. Bestimmt! Aber da hatten sie noch nicht ihre Geschütze aufmarschieren lassen, da waren noch nicht die vielen Flugzeuge aufgetaucht. Sei nicht so naiv! Immerhin darfst du eines nicht vergessen: Solange wir die Faschisten hier festhalten, binden wir ihnen die Hände. Solange sie *uns* nicht erledigt haben, können sie sich auf kein anderes Land stürzen, und mit uns werden sie schwer fertig werden. Wenn die Franzosen uns nur einigermaßen helfen, wenn sie bloß die Grenze nicht sperren, und wenn wir aus Amerika Flugzeuge bekommen – dann könnten sie niemals mit uns fertig werden. Nie – wenn wir nur überhaupt was kriegen! Dieses Volk wird ewig weiterkämpfen, wenn es gute Waffen hat.

Nein, du darfst jetzt nicht mit einem Sieg rechnen. Das wird vielleicht noch einige Jahre dauern. Hier handelt es sich nur darum, feindliche Kräfte zu binden. Du darfst dir keine Illusionen machen. Gesetzt den Fall, wir brechen durch! Das ist unser erster massiver Angriff. Verliere nicht den Sinn für Proportionen! Wie aber, wenn der Durchbruch gelingt? Beruhige dich, sagte er sich. Denke daran, was sie alles hinaufgeschafft haben. Du hast getan, was du konntest. Wir sollten eigentlich tragbare Kurzwellensender mithaben. Das wird mit der Zeit kommen. Aber noch haben wir sie nicht. Sei du jetzt auf dem Posten und tu deine Pflicht!

Das ist heute nur einer von den vielen Tagen, die noch kommen werden. Aber das, was du heute tust, kann für die kommenden Tage entscheidend sein. So ist es das ganze Jahr hindurch gewesen. Oft, oft ist es so gewesen. Der ganze Krieg ist so! Ja, so ist dieser ganze Krieg! Du, sagte er zu sich, mach dich nicht schon in aller Frühe so wichtig! Schau doch, was da geschieht!

Er sah die beiden Männer in Pelerine und Stahlhelm um die Straßenbiegung kommen und auf die Brücke zumarschieren, mit umgehängtem Gewehr. Der eine machte am entfernteren Ende der Brücke halt und verschwand in dem Wachthäuschen. Der andere überquerte die Brücke mit langsamen,

schweren Schritten. Mitten auf der Brücke blieb er stehen und spuckte in die Schlucht hinunter, ging dann weiter bis an das diesseitige Ende, der Wachtposten, der dort stand, sagte ein paar Worte zu ihm und machte sich dann auf den Weg. Der Mann, der abgelöst worden war, ging schneller als zuvor der andere (weil der Kaffee auf ihn wartet, dachte Robert Jordan), aber auch er spuckte in die Schlucht hinunter.
Ob das ein Aberglaube ist? dachte Robert Jordan. Ich werde auch hinunterspucken müssen. Wenn ich dann noch Spucke habe. Nein. Es kann wohl kein sehr wirksamer Zauber sein. Unmöglich. Ich werde seine Nutzlosigkeit zu beweisen haben, bevor ich mich auf die Brücke begebe.
Der neue Posten war in das Häuschen gegangen und hatte sich hingesetzt. Sein Gewehr mit dem aufgepflanzten Bajonett lehnte an der Wand. Robert Jordan nahm das Fernglas aus der Hemdtasche und drehte an den Okularen, bis das Brükkenende scharf und graulackiert-metallen-klar hervortrat. Dann richtete er das Glas auf das Wachthäuschen.
Der Posten saß mit dem Rücken gegen die Wand. Sein Stahlhelm hing an einem Pflock, und sein Gesicht war deutlich zu sehen. Robert Jordan sah, daß es derselbe Mann war, der vor zwei Tagen hier die Abendwache gehabt hatte. Er trug dieselbe gestrickte Mütze. Und war unrasiert. Seine Wangen waren eingesunken, die Backenknochen traten hervor. Er hatte buschige Augenbrauen, die sich in der Mitte berührten. Er sah schläfrig aus, und Robert Jordan sah, wie er gähnte. Dann zog er einen Tabaksbeutel und ein Päckchen Zigarettenpapier aus der Tasche und drehte sich eine Zigarette. Das Feuerzeug wollte nicht funktionieren, und schließlich steckte er es ein, ging zu dem Kohlenbecken, bückte sich, griff hinein, holte ein Stück Holzkohle hervor, jonglierte es zwischen den Fingern, während er daraufblies, zündete dann die Zigarette an und warf den Kohlenbrocken in das Becken zurück.
Robert Jordan beobachtete durch das achtfach vergrößernde Zeißglas sein Gesicht, wie er so an der Wand des Wachthäus-

chens lehnte und an der Zigarette sog. Dann setzte er das Glas ab, klappte es zusammen, steckte es in die Tasche.
Ich werde nicht mehr hinschauen, sagte er sich.
Er lag da, beobachtete die Straße und bemühte sich, an gar nichts zu denken. In einer Kiefer weiter unten am Hang quietschte ein Eichhörnchen, und Robert Jordan sah es den Stamm herunterlaufen, plötzlich haltmachen, den Kopf drehen und zu dem Menschen hinschauen, der es beobachtete. Er sah die kleinen, hellen Äuglein und den aufgeregt zuckenden Schweif. Dann lief das Eichhörnchen mit langen, kleinpfotigen, schweifbeflügelten Sätzen über die Erde zu einem anderen Baum hinüber. Dort blickte es sich noch einmal nach Robert Jordan um, verschwand dann mit einem Ruck hinter dem Baumstamm. Eine Weile später hörte Robert Jordan sein Quietschen aus dem hohen Geäst der Kiefer und sah es dort flach ausgestreckt mit zuckendem Schweif auf dem Zweig liegen.
Robert Jordan blickte wieder durch den Wald zu dem Wachthäuschen hinunter. Gern hätte er das Eichhörnchen bei sich in der Tasche gehabt. Gern hätte er irgend etwas gehabt, das er anrühren könnte. Er rieb die Ellbogen an den Kiefernnadeln, aber das war nicht dasselbe. Niemand weiß, wie einsam man sich fühlen kann bei dieser Arbeit. Ich aber weiß es. Hoffentlich wird das Häschen glücklich davonkommen. Jetzt Schluß damit! Ja, gewiß Schluß! Aber ich darf wohl hoffen, und ich hoffe. Daß mir die Sprengung gelingt und daß Maria davonkommt. Gut. Nur das! Mehr wünsche ich mir nicht.
Er lag nun da, blickte von der Straße und dem Wachthäuschen zu dem fernen Gebirge hinüber. Einfach gar nicht denken! sagte er sich. Still lag er da und sah den Morgen grauen. Es war ein schöner Frühsommermorgen, er kam schnell heran, denn es war Ende Mai. Einmal fuhr ein Motorradfahrer in ledernem Mantel und Lederhelm mit einem Schnellfeuergewehr in einem Futteral am linken Bein über die Brücke und weiter die Straße hinauf. Einmal rollte ein Ambulanzauto über die Brücke, fuhr unten vorbei und die Straße hinauf. Aber das war

auch alles. Er roch Fichtennadeln, er hörte den Fluß rauschen, die Brücke stand jetzt klar und schön im Morgenlicht. Er lag hinter dem Baumstamm, das Schnellfeuergewehr über dem linken Vorderarm, und er sah nicht mehr zu dem Wachtposten hin, bis er endlich, nachdem es ihm längst schon so vorgekommen war, als werde nichts passieren, das plötzliche, geballte Dröhnen der Bomben vernahm.

Als Robert Jordan die Bomben vernahm, das erste dumpfe Bumsen, bevor noch das Echo donnernd von den Felsen zurücksprang, holte er tief Atem und hob das Schnellfeuergewehr auf. Sein Arm war steif von dem schweren Gewicht, seine Finger wollten nicht gehorchen.

Der Mann in dem Wachthäuschen erhob sich, als er die Bomben hörte. Robert Jordan sah, wie er nach dem Gewehr griff und lauschend aus dem Häuschen trat. Er stand auf der Straße, von der Sonne beschienen. Die gestrickte Mütze war nach der Seite gerutscht, die Sonne beschien sein unrasiertes Gesicht, wie er so zum Himmel aufblickte, in die Richtung, aus der das Lärmen der Bomben kam.

Der Nebel hatte sich gelichtet, Robert Jordan sah den Mann scharf umrissen auf der Straße stehen und zum Himmel aufblicken, beleuchtet von den Strahlen der Sonne, die durch das Geäst drangen.

Robert Jordan fühlte jetzt, wie ihm das Atmen schwer wurde, als ob eine Drahtsträhne seine Brust umspannte, er stemmte die Ellbogen fest gegen die Erde, fühlte an den Fingern die Rillen des geriffelten vorderen Griffs, setzte das längliche Korn, das nun genau in der Kerbe der Kimme saß, mitten auf die Brust des Mannes und drückte sanft auf den Abzug.

Er fühlte die schnellen, fließenden, krampfigen Stöße der Waffe an seiner Schulter, und der Mann auf der Straße machte ein überraschtes und empörtes Gesicht, knickte dann in die Knie, und seine Stirn schlug gegen die Straße. Das Gewehr fiel neben ihm hin, einer seiner Finger war in den Abzugsbügel verhakt, das Handgelenk nach vorn gekrümmt. Mit dem Bajonett nach vorne lag das Gewehr auf der Straße. Robert Jordan blickte von dem Mann, der zusammengeklappt auf der Straße lag, zu dem Wachthäuschen am anderen Ende der Brücke hinüber. Er konnte den zweiten Posten nicht sehen, und er blickte nach rechts den Hang hinunter zu dem Versteck, in dem Agustín lag. Dann hörte er Anselmo schießen, das Echo des Schusses sprang aus der Schlucht zurück. Dann fiel ein zweiter Schuß.

Mit dem zweiten Schuß kam um die Ecke unterhalb der Brücke das prasselnde Geknall von Handgranaten. Dann knallten Handgranaten zur Linken, ein ziemliches Stück weit die Straße hinauf. Dann hörte er von oben feuern, und von unten kam das Geknatter von Pablos Kavallerie-Schnellfeuergewehr, dessen klatschende Salven sich in den Lärm der krepierenden Handgranaten mischten. Er sah Anselmo durch die steile Rinne zu dem anderen Ende der Brücke hinunterklettern, er schwang das Schnellfeuergewehr auf die Achsel, hob die zwei schweren Rucksäcke auf, in jeder Hand einen, und mit dem Gefühl, die Sehnen würden ihm aus den Schultern gerissen, taumelte er den steilen Abhang zur Straße hinunter.

Im Laufen hörte er Agustín rufen: »*Buena caza, Inglés! Buena caza!*«, und er dachte: Eine schöne Jagd, Teufel noch mal, eine schöne Jagd!, und da hörte er am anderen Ende der Brücke Anselmos Gewehr knallen, und der Knall des Schusses surrte klingend durch die Stahlträger. Er lief an dem toten Posten vorbei und lief mit schwingenden Packen auf die Brücke hinaus.

Der Alte kam auf ihn zugelaufen, den Karabiner in der einen Hand. »*Sin novedad!*« rief er. »Alles in Ordnung. *Tuve que rematarlo.* Ich mußte ihn erledigen.«

Robert Jordan, der mitten auf der Brücke kniete und die Rucksäcke öffnete, um sein Material herauszunehmen, sah, daß auf Anselmos Wangen die Tränen durch die grauen Bartstoppeln liefen.

»*Yo maté uno tambien*«, sagte er zu Anselmo. »Auch ich hab einen umgebracht.« Und er deutete mit einem Kopfnicken auf den Wachtposten, der zusammengekauert am Ende der Brücke auf der Straße lag.

»Ja, Mann, ja«, sagte Anselmo. »Wir müssen sie töten, und wir töten sie.«

Robert Jordan kletterte in das Gerüst der Brücke hinunter. Die Träger waren kalt und feucht vom Nachttau, und er bewegte sich mit viel Vorsicht, fühlte die Sonne auf dem Rücken, stemmte sich ins Gitterwerk, hörte das Wasser zu seinen Füßen rauschen, hörte Schießen, viel zuviel Schießen, oben an der Straße bei dem oberen Posten. Er schwitzte jetzt heftig, und unter der Brücke war es kühl. Um den einen Arm hatte er einen Drahtknäuel gewickelt, und von seinem Handgelenk baumelte an einem Riemen eine Kneifzange.

»Reich mir die Päckchen, *viejo,* eines nach dem andern!« rief er zu Anselmo hinauf. Der Alte beugte sich weit über den Brückenrand, reichte die länglichen Sprengstoffblöcke hinunter, Robert Jordan langte nach ihnen, placierte sie so, wie er sie haben wollte, preßte sie dicht aneinander, schnürte sie fest. »Keile, *viejo,* reich mir die Keile!« Er riecht den frischen Schindelgeruch der erst vor kurzem zurechtgeschnitzten Keile, die er zwischen die Ladung und die Träger zwängt, um den Sprengstoff festzuhalten.

Während er nun arbeitete, die Ladungen placierend, sie festschnürend, die Keile hineintreibend, das Ganze fest mit Draht umwickelnd, nur an das Zerstörungswerk denkend, rasch und geschickt hantierend wie ein Chirurg am Operationstisch, hörte er von unten her Schüsse knattern. Dann knallte eine Handgranate. Dann ein zweiter Knall, das Rauschen des Wassers übertönend. Dann wurde es dort unten still.

Verdammt noch mal! dachte er. Nun möchte ich doch wissen, was da passiert ist.

Bei dem oberen Posten wurde immer noch geschossen. Viel zuviel geschossen, Teufel noch mal! Und er band zwei Handgranaten Seite an Seite auf die zusammengeschnürten Sprengstoffblöcke, wickelte den Draht über die Rillen, damit sie nicht verrutschen konnten, und schnürte sie fest, den Draht mit der Zange zusammendrehend. Er betastete das Ganze, pflockte dann noch der Sicherheit halber einen Keil zwischen die Handgranaten und den Stahl, um die Ladung fest ins Gerüst zu klemmen.

»Jetzt die andere Seite, *viejo*!« rief er zu Anselmo hinauf und kletterte im Gerüst hinüber, wie ein lächerlicher Tarzan in einem Wald von Stacheldraht (dachte er), und als er dann aus dem Schatten hervorkam, mit dem schäumenden Fluß in der Tiefe, blickte er auf und sah das Gesicht Anselmos, der ihm die Dynamitpäckchen hinunterreichte. Ein verteufelt braves Gesicht, dachte er. Jetzt weint er nicht mehr. Das ist alles sehr günstig. Und die eine Seite ist geschafft. Jetzt noch diese Seite, dann sind wir fertig. Das schmeißt sie um wie nichts. Vorwärts! Nur nicht aufgeregt sein! Mach weiter. Genauso sauber und solide wie die erste. Nicht herumfummeln! Laß dir Zeit. Versuch nicht, es schneller zu machen, als es geht. Jetzt bist du nicht mehr zu schlagen. Niemand kann dich daran hindern, die eine Seite wegzusprengen. Du machst es so, wie sich's gehört. Kühl ist es hier. Herrgott, kühl wie in einem Weinkeller, und keine Dreckhaufen. Unter den Steinbrücken ist meistens alles vollgemacht. Eine Traumbrücke! Eine gottverfluchte Traumbrücke. Der Alte da oben, der ist übel dran. Versuch nicht, es schneller zu machen, als es geht. Wenn bloß die Knallerei dort oben schon vorüber wäre! »Reich mir ein paar Keile, *viejo*!« Diese endlose Knallerei gefällt mir nicht. Pilar hat Schwierigkeiten. Es muß wohl einer von der Wachmannschaft draußen gewesen sein. Vielleicht hinter der Mühle. Sie schießen immer noch. Das heißt, daß noch jemand in der Mühle ist. Und diese verdammten Sägespäne! Diese riesigen Haufen von Sägespänen! Alte, festgepreßte Sägespäne sind besser als Sandsäcke, ein guter Schutz. Es müssen ihrer noch mehrere sein. Unten bei Pablo ist alles ruhig. Möchte wissen, was das neuerliche Aufflackern zu bedeuten hatte. Es muß wohl ein Auto oder ein Motorrad gewesen sein. Hoffentlich, hoffentlich sind keine Panzerautos oder Tanks unterwegs. Weiter! Klemm das Zeug fest, so schnell es nur geht,

pflocke es fest, binde es fest. Du zitterst wie ein altes Weib! Was zum Teufel ist denn mit dir los? Du willst *zu* schnell fertig werden. Wetten, daß das verdammte Weibsbild dort oben nicht zittert! Diese Pilar! Aber vielleicht zittert sie auch. Es klingt, als ob sie ihre Schwierigkeiten hätte. Wenn die Schwierigkeiten genügend groß werden, wird auch sie zu zittern beginnen. Wie jeder Mensch.
Er beugte sich in den Sonnenschein hinaus, und als er hinauflangte, um den Gegenstand zu nehmen, den Anselmo ihm gerade reichte, war sein Kopf über dem Lärm der stürzenden Wasser, und er hörte, wie dort oben das Geknalle jählings heftiger wurde. Dann knallten vier Handgranaten. Und nochmals einige Handgranaten.
»Jetzt haben sie also die Sägemühle gestürmt.«
Ein Glück, daß ich das Zeug in Blöcken habe und nicht in Stangen. Was zum Teufel! Es sitzt bloß glatter. Mit einem lausigen Leinensack voll Nitroglyzerin würde es viel schneller gehen. Oder zwei Säcke. Nein, einer würde genügen. Wenn wir bloß die Sprengkapseln und den alten Zünder hätten! Dieser Schweinehund hat meinen Zünder ins Wasser geworfen. Die alte Kiste, wo die schon überall gewesen ist! In diesen Fluß hat er sie geworfen. Pablo, der alte Gauner. Dort unten hat er es ihnen ordentlich gegeben. »Noch mehr davon, *viejo*!«
Der Alte hält sich brav. Dort oben ist's gar nicht gemütlich. Es ging ihm sehr gegen den Strich, den Posten zu erschießen. Mir auch, aber ich habe nicht darüber nachgedacht. Ich denke auch jetzt nicht darüber nach. Man *muß* es eben tun. Aber Anselmo hat ihn erst zum Krüppel geschossen. Ich weiß, wie das ist. Ich glaube, mit einem Schnellfeuergewehr fällt es einem leichter, einen Menschen umzubringen. Es ist etwas ganz anderes. Man drückt auf den Abzug, und den Rest besorgt das Ding selbst. Dieses Problem kannst du ein andermal untersuchen. Du mit deinem Köpfchen! Du hast ein nettes Denkerköpfchen, Jordan, alter Freund! Wälz dich, Jordan, wälz dich, pflegten sie beim Football zu schreien, wenn du gerade den Ball erwischt hattest. Weißt du, daß der verdammte Jordan

in Wirklichkeit nicht viel größer ist als das Flüßchen dort unten? An der Quelle, meinst du. An der Quelle ist alles noch klein. Ein schönes Plätzchen hier unter der Brücke! Ein Heim für den Heimatlosen. Vorwärts, Jordan, nimm dich zusammen! Das ist ernst, Jordan. Verstanden? Ernst. Und wird mit der Zeit weniger Ernst. Schau dir die andere Seite an! *Para qué?* Welchen Weg sie auch nimmt, ich bin jetzt gesichert. Den Weg, den Maine geht, geht die ganze Nation. Den Weg, den der Jordan geht, gehen die verdammten Israeliten. Die Brücke, meine ich. Den Weg, den Jordan geht, geht die verdammte Brücke, eigentlich andersrum.

»Gib mir davon noch ein bißchen, Anselmo, alter Freund!« sagte er. Der Alte nickte. »Fast fertig«, sagte Robert Jordan. Der Alte nickte abermals.

Während er die Handgranaten befestigte, hörte oben an der Straße das Schießen auf. Mit einemmal begleitete nur noch das Rauschen des Wassers seine Arbeit. Er schaute hinunter und sah es weißlich zwischen den Felsblöcken schäumen und dann in einen klaren, kiesigen Teich stürzen, wo in der Strömung ein hölzerner Keil umherschwamm, der ihm entfallen war. Eine Forelle steckte den Kopf aus dem Wasser, um nach einem Insekt zu schnappen, und hinterließ einen Wasserring dicht neben dem kreisenden Holzstück. Während er mit der Kneifzange den Draht festdrehte, der die zwei Handgranaten festhielt, sah er durch das Metallgeflecht der Brücke die Sonne auf den grünen Berghang scheinen. Vor drei Tagen ist der Hang noch braun gewesen, dachte er.

Aus dem kühlen Dunkel unter der Brücke beugte er sich in den hellen Sonnenschein hinaus und sagte zu Anselmos hinabgeneigtem Gesicht: »Gib mir den großen Drahtknäuel!« Der Alte reichte ihn hinunter.

Daß sie jetzt um Gottes willen noch nicht losgehen! *Damit* kann man sie abziehen. Wenn man sie bloß koppeln könnte! Aber mit dieser Länge Draht wird es schon gehen, dachte Robert Jordan, die Keilchen betastend, an welchen die Ringe sitzen, die die Springfeder der Handgranate lösen. Er kontrollierte die Lage der Handgranaten, ob die Federn sich frei bewegen konnten, sobald die Keilchen herausgerissen wurden (der Draht, mit dem sie festgebunden waren, lief unter den Federn hindurch), dann befestigte er ein Stück Draht an dem einen Ring, verknüpfte ihn mit dem Hauptdraht, der zu dem Ring der äußeren Handgranate führte, wickelte ein wenig losen Draht von dem Knäuel ab, legte ihn um eine stählerne Strebe und reichte dann den Knäuel Anselmo hinauf. »Vorsichtig halten!« sagte er.

Er kletterte auf die Brücke hinauf, nahm dem Alten den Knäuel aus der Hand und ging rücklings über die Brücke, so schnell nur der Draht sich abwickeln ließ, ging rücklings auf den toten Wachtposten zu, beugte sich über das Geländer der Brücke, wickelte Draht von dem Knäuel ab.

»Hol die Rucksäcke!« rief er Anselmo zu, rücklings weiterschreitend, bückte sich im Vorübergehen, hob das Schnellfeuergewehr auf und hängte es wieder über die Schulter.

Dann, als er von dem Drahtknäuel aufblickte, sah er ziemlich weit oben auf der Straße Pilar mit dem Rest ihrer Leute von dem oberen Wachtposten zurückkehren.

Es waren insgesamt vier, das sah er, und dann mußte er auf den Draht aufpassen, damit er sich nicht in dem Außenwerk der Brücke verhake. Eladio war nicht mit dabei.

Robert Jordan führte den Draht am Brückenende vorbei, legte eine Schlinge um den letzten Pfeiler und lief dann die Straße entlang, bis er neben dem Chausseestein stehenblieb. Er schnitt den Draht ab und reichte ihn Anselmo.

»Halt ihn fest, *viejo* !« sagte er. »Komm jetzt mit mir zur Brücke zurück. Wickle ihn beim Gehen auf. Nein, laß mich das machen!«

An der Brücke löste er den Knoten, so daß nun der Draht unbehindert zu den Ringen der Handgranaten lief, längs des Brückengerüsts, aber lose und frei, und reichte ihn Anselmo.

»Geh damit zu dem hohen Stein zurück«, sagte er. »Festhalten den Draht, aber nicht daran ziehen! Ja nicht zu kräftig zupakken! Wenn du ordentlich daran ziehst, fliegt die Brücke in die Luft. *Comprendes* ?«

»Ja.«

»Wenn du nachher ziehst, zieh richtig – nicht ruckweise!«

Während Robert Jordan sprach, blickte er die Straße hinauf zu dem Rest von Pilars Schar. Sie waren jetzt schon ziemlich nahe herangekommen, und er sah, daß Primitivo und Rafael Fernando stützten. Er hatte anscheinend einen Schuß in die Lende bekommen, denn er hielt sich die Stelle mit beiden Händen, während seine Kameraden ihn von links und rechts stützten. Das rechte Bein schleppte er nach, der Seitenrand des Schuhs schleifte scharrend die Straße entlang. Pilar kletterte über die Böschung in den Wald hinauf, mit drei Gewehren beladen. Robert Jordan konnte ihr Gesicht nicht sehen, aber sie hielt den Kopf hoch und kletterte so schnell sie nur konnte.

»Wie geht's?« rief Primitivo.

»Gut. Wir sind fast fertig«, rief Robert Jordan zurück.

Er brauchte nicht zu fragen, wie es ihnen ging. Als er wegschaute, waren sie gerade am Straßenrand angelangt, und Fernando schüttelte den Kopf, als sie ihn über die Böschung hinaufschaffen wollten.

»Gebt mir ein Gewehr und laßt mich hier«, hörte Robert Jordan ihn mit halb erstickter Stimme sagen.

»Nein, *hombre*. Wir bringen dich zu den Pferden.«

»Was soll ich mit einem Pferd?« sagte Fernando. »Hier bin ich ganz gut aufgehoben.«

Das übrige hörte Robert Jordan nicht mehr, weil er mit Anselmo sprach.

»Wenn Tanks kommen, ziehst du ab«, sagte er. »Aber erst, wenn sie auf der Brücke sind. Wenn Panzerautos auftauchen, ziehst du ab. Sobald sie die Brücke erreichen. Alles andere wird Pablo stoppen.«

»Wenn du unter der Brücke bist, werde ich sie nicht sprengen.«

»Kümmere dich nicht um mich! Wenn es nötig ist, zieh ab. Ich befestige jetzt den zweiten Draht und komme dann zurück. Dann können wir beide Ladungen gleichzeitig abbrennen.«

Er lief zu der Brückenmitte hin.
Anselmo sah Robert Jordan über die Brücke laufen, den Drahtknäuel über dem Arm, die baumelnde Zange am Handgelenk, das Schnellfeuergewehr auf dem Rücken. Er sah ihn unter dem Geländer hindurchklettern und verschwinden. Er hielt den Draht in der Hand, duckte sich hinter den Chausseestein und beobachtete die Brücke. Auf halbem Weg zwischen ihm und der Brücke lag der tote Soldat, ganz zusammengesunken unter den drückenden Sonnenstrahlen, eng an die glatte Fläche des Straßenbodens angeschmiegt. Sein Gewehr, das mit aufgepflanztem Bajonett auf der Straße lag, zielte direkt auf Anselmo. Der Alte blickte an ihm vorbei über die Brücke weg, deren Geländer streifige Schatten auf die Fahrbahn warf, zu der Stelle hin, wo die Straße nach links abbog, der Schlucht folgte und dann mit einer neuerlichen Biegung hinter der Felswand verschwand. Er betrachtete die von der Sonne beschienene Wachthütte am anderen Ende, dann besann er sich auf den Draht in seiner Hand und drehte den Kopf zu Fernando hin, der mit Primitivo und dem Zigeuner sprach.

»Laßt mich hier zurück!« sagte Fernando. »Es tut sehr weh, und innerlich blutet es stark. Ich spüre es inwendig, wenn ich mich bewege.«

»Wir werden dich den Abhang hinauftragen«, sagte Primitivo. »Du legst die Arme um unsere Schultern, und wir nehmen deine Beine.«

»Das hat keinen Zweck«, sagte Fernando. »Leg mich hier hinter einen Stein. Ich bin hier ebensogut zu gebrauchen wie oben.«

»Aber wenn wir abhauen!« sagte Primitivo.

»Laßt mich hier«, sagte Fernando. »Ausgeschlossen, daß ich mit dieser Verwundung vorwärtskomme. So habt ihr einen Gaul mehr. Ich liege hier sehr gut. Sie werden sicherlich bald kommen.«

»Wir können dich den Berg hinauftragen«, sagte der Zigeuner. »Das geht ganz leicht.«

Er hegte natürlich ebenso wie Primitivo den brennenden Wunsch, sich davonzumachen. Aber jetzt hatten sie ihn schon so weit geschleppt.

»Nein«, sagte Fernando. »Ich liege hier sehr gut. Was ist mit Eladio geschehen?«

Der Zigeuner legte einen Finger an die Schläfe, um die Stelle anzudeuten, an der die Kugel Eladio getroffen hatte.

»Hier«, sagte er. »Gleich nach dir. Als wir zum Sturmangriff vorgingen.«

»Verlaßt mich!« sagte Fernando. Anselmo sah, daß er sehr litt. Er hielt beide Hände gegen die Lende gepreßt, hatte die Beine ausgestreckt und den Kopf gegen die Böschung gelehnt. Sein Gesicht war grau und schweißbedeckt.

»Verlaßt mich jetzt, bitte, tut mir den Gefallen!« sagte er. Seine Augen schlossen sich vor Schmerz, seine Mundwinkel zuckten. »Ich fühle mich hier sehr wohl.«

»Da!« sagte Primitivo. »Ein Gewehr und Patronen.«

»Ist es *mein* Gewehr?« fragte Fernando mit geschlossenen Augen.

»Nein, das hat Pilar«, sagte Primitivo. »Das ist meins.«

»Ich hätte lieber mein eigenes«, sagte Fernando. »Ich bin daran gewöhnt.«

»Ich werde es dir bringen«, sagte der Zigeuner, ihn anlügend. »Inzwischen behalte dieses da!«

»Ich bin hier in einer sehr guten Position«, sagte Fernando. »Nach oben wie nach der Brücke hin.« Er öffnete die Augen, wandte den Kopf zu der Brücke hin, machte dann die Augen wieder zu, von jähen Schmerzen gepackt.

Der Zigeuner klopfte sich an die Schläfe und gab Primitivo mit dem Daumen ein Zeichen, sich davonzumachen.

»Dann werden wir dich holen kommen«, sagte Primitivo und kletterte hinter dem Zigeuner her, der sich sehr beeilte.

Fernando lehnte an der Böschung. Vor ihm stand einer der weißgetünchten Steine, die den Straßenrand markierten. Sein Kopf lag im Schatten, aber die Sonne schien auf seine tamponierte und bandagierte Wunde und auf seine darübergedeckten Hände. Auch seine Beine und Füße waren in der Sonne. Das Gewehr lag neben ihm, und neben dem Gewehr blinkten drei Patronenmagazine im Sonnenschein. Eine Fliege kroch über seine Hand, aber das leise Kitzeln wurde durch die Schmerzen übertäubt.

»Fernando!« rief Anselmo, der mit dem Draht in der Hand hinter seinem Stein hockte. Er hatte in das Drahtende eine Schlinge gemacht und sie fest zusammengedreht, so daß er sie in der Faust halten konnte.

»Fernando!« rief er noch einmal.

Fernando öffnete die Augen und blickte zu ihm hin.

»Wie geht's?« fragte Fernando.

»Sehr gut«, sagte Anselmo. »In der nächsten Minute werden wir sie sprengen.«

»Das freut mich«, sagte Fernando. »Wenn du mich zu etwas brauchst, sag es mir.« Er schloß wieder die Augen, von Schmerzen durchzuckt.

Anselmo blickte von ihm weg zur Brücke hin.

Er wartete darauf, daß der Drahtknäuel über dem Rand der Brücke erscheinen würde und hinterdrein das sonnverbrannte Gesicht des *Inglés,* wie er sich hinaufschwingt. Gleichzeitig beobachtete er das andere Ende der Brücke, ob dort nicht etwas um die Straßenbiegung komme. Er empfand keinerlei Furcht, und er hatte sich den ganzen Tag über nicht gefürchtet. Es geht so schnell und verläuft so normal, dachte er. Den Posten zu erschießen war mir zuwider, und da hat sich in mir was gerührt, aber das ist jetzt vorüber. Wie konnte nur der *Inglés* behaupten, daß es dasselbe sei, ob man einen Menschen oder ob man ein Tier erschießt! Wenn ich auf die Jagd ging, hatte ich immer ein erhebendes Gefühl, nie fühlte ich mich im Unrecht. Aber einen Menschen erschießen – da hat man das Gefühl, daß man seinen eigenen Bruder schlägt, in erwachsenem Alter. Und mehrmals auf ihn schießen, um ihn ganz umzubringen! Nein, denk nicht daran! Das hat dich zu sehr aufgeregt, und du bist blubbernd wie ein altes Weib über die Brücke gelaufen.

Das ist vorbei, sagte er sich, und du kannst ja versuchen, es abzubüßen genau wie alles andere. Aber jetzt hast du ja, was du dir gestern nacht gewünscht hast, als du über die Berge nach Hause gingst. Du bist im Kampf und zerbrichst dir nicht den Kopf. Wenn ich an diesem Morgen sterbe, ist alles gut.

Dann sah er Fernando an, der an der Böschung lag, die Hände über der Leistengrube gefaltet, die Lippen blau, die Augen fest geschlossen, schwer und langsam atmend, und er dachte: Wenn ich sterben muß, möge es schnell gehen. Nein, ich habe gesagt, daß ich nichts weiter verlange, wenn mir geschenkt wird, was ich für den heutigen Tag brauche. Deshalb darf ich nichts mehr erbitten. Verstanden? Ich erbitte nichts. Ganz und gar nichts. Gib mir, worum ich gebeten habe, und alles andere überlasse ich deinem Belieben.

Er lauschte dem Kampflärm, der aus der Ferne herüberwehte, und sagte zu sich selber: Das ist wirklich ein großer Tag. Ich muß einsehen und wissen, was für ein Tag das ist!

Aber in seinem Herzen regte sich nichts, kein Triumph, keine Erregung. Das war alles verschwunden, und nichts als eine große Ruhe war in ihm. Und wie er jetzt hinter dem Chausseestein hockte, die Drahtschlinge in der Hand, eine zweite Schlinge um das Handgelenk geschlungen, unter den Knien den Kies des Straßenrandes, war er gar nicht einsam, und er fühlte sich auch nicht allein. Er war eins mit dem Draht in seiner Hand und mit der Brücke und mit den Ladungen, die der *Inglés* placiert hatte. Er war eins mit dem *Inglés*, der immer noch unter der Brücke saß und arbeitete, eins mit der Schlacht und der Republik.

Aber er war nicht im mindesten aufgeregt. Er war ganz ruhig, die Sonne brannte auf seinen Nacken und seine Schultern, und als er aus seiner gebückten Haltung aufblickte, sah er den hohen, wolkenlosen Himmel und den ragenden Berghang am anderen Ufer des Flusses, und er war nicht glücklich, aber auch nicht einsam und nicht ängstlich.

Oben am Hang lag Pilar hinter einem Baum und beobachtete die Straße, die vom Paß herunterkam. Sie hatte drei geladene

Gewehre neben sich liegen und reichte eines davon Primitivo, als er sich neben ihr niederwarf.

»Dort hinunter!« sagte sie. »Hinter diesen Baum! Und du, Zigeuner, gehst dort hinüber!« Sie zeigte auf einen zweiten Baum ein Stück weiter unten am Hang. »Ist er tot?«

»Nein, noch nicht«, sagte Primitivo.

»Es war reines Pech«, sagte Pilar. »Wenn wir zwei Mann mehr gehabt hätten, hätte es nicht zu passieren brauchen. Er hätte um den Sägespänehaufen herumkriechen sollen. Ist er halbwegs gut untergebracht?«

Primitivo schüttelte den Kopf.

»Werden die Splitter bis hierher fliegen, wenn der *Inglés* die Brücke sprengt?« fragte der Zigeuner hinter seinem Baum hervor.

»Ich weiß es nicht«, erwiderte Pilar. »Aber Agustín mit der *máquina* ist näher dran als du. Der *Inglés* würde ihn dort nicht hingeschickt haben, wenn es zu nahe wäre.«

»Aber ich erinnere mich, als der Zug gesprengt wurde, flog die Laterne der Lokomotive über meinen Kopf weg, und Stahlsplitter sausten vorbei wie Schwalben.«

»Du hast poetische Erinnerungen«, sagte Pilar. »Wie Schwalben. *Joder!* Sie waren so groß wie Waschkessel! Hör zu, Zigeuner, du hast dich heute brav gehalten. Laß dich jetzt nicht von deiner Angst einholen!«

»Ich habe doch bloß gefragt, ob die Splitter bis hierher fliegen, damit ich mich hinter dem Baum versteckt halte.«

»Halt dich versteckt!« sagte Pilar. »Wie viele haben wir umgelegt?«

»*Pues* fünf wir selbst. Zwei hier. Siehst du nicht den zweiten dort drüben am anderen Ende? Schau, dort hinter der Brücke! Siehst du das Wachthaus? Schau! Siehst du?« Er streckte den Zeigefinger aus. »Ferner acht Stück unten für Pablo. Ich weiß, daß es acht sind, ich habe sie gezählt. Der *Inglés* wollte es wissen.«

Pilar brummte. Dann sagte sie in heftigem, wütendem Ton: »Was ist mit diesem *Inglés* los? Was sch . . . er dort unter der

Brücke herum! *Vaya mandanga!* Will er eine Brücke sprengen oder will er eine bauen?«

Sie hob den Kopf und blickte zu Anselmo hinunter, der hinter dem Chausseestein hockte.

»He, *viejo*!« rief sie. »Was ist denn mit deinem besch . . . *Inglés* los?«

»Geduld, Frau!« rief Anselmo hinauf, den Draht locker, aber fest in der Hand haltend. »Er macht seine Arbeit fertig.«

»Aber warum, beim Namen der großen Hure, warum braucht er so lange?«

»*Es muy concienzudo!*« rief Anselmo. »Es ist eine wissenschaftliche Arbeit.«

»Ich – – – in die Milch der Wissenschaft!« sagte Pilar wütend zu dem Zigeuner. »Das Dreckgesicht soll endlich die Brücke sprengen, und Schluß damit. Maria!« schrie sie mit ihrer tiefen Stimme den Hang hinauf. »Dein *Inglés* –« Und sie erging sich in einem Schwall von schweinischen Bemerkungen über Jordans vermutliche Tätigkeit unter dem Brückenbogen.

»Beruhige dich, Weib!« rief Anselmo von der Straße herauf. »Er leistet eine enorme Arbeit. Er ist bald fertig.«

»Hol's der Teufel!« tobte Pilar. »Auf die Schnelligkeit kommt es an!«

In diesem Augenblick ging unten an der Straße, wo Pablo den Posten hielt, den er erobert hatte, eine wilde Schießerei los. Sie hörten es alle. Pilar hörte zu fluchen auf und horchte. »Aha!« sagte sie. »Aha! Da haben wir's!«

Robert Jordan hörte die Schüsse, als er gerade mit der einen Hand den Drahtknäuel auf die Brücke hinaufwarf und dann hinterherkletterte. Während seine Knie auf dem eisernen Rand der Brücke ruhten und seine Hände im Staub der Straße, hörte er hinter der Straßenbiegung das Knattern eines Maschinengewehrs. Es klang anders als das Schnellfeuergewehr Pablos. Er stand auf, bückte sich, hob vorsichtig den Drahtknäuel auf und begann den Draht abzuwickeln, während er halb rücklings, halb seitlings über die Brücke ging.

Er hörte das Geknatter und fühlte es in der Magengrube, als ob
es in seinem Zwerchfell widerhallte. Jetzt, während er weiterging, kam es näher, und er blickte zu der Straßenbiegung
hinüber. Aber es war noch immer kein Auto, kein Tank, keine
Infanterie zu sehen. Als er den halben Weg zurückgelegt hatte,
war noch immer nichts zu sehen. Als er drei Viertel des Weges
zurückgelegt hatte, war noch immer nichts zu sehen. Der
Draht lief glatt und sauber am Gitterwerk entlang, und als er
schließlich um das Wachthäuschen herumkletterte, den Draht
von sich ab haltend, damit er sich nicht in dem Gestänge ver-
hakte, war unten noch immer nichts zu sehen. Dann stand er
auf der Straße, und unten war noch immer nichts zu sehen,
und dann ging er rücklings mit schnellen Schritten die kleine,
ausgewaschene Ablaufrinne an der unteren Straßenseite entlang, wie ein Baseballspieler rücklings schreitet, um einen
langen, scharfen Ball zu erwischen, den gespannten Draht in
der Hand, und jetzt befand er sich fast genau gegenüber von
Anselmos Stein, und jenseits der Brücke war noch immer
nichts zu sehen.

Dann hörte er das Lastauto die Straße herunterkommen, er sah
mit einem Blick über die Schulter, wie es soeben das lange
Gefälle erreichte, und er schwenkte das Handgelenk einmal
um den Draht herum und schrie Anselmo zu: »Los!«, und er
bohrte die Hacken in die Erde und lehnte sich zurück, den
straff gespannten Draht um das Handgelenk gewunden, und
hinter ihm näherte sich das Geräusch des fahrenden Autos,
und vor ihm lag die Straße mit dem toten Posten und die lange
Brücke und das Stück Straße weiter unten, wo noch immer
nichts zu sehen war, dann setzte ein prasselndes Getöse ein, der
Mittelteil der Brücke bäumte sich empor wie eine Welle, die
sich an einem Felsen bricht, und er fühlt den Luftstoß der
Explosion über seinen Rücken hinwegrollen, während er sich
mit dem Gesicht nach unten in die kiesige Rinne warf, beide
Hände fest gegen den Kopf gepreßt. Er drückte das Gesicht in
die Kiesel, während die Brücke sich wieder herabsenkte, der
vertraute schweflige Geruch wälzte sich mit einer beißenden

Rauchwolke über ihn weg, und dann begann es Stahlsplitter zu regnen.

Als der Splitterregen aufhörte, war er immer noch am Leben, und er hob den Kopf und schaute zu der Brücke hinüber. Der Mittelteil war verschwunden. Zackige Stahlsplitter mit hellen, frisch aufgerissenen Rändern und Spitzen lagen über die Brücke und Straße verstreut. Das Auto hatte etwa fünfzig Meter weiter oben haltgemacht. Der Fahrer und seine beiden Begleiter liefen zu einem Abflußgraben hin.

Fernando lag gegen die Böschung gelehnt und atmete noch, die Arme an den Seiten ausgestreckt, die Hände entspannt.

Anselmo lag mit dem Gesicht zur Erde hinter dem weißen Chausseestein. Sein linker Arm war unter dem Kopf verkrümmt, der rechte weit ausgestreckt. Die Drahtschlinge hing noch an seiner rechten Faust. Robert Jordan erhob sich, ging auf die andere Seite der Straße hinüber, kniete neben Anselmo nieder und überzeugte sich davon, daß er tot war. Er drehte ihn gar nicht erst auf die Seite, um nachzusehen, was der Stahlsplitter angerichtet habe. Anselmo war tot, das war alles.

Er sieht recht klein aus im Tode, dachte Robert Jordan. Klein sah er aus und graukÖpfig, und Robert Jordan dachte: Wie hat er bloß so schwere Lasten schleppen können, wenn er wirklich so klein war! Dann sah er die Konturen der Waden und Schenkel in der engen grauen Hirtenhose und die abgetragenen Sohlen der Bastschuhe, und er hob Anselmos Karabiner auf und die beiden Rucksäcke, die jetzt so gut wie leer waren, ging zu Fernando hinüber und hob das Gewehr auf, das neben ihm lag. Auf der Straße lag ein zackiger Stahlsplitter, er stieß ihn mit dem Fuß in den Graben. Dann packte er die beiden Gewehre am Lauf, schwang sie über die Schulter und stieg den Abhang hinauf in den Wald. Er blickte nicht zurück, er blickte auch nicht über die Brücke zu der Straße hinüber. Hinter der Biegung wurde immer noch geschossen, aber das interessierte ihn jetzt nicht mehr.

Der beißende TNT-Dunst reizte ihn zum Husten, und er war am ganzen Körper gelähmt.

Er legte eines der Gewehre neben Pilar, die hinter einem Baumstamm lag. Sie schaute hin und sah, daß sie jetzt wieder drei Gewehre hatte.

»Ihr seid hier viel zu hoch oben«, sagte er. »Dort drüben steht ein Auto auf der Straße, das ihr von hier nicht sehen könnt. Sie haben geglaubt, es sind Flugzeuge. Geht lieber ein Stückchen weiter hinunter. Ich gehe zu Agustin hinunter, um Pablo zu decken.«

»Und der Alte?« fragte sie, ihm ins Gesicht schauend.

»Tot.«

Er hustete wieder krampfhaft und spuckte aus.

»Deine Brücke ist gesprengt, *Inglés*.« Pilar sah ihn an. »Vergiß das nicht!«

»Ich vergesse gar nichts«, sagte er. »Du hast eine laute Stimme«, fuhr er fort. »Ich habe dich schreien hören. Ruf zu Maria hinauf und sag ihr, daß ich wohlauf bin.«

»Wir haben zwei Mann bei der Sägemühle verloren«, sagte Pilar. Sie bemühte sich, es ihm begreiflich zu machen.

»Das habe ich bemerkt«, sagte Robert Jordan. »Habt ihr eine Dummheit gemacht?«

»Geh und ––– dich, *Inglés*!« sagte Pilar. »Fernando und Eladio sind auch Männer gewesen.«

»Warum gehst du nicht zu den Pferden hinauf?« sagte Robert Jordan. »Ich kann das hier besser besorgen als du.«

»Du mußt Pablo decken.«

»Hol ihn der Teufel! Er soll sich selber decken – mit *mierda*.«

»Nein, *Inglés*. Er ist zurückgekommen. Er hat dort unten hart gekämpft. Hast du es nicht gehört? Er kämpft immer noch. Gegen einen schlimmen Feind. Hörst du es nicht?«

»Ich werde ihn decken. Aber hol euch alle der Teufel! Dich samt deinem Pablo!«

»*Inglés!*« sagte Pilar. »Beruhige dich! Ich habe zu dir gehalten, wie es keiner hätte besser tun können. Pablo hat unrecht gehandelt, aber er ist zurückgekehrt«

»Wenn ich den Zünder gehabt hätte, wäre der Alte nicht umgekommen. Ich hätte das Ding von hier aus sprengen können.«

»Wenn, wenn, wenn –« sagte Pilar.

Immer noch erfüllten ihn der Zorn, die Öde und der Haß, die mit der Entspannung nach dem geglückten Coup über ihn gekommen waren, als er aus seiner geduckten Haltung aufblickte und Anselmo tot dort liegen sah, und zugleich eine verzweifelte Trauer, die der Soldat in Haß verwandelt, damit er weiter Soldat bleiben kann. Jetzt, da es vorbei war, fühlte er sich einsam, unbeteiligt und nüchtern, und er haßte jeden, den er sah.

»Wenn es nicht geschneit hätte –«, sagte Pilar. Und dann, nicht mit einemmal, wie etwa in einer körperlichen Erleichterung (wenn, sagen wir, die Frau den Arm um seine Schulter gelegt hätte), sondern ganz langsam und mit dem Verstand begann er dieses *Wenn* zu akzeptieren und ließ seinen Haß verrauchen. Gewiß, der Schnee. Der war schuld. Der Schnee. Der hatte auch die anderen zugrunde gerichtet. Wenn man es nur erst mit den Augen der anderen sieht, wenn man nur erst das eigene Ich abtut, das ewige Abtun des eigenen Ichs, wie es der Krieg verlangt! Der Krieg, der kein Ich kennt! Dem man das eigene Ich opfern muß! Und dann, da er es geopfert hatte, hörte er Pilar sagen: »Sordo –«

»Wie?« sagte er.

»Sordo –«

»Ja«, sagte Robert Jordan. Er lächelte ihr zu, es war ein schiefes, steifes Lächeln mit allzu straff gespannten Sehnen.

»Laß gut sein! Ich hatte unrecht. Verzeih mir, Frau! Wir wollen die Sache gemeinsam zu Ende führen. Und die Brücke ist gesprengt, wie du sagst.«

»Ja. Du mußt alles in seinem richtigen Licht sehen.«

»Dann gehe ich jetzt zu Agustín. Schick deinen Zigeuner weiter hinunter, damit er die Straße überblicken kann. Gib Primitivo die Gewehre und nimm die *máquina*. Ich werde dir zeigen, wie man mit ihr umgeht.«

»Behalte deine *máquina*«, sagte Pilar. »Wir sind nicht mehr lange hier. Pablo muß jetzt gleich kommen, und dann gehen wir.«

»Rafael!« sagte Robert Jordan. »Komm zu mir herunter. Hierher! Gut. Siehst du die drei, die dort aus dem Abzuggraben kommen? Dort, oberhalb des Autos? Wie sie auf das Auto zulaufen? Schieß mir einen von ihnen ab. Setz dich hin. Immer mit der Ruhe!«

Der Zigeuner zielte sorgfältig, gab Feuer, und während er den Bolzen zurückschob, um die Patronenhülse zu entfernen, sagte Robert Jordan: »Zu hoch! Du hast den Felsen getroffen. Siehst du den Staub? Tiefer, etwa einen halben Meter. Vorsichtig jetzt! Sie laufen. Gut. *Sigue tirando.*«

»Ich habe einen erwischt«, sagte der Zigeuner. Der Mann lag auf der Erde, auf halbem Weg zwischen dem Graben und dem Auto. Die beiden anderen machten nicht erst halt, um ihn mitzuschleppen, sie liefen zu dem Graben zurück und duckten sich hinein.

»Schieß nicht mehr auf ihn«, sagte Robert Jordan. »Schieß auf den oberen Rand eines Vorderreifens. Wenn du den Reifen verfehlst, wirst du den Motor treffen. Gut.« Er schaute durchs Fernglas. »Ein wenig tiefer. Gut. Du schießt wie der Teufel. *Mujo! Mujo!* Schieß auf die Spitze des Kühlers. Auf den Kühler – wohin auch immer! Du bist ein Meisterschütze. Paß auf: An dieser Stelle dort darf nichts vorüberkommen. Verstanden?«

»Schau zu, wie ich die Windschutzscheibe zerschieße!« sagte der Zigeuner fröhlich.

»Nein. Das Auto ist schon kaputt«, sagte Robert Jordan. »Spare deine Kugeln, bis irgend etwas die Straße herunterkommt. Sobald es die Höhe des Grabens erreicht hat, fängst du zu schießen an. Versuche den Fahrer zu treffen! Ihr müßt dann *alle* Feuer geben!« sagte er zu Pilar, die mit Primitivo den Hang heruntergekommen war. »Ihr habt hier eine ausgezeichnete Position. Siehst du, wie gut diese steile Wand deine Flanke schützt?«

»Geh schon endlich zu deinem Agustín!« sagte Pilar. »Hör auf, Vorträge zu halten! Ich habe auch schon mal Terrain gesehen.«

»Schick Primitivo ein Stück weiter hinauf«, sagte Robert Jordan. »Dorthin! Siehst du, Mann? Wo die Böschung steiler wird!«
»Laß mich in Frieden!« sagte Pilar. »Geh schon, *Inglés*! Du mit deiner Perfektheit. Das hier ist gar kein Problem.«
In diesem Augenblick hörten sie die Flugzeuge.
Maria war lange bei den Pferden gewesen, aber sie waren ihr kein Trost. Und auch sie konnte ihnen wenig Trost bieten. Sie konnte von hier aus weder die Straße sehen noch die Brücke, und als das Schießen losging, legte sie den Arm um den Hals des großen braunen Hengstes mit der weißen Stirn, den sie oft gestreichelt und gefüttert hatte, wenn die Pferde in dem Pferch zwischen den Bäumen unterhalb des Lagers grasten. Aber ihre Nervosität machte auch den großen Hengst nervös, er warf den Kopf zurück, blähte die Nüstern, beunruhigt durch das Geknatter und den Bombenlärm. Maria konnte nicht stillsitzen, sie ging umher, tätschelte und streichelte die Pferde und machte sie alle nur noch nervöser und aufgeregter.
Sie versuchte, dieses Schießen nicht bloß als irgendein schreckliches Geschehen aufzufassen, sondern sich klarzumachen, daß das Pablo war mit den neuen Leuten und Pilar mit ihrem Trupp und daß sie nicht unruhig werden und nicht in Panik geraten dürfe, sondern Vertrauen zu Roberto haben müsse. Aber es gelang ihr nicht, und das Geknalle oberhalb und unterhalb der Brücke, der ferne Kampflärm, der mit einem trockenen, rollenden Prasseln vom Paß herüberwehte wie das Echo eines fernen Sturmwindes, das unregelmäßige Pochen der Bomben, das alles war einfach fürchterlich und verschlug ihr fast den Atem.
Einige Zeit später hörte sie dann Pilars laute Stimme ihr von unten her irgendwelche gemeinen Flüche zurufen, die sie nicht verstehen konnte, und sie dachte: O Gott, nein, nein! Sprich nicht so, während er in Gefahr ist! Nur nicht jemanden beleidigen und eine überflüssige Gefahr heraufbeschwören! Nur nicht herausfordern!

Dann begann sie für Roberto zu beten, schnell und automatisch, wie sie in der Schule gebetet hatte, sie sagte die Gebete her, so schnell sie nur konnte, und zählte sie an den Fingern ihrer linken Hand ab, immer je zehn von jedem der beiden Gebete, die sie hersagte. Dann flog die Brücke in die Luft, und das eine Pferd zerriß den Halfter, wie es sich bei dem prasselnden Getöse aufbäumte und den Kopf zurückwarf, und preschte durch die Bäume davon. Maria gelang es schließlich, den Gaul wieder einzufangen, er zitterte am ganzen Leibe, seine Brust war dunkel verschwitzt, der Sattel verrutscht, und als sie mit ihm durch den Wald zurückkam, hörte sie unten Schüsse fallen und dachte, ich kann das nicht länger ertragen. Ich kann nicht weiterleben, ohne zu wissen, was los ist. Ich kann nicht atmen, und mein Mund ist so trocken. Und ich habe Angst, und ich tauge zu gar nichts, und ich erschrecke die Pferde, und dieses Pferd habe ich nur zufällig wieder eingefangen, weil es mit dem Sattel an einem Baumstamm hängenblieb und sich mit den Beinen in den Steigbügeln verhaspelte, und wenn ich ihm jetzt wieder den Sattel auflege, o Gott, ich weiß nicht! Ich kann es nicht aushalten. Oh, bitte, gib, daß ihm nichts geschehen ist, denn mein ganzes Herz und mein ganzes Sein ist bei der Brücke. Die Republik ist eine Sache für sich – daß wir siegen müssen, ist eine Sache für sich. Aber, oh, heilige Jungfrau Maria, führe ihn zu mir zurück, und ich werde immer alles tun, was du verlangst. Denn ich bin nicht hier. Mich gibt es gar nicht. Ich bin nur bei ihm. Behüte ihn für mich, und du wirst mich behüten, dann werde ich alles für dich tun, und er wird nichts dagegen haben. Und es wird auch der Republik nichts schaden. Oh, bitte, verzeih mir, denn ich bin sehr verwirrt. Ich bin jetzt viel zu sehr verwirrt. Aber wenn du ihn behütest, werde ich alles tun, was recht ist. Ich werde tun, was er sagt und was du sagst. Die zwei Marias in mir werden alles tun, was er sagt und was du sagst. Aber diese Ungewißheit kann ich nicht ertragen.

Dann, als sie das Pferd wieder angebunden und gesattelt hatte und die Decke glättete und mit aller Kraft an dem Sattelgurt zerrte, hörte sie die laute, tiefe Stimme Pilars durch den Wald heraustönen: »Maria! Maria! Dein *Inglés ist* gesund. Hörst du mich? Gesund! *Sin novedad!*«

Maria hielt mit beiden Händen den Sattel, preßte den geschorenen Kopf fest gegen das Leder und weinte. Wieder hörte sie die tiefe Stimme rufen, und sie drehte den Kopf von dem Sattel weg und rief mit erstickter Stimme zurück: »Ja! Ich danke dir!«

Dann abermals, mit erstickter Stimme: »Ich danke dir! Vielen, vielen Dank!«

Als sie die Flugzeuge hörten, blickten sie alle auf. Die Flugzeuge kamen aus der Richtung von Segovia, hoch am Himmel, silberhell am hohen Himmel, mit ihrem Dröhnen alle anderen Geräusche übertönend.

»Die!« sagte Pilar. »Die haben uns gerade noch gefehlt!«

Robert Jordan legte den Arm um ihre Schultern, während er die Flugzeuge beobachtete.

»Nein, Frau«, sagte er. »Die haben es nicht auf uns abgesehen. Die haben für uns keine Zeit. Beruhige dich.«

»Ich kann sie nicht sehen!«

»Mir geht es genauso. Aber jetzt muß ich zu Agustín.«

Er ging um den Hügelhang herum, unablässig dröhnten und brummten die Flugzeuge, und unten auf der Straße, hinter der zerstörten Brücke, hinter der Straßenbiegung hämmerte in kurzen Abständen ein schweres Maschinengewehr.

Robert Jordan warf sich neben Agustín nieder, der zwischen den jungen Kiefern hinter dem leichten MG lag, und immer neue Flugzeuge kamen geflogen.

»Was geht dort unten vor?« fragte Agustín. »Was macht Pablo? Weiß er denn nicht, daß die Brücke weg ist?«

»Vielleicht kann er nicht weg.«

»Dann wollen wir abhauen. Hol ihn der Teufel!«

»Wenn er kann, wird er jetzt gleich kommen«, sagte Robert Jordan. »Er muß jetzt gleich auftauchen.«

»Ich habe ihn schon seit fünf Minuten nicht mehr gehört«, sagte Agustín. »Da! Horch! Da ist er wieder! Das ist er!«

Eine jähe klatsch-klatsch-klatschende Salve des Kavallerie-Schnellfeuergewehrs, eine zweite, eine dritte.

»Das ist der Schweinekerl!« sagte Robert Jordan.

Er sah einen neuen Schwarm von Flugzeugen über den hohen, wolkenlosen blauen Himmel fliegen, und er beobachtete Agustíns Gesicht, wie er zu ihnen hinaufblickte. Dann wanderte sein Blick zu der zerstörten Brücke hinunter und zu der Straßenbiegung, wo noch immer nichts zu sehen war. Er hustete, spuckte aus, lauschte dem Gehämmer des schweren MGs, das jetzt wieder eingesetzt hatte. Es schien sich nicht von der Stelle bewegt zu haben.

»Und was ist *das*?« fragte Agustín. »Was zum Teufel ist *das*?«

»Das hat schon angefangen, bevor ich die Brücke sprengte«, sagte Robert Jordan. Er blickte zu der Brücke hinunter, und er sah durch die aufgerissene Bresche das schäumende Wasser des Flusses. Der eingestürzte Mittelteil hing in die Schlucht hinab wie eine verbeulte Blechplatte. Er hörte jetzt, wie das erste der Flugzeuge, das vorbeigekommen war, oben über dem Paß seine Bomben abwarf, und es kamen immer noch mehr. Der Lärm ihrer Motoren erfüllte den hohen Himmel, und als er aufblickte, sah er sie, winzig klein, hoch zu Häupten kreisen und Schleifen ziehen.

»Ich glaube nicht, daß die Dinger neulich über die Front weggeflogen sind«, sagte Agustín. »Wahrscheinlich sind sie nach Westen abgeschwenkt und wieder zurückgeflogen. Wenn unsere Leute sie gesehen hätten, würden sie jetzt nicht angreifen.«

»Es sind fast lauter neue Flugzeuge«, sagte Robert Jordan.

Er hatte das Gefühl, es habe etwas ganz normal begonnen und sei dann in gigantischer, übertriebener Weise auf den Urheber zurückgeprallt. Es war, als würde man einen Stein ins Wasser werfen, und der Stein kräuselte das Wasser, und die kleinen Wellen kehren brüllend und schäumend als eine gewaltige Sturzflut zurück. Oder so, als riefe man in die Felsen, und das Echo kehrt in rollenden Donnerschlägen zurück, in tödlichen Donnerschlägen. Oder so, als schlüge man einen einzelnen

Mann zu Boden, und er fällt hin, und so weit das Auge reicht, wachsen andere aus der Erde, bewaffnet und gewappnet. Er war froh, daß er sich nicht oben bei Golz auf dem Paß befand. Wie er so dalag, neben Agustín, die Flugzeuge vorüberfliegen sah, die Ohren spitzte, ob es nicht hinter ihm zu knallen anfangen würde, die Straße unten beobachtete, weil er wußte, es würde dort etwas auftauchen, ohne daß er wußte, *was* es sein würde, fühlte er sich immer noch ganz gelähmt vor Erstaunen, daß er bei der Sprengung nicht umgekommen war. Er hatte sich bereits so völlig mit dem Sterben abgefunden, daß ihm das alles jetzt ganz unwirklich vorkam. Du mußt es von dir abschütteln, sagte er zu sich. Du mußt es loswerden. Du hast heute noch sehr, sehr, sehr viel zu tun. Aber er konnte die seltsame Stimmung nicht loswerden, und er hatte ganz deutlich das Gefühl, daß das alles sich immer mehr in einen Traum verwandle.

Du hast zu viel Rauch geschluckt, sagte er sich. Aber er wußte, daß es nicht der Rauch war. Er fühlte ganz genau, ganz deutlich, wie unwirklich das alles war, unwirklich gerade durch seine krasse Wirklichkeit, er blickte zu der Brücke hinunter und dann zu dem toten Posten, der auf der Straße lag, zu dem toten Anselmo, zu Fernando, der an der Böschung lehnte, und dann die glatte braune Straße hinauf, bis zu dem gestrandeten Auto, und immer noch war alles so unwirklich.

Fang lieber gleich mit dem Ausverkauf an! sagte er sich. Du bist wie ein Kampfhahn in der Arena, und niemand hat gesehen, wie er verwundet wurde, man sieht die Wunde nicht, und dabei wird er schon ganz steif und kalt . . .

Blödsinn, sagte er sich. Du bist ein bißchen angeschlagen, weiter nichts, und das ist die Reaktion auf die große Verantwortung, weiter nichts. Immer mit der Ruhe . . .

Dann packte Agustín seinen Arm und deutete mit dem Finger, und er blickte über die Schlucht weg und sah Pablo.

Sie sahen Pablo um die Straßenbiegung laufen. An der steilen Felswand, hinter der die Straße verschwand, machte er halt, lehnte sich gegen den Fels und feuerte die Straße hinunter.

Robert Jordan sah Pablo an der Felswand lehnen, klein, untersetzt und stämmig, ohne Mütze, das gedrungene Schnellfeuergewehr in Aktion, er sah das helle Aufblitzen der Patronenhülsen, die in Schwärmen durch das Sonnenlicht sausten. Pablo hockte sich nieder und feuerte eine neuerliche Salve ab. Dann, ohne sich umzuschauen, kam er mit seinen krummen Beinen, den Kopf geduckt, ganz schnell auf die Brücke zugelaufen.

Robert Jordan hatte Agustín beiseite geschoben, jetzt preßte er den Kolben des Maschinengewehrs gegen die Achsel und zielte auf die Straßenbiegung. Sein Schnellfeuergewehr lag neben seiner linken Hand. Auf diese Entfernung hin war es nicht genügend treffsicher.

Während Pablo herangelaufen kam, zielte Robert Jordan auf die Straßenbiegung, aber es ließ sich nichts blicken. Pablo hatte nun die Brücke erreicht, blickte einmal kurz über die Schulter zurück, betrachtete die Brücke, wandte sich dann nach links und kletterte in die Schlucht hinunter. Robert Jordan beobachtete immer noch die Straßenbiegung. Nichts war zu sehen. Agustín richtete sich auf einem Knie auf. Er sah Pablo wie eine Ziege in die Schlucht hinunterklettern. Seit Pablo erschienen war, hatte das Schießen aufgehört.

»Siehst du *oben* etwas? In den Felsen?« fragte Robert Jordan.

»Nichts.«

Robert Jordan beobachtete die Straßenbiegung. Er wußte, daß die Felswand viel zu steil war, als daß jemand sie hätte erklettern können, aber etwas weiter unten gab es eine Möglichkeit, sich hinaufzuarbeiten.

Waren zuvor die Dinge unwirklich gewesen, so wurden sie jetzt mit einemmal ganz real. So als ob eine Reflex-Kamera plötzlich das Bild in den Mittelpunkt rückte. Und jetzt sah er die platte, kantige Schnauze und den flachen, grün-graubraun gesprenkelten Turm mit dem hervorgereckten Maschinengewehr in dem hellen Sonnenschein um die Biegung kommen. Er nahm das Ding unter Feuer, und er hörte die Geschosse gegen die Stahlwände schlagen. Der kleine, leichte

Tank huschte flink hinter die Felswand zurück. Robert Jordan, der die Ecke beobachtete, sah die Schnauze des Tanks sich ein wenig hervorschieben, dann wurde der Rand des Turms sichtbar, und der Turm begann sich zu drehen, bis der Lauf des MGs auf die Straße zielte.
»Wie eine Maus, die aus ihrem Loch hervorkriecht«, sagte Agustín. »Schau, *Inglés*!«
»Er traut sich nicht recht!« sagte Robert Jordan.
»Das ist der große Käfer, mit dem Pablo gekämpft hat«, sagte Agustín. »Triff ihn noch einmal, *Inglés*!«
»Nein. Ich kann ihm nichts anhaben, und ich will nicht, daß sie merken, wo wir sind.«
Der Tank begann die Straße zu bestreichen. Die Kugeln schlugen gegen die Straßenfläche und prallten ab, und dann sausten sie pfeifend und klirrend durch das Eisenwerk der Brücke. Es war dasselbe Maschinengewehr, das sie zuvor schon gehört hatten.
»*Cabron!*« sagte Agustín. »Sind das die berühmten Tanks, *Inglés*?«
»Das ist ein Babytank.«
»*Cabron!* Wenn ich eine Lutschflasche voll Benzin hätte, würde ich hinüberklettern und ihn anzünden. Was wird er machen, *Inglés*?«
»Nach einer Weile wird er wieder hervorgucken.«
»Und *davor* fürchten sich die Menschen!« sagte Agustín. »Schau, *Inglés*! Jetzt schießt er noch einmal die Wachtposten tot.«
»Weil er kein anderes Ziel hat«, sagte Robert Jordan. »Daraus kannst du ihm keinen Vorwurf machen.«
Aber er dachte: Ja, mach dich nur lustig über ihn! Aber gesetzt den Fall, du wärst es, in deiner Heimat, du kommst die Straße entlang und wirst beschossen. Dann fliegt eine Brücke in die Luft. Würdest du nicht annehmen, daß die Straße unterminiert ist oder daß man dir eine Falle gestellt hat? Natürlich würdest du das annehmen. Die Leute handeln durchaus richtig. Sie warten, bis Verstärkung kommt. Sie haben den Feind

in einen Kampf verwickelt. Daß es nur ein paar Männchen sind, kann der Bursche nicht wissen. Schau dir den kleinen Teufel an!
Der kleine Tank hatte sich nun ein Stückchen weiter hinter der Ecke hervorgewagt.
Und jetzt sah Agustín Pablo über den Rand der Schlucht herauf klettern, auf Händen und Knien, das stopplige Gesicht von Schweiß überströmt.
»Da kommt der Schweinehund«, sagte er.
»Wer?«
»Pablo.«
Robert Jordan erblickte Pablo, und dann feuerte er auf den camouflierten Turm des Tanks, zielte genau auf die Stelle, an der sich, wie er wußte, der Schlitz oberhalb des MGs befand. Der kleine Tank fuhr surrend zurück, huschte davon, und Robert Jordan hob das MG auf, klappte das Gestell zusammen und schwang das Ding, dessen Lauf noch ganz heiß war, auf den Rücken. Die Mündung war so heiß, daß sie ihm die Schulter verbrannte, und er schob sie weit von sich, den Kolben drehend, der flach in seiner Hand lag.
»Bring den Sack mit den Magazinen und meine kleine *máquina*!« rief er. »Und beeile dich!«
Robert Jordan lief durch den Wald den Hügel hinauf. Agustín war ihm dicht auf den Fersen, und Pablo hinter ihnen her.
»Pilar!« rief Robert Jordan über den Hang weg. »Vorwärts, Frau!«
Die drei stiegen, so schnell es nur ging, den steilen Abhang hinauf. Laufen konnten sie nicht mehr, dazu war die Steigung zu groß, und Pablo, der nichts zu tragen hatte außer dem leichten Kavallerie-Schnellfeuergewehr, hatte die beiden anderen bald eingeholt.
»Und deine Leute?« sagte Agustín mit trockenem Mund zu Pablo.
»Die sind alle tot«, erwiderte Pablo. Er konnte kaum atmen. Agustín drehte sich um und sah ihn an.
»Jetzt haben wir massenhaft Pferde, *Inglés*«, keuchte Pablo.

»Gut«, sagte Robert Jordan. Dieser grausame Halunke! dachte er. »Was hat es bei euch gegeben?«
»Alles mögliche«, sagte Pablo. Sein Atem ging stoßweise. »Wie ist es Pilar gegangen?«
»Sie hat Fernando verloren und den einen der Brüder —«
»Eladio«, sagte Agustín.
»Und dir?« fragte Pablo.
»Ich habe Anselmo verloren.«
»Pferde in Hülle und Fülle!« sagte Pablo. »Sogar für die Bagage.«
Agustín biß sich auf die Lippe, sah Robert Jordan an und schüttelte den Kopf. Der Tank, durch die Bäume den Blicken entzogen, hielt nun wieder die Straße und die Brücke unter Feuer.
Robert Jordan deutete mit einer ruckartigen Kopfbewegung in die Richtung des Lärms. »Was ist passiert?« fragte er Pablo. Er wollte Pablo nicht ansehen, er wollte ihn nicht riechen, aber er wollte ihn reden hören.
»Ich konnte nicht weg, solange das Ding da war«, sagte Pablo. »Wir hatten uns unterhalb des Postens verschanzt. Schließlich fuhr er wieder zurück, um sich nach irgendwas umzusehen, und da bin ich losgelaufen.«
»Und was waren das *nachher* für Schüsse, die wir gehört haben?« fragte Agustín rundheraus.
Pablo sah ihn an, begann zu grinsen, besann sich eines Besseren und schwieg.
»Hast du sie alle erschossen?« fragte Agustín.
Robert Jordan dachte: Halt den Mund! Das geht dich jetzt nichts an. Sie haben alles und mehr getan, als du von ihnen erwarten konntest. Das ist eine Sache, die sie unter sich auszumachen haben. Spiele nicht den Sittenrichter! Was erwartest du denn von einem Mörder? Du arbeitest mit einem Mörder zusammen. Halt den Mund! Du wußtest von vornherein, was er für ein Bursche ist. Das ist keine Neuigkeit. Aber, dachte er, dreckiges Schwein! Du dreckiges, verkommenes Schwein!

Seine Brust schmerzte von dem mühsamen Anstieg, als ob sie bersten wollte, und nun erblickte er zwischen den Bäumen die Pferde.

»Los!« sagte Agustín. »Warum sagst du nicht, daß du sie erschossen hast?«

»Halt's Maul!« sagte Pablo. »Ich habe mich heute tapfer geschlagen. Frag den *Inglés*.«

»Und jetzt bring uns über den Tag weg!« sagte Robert Jordan. »Jetzt ist es an dir, einen Plan zu haben.«

»Ich habe einen guten Plan«, sagte Pablo. »Mit ein bißchen Glück kommen wir durch.«

Er begann jetzt leichter zu atmen.

»Du willst doch nicht auch etwa noch ein paar von *uns* erschießen, wie?« sagte Agustín. »Denn jetzt bist *du* an der Reihe.«

»Halt's Maul!« sagte Pablo. »Ich habe deine Interessen und die Interessen meiner Leute zu wahren. Wir sind im Krieg. Und da kann man nicht immer das tun, was man gerne tun möchte.«

»*Cabron!*« sagte Agustín. »Du schlägst alle Rekorde.«

»Erzähl mal, was sich unten ereignet hat«, sagte Robert Jordan zu Pablo.

»Alles mögliche«, wiederholte Pablo. Er atmete immer noch recht mühsam, als ob ihm die Brust zu zerspringen drohte, aber er konnte jetzt schon ordentlich sprechen. Der Schweiß lief ihm über Stirn und Wangen, seine Schultern und seine Brust waren völlig durchschwitzt. Er sah Robert Jordan von der Seite an, um sich zu vergewissern, ob er ihm freundlich gesinnt sei, und dann grinste er. »Alles mögliche«, sagte er noch einmal. »Zuerst haben wir den Posten genommen. Dann kam ein Motorradfahrer. Dann noch einer. Dann eine Ambulanz. Dann ein Transportauto. Dann der Tank. Kurz bevor die Brücke in die Luft flog.«

»Und dann?«

»Der Tank konnte uns nichts anhaben, aber wir konnten auch nicht weg, weil er die Straße beherrschte. Dann fuhr er weg, und da bin ich losgelaufen.«

»Und deine Leute?« warf Agustín ein, in dem gleichen streitlustigen Ton wie zuvor.

»Halt's Maul!« Pablo sah ihm fest in die Augen, mit der Miene eines Menschen, der sich wacker geschlagen hat, bevor von irgendwas anderem die Rede sein konnte. »Sie gehörten nicht zu unserer Schar.«

Jetzt sahen sie die Pferde, die an den Bäumen festgebunden waren, durch das Geäst der Kiefern schien die Sonne auf sie herab, sie schüttelten die Mähnen und schlugen mit den Hufen nach den Bremsen, und Robert Jordan erblickte Maria, und einen Augenblick später hielt er sie fest, fest in seinen Armen, das Schnellfeuergewehr an der Seite, den Mündungstrichter gegen die Rippen gepreßt, und Maria sagte: »Roberto, du! Oh, du!«

»Ja, mein Kaninchen! Mein liebes, liebes Kaninchen! Jetzt gehen wir.«

»Bist du wirklich hier?«

»Ja. Ja. Wirklich. Oh, du!«

Nie hätte er gedacht, daß eine Frau für einen vorhanden sein könnte, wenn es zu kämpfen gilt, und daß irgend etwas in einem dies wissen oder sogar darauf eingehen könne und daß sie, wenn sie da ist, kleine Brüste hat, klein, rund und fest unter dem Hemd, und daß diese Brüste um sie beide wissen im Kampf. Aber es war so, und er dachte, es ist gut so. Es ist gut so. Ich hätte es nicht geglaubt, und er preßte sie einmal fest an sich, ohne sie anzusehen, gab ihr dann einen Klaps hintendrauf, was er noch nie gemacht hatte, und sagte: »Steig auf! Steig auf! Marsch in den Sattel, *guapa*!«

Dann banden sie die Pferde los, Robert Jordan hatte Agustín das leichte MG zurückgegeben und sein kleines Schnellfeuergewehr umgehängt, jetzt nahm er die Handgranaten aus seinen Taschen und steckte sie in die Satteltaschen, stopfte den einen leeren Rucksack in den anderen und schnürte diesen hinter dem Sattel fest. Dann kam Pilar herangekeucht, so außer Atem, daß sie nicht reden, sondern nur deuten konnte.

Pablo stopfte drei Fesselstricke, die er in der Hand hielt, in eine Satteltasche, richtete sich auf und sagte: »*Qué va,* Weib?«, und sie nickte bloß, und dann stiegen sie alle auf die Pferde.

Robert Jordans Pferd war der große Graue, den er im Schnee des gestrigen Morgens zum erstenmal gesehen hatte, und er fühlte, daß er einen tüchtigen Gaul zwischen den Beinen und unter den Händen hatte. Er trug bastbesohlte Schuhe, die Steigbügel waren ein wenig zu kurz. Das Schnellfeuergewehr hatte er umgehängt, seine Taschen staken voller Magazine, die Zügel fest unter den Arm geklemmt, und er sah zu, wie Pilar auf das Gepäckbündel hinaufkletterte, das auf dem Sattel des Falben festgeschnürt war und einen wunderlichen Thronsitz bildete.

»Wirf doch um Gottes willen diesen Kram weg!« sagte Primitivo. »Du wirst herunterfallen, und das Pferd kann das gar nicht schleppen.«

»Halt den Mund!« sagte Pilar. »Damit richten wir uns unser neues Leben ein.«

»Kannst du so reiten, Weib?« fragte Pablo. Er saß auf dem großen Braunen, in dem Sattel der Guardia Civil.

»Wie der erstbeste Milchhändler«, sagte Pilar. »Welchen Weg hast du dir ausgesucht, Alter?«

»Schnurgerade den Berg hinunter. Dann über die Straße weg. Dann den anderen Hang hinauf und in den Wald, wo die Schlucht beginnt.«

»Über die Straße weg?« fragte Agustín. Sein Gaul drehte sich im Kreise, es war eines der Pferde, die Pablo in der Nacht rekrutiert hatte, und Agustín stieß ihm die weichen Hacken seiner Leinenschuhe in die steifen, gefühllosen Weichen.

»Ja, Mann. Es gibt keinen anderen Weg«, erwiderte Pablo. Er reichte Agustín eines seiner Leitseile, die beiden anderen hatten Primitivo und der Zigeuner.

»Du kannst als letzter reiten, wenn du willst, *Inglés*«, sagte Pablo. »Wir überqueren die Straße ziemlich weit oben, so daß uns die *máquina* nichts anhaben kann. Aber wir wollen auf jeden Fall einzeln reiten. Und möglichst schnell, und uns dann oben sammeln, wo das Tal sich zu verengen beginnt.«

»Gut«, sagte Robert Jordan.
Sie ritten durch den Wald zu dem Rand der Straße hinunter. Robert Jordan ritt dicht hinter Maria. Er konnte der Baumstämme wegen nicht neben ihr reiten. Er streichelte den Grauen mit seinen gestrafften Muskeln, hielt ihn dann fest an der Kandare, während sie schnell durch den Wald hinunterschlitterten, und seine Schenkel sagten dem Gaul, was auf ebenem Gelände die Sporen ihm gesagt hätten.
»Du«, sagte er zu Maria, »du reitest gleich hinter Pablo über die Straße. Der erste hat es nicht so schlimm, wenn es auch schlimm aussieht. Der zweite ist am besten dran. Erst die, die nachher kommen, werden richtig aufs Korn genommen.«
»Aber du –«
»Ich presche schnell hinüber. Das ist gar kein Problem. Und nur in der Mitte der Reihe ist man gefährdet.«
Er beobachtete Pablos runden, struppigen Kopf, der sich zwischen die Schultern duckte, wie er so dahinritt, das Schnellfeuergewehr über den Rücken gehängt. Er beobachtete Pilar, wie sie auf ihrem Pferd thronte, mit bloßem Kopf und breiten Schultern, die Knie höher als die Hüften, die Fersen in die Bündel gestemmt. Einmal schaute sie sich zu ihm um und schüttelte den Kopf.
»Überhol Pilar, bevor du die Straße überquerst«, sagte Robert Jordan zu Maria.
Dann blickte er durch den sich lichtenden Wald hinunter und sah das dunkle Band der geölten Straße und dahinter den grünen Hang des Gebirges. Wir befinden uns oberhalb des Abzuggrabens, dicht unter der Höhe, von der aus die Straße in einer einzigen flachen Kurve sich zur Brücke hinabsenkt. Wir befinden uns ungefähr vierhundert Meter oberhalb der Brücke. Das heißt, wir sind noch im Bereich des Fiat in dem kleinen Tank, falls sie bis an die Brücke herangefahren sind.
»Maria«, sagte er. »Überhol Pilar, bevor wir an der Straße sind, und reite schnell den anderen Hang hinauf.«

Sie sah sich nach ihm um, sagte aber kein Wort. Er vermied es, sie anzuschauen, warf ihr nur einen raschen Blick zu, um zu sehen, ob sie ihn verstanden habe.

»*Comprendes?*« fragte er sie.

Sie nickte.

»Rück auf!« sagte er.

»Nein«, sagte sie, drehte sich zu ihm um und schüttelte den Kopf. »Ich bleibe an dem Platz, den man mir angewiesen hat.«

In diesem Augenblick setzte Pablo seinem Pferd die Sporen an, preschte das letzte Stück des mit Kiefernnadeln bedeckten Hanges hinunter und überquerte die Straße unter Funkenschlag und dem lauten Gepolter beschlagener Hufe. Die anderen folgten ihm, Robert Jordan sah sie die Straße überqueren und den grünen Hang hinaufjagen, und er hörte unten an der Brücke das Maschinengewehr hämmern. Dann hörte er ein Geräusch vorbeizischen, sssst-tack-bum! Es war wie ein Peitschenknall, der zu einem hohlen Dröhnen anschwoll, und auf dem gegenüberliegenden Hang spritzte die Erde empor in einer kleinen Fontäne, von einer grauen Rauchfahne gekrönt. Sssst-tack-bum! Wieder kam es vorbeigeschwirrt, zischend wie eine Rakete, und wieder stoben Erde und Rauch empor, diesmal ein Stück weiter oben am Hang.

Dicht vor ihm im Schutz der letzten Bäume hatte der Zigeuner am Straßenrand haltgemacht.

Er blickte zu dem Hang hinüber, und dann sah er sich nach Robert Jordan um.

»Vorwärts, Rafael!« sagte Robert Jordan. »Galopp, Mann!«

Der Zigeuner hielt das Leitseil in der Hand, das Packpferd hinter sich her zerrend.

»Laß das Seil fallen und reite los!« sagte Robert Jordan.

Er sah, wie der Zigeuner die Hand nach hinten streckte, die Hand, die das Leitseil festhielt, wie die Hand immer höher ruckte, während er seinem Gaul die Hacken in die Weichen bohrte, das Seil spannte sich straff und fiel dann herab, mit einigen jähen Sätzen war der Zigeuner über die Straße weg, und Robert Jordan stieß mit den Knien gegen ein erschrecktes

Packpferd, das rücklings an ihn anbumste, während der Zigeuner die harte schwarze Straße überquerte und unter dumpfem Hufgetrappel den Berghang hinaufgaloppierte.
Rsssst-ta-tack! In flacher Bahn sauste die Granate vorbei, und er sah den Zigeuner einen Haken schlagen, wie ein flüchtender Eber, als die Erde vor ihm den kleinen schwarzgrauen Geysir emporspie. Jetzt sah er ihn mit langsamen, weitausholenden Sätzen den langen grünen Hang hinaufgaloppieren, vor ihm und hinter ihm schlugen die Geschosse ein, und dann rettete er sich zu den anderen in den Schutz des Berges.
Ich kann das verdammte Packpferd nicht mitschleppen, dachte Robert Jordan. Obwohl ich das Biest ganz gern an meiner ungedeckten Flanke hätte! Zwischen mir und den Siebenundvierzig-Millimeter-Brocken, mit denen sie um sich schmeißen! Bei Gott, ich werde doch versuchen, es dort raufzukriegen.
Er ritt zu dem Packpferd hin, packte den Halfter und ritt dann, das Seil in der Hand, mit dem nachtrottenden Pferd etwa fünfzig Meter weit in den Wald hinauf. Vom Waldrand aus blickte er die Straße entlang an dem Auto vorbei zur Brücke hinunter. Er sah eine Menge Menschen auf der Brücke stehen, und dahinter sah es nach einer richtigen Verkehrsstörung aus. Robert Jordan blickte sich um, fand schließlich, was er suchte, langte hinauf und brach einen dürren Ast von der Kiefer ab. Dann ließ er den Halfter fallen, drängte das Packpferd auf den Hang, der jäh zur Straße hin abfiel, und versetzte ihm dann mit dem dicken Ast einen kräftigen Schlag auf die Hinterbacke. »Los, du Hurensohn!« sagte er, und als der Gaul über die Straße lief und den anderen Hang zu erklimmen begann, warf er den dürren Ast hinterher. Der Ast traf den Gaul, der sogleich seinen Trab mit einem raschen Galopp vertauschte.
Robert Jordan ritt weitere dreißig Meter die Straße entlang. Dann wurde die Böschung zu steil. Das Geschütz spuckte Granaten, mit Raketensausen und peitschendem, knakkendem, dreckspeiendem Bum-Bum. »Vorwärts, du graues Faschistenbiest!« sagte Robert Jordan zu dem Gaul und trieb

ihn dann in halsbrecherisch-jähem Kopfüber gleitend, rutschend die Böschung hinunter. Dann war er im Freien, über die Straße weg, die so hart war unter den Hufen, daß er die Stöße bis in die Schultern, in den Nacken und in die Zähne verspürte, rauf auf die weiche Glätte des Hanges, die Hufe suchen Halt, wühlen sich ins Erdreich, stampfen voran, tasten, schlagen, jagen, und er blickte zu der Brücke hinüber, die sich ihm jetzt unter einem ganz neuen Winkel zeigte, wie er sie vorher noch nie gesehen hatte. Sie präsentierte sich im Profil, ohne jede Verkürzung, mit dem eingestürzten Mittelteil, dahinter auf der Straße stand der kleine Tank und hinter dem kleinen Tank ein großer Tank mit einem Geschütz, aus dessen Mündung es nun aufblitzte mit gelblicher Flamme wie aus einem Spiegel, das gellende Pfeifen der zerreißenden Luft fuhr dicht über den grauen Pferdehals weg, der sich vor ihn hinstreckte, und er wandte den Kopf, als das Erdreich den Abhang hinaufsprühte. Das Packpferd war ihm voraus, es lief viel zu weit nach rechts und verlangsamte seinen Gang, und Robert Jordan, in vollem Galopp den Kopf ein wenig zur Brücke hinwendend, sah die Reihe der Lastautos hinter der Biegung, die jetzt, da er immer höher hinaufkam, immer deutlicher sichtbar wurde, er sah den hellen gelben Blitz, der das jähe Sausen und Brummen signalisierte, und der Schuß verfehlte sein Ziel, aber er hörte die Kugel singend aus der Geröllfontäne davonsurren. Jetzt sah er die anderen dicht voraus am Waldrand, wie sie zu ihm hinblickten. »*Arre caballo!* Vorwärts, mein Pferd!« rief er, und er fühlte, wie die Brust des Gauls sich mit dem Steilerwerden des Hangs blähte, er sah den grauen Nacken sich strecken, sah die grauen Ohren, beugte sich vor und tätschelte den feuchten grauen Hals, blickte zurück nach der Brücke, sah den hellen Blitz aus dem schweren, flachen erdfarbenen Tank hervorzucken, und dann hörte er kein Sausen, sondern nur einen klatschenden, ätzend scharfen Knall, wie von einem platzenden Kessel, und er lag unter dem Pferd, der Graue schlug mit den Hufen um sich, und er versuchte sich unter dem schweren Gewicht hervorzuarbeiten.

Er konnte sich bewegen. Es ging ganz gut. Nach rechts hin konnte er sich bewegen. Aber sein linkes Bein blieb schlaff unter dem Gaul liegen, als hätte es ein neues Gelenk bekommen an Stelle des Hüftgelenks, ein Gelenk, das sich seitwärts bewegte wie eine Türangel! Dann wußte er plötzlich ganz genau, was passiert war, und da richtete das Pferd sich auf die Knie auf. Robert Jordans rechtes Bein, das sich aus dem Steigbügel losgestrampelt hatte, glitt über den Sattel und fiel herab, er betastete mit beiden Händen den Hüftknochen des linken Beins, das schlaff auf der Erde lag, und seine Hände fühlten beide den scharfen Knochen, wie er sich gegen die Haut preßte.

Der Graue stand beinahe direkt über ihm, und er sah seine Flanken wogen. Das Gras, in dem er saß, war grün, Wiesenblumen wuchsen im Gras, er blickte den Hang hinunter zu der Straße und der Schlucht und der Brücke hin und sah den Tank und wartete auf den nächsten Blitz. Er kam fast im Nu, abermals ohne das pfeifende Sausen, und in dem Bersten der Granate, mit dem scharfen Geruch des Sprengstoffs, den aufstiebenden Erdklumpen und den davonstiebenden Splittern sah er den großen Grauen sich still neben ihm hinsetzen, als ob er ein Zirkuspferd wäre. Und dann, als er den dasitzenden Gaul ansah, hörte er erst die Geräusche, die aus seinen Nüstern kamen.

Einen Augenblick später hatten Primitivo und Agustín ihn unter den Achseln gepackt und schleppten ihn das letzte Stück des Hangs hinauf, sein linkes Bein in dem neuen Gelenk schwang mit jeder Schwingung des Bodens mit. Einmal sauste eine Granate dicht über ihre Köpfe hinweg, sie ließen ihn fallen und warfen sich hin, aber das Erdreich sprühte über sie weg, die Splitter flogen singend davon, und sie hoben ihn wieder auf. Schließlich brachten sie ihn in den Schutz der langgezogenen Waldschlucht, in der die Pferde standen, und Maria, Pilar und Pablo beugten sich über ihn.

Maria kniete neben ihm nieder und sagte: »Roberto, was hast du?«

Der Schweiß lief ihm über die Stirn. Er sagte: »Mein linkes Bein ist gebrochen, *guapa*.«

»Wir werden es bandagieren«, sagte Pilar. »So daß du zu Pferd sitzen kannst!«

Sie zeigte auf eines der bepackten Pferde. »Nehmt ihm die Last ab!«

Robert Jordan sah, wie Pablo den Kopf schüttelte, und nickte ihm zu. »Reitet weiter!« sagte er. Dann sagte er: »Hör mal, Pablo komm her!«

Das schweißbedeckte, stoppelbärtige Gesicht neigte sich zu ihm herab, und Robert Jordan hatte Pablos vollen Geruch in der Nase.

»Laßt uns miteinander reden«, sagte er zu Pilar und Maria. »Ich muß mit Pablo reden.«

»Tut es sehr weh?« fragte Pablo. Er beugte sich dicht über Robert Jordan.

»Nein. Ich glaube, der Nerv ist gequetscht. Hör zu! Reitet weiter! Ich bin erledigt, verstanden? Ich werde noch ganz kurz mit dem Mädchen sprechen. Wenn ich sage, nehmt sie mit, dann nehmt ihr sie mit. Sie wird bei mir bleiben wollen. Ich will nur ganz kurz mit ihr sprechen.«

»Ja, wir haben nicht viel Zeit«, sagte Pablo.

»Gewiß.«

»Es wird wohl besser sein, ihr geht in die Republik.«

»Nein. Ich bin für die Gredos.«

»Überlege es dir gut.«

»Sprich jetzt mit ihr«, sagte Pablo. »Wir haben wenig Zeit. Es tut mir leid, daß dir das passiert ist, *Inglés*.«

»Da es nun mal passiert ist –«, sagte Robert Jordan, »– sprechen wir nicht mehr darüber. Aber überlege es dir gut! Du hast Verstand. Benütze ihn!«

»Wieso denn nicht?« sagte Pablo. »Und nun mach schnell, *Inglés!* Wir haben keine Zeit.«

Pablo ging zu dem nächsten Baumstamm hinüber und beobachtete den Hang und die Biegung jenseits der Schlucht. Er betrachtete mit ehrlich bekümmerter Miene den Grauen, der

im Gras lag, und Pilar und Maria waren bei Robert Jordan, der unter einem Baum saß und sich gegen den Stamm lehnte.
»Schneide das Hosenbein auf, ja?« sagte er zu Pilar. Maria hockte neben ihm und sagte kein Wort. Die Sonne schien auf ihr Haar, ihr Gesicht war verzerrt wie das eines kleinen Kindes, bevor es zu weinen beginnt. Aber sie weinte nicht.
Pilar nahm ihr Messer und schnitt das Hosenbein von der linken Tasche an der Länge nach auf. Robert Jordan faltete mit beiden Händen das Tuch auseinander und betrachtete das ausgestreckte Bein. Zehn Zoll unterhalb des Hüftgelenks war eine spitze, purpurne Schwellung zu sehen wie ein kleines, spitzes Zelt, und als er sie mit den Fingern betastete, fühlte er den zerbrochenen Hüftknochen unter der straff gespannten Haut. Sein Bein lag seltsam verrenkt im Gras. Er blickte zu Pilar auf. Sie machte genauso ein Gesicht wie Maria.
»*Anda!*« sagte er zu ihr. »Geh!«
Sie entfernte sich mit gesenktem Kopf, ohne ein Wort zu sagen und ohne sich umzuschauen, und Robert Jordan sah ihre Schultern zucken.
»*Guapa!*« sagte er zu Maria und nahm ihre beiden Hände. »Hör zu! Wir werden nicht nach Madrid fahren —«
Da fing sie zu weinen an.
»Nein, *guapa,* nicht!« sagte er. »Hör zu! Wir werden jetzt nicht nach Madrid fahren, aber ich werde immer bei dir sein, wohin du auch gehst. Verstehst du mich?«
Sie schwieg, hatte die Arme um seine Schultern gelegt, legte den Kopf an seine Wange.
»Hör gut zu, mein Kaninchen!« sagte er. Er wußte, daß die Zeit drängte, und der Schweiß lief ihm herab, aber es mußte gesagt sein, und sie mußte es begreifen. »Du folgst jetzt den anderen, mein Häschen. Aber ich folge mit. Solange einer von uns da ist, sind wir beide da. Verstehst du mich?«
»Nein, ich bleibe bei dir.«
»Nein, mein Kaninchen. Was ich jetzt noch zu machen habe, das mache ich allein. Wenn du bei mir bist, kann ich es nicht richtig machen. Wenn du gehst, bin ich bei dir. Verstehst du

mich, wie das ist? Wer immer von uns da ist, ist Ich und Du zugleich.«

»Ich will bei dir bleiben.«

»Nein, mein Kaninchen. Hör zu! *Das* können Menschen nicht gemeinsam tun. Das muß jeder für sich allein tun. Aber wenn du gehst, bin ich bei dir. So werde ich dich begleiten. Ich weiß, du wirst jetzt gehen, denn du bist brav und gut. Du wirst jetzt für uns beide gehen.«

»Aber es fällt mir leichter, bei dir zu bleiben«, sagte sie. »Es ist viel besser für mich.«

»Ja. Deshalb sollst du mir zuliebe mit den anderen mitgehen. Tu es mir zuliebe, denn diese Bitte kannst du mir erfüllen.«

»Du verstehst mich nicht, Roberto. Was soll aus mir werden? Für mich ist es viel schlimmer, wenn ich gehe.«

»Sicherlich«, sagte er. »Es ist viel schwerer für dich. Aber ich und du, wir sind jetzt eins.«

Sie schwieg.

Er sah sie an, und er schwitzte heftig, und noch nie in seinem Leben hatte er sich so sehr um etwas bemüht, wie er sich jetzt darum bemühte, Maria zu überzeugen.

»Du tust es für uns beide«, sagte er. »Du darfst nicht egoistisch sein, mein Kaninchen. Du mußt jetzt deine Pflicht tun.«

Sie schüttelte den Kopf.

»Du und ich, wir sind eins«, sagte er. »Das mußt du doch fühlen, Kaninchen . . . Hör mich an! Auf diese Weise folge ich mit. Ich schwöre es dir.«

Sie schwieg.

»Jetzt begreifst du es«, sagte er. »Ich sehe, daß es dir jetzt klar ist. Jetzt wirst du gehen. Gut. Jetzt gehst du. Jetzt hast du gesagt, daß du gehen wirst.«

Sie hatte nichts gesagt.

»Ich danke dir dafür. Jetzt gehst du ganz schnell, weit weg von hier, und wenn du gehst, ist es, als ob wir beide gingen. Leg jetzt deine Hand hierher. Neige deinen Kopf. Nein, tiefer! So ist es recht. Jetzt lege ich meine Hand auf deinen Kopf. Gut. Du bist so brav. Denk jetzt nicht mehr nach. Jetzt tust du, was sich ge-

hört. Jetzt bist du gehorsam. Jetzt gehorchst du nicht nur mir, sondern uns beiden. Mir, der ich in dir bin. Jetzt gehst du für uns beide. Wirklich. Wir beide gehen, wenn *du* jetzt gehst. Das habe ich dir versprochen. Es ist sehr brav von dir und sehr lieb.«
Er nickte Pablo zu, der unter einem Baum stand und von der Seite zu ihm hinsah, und Pablo kam näher. Er deutete mit dem Daumen auf Pilar.
»Wir werden ein andermal nach Madrid fahren, Kaninchen«, sagte er. »Wirklich. Steh jetzt auf und geh, und wir beide gehen. Steh auf! Verstehst du mich?«
»Nein«, sagte sie und hielt ihn fest umschlungen.
Sein Ton war immer noch ruhig und vernünftig, aber er sprach mit großem Nachdruck:
»Steh auf! Du und ich, wir sind jetzt eins. Du bist alles, was von mir übrig ist. Steh auf!«
Sie erhob sich langsam, weinend, hielt den Kopf gesenkt. Dann warf sie sich schnell wieder neben ihm nieder, und dann erhob sie sich abermals, langsam und müde, da er sagte: »Steh auf, *guapa!*«
Sie stand da, und Pilar hielt sie am Arm fest.
»*Vamonos!*« sagte Pilar. »Brauchst du noch etwas, *Inglés*?« Sie sah ihn an und schüttelte den Kopf.
»Nein«, sagte er und sprach weiter zu Maria:
»Ich sage dir nicht Lebewohl, *guapa,* weil wir uns nicht trennen. Laß es dir gutgehen in den Gredos. Geh jetzt! Sei brav und geh! Nein!« Er sprach in ganz ruhigem und vernünftigem Ton, während Pilar das Mädchen wegführte. »Schau dich nicht um, setz den Fuß in den Steigbügel! Ja. Den Fuß. Hilf ihr hinauf!« sagte er zu Pilar. »Helft ihr in den Sattel! Schwinge dich jetzt hinauf!«
Schweißtriefend drehte er sich zur Seite, blickte den Hang hinunter, blickte dann zu dem Mädchen zurück, das im Sattel saß, Pilar neben ihr, und Pablo dicht dahinter. »Geh jetzt!« sagte er. »Geh!«
Sie wollte sich nach ihm umsehen. »Sieh dich nicht um!« sagte Robert Jordan. »Geh!« Und Pablo versetzte dem Pferd mit

einem Fesselriemen einen Hieb über die Kruppe, und es sah so aus, als wollte Maria aus dem Sattel gleiten, aber Pilar und Pablo ritten dicht an sie heran, Pilar hielt sie fest, und die drei Gäule trabten die Schlucht hinan.

»Roberto!« rief Maria und drehte sich um. »Laß mich bei dir bleiben! Laß mich bei dir bleiben!«

»Ich bin bei dir!« rief Robert Jordan. »Ich bin jetzt bei dir. Wir sind beisammen. Geh!« Dann verschwanden sie um die Biegung der Schlucht, er war völlig in Schweiß gebadet und blickte ins Leere. Agustín stand neben ihm.

»Soll ich dich erschießen, *Inglés?*« fragte er und beugte sich zu ihm nieder. »*Quieres?* Es macht mir nichts aus.«

»*No hace falta*«, sagte Robert Jordan. »Laß mich nur! Ich bin hier sehr gut aufgehoben.«

»*Me cago en la leche, que me han dado!*« sagte Agustín. Er weinte und konnte Robert Jordan nicht deutlich sehen. »*Salud, Inglés!*«

»*Salud*, mein Alter!« sagte Robert Jordan. Er blickte jetzt den Hang hinunter. »Kümmere dich um die kleine Geschorene, ja?«

»Das ist kein Problem«, sagte Agustín. »Hast du alles, was du brauchst?«

»Ich werde diese *máquina* behalten, denn es sind ohnedies nur noch ein paar Patronen da«, sagte Robert Jordan. »Ersatz läßt sich nicht beschaffen. Für die andere *máquina* und auch für die von Pablo könnt ihr Patronen bekommen.«

»Ich habe den Lauf gesäubert«, sagte Agustín. »Er hat sich, als das Pferd stürzte, in die Erde gebohrt.«

»Was ist aus dem Packpferd geworden?«

»Der Zigeuner hat es eingefangen.«

Agustín saß jetzt zu Pferde, aber er wollte nicht weg. Er beugte sich weit zu dem Baum hinüber, unter dem Robert Jordan lag.

»Los, *viejo!*« sagte Robert Jordan zu ihm. »Es ist Krieg, und da passieren eben solche Dinge.«

»*Qué puta es la guerra!*« sagte Agustín. »Was für ein Hurenzeug ist der Krieg!«

»Ja, Mann, ja. Aber schau jetzt, daß du weiterkommst.«
»*Salud, Inglés!*« sagte Agustín, die rechte Faust ballend.
»*Salud!*« sagte Robert Jordan. »Aber nun los, Mann!«
Agustín riß sein Pferd herum, schlug mit der rechten Faust ins Leere, und diese Gebärde war wie ein Fluch, und dann ritt er die Schlucht hinauf. Die anderen waren schon längst verschwunden. An der Stelle, wo die Schlucht zwischen den Bäumen in den Wald einbog, schaute er sich noch einmal um und winkte mit der geballten Faust. Robert Jordan winkte zurück, und dann war Agustín verschwunden . . .
Robert Jordan blickte über den grünen Hügelhang zur Straße und der Brücke hinunter. Ich will lieber sitzen bleiben, dachte er. Mich jetzt schon auf den Bauch zu wälzen, wäre ein unnützes Risiko, der Knochen sitzt zu dicht unter der Haut, und so kann ich auch besser sehen.
Er fühlte sich leer, ausgepumpt und erschöpft von allem, was geschehen war, und von der Trennung, und er hatte einen gallbitteren Geschmack auf der Zunge. Nun war es endlich, endlich kein Problem mehr. Wie immer es gewesen war, wie immer es noch für ihn werden mochte, es war kein Problem mehr.
Jetzt waren sie alle weg, er saß allein da, mit dem Rücken an den Baumstamm gelehnt. Er blickte über den grünen Abhang hinunter, sah das graue Pferd dort liegen, wo Agustín es erschossen hatte, blickte weiter hinunter bis zu der Straße und hinüber zu dem bewaldeten Hügelland. Dann wanderten seine Blicke zu der Brücke, und er beobachtete die Vorgänge auf der Brücke und auf der Straße. Er sah die Lastautos in langer Kette auf dem unteren Teil der Straße bis hinter die Biegung sich stauen. Das Grau der Autos mischte sich in das Grün der Bäume. Dann blickte er nach der anderen Seite, zu der Höhe hinauf, über die die Straße herab kam. Jetzt werden sie bald erscheinen, dachte er.
Pilar wird sich um sie kümmern. Sie kann nirgends besser aufgehoben sein. Das weißt du ja. Pablo muß einen guten Plan haben, sonst würde er es gar nicht erst versuchen. Um Pablo brauchst du dir keine Sorgen zu machen. Es hat keinen

Zweck, an Maria zu denken. Versuche doch, selber an all das zu glauben, was du ihr erzählt hast! Das ist das beste. Und wer behauptet denn, daß es nicht wahr sei?
Du gewiß nicht. Du behauptest es nicht, ebensowenig wie du behaupten würdest, es sei alles nicht geschehen, was geschehen ist. Bleib bei deiner Überzeugung. Nur nicht zynisch werden! Die Zeit ist zu kurz, und du hast Maria eben erst weggeschickt. Jeder tut, was er kann. Für dich selber kannst du nichts mehr tun, aber vielleicht kannst du etwas für andere tun. Ja, vier Tage hat unser Glück gedauert. Keine vier Tage. Ich bin am Nachmittag angekommen, und heute wird es nicht mehr Mittag werden. Das sind nicht ganz drei Tage und drei Nächte. Rechne genau! dachte er. Ganz genau!
Jetzt wirst du dich hinlegen, dachte er. Besser, du richtest dich ein, damit du was leisten kannst, statt wie ein Landstreicher unter dem Baum zu hocken. Du hast viel Glück gehabt. Es gibt schlimmere Dinge auf der Welt. *Das* muß jeder einmal durchmachen, irgendeinmal. Du hast doch keine Angst davor, jetzt, da du weißt, daß es nicht anders geht, oder wie? Nein, dachte er, wirklich nicht. Aber ein Glück, daß der Nerv zerstört ist! Ich habe nicht einmal das Gefühl, daß unterhalb der Bruchstelle überhaupt noch was da ist. Er betastete den linken Unterschenkel, und es war, als gehörte er gar nicht zu seinem Körper.
Wieder blickte er den Hang hinunter und dachte: Ich gehe ungern weg, und ich hoffe, ich habe ein bißchen was ausgerichtet. Ich habe mir alle Mühe gegeben, soweit es in meinen Kräften stand. *Steht,* meinst du. Gut, *steht.*
Ich habe jetzt ein volles Jahr lang für meine Überzeugung gekämpft. Wenn wir *hier* siegen, werden wir *überall* siegen. Die Welt ist so schön und wert, daß man um sie kämpft, und ich verlasse sie nur ungern. Und du kannst von Glück sagen, daß du ein so gutes Leben gehabt hast. Du hast ein ebenso gutes Leben gehabt wie dein Großvater, nur daß es kürzer ist. Diese letzten Tage, sie haben dein Leben so schön gemacht, wie es nur immer sein konnte. Du brauchst dich nicht zu beklagen, da du so viel Glück gehabt hast. Aber wenn ich doch auf ir-

gendeine Weise das, was ich gelernt habe, weitergeben könnte! Lieber Gott, gerade jetzt, zum Schluß, habe ich noch so vieles gelernt. Ich würde mich gerne mit Karkow unterhalten. In Madrid. Über die Hügel weg und in die Ebene hinunter, aus den grauen Felsen, von den Kiefern, dem Heidekraut und dem Ginster in die Ebene hinunter, und dort, jenseits des braunschimmernden Hochplateaus, siehst du Madrid sich erheben, weiß und schön. Das ist kein Schwindel, das ist ebenso wahr wie Pilars Geschichte von den alten Weibern, die unten am Schlachthaus das Blut der geschlachteten Tiere trinken. Es gibt nicht nur *eines,* das wirklich da ist. *Alles* ist da. So wie die Flugzeuge schön anzusehen sind, ob es nun die unseren sind oder die des Feindes. Was zum Teufel! dachte er.
Sachte, sachte jetzt! Leg dich jetzt hin, solange noch Zeit ist. Hör mal, noch eins! Erinnerst du dich? Pilar und die Hand? Glaubst du an dieses Scheißzeug? Nein, sagte er. Trotz allem, was passiert ist? Nein, ich glaube nicht daran. Sie hat sich heute früh sehr nett benommen, bevor die Sache losging. Sie hatte Angst, ich würde vielleicht daran glauben. Nein, ich glaube nicht daran. Aber sie glaubt daran. Diese Menschen sehen etwas. Oder sie fühlen etwas. Oder sie wittern etwas. Wie ein Jagdhund. Wie ist das mit den übersinnlichen Wahrnehmungen? Mist! sagte er. Sie wollte mir nicht adieu sagen, dachte er, weil sie wußte, daß dann Maria sich nicht würde losreißen können. Diese Pilar! Dreh dich jetzt um, Robert Jordan. Aber er zögerte noch.
Dann fiel ihm ein, daß er das kleine Fläschchen in der Hüfttasche hatte, und er dachte: Ich werde einen tüchtigen Schluck von dem Riesentöter nehmen, und dann werde ich's versuchen. Aber als er nach der Flasche tastete, war sie weg. Jetzt fühlte er sich um so einsamer, da er wußte, daß ihm nicht einmal das mehr geblieben war. Ich glaube, damit habe ich gerechnet, sagte er.
Glaubst du, Pablo hat sie dir weggenommen? Sei nicht dumm! Du hast sie wohl an der Brücke verloren. Vorwärts jetzt, Jordan! Rumgedreht!

Dann packte er mit beiden Händen sein linkes Bein und zerrte es stramm gegen den Fuß hin, während er sich neben dem Baum, an dem er gelehnt hatte, auf die Erde legte. Dann, flach ausgestreckt und fest an dem Bein zerrend, um zu verhindern, daß die Bruchkante des Knochens nach oben rutsche und die Haut durchstoße, drehte er langsam seinen Rumpf, bis sein Hinterkopf der Straße zugekehrt war. Dann, das gebrochene Bein mit beiden Händen festhaltend, stemmte er die Sohle des rechten Fußes gegen den Rist des linken und drückte hart dagegen, während er sich schwitzend auf den Bauch wälzte. Er stemmte sich auf den Ellbogen hoch, faßte dann wieder mit beiden Händen das linke Bein, streckte es lang hinter sich, mit dem rechten Fuß nachstoßend, und da lag er nun. Er betastete mit den Fingern die linke Hüfte. Alles in Ordnung. Der Knochenrand hatte nicht die Haut durchbohrt und war jetzt in den Muskel eingebettet.

Der Hauptnerv muß zerstört worden sein, als der verdammte Gaul über mir zusammenstürzte, dachte er. Es tut wirklich nicht weh. Außer jetzt, bei gewissen Bewegungen. Wenn der Knochen eine empfindliche Stelle trifft. Siehst du? sagte er. Siehst du, was es heißt, Glück zu haben? Du hast den Riesentöter gar nicht gebraucht.

Er langte nach dem Schnellfeuergewehr, nahm das Magazin heraus, holte ein gefülltes Magazin aus der Tasche, öffnete den Verschluß und visierte durch den Lauf, setzte das frische Magazin ein, bis die Feder einschnappte, und blickte dann den Hügelhang hinunter. Vielleicht noch eine halbe Stunde, dachte er. Nur ruhig!

Dann blickte er zu den Bergen hinüber, betrachtete die Kiefern und bemühte sich, sein Denken auszuschalten.

Er sah den Fluß, er erinnerte sich, wie kühl es im Schatten unter der Brücke gewesen war. Wenn sie nur schon kämen! dachte er. Ich möchte, wenn sie kommen, meine fünf Sinne beisammen haben.

Wer, meinst du, hat es leichter? Der, der an Gott glaubt, oder der, der es einfach hinnimmt? Der Glaube ist tröstlich, *wir* aber

wissen, daß wir uns vor nichts zu fürchten brauchen. Schlimm ist's nur, wenn es lange dauert und so weh tut, daß man die Haltung verliert. Darin hast du Glück, verstanden? Das alles bleibt dir erspart.
Wunderbar, daß sie davongekommen sind! Jetzt ist mir alles egal. Es *ist* doch irgendwie so, wie ich sagte. Wirklich! Denk dir nur, wie anders es wäre, wenn sie jetzt alle dort auf dem Hügelhang lägen, wo der tote Gaul liegt. Oder wenn wir alle hier beisammenhockten und auf das Ende warteten. Nein. Sie sind weg. Wenn bloß noch der Angriff glücken würde! Was verlangst du? Alles. Ich verlange alles, und ich nehme, was ich kriege. Wenn *dieser* Angriff nichts taugt, wird der nächste glücken. Ich habe gar nicht bemerkt, ob die Flugzeuge zurückgekehrt sind. *Mein Gott, was für ein Glück, daß ich Maria bewegen konnte, mit den anderen mitzugehen!*
Gern würde ich Großvater diese Geschichte erzählen. Ich möchte wetten, *er* mußte nie hinübergehen und seine Leute aufstöbern und eine solche Sache inszenieren. Woher weißt du das? Vielleicht hat er es fünfzigmal gemacht. Nein, sagte er. Nicht übertreiben! So was macht man nicht fünfzigmal. Fünfmal wäre schon zuviel. Vielleicht kein einziges Mal – nicht genau dasselbe wie hier. Aber doch! Auch andere müssen das schon gemacht haben.
Wenn sie jetzt bloß kämen! dachte er. Möglichst schnell, denn das Bein beginnt weh zu tun. Wahrscheinlich die Schwellung.
Alles ging so wunderbar, als das Dreckding uns erwischte, dachte er. Aber ein Glück, daß es nicht schon früher passiert ist, als ich noch unter der Brücke saß! Wenn eine Sache von Anfang an nicht stimmt, dann *muß* was passieren. Als Golz seine Befehle erhielt, warst du, Robert Jordan, verratzt. Das hast du genau gewußt, und das hat wahrscheinlich auch Pilar empfunden. Aber später einmal wird man solche Sachen besser organisieren. Wir müßten tragbare Kurzwellensender mithaben. *Ja, es gibt noch so manches, was wir haben müßten.* Ich müßte auch ein Ersatzbein bei mir haben.

Er mußte lächeln, aber der Schweiß brach ihm aus allen Poren, weil das Bein, dessen Hauptnerv im Sturz beschädigt worden war, heftig zu schmerzen begann. Sie sollen doch endlich kommen! sagte er. Ich möchte nicht dasselbe machen wie mein Vater. Wenn es sein muß, gut, aber ich möchte es mir ersparen. Ich bin dagegen. Denk nicht darüber nach! Du sollst überhaupt nicht nachdenken. Wenn bloß die verfluchten Hunde schon kämen! Ich kann es nicht mehr erwarten.

Das Bein tat ihm jetzt sehr weh. Der Schmerz war ganz plötzlich gekommen, mit der Schwellung, nachdem er sich bewegt hatte, und er sagte: Vielleicht soll ich es jetzt doch machen! Schmerzen aushalten ist nicht meine starke Seite. Hör mal, wenn ich es jetzt mache, wirst du mich doch nicht mißverstehen, oder? *Mit wem redest du?* Mit niemandem. Wahrscheinlich mit Großvater. Nein. Mit niemandem. Verdammt noch mal, wenn sie bloß kämen!

Hör mal, ich werde es vielleicht machen müssen. Wenn ich nämlich ohnmächtig werde, kann ich nichts ausrichten, und wenn sie mich dann wieder ins Bewußtsein zurückrufen, werden sie mich ausfragen und alle möglichen Sachen machen, und das hat keinen Zweck. Dem soll man sich lieber nicht aussetzen. Wär's also nicht das beste, es jetzt einfach zu machen, und dann ist die ganze Geschichte vorbei? Weil . . . Oh, hör zu, ja, hör zu, *laß sie doch endlich kommen*!

Du hältst dich gar nicht besonders, Jordan, sagte er. Gar nicht besonders. Wer hält sich denn besonders gut? Ich weiß es nicht, und es ist mir auch ganz egal, aber *du* hältst dich nicht besonders. Das stimmt. Ganz und gar nicht. Ganz und gar nicht. Warum soll ich es jetzt nicht machen? Glaubst du nicht, daß es das beste wäre?

Nein, nein. Noch kannst du etwas ausrichten. Solange du dir im klaren bist darüber, was du zu tun hast, *mußt* du es tun. Solange du nicht die Besinnung verlierst, mußt du warten, bis es an dich herankommt. *Vorwärts! Sie sollen kommen! Sie sollen kommen! Sie sollen kommen!*

Denk an die anderen, die entwischt sind, dachte er. Denk daran, wie sie durch den Wald reiten. Denk daran, wie sie über einen Bach reiten. Denk daran, wie sie durch das Heidekraut reiten. Denk daran, wie sie den Abhang hinaufreiten. Denk daran, daß sie heute abend in Sicherheit sind. Denk daran, daß sie die ganze Nacht hindurch weiterreiten. Denk daran, wie sie sich morgen verstecken werden. Denk an die anderen. Gott verdamm mich, denk an die anderen! *Jetzt geht's nicht mehr weiter,* sagte er sich.

Denk an Montana. *Ich kann nicht.* Denk an Madrid. *Ich kann nicht.* Denk an einen Schluck kalten Wassers. *Gut.* Genauso wird es sein. Wie ein Schluck kühlen Wassers. *Du lügst.* Es wird ein Nichts sein. Nichts weiter als ein Nichts. Einfach ein Nichts. Dann mach es doch! *Mach* es! Mach es jetzt gleich. Warum denn nicht? Los, mach es. *Nein, du mußt warten.* Worauf? Das weißt du ganz genau. *Also warte!*

Ich kann jetzt nicht länger warten, sagte er. Wenn ich noch länger warte, werde ich ohnmächtig. Das weiß ich, denn ich bin jetzt schon dreimal nahe daran gewesen und habe mich gerade noch beherrscht. Gerade noch beherrscht. Aber ich weiß nicht, wie es weiter sein wird. Weißt du, was ich glaube? Der Hüftknochen hat das Gewebe zerrissen, und jetzt hat eine innere Blutung eingesetzt. Weil du dich umgedreht hast. Deshalb die Schwellung, und das schwächt dich, und deshalb bist du immer drauf und dran, in Ohnmacht zu fallen. Am besten, du machst es jetzt gleich. Wirklich, ich sage dir, das ist am besten.

Und wenn du wartest und sie auch nur ein Weilchen aufhältst oder bloß den Offizier erledigst, kann das von großer Bedeutung sein. Eine einzige kleine Sache, gut durchgeführt, kann –

Gut, sagte er. Und er lag ganz still und bemühte sich, sein waches Ich festzuhalten, das ihm zu entgleiten drohte, wie zuweilen der Schnee auf einem Abhang unter den Füßen zu entgleiten beginnt, und er sagte sich jetzt ganz ruhig: Ich will durchhalten, bis sie kommen.

Er hatte Glück bis zuletzt, denn jetzt sah er die Reiter aus dem Wald kommen und die Straße überqueren. Sie kamen den

Hang heraufgeritten. Er sah, wie einer der Soldaten neben dem toten Gaul haltmachte und den Offizier anrief, der zu ihm hinüberritt. Er sah, wie sie beide das tote Pferd betrachteten. Sie erkannten es natürlich wieder. Gaul und Reiter waren seit gestern früh vermißt worden.

Robert Jordan sah die Reiter auf dem Hang gar nicht weit mehr von ihm entfernt, und sah die Straße und die Brücke und die lange Kette der Autos. Er war jetzt wieder ganz er selbst, und er betrachtete alles genau und lange. Dann blickte er zum Himmel auf, den große weiße Wolken bedeckten. Er strich mit der flachen Hand über die Kiefernnadeln, auf denen er lag, er betastete die Rinde des Baumes, der ihm Deckung bot.

Dann legte er sich möglichst bequem zurecht, beide Ellbogen in die Erde gestemmt, und der Lauf des Schnellfeuergewehrs ruhte an dem Stamm der Kiefer.

Der Offizier folgte nun langsam den Hufspuren, die Pablos Pferde hinterlassen hatten, und er mußte in einer Entfernung von ungefähr zwanzig Metern an Robert Jordan vorbeikommen. Auf diese Entfernung hin wird es nicht schwierig sein, ihn zu erwischen. Der Offizier, der da herauskam, war Leutnant Berrendo. Er und seine Leute kamen aus La Granja; als die Meldung eintraf, daß der untere Posten angegriffen worden war, waren sie hierher beordert worden. Sie hatten ein scharfes Tempo angeschlagen, hatten dann, weil die Brücke gesprengt war, einen Umweg machen müssen, um ziemlich weit oben die Schlucht zu überqueren und dann in weitem Bogen durch den Wald zu reiten. Ihre Gäule waren schweißbedeckt und ausgepumpt, es bedurfte der Sporen, um sie in Trab zu setzen.

Leutnant Berrendo, den Blick auf die Hufspuren geheftet, kam den Hang heraufgeritten, tiefer Ernst lag auf seinem schmalen Gesicht. Das Schnellfeuergewehr hatte er in der Beuge des linken Arms quer über dem Sattel liegen. Robert Jordan lag hinter dem Baum, hielt den Atem an, behutsam, die Muskeln gespannt, damit seine Hände nicht zitterten. Er wartete, daß der Offizier den sonnigen Waldrand erreichte, wo der grüne Wiesenhang an die ersten Kiefern grenzte. Er fühlte das Pochen seines Herzens an dem Nadelboden des Waldes.

ANHANG

NACHWORT

Eine amerikanische Tragödie

> »Bringen sich viele Männer um, Daddy?«
> »Nicht sehr viele, Nick.«
> »Und Frauen?«
> »Fast nie.«
> »Überhaupt nie?«
> »O doch, manchmal.« (. . .)
> »Ist Sterben schwer, Daddy?«
> »Nein, ich glaube, es ist ziemlich leicht, Nick.
> Es kommt darauf an.«
> Sie saßen im Boot, Nick im Heck; sein Vater
> ruderte. Die Sonne stieg über den Bergen auf.
> Ein Barsch schnellte hoch und machte einen Kreis
> im Wasser. Nick ließ seine Hand im Wasser
> schleifen. Es fühlte sich warm an im schneidenden
> Morgenfrost.
> Am frühen Morgen auf dem See, als er im Heck
> des Bootes seinem rudernden Vater gegenübersaß,
> war er überzeugt davon, daß er niemals sterben
> würde.
>
> Ernest Hemingway: »Indianerlager« (1924)

Oak Park – so heißen Hunde- und Heldenfriedhöfe. Oak Park ist nichts weiter als ein autonomer Vorort von Chicago. Bis heute ist das Städtchen nicht in die Metropole integriert und hat sich seine Eigenständigkeit am Rand bewahrt. Wie um die Jahrhundertwende verläuft das Leben hier vollkommen friedlich. Auf den Straßen steht kein Mensch unnütz herum, selbst die Autos verlieren sich zwischen den viktorianischen Häusern. Wenn in den letzten hundert Jahren ein Haus abgerissen wurde, hat man es im selben finsteren, vielgiebelig verwinkelten Stil wieder aufgebaut.

Wenn überhaupt, fällt Oak Park durch seine Kirchen auf, eine für die Episkopalisten, für die Methodisten, für die Baptisten, für Christian Science und die Unitarier. »Saints' Rest« nannte man den Ort, »Heiligenruh«. Hier, in dieser frommen Umgebung, fernab von den Verlockungen der Weltstadt, die nur wenige hundert Meter weiter beginnt, ist Ernest Hemingway geboren und aufgewachsen. Von einer glücklichen Kindheit hat er nie gesprochen, wohl aber von Oak Park als dem Ort der »beschränkten Köpfe und der großzügigen Rasenflächen«. Hier mußte man nichts wissen von der Welt draußen. Das Elend der Einwanderer, die sich in den Fleischfabriken Chicagos ums Leben brachten, war in Oak Park nicht einmal vom Hörensagen bekannt.

Arzt war der Vater, die Mutter hatte als Sängerin dilettiert, und wenn man den neueren Biographen trauen darf, hat das schiefe Dreieck Vater-Mutter-Kind nicht bloß den Vater, sondern auch den Sohn zerstört. In der Erzählung *Indianerlager* wird Nicks Vater zu einer Geburt gerufen. Während er die Mutter durch Kaiserschnitt von ihrem Kind entbindet, liegt in der Koje darüber der Mann der Wöchnerin und verblutet unbemerkt. Er hat sich mit einem Rasiermesser die Kehle durchgeschnitten. Die Erzählung wurde zwar schon 1924 veröffentlicht, aber sie verweist ungewollt auf den Selbstmord von Hemingways Vater. 1928 erschoß sich der Arzt Clarence Hemingway mit seinem vom eigenen Vater geerbten Revolver, weil er sich finanziell ruiniert glaubte und weil bei ihm verspätet eine Zuckerkrankheit diagnostiziert worden war.

Die Witwe schickte dem erstgeborenen Sohn auf dessen Wunsch die Selbstmordwaffe nach Florida (und packte einen Schokoladenkuchen dazu); Ernest Hemingway transportierte den Revolver durch halb Nordamerika und versenkte ihn feierlich in einem Bergsee in Wyoming. Später schworen sich er und sein erstgeborener Sohn Jack ebenso feierlich, sich niemals umzubringen.

Der Arzt Hemingway hatte sich als Feigling erwiesen, und sein Sohn wollte es sich auf keinen Fall so leicht machen. Dennoch brachte er sich schließlich doch um, aus (unbegründeter) Sorge um seine Finanzen und unter dem Druck einer unheilbaren Krankheit (Depression). Umgebracht haben sich ferner seine Lieblingsschwester Ursula (1966), sein ihn in vielem imitierender Bruder Leicester (1982) und seine Enkelin Margaux (1996).

Hemingways Freitod war die letzte Konsequenz eines Schriftstellerlebens, in dem kein Klischee fehlte: Frauen, Saufen, Raufen, Bewährung im Krieg und auf der Jagd, Aufstieg aus dem Nichts bis zum Nobelpreis, Abstieg in Schreibunfähigkeit und Paranoia. Kaum jedoch war der große Jäger tot, wurde er auch schon ausgeweidet, bis von seinem Werk nichts, aber auch gar nichts mehr übrig blieb. Seine Bücher, die einst mit fast religiöser Ehrfurcht gelesen wurden, waren plötzlich wertlos geworden, sentimentales Gestammel, in ihrer Schlichtheit gerade gut genug, um mit ihnen Englisch als Fremdsprache zu erlernen. »Kinderliteratur«, höhnte Vladimir Nabokov.

Der Mythos hatte abgedankt, das Modell war nicht mehr gefragt, auch wenn Hemingway eine allseits beneidete Schriftstellerexistenz geführt hatte. Die feministisch inspirierte Literaturwissenschaft denunzierte ihn als sexistisch und machohaft, die Klügeren entdeckten in seinen gewalttätigen Konfliktlösungen einen keineswegs latenten Faschismus. Der einst weltbewegende Autor hatte nichts mehr zu melden. Man mußte sich fast schämen, wenn man ihn trotzdem las.

Und plötzlich war er wieder da, wenn auch verändert, modernisiert. »Es ist gut möglich«, hatte Norman Mailer schon 1962 überlegt, »daß er ein Unmaß von Angst mit sich herumschleppte, wie es jeden anderen erdrückt hätte.« Seit Ende der achtziger Jahre erscheint eine Biographie nach der anderen über ihn. Hemingway wird strukturalistisch, feministisch, politisch und natürlich psychoanalytisch durchleuchtet. Besonders seit Kenneth S. Lynns Buch gilt als erwiesen, daß

Hemingway ein Opfer seiner gestörten Geschlechtsidentität war. Schuld daran war natürlich die übermächtige Mutter, die den armen Knaben in Mädchenkleider steckte. Die »dunkle Königin in Hemingways Welt« sorgte dafür, daß ihr erster Sohn wie ein Zwilling der eineinhalb Jahre älteren Marcelline aufwuchs.

In der glasklaren Heiterkeit der eingangs zitierten Idylle fehlt jene Person, die das ödipale Dreieck erst vervollständigt: Grace Hall Hemingway. Ein Gedicht aus dem Jahr 1928 drückt wenigstens einen Teil der überschwenglichen Gefühle aus, die der Sohn der Mutter entgegenbrachte: *»But we / Who have killed other men, / Have fought in foreign wars, / Buried our friends, / Buried our fathers, when these did shoot themselves for economic reasons- / An American gesture to replace bare bodkins with the Colt or Smith and Wesson / We know our mothers for bitches . . .«*

Hemingway bezeichnete seine Mutter lebenslang als *bitch*, er machte sie für den Selbstmord seines Vaters und indirekt auch für sein eigenes Unglück verantwortlich. Endgültig zerstört wurde die Beziehung zwischen Mutter und Sohn durch einen Scheidebrief, mit dem ihn Grace Hemingway an seinem 21. Geburtstag aus dem Haus trieb. 1920 hatte Hemingway bereits als Polizeireporter in der Gangster-Stadt Kansas City gearbeitet, war als Rotkreuzfreiwilliger nach Italien gegangen und an der Front verwundet worden. Als strahlender Weltkriegsheld war er nach Oak Park zurückgekehrt. Ein Stöckchen in der Hand und ein in Mailand maßgefertigtes Cape um die Schultern spazierte er herum, berichtete vor Hausfrauen über seine Fronterlebnisse, zeigte aber keinerlei Lust, demnächst irgendeiner nützlichen Tätigkeit nachzugehen. Grace wollte das nicht länger dulden. »Wenn sich deine Vorstellungen und Ziele geändert haben, wird dich deine Mutter mit offenen Armen aufnehmen, sei es in dieser oder der nächsten Welt«, tremolierte sie zum Abschied.

Hemingway gehorchte, ging nach Chicago, wo er die acht Jahre ältere Hadley Richardson kennenlernte, die er ein Jahr nach der Vertreibung aus dem Elternhaus heiratete, um anschließend gemeinsam mit ihr aus der beschädigten Kindheit (Hadleys Vater hatte sich umgebracht) nach Europa zu fliehen. »*I want a hero!*« fast genau hundert Jahre zuvor hatte Byron (am Anfang seines »Don Juan«) nach einem Helden gerufen: Jetzt war er da, der Byron des 20. Jahrhunderts. Ausgerüstet mit einem Empfehlungsschreiben von Sherwood Anderson, ließ sich das junge Paar in Paris nieder und fand sogleich Anschluß an die anderen Amerikaner. Hier residierten bereits Gertrude Stein und Djuna Barnes, Ezra Pound und Scott Fitzgerald. Rasch avancierte Hemingway zum Lieblingskind dieser selbstexilierten Avantgarde, die um den großen Olympier James Joyce kreiste. In ihren Erinnerungen amüsiert sich Gertrude Stein über den hereingeschneiten Naiven, der noch von nichts weiß: »Es schmeichelt einem, wenn man einen Schüler hat, der es kann, ohne zu verstehen, was er da macht.«

Hemingway war für die Pariser Intellektuellen der Junge vom Land, das machte seinen Charme aus, das war seine Tarnkappe. Lerneifrig nahm er auf, was man ihm vorgab. Achtzehn Monate soll Ezra Pound über seinem Métro-Zweizeiler gegrübelt haben (»*The apparition of these faces in the crowd;/Petals on a wet, black bough.*«), aber Hemingway fiel dieser distanzierte, präzise Stil fast von allein zu. Seine Sätze waren vollkommen neu, weil sie das Selbstverständliche beschrieben, als wäre es die größte Sensation.

Vor allem hatte Hemingway etwas völlig Neues erfunden, daß man nämlich schreiben und dennoch ein Mann sein konnte. Mit wahrer Verzweiflung wollte er der *he-man* bleiben, zu dem ihn sein Vater bei Ausflügen in die Wälder Michigans erzogen hatte. Doch mit dem gleichen Eifer verfolgte er seine Karriere als Autor im Kreis der ästhetischen Moderne. Diese widerstreitenden Interessen brachte er am ehesten im Schreiben über Abenteuer zusammmen, wenn er in seinem »männlichen« Stil männliche Tätigkeiten wie den Stierkampf, die Jagd und immer wieder den Krieg schildern konnte.

Nicht mit seinen Kurzgeschichten, sondern mit seinem ersten Roman wurde Hemingway bekannt. *Fiesta* (1926) sammelte einfach Fakten, zählte mehr auf, als daß tatsächlich etwas erzählt würde. Jake Barnes berichtet die Ereignisse aus Paris, Pamplona und Madrid mit der gleichen Teilnahmslosigkeit, mit der er seine Kriegsverletzung erwähnt, die es ihm unmöglich macht, mit der geliebten Brett zu verkehren. Dieser Eunuchenblick, nämlich bei allem dabei zu sein, ohne daran teilzunehmen, wurde bald Hemingways Markenzeichen. Er wirkte vielleicht naiv, aber er wußte, was er schrieb. In einer poetologischen Passage vergleicht Barnes seine neue, hier durch Alkohol induzierte Wahrnehmung mit einem Erlebnis aus seiner Kindheit. Er war von einem auswärtigen Footballspiel zurückgekehrt, bei dem er einen Schlag auf den Kopf erhalten hatte. Jetzt kommt ihm selbst die Stadt, in der er sein ganzes Leben verbracht hat, völlig neu vor: »Sie rechten den Rasen und verbrannten Laub an der Straße, und ich blieb stehen und sah zu. Es war alles seltsam. Dann ging ich weiter, und meine Beine schienen weit weg zu sein, alles schien von sehr weit weg zu kommen, und in großer Entfernung konnte ich meine Beine gehen hören.«

Das ist die Beschreibung eines Schocks. Hemingway hatte, wenigstens am Rande, den Weltkrieg miterlebt, er war verwundet worden, und sein Schock traf sich mit der Wahrnehmung der Modernisten. Was reflektiertere Schriftsteller wie Eliot oder Joyce oder Ford Madox Ford als Entfremdung mehr erdacht als erlebt hatten, war für den halben Wildling ein authentisches Erlebnis. Seine kristallklare, gefühllose Wahrnehmung tauchte als neue Schreibweise etwa zur gleichen Zeit auf wie der Behaviorismus. Wie sich für seinen Begründer John B. Watson alle Kausalität erübrigt hatte, weil es nur mehr darauf ankam, Handlungen zu registrieren, so hat sich für Hemingway neben der Psychologie auch der Stil erübrigt. Daher seine reduzierte Wahrnehmung, seine kinderleichten Sätze.

Umsonst sind diese nicht zu haben. Sie erfordern einen Blick, wie es bei Kleist heißt, »als ob einem die Augenlider weggeschnitten wären«. Mit dieser völlig neuen Seh- und Schreib-

weise zeigte Hemingway genau jenen destruktiven Charakter, von dem Walter Benjamin schrieb, er kenne nur eine Parole: »Platz schaffen; nur eine Tätigkeit: räumen. Sein Bedürfnis nach frischer Luft und freiem Raum ist stärker als jeder Haß.« Allerdings meinte Benjamin auch: »Der destruktive Charakter lebt nicht aus dem Gefühl, daß das Leben lebenswert sei, sondern daß der Selbstmord die Mühe nicht lohnt.«
In Paris ereignete sich so einer der raren Momente in der neueren Kunst, wo sich in den ersten Erzählungen und in seinem Roman *Fiesta* die Linien des Populären und der Avantgarde kreuzten. Hemingway hatte scheinbar interesselos aufgeschrieben, was er gesehen hatte, und damit eine neue Schreibweise gefunden. In ihrer Einfachheit war sie allerdings im Nu kopiert und überholt. Da er seine Methode nur verfeinern, aber nicht ändern konnte, blieb ihm nichts anderes übrig, als in den folgenden Büchern sein eigener Epigone zu werden.
Das andere, das für den kommerziellen Erfolg Hemingways entscheidende Ingrediens dieser neuen Prosa war ihre Exotik. Hemingway schrieb für seine Freunde aus der sogenannten *lost generation* (die sich in den Figuren wiedererkannten und dem Autor entsprechend böse waren), aber dann auch für die Daheimgebliebenen, die selber gern die Welt, also Europa, gesehen hätten. Auf Jahrzehnte prägte Hemingway das amerikanische Bild von Europa, wo die Spanier gastfrei sind, weil sie einen ständig zum Mittrinken einladen, und die Franzosen käuflich, weil mit Trinkgeld zu bestechen.
Er sagte denen daheim im Mittleren Westen, daß das Abenteuer an den baskischen Flüssen und in den österreichischen Bergen warte und nicht etwa im Schatten der Kirche, dem er eben noch entkommen war. So wurde der Schriftsteller zum *tour guide*, der 1953, als er nach fast zwanzig Jahren wieder zum Stierkampf nach Pamplona wollte, in der ganzen Stadt kein Zimmer mehr finden konnte. Hemingway hatte die Stadt und ihre Fiesta so berühmt gemacht, daß sie inzwischen den Touristen gehörten.

Es fiel ihm nicht schwer, andere dafür verantwortlich zu machen. »Dann sind die Reichen da, und nichts ist je wieder so, wie es war.« Die Reichen haben alles verdorben. Reich war Pauline Pfeiffer, die er nach der Scheidung von Hadley heiratete. Mit Pauline ging er nach Afrika auf Safari, mit ihr ließ er sich in Key West nieder. Aber es half nichts: Seit 1930 war er ständig auf der Flucht vor dem auch von ihm begründeten Tourismus der Reichen. Deshalb fand er es auch richtig, daß ihm Paulines Onkel Gus die halbwegs unberührte Natur finanzierte, auf die er Anspruch zu haben glaubte.

Zu Hause spielte der Abenteurer Hemingway wenigstens den Sportsmann. Irgendwann war aber auch der größte Fisch gefangen und jeder Lektor in New York zum Boxkampf herausgefordert worden. Da brach zum Glück für den unruhigen Krieger in Europa ein neuer Krieg aus. Am 18. Juli 1936 hatte der General Francisco Franco gegen die demokratisch gewählte spanische Volksfrontregierung geputscht. Die rechte Propaganda lautete, daß in Madrid Moskauer Kommunisten die Macht übernommen hätten. Tatsächlich ist vor dem Putsch nicht der geringste sowjetische Einfluß nachzuweisen. Allerdings hatten die einander rasch abwechselnden republikanischen Regierungen begonnen, die verspätete Feudalherrschaft von katholischer Kirche und Großgrundbesitzern zu beenden. Besonders im Süden Spaniens waren Kirchen geplündert und Priester grausam umgebracht worden. Nach eigenem Verständnis unternahm Franco also keinen Staatsstreich, sondern begab sich auf einen Kreuzzug. Da er nach Afrika verbannt war, brauchte er Flugzeuge und Schiffe zum Übersetzen nach Spanien. Die Deutschen und die Italiener boten Waffenhilfe an. Ein Bürgerkrieg begann, der den beiden faschistischen Staaten Gelegenheit bot, die neueste Militärtechnik zu erproben. Ohne deutsche Flugzeuge, ohne italienische Truppen und Waffen hätten die Nationalisten Francos den Bürgerkrieg nicht gewinnen können. Während sich die Westmächte sämtlich für neutral erklärten und nicht in den Bürgerkrieg eingreifen wollten, schickte die Sowjetunion militärische und politische Berater. Stalins Interesse an Spanien war offenbar gering; die Waffen, die schließlich geliefert wurden, waren veraltet und mußten außerdem mit dem spanischen Staatsschatz bezahlt werden.

Dafür strömten aus ganz Europa insgesamt etwa vierzigtausend Freiwillige nach Spanien, die dort den Faschismus aufhalten wollten, der in Deutschland, Portugal und Italien bereits die Macht ergriffen hatte und zumindest in Frankreich und England eine gewisse Attraktivität besaß. Vor allem Schriftsteller begeisterten sich für die *causa*, für die Sache der Republikaner. »Als am 18. Juli die Kämpfe ausbrachen«, schrieb George Orwell später, »verspürte wahrscheinlich jeder Antifaschist in Europa einen Hoffnungsschauer.« Gustav Regler, Ludwig Renn, Arthur Koestler, George Orwell, André Malraux, Ilja Ehrenburg, John Dos Passos, W. H. Auden und viele andere zogen nach Spanien, um mitzukämpfen oder wenigstens über die heldenhafte Verteidigung der Republik zu berichten. Wer halbwegs bei Verstand und nicht gerade Mitglied einer kommunistischen Agitprop-Einheit war, konnte zumindest sehen, wie erfolgreich sich die verschiedenen linken Splittergruppen zerfleischten. In Moskau erreichten 1937 die Säuberungen ihren Höhepunkt. Stalin sorgte dafür, daß seine Kommissare in Spanien Erschießungen hinter den Linien vornahmen. Wenn sie zurück nach Moskau kamen, wurden sie meist selber erschossen. In Spanien wurde ausprobiert, was menschenmöglich war: Die deutsche Legion Condor bombardierte zu Übungszwecken die baskische Stadt Guernica. Die Falangisten massakrierten Zivilisten, die republikanischen Truppen benahmen sich auch nicht edelmütiger. Als Franco im Frühjahr 1939 seinen Sieg verkündete und den Krieg für beendet erklärte, war das Vorspiel zu Ende: der Zweite Weltkrieg konnte beginnen.

Auch wenn er gemeinhin als unpolitisch gilt, wußte Hemingway genau, was in Spanien vor sich ging. »Dort sehen wir die Kostümprobe für den unausweichlichen europäischen Krieg«, schrieb er am 9. Februar 1937 an seine Schwiegereltern. »Ich möchte Kriegsreportagen gegen den Krieg schreiben, damit wir nicht hineingezogen werden, wenn es soweit ist.« Das war zwar der vertraute großspurige Ton, aber Hemingway hatte recht. Zweieinhalb Wochen später bestieg er als Korrespondent der North American Newspaper Alliance (NANA) das Schiff nach Europa.

Insgesamt viermal reiste Hemingway zum Spanischen Bürgerkrieg. Er schrieb den Text für Joris Ivens' Dokumentarfilm *The Spanish Earth,* sammelte in New York und Hollywood Geld für die Republik, hielt sogar eine Rede in der Carnegie Hall, die mit dem Satz endete: »Ein Schriftsteller, der nicht bereit ist zu lügen, kann unter dem Faschismus nicht leben und arbeiten.« Bis heute ist umstritten, wie weit sich der berühmte Autor im Interesse der *causa* von den russischen Kommissaren hat benutzen lassen. Sie stellten ihm Autos, Benzin, Verpflegung und Pässe zur Verfügung, er wurde auf die Schlachtfelder gefahren und durfte bei Offensiven dabei sein. Er schrieb sogar einen Artikel für die *Prawda.*

Die Depeschen, die er vom Kriegsschauplatz schickte, waren weder objektiv noch gaben sie die Verhältnisse wieder: scham- und bedenkenlos unterstützte Hemingway die republikanische *causa.* Als Kriegsberichterstatter, als Journalist mag er versagt haben, nicht aber als Romancier. Denn in Spanien traf Hemingway auch den kalifornischen Wirtschaftswissenschaftler Robert Merriman, der inzwischen als Major im amerikanischen Abraham-Lincoln-Battalion kämpfte. Ein Jahr später verschwand Merriman in der Nähe von Cobrera spurlos. Merriman wurde das Vorbild für den Spanischdozenten Robert Jordan in *For Whom the Bell Tolls.* Dessen Auftrag lautet, sich in den Bergen einer buntgewürfelten Guerillatruppe anzuschließen und eine Brücke zu sprengen, um eine loyalistische, also eine Offensive der Republikaner zu unterstützen. Diese Offensive wird vorzeitig verraten, die Sprengung ist sinnlos, weil die Gegner längst auf das Vorhaben reagiert haben, aber Robert Jordan führt sie dennoch aus, um wenigstens persönlich die Tapferkeit zu beweisen, die er auf seiner, der guten Seite nicht überall antrifft. Kriegshistoriker haben herausgefunden, daß diese Offensive am 31. Mai 1937 stattfand und ihr Scheitern zur endgültigen Niederlage der Republikaner zwei Jahre später beitrug.

Selten wird man in Hemingways Werk eine so rein heldenhafte Szene finden wie die sinnlose Verteidigung El Sordos und seines Zigeunerhaufens. Unzureichend bewaffnet und nur mit einem naiven Verständnis von Gut und Böse ausgerüstet, halten sie – fast eine Legende aus dem amerikanischen Wilden Westen – eine Zeitlang ihren Hügel gegen die royalistischen Angreifer und versuchen sogar, den bombenwerfenden Flugzeugen zu trotzen. Natürlich erliegen sie der Übermacht. Wie in der klassischen Tragödie wird die letzte Abscheulichkeit dieses Kampfes durch einen Boten berichtet: Die Monarchisten haben den Zigeunern die Köpfe abgeschnitten.

Doch was nützt all der Heldenmut, wenn es selbst den Streitern für die *causa* an moralischen Grundsätzen gebricht? Früh im Buch stimmt Hemingway seine Leser auf die *causa* als eine längst verlorene Sache ein, weil auch die Loyalisten Barbaren sind. Mit peinigender Gründlichkeit wird geschildert, wie die Sieger die Faschisten und Honoratioren einer eroberten Kleinstadt zum Spießrutenlaufen zwingen, sie demütigen und schließlich über eine Klippe jagen. Wer so unmännlich kämpft, wird schließlich verlieren. Was Hemingway dann noch andeutet über die blutigen Fraktionskämpfe hinter den Linien, den Versuch der Sowjetkommissare, die Revolution in Spanien zu verhindern und die linke Bewegung zu übernehmen, läßt einen schnell begreifen, warum *Wem die Stunde schlägt* in den Ostblockländern nicht veröffentlicht wurde.

Ernest Hemingway hat nie einen Roman geschrieben, der auf dem amerikanischen Festland spielt. Seine Schauplätze mußten exotisch sein, wie frisch entdeckt für die Leser daheim. Nur einmal, nämlich in *Wem die Stunde schlägt,* hat sich Hemingway für die USA und ihre Geschichte interessiert. Der Spanische Bürgerkrieg ist ihm und Robert Jordan Anlaß für Reflexionen über den Amerikanischen Bürgerkrieg 75 Jahre zuvor. Jordans Großvater hat wie der Hemingways diesen angeblich letzten guten Krieg mitgemacht. »Du hast seit deiner frühesten Jugend militärische Fragen studiert«, räsonniert Genosse Dynamiter Robert Jordan, »seit dein Großvater dich mit dem amerikanischen Bürgerkrieg bekannt gemacht hatte«. Auch wenn General Grant bei seinen legendären Schlachten betrunken gewesen sein soll, ein Verräter war er nicht und erst recht kein Feigling. Seit Pablo nur noch trinkt, defätistisch wird und dann auch noch mit den Zündkapseln abhaut, kommen Jordan alle Spanier wie Verräter vor. Sie sind grausam, ehrlos und das Gegenteil jener Idealisten, für die der frühe Hemingway und der gleichnamige politische Journalist sich so leicht entzündeten. In Spanien, wo er trotz seiner Begleitung, trotz der Liebesgeschichte mit Maria, auf sich allein gestellt ist und den einsamen Kampf für die *causa* kämpft, kann Jordan endlich den Schatten seines Vaters exorzisieren.

Schon bald nach ihrer Begegnung erzählt Jordan Pilar vom Selbstmord seines Vaters: »Darf man fragen, wie er starb?« – »Er hat sich erschossen.« – »Um der Folter zu entgehen?« fragte die Frau. »Ja«, sagte Robert Jordan. »Um der Folter zu entgehen.« Das ist natürlich gelogen. Sein Vater war kein Ehrenmann: »Ich werde nie vergessen, wie widerlich es war, als ich zum erstenmal merkte, daß er ein *cobarde* war. Los, sag es in deiner Muttersprache. Feigling! Man fühlt sich erleichtert, wenn man es ausgesprochen hat...« Die Rede ist natürlich von Hemingways eigenem Vater, der, »wenn er kein Feigling gewesen wäre, es mit dem Weibsbild aufgenommen und sich nicht von ihr tyrannisieren lassen« hätte. Er selber wird zwar sterben, aber er wird sich nicht umbringen. Am Ende stellt Robert Jordan die verlorene Ehre der Familie wieder her, als er verwundet und ganz allein die angreifenden Royalisten erwartet. In Spanien, Feindesland und historischer Boden gleichzeitig, konnte Hemingway diesen Krieg gegen seinen Vater und gegen seine Mutter, gegen Oak Park und das schlechte Amerika eben noch gewinnen.

Dorothy Parker, die Hemingway einst in einem Gedicht als »tragische Poetin« verspottet hatte, feierte den Roman *Wem die Stunde schlägt* als »Everest«. »Viele haben über Sex geschrieben und sind dabei reich und fett und blaß geworden. Niemand kann so wie Hemingway über das Zusammensein von Mann und Frau schreiben.« Edmund Wilson jubelte: »Der Künstler Hemingway ist wieder da; es ist, als wäre ein alter Freund zurückgekehrt.« Und Graham Greene erklärte: »Der Bericht ist wahrhaftiger als Geschichtsschreibung, weil er sich mit den Gefühlen der Menschen beschäftigt, damit, wie häßlich ihr Idealismus ist, und wie sich Zynismus und Eifersucht selbst in die hehrsten Anliegen mischen.« *Wem die Stunde schlägt* erschien, mit einer Widmung für Martha Gellhorn, Ende Oktober 1940, wurde im November »Buch des Monats« und dann der größte Bucherfolg seit *Vom Winde verweht* (1936). Ende 1943, als auch der Film angelaufen war, hatte sich das Buch in den USA und Großbritannien fast neunhunderttausendmal verkauft. Für die Filmrechte bezahlte Hollywood den bis dahin höchsten Preis, 100 000 Dollar. Hemingway selber schlug Gary Cooper als Hauptdarsteller vor. Als ihm Max Perkins eine Filmkritik schickte, konnte Hemingway nur inbrünstig erhoffen, daß man ihn nie zwingen würde, sich diesen Film anzusehen.

Dennoch wurde der Roman durch das Liebespaar Gary Cooper/Ingrid Bergman erst recht weltberühmt. Inzwischen war auch der Autor so notorisch, daß Robert Capa von der Zeitschrift *Life* mit dem Auftrag nach Sun Valley geschickt wurde, den frischvermählten Hemingway mitsamt seiner dritten Frau Martha Gellhorn zu photographieren. Der Schriftsteller war endgültig zur Medienfigur geworden.

Während ihm das Schreiben immer schwerer fiel, erst recht nach der Rückkehr aus seinem Zweiten Weltkrieg, posierte Hemingway für Magazine und Klatschkolumnisten als der mythische Schriftsteller. Der Nobelpreisträger war sich nicht einmal zu gut dafür, Werbung für Kugelschreiber und Whisky zu treiben. Die fünfziger Jahre steigerten seine Depression. In

Afrika, wo er seine jungen Jahre wiederbeleben wollte, muß seine Krankheit endgültig als unheilbar zum Vorschein gekommen sein. Er überlebte zwei Flugzeugabstürze (einmal versuchte er, die Tür mit dem Kopf aufzusprengen), er stolperte, kaum genesen, in ein Buschfeuer, verletzte sich fast alle inneren Organe. Für die Safari schor er sich den Kopf, machte in Gegenwart seiner inzwischen vierten Frau einer Afrikanerin den Hof, heiratete sie sogar, fand aber trotz dieser lächerlichen Mimikry kein rechtes Gefallen mehr an Afrika. Nicht einmal die Jagd interessierte ihn noch. Lieber vertrieb er sich die Zeit mit Lesen. Der große weiße Jäger hatte an allem die Lust verloren.

Die Wiederholung der spanischen Abenteuer verlief nicht weniger unglücklich. Die USA hatten längst die nationalistische als die eigentliche Regierung Spaniens anerkannt, und schließlich durfte auch der Loyalisten-Sympathisant Hemingway wieder einreisen. Spanien war für ihn nicht wiederzuerkennen, der Stierkampf erschien ihm, was Wunder, kommerzialisiert. Die Sommer von 1959 und 1960 verbrachte er deshalb in panischer Geselligkeit und war meist volltrunken. Hemingway war aufgeschwemmt, träge und unleidlich geworden. Neben den Unfällen, die er auf sich zog und die seine letzten Abenteuer wurden, beherrschten den weltberühmten Autor seine Krankheiten: Hepatitis, Diabetes, Bluthochdruck, Hautkrebs, Arteriosklerose, die Berufskrankheit Alkoholismus – alles nur äußere Anzeichen der tiefen Verzweiflung, in die er abgestürzt war, seit er Weltmeister der Literatur und so gut wie unfruchtbar geworden war.

»In jenen Ausnahmsfällen, wenn die Menschen am Erfolge erkranken, hat die innere Versagung für sich allein gewirkt, ja sie ist erst hervorgetreten, nachdem die äußerliche Versagung der Wunscherfüllung Platz gemacht hat.« In seinem Aufsatz »Die am Erfolge scheitern«, der 1916 in der Zeitschrift *Imago* erschienen ist, hat Sigmund Freud über jene Fälle nachgedacht, in denen die Neurose nicht aus der Versagung, sondern aus der Erfüllung eines Verlangens entsteht. Ob das nun mit seiner Mutter zusammenhängt (wofür es gute Gründe gibt) oder ganz einfach mit dem endlich erlangten Weltruhm, ist hier gleichgültig; es waren in jedem all jene »Gewissensmächte«, von denen Freud meint, daß sie einem »verbieten, aus der glücklichen realen Veränderung der Lage den lange erhofften Gewinn zu ziehen«.

Und damit wurde aus dem Naturburschen zuletzt ein Opfer der Psychiatrie. Hemingway fühlte sich vom Finanzamt und vom FBI verfolgt (letzteres zu Recht, wie man heute weiß), er fürchtete eine plötzliche Verarmung und litt unter Entzugserscheinungen. Unter dem Vorwand, er müsse seinen Bluthochdruck behandeln lassen, brachte ihn sein Hausarzt in die Mayoklinik nach Rochester. Die Ärzte verordneten Elektroschocks, weil sie sich von einer kontrollierten Amnesie die Austreibung der *black-ass thoughts*, die ihn peinigten, versprachen. Tatsächlich verlor Hemingway seine Erinnerung fast vollständig und damit auch jegliches Vertrauen in seine Schreibfähigkeit. Nach einigen Monaten in Freiheit wurde er erneut nach Rochester gebracht, wieder mit Elektroschocks behandelt und dann erstaunlicherweise als geheilt entlassen. Er war noch keine zwei Tage zu Hause, als er sich am 2. Juli 1961 erschoß.

»*We poets in our youth begin in gladness; / But thereof come in the end despondency and madness.*« William Wordsworth, der als Dichter ähnlich rauschhaft und scheinbar naiv begann, endete als reaktionärer Hofpoet. Für Hemingway, den großen Romantiker des 20. Jahrhunderts, schienen wirklich nur mehr »Schwermut und Wahnsinn« übrigzubleiben. »Es sieht dann so aus«, meint Freud, »als ob sie ihr Glück nicht vertragen würden . . .«

Wie jede andere Stadt hat auch Oak Park, Illinois, sein Kriegerdenkmal. Es stammt aus den zwanziger Jahren, ist so heroisch-häßlich wie überall und dient wie überall den Tauben als Ruheplatz. Zu den wenigen Namen, die für den Ersten Weltkrieg verzeichnet sind, hat der Zweite erheblich mehr hinzugefügt, die jener Männer, die Oak Park Village gegen die Deutschen und die Japaner verteidigt haben. Unter den Helden, die ihr Blut für die Heimat vergossen haben, taucht denn auch einer auf, der sein Leben 1961 in Sun Valley in Idaho in die Schanze geworfen hat: E. M. HEMINGWAY. Zu guter Letzt hat Oak Park über den ungeratenen Sohn triumphiert.

Willi Winkler

ANMERKUNGEN

5 »No man is an *Iland*, . . .« stammt aus der »Meditation 17« der 1624 veröffentlichten »Devotions Upon Emergent Occasions« des englischen Dichters John Donne (1572 oder 1573–1631). Donne beschwört die Einheit von Gott und Mensch. Hemingway wurde durch T. S. Eliots Aufsatz »The Metaphysical Poets« (Buchveröffentlichung 1924) auf Donnes Betrachtung aufmerksam. In der Übersetzung von Annemarie Schimmel lauten die Zeilen so: »Kein Mensch ist eine Insel, ganz nur sich selbst gehörig; jeder Mensch ist ein Stück des Kontinents, ein Teil des Ganzen. Wenn ein Erdklumpen von der See weggewaschen wird, so wird Europa ebenso etwas weniger, als wäre es ein ganzes Vorgebirge, ebenso, als wäre es ein Landgut eines deiner Freunde oder dein eigenes: der Tod jedes Menschen vermindert mich, weil ich mit der Menschheit verflochten bin. Deshalb sende niemals Boten aus, um zu erfahren, für wen die Glocke läutet – sie läutet für dich.«

11 *Golz:* Vorbild für diesen »Général Sovietique« (S. 16) war der in Warschau geborene Karol Świerczewski (1897 bis 1947), genannt »General Walter«, der bereits während der Russischen Revolution in der Roten Armee gekämpft hatte. Świerczewski brachte es 1945 in Polen zum Verteidigungsminister und wurde zwei Jahre später von ukrainischen Partisanen ermordet.

14 *Vicente Rojo:* Stabschef der republikanischen Armee (1894–1966).

18 *S. I. M.:* Servicio de Investigación Militar (SIM), der militärische Geheimdienst der republikanischen Armee.

20 *Quevedo:* Francisco Gómez de Quevedo y Villegas (1580–1645), spanischer Satiriker. Hemingway 1952 in

einem Brief an Edmund Wilson: »Wenn Sie die [spanische] Sprache wirklich lernen wollen, können Sie eine Menge überschlagen und gleich mit Quevedo anfangen.« Und im Jahr darauf an Bernard Berenson: »Quevedo kenne ich besser als meinen Bruder.«

94 *Heinkel III* und *Junkers* (S. 95): Mit diesen beiden Flugzeugtypen flog die deutsche »Legion Condor« am 28. April 1937 die Angriffe gegen die baskische Stadt Guernica. Der Kriegsreporter Hemingway befand sich damals mit seiner Freundin Martha Gellhorn auf einem Ausflug in die Guadarrama-Berge. Der Roman »Wem die Stunde schlägt« spielt unmittelbar nach dem Bombardement.

102 *Queipo de Llano:* Gonzalo Queipo de Llano y Serra (1875–1951), General der Nationalisten mit republikanischer Vergangenheit, Minister im Kabinett Francos und berühmter Radiopropagandist. Seine Sendung abends um 10 Uhr wurde auf beiden Seiten der Kampflinien gehört. Sprichwörtlich war sein Versprechen: »Heute abend nehme ich einen Sherry und morgen Málaga.«

115 *Don Juan Tenorio:* Versdrama von José Zorrilla y Moral (1817–1893), 1844 uraufgeführt und »verbindlicher Sozialisationsinhalt für jeden auch nur halbwegs gebildeten Spanier«, wie Hans Ulrich Gumbrecht in seiner »Geschichte der spanischen Literatur« (Frankfurt a. M. 1990) meint.

145 *Mauren:* Generalissimo Francisco Franco, der selbsternannte Verteidiger des katholischen Glaubens, marschierte mit schwarzen Söldnern aus Afrika, also mit Heiden, gegen die gottlosen Republikaner.

169 *Hans' Brigadestab:* Der Berliner Hans Kahle (1899–1947) wurde mit vierzehn Jahren Kadett, war bei Kriegsende bereits Leutnant, trat 1928 in die KPD ein, emigrierte 1933, floh nach dem verlorenen Bürgerkrieg in Spanien weiter nach Frankreich und England. 1946

kehrte er nach Deutschland zurück und starb ein Jahr später als Chef der Landesbehörde der Volkspolizei Mecklenburg. In Spanien befehligte Kahle die XI. Internationale Brigade und führte Hemingway im März 1937 an den Schauplatz der Guadalajara-Brihuega-Schlacht, die eben mit einem Sieg der Republikaner über die von italienischen Soldaten angeführten Faschisten zu Ende ging.

171 *Garbo:* ist natürlich Greta Garbo (1905–1990), die »Göttliche«. 1935 spielte sie Anna Karenina in dem gleichnamigen Film. – *Harlow:* ist Jean Harlow (1911–1937), die erfolgreichste Hollywood-Schauspielerin Anfang der dreißiger Jahre. – *John Gilbert:* (1895–1937), Partner Greta Garbos in »Königin Christina« (1932).

201 *Gómez:* Es ist nicht eindeutig festzustellen, welcher von den vielen Generälen mit Namen Gómez hier gemeint ist. Möglicherweise handelt es sich um den deutschen Kommunisten Wilhelm Zaisser (1893–1958), der als Internationaler Brigadist diesen *nom de guerre* führte. Der gelernte Lehrer trat 1919 der KPD bei, arbeitete als Journalist, kam schon 1927 nach Moskau, wohin er von Spanien aus 1938 zurückkehrte. Dort leitete er eine Sektion für ausländische Verlage. 1947 kehrte der ehemalige Gómez nach Deutschland zurück und leitete ab 1950 das Ministerium für Staatssicherheit. Nach dem Aufstand vom 17. Juni 1953 wurde er wegen »Bildung einer parteifeindlichen Fraktion« aus dem Zentralkomitee und dem Politbüro ausgeschlossen, ein Jahr später auch aus der Partei. Zuletzt arbeitete Zaisser wieder in einem Verlag.

202 *Lerroux:* Alejandro Lerroux García (1866–1949) begann als Revolutionär in Barcelona, wurde Chef der Radikalen und mit ihnen 1934 Premierminister, ein »korrupter Demagoge«, der sich, wie Hugh Thomas schreibt, »bereitwillig von fast jeder Regierung bestechen ließ«. – *Prieto:* Indalecío Prieto y Tuero (1883–1962), war sozialistischer

Minister in verschiedenen republikanischen Kabinetten, Gegner jeder Revolution und befürwortete deshalb eine enge Zusammenarbeit mit den Kommunisten.

203 *... der Sünde Majakowskis:* Wladimir Majakowski (1893–1930), russischer Lyriker, begeisterter Anhänger und Propagandist der Oktoberrevolution 1917. Selbstmord aus Enttäuschung über die Entwicklung des Sozialismus. Seine Sünde? Der Idealismus, die Literatur oder beides. – *Thermopylae:* Im Jahr 480 v. Chr. verteidigte der Spartanerkönig Leonidas mit dreihundert Soldaten die Thermopylen in Mittelgriechenland gegen die anrückenden Perser unter Xerxes. Sie konnten den Vormarsch der Perser nicht lange aufhalten, starben nach mehrtägigem Widerstand allesamt, wurden aber sprichwörtlich mit ihrer Tapferkeit. Friedrich Schiller überliefert ihren Grabspruch so: »Wanderer, kommst du nach Sparta, verkündige dorten, du habest/uns hier liegen gesehn, wie das Gesetz es befahl.« – *Horatius:* Der römische Held Horatius Cocles verteidigte beim Angriff des Etruskerkönigs Porsinna allein die hölzerne Brücke über den Tiber, bis seine Soldaten sie hinter ihm abgerissen hatten. Mit einem Sprung in den Fluß rettete er sich ans andere Ufer. – *Holländerjunge:* Nach einer frommen amerikanischen Legende, die Mary Elizabeth Mapes Dodge (1831–1905) in ihrem Buch »Hans Brinker; or the Silver Skates« (1865) ausmalt, hat der holländische Knabe Hans Brinker allein mit seinem Finger einen Deichbruch verhindert.

204 *Sun Valley in Idaho:* Dort machte Hemingway 1936 zum ersten Mal Jagdurlaub mit seiner künftigen dritten Frau Martha Gellhorn. – *Quevedo:* vgl. Anm. zu S. 20. – *Lope de Vega:* Félix Lope de Vega Carpio (1562–1635), lange Zeit der populärste Autor Spaniens. Er soll über fünfzehnhundert Stücke geschrieben haben. – *Galdós:* Benito Pérez Galdós (1843–1920), spanischer realistischer Schriftsteller, auch Abgeordneter in der Cortes.

228 *Juan March:* Juan March Ordinas (1884–1962), ein Majorkiner Millionär, der das Tabakmonopol für Marokko besaß und den Nationalisten Geld für den Kauf der Waffen gab.

229 *Pablo Romero:* Pedro Romero wird bereits in »Fiesta/The Sun Also Rises« (1926) von Hemingway gefeiert. Gemeint ist Cayetano, Niño de la Palma. Dessen Sohn Antonio Ordoñez wiederum wird der Held in Hemingways letzter Veröffentlichung zu Lebzeiten, »Gefährlicher Sommer« (1960).

239 *Líster:* Enrique Líster Farján, 1907 in Galizien geboren (deshalb *gallego*), stieg vom Steinbrucharbeiter zum General auf. Sein Leben schließt fast die gesamte Geschichte des Kommunismus in diesem Jahrhundert ein. In Kuba aufgewachsen, schloß sich Líster nach seiner Rückkehr nach Spanien 1931 in Asturien den Kommunisten an, floh dann wie Juan Modesto in die Sowjetunion, wo er an der Frunse-Militärakademie in Moskau studierte. Als General im Bürgerkrieg wurde er der Held in der Schlacht am Jarama (1937). Antonio Machado widmete dem *»heroico Líster«* ein Sonett. Auch er ging nach der Niederlage nach Moskau, wo er bei den üblichen ideologischen Streitigkeiten vorübergehend zur Basisbewährung in die Produktion abkommandiert wurde, nämlich als Maurer bei der Moskauer Metro. Zusammen mit La Pasionara leitete er dann die Partido Communista España (PCE). Líster kämpfte im Zweiten Weltkrieg auf russischer Seite gegen die Deutschen. 1946 und 1947 soll er an Guerillaaktionen in Spanien beteiligt gewesen sein. In den sechziger Jahren lebte er offenbar in Prag, kehrte aber, als die Russen 1968 in der Tschechoslowakei einmarschierten, nach Moskau zurück. Die PCE verurteilte den Einmarsch und schloß ihren Generalsekretär aus. Líster gründete die prosowjetische Partido Communista de Obreros Españoles (PCOE) und kehrte nach Francos Tod über Paris nach

Spanien und in die Demokratie zurück. 1983 beteiligte er sich mit der PCOE an den Regionalwahlen, drei Jahre später vereinigten sich die beiden kommunistischen Splitterparteien. 1994 ist Enrique Líster in Madrid gestorben.

249 *Coolidge:* Calvin Coolidge (1872–1933), war von 1923 bis 1929 der dreißigste Präsident der Vereinigten Staaten.

278 *Grant:* Hiram Ulysses Simpson Grant (1822–1885), General im amerikanischen Bürgerkrieg, der für die Nordstaaten kämpfte und von 1869 bis 1877 der 18. Präsident der Vereinigten Staaten war.

279 *Florida . . . Gaylord:* das Hotel der Kriegsberichterstatter bzw. der russischen Militärberater.

280 *Karkow:* Gemeint ist der *Prawda*-Korrespondent Mikhail Koltsow, der in Spanien »wahrscheinlich als Stalins persönlicher Agent« (Hugh Thomas) wirkte. Karkow/Koltsow, der auf S. 300 die stalinistischen Säuberungen im launigen Propagandaton rechtfertigt, fiel schließlich selber (unklar ist, ob 1938 oder 1941) Stalins Politik zum Opfer.

291 *Revolution von 1934:* Die Oktoberrevolution in Asturien wurde niedergeschlagen. – *Komintern:* die Kommunistische Internationale, 1919 unter der Schirmherrschaft Lenins in Moskau gegründet, in den dreißiger Jahren natürlich von Stalin gesteuert. – *Valentín González:* genannt El Campesino, berühmter kommunistischer Brigadeführer. – *Abd-el-Krim:* Mohammed Abd-el-Krim (1882–1963) führte die Aufständischen im marokkanischen Rif an und wurde 1922 ihr Sultan. El Campesino kämpfte nach eigener Aussage auf beiden Seiten.

282 *Juan Modesto:* vgl. Anm. zu S. 239.

283 *Marx Brothers in der Oper:* Gemeint ist »Duck Soup« (1933; Originaltitel), der wohl beste Film der Marx Brothers, lief, wie auch Hugh Thomas bestätigt, mit großem Erfolg mitten im Krieg in Madrid. Groucho Marx als Präsident von »Freedonia« sah auch noch aus

»wie der typische spanische Politiker« jener Zeit. – *Fuente Ovejuna:* Das Stück »Fuenteovejuna« Lope de Vegas wurde zum ersten Mal 1619 gedruckt. Es handelt von einem Dorf, das gemeinschaftlich einen Tyrannen umbringt und nach einigem Hin und Her vom Königspaar pardonniert wird. Der Satz »Fuenteovejuna hat es getan« wurde sprichwörtlich.

285 *Quantrills:* So genannt nach William Clarke Quantrill (1837–1865), einem der blutrünstigsten Männer in der US-amerikanischen Geschichte. Zu den Mitstreitern des Guerillaführers aus Virginia, der gern auch ganze Dörfer überfiel und die Bevölkerung massakrierte, gehörten auch die Brüder Frank und Jesse James. – *die Mosbys:* Gemeint ist die Truppe des wagemutigen Partisanenhelden John Singleton Mosby (1833–1916), der mit besonders tollkühnen Aktionen von sich reden machte. Einmal drang der Südstaatler bis in die feindliche Hauptstadt Washington vor. Nach dem Ende des Bürgerkriegs wurde Mosby begnadigt und brachte es dank seiner Bekanntschaft mit Grant zum Konsul in Hongkong. – *sein eigener Großvater:* Hemingways Großvater Anson Tyler Hemingway (1844–1926) kämpfte in einem Illinois-Regiment für die Nordstaaten. Mit seinen Geschichten begeisterte er den Enkel früh für den heldenhaften Bürgerkrieg. – *Buschklepper:* Die »bushwhackers« waren Freischärler im Amerikanischen Bürgerkrieg.

286 *Vicksburg:* Bei dieser Stadt im amerikanischen Bundesstaat Mississippi wurde vom 22. Mai bis 4. Juli 1863 die gleichnamige Schlacht geschlagen. Entscheidend für den Sieg der Nordstaatler war die Belagerung durch Ulysses S. Grant.

286 *Sherman:* William Tecumseh Sherman (1820–1891), im amerikanischen Bürgerkrieg General der Nordstaaten. Die Zeitungen erklärten ihn gelegentlich für verrückt, das Kommando wurde ihm einmal entzogen, aber das

alles festigte nur seinen Ruf. Auf seinem berüchtigten Marsch verwüsteten seine Truppen Atlanta und den gesamten Bundesstaat Georgia. – *Stonewall Jackson:* Thomas Jonathan, genannt Stonewall Jackson (1824–1863) Bürgerkriegsgeneral der Südstaaten. – *Jeb Stuart:* James Ewell Brown Stuart, genannt Jeb Stuart (1833–1864), Bürgerkriegsgeneral der Südstaaten, gilt als »letzter Kavalier«. – *Sheridan:* Philip Henry Sheridan (1831–1888), amerikanischer General der Nordstaaten, verwüstete das Shenandoah-Tal. – *McClellan:* George Brinton McClellan (1826–1885), amerikanischer General und Politiker. Während alle seine Kollegen nach der Ausbildung im Zivilleben scheiterten, war McClellan auch als Geschäftsmann erfolgreich. Bei den Präsidentschaftswahlen 1864 kandidierte er jedoch ohne Erfolg gegen Lincoln. Später war er Gouverneur von New Jersey. – *Kléber:* General Emilio Kléber war das Pseudonym für Lazar bzw. Manfred Stern, einen russischen Offizier rumänisch-ungarischer Herkunft. Er kämpfte während des Ersten Weltkriegs in der österreichischen Armee, kam als Kriegsgefangener nach Sibirien, schloß sich in der Revolution den Bolschewiken an und wurde anschließend an verschiedenen vermeintlich weltrevolutionären Brennpunkten eingesetzt. In Spanien war Kléber Anführer der Internationalen Brigaden. 1938 hingerichtet. – *Lukácz* oder *Lukács:* Pseudonym des aus Ungarn stammenden Schriftstellers Mata Zalka Kemeny. Er hatte wie Kléber im Ersten Weltkrieg in der österreichischen Armee gedient, wurde von der Roten Armee gefangengenommen und bekehrt. In Spanien befehligte er die XII. Brigade und starb 1937 bei Huesca. – *Hans:* vgl. Anm. zu S. 169. – *Miaja:* General José Miaja Menant (1878–1958). Leitete im November 1936 die Verteidigung von Madrid. – *Gall:* oder »Gal« ist der aus Ungarn stammende Janos Galicz mit einer Kléber und Lukácz vergleichbaren Laufbahn. In der Schlacht am

Jarama im Februar 1937 führte er die XV. Internationale Brigade. Unter Stalin erschossen.
291 *das Tercio:* Das Tercio de Extranjeros war eine Freiwilligenarmee aus Nordafrika, die ebenfalls Franco unterstand.
300 *Emil Burns:* hieß tatsächlich Emile Burns und veröffentlichte 1935 in London »A Handbook of Marxism« mit folgendem Untertitel: »Being a Collection of Extracts from the Writings of Marx, Engels and the Greatest of their Followers. – *Calvo Sotelo:* José Calvo Sotelo (1893 – 1936) war monarchistischer Fraktionsführer im spanischen Parlament und wurde am 13. Juli 1936 von Angehörigen der Polizei ermordet. Damit war Franco der Anlaß für seinen Aufstand fünf Tage später geliefert: der Spanische Bürgerkrieg begann.
301 *bucharinistische Schädlinge:* Nikolaj Iwanowitsch Bucharin (1888 – 1938) war der prominenteste Widersacher Stalins nach Trotzki, galt als »Liebling der Partei« und wurde nach einem Schauprozeß erschossen. Die Ausdrucksweise, derer sich Karkow hier ironisch bedient, ist die Sprache der Moskauer Schauprozesse. – *Sinowjew, Kamenew, Rykow:* Grigorij Jewsejewitsch Sinowjew (1883 – 1936) gehörte mit Alexej Iwanowitsch Rykow (1881 – 1938) und Lew Borissowitsch Kamenew (1883 – 1936) zu der Fraktion, die 1926 den Machtkampf gegen Stalin verlor. In den dreißiger Jahren verliefen die Auseinandersetzungen blutig, und nach einem Schauprozeß wurden alle drei erschossen. Trotzki, der angebliche Drahtzieher ewiger Komplotte gegen Stalin, wurde in dessen Auftrag 1940 in Mexiko ermordet. Millionen weitere Russen starben in den Säuberungen.
302 *Mundo Obrero:* die Parteizeitung der spanischen Kommunisten. – *Durán:* Gustavo Durán (1906 – 1969) ist eine echte Hemingway-Figur und hat auch noch den Charme, tatsächlich existiert zu haben. Hemingway freundete sich bereits in seiner ersten Pariser Zeit mit

dem Spanier an, der als Komponist vor allem für den Film arbeitete. Im Bürgerkrieg schloß sich Durán den sozialistischen Truppen an und brachte es bald zum Kommandeur einer Brigade. Nach der Niederlage der Republikaner entkam er mit Not aus Madrid, reiste über London nach New York, wo Durán Hemingways spanische Ausdrücke in »Wem die Stunde schlägt« redigierte. Während des Zweiten Weltkriegs diente er unter dem selbsternannten Kommandeur Hemingway in einer Aufklärungsgruppe (»Crook Factory«), die auf der Suche nach deutschen U-Booten vor Kuba patrouillierte. Der Senatsausschuß zur Untersuchung unamerikanischer Tätigkeit lud den ehemaligen Kommunisten vor, und nur weil Durán in gehobener Position für die UNO arbeitete, entging er einer Anklage.

303 *POUM:* Die Partido Obrero de Unificatión Marxista (POUM) verfolgte eine nichtstalinistische sozialistische Politik und versuchte, tatsächlich eine Land- und Sozialreform durchzusetzen. Die moskautreuen Kommunisten widersetzten sich diesen revolutionären Plänen, und die POUM geriet unter den Verdacht, eine trotzkistische oder gleich eine faschistische Verschwörung zu bilden. Es war auch leichter, Gegner auf der eigenen, der republikanischen Seite umzubringen als den überlegenen Feind, die Monarchisten und Militärs. »Das Kaleidoskop der politischen Parteien und Gewerkschaften mit ihren langweiligen Namen – P.S.U.C., P.O.U.M., F.A.I., C.N.T., U.G.T., J.C.I., J.S.U., A.I.T. – brachte mich nur in Verzweiflung. (. . .) Ich fand es idiotisch, daß Leute, die um ihr Leben kämpften, verschiedenen Parteien angehören sollten«, klagt George Orwell in »Mein Katalonien«.

304 *Nin:* Hier leistet sich Hemingway eine journalistische Kardinalsünde. Er ließ sich von seinem Kollegen, dem Agenten Koltsow, weismachen, der POUM-Chef Andrés Nin (1892–1937) sei nach Paris gegangen. In

Wahrheit war Nin eines der prominentesten Opfer Stalins in Spanien. Der ehemalige Sekretär Trotzkis brachte es in Spanien zum POUM-Führungsmitglied. Als in Moskau beschlossen wurde, die angeblich trotzkistische POUM sei zu zerschlagen, wurde Nin mittels eines gefälschten Briefes an Franco als Verräter verhaftet und nach einem Verhör, in dem er standhaft blieb, vermutlich in El Pardo nördlich von Madrid erschossen.

305 *Borrow. . . Ford:* George Borrow (1803–1881), ein englischer Reiseschriftsteller, schrieb halb autobiographische Romane über das Zigeunerleben in Spanien. »Lavengro« (1851) ist davon der bekannteste. – Die Bücher des Engländers Richard Ford, vor allem sein »Handbook for travellers in Spain« , waren im angelsächsischen Sprachraum richtiggehend populär. Sein »Gatherings from Spain«, das seit Mitte des 19. Jahrhunderts viele Auflagen erlebte, befand sich in Hemingways Bibliothek.

309 *Marcial . . . Chicuelo:* Nicht alle Stierkämpfer, die Hemingway hier aufführt, haben wirklich gekämpft. Einige sind Mischpersonen, andere tragen aus verschiedenen Gründen andere Namen. Marcial Lalanda, Chicuelo und Joselito gab es tatsächlich.

324/ *das Scharlachrot des gestickten Emblems:* Das Herz Jesu auf
325 der linken Brust war das Abzeichen der *requetés*, der karlistischen Kavallerie.

352 *Eine Zwiebel ist eine Zwiebel . . .:* Hemingway verspottete gern seine ehemaligen Freunde und Förderer. Hier trifft es Gertrude Stein, denn auf englisch heißt es im nächsten Satz: »a stone is a stein is a rock is a boulder is a pebble«.

374 *Die Pasionaria:* Dolores Ibarruri, genannt La Pasionaria (1895–1981), war die berühmteste Kommunistin Spaniens. Sie lebte einst davon, in den Dörfern Fisch zu verkaufen, vertrat die Partei in der Cortes und war eine begeisternde Rednerin. In Moskau lebte sie jahrzehn-

telang als Präsidentin der Partei, ein Amt, in dem ihr schließlich Enrique Líster nachfolgte. 1977 kehrte sie nach Spanien zurück und vertrat als Abgeordnete im neuen demokratischen Parlament die Kommunistische Partei Asturiens. Ihr hier erwähnter Sohn starb übrigens als Soldat der Roten Armee im Kampf gegen Deutschland.

409 *die Waffe:* Im Dezember 1928 erschoß sich Hemingways Vater mit einer Smith and Wesson, die, wie es im Nachruf der *Chicago Tribune* hieß, bereits sein eigener Vater, Hemingways Großvater, »im Bürgerkrieg mit sich geführt hatte, wo er eine Truppe befehligte«. Hemingway ließ sich die Waffe später von seiner Mutter aushändigen und versenkte sie in der beschriebenen Weise in einem See in Wyoming (meint jedenfalls sein Biograph Jeffrey Meyers).

410 *Custer:* George Armstrong Custer (1839–1876) wurde mit der von ihm geführten Abteilung der US-Kavallerie am 25. Juni 1876 am Little Bighorn River (Montana) in einen Hinterhalt gelockt und vollständig aufgerieben. Seine Gegner waren die Indianerhäuptlinge Sitting Bull und Crazy Horse.

412 *Anheuser-Busch:* Brauerei in St. Louis, die unter anderem Budweiser herstellt.

416 *Onan:* In der Genesis 38,8–10 muß Onan die Witwe seines Bruders zur Frau nehmen, weigert sich aber, dessen Samen zu »erwecken«. »Aber da Onan wußte, daß der Same nicht sein eigener sein sollte, wenn er sich zu seines Bruders Weib legte, ließ er ihn auf die Erde fallen und verderben.«

432 *Cortés, Pizarro...:* Hernán Cortés (1485–1547) eroberte Mexiko und zerstörte die aztekische Kultur. Francisco Pizarro (1475–1541) eroberte Peru und zerstörte das Inkareich. – *Menéndez de Ávila:* heißt tatsächlich Pedro Menéndez de Avilés (1519–1574). Er begann seine Laufbahn als Seemann, zeichnete sich im Kampf

gegen die Piraten aus, wurde dann von König Philipp II. nach Florida geschickt, um die Halbinsel so zu befestigen, daß sich von dort aus der sichere Transport spanischer Goldschiffe gewährleisten ließ. Später war Menéndez Gouverneur von Florida und starb schließlich als Admiral der spanischen Armada. – *Enrique Líster:* vgl. Anm. zu S. 239.

450 *Largo, Prieto, Asensio . . .:* Der Sozialist Francisco Largo Caballero (1869–1946) war von 1936 bis 1937 spanischer Premierminister. Largo war mitverantwortlich für die Deponierung des spanischen Goldschatzes in der Sowjetunion, die sich damit ihre Waffenlieferungen bezahlen ließ. Starb 1946 nach vier Jahren in einem deutschen Konzentrationslager in Paris. – *Prieto:* vgl. Anm. zu S. 202. – *Asensio:* Asensio Torrado, republikanischer General, ein Schützling Largo Caballeros. Nach dem Fall von Gijón des Verrats verdächtigt, später Militärattaché in den USA. – *Miaja:* vgl. Anm. zu S. 286. – *Rojo:* vgl. Anm. zu S. 14. – *Durruti:* Buenaventura Durruti (1896–1936), der Anführer der katalanischen Anarcho-Syndikalisten, wurde am 19. November 1936 vor dem Model-Gefängnis in Madrid tödlich verwundet und starb am folgenden Tag. Durruti gilt als der reine Märtyrer der anarchistischen Bewegung, und zweihunderttausend Menschen schworen an seinem Grab, seiner Lehre treu zu bleiben. Es ist unwahrscheinlich, daß ihn seine eigenen Leute erschossen haben. Vermutlich war es ein unglücklicher Zufall, der ihn ums Leben brachte.

455 *Viva la F.A.I.!:* vgl. das Zitat von Orwell unter Anm. zu S. 303. Die Federación Anarquista Ibérica (FAI) war die revolutionäre Vorhut der Anarchiebewegung, die Confederación Nacional de Trabajo (CNT) die anarchosyndikalistische Gewerkschaft.

462 *Cante Hondo:* Der *»cante hondo«* oder *»jondo«* heißt üblicherweise Flamenco und gehört in die andalusische

Volksmusik. – *Saetas:* Die »saetas« sind liturgische Klagegesänge, die in der Karwoche an den Gekreuzigten gerichtet werden. – *El Greco:* der aus Kreta stammende und deshalb »El Greco« genannte Maler Dominikos Theotokopoulos (1541–1614). – *San Juan de la Cruz:* Der Hl. Johannes vom Kreuz (1542–1591) ist der berühmteste spanische Mystiker.

481 *Mundo Obrero:* vgl. Anm. zu S. 303.

482 *El Debate:* war eine katholische, aber halbwegs aufgeklärte Zeitung. Kardinal Segura hatte sie schon als »liberalen Wischlappen« beschimpft.

483 *ó A.B.C:* die Zeitung der Monarchisten. – *. . . von deinen famosen Russen wegpurgiert:* Obwohl der Roman »Wem die Stunde schlägt« im Mai 1937 spielt, reagiert Hemingway bereits auf die Moskauer Schauprozesse und Säuberungen, die eben ihrem Höhepunkt zustreben.

505 *Genosse Marty:* Dieses drastische Portrait des politischen Kommissars André Marty (1886–1956) ist nach Augenzeugenberichten akkurat dem Leben abgeschildert. Martys Vater war wegen seiner Beteiligung an der Pariser Commune in Abwesenheit zum Tode verurteilt worden. Der Sohn erwarb sich früh eigenen Ruhm, weil er im Ersten Weltkrieg als Heizer in der französischen Schwarzmeerflotte eine Meuterei zugunsten der eben entstandenen Sowjetunion anführte. In Frankreich trat er der kommunistischen Partei bei. Stalin vertraute Marty die Betreuung der Internationalen Brigaden an. Ilja Ehrenburg bestätigt, daß Marty eine paranoide Leidenschaft für Spione und Exekutionen plagte. Erwähnt sei aber auch, daß der Spanienkämpfer Walter Janka in seiner Autobiographie »Spuren eines Lebens« (Berlin 1991) Marty in Schutz nimmt. »›Marty ist nicht verrückt‹«, entgegnet er den Leuten, die fürchten, von Marty ebenfalls erschossen zu werden. »›Aber ihr seid Feiglinge, keine Offiziere.‹« Marty starb in Frankreich, nachdem ihn die Kommunistische Partei ausgeschlossen hatte.

509 *Lukácz . . . Gall:* vgl. Anm. zu S. 286. – *Koltschak:* Admiral Alexander Wassiljewitsch Koltschak (1873–1920) kommandierte zeitweilig die weißrussischen Truppen und beherrschte vorübergehend als »Reichsverweser« ganz Sibirien. – *Tuchatschewsky:* Michail Nikolajewitsch Tuchatschewski (1893–1937) war seit 1918 Bolschewik, kämpfte mit Trotzki und gegen Koltschak, modernisierte die Rote Armee und brachte es 1935 zum Marschall der Sowjetunion. Stalin unterschob ihm eine Verschwörung, ließ ihn in einem Geheimprozeß zum Tode verurteilen und hinrichten. – *Karkow:* vgl. Anm. zu S. 280. – *Putz:* Oberst Joseph Putz befehligte zeitweise die XIV. Brigade. 1945 starb er in der Résistance. – *Copić:* Vladimir Copić (1891–1938) nahm als Freiwilliger aus Jugoslawien am Bürgerkrieg teil. Zeitweise kommandierte er die XV. Brigade. In Moskau gehörte er zum Politbüro der jugoslawischen kommunistischen Partei und wurde wie viele andere Bürgerkriegsteilnehmer umgebracht.
510 *Warlow:* nicht zu identifizieren.
572 *Ich möchte nicht dasselbe machen wie mein Vater:* Schreckliche Ironie, denn genau das tat Hemingway 1961, er brachte sich um.

BIBLIOGRAPHIE

Ralph Bates: »The Olive Field«. London 1936

Georges Bernanos: »Les grandes cimetières sous la lune«. Paris 1938. Deutsche Ausgabe: »Die großen Friedhöfe unter dem Mond. Mallorca und der Spanische Bürgerkrieg. Ein Augenzeuge berichtet«. Aus dem Französischen von Walter Heist. Zürich 1983

Hans Magnus Enzensberger: »Der kurze Sommer der Anarchie. Buenaventura Durrutis Leben und Tod«. Roman. Frankfurt/Main 1972

Martha Gellhorn: »The Face of War«. New York 1988. Deutsche Ausgabe unter dem Titel: »Das Gesicht des Krieges. Reportagen 1937–1987«. Aus dem Amerikanischen von Hans-Ulrich Möhring. München 1989

Ernest Hemingway: »Selected Letters 1917–1961. Edited by Carlos Baker«. New York 1981. Deutsche Ausgabe unter dem Titel: »Ausgewählte Briefe 1917–1961. Glücklich wie die Könige«. Deutsch von Werner Schmitz. Reinbek 1984

Walter Janka: »Spuren eines Lebens«. Berlin 1991

Kenneth S. Lynn: »Hemingway«. New York 1987. Deutsche Ausgabe (gekürzt) unter dem Titel: »Hemingway«. Aus dem Amerikanischen von Werner Schmitz. Reinbek 1989

James R. Mellow: »Hemingway. A Life Without Consequences«. London 1992

Jeffrey Meyers (Hg.): »Hemingway. The Critical Heritage«. London 1982

Jeffrey Meyers: »Hemingway. A Biography«. London 1986

George Orwell: »Homage to Catalonia«. London 1938. Deutsche Ausgabe unter dem Titel: »Mein Katalonien. Bericht über den Spanischen Bürgerkrieg«. Aus dem Englischen von Wolfgang Rieger. München 1964. Zitiert nach der Neuausgabe: Zürich 1975

Rena Sanderson (Hg.): »Blowing the Bridge. Essays on Hemingway and *For Whom the Bell Tolls*«. Westport, Connecticut, 1992 (= Contributions in American Studies, No. 101)

Edward F. Stanton: »Hemingway and Spain. A Pursuit«. Photographs by Gonzolo de la Serna. Seattle 1989

Edward F. Stanton: »Hemingway en España«. Traducción de Joaquín González Muela. Madrid 1989. (Die spanische unterscheidet sich wesentlich von der amerikanischen Ausgabe.)

Hugh Thomas: »The Spanish Civil War«. Revised and Enlarged Edition. New York 1977

Film:
»For Whom the Bell Tolls« (Wem die Stunde schlägt). USA 1943. 168 Minuten. Technicolor. Paramount. Regie: Sam Wood. Drehbuch: Dudley Nichols. Kamera: Ray Rennahan. Darsteller: Gary Cooper, Ingrid Bergman, Akim Tamiroff, Arturo de Cordova, Katina Paxinou, Vladimir Sokoloff, Alexander Granach

ZEITTAFEL

1899 Am 21. Juli wird Ernest Miller Hemingway in Oak Park, einem noch ländlichen Vorort Chicagos, geboren.

1917/18 Jungreporter beim *Kansas City Star*.

1918 Als Rotkreuzhelfer wird er in Italien verwundet. Neuerdings wird bezweifelt, daß seine Wunden tatsächlich erheblich waren.

1920 Journalistische Arbeit für den *Toronto Star*.

1921 Hemingway heiratet Hadley Richardson und geht als Reporter mit ihr nach Europa. In Paris Bekanntschaft mit Gertrude Stein, Sylvia Beach, Ezra Pound und ein wenig auch mit James Joyce. Kurzgeschichten, aber auch Kriegsreportagen und eine Begegnung mit Mussolini.

1923 Das erste Buch: *Three Stories and Ten Poems* erscheint. Hemingway besucht zum ersten Mal Pamplona.

1926 *The Sun Also Rises (Fiesta)*, der erste Roman. Hemingway heiratet Pauline Pfeiffer.

1928 Rückkehr in die USA. Er zieht nach Key West in Florida. Im Dezember begeht sein Vater Selbstmord.

1929 *A Farewell to Arms (In einem anderen Land)* erscheint, Hemingway wird berühmt.

1932 *Death in the Afternoon (Tod am Nachmittag)*, ein Buch über den Stierkampf als inneres Erlebnis.

1935 *The Green Hills of Africa (Die grünen Hügel Afrikas)*, in dem sich Hemingways Expeditionen nach Afrika niederschlagen.

1936 Hemingway beginnt, sich für die spanische Republik zu interessieren.

1937 Am 27. Februar reist Hemingway von New York zu Schiff nach Europa, um über den Spanischen Bürger-

krieg zu berichten. Er wird in den kommenden eineinhalb Jahren drei weitere Reisen nach Spanien unternehmen, mit dem holländischen Filmemacher Joris
Ivens an der Dokumentation »The Spanish Earth« arbeiten, den Schriftstellerkongreß zur Verteidigung der
Kultur in Madrid und Valencia besuchen, in der Carnegie Hall in New York auftreten, um für die republikanische Sache zu werben. Hemingway verfaßt sein
einziges Stück, *The Fifth Column* (erscheint 1938), und
zieht sich schließlich nach Kuba zurück, um den Roman über den Spanischen Bürgerkrieg zu schreiben.

1940 *For Whom the Bell Tolls (Wem die Stunde schlägt)* er-
scheint und wird Hemingways bis dahin erfolgreichstes
Buch. Er heiratet Martha Gellhorn, die ihn bereits nach
Spanien begleitet hat.

1942–1944 Hemingway betreibt vor Kuba Aufklärung im
eigenen Auftrag und macht Jagd auf deutsche U-
Boote. Schließlich wieder Kriegsreporter in Europa.

1946 Hemingway heiratet Mary Welsh.

1950 Erscheint der Roman *Across the River and into the Trees*
(*Über den Fluß und in die Wälder*). Hemingway leidet
nach zahlreichen schweren Verletzungen an Schreib-
schwierigkeiten, denen bald Depressionen folgen. Arbeit an einem Buch, das Kindheit und Fischen zusam-
menführen soll, eine höhere Autobiographie. Teile aus
dem konfusen und ungestalten Werk werden posthum
veröffentlicht: *Islands in the Stream* (*Inseln im Strom*,
1970) oder *The Garden of Eden* (*Der Garten Eden*, 1986).

1952 *The Old Man and the Sea (Der alte Mann und das Meer)*,
ein weiterer Auszug aus dem Riesenroman, erscheint als
in sich abgeschlossene Novelle und bringt Hemingway

1954 den Nobelpreis für Literatur ein.

1959 und 1960 verbringt Hemingway einen Teil des Som-
mers in Spanien und beobachtet den Wettstreit der
Stierkämpfer. Die anschließend entstandene Reportage
The Dangerous Summer (Gefährlicher Sommer) ist seine

letzte Veröffentlichung zu Lebzeiten. Hemingway leidet unter schweren Depressionen und unterzieht sich mehrfach einer Behandlung mit Elektroschocks.

1961   Nachdem er auf eigenen Wunsch aus der Klinik entlassen wurde, erschießt sich Hemingway am 2. Juli mit einem Jagdgewehr.

1964   *A Moveable Feast (Paris – ein Fest fürs Leben)* erscheint.

INHALT

Wem die Stunde schlägt   7

Anhang

    Nachwort   579

    Anmerkungen   595

    Bibliographie   610

    Zeittafel   612